本书的出版得到山西师范大学学科攀升计划中国语言文学学科点、山西省高等学校服务产业创新学科群建设计划项目“文化创意产业学科群”经费资助。

尧都学堂
青年学者论丛

明清之际
名教爱情剧研究

Mingqingzhiji Mingjiao Aiqingju Yanjiu

崔武杰 著

中国社会科学出版社

图书在版编目（CIP）数据

明清之际名教爱情剧研究／崔武杰著．—北京：中国社会科学出版社，2018．10
ISBN 978-7-5203-3386-3

Ⅰ．①明…　Ⅱ．①崔…　Ⅲ．①戏剧文学—文学研究—中国—明清时代　Ⅳ．①I207．3

中国版本图书馆 CIP 数据核字（2018）第 243617 号

出 版 人　赵剑英
责任编辑　刘　艳
责任校对　陈　晨
责任印制　戴　宽

出　　版　中国社会科学出版社
社　　址　北京鼓楼西大街甲 158 号
邮　　编　100720
网　　址　http://www.csspw.cn
发 行 部　010-84083685
门 市 部　010-84029450
经　　销　新华书店及其他书店

印　　刷　北京明恒达印务有限公司
装　　订　廊坊市广阳区广增装订厂
版　　次　2018 年 10 月第 1 版
印　　次　2018 年 10 月第 1 次印刷

开　　本　710×1000　1/16
印　　张　24．25
插　　页　2
字　　数　385 千字
定　　价　99．00 元

总　序

亭林先生顾炎武“古人之所未及就，后世之所不可无”已成著述者孜孜以求之境界，虽不能，亦向往之。著述辛劳，非亲历者不能体会，于青年学者、学术后进尤为如是。山西师范大学作为山西省人文学科研究的重要阵地，对弘扬山西文化，推动山西人文学科演进发挥了重要作用，文学院作为山西师范大学最大的文科学院之一，集聚了来自海内多所知名高校、科研院所的优秀博士，特别是最近几年，同师大一道，文学院步入快速发展轨道，一批批青年学者来此执教。师大幸甚、学院幸甚！

作为地方高师院校，教学任务繁重，然教师以教书育人、著文立言为要务，著文立言为教书育人之总结和升华，二者不可偏废。丛书的作者们大多初登杏坛，大部分时间都给予了课堂、学生，教学之余对或在即有研究基础上锐意进取，或于教学之中笔记碰撞、感悟，终有所获。经年累月，终成此中国语言文学系列著作，内容囊括音韵、文字、艺术、小说、文化、诗歌等领域，为文学院学科建设一大功效。观其书，皆以已精力成之，虽小有舛漏，但不碍达其言，读之“足以长才”，足矣！

文学院向以鼓励、资助教师学术研究、学术出版为任，2018 年适逢山西师范大学、山西师范大学文学院六十周年庆典，在学校的大力支持下，学院前后奔走，幸蒙中国社会科学出版社大力支持，促成此系列著作的出版。该丛书不仅是学院教师学术研究的一次总结和集中呈现，也是学院学科建设的阶段性成果，更是学院教师们送给学校、学院六十周年庆典的一份不腆之仪。

山西师范大学地处临汾，为上古尧王建都之所，董仲舒注《周礼》

“掌成均之法，以治建国之学政，而合国之子弟焉”条，曰：成均，五帝之学。可知尧时已有学堂。文学院追慕上古先贤，设“尧都大讲堂”为学院系列学术讲座、学术活动之共名，“‘尧都学堂’青年学者论丛”亦由是得名。书成，为小序，以继往而开来。

赵变亲

2018 年 5 月 16 日

目　录

引　　言

名教爱情剧是明清之际客观存在的一种较特殊的剧作类型，但名教爱情剧却不是戏曲研究者所公认的概念，而只是笔者从名教角度对其所做的概括性称呼。因此，在正式论述前，有必要对相关问题作一点说明。

一　研究缘起

公元1600年到1700年，也即17世纪这一百年间，是中国戏曲传奇创作的黄金时段。它以《牡丹亭》（1598）开其端，以《桃花扇》（1699）收其尾，其间名家辈出，名作如林，流派众多。以作家而言有汤显祖、孟称舜、阮大铖、吴炳、高濂、周朝俊、沈璟、沈自晋、冯梦龙、范文若、袁于令、叶宪祖、李玉、李渔、洪昇、孔尚任、尤侗、吴伟业等；以流派而言有临川派、吴江派、苏州派等；至于作品则有《临川四梦》《属玉堂传奇》《博山堂三种》《粲花斋五种曲》《石巢四种》《西楼记》《鸾镕记》《玉簪记》《红梅记》《娇红记》《秣陵春》《钧天乐》《一人永占》《千忠戮》《清忠谱》《笠翁十种曲》《长生殿》《桃花扇》等。这一时期也是中国古典戏曲理论趋于大成的时期，如《闲情偶寄》《南九宫十三调曲谱》《南词新谱》《北词广正谱》等皆是中国戏曲理论史上极为重要的著作。

作为一种剧作类型，名教爱情剧不仅产生于这个传奇创作的黄金时期，而且自身也包含众多名家与名作，如作家有阮大铖、吴炳、周朝俊、沈自晋、叶宪祖、李玉、李渔；作品有《鸾镕记》《望湖亭》《春灯谜》《燕子笺》《绿牡丹》《情邮记》《画中人》《西园记》《永团圆》《风筝误》等。因此从其自身的作家与作品构成来说，名教爱情剧具有重要的研究价值。

除戏曲史价值外，名教爱情剧还反映了明清之际社会的众多方面，具有社会史研究价值。明清之际作为时间段，较完整地体现了明清易代以及社会由乱向治转变的过程。具体地说，经济是由破坏、凋敝、剥削严重转向再次繁荣；政治由明朝变为清朝，由腐败黑暗、残酷党争转为比较清明；社会由放荡堕落、不守礼法转向恪守名教；思想由王学转向程朱理学；文学理论由偏胜向融合转变，文学创作由追求性灵向文以载道、传统诗教转变。

明清之际的这些时代特征对当日戏曲创作影响很大。如苏州派作家反映了东林党与阉党的斗争，其代表作品为《清忠谱》。《桃花扇》受清初社会反思明亡历史教训的影响较重。而名教爱情剧受时代影响也很明显，如它们都以恪守名教为原则，以封建教化为目的；以明清之际的社会动态或明代中后期的军政大事为时代背景，重视忠奸斗争；在创作上将学问、文采、格律合而为一。而这些特征正是名教爱情剧具有社会学、历史学等多方面研究价值之所在。

虽然名教爱情剧对研究戏曲史、文学史等具有一定的价值，但因其恪守名教且整体艺术水平不高，结果除少数作品如《红梅记》《燕子笺》《春灯谜》《绿牡丹》《西园记》《画中人》《风筝误》等外，大多数名教爱情剧作都不被人重视，因此对名教爱情剧进行整体研究的成果基本没有。就实际而言，名教爱情剧的主人公是以才子佳人为特点的，所以可资借鉴的成果也主要集中在以才子佳人戏曲为研究对象的文章和著作上。总的来说，才子佳人剧作现有研究主要集中在以下几个方面。

一是对作品整体特征进行的研究。王永恩的《承袭与突破——明清才子佳人剧基本特征论》、邱慧的《试论中国古典戏剧中的才子佳人戏》、姚旭峰的《试论明清传奇中的“才子佳人”模式》、陆艳清的《合情、合理——才子佳人永团圆》等可为代表。这些论文在研究中首先按照不同的分类标准将才子佳人戏曲划分为不同的类型，如按照爱情的主动性，王永恩将其分为男追女、女追男两种类型；按照题材，邱慧将其分为单纯男女婚姻爱情、爱情婚姻与时代背景相结合、人神恋爱三大类型。另外，是对其共性特征进行的研究，如按照思想倾向，陆艳清认为男女之情与封建礼义糅为一体是此类剧作的共同思想倾向，而王永恩认为应分为推崇爱情、表现情欲、进行伦理教化三种完全不同的倾向；按照情节结构特点，王永恩将其情节结构划分为单、双线两类，而邱慧则划分为男女邂逅相互爱慕、丫鬟从中穿针引线、科举婚姻大团圆三阶段。

二是对作品不同方面进行的研究。苏建新的《才子佳人戏曲简论》、张帆的《明代才子佳人传奇研究》可为代表。苏建新全面讨论了才子佳人戏曲的概念、形成与演变、男女在剧中的不同作用、创作风格的同异等。张帆则全面分析了剧中主人公的形象，社会世风与此类剧作的关系，才子佳人的爱情、婚姻原则等。

除整体分析才子佳人剧作的文章外，就是只分析剧作某一方面特点及内涵的文章。这类研究大概有以下五个方面。

一是剧作女主人公研究。纪德君的《明末清初小说戏曲中佳人形象的文化解读》、王永恩的《明末清初戏曲作品中的女性形象研究》可为代表。纪德君认为才子佳人剧作的女主人公，是德才兼备、美貌多情的融合体，由于这类女性在现实中很少存在，所以剧作中的女性只是作家们的幻化之笔，而读者之所以能接受她们，主要是因为她们把中国古代的才女之情、大家闺秀之德、娼妓之风流结合了起来，从而可以满足不同读者的阅读需求，此外他还认为此类剧作与女性解放的先进思想有关。

二是男女婚姻问题研究。李丽黄的《才子佳人戏曲中婚姻爱情受阻原因浅析》、李中耀的《论明清传奇中的才子佳人婚姻观》可为代表。李丽黄认为剧中男女婚姻出现波折的原因是多方面的，从客观上讲是因为封建礼教的阻碍，而主观原因主要是男主人公性格软弱、缺乏反抗精神，同时还多有负心的行为；女主人公因附属于男子、在爱情上处于被动位置，加之受封建礼教影响，所以在追求爱情上也具有很大的局限性。而李中耀认为对容颜、才华、多情的追求构成才子佳人剧作的爱情主体；而对此三者的追求，是在时代要求与传统婚姻观念的综合作用下出现的。

三是对剧作文学意象进行的研究。杨敏的《“家园”的寻找：明清才子佳人传奇中的花园意象》、庞婧文的《才子佳人戏曲中“花”意象琐议——以〈西厢记〉〈牡丹亭〉〈桃花扇〉为例》、张隋全的《才子佳人戏曲中“琴”意象琐议——以〈西厢记〉〈玉簪记〉〈琴心记〉为例》可为代表。杨敏认为花园在才子佳人婚姻中具有特殊意义。在深层内涵上，花园其实是古代知识分子婚姻与功业的精神家园与感性家园的结合体。其中婚姻代表感性，富贵功名则以精神家园为象征。因此剧作对婚姻、功名的追求其实体现的是知识分子的心路历程：在追求功名无望的状态下，去寻找理想的婚姻，但最终还是以功名为人生的根本结局。

四是从西方话语角度进行的研究。罗嘉慧的《人性之光与文化立场——析古代戏曲“才子佳人”戏》可为代表。她认为中国古代的人性原是被束缚禁锢的，后来开始向着被尊重的方向前进，此类剧作正表现了这个转变的过程。但她同时认为由于男子在社会上占据统治地位，所以剧中的人性没能真正摆脱男性权威的控制与束缚，实际上依然是不平等的。

五是对剧作审美风格进行的研究。刘永刚的《从〈桃花人面〉看晚明的才子佳人戏曲》可为代表。他认为晚明此类剧作过于遵守曲牌格律、讲究文字修饰，在结构上又多追求翻空出奇，但在戏曲场上演出方面却多有忽视，因此过于形式化而带有严重的案头化倾向。

最后一类研究是在不同文学体裁的同类作品间展开，主要是研究同类型戏曲小说作品间的互相影响关系。徐龙飞的《从戏曲到小说——晚明清初才子佳人文学模式的承袭》、王晶卉的《古典戏曲对才子佳人小说的影响》、马衍的《明代中后叶传奇对才子佳人小说的影响》、张晓曦的《试论元明戏曲对明末清初才子佳人小说文体的渗透》、王猛的《元明言情戏与才子佳人小说》等可为代表。这些文章的观点具有一致性，研究者们都认为同类型小说是在戏曲影响下出现的。

除戏曲领域的研究成果外，小说领域的个别研究成果对名教爱情剧的研究也具有借鉴作用，如胡海义的《科举文化与明清小说研究》、苏喜娥的《科举与明清小说关系研究》、袁晓秋的《明末清初才子佳人小说中的科举观》、刘久顺的《天花藏主人才子佳人小说与科举制度》等对科举与小说关系的研究，尤其是胡海义博士的状元现象研究对本书更是具有导夫先路的作用。至于黄海静的《明末清初小说中的妾妇形象探究》一文也对本书具有一定的启发意义。

综上所述，研究者对于才子佳人剧作的研究确实取得了不错的成绩，但也存在许多不足之处。

首先是对思想立场不同的作品缺乏划分。以追求自由爱情为主的作品与维护封建伦理道德的作品是很难画等号的，将它们混在一起进行研究显然是不合适的。此外，各作品间还存在时代不同的问题。元代的爱情自由与元朝儒家思想控制不严有关，而晚明的爱情自由则与资本主义萌芽下的个性解放有关。因此不加区分，在研究中必然会出现众多自相矛盾的地方。其次是对明清之际名教爱情剧中许多共性问题没有结合明清史实加以考证，如婚姻、科举、戏曲观念、审美倾向等。而对上述问题的考证不仅是研究此类作品必需的、最基础的步骤之一，也是对相关作家、作品进行深入研究的一个重要前提。第三是没有利用传统文化与明清之际的时代文化观念，而是利用现代观念来研究作品。古人作品体现的是古代的观念与认识，因此用当时的文化来阐释才能合乎古人的实际。不如此，易出现强古人以就我，或者是与原作本意相背离的缺陷。后两点不足结合起来，就会导致研究中出现一些似是而非的结论。比如在中国古代，妻妾尽管都是家庭成员，但二者是完全不同的，必须分开研究，但现有研究却用佳人一词将其混在一起进行笼统讨论，因此其结论就很不符合实际。第四是在科举问题的研究上，总是按照一般的说法认为这是作家富贵梦的展现。书生科举及第是此类作品的一个重要内容，其地位与婚姻爱情可以说不相上下。而且作品中与科举相关的信息很多，它真实地反映了明清两代科举的多个方面。研究此问题对于解决当日社会或者作者本人的真实科举功名态度，科举与婚姻的关系，科举与政治的关系都有重要价值。最后，对戏曲观念与时代文学风气关系的研究更少。因此明清之际名教爱情剧有重新研究的必要，而本书正是对此进行的尝试。

二　相关概念的内涵

“明清之际名教爱情剧”中包含两个基本概念：其一为“明清之际”。作为时间段，我们需要限定其大致起讫年代、基本特征。因为文学是现实的反映，名教爱情剧在明清之际这一特殊时间段内大量出现，自然与此时代特殊的社会、经济、政治以及文学、思想、学术等各方面的实际状况密切相关，明清之际的上述现象在很大程度上是我们理解这些剧作的关键与线索。其二为“名教爱情剧”。名教爱情剧并非是戏曲研究界所公认而普遍使用的概念，也并非是笔者要创造新的概念。相反，它只是笔者为了方便研究该类型传奇剧本所给予它的特殊称呼。爱情剧众所周知，但为何要用“名教”一词来限定，其中原因自然需要说明一下。

（一）明清之际

作为历史时段，明清之际主要包括明末和清初约一百年的时间。但其起讫年份，学术界的观点并不统一，学者们多根据所研究的对象来加以限定。梁启超先生在《中国近三百年学术史》中，将其起始之年明确规定为1623年。其理由是此书是根据他1923年在学校讲课时所用的讲义编成的，而由此上推三百年正好是1623年。钱穆先生在《中国近三百年学术史》中则将顾宪成等人的东林书院讲学作为此时段的开始，理由是东林讲学标志着明代的思想界开始发生变化，因东林讲学所形成的东林党更是与明末的国运密切相关。谢国祯先生在《明清之际党社运动考》中则把明万历朝的朝政混乱定为明清之际的开始，其主要标志是确定太子人选的“国本案”。因为国本案将明代政治带入残酷的党争之中，并最终促使明王朝走向灭亡。至于其结束时间，几位前辈学者则多限定在康熙三十九年（1700）前后。因为康熙三十九年前后，明清易代的过程已经完成，南方武装反清力量基本消失；坚守民族气节、不与新朝合作的明代遗民黄宗羲、顾炎武、王夫之、朱舜水、归庄等也基本凋零殆尽，清朝真正地在政治、经济、军事、文化上实现了对中国的统治。除政权外，思想、学术、文学等方面也基本完成由明到清的转变。

综合数家的研究可以看出，所谓的明清之际主要包括明代的万历后期、天启崇祯两朝和清顺治一朝、康熙前中期大约一百年的时间，粗略地说是1600年到1700年之间。因此本书在使用明清之际这个时间段时，主要是指1600年至1700年，也即17世纪这段时间。这样限定除上述政治、文化等原因外，还与所研究的对象有关。首先本书的研究对象名教爱情剧的绝大多数剧本创作于17世纪，其次反映明代后期个性解放思潮并代表其最高创作水平的《牡丹亭》创作于明万历二十六年（1598），而反思明清易代过程并代表清传奇创作最高水平之一的《桃花扇》创作于清康熙三十八年（1699）。二者之间恰好是1600到1700这一百年。名教爱情剧在个性解放思潮达到顶峰时开始大量出现，而其思想立场却与《牡丹亭》背道而驰。同时它与当日思想、文学回归封建文道观的趋势相适应，向恪守名教转变。此外由于它产生于明清易代的环境下，因此也深刻地反映现实，具有很强的历史反思意识。所以把这两部优秀的作品作为名教爱情剧出现与消歇时间的标志是非常合适的。不过需要说明的是，名教爱情剧的一些剧本所反映的历史事件发生在明前中期，比如瓦剌入侵、倭寇之祸。但因剧作者为明清之际人物，且剧中的政治事件对明清之际的历史影响很大，所以也在研究对象之内。

至于明清之际的基本特征，一则明清之际所包含的时代内容极为庞杂，二来本书也并非专门讨论此问题，所以这里只做简单介绍。为叙述方便，这里主要从以下角度来进行。

1. 经济、政治、军事、法律、道德方面

早在明中期武宗正德年间，明王朝就已露出衰乱的迹象，到世宗嘉靖时期，则每况愈下。经济上，明末土地高度兼并。其实在明中期孝宗弘治年间，天下耕地田亩之数即已减半，“洪武初年，天下田土八百四十九万六千顷有奇。宏治十五年，存额四百二十二万八千顷有奇，失额四百二十六万八千顷有奇”①。洪武初年，元末战乱刚结束不久，社会经济尚处于恢复阶段，但其额田数量却为相对安定的弘治时期的两倍，二者间的差额部分自然为地主兼并无疑。不仅一般地主，即连皇帝及皇亲国戚也兼并土地。明宪宗成化年间，直接归属皇家的皇庄开始出现，后日趋增多，几乎遍布各个郡县，“给事中齐庄言：‘天子以四海为家，何必置立庄田，与贫民较利。’弗听”②。君主带头兼并土地，其他皇亲国戚自然不甘落后。“又定制，献地王府者戍边。奉御赵瑄献雄县地为皇庄，户部尚书周经劾其违制，下瑄诏狱。敕诸王辅导官，导王奏请者罪之。然当日奏献不绝，乞请亦愈繁。徽、兴、岐、衡四王，田多至七千余顷。会昌、建昌、庆云三侯争田，帝辄赐之。”③ 在严重的土地兼并下，处于社会最下层的贫民真可谓无立锥之地。

伴随土地高度兼并而来的是沉重的经济剥削。“万历末年，合九边饷止二百八十万。今加派辽饷至九百万。剿饷三百三十万，业已停罢，旋加练饷七百三十余万，自古有一年而括二千万以输京师，又括京师二千

① （明）霍韬：《渭厓文集》卷三上，广西师范大学2015年影印本，第547页。

② 《明史》卷七十七，中华书局1974年标点本，第1887页。

③ 同上书，第1888页。

万以输边者乎？”[1] 三饷只不过是明末为抵御清军的军事进攻以及镇压农民起义而额外增加的摊派，其数目即达每年两千万两之多，至于正常的税收，以及大小地主对农民的剥削尚未计算在内。若结合数者计算，则明末百姓所受剥削程度之深实难想象。除此之外，其他各种名目的剥削、搜刮行为多如牛毛，也严重地影响着明末的经济活动，给社会生产、生活带来巨大危害。比如万历年间的“开矿助工”就是对当日正常的社会生产影响极为严重的一种经济破坏行为，“矿脉微细无所得，勒民偿之。而奸人假开采之名，乘传横索民财，陵轹州县。有司恤民者，罪以阻挠，逮问罢黜。时中官多暴横，而陈奉尤甚。富家巨族则诬以盗矿，良田美宅则指以为下有矿脉，率役围捕，辱及妇女，甚至断人手足投之江，其酷虐如此。帝纵不问。自二十五年至三十三年，诸珰所进矿税银几及三百万两，群小藉势诛索，不啻倍蓰，民不聊生”[2]。

为实现其经济上剥削、搜刮的最终目的，明王朝各剥削阶级可谓方法用尽，而且其手段也非常残酷。“弘治二年，户部尚书李敏等以灾异上言：‘畿内皇庄有五，共地万二千八百余顷，勋戚、中官庄田三百三十有二，共地三万三千余顷。管庄官校招集群小，称庄头、伴当，占地土，敛财物，污妇女。稍与分辨，辄被诬奏。官校执缚，举家惊惶。民心伤痛入骨，灾异所由生。’”[3] 至于地方官员，则把完成赋税催征当成自己升官发财的根本手段，因此为完成征税任务，就将治下百姓的生命视如草芥，任意加以摧残。“往例，考选科道多用甲科，乙榜则间见，明经竟绝迹矣。自一体考选之旨行，于是乙榜、明经，无人不催科，正饷杂项，无一不考成。其实甲科初选，半系腴壤，间补瘠邑，不久辄调。若乙榜、明经，大约瘠邑多于腴壤，以钱粮难完之地，而人人思为科道，求其必完，此民所以多病也。予尝过恩县，见乙榜令催比钱粮，血流盈阶，可叹。”[4]

明末政治同样溃烂不堪。政府工作很不上轨道，各类官员缺额严重，

---

① 《明史》卷七十八，中华书局 1974 年标点本，第 1904 页。

② 《明史》卷八十一，中华书局 1974 年标点本，第 1972 页。

③ 《明史》卷七十七，中华书局 1974 年标点本，第 1887 页。

④ （明）李清：《三垣笔记》，中华书局 1982 年标点本，第 8 页。

中央及地方行政事务都得不到及时处理，“辅臣，心膂也。朱赓辅政三载，犹未一觐天颜，可痛哭者一。九卿强半虚悬，甚者阖署无一人。监司、郡守亦旷年无官，或一人绾数符。事不切身，政自苟且，可痛哭者二。两都台省寥寥几人。行取入都者，累年不被命。庶常散馆亦越常期。御史巡方事竣，遣代无人。威令不行，上下胥玩，可痛哭者三。被废诸臣久沦山谷。近虽奉诏叙录，未见连茹汇征。苟更阅数年，日见销铄。人之云亡，邦国殄瘁，可痛哭者四”①。而在职官员们则大多贪污腐败成风，生活浪费奢侈，只知剥削百姓，升官发财成为他们仅有的人生追求，“国贫则多盗，上黩货也。上黩货则廉耻不立，教化不行，民起争心，况重以诛求无厌、民不堪命乎？盗贼公行，固其所也。予观末世之政，贪秽成风，京官诛求郡吏，县令掊克小民，催科日巧，听断日滥，无所不至，真白昼为盗也。小民见吏，如逢劫手，每一供应，剜心吸髓，动辄破家；民穷财尽，盗贼横行，官司知而不问，苟饱私橐，舍传而去，后复如之。地方事日弊一日，真大乱之道也”②。不仅在政务上毫无作为，其人格、道德修养也败坏已极，真可谓寡廉鲜耻。有的为追求功名利禄，认贼作父，自称干儿，“初，朝臣争三案及辛亥、癸亥两京察与熊廷弼狱事，忠贤本无预。其党欲藉忠贤力倾诸正人，遂相率归忠贤，称义儿，且云‘东林将害翁’。以故，忠贤欲甘心焉”③。有的下流放荡，不守礼法，欺男霸女，横行乡里，“初，宾尹家居，尝夺生员施天德妻为妾，不从，投缳死。诸生冯应祥、芮永缙辈讼于官，为建祠，宾尹耻之”④。更有甚者在明清民族战争中变节投敌，“数年以来，士大夫廉耻扫地，辮发而事奴，挟筴而干寇者，腼面攘臂，恬不知耻，是岂可视为细故哉”⑤。

晚明政治最突出的现象是为争夺政治利益而形成的朋党之争。党争中，各政治团体为了自己的既得利益必然会排斥其他个人或集团。所以党争开始时尚能围绕国家大事之是非进行，最后却变成纯粹的意气之争，

---

① 《明史》卷二百三十六，中华书局1974年标点本，第6150页。

② （明）刘宗周：《论语学案》三，《刘宗周全集》第一册，浙江古籍出版社2007年标点本，第440页。

③ 《明史》卷三百五，中华书局1974年标点本，第7819页。

④ 《明史》卷二百三十六，中华书局1974年标点本，第6154页。

⑤ （清）钱谦益：《牧斋初学集》卷二十六，上海古籍出版社2009年标点本，第821页。

凡不同己者皆予以打击排斥，至于国事之是非正误则不在考虑之列。“朋党之成也，始于矜名，而成于恶异。名盛则附之者众。附者众，则不必皆贤而胥引之，乐其与己同也。名高则毁之者亦众。毁者不必不贤而怒而斥之，恶其与己异也。同异之见岐于中，而附者毁者争胜而不已，则党日众，而为祸炽矣。”①

明末党派势力很大，并且与奸臣弄权、宦官秉政纠合在一起，因此名目众多。先是东林与宣、昆党的斗争。“先是，南北言官群击李三才、王元翰，连及里居顾宪成，谓之东林党。而祭酒汤宾尹谕德顾天埈各收召朋徒，干预时政，谓之宣党、昆党；以宾尹宣城人，天埈昆山人也。御史徐兆魁、乔应甲、刘国缙、郑继芳、刘光复、房壮丽，给事中王绍徽、朱一桂、姚宗文、徐绍吉、周永春辈，则力排东林，与宾尹、天埈声势相倚，大臣多畏避之。”② 此外，还有东林与齐、楚、浙三党的斗争。“台谏之势积重不返，有齐、楚、浙三方鼎峙之名。齐则给事中亓诗教、周永春，御史韩浚。楚则给事中官应震、吴亮嗣。浙则给事中姚宗文、御史刘廷元。而汤宾尹辈阴为之主。其党给事中赵兴邦、张延登、徐绍吉、商周祚，御史骆骎曾、过庭训、房壮丽、牟志夔、唐世济、金汝谐、彭宗孟、田生金、李徵仪、董元儒、李嵩辈，与相倡和，务以攻东林排异己为事。”③ 最后是东林党与魏忠贤为首的阉党之间的斗争。

各党间的斗争非常激烈，伴随着政治打击与迫害的是血腥的屠杀。“东林始自顾泾阳，嗣后凡有儒术、事功、节义、文章著声者，大约皆东林人。然有一正人，自有一邪人与之对。与东林为水火者，沈四明、王绍徽《点将录》欲一网而空之，杀机已著，至崔、魏遂公行其杀之事。”④

党争严重削弱了明朝的统治力量，混淆了国家大事的是非，也严重阻挠了国家政策的执行，最终让明朝走向灭亡，“国事决裂，实繇于二党之相仇，小人之奸回固不胜诛，而君子之偏执亦恶得无咎哉！史道邻曰：‘诸臣误国之罪非一，而门户实为祸首。’夏彝仲曰：‘二党之于国事皆不

① 《明史》卷二百三十二，中华书局 1974 年标点本，第 6067 页。
② 《明史》卷二百二十四，中华书局 1974 年标点本，第 5903 页。
③ 《明史》卷二百三十六，中华书局 1974 年标点本，第 6161 页。
④ （清）孙奇逢：《夏峰先生集》卷八，中华书局 2004 年标点本，第 298 页。

可谓非罪。平心论之，东林之始而为领袖者，为顾、邹诸贤，继而为杨、左，又继为文、姚，最后如张、马，皆文章节义，表表一时。而攻东林者，始为四明，继为亓、赵，继为魏、崔，继为温、薛，又继为马、阮，皆公论所不与也。其无济国事，二者同之耳。'又曰：'二党之最可恨者，专喜逢迎附和。若有进和平之说者，即疑为异己，必操戈随之。虽有贤者，畏其辨而不能自持，亦有因友及友并亲戚门墙之相连者，必多方猜防，务抑其进而后止。激而愈甚，后忿深前，身家两败，而国运随之，谓皆高皇帝之罪人可也。'此可谓持平之言矣"①。

明末的军事力量疲弱不振。将领们不知训练士卒，反凭借权力命令士卒从事雇佣劳动来赚取钱财，以求中饱私囊。另外，明末战斗兵员缺额非常严重。而权豪势要则多以家丁或老弱病残、泼皮无赖之辈冒充壮丁，顶名支差，侵吞军饷。"今武备积弛，见籍止十四万余，而操练者不过五六万。支粮则有，调遣则无。比敌骑深入，战守俱称无军。即见在兵，率老弱疲惫、市井游贩之徒，衣甲器械取给临时。此其弊不在逃亡，而在占役；不在军士，而在将领。盖提督、坐营、号头、把总诸官多世胄纨绔，平时占役营军，以空名支饷，临操则肆集市人，呼舞博笑而已。"② 由于将领无能，战士缺乏训练，且多老弱病残、无赖之辈，所以明朝军队的战斗力极为羸弱。无论是抗击清军，还是镇压农民起义军，都显得力不从心。尤其是在民族战争中，面对着彪悍的八旗部队，明军真称得上是胆怯如鼠，望风奔窜，"北兵入犯，连破数十城，无敢撄者。孙总督传庭亦云：'我麾下百战兵，为流贼望而胆落者，遇北兵辄股栗。偶一日，与北兵隔河相望，我兵詈云："吾淫若妻女。"北兵大笑，驱营中妇女百数十出，皆红紫成群，指与我兵曰："此若辈妇女，尽为人淫，反欲淫人耶?"语未毕，以数十骑浮渡，我兵数千皆走，如失魂魄，蹂践死者甚众'"③。作战能力让人失望，但却骄纵顽劣而不听约束，明末军队不听指挥的现象多有发生，即便是宰辅亲自激励也无济于事，"刘辅宇亮自请督兵，至军中，诸将皆不奉约束，无如之何。于是召诸将前，设席

① （明）王弘撰：《山志》二集卷五，中华书局1999年标点本，第265页。

② 《明史》卷八十九，中华书局1974年标点本，第2180页。

③ （明）李清：《三垣笔记》，中华书局1982年标点本，第13、14页。

拜之，激使力战，然骄懦如故。盖总兵不能令偏裨，偏裨不能令士卒故也”①。

明末法律、道德等也多不尽如人意。法律成为一纸空文。权豪势要干涉正常执法的现象屡见不鲜，巨贪大恶凭借社会地位与所掌握的国家权力，经常藐视法律，躲避法律的制裁，而普通百姓却因执法不公经常身陷囹圄，甚至轻易丢掉生命。“因循日久，视为具文。由此奸吏骫法，任意轻重。至如律有取自上裁、临时处治者，因罪在八议不得擅自勾问、与一切疑狱罪名难定、及律无正文者设，非谓朝廷可任情生杀之也。英、宪以后，钦恤之意微，侦伺之风炽。巨恶大憝，案如山积，而旨从中下，纵之不问；或本无死理，而片纸付诏狱，为祸尤烈。”②

道德上，名教礼法皆遭到破坏。人人放荡，奢侈浮夸，沉迷于酒色财气之中难以自拔，“钟惺字伯敬，景陵人，万历庚戌进士。天启初，任福建提学佥事，大通关节。丁父忧去职，尚挟妾姬游武夷山而后即路。巡抚南居益疏劾，有云：‘百度逾闲，五经扫地。化子衿为钱树，桃李堪羞；登驵侩于皋比，门墙成市。公然弃名教而不顾，甚至承亲讳而冶游，疑为病狂丧心，讵止文人无行’”③。这是文学家、竟陵派领袖钟惺的放荡腐败表现。“张太史天如居丧，尝过吾邑，主沈文学某家。时沈太学君张畜女优甚丽，某设具于其宅，邀往观焉。叶虞部仲韶，君张之姊婿也，时适在座，忽抗手曰：‘内弟欲出家姬使觞，以先生在读礼之日，故不敢。’天如踧踖久之，不终宴而去。天如又尝吊孙孟朴之丧，舟过莺脰湖。杨解元维斗亦至，见有盛湖妓在席。维斗曰：‘挟妓吊丧，礼乎？’天如遽麾之去。”④ 张天如为明末士林领袖、复社创始人张溥，但其放荡不守礼法如此。明末东林党魁、文学领袖钱谦益，更是人格卑下。“谦益既削籍归，益放荡声色，吴中名妓柳如是者，年二十余矣，言于人曰：‘吾非才如钱学士者不嫁。’谦益闻之，曰：‘天下有怜才如此女子者乎！’于茸城舟中与柳冠带合卺，备花烛仪，赋催妆诗八首，云间缙绅大哗，

① （明）李清：《三垣笔记》，中华书局1982年标点本，第15页。

② 《明史》卷九十三，中华书局1974年标点本，第2280页。

③ （清）顾炎武：《日知录》卷十八，上海古籍出版社2012年标点本，第732页。

④ （清）朱鹤龄：《愚庵小稿》卷十五，华东师范大学出版社2010年标点本，第333页。

满船载瓦砾归，谦益怡然自得也。归筑绛云楼以处之，称为继室，号河东君。柳颇涉文史，常衣儒服，飘巾大袖，出与四方宾客谈论，故谦益又号为柳儒士。方崇祯帝凶问至南都，谦益与柳冠插雉羽，戎服佩刀，跨马入国门，如梨园所演明妃出塞状，观者大骇。”① 家国灭亡，不知哀伤，报国耻大仇，反标新立异，眩人耳目，真可谓全无心肝。正人君子尚且如此，宵小之辈可想而知。明末文人士大夫流连青楼楚馆、沉迷声色之中的行为，比比皆是，不胜枚举。

明朝的腐朽、堕落，激化了阶级矛盾，促成明末农民大起义的爆发。农民起义势力席卷全国，沉重打击了明朝的统治。最终在自身堕落，农民起义以及北方清政权军事进攻的综合因素作用下，明朝于1644 年灭亡。取而代之的是清王朝。

清王朝取代明王朝统治中国，不仅完成了王朝更替，也实现了一乱一治的循环过程。为了巩固对中原地区的统治，新兴的清政权采取了一系列的进步政策，与民休息。同时采取军事打击的办法，逐步消灭各个反清势力，完成了全国的统一。

为了恢复经济，清政府首先取消明末的苛捐杂税，“明末，苛政纷起，筹捐增饷，民穷财困。有清入主中国，概予蠲除，与民更始”②。同时把战后的无主土地分给农民耕种，鼓励百姓屯田、开垦荒地，并向贫苦农民提供耕畜、工具、种子等，“世祖始入关，定垦荒兴屯之令。凡州、县、卫无主荒地，分给流民及官兵屯种。如力不能垦，官给牛具、籽种，或量假屯资”③。另外，为提高农民的生产积极性，大量减免赋税，“世祖入关，首免都城居民被兵者赋役三年。顺治二年，以山西初复，免本年田租之半。三年，收江南，免漕粮三之一。八年，世祖亲政，给还九省加派额外钱粮，免山西荒地额粮一万五千顷，及直隶、山东、河南、陕西荒残额赋。恩蠲灾蠲之诏，岁数四下。康熙十年东巡，免跸路所经今年租。十三年，蠲免各省八九两年本折钱粮积欠在民者。时海内大定，诏用兵以来积欠钱粮悉免之。二十七年南巡，免江南积欠地丁钱粮，及

① （清）徐鼒：《小腆纪年附考》卷六，中华书局1957 年标点本，第202 页。

② 《清史稿》卷一百二十，中华书局1998 年标点本，第3479 页。

③ 同上书，第3501 页。

屯粮芦课米麦豆杂税。三十三年，蠲免广西、四川、贵州、云南四省应征地丁银米”①。通过执行上述经济政策，清初经济发展非常迅速，在短短数十年之中，衰退、疲惫已极的经济就得以恢复。

在政治上，清王朝对明末以来的结党现象坚决予以打击，如顺治朝的冯铨与陈名夏之争，康熙朝的鳌拜之党，明珠、索额图与汉人徐乾学、高士奇、熊赐履之党都受到不同程度的惩罚，朋党之害得到遏制。此外，整顿官吏选拔制度，重惩科举考试中的腐败作弊现象，如顺治十四年（1657）的顺天、江南科场案，杀戮、流放共达数百人，科场作弊现象销声匿迹数十年，因此清初吏治比较清明。军事上，由于清王朝是通过武力夺取天下的，因而在开国之初的顺治、康熙时期，其军队的战斗力确实很强。无论是夺天下、灭三藩，还是抵抗北方沙俄之侵略，都取得胜利。清初的一系列作为，使清前期形成比较安定繁荣的局面，后人将其称为“康乾盛世”是有道理的。

厘清明清之际政治、军事、法律、道德等方面的特征对研究名教爱情剧来说是重要的。因为这大约一百年的时间是中国历史的特殊时段，其特殊之处不仅是完成了王朝更替、实现了治乱的循环过程，更重要的是它与民族战争结合在一起。最终的结果是少数民族政权统治了中国，这样的结局对于秉承儒家文化信条的中原地区人们尤其是文人士大夫来说是很难接受的，因此这一时期文学作品大量地反映明清易代的现实也就不难理解了。就名教爱情剧而言，明清之际的社会与历史对其影响主要表现在以下几个方面：首先，在传统的男女爱情婚姻过程中增加了许多现实因素，比如党争结社、权臣专权、宦官与奸臣勾结把持朝政、经济剥削、农民起义、明清战争、科举作弊等都在剧中得到充分的展现与描写。其次，明清之际的社会大动乱与奸邪之辈横行成为名教爱情剧情节展开、人物形象塑造的社会历史背景与前提。许多青年男女的悲欢离合是借助这些历史背景得以完成的。最后，名教爱情剧的基本政治、思想立场与这一历史背景下形成的政治立场、社会态度、文人心态密切相关，剧作者对待当日政治事件的态度在剧中得到相对全面的反映。而上述几方面也是名教爱情剧区别于其他类型爱情剧的重要因素所在。

---

①《清史稿》卷一百二十一，中华书局1998年标点本，第3550页。

2. 思想、学术、文学因素

明朝建立伊始，朱元璋就确定程朱理学为国家的统治思想，到朱棣统治时期，不仅按照程朱思想编纂《四书大全》《五经大全》《性理大全》，还借助科举等将程朱理学向全国推行。在明前期，由于明王朝处于上升时期，国家各方面都还能比较正常地运行，所以作为官方思想的程朱理学也能保持一尊的地位并被社会普遍接受与遵守。但程朱理学一统天下导致思想界出现万马齐喑的不利局面。此外，程朱理学本身也因缺少新因素的注入而变得僵化。思想的僵化必然会带来思想界的革命。到明中期的正德、嘉靖年间，王阳明心学应运而生，充当了革命者的角色。因王学是在对程朱理学进行革命的前提下产生，所以很受思想界的欢迎，在社会上得到迅速传播。此外王阳明到处讲学，门下弟子众多且很出色，又都能把师门思想发扬光大，因此短短数十年间，王学势力就遍布大江南北，不但与程朱思想分庭抗礼，甚至有压倒的趋势。“原夫明初诸儒，皆朱子门人之支流余裔，师承有自，矩矱秩然。曹端、胡居仁笃践履，谨绳墨，守儒先之正传，无敢改错。学术之分，则自陈献章、王守仁始。宗献章者曰江门之学，孤行独诣，其传不远。宗守仁者曰姚江之学，别立宗旨，显与朱子背驰，门徒遍天下，流传逾百年，其教大行，其弊滋甚。嘉、隆而后，笃信程、朱，不迁异说者，无复几人矣。”①

但由于王学与禅宗思想关系较为密切，讲究顿悟，因此不很注重人格修养方面的自我约束。对人格修养约束的放松和打破导致王门后学中出现很多无所顾忌、自我放纵的现象，“阳明旷代完人，在濂溪、明道伯仲之列。不幸心斋、龙溪，不务格致，空谈良知，耄更披猖，无复顾忌。一再传而为罗近溪、周海门、赵大洲、邹南皋之倡率，邓定宇、管东溟、陶石篑、袁伯修、中郎之附和，又歧而为颜山农、何心隐、邓豁渠、李卓吾之灭裂放肆，遂令天下不惟无真儒，并无真禅。丑博通达，坚行雄辨，适以助其横流之人欲，深其倾危之习气。少年骇其奇爽，乐其放诞，内不去纷华之实，而外坐收道学之名，一鸣千和，牢不可破。驯至启、祯之间，性命、气节、经济、文章，愈出愈幻，而无一不归于虚。夬上

① 《明史》卷二百八十二，中华书局1974年标点本，第7222页。

不决，天怒鬼尤，乃至有甲申之事”[①]。而这一点在泰州学派那里表现得最为突出。泰州学派代表人物李贽、何心隐等宣扬“酒色财气不碍菩提路”，把一切道德约束都破坏无余，“何况阳明这边的末流，也放纵得不成话，如何心隐、李卓吾等辈，简直变成一个‘花和尚’！他们提倡的‘酒色财气不碍菩提路’，把个人道德、社会道德一切藩篱都冲破了，如何能令敌派人心服”[②]。这种观念为社会的整体放荡、堕落提供了理论依据。何况明后期，明王朝本身就已经进入腐败的阶段，它为人们的放荡堕落提供了现实温床。此外还须注意的是，明末出现了资本主义萌芽，先进的生产关系并没能在当时转化为革命的力量，反而使人们的情欲无限制地膨胀。三者在明末的结合导致整个社会充满了乌烟瘴气。人欲横流的现实自然让有志之士痛恨不满，对其的批判、反拨与纠正也因此发生，“平心而论，阳明学派，在二千年学术史上，确有相当之价值，不能一笔抹杀，上文所引诸家批评，不免都有些过火之处。但末流积弊，既已如此，举国人心对于他，既已由厌倦而变成憎恶，那么这种学术，如何能久存？反动之起，当然是新时代一种迫切的要求了。大反动的成功，自然在明亡清兴之后。但晚明最末之二三十年，机兆已经大露”[③]。

思想界对王学流弊进行反拨主要开始于顾宪成、高攀龙等人的东林讲学。“高攀龙，字存之，无锡人。少读书，辄有志程、朱之学。举万历十七年进士，授行人。四川佥事张世则进所著《大学初义》，诋程、朱章句，请颁天下。攀龙抗疏力驳其谬，其书遂不行。”[④]“盖东林讲学大体，约而述之，厥有两端：一在矫挽王学之末流。一在抨弹政治之现状。宋明理学，至于阳明良知之论，鞭辟近里，已达极度。而王学自龙溪、泰州以后，风被既广，流弊亦显。东林诸儒起持异议。于阳明天泉证道‘无善无恶心之体’一语，辨难尤力。”[⑤]

不过对王学的修正与反拨经历了几个阶段，“东林领袖顾泾阳、高景

① （清）彭士望：《树庐文钞》卷二《与陈昌允书》，转引自钱穆《中国近三百年学术史》，九州出版社2011年版，第145页。

② 梁启超：《中国近三百年学术史》，商务印书馆2011年版，第4页。

③ 同上书，第7、8页。

④ 《明史》卷二百四十三，中华书局1974年标点本，第6311页。

⑤ 钱穆：《中国近三百年学术史》，九州出版社2011年版，第9页。

逸提倡格物，以救空谈之弊，算是第一次修正。刘蕺山晚出，提倡慎独，以救放纵之弊，算是第二次修正。明清嬗代之际，王门下惟蕺山一派独盛，学风已渐趋健实。清初讲学大师，中州有孙夏峰，关中有李二曲，东南则黄梨洲。三人皆聚集生徒，开堂讲道，其形式与中晚明学者无别。所讲之学，大端皆宗阳明，而各有所修正”①。

而学者用来反对王学的思想武器，却又是程朱理学。这是“因为几百年来好谭性理之学风，不可猝易，而王学末流之弊，又已为时代心理所厌，矫放纵之弊则尚持守，矫空疏之弊则尊博习，而程朱学派，比较的路数相近而毛病稍轻。故由王返朱，自然之数也”②。

清朝入主中原后，在思想领域延续了明末以来反对王学的趋势，同时为稳固自己的统治，在思想领域重新确立了程朱理学的统治地位。这点可通过清朝科举的出题要求以及对程朱派思想家的推崇和奖励来说明。“《四书》主朱子《集注》，《易》主程《传》、朱子《本义》，《书》主蔡《传》，《诗》主朱子《集传》，《春秋》主胡安国《传》，《礼记》主陈澔《集说》。”③ 而清代第一位从祀孔庙、享受官方祭祀待遇的思想家是纯粹程朱派的陆陇其。陆陇其之所以能从祀文庙，主要是因为他在思想立场上完全以朱熹为准则，凡与朱熹观点相同者全对，凡与朱熹悖谬者全不对，“今当悉遵朱子。其他种种与朱子背谬者，不可殚述，应悉改正。吾辈今日学问，只是遵朱子。朱子之意即圣人之意；非朱子之意，即非圣人之意，断断不可错认了”④。因此说，明清之际思想的特殊之处在于它完成了由王学向程朱理学转变的过程。

受思想界变化影响最为明显的是文学领域。明代后期文坛势力最大的莫过于以三袁为主力的公安派，以钟惺、谭元春为核心的竟陵派。这两派文学理论的思想前提为王学尤其是王学左派的思想。“从此看来，谓公安、竟陵之文出自左派王学，真是确见。只须于王学有所会得，自会走上这一路去。”⑤ 王学左派文学理论的代表观点是李贽的童心说，“夫童

---

① 梁启超：《中国近三百年学术史》，商务印书馆2011年版，第53页。

② 同上书，第121页。

③ 《清史稿》卷一百八，中华书局1998年标点本，第3148页。

④ （清）陆陇其：《松阳讲义》卷一，华夏出版社2013年标点本，第4页。

⑤ 郭绍虞：《中国文学批评史》下册，商务印书馆2010年版，第250页。

心者，真心也。若以童心为不可，是以真心为不可也。夫童心者，绝假纯真，最初一念之本心也。若失却童心，便失却真心；失却真心，便失却真人。人而非真，全不复有初矣。……童心既障，于是发而为言语，则言语不由衷；见而为政事，则政事无根柢；著而为文辞，则文辞不能达。非内含于章美也，非笃实生辉光也，欲求一句有德之言，卒不可得。所以者何？以童心既障，而以从外入者闻见道理为之心也。……天下之至文，未有不出于童心焉者也"①。所以公安派在文学创作上反对复古模拟，讲求性灵，不拘格调，"大都独抒性灵，不拘格套，非从自己胸臆流出，不肯下笔。有时情与境会，顷刻千言，如水东注，令人夺魄。其间有佳处，亦有疵处，佳处自不必言，即疵处亦多本色独造语。然予则极喜其疵处；而所谓佳者，尚不能不以粉饰蹈袭为恨，以为未能尽脱近代文人气习故也。盖诗文至近代而卑极矣，文则必欲准于秦、汉，诗者必欲准于盛唐，剿袭模拟，影响步趋，见人有一语不相肖者，则共指以为野狐外道。曾不知文准秦、汉矣，秦、汉人曷尝字字学《六经》欤？诗准盛唐矣，盛唐人何尝字字学汉、魏欤？秦、汉而学《六经》，岂复有秦、汉之文？盛唐而学汉、魏，岂复有盛唐之诗？唯夫代有升降，而法不相沿，各极其变，各穷其趣，所以可贵，原不可以优劣论也。且夫天下之物，孤行则必不可无，必不可无，虽欲废焉而不能；雷同则可以不有，可以不有，则虽欲存焉而不能。故吾谓今之诗文不传矣"②。竟陵派与公安派大同小异，"公安矫七子之肤熟，肤熟诚有弊，然而学古不能为七子之罪。竟陵又矫公安之俚僻，俚僻诚有弊，然而性灵又不能为公安之非。竟陵正因要学古而不欲坠于肤熟，所以以性灵救之，竟陵又正因主性灵而不欲陷于俚僻，所以又欲以学古矫之"③。

但公安、竟陵两派过于追求性灵，因而在文学创作上都走入误区。公安派之误区在俚僻。"或曰：'进之文超逸爽朗，言切而旨远，其为一代才人无疑。诗穷新极变，物无遁情，然中或有一二语，近平近俚近俳，何也？'余曰：'此进之矫枉之作，以为不如是，不足矫浮泛之弊，而阔

---

① （明）李贽：《焚书》卷三，《焚书·续焚书》，中华书局2009年标点本，第98、99页。

② 钱伯城笺校：《袁宏道集笺校》卷四，上海古籍出版社1959年标点本，第187、188页。

③ 郭绍虞：《中国文学批评史》下册，商务印书馆2010年版，第296页。

时人之目也。’然在古亦有之，有以平而传者，如‘睫在眼前人不见’之类是也；有以俚而传者，如‘一百饶一下，打汝九十九’之类是也；有以俳而传者，如‘迫窘诘曲几穷哉’之类是也。古今文人，为诗所困，故逸士辈出，为脱其粘而释其缚。不然，古之才人，何所不足，何至取一二浅易之语，不能自舍，以取世嗤哉？”① 竟陵派则滑入深幽孤峭一路，原因“只在为要求古人真诗之故，强欲于古人诗中看出其性灵而已。强于古人诗中求其性灵，于是不得不玩索于一字一句之间。玩索之久，觉得某句奇妙、某字鲜秾，某是苦语、某是很语，某字深甚、某字远甚，到此地步，虽欲不走入魔道而不可能”②。

如此文学风气下，明末文学自难出色，也为人所诟病，所以对其改革成为必然。对其的修正与思想界的修正相似，也首先是从王学左派的文学家中出现，如焦竑与袁中道，“至就其与公安相异之点言，即公安有意矫枉，而弱侯尚庶几‘允执厥中’。弱侯由博返约，所以才与学可相得益彰。昔人以为诗有别才非关学，而他则以为博学并不妨碍作诗”③。

随后钱谦益等人在文学观念与文学风格上就与公安、竟陵大不相同，而逐渐地向清代文学风格转变。这种转变首先在于抛弃了门户之见，转益多师，“明人论诗，正因各以偏胜见长，所以分别门户。清初一般人，大抵均反此风气，不欲以门庭自限”④。再有就是重视学问与法度，“他所谓文章，是一方面重在性灵，一方面重在学问。这双管齐下的文章定义，可以说是对于七子、竟陵之补救，同时也可以说是集归、唐、公安之大成。性灵与学问，如何可以双方兼顾呢？他便用一‘真’字以联贯之。性灵求其真，学问求其真，于是双管齐下，可以一以贯之了”⑤。

到了清初文学家那里，更是将学问、义理与词章三者结合起来，将性灵、格调、法度等结合起来，如顾炎武，“其论文之足以见其学者见解者，则为义理、考据、词章三位一体的文学观。这是清代一般文人学者

---

① 钱伯城笺校：《袁宏道集笺校》卷十八，上海古籍出版社 1959 年标点本，第 710、711 页。

② 郭绍虞：《中国文学批评史》下册，商务印书馆 2010 年版，第 297 页。

③ 同上书，第 264 页。

④ 同上书，第 552 页。

⑤ 同上书，第 338 页。

共同的主张，而其意实发自顾黄”①。

除思想与文学在明清之际发生明显转变外，与之同步进行的还有学术。明代自科举取士以来，读书人把精力全放在举业上，除考试所用的《四书大全》《五经大全》《性理大全》等书籍外，其他书皆以妨碍举业为由束之高阁，因而明代文人的学问整体趋于空疏。王学流行以后，讲求顿悟，不重格致，其空疏程度更是变本加厉。“士生今日，以科举之学相尚，速成捷得，日趋简陋，有终其身未睹五经文字者，矧十三经汉唐注疏之书乎？全史固未易办，温公《资治通鉴》、紫阳《纲目》又为庸妄子芟订，几于断烂朝报，贻误后生。甚矣，今日经史之难言也。”②

不但不读书，明代人还有乱改、乱解古书的坏习惯，伪造书籍的坏毛病，“近代之文章，河决鱼烂，败坏而不可救者，凡以百年以来，学问之缪种，浸淫于世运，熏结于人心，袭习纶轮，酝酿发作，以至于此极也。盖经学之缪三：一曰解经之缪，以臆见考《诗》、《书》，以杜撰窜三《传》，凿空瞽说，则会稽季氏本为之魁；二曰乱经之缪，石经托之贾逵，诗传儗诸子贡，矫诬乱真，则四明丰氏坊为之魁；三曰侮经之缪，诃《虞书》为俳偶，摘《雅》、《颂》为重复，非圣无法，则余姚孙氏矿为之魁”③。

至于明人自己的学术著作，则又谬乱而无家法，粗制滥造的现象相当普遍，“史学之缪三：一曰读史之缪，目学耳食，踵温陵卓吾之论，而漫无折衷者是也；二曰集史之缪，攘遗舍沈，昉毗陵荆川之集录，而茫无钩贯者是也；三曰作史之缪，不立长编，不起凡例，不谙典要，腐于南城，芜于南浔，踳驳于晋江，以至于盲瞽僭乱，蟪声而蚋鸣者皆是也”④。

所以到明代末年，许多学者起来鼓励人们读书。“明朝人不喜读书，已成习惯，据费燕峰所说：‘《十三经注疏》除福建版外，没有第二部。’固陋到这种程度，实令人吃惊。但是，到万历末年以后，风气渐变了。

① 郭绍虞：《中国文学批评史》下册，商务印书馆 2010 年版，第 345、346 页。

② （明）徐柯：《一老庵诗文集》，华东师范大学出版社 2010 年标点本，第 99 页。

③ （清）钱谦益：《牧斋有学集》卷十七，上海古籍出版社 1996 年标点本，第 768 页。

④ 同上。

焦弱侯的《国史经籍志》，在‘目录学’上就很有相当的价值。范尧卿创立天一阁，实为现在全国——或者还是全世界——最古最大的私人图书馆。毛子晋和他的儿子斧季，他们家的汲古阁专收藏宋元刻善本，所刻《津逮秘书》和许多单行本古籍，直到今日，还在中国读书界有很大价值。这几位都是明朝最后二三十年间人。他们这些事业，都可以说是当时讲学的反动。这点反动，实在是给后来学者很有益的工具。”①

清初学者在明末学者的基础上继续增高，最终由顾炎武、黄宗羲等人开创并形成了清代的朴学学风。可以说，清代朴学虽由顾、黄等人最终确定下来，但其学术源头却在明代最后的历史阶段，对此钱穆先生论证得极为清楚。“亭林之治古音，乃承明陈第季立之遗绪。陈氏有《毛诗古音考》，《屈宋古音义》，其书取径即与亭林《诗本音》、《易本音》相似。陈氏《毛诗古音考序》，自谓‘为考据列本证、旁证二条。本证者，《诗》自相证也。旁证者，采之他书也。二者俱无，则宛转以审其音，参伍以谐其韵’。其据古求证之方法，岂不已先亭林而为之乎？其后阎百诗为《尚书古文疏证》，亦承明季梅鷟《古文尚书考异》，非自创辟。特后来居上，继事加精耳。清儒言考证推本顾、阎者，乃以本朝自为限断，亦不谓其事由两人特造，更无来历也。杨慎用修治古音，犹在陈第前，而不如陈之精密。然亭林《唐韵正》犹有取于杨氏《转注古音略》之说。《四库提要》子部杂家论方以智《通雅》云：‘明之中叶，以博洽著者称杨慎，而陈耀文起而与争。然慎好伪说以售欺，耀文好蔓引以求胜。次则焦竑，亦喜考证，而习与李贽游，动辄牵缀佛书，伤于芜杂。惟以智崛起崇祯中，考据精核，迥出其上。风气既开，国初顾炎武、阎若璩、朱彝尊等沿波而起，始一扫悬揣之空谈。’此清廷馆阁词臣，序清儒考证之学，亦谓沿明中叶杨慎诸人而来，不自谓由清世开辟也。焦里堂亦言之：‘南宋空衍理学，而汉儒训诂之学几即于废。明末以来，稍复古学。在前若杨升庵，在后若毛大可’云云。里堂在野，亲值汉学极盛，推溯来历，亦谓起明季，与四库馆臣之言相应。”②

明清之际思想、学术、文学风气的转变，对名教爱情剧的影响甚至

① 梁启超：《中国近三百年学术史》，商务印书馆 2011 年版，第 10 页。

② 钱穆：《中国近三百年学术史》，九州出版社 2011 年版，第 148 页。

超过了政治、经济层面，可以说，名教爱情剧即是由此而出现并大量泛滥的。以汤显祖为代表的进步戏曲家在思想上皆以王学左派为依据，因此推崇人的个性解放，具有较强的反封建精神。而程朱理学在人性方面则以“存天理、灭人欲”为主的。王学左派与程朱学派根本不能相容。所以当社会思想整体由王学向程朱理学转变时，以恪守礼教为主的戏曲作品大量出现是必然的结果。既然传奇以“十部传奇九相思”为主要特色，那么能与当日社会思想、学术、文学风气转换相适应的自然也就是以遵守名教为特点的名教爱情剧了。至于像《牡丹亭》一类的作品则因与社会主流思想相冲突而遭到批判。其次，由于推崇性灵，以汤显祖为代表的戏曲家们在创作时多以展现作家自我才情为主，反对规矩对人才情的约束，因此他们的剧作经常会突破戏曲格律、音韵的束缚，这一点可以从汤显祖“不妨拗折天下人嗓子”这句话中看出。而随着义理、学问、法度等在诗文创作中占据主导地位，同为文学一脉的戏曲创作自然也会同样地以规矩为准则，而严守曲牌、音律规范的要求在名教爱情剧创作中也确实被明确地提了出来。再有，程朱理学要求文学创作以诗教为旨归，温柔敦厚、中正和平构成文学的基本审美风格。其语言则以学问为支撑。所以名教爱情剧对学问空疏的现象做了严厉的讽刺与批评，至于其声调则推崇雅音而反对俗调。“扮演梨园，须从昆调。弋阳、海盐等，不得过问也。”①

（二）名教爱情剧

早在先秦时期，名教已作为一个整体来使用。但其内涵与后世不同，如《管子·山至数》：“昔者周人有天下，诸侯宾服，名教通于天下，而夺于其下，何数也?”② 此处名教泛指一般的名声与教化。自汉武帝“罢黜百家，独尊儒术”后的两千多年时间里，由于儒家思想一直在中国思想界占据统治地位，承担着社会教化的任务，因此人们就把泛指名声、教化的名教一词的内涵加以特定化，也即名教的内涵由原来的名声、教

① （清）孙郁：《双鱼佩》，《凡例记略》，《古本戏曲丛刊三集》，文学古籍刊行社 1957 年影印本。

② 黎翔凤：《管子校注》卷二十二，《山至数》第七十六，中华书局 2004 年标点本，第 1326 页。

化变成礼教。如袁宏《后汉纪·献帝纪》："夫君臣父子，名教之本也。"[①] 曾巩《上杜相公书》："重名教，以矫衰弊之俗。"[②] 由于名教在汉以后专指礼教，所以后人就将违背礼教的行为称为得罪名教，而将违背礼教的人称为名教罪人。如清代钱名世即因党附年羹尧，被清世宗斥为名教罪人，"探花钱名世以年羹尧之党，世宗斥为名教罪人"[③]。

由于名教一词在中国封建社会中主指礼教，因此以名教作限制词的内容必然和名教或者说礼教有着密切的关系。在本书中，既然将研究对象命名为名教爱情剧，那么此类爱情剧也必然与名教有着密切的联系。实际上，这里之所以将其命名为名教爱情剧不仅是因为其中多个剧本出现名教一词，而且还因为其维护名教的立场倾向，以及对破坏名教行为的批判。

【意不尽】多情莫笑无情戆，节操须关名教场，羞称艳冷，词还正雅，规放荡。[④]

在这里，沈自晋明确提出戏曲作品必须恪守名教，坚守节操，以雅正为基本的写作原则，积极承担规劝放荡的教化任务，坚决反对在戏曲中宣扬放荡无礼的行为、思想。在《小河洲》中，铁中玉是水冰心的救命恩人，而当他因救水冰心被奸邪之徒陷害得病时，水冰心又将其接回水家养病。因此二人间的关系有了瓜田李下之嫌。后当两家父母为他们缔结婚姻时，二人为避嫌坚决予以反对。最后经皇帝验明他们之间确实没有私情，二人才奉旨结成正式夫妻。这种遵守名教的立场与行为被作家赞同、提倡。

【沁园春】铁子探亲，为怜鸳侣，罪正奸佞。水冰心俏胆，移花

① （东晋）袁宏：《后汉纪》卷二十六，《两汉纪》下册，中华书局2017年标点本，第509页。

② （北宋）曾巩：《曾巩集》卷十五，中华书局1984年标点本，第241页。

③ 商衍鎏：《清代科举考试述录及有关著作》，百花文艺出版社2004年版，第329页。

④ （明）沈自晋：《望湖亭》卷下，《古本戏曲丛刊二集》，上海商务印书馆1955年影印本，第44页。

接木，万回千转，不肯回头。两侠相逢，受恩知报，敢冒嫌疑下榻留。梁间子，见灯花影里，道义绸缪。奸谋，恨却婚求。用毒计，忠良幸不休。喜救人拚命，将身敢保，旧衔还借，一战功收。百计千方，反惊奸胆，花烛三番真好逑。封章奏，见人伦义侠，名教风流。①

再如《双鱼佩》中，由于柳应龙守身严正，不欺暗室，能够拒绝女子请求约会、建立私情的要求，因而得到上天的垂顾，将其科举名次由第二十七名提拔为第一名解元。在对恪守、维护名教行为进行褒奖的同时，名教爱情剧对破坏名教的行为则予以严厉的指责与批判。如柳应龙的表兄弟奚必学假托花府小姐的名义，伪造私信邀请柳应龙夜晚赴花园约会。他这种不顾礼法、败坏名教、玷污他人名节的行为是极其恶劣的，因此受到神灵革除功名的处罚。

（末冠带扮朱衣神上）青桂婆娑玉殿前，广寒宫里问婵娟。时人莫道登科易，进退升沉总在天。吾乃朱衣是也。奉帝君之命，柳应龙不赴私约，有功名教，原该中二十七名，今已拔作解元。奚必学下科当中，因他擅写假书，污人闺门，今已削去桂籍。明早乃下方揭晓之期，天榜先定，不怕只些试官，不在其彀中也。②

又如《永团圆》一剧中，江讷欲退蔡家的婚约，就邀请当地一位致仕的年老乡绅作见证。后来此乡绅又为此事替江讷向衙门投递诉状。不料丑事为当地读书人所知，于是他们堵住乡绅，指责他败坏名教，是衣冠禽兽。书生们的语言虽然不敬，然这也是乡绅咎由自取。

（小生）请问老先生今日有甚事要见太翁？（付净）学生有一便

① （清）李应桂：《小河洲》卷上，《古本戏曲丛刊五集》，上海古籍出版社1986年影印本，第1页。

② （清）孙郁：《双鱼佩》下卷，《古本戏曲丛刊三集》，文学古籍刊行社1957年影印本，第9页。

民公事，特来面讲。（小生）恐怕不是便民，倒是退婚的事。（丑）恐怕还是坑儒的事。（付净）好笑得紧。学生居乡，并不与一些闲事，兄辈为何这等唐突？（末上）江家诉状在此了。（付净急袖介）（小生、丑嚷介）前日与江家主张退婚，今日又替他投诉状。蔡兄与汝何仇，必下这等毒手。况你也是名教中人，何苦与铜臭做犬马。（付净）这等狂徒，你敢凌虐先达么？（小生、丑）什么先达，你是衣冠禽兽。（各骂介）①

冒名顶替当然是无耻的行径。所以指责冒名顶替为侮辱名教、冒名者为匪类也没有什么过错。当然，冒名者尚知羞愧，也可见良心未泯。知过能改，善莫大焉，改过向善正符合提倡名教的要求。

（外向丑介）近有一种匪类先生，竟辱名教，石兄也闻得么？（丑羞惭勉强介）不曾。（末）我想延师如石兄者，定然不差。（外笑介）我家先生，择取再三，非假非冒，岂有差错之理。②

维护名教不仅是名教爱情剧的基本要求与重要特点，其实在明清之际，恪守、推崇名教乃是整个国家与社会的普遍性观念与道德规范要求。

学问之事，要得趣于日用饮食，而有裨于纲常名教。其规模宜宏，操功宜阖，不从阖然处用力，便是假之也，故《论语》首章即拈出“不愠”二字。③

甲申以后，士之好名者强与国事，死者先后相望，乾初曰：“非义之义，大人勿为。人之贤不肖，生平具在。故孔子谓未知生焉知死。今人动称末后一著，遂使奸盗优倡同登节义，浊乱无纪。死节

---

① （清）李玉：《永团圆》卷上，《古本戏曲丛刊三集》，文学古籍刊行社 1957 年影印本，第 34、35 页。

② （清）李应桂：《梅花诗》上卷，《古本戏曲丛刊五集》，上海古籍出版社 1986 年影印本，第 42 页。

③ （清）孙奇逢：《夏峰先生集》卷十三，中华书局 2004 年标点本，第 553 页。

一案，真可痛也。”乾初之论，未有不补名教者。①

圣人无不可为之时，不论有道无道，直以纲常名教为己任，拨乱反治为己责。若自己德非圣人，才不足以拨乱反治，只宜遵圣人家法，有道则见以行义，无道则隐以守身，宁迹同沮、溺、丈人之偏，慎无蹈昧于知止之辙。②

孙奇逢、黄宗羲、李颙是明清之际具有全国影响力的、阳明学派最著名的讲学大儒。孙奇逢在中原、李颙在关中、黄宗羲在江南，三人门生弟子遍天下，可见名教之要求在当日是非常迫切的。

乃以今观之，则无官不赂遗，而人人皆吏士之为矣；无守不盗窃，而人人皆僮竖之为矣。自其束发读书之时，所以劝之者，不过所谓“千钟粟”、“黄金屋”，而一旦服官，即求其所大欲。君臣上下怀利以相接，遂成风流，不可复制。后之为治者，宜何术之操？曰：唯名可以胜之。名之所在，上之所庸，而忠信廉洁者显荣于世；名之所去，上之所摈，而怙侈贪得者废锢于家。即不无一二矫伪之徒，犹愈于肆然而为利者。《南史》有云：“汉世士务修身，故忠孝成俗。至于乘轩服冕，非此莫由。晋、宋以来，风衰义缺。”故昔人之言，曰名教、曰名节、曰功名，不能使天下之人以义为利，而犹使之以名为利，虽非纯王之风，亦可以救积洿之俗矣。③

作为清代学术的开山，顾炎武认为要想挽救社会道德败坏的现实，必须提倡名教。可见在明清之际的堕落现实刺激下，四位最杰出的思想家皆对名教持赞成与肯定态度。不仅是文章，在实际行动中，他们也是名教中的佼佼者。在改朝换代的历史大变动中，他们皆恪守名教规范，先是与明代末年的邪恶势力作斗争，尤其是孙奇逢与黄宗羲更以道义著称。而在清军进入中原时，他们又先后举起武装反抗的义旗；军事斗争

① （清）黄宗羲：《黄梨洲文集》，中华书局2009年标点本，第174页。

② （清）李颙：《二曲集》卷三十九，中华书局1996年标点本，第506页。

③ （清）顾炎武：《日知录》卷十三，上海古籍出版社2012年标点本，第533页。

失败后，不是邀名取利，而是窜身于山谷之中，保持高尚的民族气节，坚决不与清政权合作，真可谓坚守名教的典范。其实清朝统治者尽管对中原人民反抗异族统治的行为大为恼怒，但对反抗者以名教为号召进行的军事或道德抵抗行为也不得不予以表扬，毕竟他们也需要所谓的忠臣义士来维护自己的统治。

> 今就有明一代死义死事之臣，博采旁蒐，汇次如左。同死者，各因事附见。其事实繁多及国家兴亡所系，或连属他传，本末始著，与夫直谏死忠，疏草传诵人口，概具前帙。至若抒忠胜国，抗命兴朝，稽诸前史，例得并书。我太祖、太宗忠厚开基，扶植名教，奖张铨之守义，释张春而加礼，洪量同天地，大义悬日月，国史所载，焕若丹青。诸臣之遂志成仁，斯为无忝，故备列焉。[①]

与时代相适应的文学作品中，传统的雅文学诗歌、散文且不必论，即便是在当日被称为不登大雅之堂的戏曲、小说也处处透露出提倡名教的味道。除名教爱情剧外，在明清之际还出现了大量反映忠奸斗争、民族战争的优秀戏曲作品，如李玉的《清忠谱》、孔尚任的《桃花扇》。在小说领域，与名教爱情剧相对应的才子佳人小说更是以推崇名教为宗旨，如《玉娇梨》的作者就直接署名为“名教中人”，其思想可通过下面这则材料以见一斑。当然此类小说、戏曲中的名教多与才子风流结合在一起，尽管也具有一定的现实性，但是与思想家的认识相比落后很多，常给人以封建卫道者的印象。

> 因思《二南》仍在人间，《桃夭》未尝乏种。第未竖懿形，无从求淑影，因谱兹《好逑》一案，使世知天才佳丽，原有安排，人每自轻，不知消受。惟德流荇菜，方享人生之福；礼正斧柯，始成名教之荣。舍此而登徒窥共柏之情墙，非然而嫫姆掷潘安之果，吾见其不知量，而只自取辱耳。故于归之径，周行是正，直御为安。稍涉逶迤，而佚者则避之，义者则辞之，非以之子为不美而不动心，

① 《明史》卷二百八十九，中华书局1974年标点本，第7408页。

非以家室为不愿而不属意。所以然者，爱伦常甚于爱美色，重廉耻过于重婚姻。是以恩有为恩，不敢媚恩而辱体；情有为情，何忍恣情以愧心？未尝不爱，爱之至而敬生焉；未尝不亲，亲之极而私绝焉。甚至恭勤饮食如大宾，告诫衾裯为良友，伉俪至此，风斯美矣。此其所以为“好逑”而《诗》独咏之哉。①

明清之际的人们之所以宣扬名教观念，应该与当日的社会现实密切相关。从万历时期开始，整个明王朝开始腐烂溃败，此时人心道德沦丧得极为严重。一般的社会上层人士沉迷于酒色之中，奢侈堕落。官员们为功名利禄，不顾廉耻，投机钻营，阿谀奉承。至于孔孟所宣扬的“修身、齐家、治国、平天下”的理念早已被抛到一边。因此有志之士提倡名节，主持清议，以图挽救道德人心。“盖明自万历以下，朝纲既颓，阉珰日炽。忧时之士，激于浊世，出持清议。东林一唱，四方响应，亦自机运所触，有不知其然而然者。而东林当时所主持者，其一则曰明是非。”② 其结果为：

晚明启、祯之际，忠烈接踵，不得谓非东林讲学之效。陈几亭所谓“上士贞其身，移风易俗”，东林有之。流风未沫，及于清初，如顾亭林之耿介，李二曲之坚卓，其人格之峻，操持之高，皆东林之嗣响也。③

如果说明末主要是为忠奸斗争、区分清流浊流而提倡名节，那么当清兵入关之后，提倡名节的核心就变成坚持民族大义了。在明清易代过程中，不仅战场上许多将领投敌卖国，如祖大寿、耿精忠、尚可喜、洪承畴、吴三桂等，即连主持名节、负天下重望的许多士林领袖都变节事敌，如清兵南下时开门迎降的钱谦益、王铎，抵抗不住压力出仕新朝的吴伟业，真可谓名节扫地。更有甚者，毫无人格可言，农民起义军来投

① （清）名教中人：《好逑传》，上海古籍出版社1994年标点本，第2页。
② 钱穆：《中国近三百年学术史》，九州出版社2011年版，第15页。
③ 同上书，第19页。

降起义军，清兵一到又做清朝的高官，如孙承泽、龚鼎孳，真是遗臭万年。“王曰：‘尔科道何仍蹈故习，陷害无辜？’给事中龚鼎孳曰：‘冯铨乃党附魏忠贤作恶之人。’铨曰：‘鼎孳何反顺陷害君父之李贼，竟为北城御史？’王曰：‘此言实否？’鼎孳曰：‘实。岂鼎孳一人，何人不曾归顺，魏征亦曾归顺唐太宗。’王曰：‘人果自立忠贞，然后可以责人。鼎孳自比魏征，以李贼比唐太宗，殊为可耻。此等人何得侈口论人，但缩颈静坐以免人言可也。此番姑免尔等之罪，如不改悔，定不尔贷。’”① 因此在这样的时代，提倡名教或者说名节，是必然而急需的。

社会层面而外，从戏曲来说，通过与《西厢记》《牡丹亭》等真正宣扬男女爱情的剧目相比较，也可以看出名教爱情剧侧重于维护名教的一面。在《西厢记》《牡丹亭》等剧中，男女主人公为了爱情都可以勇敢地突破封建婚姻观的束缚，也对代表封建权威的父母进行了坚决的斗争。而科举功名对张生、崔莺莺来说，远没有爱情来得重要。“你与俺崔相国做女婿，夫荣妻贵，但得一个并头莲，索强似状元及第。”② 至于其创作思想，也是以对爱情的歌颂、对至情的颂扬为旨归，“如丽娘者，乃可谓之有情人耳。情不知所起，一往而深，生者可以死，死可以生。生而不可与死，死而不可复生者，皆非情之至也”③。

名教爱情剧则不然，其男女主人公虽然也一见钟情，其行为也多有花前月下、约会谈情的场面。但男女双方的行动皆保持在“度”的范围之内，这个度就是“发乎情，止乎礼义”，绝没有崔莺莺与张生那种私下结为夫妻的举动。很多剧目甚至出现约会时男女主人公大谈礼教这种极煞风景的情况。在爱情遇到父母的阻挠时，女主人公基本都选择听从父母之命，所能做的只是暗地里感叹所适非偶的不幸。虽然个别女主人公与父母进行了抗争，但抗争的出发点却是因为父母要悔婚，毁坏自己的贞节，为了维护“一女不事二夫”的贞节观念她不得不进行反抗，这与一般意义上的爱情没有什么关系。还有一个非常重要的不同之处是，《西

① （清）蒋良骐：《东华录》卷五，齐鲁书社 2005 年标点本，第 74、75 页。

② 黄竹三、冯俊杰主编：《六十种曲评注》第九册，吉林人民出版社 2001 年版，第 504 页。

③ 徐朔方笺校：《诗文》卷三十三，《汤显祖集全编》，上海古籍出版社 2015 年标点本，第 1552 页。

厢记》《牡丹亭》一类的爱情剧为了表示爱情的忠贞，都采取一男一女的组合方式，绝对不允许一夫多妻妾现象的存在。而名教爱情剧则不然，一男两女的组合在剧中不仅极为普遍且被宣扬，个别剧目甚至还是一男三女的婚姻格局。对待功名，名教爱情剧非常在乎，不取得功名对主人公来说绝对是人生的缺憾。剧中不但有大量科举描写，而且人生不得意的失落感也是一有机会就要不厌其烦地陈诉一番，许多剧目更是明确地陈述婚宦并重的思想。对功名科举的重视，对婚姻的渴求使得剧中男主人公的人格要求也因此变得重要起来。维护名教、坚守名节，关心国家、社会大事，与一切邪恶势力作斗争，孝敬父母、延续宗族等在名教爱情剧中处处可见。可以这么说，与《西厢记》《牡丹亭》等反封建的爱情剧相比，名教爱情剧在爱情描写方面确实逊色太多，但在反映现实的力度与广度上，则《西厢记》《牡丹亭》等与之相比却相差甚远。尺有所短，寸有所长，可谓是各有所得吧。

综上所述，由于明清之际的社会现实急需通过提倡名教来挽救日益堕落的世道人心，挽救国家的危亡，因此“名教”成为当日社会最为流行的话语之一。名教爱情剧不仅产生于这个时代，且本身也以提倡名教为根本性特点，因此用“名教”一词来概括此类爱情剧是恰当的，也是符合事实的。

（三）名教爱情剧剧目

名教爱情剧作集中收录于郑振铎、吴晓玲先生先后主持整理、出版的《古本戏曲丛刊初集》《古本戏曲丛刊二集》《古本戏曲丛刊三集》《古本戏曲丛刊五集》中。除《古本戏曲丛刊》外，一些戏曲界藏书家如傅惜华、程砚秋先生所藏的剧本，以及一些作家个人文集如《李渔全集》（浙江古籍出版社 1992 年版）中也保留着一些名教爱情剧目。现将本书所用的、收录于《古本戏曲丛刊》与《李渔全集》中的名教爱情剧目罗列如下。

《古本戏曲丛刊初集》：

第十一函：明周朝俊《红梅记》。第十二函：明朱期《玉丸记》。

《古本戏曲丛刊二集》：

第三函：明叶宪祖《鸾锟记》，明周履靖《锦笺记》，明单本《五闹蕉帕记》。第五函：明玩花主人《妆楼记》。第六函：明□□《西湖记》。

第七函：明沈孚中《绾春园》。第八函：明马佶人（撷花主人）《荷花荡》，明沈自晋（鞠通生）《望湖亭记》。第九函：明路迪《鸳鸯绦》。第十函：明阮大铖《春灯谜》《燕子笺》。第十一函：明西湖居士《灵犀锦》《诗赋盟》《明月环》。第十二函：明湖隐居士《金钿盒》。

《古本戏曲丛刊三集》：

第一函：明史磐《鹣钗记》，明许自昌《灵犀佩》。第二函：明王异《弄珠楼》，明许恒《二奇缘》，明吴炳《绿牡丹》。第三函：明吴炳《情邮记》《画中人》《西园记》，明王元春《景园记》，明王翃《红情言》。第四函：明□□《衣珠记》，明□□《吐绒记》，明□□《金花记》，清李玉《永团圆》。第六函：清李玉《意中人》。第七函：清朱佐朝《艳云亭》。第九函：清周坦纶《玉鸳鸯》，清刘方《天马媒》，清邱园《幻缘箱》。第十一函：清陈二白《称人心》，清王鑨《秋虎丘》。第十二函：清孙郁（雪厓啸侣）《双鱼佩》，清采芝客《鸳鸯梦》。

《古本戏曲丛刊五集》：

第二函：清李玉《五高风》，清无名氏《十美图》。第三函：清丁耀亢《西湖扇》。第四函：清龙燮《江花梦》。第五函：清吕履恒《洛神庙》，清黄钺《四友堂里言》。第六函：清徐石麒《珊瑚鞭》。第七函：清程瀛鹤《蟾宫操》，清李应桂《梅花诗》《小河洲》。第八函：清汪光被《广寒香》《芙蓉楼》。第九函：清曹岩《风前月下填词》。第十函：清无名氏《三凤缘》。

《李渔全集》：

第四册：《怜香伴》《风筝误》《凰求凤》《蜃中楼》。

上面共列举笔者阅读并认定为名教爱情剧的剧目共五十八种。实际现存的、可归入名教爱情剧的剧目应该还有一些，比如与才子佳人小说《平山冷燕》存在相互影响关系的传奇剧本《玉尺楼》、与才子佳人小说《锦香亭》存在改编关系的传奇剧本《锦香亭》等。

第一章

名教爱情剧之特征

明清之际约有百年的时间，而名教爱情剧由不同作家在不同时期创作出来，因此名教爱情剧各作品自然会在细节描写上存在一定差异。但名教爱情剧既然在明清之际大量出现，又都以男女爱情婚姻、维护名教为内容，那么它们之间也必然会存在许多共性特征。具体地说，名教爱情剧共有特征主要体现在以下几个方面：

一　有助教化之创作宗旨

作为礼教的代名词，名教本身包含着教化的要求。但因名教爱情剧是在明清之际产生的，因此剧作在描写男女悲欢离合的爱情故事时，难免会在一定程度上受到明末个性解放思潮及《牡丹亭》等进步剧作的影响，从而具有一定的反封建色彩。这点可从一些剧作的男女主人公通过自由恋爱结合在一起的事实予以证明，也可从个别剧中父母对儿女的自由恋爱持赞同态度来加以解释。但是从剧作自身的基本思想立场而言，其落脚点却在于教化，或者说宣扬封建忠孝节义思想。

> 《锦笺记》者，记梅、柳伉俪之终始也。岂谭风月、资谳笑而已哉。抱真先生愤世破情，特为是以垂闺范耳。其曰世谊亲昵，惩结义也；曰词笺召衅，禁工文也；曰慕德耀、感乞儿，谓内言外言毋出入也。游观当戒，何论僧尼寺庵，即家园难免窥觇；眼色易牵，宁独淫僧狂客，即性女亦自垂情。兼以三姑六婆，奸诡万状，捷如姚江，严如帅府，且为笼络透漏，况其他乎。若夫励操全盟，割爱忘妒，捐躯代选，安分辞荣，节义两全，讵不称美。而自衒自售之

妇，徒取杀身辱名，观者莫不惕然哉。此先生作记意也。①

在此序中，作者明确指出剧作家的写作目的应是关注世道人心，以求能有助于教化，激发人之忠孝节义之心，而加强女子的闺范教育是需要特殊强调的。必须教育妇女们珍惜名节，提高自己的道德修养，不与男子攀亲认故，不游走街市，不将闺中笔墨传与外人，不与三姑六婆交往，不妒忌，不争名利，能够舍生取义。坚决反对戏曲创作只是为了满足人们的审美欣赏要求而去展现男女的悲欢离合、邂逅佳话。至于剧中所描写的风月谈资、风流韵事，都是作者应予以批判的对象。因为按照作者的看法，这些都容易让男女之间产生私情，从而做出悖礼乱德、败坏名节之事。

传奇之与填词家有异乎？曰：有。词以摹情，传奇以谕俗，意亦颇主劝惩，固三百篇之支裔也。自忠孝节烈一变而为柔情曼声，而侠骨刚肠化同绕指。议者不无诲淫之虑，而铜将军铁绰板唱《大江东去》，苏学士亦以贻讥。二者聚讼，余有以平之曰：发乎情、止乎礼义，好色不淫，怨诽不乱，兼风雅而为骚。即仿遗骚而为歌曲，斯莫尚矣。昔人以《西厢》化工，《琵琶》画工，二书至今几与贝叶同珍，兰台同寿。而命意各殊，俱臻绝顶。如《琵琶》之绘真妇孝子固已。崔张会冥，妖艳绝世，而李秃翁读之，以为是必有大不得意于君臣朋友之际，乃始夺他人之酒杯，浇自己之块垒，信斯言也。是将与香草怀君，笙醴悟主同一思致。噫，安在柔情曼声而不足以扬忠孝、旌节烈也哉。②

这里作者不仅明确说戏曲的主要目的在于谕俗、教化，而且还从儒家的乐教观点出发，具体阐释戏曲的教化原则与途径。针对一般人认为

① （明）陈大来：《锦笺记引》，《锦笺记》，《古本戏曲丛刊二集》，上海商务印书馆1955年影印本，第1、2页。

② （清）采芝客：《鸳鸯梦》，《序》，《古本戏曲丛刊三集》，文学古籍刊行社1957年影印本，第1—3页。

传奇多写男女爱情，因而容易诲淫诲盗的忧虑，他认为戏曲是《诗骚》的自然演变结果。由于《诗骚》都具有通过男女之情来反映忠孝节义、推行社会教化的功用，因此戏曲也具备通过男女之情来宣传忠孝节义、推行社会教化的积极作用。而要做到这一点，就必须遵守诗教发乎情，止乎礼义，好色不淫，怨悱不乱的基本原则。只要戏曲满足上述要求，那么男女之情、柔情曼声传达给人们的就不是单纯的男女之情，而是通过男女之情所表现出的忠孝节义等。而人们在欣赏戏曲时，所接收到的也不仅是戏曲本身的声容与情节故事之美，还有戏曲所传达的忠孝节义观念等。

> 《南华》一编，最幻之书也。晋人一尘，至幻之态也。琼岛仙侣，洞箫吹月，朝折扶桑，暮宴瑶池，极幻之谈也。瞿昙优钵，驯象骑狮，幡盖飘飖，雨花缤纷，尽幻之象也。其所谓神道而设教者，天龙八部，牛鬼蛇神，刀山油镬，汤鼎铁锯，堕之则入无间，升之则上九天，羽节导迎，仙真侍卫。谓幻乎，恐报施之理有之；谓有乎，则又惝恍而不可执也。总之皆所以示教也。尧、舜、禹、汤、文、武、周公、孔子之圣人出，悯斯世斯民之愚蒙举世尽梦也。故以身立范，而又著为《五经》《四子》之书，以醒世而启迷焉。故天下群然而知向也。知纲常名教之为重，则群趋于臣忠、子孝、弟悌、友信之一途，知诗书礼乐之可遵，斯共习于仁义道德之一说。世道由此，乃有纪纲；政治由此，乃有法度。人性乃有大奸大佞、乱臣贼子之是务去。所以兵刑靖而国势昌，和气流行而天休滋至也。虽幻也有不幻者存焉，天下事未可尽以戏观也。此吾名教之说也。①

作者通过戏曲是现实的文学表现这一特点来阐释戏曲的教化作用。《庄子》、魏晋玄言、佛书等都有借寓言或通过譬喻来说理、教化的传统。儒家圣人及其著作则从自身出发，以身作则来唤醒民众，宣扬仁义道德、忠孝信悌，批判大奸大恶，以图通过礼乐教化实现天下太平、和气流行

① （清）赵士麟：《江花乐府序》，《江花梦》，《古本戏曲丛刊五集》，上海古籍出版社1986年影印本。

的社会局面。戏曲则将二者结合了起来，采用佛道幻化的说理形式，阐释着孔孟忠孝节义的治世道理。所以戏曲所反映的不是男女爱情的幻的形式，而是由幻的形式所承载的忠孝节义观念，人们通过欣赏戏曲所获得的也不是虚幻的、热闹的故事情节和人物形象、男女之情，而是通过情节、人物、情感所展现的忠孝节义观念及行为。

但我们需要注意的是，上述材料所反映的并非是戏曲家本人的观点，而是为剧本作序跋之人的认识。尽管他们的观点相对集中且具有代表性，所阐释的观点在很大程度上可以代表剧作家本人，但毕竟不是剧作家自己的话语，因此不具备足够的说服力。这就要求我们在讨论名教爱情剧的创作宗旨时，更应重视作家自己的观点。

【北后庭花】（小生）您道一家儿享荣华，是那桩，都只是长春子的担当。道您肮脏世界隔天堂，特兀的咱同来下降。您休认仙家道理不寻常，左右是人家的比方。则要您为臣的忠与良，为子的孝着爹与娘，为夫的柔与刚，为妇的端与庄，为兄的和与光。能者纳祉与祥，不能者罹灾与殃。①

这里单本明确地说自己写作《蕉帕记》的目的是要让人严格遵循封建五伦十义的伦理道德要求，做到君敬臣忠，父慈子孝，夫敬妇顺，兄友弟恭，朋友诚信。由于五伦十义是封建伦理道德的最核心部分，因此只要五伦和谐就必然会形成教化大行、天下安宁的局面，而遵守五伦十义的人也能因此获得福祉与吉祥。而不能遵守、违背伦理道德者自然就会受到处罚，灾难临头。

【春云怨】堪嗟世事，但罄竹南山，无从屈指。文官爱钱，武官爱命，空自百年养士。虏骑纵横，满朝震恐，天下无一人义士。克剥民脂，奸蒙圣听，今古皆如此。若读《鸳鸯绦》院本，要识尽忠尽孝，劝惩俱至。广智、广谋、张小二，造意设机，图财致命。奈

① （明）单本：《五闹蕉帕记》卷下，《古本戏曲丛刊二集》，上海商务印书馆1955年影印本，第38页。

世上，于今半是张氏两眸，杨生一第，天公分定焉尔。[①]

作者对文官只知作奸犯科，剥削百姓，中饱私囊的丑恶嘴脸进行了严厉的批判，也对武官爱命，从而不能抵御外敌入侵的懦弱无能行为表示出极大的愤慨。由此出发，作者直接点明《鸳鸯绦》的创作目的就是希望通过戏曲教化来改变这种腐败、堕落的现实，教育人们尽忠尽孝，向善惩恶，从而出现“文官不爱钱，武将不怕死”的理想太平社会。

如果说《鸳鸯绦》是从君臣父子的忠孝角度进行教化，那么李渔的《凰求凤》则把教化的对象放在了追求爱情与美满婚姻的男女身上，体现的是夫妇的伦理道德要求。它要求男女在选择配偶时，必须严格遵守发乎情，止乎礼义的原则，决不可为满足自己的邪淫之心，亵渎他人妻女，从而做出干犯名教，自毁或败坏他人名节的丑恶行为。

【余文】淫邪有报今方信，妻妾外莫生别衅，做一部不道学的传奇劝化人。[②]

结合作者及其朋友、后人对名教爱情剧创作宗旨的论述，可知此类剧本尽管存在反封建的积极因素，但却没能从根本上走出封建教化的范围，所以将有助教化作为其根本特征是符合实际的。

二　婚宦并重之人生追求

名教爱情剧在形式上继承了传奇剧本多描写才子佳人婚姻爱情的特点，但与一般才子佳人剧相比却有所不同。不同的地方在于二者对待科举功名的态度及对科举内容描写的丰富与否。在其他才子佳人剧中，科举只是男女婚姻能够获得美满结局的重要条件，所以尽管在剧中，书生最后都能获得满意的科举功名，但与科举自身有关的描写却不多。名教

① （明）路迪：《鸳鸯绦》卷上，《古本戏曲丛刊二集》，上海商务印书馆 1955 年影印本，第 1 页。

② （清）李渔：《凰求凤》，《李渔全集》第四册，浙江古籍出版社 1992 年标点本，第 515 页。

爱情剧则不同，科举成为剧作的重要组成部分，其重要性几可与爱情婚姻相上下，由是整个剧本呈现出婚宦并重的特点。“夫大众因缘，历千万劫，不过婚宦两种。舍是则大地无傀儡也。”①

此处作者明确点明，大众之因缘，人生之追求，无论经过多少变幻，其核心与最终落脚点只归结在婚宦二者身上。除此二者外，人生其他问题都不能与人生产生根本性的影响与利害关系。人生一切努力，其最终目的也是为解决此二者。将婚宦二者作为人生的最终追求与目的，并在戏曲的创作中被开宗明义地提出来，确实是名教爱情剧的特点与普遍性认识。

（小生）哥哥，俺想婚宦二字，确系前定。小弟都以无意得之，也算一生奇事。至于哥哥，琴曲为媒，月华助巧，千秋佳话，实所罕闻。②

（老旦）儿吓，我想人生在世，惟有婚宦二字最为紧要。功名不妨早迟，惟有室家二字，势在不可缓图。你只管悠悠忽忽，不肯就婚，教我做娘的如何放心得下。③

“婚宦”并提在名教爱情剧中真称得上是无处不在。由于将婚宦二者当作人生的最终目的与追求，于是名教爱情剧在情节上就形成一个陈陈相因的套路。其具体表现是，在剧作第二折男主人公上场的自报家门中，总要把自家婚姻与功业的现状或想法都详细陈述一遍不可。当然由于剧中人物的实际情况不同，其陈述的侧重点也存在一些差异，但在内容上，婚宦并提则是绝不会有任何例外的。如下面这几个例子：

小生龙骧，字化之，东吴人也。先君授河北参军，母亲姚氏封

① （清）□佑：《双鱼佩传奇叙》，《双鱼佩》，《古本戏曲丛刊三集》，文学古籍刊行社1957年影印本。

② （清）程瀛鹤：《蟾宫操》下卷，《古本戏曲丛刊五集》，上海古籍出版社1986年影印本，第83页。

③ （清）李玉：《意中人》卷上，《古本戏曲丛刊三集》，文学古籍刊行社1957年影印本，第2页。

桐乡县君。小生不幸，父母早丧，喜得父僚胡招讨抚养到今，正是仳离孤影，孟浪微踪。玉树琳琅，谩道清时物采；金茎沆瀣，从夸经世文章。方今国运式微，胡尘云扰，意欲上书阙下，少展才猷，奈值乘舆播迁，未可造次。哎，又道天付我才终有用，人生际遇几时来。向与胡公子作伴读书，只是此人顽劣多端，薰莸少合。胡公有女，名曰弱妹，天姿俊雅，性质聪明，貌堪闭月羞花，巧擅描鸾刺凤。小生欲缔秦晋之盟，奈无冰月之便，故此逡巡，未遂所愿。这也不在话下。①

小生杨珏，字两玉，嘉兴秀水人也。笔花喷雨，才欺绣虎三千；墨浪倾天，腹饱宾龙十二。情痴自任，书僻人称。北邙凄夜月，垂髫见背椿萱；南溟阻秋风，弱冠未攀桂杏。图纡青拖紫，笑英雄匣底未积得几贯烂钞臭铜；望倚翠偎红，恨女子队中止排下一团膻脂腻粉。因此将致君泽民的经济赔诗酒，去董治那无主溪山；把思云梦雨的风流贯痴愁，来唱随这有情花草。②

龙骧与杨珏二人对婚宦皆有强烈的愿望，但却无一能实现，故而婚宦两事皆在积极追求之中，因此在并提婚宦时，二者并重，其分量无甚差别。

小生姓陈名宜中，字文瑞，汉中人也。先父成都刺史，与周万里指腹连姻，二十年来未得娶配。欲赴京试，囊箧萧然。正所谓杨亿未逢，空赋凌云之志；孟尝不遇，谁弹长铗之歌。近闻奸佞当权，公道晦蚀，此国家倾颓之兆，豪杰隐遁之秋。虽抱长卿之学，终贻季子之嗟。故此收拾琴书，前来城固圆清寺内借寓，早晚温习经书，以待科试。③

---

① （明）单本：《五闹蕉帕记》卷上，《古本戏曲丛刊二集》，上海商务印书馆 1955 年影印本，第 1 页。

② （明）沈孚中：《绾春园》卷上，《古本戏曲丛刊二集》，上海商务印书馆 1955 年影印本，第 2 页。

③ （明）玩花主人：《妆楼记》卷上，《古本戏曲丛刊二集》，上海商务印书馆 1955 年影印本，第 2 页。

（生）小生姓梅名玉，字德温，籍本江北，家寓吴中，父任春官，母世杭郡。不幸椿萱早逝，亲故寥然。止有义姨柳母，越水吴天，久沉鱼雁；及聘荆妻薛氏，弱龄多病，未遂鸾凰。自笑此身好似孤云片月，野鹤山麋。仅喜世谊稍厚，足供山水盘桓；天分颇高，不乏科场挥洒。客岁回籍访亲，叨魁本省乡榜。途膺寒疾，顿沮北征。自幸余生，将辞一试。奈我岳父大人期我衣锦归娶，强我力疾起行，奈何，奈何！①

与龙杨二人皆无着落相比，梅玉与陈宜中则有所偏重。梅、陈婚姻虽有着落，但皆因意外而不知结合在何时。而欲使婚姻顺利，科举功名又是必备的条件。陈宜中家道衰落，而妻子乃官宦小姐，故而只有得中科举，方能保持住门当户对的结合条件。此外，陈宜中胸怀大志，对功名很是重视。梅玉与陈宜中不同，其婚姻受阻是因其岳父功名心颇重，特意将功名作为婚姻的必备条件。这种现实下，陈、梅就把功名作为人生头等大事来完成，因此虽婚宦并提，但其重点偏向宦的一边。

名教爱情剧中婚宦并重现象不仅与时代相关，更与中国儒家文化传统相关。中国古代是典型的男权社会，男子拥有绝对的统治权力与地位。同时中国又是典型的宗法制社会，具有家国同构的特点。与宗法制紧密结合的是繁琐严密而又等级分明的伦理道德体系。如果说封建社会中，女子最基本的道德要求是贞节，那么男子则是忠孝。忠是对国家而言的，因为君主是封建国家公认的法理代表，所以中国古代忠君与忠于国家是合二为一的。在忠的具体要求上，儒家思想要求知识分子“立德、立功、立言”，或者“为天地立心，为生民立命，为往圣继绝学，为万世开太平”，要积极入世，心怀天下，关心民生疾苦，最终实现国富民安、天下太平的盛世。从政时，严于律己，清洁廉明，不贪不腐，要敢于同一切不合理的现象和邪恶势力作斗争。对君主，在为其服务、分担治国重任的同时，亦有查漏补缺、积极进谏的义务。而要实现上述要求，就必须具备相应的条件，也即进入官场，成为统治阶层官僚群体中的一员。对

① （明）周履靖：《锦笺记》上卷，《古本戏曲丛刊二集》，上海商务印书馆1955年影印本，第1页。

此，闻一多先生在《贾岛》一文中有过精辟的论述："老年中年人忙着挽救人心，改良社会，青年人反不闻不问，只顾躲在幽静的角落里做诗，这现象现在看来不免新奇，其实正是旧中国传统社会制度下的正常状态。不像前两种人，或已'成名'，或已通籍，在权位上有说话做事的机会和责任，这般没功名、没宦籍的青年人，在地位上职业上可说尚在'未成年'时期，种种对国家社会的崇高责任是落不到他们肩上的。越俎代庖的行为是情势所不许的，所以恐怕谁也没想到那头上来。有抱负也好，没有也好，一个读书人生在那时代，总得做诗。做诗才有希望爬过第一层进身的阶梯。诗做到合乎某种程式，如其时运也凑巧，果然溷得一'第'，到那时，至少在理论上你才算在社会中'成年'了，才有说话做事的资格。"① 而明清两代国家规定读书人没有一定的功名，不允许过问国家、社会的利弊，"军民一切利病，不许生员上书陈言。如有一言建白，以违制论，黜革治罪"②。由于封建国家以儒家思想为统治思想，而且为官具有丰厚的现实利益回报，因此不论是为了实现人生理想抑或是为了获取实际利益，仕宦都成为中国古代知识分子首要的人生追求。因此名教爱情剧中，除了在自报家门中婚宦并提之外，重视功名科举的描写处处可见。而鼓励书生参与科举之人的身份更几乎遍及书生的一切伦理关系，如父母、兄弟、朋友、妻子及其娘家人。

【商调过曲】【二郎神】携书砚，去从师，要精心历炼。我老迈，空开双白眼。只为青春懒惰，不能匀笃志钻研。你十载若能成大冕，不枉我老年来箕裘有显。意惓惓，须当佩服斯言。③

【引】（外上）穷经究古家声继，愧年衰，且味书中味。（生）爹爹拜揖。（外）罢了。我儿，你学业有成，家声望你再整，不可懒惰，须当勉励。（生）谨依爹爹严命。（外）你且听我道，

【宜春令】承先业，诵世徽，论贻谋，一经训伊。芸窗努力，少

① 闻一多：《唐诗杂论》，上海古籍出版社 1998 年版，第 32、33 页。

② 霍有明、郭海文：《钦定学政全书校注》卷二，武汉大学出版社 2009 年标点本，第 8 页。

③ （明）许恒：《二奇缘》卷下，《古本戏曲丛刊三集》，文学古籍刊行社 1957 年影印本，第 24 页。

年须把光阴惜。照刘向太乙悬藜，披典册内藏深秘。吾家累代箕裘，望伊相继。①

这是父亲对儿子科举功名的愿望。他们要求儿子珍惜光阴，用心读书，不要偷懒，荒废学业。

（老旦扶起介）我儿，听我道，

【仙吕过曲】【太师引】你把砚磨穿，准备青钱选。绍箕裘，青缃几篇。好惜着光阴如电，向萤窗股刺头悬。有日中原捷战，似九万鹏程飞远。（生合）男儿志，名扬姓显。怎肯守穷居，抑郁负青年。②

母亲将光宗耀祖的希望全寄托在儿子的科举上，所以希望他悬梁刺股，有朝一日飞黄腾达。可见在剧中，父母的最大愿望就是儿子能在科举功名上出人头地，从而实现光宗耀祖、累世书香的心愿。而为了能取得科举的成功，他们勉励孩子要立大志向，成大事业，要珍惜光阴，悬梁刺股、囊虫映雪，刻苦攻读，决不可放纵青年心性，因贪图游玩或懒惰懈怠而荒废学业，拳拳之心，让人感慨。

（老旦）我半世孤灯，喜教得你五车学富。你十年萤火，满图个一第名成。如今试期已迫，只是那得盘缠，上京应举。（生）哎，便是这般说。

【绣带引】【绣带儿】蓦忽地，愁肠百转，几回蹙损眉尖。我半世孀，不得教子成功。你十年苦，不得姓扬名显。悲酸。

【太师引】蹉跎，只合凄凉限，何日得家宜室欢。愿穹苍早垂见

① （明）王元春：《景园记》卷上，《古本戏曲丛刊三集》，文学古籍刊行社 1957 年影印本，第 2 页。

② （清）李玉：《永团圆》卷上，《古本戏曲丛刊三集》，文学古籍刊行社 1957 年影印本，第 3 页。

怜，何苦困男儿，埋没林泉。①

且住，今乃大比之年，试期在即，总然不就婚姻，也要功名着意。我欲待寄书一封，促他应试，又不知身在何方。我那儿嗄，教我做娘的好不放心也。②

正因重视功名，所以任何妨碍科举功名的行为或不利条件，都会让年迈的父母为之伤心焦急不已。而因此产生的忧愁则长时间纠结于父母心中，难以排遣。然孔子明确说"父母在，不远游"，上京应举来回往返大约得数月，长时间远离父母自然对孝道有所妨碍。但在面临忠孝两难全的情况时，做父母的都以忠君为最终选择，即便是儿子最终背上不养双亲的名声也在所不惜。

（外）早至京邸，可以温习经史，且免途中风雪之苦。（小生）甘旨缺奉，不敢远离。（外）我年未衰迈，山水自怡。我儿努力功名，切勿挂念。③

老夫今日为送孩儿秋试，因想人家门第后人要紧，我看孩儿才学，也尽可去得，未识今秋能侥幸否。论来如今还是七月初旬，试期尚远。只为要他先到省下潜心几时，故此着他早去。④

当然，书生心中对科举成名的荣耀是极其渴望的。他们认为显亲扬名才是对父母的最大孝敬，听从父母安排参与科举才是忠孝两难全时最正确的人生选择。而为了一时孝敬父母，不肯科举，放弃功名，使父母、家门永远湮没无闻才是人生最大且真正的不孝行为。

---

① （明）西湖居士：《明月环》卷下，《古本戏曲丛刊二集》，上海商务印书馆 1955 年影印本，第 35、36 页。

② （清）李玉：《意中人》卷上，《古本戏曲丛刊三集》，文学古籍刊行社 1957 年影印本，第 17 页。

③ （明）吴炳：《西园记》卷下，《古本戏曲丛刊三集》，文学古籍刊行社 1957 年影印本，第 1 页。

④ （清）曹岩：《风前月下填词》卷下，《古本戏曲丛刊五集》，上海古籍出版社 1986 年影印本，第 16 页。

（旦）官人，唾手功名，固丈夫之能事；溺情恩爱，岂贱妾之所为。当此黄榜招贤，正合云程思奋。只是婆婆年老，谁问寒暄。（生）卑人岂不知母老妻娇，若不顺亲应试，怎免不孝遗讥。况桑弧蓬矢，以射四方，示有志于天下也。卑人才兼文武，正当吐气扬眉，庶几名成亲显，岂可寒窗困守乎。①

（生）哥哥，爹妈晨昏侍奉，兄弟自能上心。只愿哥哥秋榜夺取高魁，报到衙斋，添多少气象。显亲扬名，此更是大孝。②

为了所谓的大孝，周云拒绝妻子的好意，上京应试，结果因落第羞于回乡，导致家中无以生活，最终母亲在贫寒交迫中亡故，年轻貌美的妻子也在恶棍调戏下为保贞洁自刎，其结局之凄惨比《琵琶记》有过之而无不及。大孝、小孝皆成云烟，使人在慨叹之同时，亦为科举仕宦之魔力所折服。

（小生）贤弟，你，

【御林晚莺】年犹少，须志坚，肯终为铩羽怜。岂可一战失利，遂坠其志。况缥缃邺架千函擅，向芸窗勉旃，照藜辉草玄，长安有日看花遍。（生）这自然有的，何必虑他。（小生）莫把功名看得轻了，谩俄延，菁华一掷，空自感寒毡。③

皇甫曾科场铩羽而归，于是整日留情于山水、酒色之中。这种带有自甘堕落色彩的行为使兄长皇甫冉很忧虑，因此劝他要自强不息，再接再厉，而不能一蹶不振，虚度人生。

（老生）别来连岁，且喜贤侄已是伟人了。只不知近日用功若

① （明）□□：《金花记》卷上，《古本戏曲丛刊三集》，文学古籍刊行社1957年影印本，第5页。

② （明）阮大铖：《春灯谜》卷上，《古本戏曲丛刊二集》，上海商务印书馆1955年影印本，第4、5页。

③ （明）王翃：《红情言》一卷，《古本戏曲丛刊三集》，文学古籍刊行社1957年影印本，第22页。

何？（生）叔父在上，小侄幼读父书，兼攻韬略，论文便作赋吟诗，论武便弯弓击剑，只是末学未精，还求叔父指教。（老生）好贤侄，自此文武全才，取功名如拾芥耳。①

父亲的朋友，自身的世叔，分别多日，再次相逢，所关心的不是其他，而是“近日用功如何”。这里说的用功自然是针对科举功名而言的，因为下文郭子仪明确说“取功名如拾芥耳”。

（小生）小弟心上，与兄一样相思。只是功名要紧，倘得侥幸，何求不得。难道小弟就不想霭娘，爱在心上，功名不可失。②

面对朋友的劝告，书生们显然把爱情放在人生大事的第二位。因此从表面上看好像爱情、功名的重要性不分上下，但在骨子里科举功名才是书生人生中最刻意追求的东西。只要获得功名，就会“何求不得”，这“何求”中自然也包括爱情与婚姻。如此一来，爱情实际上已变成功名仕宦的附属物了。此则材料在处理爱情、仕宦关系的态度上，最能体现名教爱情剧与以《西厢记》为代表的一类爱情剧的区别。在名教爱情剧中，仕宦对书生的重要性是凌驾于爱情之上的，而这在《西厢记》中是难以想象的。其实名教爱情剧对待科举功名的真实态度，在《灵犀佩》中被萧凤侣一语道破：

小生萧凤侣，字云仪，信安人氏。青春虚度，正贾生入洛之年；白璧堪嗟，抱终军请缨之志。所喜小生陈平之貌，美如冠玉。兴公之赋，声似掷金。独怜风月情怀，不惯寒酸气味。今当大比，科考案已发到县，众友都去打听，小生名字未知入彀否，不免也去走一

① （清）无名氏：《十美图》卷上，《古本戏曲丛刊五集》，上海古籍出版社1986年影印本，第2出。

② （清）采芝客：《鸳鸯梦》卷下，《古本戏曲丛刊三集》，文学古籍刊行社1957年影印本，第16页。

遭。正是争名犹夺利，奔走敢辞劳。[1]

“争名犹夺利，奔走敢辞劳”，正是中国古代读书人面对功名时的真实写照。

孝是对家庭而言的，主要是父母与子女间的伦理关系。孝的内容很广泛，而娶妻延续后嗣是最核心的要求之一。“孟子曰：‘不孝有三，无后为大，舜不告而娶，为无后也，君子以为犹告也。’”[2]“万章问曰：‘诗云娶妻如之何，必告父母，信斯言也，宜莫如舜，舜之不告而娶，何也?’孟子曰：‘告则不得娶，男女居室，人之大伦也，如告，则废人之大伦，以怼父母，是以不告也。’”[3] 中国古代男女成婚，“父母之命、媒妁之言”是必备条件。舜不告而娶显然违背了封建礼法。但因舜父母品行恶劣，告而后娶存在困难，所以孟子认为舜为防止无后所做的不告而娶行为是合乎礼制的。由此可见，无后与父母之命相比较更为重要。而要延续家族，就必须结婚生子。婚姻是解决后嗣问题的唯一途径，所以古人对男女婚姻极为重视，而婚礼更成为整个礼制的根本。

昏礼者，将合二姓之好，上以事宗庙，而下以继后世也，故君子重之。是以昏礼，纳采、问名、纳吉、纳征、请期，皆主人筵几于庙，而拜迎于门外，入，揖让而升，听命于庙，所以敬慎重正昏礼也。父亲醮子而命之迎，男先于女也。子承命以迎，主人筵几于庙，而拜迎于门外，婿执雁入，揖让升堂，再拜奠雁，盖亲受之于父母也。降出，御妇车，而婿授绥，御轮三周，先俟于门外。妇至，婿揖妇以入，共牢而食，合卺而酳，所以合体，同尊卑，以亲之也。敬慎重正，而后亲之，礼之大体，而所以成男女之别，而立夫妇之义也。男女有别，而后夫妇有义，夫妇有义，而后父子有亲，父子有亲，而后君臣有正。故曰昏礼者，礼之本也。[4]

---

① （明）许自昌：《灵犀佩》卷上，《古本戏曲丛刊三集》，文学古籍刊行社 1957 年影印本，第 1 页。

② 《孟子注疏》卷七下，《十三经注疏》，中华书局 1980 年影印本，第 2723 页。

③ 《孟子注疏》卷九上，《十三经注疏》，中华书局 1980 年影印本，第 2734 页。

④ 《礼记正义》卷六十一，《十三经注疏》，中华书局 1980 年影印本，第 1680、1681 页。

重视婚礼的言论遍布于《四书五经》之中。儒家认为婚姻不仅能解决男女结合、延续后嗣的问题，而且符合礼制的婚姻还是治国的核心条件。

> 公曰："敢问为政如之何？"孔子对曰："夫妇别，父子亲，君臣严，三者正，则庶物从之矣。"公曰："寡人虽无似也，愿闻所以行三言之道，可得闻乎？"孔子对曰："古之为政，爱人为大；所以治爱人，礼为大；所以治礼，敬为大；敬之至矣，大昏为大；大昏至矣。大昏既至，冕而亲迎，亲之也。亲之也者，亲之也。是故君子兴敬为亲，舍敬是遗亲也，弗爱不亲，弗敬不正，爱与敬，其政之本与。"①

婚姻之所以会成为治国的核心条件，是因为古人认为夫妇是一切伦理关系的前提，是五伦之首。有夫妻才会有父子、兄弟，有父子、兄弟才会出现家族内部尊卑分明的格局。《周易·序卦》："有天地然后有万物，有万物然后有男女，有男女然后有夫妇，有夫妇然后有父子，有父子然后有君臣，有君臣然后有上下，有上下然后礼义有所错。"② 由于中国古代家国同构，因此将尊卑制度扩展至国家层面，势必会形成君君臣臣、父父子子的等级制度。正因为婚礼关乎国家整个伦理制度的安危，所以中国历代王朝对婚礼都特别重视。尽管各王朝婚礼具体细节不同，但最根本的要求如父母之命、媒妁之言，六礼程序等却没有差异，如明代，"《礼》云'婚礼下达'，则六礼之行，无贵贱一也。朱子《家礼》无问名、纳吉，止纳采、纳币、请期。洪武元年定制用之"③。

名教爱情剧对男女婚姻的认识并没有超出孔孟以来的局限，依然停留在合两姓之好，以继宗庙后嗣的范围之内。

> 【前腔】（小生）玩月庭中先寓意，会筵暗里藏机灵。丸独弄，

---

① 《礼记正义》卷五十，《十三经注疏》，中华书局1980年影印本，第1611页。

② 《周易正义》卷九，《十三经注疏》，中华书局1980年影印本，第96页。

③ 《明史》卷五十五，中华书局1974年标点本，第1403页。

非良计，怎学那孤鸿独自栖。才子佳人天配偶，又何须苦执疑。有夫妇，然后有父子、君臣、朋友、昆弟，今姨若此苦执，舟恐获罪莫大焉！

（旦）愿闻其罪。（小生）易尊奇耦，诗美关雎，礼重夫妇。姨之所为，得罪圣训。况三山才奇年妙，而又阀阅相衡，失今不为，请勿复敢见矣。（旦）业志已立，决难从命。……（占）姐姐之志，世无此事，亦无此理，任性为之，三纲绝矣。（旦）何谓便绝了三纲？（占）儒道中无此，佛法披缁削发则有之。妾家世服儒训，吾姐背父训言，坚宗佛法，是绝父子之纲；阴阳不偶，内外无伦，是绝夫妇之纲；不孝无后，是无臣民矣，是绝君臣之纲。请除佛法之外，指出一个古人，也似姐姐不曾许人、不曾配人，而竟不字者，妹子再不敢劝了。①

《玉丸记》中，姐妹对婚姻的态度很不相同。妹妹对婚姻持赞同态度，所以早已缔结鸳盟，而姐姐却一直小姑独处。面对姐姐不肯嫁人的态度与行为，妹妹与妹夫都坚决反对，想尽一切理由与办法劝其改变初衷。至于妹夫、妹子所持的基本理由是“易尊奇偶，诗美关雎，礼重夫妇”。儒家认为世界万物是由阴阳两面所组成，就动物来说，鸟有雌雄，兽有牝牡，而人则分男女。世界要想完成阴阳转化，向前发展，就必须按照阴阳搭配的原则进行，孤阴不长，孤阳不生。既然人分男女，又必须男女结合才能完成人类繁衍的任务，那么所有的男女都有婚娶的义务。而独身主义者显然违背了自然的基本法则，所以是错误的，必须改变的。此外，独身主义对封建国家的伦理道德也构成危害和挑战。“有夫妇然后有父子、君臣、朋友、昆弟”，独身自然构不成夫妻，没有夫妻也就不存在君臣、父子、兄弟、朋友等衍生的伦理道德关系，自然也就把三纲破坏无余，“坚宗佛法，是绝父子之纲；阴阳不偶，内外无伦，是绝夫妇之纲；不孝无后，是无臣民矣，是绝君臣之纲”。何况按照孟子的观点，

① （明）朱期：《玉丸记》上，《古本戏曲丛刊初集》，上海商务印书馆1954年影印本，第19、20页。

“丈夫生而愿为之有室，女子生而愿为之有家，父母之心人皆有之”①，自觉婚嫁、为人父母乃是男女生来就有的本性。由此可见劝说者所持之理由固出于儒家婚姻本有之观念，其劝说之最终目的也仍然是为维护封建纲常伦理关系。

（小生）小弟闻得迎取年嫂到京，特来拜贺。（生）多谢。正是室家之乐，也是人生第一事。年兄，不知肯听小弟的管见么？（小生）愿闻。

【红纳袄】（生）我羡你玉京游方少年，我羡你画屏间多妙选，问温家应觅乘龙眷，效杨生须寻种玉田。为甚么咏周诗尚余窈窕篇，为甚么掩章台未描眉黛浅。常闻得不孝三条，无后当忧也，早难道醉枕书囊只独眠。②

（旦）我且问你，此去天目山有多少路程？（生）有一百余里。（旦）要去我和你同去。（生）只怕岳母不允。（旦）这个不难。只说要去天目山仙姑庙中了还香愿，兼求子嗣，我母亲必然见允。③

在《鸾镵记》剧中，杜羔认为婚姻是人生第一等大事，故劝说温庭筠娶妻成家，以避免不孝无后的状况。而《五闹蕉帕记》中，因为封建闺范反对女子出游街市，所以龙骧担心岳母不允许妻子出远门，但胡弱妹却为自己出门找到了合理的理由——求子嗣。由此可见，婚姻真是古人最为重视的两大人生任务之一，其合两姓之好以继宗庙的地位与作用真可谓高而且重矣。

由于夫妇是五伦之首，夫妻间的和谐与否直接关系到国家整体的伦理纲常能否正常运行，所以儒家要求男女一旦结合就应终生相守、不离不弃，而对夫妻反目、随便离异等则深表反对。故而古人多以休妻为耻，法律对于夫妻离异也设置种种障碍。

---

① 《孟子注疏》卷六上，《十三经注疏》，中华书局1980年影印本，第2711页。

② （明）叶宪祖：《鸾镵记》下，《古本戏曲丛刊二集》，上海商务印书馆1955年影印本，第22、23页。

③ （明）单本：《五闹蕉帕记》卷下，《古本戏曲丛刊二集》，上海商务印书馆1955年影印本，第6页。

小生铁中玉，表字挺生，直隶大明府人也。父亲官拜御史，母亲石氏，随任京师。因小生落落寡合，见事又敢作敢为，恐招嫌惹事，所以留在家下。但我面如傅粉，心同炼铁，虽采藻芹，犹虚琴瑟。只因素性不喜偶俗，以夫妇五伦之首，一谐伉俪，须守白头。倘造次成婚，苟非淑女，勉强周旋则伤性，若弃之则又伤伦，安可轻议。①

铁中玉虽渴望婚姻，但因怕所娶非偶，所以就采取谨慎的态度来对待。由此可见，婚宦并重的人生追求是名教爱情剧在处理科举与婚姻关系时所共同采用的方式，而其本质则是中国古代男子忠孝原则在戏曲中的反映。

三　才子佳人、妻妾俱全之婚姻模式

名教爱情剧延续了《西厢记》等的男女爱情模式，以男女追求婚姻爱情的过程贯穿剧作始终是它们最明显的外部特征。但因它是以维护名教为特色的爱情剧，因此在爱情婚姻的组合方式上，就呈现出与众不同的特点。

（一）才子配佳人

在中国古代，男女婚姻并非是随意而没有限制的，而是有非常严格的要求，甚至带有鲜明的等级性。“门当户对”是对这种等级婚姻最简单的概括，其具体细节要复杂得多。如《大戴礼记》明确规定：“女有五不取：逆家子不取，乱家子不取，世有刑人不取，世有恶疾不取，丧妇长子不取。”② 不过对中国古代社会上层的青年男女来说，其婚姻经常按照《诗经》的婚配原则来执行，尤其是《周南·关雎》所提出的婚姻标准：“是以关雎乐得淑女以配君子，爱在进贤，不淫其色，哀窈窕，思贤才，而无伤善之心焉，是关雎之义也。”③ 在小说或戏曲中，人们更习惯用才

① （清）李应桂：《小河洲》卷上，《古本戏曲丛刊五集》，上海古籍出版社1986年影印本，第2页。

② （清）王聘珍：《大戴礼记解诂》卷十三，中华书局1983年标点本，第255页。

③ 《毛诗正义》卷一，《十三经注疏》，中华书局1980年影印本，第273页。

子佳人来作男女婚姻的配对方式。名教爱情剧在具体要求上虽有特殊之处，但才子佳人的名目却完整地保留了下来，因此其中到处透露着才子佳人的气味。

> （末上）皆吉张生，罗惜秀丽。佳人才子，笔砚同窗。不意中庭邂逅，榴花誓，暗地结鸾皇。岂料奸人嫉妒，谋婚聘，拆散鸳央。风波处佳人守节，云山渺渺，两地情伤。①
>
> （旦）兄吓，（唱）
>
> 【江儿水】你休下伤情泪，须开惨淡庞。那佳人才子天心相，有志须成从来讲。管姻缘、终遂伊心上，且自宽怀豪放。②
>
> （旦）这图就是遍选人间绝色佳人，在上万中选千，千中选百，百又选十。争奈佳人希少，以此选十个美人，就将来画成十幅真容，并为一图，每幅上就注了他的配偶，已作凡间佳人才子的姻缘簿牒。（二旦）元来如此。③

篇篇如此，剧剧相同，了无新意。至于用才子配佳人模式的原因，剧作者借剧中人之口作了一些解释。

> 是便是了，小生负却这种才华，又生就这副躯貌，"风流"二字，是分明受之于天，这个道学先生，如何做得到底？只除非娶个绝代佳人做了妻室，使风流愿饱，色欲途穷，才能勾守义终身，不走邪路。所以年将弱冠，不肯轻议朱陈，就是为此。④
>
> 但我面如傅粉，心同炼铁。虽采藻芹，犹虚琴瑟。只因素性不喜偶俗，以夫妇五伦之首，一谐伉俪，须守白头，倘造次成婚，苟

---

① （明）王元春：《景园记》卷上，《古本戏曲丛刊三集》，文学古籍刊行社 1957 年影印本，第 1 页。

② （清）周坦纶：《玉鸳鸯》首卷，《古本戏曲丛刊三集》，文学古籍刊行社 1957 年影印本，第 40、41 页。

③ （清）无名氏：《十美图》卷上，《古本戏曲丛刊五集》，上海古籍出版社 1986 年影印本，第 3 出。

④ （清）李渔：《凰求凤》，《李渔全集》第四册，浙江古籍出版社 1992 年标点本，第 426 页。

非淑女，勉强周旋则伤性，若弃之则又伤伦，安可轻议。[1]

因剧中书生多具备出众的才华和相貌，且年少风流，不肯做道学先生，又中国古代要求夫妻一旦结合即要终身相守、不得分离，如果妻子才貌一般，心中自然难以畅快，所以对年轻貌美的女子有着一种特别的渴望，一般女子很难入他们的法眼。其实这不全是小说戏曲的虚幻描写，现实中的古代才子们也多是如此要求配偶的，如汉光武帝就曾说过“娶妻当如阴丽华”的话，而魏晋时期的才子许允更因妻子貌丑而不肯入洞房。至于“红颜祸水论”则在另一种意义上表达了人们对美色的渴求。这样的现实影响下，才子佳人的结合也就顺理成章地成为男女配对方式的最佳选择。如下面这两则例子：

（外）少甚么佳人美丽，才子飞扬。百样的娇痴情性，一般儿锦绣心肠。趁得着美夫妻、对对郎才女貌；说不尽好风月、家家弄瑟调簧。若还是姻缘簿定下案，任你千般阻隔；则除非撮合山不做美，方才对面参商。再莫笑渴相如，窃赀蜀郡；也休疑穷柳毅，娶妇泾阳。[2]

（净）俺老爷因爱状元才貌，故将爱女相招，正所谓佳人才子，理宜配合。纵使有室，两位夫人何妨。望列位进士公，赞成美事。[3]

不过在名教爱情剧中，佳人的内涵却远非“美丽”二字所可范围，其才华与品德也是必不可少的关键因素。

（生）但凡妇人家，天姿与风韵，两件都少不得。有天姿没风韵，却象个泥塑美人；有风韵没天姿，又象个花面女旦。须是天姿

① （清）李应桂：《小河洲》卷上，《古本戏曲丛刊五集》，上海古籍出版社1986年影印本，第2页。

② （清）吕履恒：《洛神庙》卷上，《古本戏曲丛刊五集》，上海古籍出版社1986年影印本，第56页。

③ （明）□□：《金花记》卷上，《古本戏曲丛刊三集》，文学古籍刊行社1957年影印本，第33、34页。

风韵都相配，才值得稍低徊。就是天姿风韵都有了，也只算得半个，那半个还要看他的内才。倘若是蓬心不称如花貌，也教我金屋难藏没字碑。①

美貌是构成佳人的必需条件，但容貌必须是天姿、风韵皆备方可。可即便达到如此条件，对渴求佳人的书生来说，也不过能让人稍微有所心动而已。若要彻底满足做妻子的条件，还必须在容貌外增加才学。若有貌无才，只算半个美人，也不在娶妻的考虑之列。要求已经称得上是苛刻了，但与下面两则材料相比还是显得宽容了许多。

（生）那里枚举得许多，大抵若不金榜题名，决不洞房花烛，这是我自己的立志了。其他大略非德色、技艺兼绝，门楣、母训熟娴，俱在所不娶。②

我想人家女子，有才的未必有貌，有貌的未必有才；就当才貌都有了，那举止未必端庄，德性未必贞静。我的女儿，件件俱全，真个难得！③

除才华、容貌外，还得具备品德、门第、母训等条件。若以此来衡量世间女子，则佳人何止"真个难得"，普天之下也不知有几个。可见在名教爱情剧中，才德貌三者兼备方能算真正的佳人这一点是无须怀疑的。其实当佳人必须具备才德貌三者时，所谓的才子配佳人与《诗经》的"淑女配君子"已无太大区别。按照《毛诗正义》对"乐得淑女以配君子"的解释："妇人谓夫为君子，上下之通名。乐得淑女以配君子，言求美德善女，使为夫嫔御，与之共事文王。五章皆是也。女有美色，男子悦之，故经传之文通谓女人为色。淫者，过也，过其度量，谓之为淫。

① （清）李渔：《风筝误》，《李渔全集》第四册，浙江古籍出版社 1992 年标点本，第 120 页。

② （明）西湖居士：《诗赋盟》卷上，《古本戏曲丛刊二集》，上海商务印书馆 1955 年影印本，第 4 页。

③ （清）李渔：《风筝误》，《李渔全集》第四册，浙江古籍出版社 1992 年标点本，第 134 页。

男过爱女谓淫女色，女过求宠是自淫其色。此言不淫其色者，谓后妃不淫恣己身之色。其者，其后妃也。妇德无厌，志不可满，凡有情欲，莫不妒忌。唯后妃之心，忧在进贤。贤人不进，以为己忧。不纵恣己色以求专宠，此生民之难事，而后妃之性能然。所以歌美之也。”[①] 则所谓的淑女也不过就是才德貌兼备的女子而已。所以说，才子佳人的婚配原则其实不过是淑女配君子的另一种说法。由此可见，名教爱情剧在婚姻标准上并没有走出封建婚姻的范围，延续的还是《诗经》以来的老路。

（二）诗词传情

在中国古代，男女通过诗词赠答进行情感交流的现象很早就存在，这种传统在以才子佳人为主人公的一类戏曲、小说中不仅被继承了下来，甚至还有泛滥的趋势。名教爱情剧中，传诗递简不仅是才子佳人进行情感交流的最常用方式，甚至可以说是其一个重要的文学特征。就实际情况来说，它在所有的名教爱情剧目中都有出现，绝对没有例外。如下面这几个例子：

（小旦）你说温郎，莫不是温飞卿么？（贴）正是。（小旦）既是他的，拿来我看。（贴递与小旦念介）玄府仙人碧玉房，紫霞衣覆白霓裳。谢家咏雪难为句，虢国朝天不是妆。曾记山中逢阮肇，更闻湘渚嫁兰香。有缘欲乞真消息，肯向巫山梦渺茫。好诗、好诗。艳若含葩，清如剪水，不枉了温飞卿也。……（小旦）既如此说，待我也答他诗一首，就是你替我送去。[②]

这里的男女主人公为温庭筠与鱼玄机。温庭筠是晚唐大诗人，花间词派的首领，而鱼玄机是唐代女诗人的突出代表。这种身份下，二人通过诗歌来交流情感是再普通不过的事情了。至于剧中诗句是否为二人所作并不重要。不仅主人公为历史人物的剧作如此，那些完全杜撰的戏曲作品中，主人公诗词传情也同样不是可有可无的东西，而是必需的内容。

① 《毛诗正义》卷一，《十三经注疏》，中华书局1980年影印本，第273页。

② （明）叶宪祖：《鸾锟记》下，《古本戏曲丛刊二集》，上海商务印书馆1955年影印本，第4、5页。

（生吟介）俄看一叶长青钱。（末）不是钱，是颜阿。（外）是钱字韵脚。（生）忽做红颜开并莲。（金）来得好。（末）好个红颜。（生）莲子同心谁共结，鸳央比翼若为眠。……（小丑）那官人做得好诗，姐姐恁般才调，何不和他一首？（旦）怕做不过哩。（小丑）休得谦辞。碧纱橱边、白粉壁上，也少不得姐姐的佳句。待翠儿取笔砚过来。（旦执笔想介）（小丑）头一句是钱字住脚的。（旦吟诗题壁介）佳句争如万选钱。（小丑）就好起了。（旦）无颜得似六郎莲。（小丑）果然才貌双全。（旦）春风得意连登第，莫上红楼并醉眠。（小丑）好诗阿。只是亲也不曾做，先吃寡醋了。①

这是《望湖亭》剧中，钱万选作诗应对高老等人考察，以及高白英在丫鬟鼓动下唱和钱万选的场面。

（生题诗介）小弟题的是孟光了。五噫相和去何之，不共商山掘紫芝。庑下一餐聊举案，白头胜似远山眉。（庙祝）题得妙。尹相公收下了，请题。（旦勉强题介）前一首是四支的韵。（生）尹兄韵脚如此熟，还说不会做诗。（旦题介）茂陵才子太情痴，何不求凰未嫁时。一曲琴心双凤管，皑皑莫怨鬓如丝。（生）小弟紧收此笺。日后倘遇文君，定是求凰未嫁。谢尹兄指教了。②

这是《春灯谜》中，宇文彦与韦影娘元宵节打灯谜时吟诗唱和的场景。当然现实中阮大铖、沈自晋的诗歌水平与温庭筠、鱼玄机比差得多了。概括地说，在名教爱情剧的男女交往中，作为媒介的诗词基本上都承担着两种功用，一是向对方传递情感信息，二是考验对方的才学是否满足才子或佳人的基本要求。前一种作用多见于互相倾心的男女之间。而后一种功用使许多剧目都出现这样的场面：男子向佳人示爱时，佳人

① （明）沈自晋：《望湖亭》卷上，《古本戏曲丛刊二集》，上海商务印书馆1955年影印本，第36、37页。

② （明）阮大铖：《春灯谜》卷上，《古本戏曲丛刊二集》，上海商务印书馆1955年影印本，第27页。

总要让男子写一首诗，然后把诗作的优劣作为自己是否答应的前提。如吴炳《绿牡丹》：柳五柳向车静芳求婚，车静芳以《绿牡丹》为题来考察柳五柳。由于名教爱情剧中几乎都存在这种描写，所以男女相互以诗简传情就成为名教爱情剧的重要特征之一。

（三）妻妾俱全

中国古代的婚姻制度是一夫多妻妾制。这种丑陋的婚姻制度在《西厢记》等进步剧作中被摒弃，他们多采用一夫一妻的婚配方式。名教爱情剧则不同，在维护名教、恪守封建婚姻的前提下，作者认为妻妾俱全乃是事理之常，而女子为维护自身权益反对丈夫娶妾的做法是妒妇之行，绝对要不得。

（许）吓，有到有一个人儿，姿才性格呢，都与小姐配得来的。只是有一句话，不好启齿。（老）名誉相知，何妨吐露衷情。（许）此人与奴家以订了终身。（老）吓。（许）不是耶，那第二个坐位，是我自僭定下的。小姐若肯相容，就等奴家作伐。（老）他姓甚名谁，年庚多少，就请见教一番。（许）吓。姓陈，名玉卿，年庚未满二十。（老旦）儿吓，我亦素慕其名，你依允否？（云娘）吓，母亲，此人的才貌是各处知名的。一妻一妾，事理之常。儿与仙俦，又且文字知己，有甚难容。①

（小旦）婆婆在上，小星之理，自古皆然。为官的娶个正副亦是常事。但恐抚台之女日后不好相处，故而踌蹰，媳妇非学不贤妇作丑态也。②

（外白）可做得好么？（旦）词意甚佳。这月娥一定是个女名。（外）这等说，有个女子在身上了。（旦）他前日曾对孩儿说过，有一女子，会而复离，想必就是此人了。（外）将来连你已是两个了。（旦）这个何妨。做才子的三妻四妾，亦是常事耳。（唱）他既才情

---

① （清）无名氏：《三凤缘》上卷，《古本戏曲丛刊五集》，上海古籍出版社1986年影印本，《遇贤》。

② （清）李玉：《永团圆》卷下，《古本戏曲丛刊三集》，文学古籍刊行社1957年影印本，第45页。

独步，丰雅堪无，便金钗十二也不为多，况田翁多麦易一妇。[①]

如此婚姻观念下，尽管个别剧作也是一男一女的夫妻，但绝大多数剧目都是一男二女，甚至是一男三女的配偶关系。这里需注意，虽然个别剧目采用一夫一妻的配对方式，但却并不意味着剧作赞成这种婚姻形式，具有反封建精神。理由是，许多作家的作品中既有一夫一妻的婚姻，也有妻妾俱全的婚姻，如阮大铖的《春灯谜》、吴炳的《绿牡丹》、李渔的《风筝误》都是一夫一妻的，而他们的《燕子笺》《情邮记》《怜香伴》却又是妻妾俱全的，尤其是李渔的《怜香伴》更是一夫三妻妾的婚姻组合关系。由此可知，部分名教爱情剧采用一男一女的婚姻只不过是因剧情的需要而不得不使用罢了，并无特殊内涵。五十八部剧作之具体男女婚配关系如下：

一夫一妻：共二十三部

《玉丸记》：朱其与云娟；《红梅记》：裴禹与卢昭容；《鸾锟记》：杜羔与赵文姝、温庭筠与鱼玄机；《五闹蕉帕记》：龙骧与胡弱妹；《荷花荡》：李梦白与傅莲贞；《鸳鸯绦》：杨直方与张淑儿；《春灯谜》：宇文彦与韦影娘；《诗赋盟》：骆俊英与于如玉；《鹣钗记》：宋璟与荆燕红、康璧与真国香；《二奇缘》：杨维聪与张淑儿；《绿牡丹》：谢英与车静芳、顾粲与沈婉娥；《画中人》：庾启与郑琼枝；《西园记》：张继华与王玉真；《景园记》：张幼谦与罗惜惜；《吐绒记》：皇甫曾与卢忘忧；《艳云亭》：洪绘与萧惜芬；《鸳鸯梦》：秦璧与崔娇莲；《五高风》：文锦与萧瑞英；《蟾宫操》：荀鹤与宓瑶华；《小河洲》：铁中玉与水冰心；《芙蓉楼》：孟珩与杜弱兰、姚若采与李蒨华；《风筝误》：韩世勋与詹淑娟；《蜃中楼》：柳毅与龙女、张羽与公主。

一夫二妻妾：共三十二部

《锦笺记》：梅玉与柳淑娘、芳春；《妆楼记》：陈宜中与周意娘、春梅；《西湖记》：秦一木与叶氏、段如圭；《绾春园》：杨珏与崔倩云、阮蒨筠；《望湖亭记》：钱万选与高白英、小正；《燕子笺》：霍都梁与郦飞

① （清）周坦纶：《玉鸳鸯》首卷，《古本戏曲丛刊三集》，文学古籍刊行社1957年影印本，第64、65页。

云、华行云；《灵犀锦》：张善相与段琳瑛、瘦红；《明月环》：石鲸与乔罗浮、荆青娥；《金钿盒》：权次卿与徐妫英、徐妫秀；《灵犀佩》：萧凤侣与梅琼玉、宝湘灵；《弄珠楼》：阮翰与旷菲烟、柳枝；《情邮记》：刘乾初与王慧娘、贾紫箫；《红情言》：皇甫曾与卢湘鸿、桐枝；《永团圆》：蔡文英与江兰芳、江蕙芳；《衣珠记》：赵旭与刘湘云、荷珠；《金花记》：周云与娄金花、陶碧云；《意中人》：史弘与刘梦花、茜红；《天马媒》：黄损与裴玉娥、薛琼琼；《幻缘箱》：方霄与刘婉云、陈月娥；《秋虎丘》：汪璞与于桂娘、小蛮；《称人心》：文怀与卫星波、洛兰藻；《双鱼佩》：柳应龙与花想容、乔依云；《十美图》：辛茹与黄李娘、李夜舒；《西湖扇》：顾史与宋娟娟、宋湘仙；《江花梦》：江霖与袁餐霞、鲍云姬；《四有堂里言》：王贞与钱素蟾、春英；《洛神庙》：何寅与巫友娘、贾绿华；《珊瑚鞭》：苏友白与白红玉、卢梦梨；《梅花诗》：石液与毕林莺、梅凌春；《广寒香》：米遥与殷天眷、湘娥；《风前月下填词》：严湘与凤采鸾、王小蛮；《怜香伴》：石坚与崔笺云、曹语花。

一夫三妻妾：共三部

《玉鸳鸯》：谢珍与文霞仙、东方月娥、徐娴娴；《三凤缘》：陈琏与吴月娥、魏云娘、许仙俦；《凰求凤》：吕哉生与乔梦兰、曹婉淑、许仙俦。

四　翰苑风流之科举梦想

明清时期，对绝大多数读书人来说，步入仕途的途径只剩下科举一条。由于科举关系着书生的前途未来，且名教爱情剧又以婚宦并重为特征，所以在五十八部剧作中，与明清两代科举史实相关的描写不仅非常多，而且涉及面也很广，诸如院乡会殿四级考试、考场的规则、判卷的具体规定、考官与考生的相互回避、考场中的作弊、门生与座主关系等皆有体现。但这些都还不是名教爱情剧科举描写的基本特征，其科举描写的真正特色主要体现在书生科举成功后必然入翰林院为官这一点上，也即书生考中进士后所获得的官职，必须是翰林院官或者是与翰林院有密切关系的官职，其他官职是不要的。这一特征除极个别剧作如《永团圆》《灵犀锦》《玉丸记》等外，绝大多数名教爱情剧作都如此。

（丑）那日看卷之时，令孙老大人元取作状元，不想天雷打下三次。那龙骧卷子元取第二，又三次乐响，故此只得颠倒中了。万俟卨该死、该死。（净）你怕天雷，不怕我秦太师么？（丑）那日小官怕天雷，今日天雷怕太师爷了。①

诏曰：朕因齐寇蜂起，忧深东顾，剪此朝食，厥功懋焉。庚期远才兼文武，特进平章，郑超升兵部尚书，各照常例封荫。又据超奏，亡女还魂，即归新状元庚启。事出创闻，缘因夙世。启授翰林院修撰，妻封安人。其寺敕改三生寺。钦哉。②

这是状元入翰林的例子。明清两代，状元及第后授予翰林修撰一职，因此必然是翰林官。状元外，榜眼、探花按照规定被授予翰林编修一职，也是翰林官。明清两代一甲及第皆授翰林官是法定制度，数百年里绝对没有例外。其他二甲、三甲进士，只有经过挑选庶吉士，才能进入翰林院。挑选庶吉士的过程叫馆选，获得馆选之人也算翰林官。

（净）结交须结英与豪，莫结区区儿女曹。我秋汉卿骗着了一个封小官，指望一生受用。谁想思量天鹅肉吃，一个火囤，把这阿呆轻轻断送了。如今傅老官虽然不知是我惊坏的，他死了要我在此也没用，不特没了束修，益且没有饭吃。想得李梦白选了馆，甚是兴头。傅老官与他修好之后，甚是莫逆，不免求他一封书荐我去，必然有些兴头。此间已是，为何厅上没有一个人，待我叫一声，有人么？③

（末宣诏介）朕惟经邦佐治，典型端藉老成；敷采宣猷，驱策必需群力。兹尔观察使赵礼，品高山岳，器重珪璋，恬雅可风，设施未竟，特擢吏部侍郎，妻梁氏进封夫人。候选进士张继华授翰林院

① （明）单本：《五闹蕉帕记》卷下，《古本戏曲丛刊二集》，上海商务印书馆 1955 年影印本，第 22 页。

② （明）吴炳：《画中人》卷下，《古本戏曲丛刊三集》，文学古籍刊行社 1957 年影印本，第 57 页。

③ （明）马佶人：《荷花荡》卷下，《古本戏曲丛刊二集》，上海商务印书馆 1955 年影印本，第 21、22 页。

简讨，赵惟权授监察御史，并以覃恩，貤封父母及妻。钦哉。①

这是一般进士入翰林院的例子。李梦白与张继华都不是一甲进士出身，因此二人不能直接进入翰林院，只能通过馆选或其他原因被授予翰林官职。

下官姓权名次卿，字贰公，宣邑人也。叨中元丰三年进士，官授翰林承旨。下官才似东箭南金，笔阵扫千章组绣。胸如白琼淡月，肺肠无半点尘埃。但未当入洛之年，已有鼓盆之变。蚤聘家室，未结襟褵。我思奉倩情密，安仁悼亡，才子尽钟情良匹；宋玉高唐，子建赋洛，名士咸结想倾城。鼎甲易登，佳人难得，天生我才，定有良配，不知何日得谐配偶耳。②

小生姓汪名璞，表字伯玉，乃唐朝汪伦之后，流寓荆楚，虚度二十一载。幸叨翰苑之荣，暂告林泉之假。功名游戏，山水逗遛。向龙湫以探奇，从虎丘而问渡。不见真娘之墓，徒闻紫玉之容。③

这是男主人公以翰林身份出场的例子。权次卿、汪璞与一般忙于科举的男主人公不同，出场之时已经获得科举，所以在自报家门中就明确交代自己翰林的身份。五十八部剧作中，获得翰林官职的剧目、人物及其进士等第关系如下：

状元翰林：共二十六部

《五闹蕉帕记》：龙骧，状元；《妆楼记》：陈宜中，状元；《望湖亭记》：钱万选，状元；《燕子笺》：霍都梁，状元；《春灯谜》：宇文彦，状元；《明月环》：石鲸，状元；《鹣钗记》：宋璟，状元；《灵犀佩》：萧凤侣，状元；《二奇缘》：杨维聪，状元；《绿牡丹》：谢英，状元；《情

① （明）吴炳：《西园记》卷下，《古本戏曲丛刊三集》，文学古籍刊行社 1957 年影印本，第 52 页。

② （明）湖隐居士：《金钿盒》卷上，《古本戏曲丛刊二集》，上海商务印书馆 1955 年影印本，第 2 页。

③ （清）王鑨：《秋虎丘》卷上，《古本戏曲丛刊三集》，文学古籍刊行社 1957 年影印本，第 2 页。

邮记》：刘乾初，状元；《画中人》：庾启，状元；《景园记》：张幼谦，状元；《吐绒记》：皇甫曾，状元；《玉鸳鸯》：谢珍，状元；《天马媒》：黄损，状元；《称人心》：文怀，状元；《鸳鸯梦》：秦璧，状元；《十美图》：辛茹，状元；《蟾宫操》：荀鹤，状元；《小河洲》：铁中玉，状元；《芙蓉楼》：孟珩，状元；《广寒香》：米遥，状元；《三凤缘》：陈琏，状元；《风筝误》：韩世勋，状元；《凰求凤》：吕哉生，状元。

榜探翰林：共八部

《意中人》：史弘，榜眼；《洛神庙》：何寅，榜眼；《红梅记》：裴禹，探花；《西湖记》：秦一木，探花；《鸳鸯绦》：杨直方，探花；《西湖扇》：顾史，探花；《梅花诗》：石液，探花；《风前月下填词》：严湘，探花。

其他翰林：共十二部

《锦笺记》：梅玉，翰林；《绾春园》：杨珏，翰林；《荷花荡》：李梦白，翰林；《金钿盒》：权次卿，翰林；《西园记》：张继华，翰林；《红情言》：皇甫曾，翰林；《金花记》：周云，翰林；《秋虎丘》：汪璞，翰林；《双鱼佩》：柳应龙，翰林；《五高风》：文锦，翰林；《江花梦》：江霖，翰林；《珊瑚鞭》：苏友白，翰林。

以上共有剧目四十六部，占五十八种剧目的百分之八十左右。其余十二部剧目中，《怜香伴》之石坚、《蜃中楼》之柳毅、《艳云亭》之洪绘、《诗赋盟》之骆俊英则被授予御史、给事中或谏议大夫等言官之职，《鸾锟记》之杜羔则为礼部员外郎。御史、给事中多为翰林庶吉士散馆后所授之官职，礼部官员多由翰林官所担任（明清两代之礼部尚书、侍郎必由翰林出任），所以名教爱情剧中与翰林密切相关者共五十一部。其他七部剧作中，《玉丸记》《永团圆》《幻缘箱》《四有堂里言》四部主人公明确为一般官员，《灵犀锦》中张善相封王，与翰林院没有关系。《弄珠楼》《衣珠记》两部因剧本结尾部分缺失，是否入翰林院不得而知。所以说名教爱情剧在科举宦途上以翰苑风流为主要特征确不为过。

五　与史相近之现实描写

传奇中，将历史事实作为时代背景的现象不仅早已有之，而且使用得相当普遍。从明中叶开始，随着政治环境的恶化，反映现实政治斗争的时政剧随之出现，如《鸣凤记》。此传统被名教爱情剧继承了下来，因此五十八部作品中有很多反映明代政治斗争、明清战争，或者借古写今的剧作。由于对明代现实的反映极其广泛而且具备一定的思想深度，因此批判地反映现实就成为名教爱情剧的一大特色。这里选择较有代表性的内容进行论述。

明代倭寇之患严重。从建国伊始的零星骚扰，到嘉靖时的大举作乱，倭寇之祸延续了二百多年，给东南沿海地区带来深重的灾难。名教爱情剧作家大多是东南沿海，尤其是江浙一带的文人，对倭寇之祸了解很深，所以剧中反映倭寇入侵的内容颇多，与史实也基本相符。如下面两个例子：

> （生）将军须是斟酌，只是小弟还有一计在此，可以不战而屈人之兵。（外）正要请教，左右退后。（众下科）（生附近低唱科）老将军，可晓得贼中呵，
>
> 【前腔】他将徐海做先锋。（外）小弟也久知此人。（生）仗着他十分凶猛。这徐海原是我们徽州人，此人狼子野心，反覆无常。如今呵机谋权变将他哄，却把他赚入牢笼。（外）他却如何肯来？（生又近介）他有个绝相好的青楼女子，名唤王翘儿。他和他真相厚，情浓意浓。好着他行反间，暗相通。（外喜介）先生此计甚妙，须要十分机密。①

王翘儿招降徐海之事，相关史书皆有记载，个别史料记载颇详。如《明史》卷二百五《胡宗宪传》："宗宪因厚遇洪，谕海缚陈东、麻叶，许以世爵。海果缚叶以献。宗宪解其缚，令以书致东图海，而阴泄其书于海。海怒。海妾受宗宪贿，亦说海。于是海复以计缚东来献，帅其众五百人去乍浦，别营梁庄。官军焚乍浦巢，斩首三百余级，焚溺死称是。海遂刻日请降。"② 此处说徐海之妾在劝降中起了重要作用，唯海妾之姓

---

① （清）王鑨：《秋虎丘》卷上，《古本戏曲丛刊三集》，文学古籍刊行社1957年影印本，第78页。

② 《明史》卷二百五，中华书局1974年标点本，第5412页。

名不详。因此需借助其他史料来了解。

倭寇掠海上，遂窜走桐乡，已转掠桐乡，城陷，翘儿被虏。诸酋执以见其寨主徐海，海初怪其姿态不类民间，讯之知为翘儿，试之吴歈及琵琶以侍酒，绝爱幸之，斥帐中诸姬罗拜，咸尊为王夫人。翘儿既已用事，凡海一切计画，惟意指使，乃亦阳暱之，阴实幸其败事，冀一归国以老也。会督府遣华老人檄海，肯来降与之官。海怒，缚而将斩之，翘儿谏曰："今日之势，在君降不降，何与来使?"亲解其缚而厚之金。华，海上人也，翘儿故识之，而华亦私觑所谓王夫人者，心知为翘儿，不敢泄。归告督府曰："贼未可图，第所爱幸王夫人者，臣视之有外心，当藉以磔贼耳。"督府曰："善。"乃更遣罗中书诣海说降，而益市金珠宝玉，以阴贿翘儿，乃日夜在帐中，从容言："大事必不可成，不如降也，降且得官，终身当共富贵。"海遂许罗中书约降。督府因诱致居东沈庄，与党陈东相斗，官兵乘之，海沈河死，永保兵俘海两侍女，一名绿珠，一即翘儿也。督府饮之辕门，以享诸参佐，令翘儿歌而遍行酒，诸参佐皆起为寿。督府酒酣心动，亦握槊降阶而与翘儿戏。夜深，席大乱。明日，督府颇悔夜来醉中事，而以翘儿功高，不忍杀之，乃以赐所调永顺酋长。既从永顺酋长去，之钱塘舟中，辄悒悒不自得，叹曰："明山遇我厚，我以国事诱杀之，杀一酋而更属一酋，何面目生乎?"夜半投江死。①

而在《秋虎丘》一剧中，王翘儿最后也为徐海殉情。再如《西湖记》第三十二出《药酒除倭》。

【金钱花】（外扮高千总领兵扮农庄持瓮上）精兵扮作农夫、农夫，生来不惯耕锄、耕锄。手持药酒赠倭奴。神机算，好谋谟，若吃下，尽消磨。自家非别，浙江总督辕门胡老爷标下高千总便是。遵奉将令前来扮作农夫，休持器械，手捧药酒，遇倭追来，弃酒而

---

① （明）李诩：《戒庵老人漫笔》卷五，中华书局1982年标点本，第189、190页。

逃，待他药死，取首级回话。其计若成，我等功劳甚大。如不中其计，我等死无遗类。众军士们，小心防备要紧。①

剧中浙江总督衙门胡老爷指胡宗宪。诱使敌人饮毒酒，从而消灭敌人的办法一般只出现在戏曲、小说的战争中，现实中很难让人相信。但这确实是抗倭过程中存在的史实，其执行者正为胡宗宪，“倭寇嘉兴，宗宪中以毒酒，死数百人”②。

倭寇之祸外，与鞑靼、瓦剌等北方少数民族间的战争也是明朝政治、军事、外交上的重大事件。二者间的民族战争持续时间很长，几乎贯穿明朝之始终，且规模很大，曾给明朝带来巨大的麻烦和奇耻大辱。奇耻大辱以土木之变、英宗被俘最为知名，而此事与当时秉政太监王振密切相关。

瓦拉者，元裔也。十四年，其太师也先贡马，振减其直，使者恚而去。秋七月，也先大举入寇，振挟帝亲征。廷臣交谏，弗听。至宣府，大风雨，复有谏者，振益虓怒。成国公朱勇等白事，咸膝行进。尚书邝埜、王佐忤振意，罚跪草中。其党钦天监正彭德清以天象谏，振终弗从。八月己酉，帝驻大同，振益欲北。镇守太监郭敬以敌势告，振始惧。班师，至双寨，雨甚。振初议道紫荆关，由蔚州邀帝幸其第，既恐蹂乡稼，复改道宣府，军士纡回奔走，壬戌始次土木。瓦拉兵追至，师大溃。帝蒙尘，振乃为乱兵所杀。③

土木之变在多个名教爱情剧目中都有反映，而以《珊瑚鞭》《三凤缘》与《凰求凤》等的描写最详细，也最贴近史实。如无名氏《三凤缘》：

① （明）□□：《西湖记》下卷，《古本戏曲丛刊二集》，上海商务印书馆1955年影印本，第19页。

② 《明史》卷二百五，中华书局1974年标点本，第5410页。

③ 《明史》卷三百四，中华书局1974年标点本，第7773页。

（付王振上白）要享渔人利，边疆起衅端。（小监禀介）（白）着他进来。（小监）夜不收呢，公公着你进见。（报）公公，夜不收叩头。（付）起来。所报何事？（报）公公不好了，脱脱普化统领数十万人马，打破雁门以入内地，陕西诸路振动。请公公速速遣将征剿。（叹）烽火不举罪提堂，忙筹划、费商量，群臣急把登闻撞。（付）赏他一个元宝，再去打听。（报）谢爷。（下）（付笑介）咱正要立些边功，故斩了他贡马使臣。不想脱脱普化没能奈，果真的反了，可不遂我的机关。且住，万一我自去行军，倘做不来，岂不失了名望。不如把皇帝做个孤注，劝他亲征。得胜后功归于我，倘有些不妥，就说皇上自要亲征，与我无干。有理，有理。①

戏曲与史料相异之处是一为斩贡马使者，一为减马值，其余大致相同。明清易代过程则与残酷的民族战争结合在一起，它给中原百姓带来巨大灾难，许多人被掳掠北去成为奴隶。如下面：

（念旦诗介）西湖宋娟娟题。这分明是一个大家儿女了。既说得遇顾生，如何又说是未嫁。俺不免也将此愁，写诗于后。（题诗介）江上胡笳夜半哀，广陵潮尽大旗开。将军战死残城破，薄命红颜马上来。落花飞絮任高低，面掩风沙马北啼。谁把千金酬孟德，镶黄旗下赎文姬。钱塘宋湘仙题。②

剧中宋娟娟、宋湘仙两位女主人公的遭遇，皆为明清易代战争中的真实事件，但在进入剧作时被作者做了一定程度上的改动。其中与宋湘仙相关的史实如下：

宋蕙湘，秦淮女也。兵燹流落，被掳入军。至河南卫辉府城，

① （清）无名氏：《三凤缘》上卷，《古本戏曲丛刊五集》，上海古籍出版社 1986 年影印本，《警报》。

② （清）丁耀亢：《西湖扇》卷上，《古本戏曲丛刊五集》，上海古籍出版社 1986 年影印本，第 40 页。

题绝句四首于壁间。云:“风动江空羯鼓催,降旗飘飐凤城开。将军战死君王系,薄命红颜马上来。”“广陌黄尘暗鬓鸦,北风吹面落铅华。可怜夜月《箜篌引》,几度穹庐伴暮笳。”“春花如绣柳如烟,良夜知心画阁眠。今日相思浑似梦,算来可恨是苍天。”“盈盈十五破瓜初,已作明妃别故庐。谁散千金同孟德,镶黄旗下赎文姝?”后跋云:“被难而来,野居露宿。即欲效章嘉故事,稍留翰墨,以告君子,不可得也。偶居邸舍,索笔漫题,以冀万一之遇。命薄如此,想亦不可得矣。秦淮难女宋蕙湘和血题于古汲县前潞王城之东。”①

宋娟娟的相关史料,在明清之际著名历史学家谈迁《枣林杂俎》(中华书局2006年版)的《义集·彤管》部分有详细记载,文繁不录。其他剧作如《洛神庙》反映的是马士英误国、李自成起义等重大历史事件,其中明确说到东林党人。“想熹宗而下,人心多诈。借兵机,向北阙求官,诬善党,把东林作靶。真贤奸混杂,贤奸混杂,谁分真假,最伤风化。”② 据上述材料,可见对现实政治、社会的史实性反映也是名教爱情剧的主要特征之一。

六 活用经典之调笑语言

中国戏曲在形成与发展的各阶段都有嘲弄圣贤或名人的习惯。宋代史料笔记中就有优人嘲弄孔子、朱熹的记载。金代杂剧表演中,对圣贤的不敬甚至突破了国家允许的范围,所以金章宗曾下令不许以历代帝王圣贤为戏。此后明清法律也有类似的规定,但屡禁不止。由于恪守名教,名教爱情剧中调笑圣贤本人的现象自然不会出现。但在特定的场合,通过借用圣贤之语以产生特殊戏剧效果的做法却屡见不鲜。纵观剧中所用之经典语言,大约有以下几方面作用:

(一)主调笑

这种语言主要是用来插科打诨,借以增加剧作的喜剧性效果。

---

① (清)余怀:《板桥杂记》,《余怀全集》,上海古籍出版社2011年标点本,第438页。

② (清)吕履恒:《洛神庙》上卷,《古本戏曲丛刊五集》,上海古籍出版社1986年影印本,第26页。

（夫）（鸨儿上介）是那个？门户十年不换，人情一日三般。最喜用钱撒漫，最怕走空辗酸。（见介）呀，原来是柳龌龊。（丑）你开口就伤人，龌龊只有你家，怎说在我身上。（夫）人人叫你龌龊，你怎么偏怪着我？（丑）我与你几十年相处，一个名字也不晓得。我是书上的其叶沃若，怎说我是龌龊。（夫）元来如此。①

“其叶沃若”是《诗经·卫风·氓》中之一句。本意是借物起兴，以桑叶沃然茂盛之态来形容女子之年轻美丽。这里男用女名已觉不伦不类，而沃若、龌龊因音近而讹，更觉哄堂，以美为丑，其戏剧性效果自不待言。

（小生）作砚殆非衣冠耶？（净）小弟是禽兽。（小生）言重。（净）小弟乃禽中之鹏，兽中之麟。（小生）自誉了。（净）鹏飞九万，庄子荒唐之说；麟死郊原，夫子嗟道而泣。小弟个文章，东说阳山西说海，一认认差子题目，八九万里路，无影无踪个去哉，故此说像鹏。（小生）麟呢？（净）孔圣人看见死麒麟要哭，看见子小弟个佳作，更也要哭个。（小生）何为呢？（净）对我皱子眉头，上下身子一看，说：唔，吾道穷矣，吾道穷矣。哈、哈、哈。②

人言其非君子，语气已重，已不以为耻反自认禽兽，真可让人瞠目结舌。至于其对禽兽之解释，则是自道其丑，语言中之调笑意味让人读之莞尔。“吾道穷矣”之评价真是恰如其分。

（小净）学生肚里文字涌发，请老大人先出一题，试我一试。（外）你既文字涌发，我先出一破题与汝作之，《叟不远千里而来》。（小净背介）瘦必是不吃饭而瘦也，又走了一千里路。我想历朝以

---

① （明）史磐：《鹣钗记》上卷，《古本戏曲丛刊三集》，文学古籍刊行社1957年影印本，第5页。

② （清）无名氏：《三凤缘》上卷，《古本戏曲丛刊五集》，上海古籍出版社1986年影印本，《订盟》。

来，无有能走千里者，必是汉朝关云长独行千里之故事也。老大人，有了有了。盖人之三日不吃饭而勇过关云长，极天下之凶者也。（外）叟乃长老之称，不以千里为远而来，这是梁惠王为孟子远来忻幸的意思。这秀才乱道，好打。①

科举为国家抡才之大典，考场规矩之严肃自不必论，即八股题目亦多少堂皇冠冕气象。“叟不远千里而来”一语，孟子本以之讨论治国之大道，白丁之理解本已谬之千里，还郑重其事，“盖人之三日不吃饭而勇过关云长，极天下之凶者也”，如此破题，真可让人笑破肚皮。

（二）找理据

古人做事讲求师出有名，“名不正则言不顺”，故须充分的理由。做事之后，为证明自己的所作所为正确，故借圣贤语以作辩解之依据。

（生）你且说那一句不好？（净）学生眼睛，也还认得几字。你诗内明明把乌龟来骂我。（生笑介）乌龟从来上诗的。《诗经》上说“我龟既厌”。古人诗也有“龟浮见绿池”，“文如龟负出”，“金钱愿赎龟”，“山中今见鹿僧龟”。如此之类甚多，怎见便是骂你。②

（净）绝妙、绝妙。你且说那小娘子是那一家？（杂）呵嗄，她也姓王，是王孝廉之女。同姓不可为婚，怎处？（净）不要管他，只说自小舅家他养，教他认了舅家姓就是。（杂）这也有理。司败问昭公，孔子曰知礼。娶吴为同姓，谓之吴孟子。③

柳希潜让谢英代作诗歌，结果谢英在诗中让柳自认乌龟，使柳在车静芳面前大出其丑。事后柳找谢英算账，谢英却借经典以开脱自己的罪过。王伯宁想娶王玉真为妻，但儒家礼法明确规定，同姓结婚近于禽兽

① （明）玩花主人：《妆楼记》卷上，《古本戏曲丛刊二集》，上海商务印书馆1955年影印本，第36页。

② （明）吴炳：《绿牡丹》卷下，《古本戏曲丛刊三集》，文学古籍刊行社1957年影印本，第18、19页。

③ （明）吴炳：《西园记》卷上，《古本戏曲丛刊三集》，文学古籍刊行社1957年影印本，第45页。

之行。为满足自己的美色需求，白丁公子就在《论语》中找证据。此语出自《论语·述而》："陈司败问昭公知礼乎，孔子曰：'知礼。'孔子退，揖巫马期而进之曰：'吾闻君子不党。君子亦党乎？君取于吴为同姓，谓之吴孟子。君而知礼，孰不知礼。'巫马期以告。子曰：'丘也幸，苟有过，人必知之。'"[①] 孔子因回答时失误而被陈司败批评，孔子知后承认错误。这显然是在称赞孔子勇于改过的精神，但无赖们却断章取义，认为孔子赞同鲁昭公娶同姓为妻的行为，从而为自己的无耻行为做辩护。更可注意的是连强盗做杀人劫货的勾当时也以圣贤语作为其行动的理由。

【西江月】（副净跳上）向日先生教我，诗云：如切如磋。（丑、众跳上）萧墙之内动干戈。人可杀与？曰：可。[②]

"如切如磋"出自《诗经·卫风·淇奥》"有匪君子，如切如磋，如琢如磨"，本意是指切割、加工骨器与象器的过程，"治骨曰切，象曰磋"[③]，与杀人没有任何关系。但因杀人也同样是切割的动作，所以二者在形式上的相似反成为坏人作恶的借口。其实在当日社会，借着冠冕堂皇的理由而做坏事者大有人在，打家劫舍的强盗不过是其中微不足道者而已。

（三）随机生发

在许多场景中，剧中人所做之事正好符合经典中的语言，所以被剧中人随机拿来使用。这种使用因带有灵感突发的特点，所以更觉生动风趣，富于文学美感。

【雁过声】（净）鸾俦，相应定偶。况伊家今科状头，管情他见我，先肯首。（生）老师怎么知他便肯了。（净）经云：窈窕淑女，

① 《论语注疏》卷七，《十三经注疏》，中华书局1980年影印本，第2483页。

② （明）路迪：《鸳鸯绦》卷上，《古本戏曲丛刊二集》，上海商务印书馆1955年影印本，第33页。

③ 《毛诗正义》卷三，《十三经注疏》，中华书局1980年影印本，第321页。

君子好逑。你君子好，正堪逑。[①]

宋璟中状元后委托座师向荆家提亲。老师一听就向他保证女方一定会答应，理由是宋璟为年轻英俊之状元，最是君子正好时，完全符合“窈窕淑女，君子好逑”的要求。由于诗中之意与剧中情节正好相应，所以二者的结合可谓天衣无缝。

（丑悄当生面介）干得好事。（生作羞回头见净介）（净）只道你在此拟题作文，谁知有此佳遇。（丑）你不晓得，这是有题目的，逾东墙而搂其处子。[②]

“逾东墙而搂其处子”出自《孟子》，其原文为：“逾东家墙，而搂其处子，则得妻；不搂，则不得妻。则将搂之乎。”[③] 而《孟子》又是明清科举的必考书籍之一。柳应龙原说要在书房中拟题做八股，不料却在花园中与花想容小姐隔墙相望，眉目传情。其场面正与《孟子》之言相符，所以其表兄弟奚必文、奚必学就借此打趣奚落他，正可谓幽默风趣而无伤大雅，让人会心一笑。

（鱼）不要你推我，我推你，自古道，有事弟子服其劳。但是职分尊的、年纪大的、本事高的，预先立过一边，等那卑幼无能的吐起，一个一口，周而复始就是了。[④]

“有事弟子服其劳”出自《论语》，原表示尊老、爱老之意，并非讲求论资排辈。《蜃中楼》中，龙王命虾兵蟹将、龟元帅等吐气结蜃楼，以

① （明）史磐：《鹣钗记》下卷，《古本戏曲丛刊三集》，文学古籍刊行社1957年影印本，第20页。

② （清）孙郁：《双鱼佩》上卷，《古本戏曲丛刊三集》，文学古籍刊行社1957年影印本，第23页。

③ 《孟子注疏》卷十二上，《十三经注疏》，中华书局1980年影印本，第2755页。

④ （清）李渔：《蜃中楼》，《李渔全集》第四册，浙江古籍出版社1992年标点本，第223页。

供公主登高观赏。但虾兵蟹将为先后争论不休。最后决定卑幼无能者在先，位尊、年老、能大者在后。这里情景虽与《论语》相似，但实质不同。这是用曲解经典的方法来获得喜剧的效果。除这些外，还有表现书生迂腐的：

> （外）不可、不可，鬼也有的，药也有的。《中庸》云：鬼神之为德，其至矣乎。《论语》云：康子馈药，拜而受之。可见都是有的。二公同伴之中，何可自相吞并。大家放出恒心便好。南人有言曰：人而无恒，不可以作医巫。①

老举子句句不离圣贤语，事事要用圣贤语，引经据典，但其解释却又不合实际，因此显得迂腐不堪。无怪乎当时人读此剧即给予"老腐儒逼真、逼真"的评语。

名教爱情剧中使用经典语颇多，此处所举只是其中很小的一部分。因经典语具有权威性及合法性的特点，从而可在剧中起到多种戏剧性的效果。所以多用经典语不仅是名教爱情剧语言使用的一大特征，也是名教爱情剧自身的一大特征。

---

① （明）许恒：《二奇缘》卷上，《古本戏曲丛刊三集》，文学古籍刊行社1957年影印本，第67、68页。

第二章

古代闺范教育与名教爱情剧之妻子形象

中国古代男女之别非常严格，男女的结合基本是在“父母之命，媒妁之言”的前提下形成，一般青年男女婚前很难有接触的机会，所以中国古代的婚姻很难说是爱情的结晶。相反，由于婚姻在古代承担“合两姓之好，以继后嗣”的重任，因此古代的婚姻具有明显的利害关系。为实现婚姻利益的最大化，古代社会对女性的地位与作用有特定的认识，并形成较完整的闺范教育体系。由于名教爱情剧以维护名教为特点，因此在剧中对封建闺范教育有充分的体现，不过这种闺范教育的对象主要是妻子，而非其他女性。

第一节　闺范书籍及基本要求

长期以来，人们对古代女性的教育有一种错误认识，而它源自一句话：“女子无才便是德。”以此为前提，人们很容易得出古代女性没有受教育权利的结论。但事实并非如此，中国古人对女子教育很重视，尤其是贵族女子。为实现女性教育的目的，当日社会也编撰了许多闺范教育类书籍。

一　闺范书籍

中国古代的家庭分工是“男不主内，女不主外”，因此和睦家庭成员、亲戚、邻里间的关系，教育儿女的重任主要由女性来完成。此外妻子还有协助丈夫处理相关事务的义务。由于妻子在家庭中承担着重要的角色，对家庭的兴衰很关键，所以古人娶妻时不但非常谨慎，“世人多慎于择婿，而忽于择妇。其实婿易见，妇难知，所系甚重，岂可忽哉”①，而且要求女性必须具备很高的修养，其中包括才华，“武王曰：‘予有乱臣十人。’马曰：‘乱，治也。治官者十人，谓周公旦、召公奭、太公望、毕公、荣公、太颠、闳夭、散宜生、南宫适，其一人谓文母’”②。乱臣即治臣，即有治世能力之臣。文母即武王之母太姒。由此可见儒家并不反对女子有才。

中国古代重视女子教育的言论很早就已出现。如范晔《后汉书》卷八十四《列女传》中，班昭就对忽视女子教育的现象提出严厉批评，“察今之君子，徒知妻妇之不可不御，威仪之不可不整，故训其男，检以书传，殊不知夫主之不可不事，礼义之不可不存也。但教男而不教女，不亦蔽于彼此之数乎”③。之后提倡女子教育的言论多有出现，“常观史传求古贤妇贞女，虽称德行之懿，亦未有不由于教而成者”④，“幼而不教，长而失礼。在男犹可以尊师取友，以成其德。在女又何从择善诚身，而格其非耶。是以教女之道，犹甚于男，而正内之仪，宜先乎外也”⑤。但因女子以处理家庭事务为主，故而中国古代的女性教育内容与男子有很大的不同：

> （旦）舅舅万福。（金舅）甥儿少礼。你把昨日讲的书再看一遍，少停要熟背。（小丑）烂熟的了，不消背得。（金舅）我想起来，女学生又不比男子家，要什么经书本领，俺只把古来妇女编成一书，唤作《古今女鉴》，其孝女贞姬、贤妻烈妇这几篇都已讲解过了。今日讲的是美女一篇。甥儿过来，听我道呵。⑥

① （北宋）程颐、程颢：《河南程氏遗书》卷第一，《二程集》，中华书局2004年标点本，第7页。

② 《论语注疏》卷八，《十三经注疏》，中华书局1980年影印本，第2487页。

③ 《后汉书》卷八十四，中华书局1965年标点本，第2788页。

④ （明）徐皇后：《内训》御制序，《女四书集注》卷上，团结出版社2015年影印本，第13、14页。

⑤ （明）刘氏：《女范捷录》，《女四书集注》卷下，团结出版社2015年影印本，第21页。

⑥ （明）沈自晋：《望湖亭》卷上，《古本戏曲丛刊二集》，上海商务印书馆1955年影印本，第15、16页。

高家为富有之家，在古代自然是与富贵人家结亲。而富贵家庭多要求女子知书达理，所以高老夫妇就为女儿请了先生，讲学内容的重心是贞节烈女、孝女贤妇。其余知识不多讲授的原因是“女学生又不比男子家，要什么经书本领”。经书主要记录圣贤之大道，传达的是修身、齐家、治国、平天下的经济之学，而这些与女子没有太大的干系。《古今女鉴》一书恐为杜撰之名或当日流传之书，今已不可考。剧中出现的闺范教材，除此之外尚有多种。

幼读班姬训，乘闲偷习诗。岂云夸翰墨，聊以副芳姿。天公殊薄劣，不遣作男儿。绣帏深自扃，掩郁北窗时。帘遮双眼慧，灯伴一腔痴。愁多力愈薄，偏颐不任支。奴家张氏，小字淑儿。志慕幽贞，情怡书史。不幸生下奴家，家业日渐萧条，弟兄并无一个。前岁父亲亡过，母亲怕家中无人，领着族弟小二为子，却又所为不善，屡次戒他，崛强犹昔，不在话下。①

张淑儿出身富贵之家，家道虽已败落，但幼年也曾接受过严格的闺范教育，其所学内容为班昭《女诫》。班姬即班昭，东汉文学家、历史学家，古代最著名的闺范教育书籍《女诫》的作者。

（外白）孩儿们，古来贤达女子，不但针工独擅，兼且文墨旁通。那读过的《女孝经》《毛诗》也要时常温诵，就楷书也要用心学习，知书识字，日后也好做人家。②

（外）想也曾读过小书，你对先生说。

【前腔】（旦）《明心宝鉴》曾记二三言。（末摇头介）这是女书，读他何用。（旦）《闺训》还同《列女传》。（末）这一发不是你读的了。（旦）《毛诗》略晓，但未终篇。（末）这才好，读到那里

① （明）路迪：《鸳鸯绦》卷上，《古本戏曲丛刊二集》，上海商务印书馆 1955 年影印本，第 8 页。

② （明）阮大铖：《春灯谜》卷上，《古本戏曲丛刊二集》，上海商务印书馆 1955 年影印本，第 8、9 页。

了？（旦）关关，曾读过《国风》，《周南》《召南》。①

奴家江氏，小字兰芳。容若冰桃，诗能咏絮。描鸾刺凤，休夸薛氏神针；剪雪裁冰，不数苏兰锦字。母兮早逝，抱恨终天。有妹蕙芳，相依朝暮。幼年许配蔡氏，自幸终身有托；奈彼清白传家，未免门庭冷落。爹爹世俗之见，尝以炎凉介意，反增奴家一番愁绪。今日刺绣闲暇，不免将《古今女史》展玩一遍。②

《女孝经》《毛诗》《列女传》三书在剧中也是闺范教育课本。《女孝经》在内容上模仿《孝经》，共分十八章。《毛诗》中有大量关于后妃道德的诗篇，如“关雎，后妃之德也”，“葛覃，后妃之本也”、“卷耳，后妃之志也”、“樛木，后妃逮下也”、“螽斯，后妃子孙众多也”、“芣苢，后妃之美也”等。后妃是君主之妻，母仪天下，其人格修养具有表率作用，故《诗经》可作闺范教育的标准。《列女传》比较特殊，最早的《列女传》为刘向所著，其内容既有对贤孝之女的颂扬，也有对红颜祸水的批判。后世《列女传》则主要记录节妇烈女。至于《明心宝鉴》《闺训》以及《古今女史》，今日不见流传，不知其内容为何。

《女诫》《女孝经》《列女传》《毛诗》等书都是按照儒家思想编写出来或者加以解释的，因此具有恪守名教的性质。在名教爱情剧中，以此数部书作为闺范书籍的代表，并加以肯定，则其对闺范的要求倾向于礼教自不待言。其实上述书籍在明清之际确实是被社会广泛使用且为国家所推崇的，如清初李光地奉命编撰的《御纂性理精义》中，对女子教育的过程及内容有明确的规定：

六岁教之数与方名，男子始习书字，女子始习女工之小者。七岁，男女不同席，不共食，始诵《孝经》《论语》，虽女子亦宜诵之。自七岁以下谓之孺子，早寝晏起，无时。八岁，出入门户及即席饮

① （明）许恒：《二奇缘》卷下，《古本戏曲丛刊三集》，文学古籍刊行社 1957 年影印本，第 26 页。

② （清）李玉：《永团圆》卷上，《古本戏曲丛刊三集》，文学古籍刊行社 1957 年影印本，第 4 页。

食，必后长者，始教之以谦让，男子诵《尚书》，女子不出中门。九岁，男子诵《春秋》及诸史，始为之讲解，使晓义理；女子亦为之讲解《论语》《孝经》及《列女传》《女戒》之类，略晓大意。十岁，男子出就外傅，居宿于外，博观群书。凡所读书，必择其精要者而读之，其异端非圣贤之书传宜禁之，勿使妄观，以惑乱其志；女子则教以婉娩听从，及女工之大者。①

其中所提到的闺范书籍基本与剧中书目相同，所不同者仅缺《毛诗》而已。其实在当日，不仅官方以此来推行封建闺范教育，思想家们对此也持赞同态度。

六岁教之数与方名，男子始习书字，女子始习女工之小者。七岁男女不同席，不共食。始诵《孝经》、《论语》，虽女子亦宜诵之。自七岁以下谓之孺子，早寝宴起，食无时。八岁，出入门户及即席饮食必后长者，始教之以谦让，男子诵《尚书》，女子不出中门。九岁，男子诵《春秋》及诸史，始为之讲解，始晓义理。女子亦为之讲解《论语》、《孝经》及《列女传》、《女戒》之类，略晓大义。十岁，男子出就外傅，居宿于外，读《礼》、《诗》，傅为之讲解，使知仁义礼智信。自是以往，可以读《孟》、《荀》、《杨子》，博观群书。凡所读书，必择其精要者而读之。其异端非圣贤之书传宜禁之，勿使妄观，以惑乱其志。观书皆通，始可学文辞。女子则教以婉娩听从及女工之大者。②

此为清初思想家、颜李学派创始人颜元对女性教育的要求，不仅具体内容与官方基本相同，即连叙述语言也高度一致。需注意的是，《御纂性理精义》与颜元的观点中，既有女子应读书目，也对女子所不应读的书籍做了要求。“其异端非圣贤之书传宜禁之”，从文意而言，不读异端

① （清）李光地等：《御纂性理精义》卷五，《御纂性理精义·傅子》，吉林出版集团有限责任公司2005年影印本，第82、83页。

② （清）颜元：《礼文手钞》卷一，《颜元集》，中华书局1987年标点本，第329页。

之书的对象是男子。但男子尚不可读，女子更无论。至于哪些书籍属于异端非圣，二者皆无明言。不过剧作家在剧中对女子不应读的书籍倒是做了一些具体说明。

（朝）我家姐姐喜看的，不是这等样书。

【前腔】理绣功余，常向净几明窗去看书。（丑）看什么书？（朝）看的是卢杨王骆，李杜岑高，韩柳欧苏，盈箱积案，都是古人模；联篇累牍，尽名家语，者也之乎。那些淫辞艳曲几曾读。①

《红梅记》中，丫鬟对小姐平日所读书目做了罗列，其中明确说“淫辞艳曲几曾读”。淫辞艳曲，按照一般的理解，应该包括以男女情事为题材的戏曲、小说类书籍。但哪些书属于淫辞艳曲，丫鬟没说，只能通过其他剧作资料来解释。

（旦顾小旦科）不要理他，自去取卷书来。（小旦取科）是《侯鲭录》。（旦看科）是《莺莺传》。拿去，换一帙来。（小旦换科）这是《金石录》。（旦）这到不曾玩。（看科）你看赵明诚与李易安，夫妻雅好文墨，收贮琴书古玩，每日煮茶共赏，可谓天伦至乐，欣羡、欣羡。②

【普天乐】（旦）小妆台，倩作乔书案。喜绿影，蕉窗散。信手取一卷来看，原来是《汉书》，若不是班大家补证词坛，怎得汉全书价重名山。再取几帙看，这是《文君传》《莺莺传》，（作掩过不看介）觑风流等闲。笑前人，一霎恁地相关。③

《锦笺记》中，小姐要读书，丫鬟给她《侯鲭录》，结果翻到《莺莺

① （明）周朝俊：《红梅记》卷下，《古本戏曲丛刊初集》，上海商务印书馆1954年影印本，第5页。

② （明）周履靖：《锦笺记》上卷，《古本戏曲丛刊二集》，上海商务印书馆1955年影印本，第10页。

③ （明）吴炳：《绿牡丹》卷上，《古本戏曲丛刊三集》，文学古籍刊行社1957年影印本，第13页。

传》时，她拒绝阅读，命令重换一本来。她不读《莺莺传》的原因是《莺莺传》中张生与崔莺莺不经父母之命、媒妁之言，私自结合，做下钻穴逾墙的苟且行为。对《金石录》则羡慕不已，因为这是明媒正娶、门当户对的李清照、赵明诚夫妻生活燕尔，相敬如宾，雅好文墨，志同道合的见证。同样在《绿牡丹》中，车静芳对作《女诫》、补《汉书》，才德俱全的班昭交口称赞，而对有私奔淫行的卓文君、崔莺莺颇有微词，因此对与二人相关的书籍也采取不读的态度。再如：

【仙吕过曲】【桂枝香】《关雎》化首，伯姬闺秀，真个美玉无瑕，博得清名不朽。羡共姜罕俦，共姜罕俦，那些蛾眉长袖，不过是莺交燕友。最堪羞，酬和西厢月，当垆咏白头。①

这里也对两种不同的书籍表明了自己的立场与评价。其所赞同者为《关雎》、伯姬、共姜。共姜是《诗经·鄘风·柏舟》的主人公，“柏舟，共姜自誓也。卫世子共伯蚤死，其妻守义。父母欲夺而嫁之，誓而弗许，故作是诗以绝之”②。共姜年轻守寡，但她决心守节，并与意图让她改嫁的父母做了坚决的斗争，所以受到礼教的高度赞扬。其所反对并以为耻的是崔莺莺与卓文君。还如：

淑娟与母亲同居西院，虽然冷静，到喜清闲。奴家心存贞淑，读诗尝废淫风；性善娇羞，掩耳怕闻情事。但想妇人一世，既靠男子为天，得失所关，莫如婚姻作戏。③

詹淑娟不读《诗经》之淫风，这里淫风应指反映男女约会偷情、钻穴逾墙、不守礼教的诗篇。“桑中，刺奔也。卫之公室淫乱，男女相奔。

---

① （清）李玉：《永团圆》卷上，《古本戏曲丛刊三集》，文学古籍刊行社 1957 年影印本，第 4 页。

② 《毛诗正义》卷三，《十三经注疏》，中华书局 1980 年影印本，第 312 页。

③ （清）李渔：《风筝误》，《李渔全集》第四册，浙江古籍出版社 1992 年标点本，第 182 页。

至于世族在位，相窃妻妾，期于幽远。政散民流，而不可止。”① 概括上述材料可知名教爱情剧所反对的、不让女子阅读的淫辞艳曲主要是以《莺莺传》《西厢记》等为代表的一类戏曲、小说，也包括《诗经》中的淫风部分。

由此可见，名教爱情剧对闺范教育的要求是维护、恪守名教的。这一倾向与当日的社会现实密切相关。明清之际是程朱理学再次占据思想统治地位的时期，而程朱理学对女子的贞节要求在所有的儒家学派中是最严格、最不近人情的，因此戏曲从《牡丹亭》为代表的以情反理向恪守名教转变是必然的趋势。至于剧中大量出现的闺范教育课本名目则是这一时期闺范教育课本编撰情况在戏曲中的真实反映。明清之际，为适应社会思潮的转换，当时人编撰了大量名目不同、内容相近的闺范教育书籍，其中最著名并流传至今的有以下两部：一为思想家吕坤的《闺范》，一为王相之母刘氏的《女范捷录》。前一种编成于万历年间，并被万历宠妃郑贵妃刻版印行。后一种则与《女诫》《内训》《女论语》一起被王相加以注释，在清初以《女四书》的名义刻版印刷。《女四书》是清代最流行的闺范教育书籍，影响巨大。除编撰闺范书籍外，明清之际还出现了一系列的《家规》，如思想家陈确的《家规》、吕留良的《家规》、文学家方苞的《家规》。这些家规大多对妇女的日常行为规范做了严格的要求与限制。如陈确的《家规》就对女性看戏予以禁止，其女甚至不知戏曲为何物，“新妇切不可入庙游山，及街上一切走马、走索、赛会等戏，俱不可出看。即家有宴喜，偶举优觞，内外仅隔一帘，新妇礼不当预席，或辞以疾，或以中馈无暇为辞，期必获命而后已。确有女既嫁，一日归宁，笑谓父曰：‘吾年近三十，终不知世所谓戏文者何如。’”②。闺范书籍与家规结合，共同对女性教育提出了要求，因此在当日社会具有庞大的势力，其影响自然也不会小。而这些对恪守名教的名教爱情剧来说显然是喜闻乐见的事情，于是这些书籍名目在剧中也就大量出现了。至于《古今女史》《古今女鉴》《明心宝鉴》《闺训》等，无论是杜撰之名，还是实有其书，其实都不重要，关键的是它们确实反映出当时社会

---

① 《毛诗正义》卷三，《十三经注疏》，中华书局1980年影印本，第314页。

② （清）陈确：《陈确集》别集卷十，中华书局1979年标点本，第519页。

闺范教育书籍编纂的繁盛局面。

二　闺范基本要求

闺范教育的目的是为了提高女子的修养以及对其日常行为加以规范和约束，从而培养出大量合乎礼教或名教要求的女性。对女性来说，由于系统地接受了封建闺范教育，所以她们的日常行为举止就呈现出明显的名教印记。其中最普遍且在所有女性身上都可以看到的莫过于以下几个方面。

（一）男女有别，隔帘相见

中国古人认为世界由阴阳组成，孤阴不长，孤阳不生，只有阴阳结合才能繁衍后代，因此男女对异性的追求是不能禁止的。二程说："夫阴阳之配合，男女之交媾，理之常也。"① 但中国古代对男女的交往却采取禁止的态度。这种矛盾的出现是因为儒家思想认为人之所以区别于禽兽，在于人有礼法道德的修养与约束。男女只有在遵循礼法的前提下结合，才算是人的婚姻，否则即为禽兽之行，"执挚以相见，敬章别也。男女有别，然后父子亲。父子亲，然后义生。义生，然后礼作。礼作，然后万物安。无别无义，禽兽之道也"②。可是人的情欲是很难控制的，男女无别，杂居共处，难免会做出一些违礼之行，因此为防止违背封建礼法的禽兽之行发生，封建礼教就对男女之别做了极为严格甚至是无情的规定，坚决反对男女杂处，自由交往。"男女不杂坐，不同椸枷，不同巾栉，不亲授。嫂叔不通问，诸母不漱裳。外言不入于梱，内言不出于梱，女子许嫁，缨。非有大故，不入其门。姑姊妹，女子子，已嫁而反，兄弟弗与同席而坐，弗与同器而食。"③

男女有别的相关要求虽不尽符合人情，但在古代却被完整地延续下来，并成为男女交往时必须遵守的根本性原则。名教爱情剧以有利于封建教化为标榜，自然也就要求剧中青年男女对此规定严格遵守，不可越

① （北宋）程颢、程颐：《周易程氏传》卷第四，《二程集》，中华书局2004年标点本，第979页。

② 《礼记正义》卷二十六，《十三经注疏》，中华书局1980年影印本，第1456页。

③ 《礼记正义》卷二，《十三经注疏》，中华书局1980年影印本，第1240页。

雷池一步。

（外）既有酒肴，怎么不请龙生？（老）今日是家宴，女孩儿在此，不当稳便。明日待孩儿请他来看海棠，这还才是。（外）夫人言之有理。①

（老旦）他既知小姐闺中之曲，岂有不知小姐闺中之诗。若说他是误认，可不负了他来意么？（旦）那生远来，可谓至诚。然我少通仪节，便近淫奔；若不应承，又属负义，奈何？②

龙骧父母双亡，由胡招讨抚养成人。但胡家举行家宴时，因有女儿在座，所以龙骧不在邀请之列。这并非胡家无情，只因男女有别，外姓男子参与不便。毕林莺虽为石液的真情所打动，倾心于他，但因男女有别，私下相见，近于淫奔，因此予以反对。其实在大多数剧目中，男女双方尽管对对方倾心，但都严格遵守男女有别的原则。有的甚至在婚前，男女双方连一次正面的交流都没有，都是女子爱慕男子的诗文或名声从而对其产生情感并最终与之结合，如《望湖亭》《洛神庙》《称人心》《衣珠记》《永团圆》《灵犀佩》《芙蓉楼》《艳云亭》等。

不过大多数名教爱情剧中，男女双方还是进行过直接交流的，只是在会面的方式上采取了一些临时权变的措施。其中用得最多的是在见面之时，在男女双方间用一些障碍物如珠帘、屏风等将二者隔离开来。这样一来，男女双方尽管可以进行交流，但只能闻其声而不见其人。

（丑）老爹，小人是从军健儿，新从延州府回，有张善相家报面送小姐，烦为通报。（末）站着。（向内介）有一从军健儿，寄张官人家报在此。（内）夫人命收了家报，留来人酒饭。（末介）（丑）这不是平安家报，张善相分付见小姐当面交割，还有私房口信。（末

① （明）单本：《五闹蕉帕记》卷上，《古本戏曲丛刊二集》，上海商务印书馆1955年影印本，第8页。

② （清）李应桂：《梅花诗》上卷，《古本戏曲丛刊五集》，上海古籍出版社1986年影印本，第26页。

向内述介）（内）小姐命垂放珠帘，着寄书人帘外相见。[1]

（旦沉吟介）双鬟，非亲非故，怎好相会得。（贴笑介）小姐又来道学了，你每日对他的文集，高吟低诵，就是故交一般；每夜与他的文集共枕联床，就与至亲无二，怎么相会不得。（旦）怕夫人晓得不便。（贴）夫人正念经哩。（旦）如此，放下帘来。（贴放帘、作开门介）请进。[2]

（老旦见旦介）小姐，荀相公到了，先着人来探问，就是会歌曲的桂轮儿，要叩见小姐。（旦）怎么就好见他。（老旦）何妨，放下这帘儿就是。（放帘介）[3]

这里剧中女子都是通过隔帘相见的方式与男子交流信息的。还有个别女主人公或是让丫鬟、家人作为中介来传递信息，或是让兄弟姐妹等亲戚作为陪伴者。

（旦上）喜得恩人病已瘳，心便慰，义难酬，敢将卮酒洗烦愁。离绣户，下朱楼。且喜铁公子静养数日，渐渐复元，今日置席与他起病。（对婢介）分付收拾停当了么？（婢）大厅中已垂下一挂珠帘，将东西隔做两半，里面各设一席，俱已停当。（旦）公子那边高高点起一对红烛，我这边却不消点得。两边各铺红毡，以为拜见之用。家人在那边伺候，丫鬟在这边伺候。（婢）晓得。[4]

（占）适才吴刚呈其回文绝佳，稿尚存此，请览。（小生览科）佳妙、佳妙。（旦）既然如此，裴丈作主，妾等回避便了。（小生）他书中明言大姨玉洁月清，不能污玷。此宴只须中设一屏，大姨们居右，卑人与客位左，同堂不见，共玩何妨。请观其书，磊落士也。

---

① （明）西湖居士：《灵犀锦》卷下，《古本戏曲丛刊二集》，上海商务印书馆1955年影印本，第19、20页。

② （清）龙燮：《江花梦》卷上，《古本戏曲丛刊五集》，上海古籍出版社1986年影印本，第42页。

③ （清）程瀛鹤：《蟾宫操》上卷，《古本戏曲丛刊五集》，上海古籍出版社1986年影印本，第49页。

④ （清）李应桂：《小河洲》卷上，《古本戏曲丛刊五集》，上海古籍出版社1986年影印本，第45、46页。

（旦看书介）玉丸之洁，匪青蝇之能玷；月清之明，岂沟渎而不临。说到说得好，恐无此礼。（占）谢道蕴施帐解围，苏小妹对客谈句，迄今诵美，未闻有以异诮之者也。吴刚与朱价去请来赴席。（外）理会的。①

《玉丸记》中，朱其与玉清相见时，中间不仅用屏风隔开，且有妹妹与妹夫两个至亲之人相伴。《小河洲》中，尽管铁中玉与水冰心互为救命恩人，但即便如此，二人也不肯打破男女有别的大防，具体是中间以珠帘隔开，并且由家人来服侍铁中玉，丫鬟来服侍水冰心。至于不用权变的方式，男女双方面对面进行交流的场面在个别剧目中也是存在的，但这些场面在剧中都有特殊的用途，其具体情况将会在下文进行讨论，这里不再赘述。不过需要说明的是，尽管存在男女直接接触的场面，但所有剧本对男女有别采取支持态度则是没有例外的。

（二）女不言外、不出闺门

中国古代男子在家庭及社会上都占据着绝对的统治地位。因此在家庭中，相对重要的大事都由男子来处理，至于家务事，则具体由女子负责。这就是所谓的“男不言内，女不言外”，“男子居外，女子居内”。此外，按照封建礼法的要求，一般情况下，女子不仅不能过问家庭事务之外的大事，即便是随意出门、游行街市的行为也是不被允许的，“莫窥外壁，莫出外庭”。如果不得已必须出门，则要“出必掩面，窥必藏形”，也就是说：“女子无事不窥视户壁之外，不出外庭之中。有不得已出外庭，则用巾扇以遮蔽，无使男人见其面。有故必窥外户，当隐蔽其形，无使外人得见其身。”② 之所以这样规定，主要是因为女子是以色事人者，如果随意行走街市，其美色容易使男子产生觊觎之心，从而对男女大防形成破坏，出现有违礼法的行为，惹出不必要的祸端，“子云：‘好德如好色，诸侯不下渔色。故君子远色以为民纪，故男女授受不亲’”③，“言

① （明）朱期：《玉丸记》上，《古本戏曲丛刊初集》，上海商务印书馆1954年影印本，第14页。

② （唐）宋若昭：《女论语》立身章第一，《女四书集注》卷下，团结出版社2015年影印本，第3页。

③ 《礼记正义》卷五十一，《十三经注疏》，中华书局1980年影印本，第1622页。

女子宜不出户庭，不可游行道路。不得已而行，必遮蔽其面，无使生人玩其颜色”①。而此原则也为名教爱情剧所赞同并予以执行。

> 父为刺史，妾名意娘，一自垂髫母丧，不觉年已及笄。夜梦圆清寺金佛相语，欲往进香。我想女不言外，不出闺门，妇女之道。嗟思之间，梳妆完矣。②
>
> （小旦）小姐若不信，尚在春晖堂中，我二人陪伴小姐去一看便知。（旦）女子不出闺门，况深夜乎？（小旦）这是内花园，又非外庭，有谁知道。（丑）正是，小姐也去看看，省得嗔我们掉谎。③
>
> （老）我儿，
>
> 【尾】你从今切莫行花径，怕遇闲人窥听。（旦）从今后雨打梨花深闭门。（老）不读经和史。（旦）须勤针指功。④

周意娘因夜梦金佛相语，欲往进香，但女子不出闺门的要求却让她难以成行。张善相因故停留于岳父家，丫鬟瘦红得知消息后，鼓动小姐去观看未来姑爷的人品相貌，却被段琳瑛以女子不出闺门的理由予以拒绝。罗惜惜在自家花园玩耍，并未走出家门，但因花园中人多眼杂，容易为人窥见，从而有碍闺门风节，因此被母亲批评。

> 【前腔】猜他无意，我又难信准。所失珊瑚，非专心所赠，猜他有意，无凭。大抵女子，不可许他走出闺门，当效窥观利女贞。既出外游湖观景，用真诚朴性，你不合在舡中对小生宛然欲问，好难

---

① （唐）宋若昭：《女论语》学礼章第三，《女四书集注》卷下，团结出版社 2015 年影印本，第 6 页。

② （明）玩花主人：《妆楼记》卷上，《古本戏曲丛刊二集》，上海商务印书馆 1955 年影印本，第 4 页。

③ （明）西湖居士：《灵犀锦》卷上，《古本戏曲丛刊二集》，上海商务印书馆 1955 年影印本，第 44 页。

④ （明）王元春：《景园记》卷上，《古本戏曲丛刊三集》，文学古籍刊行社 1957 年影印本，第 15 页。

答应，这相思怎生挨褪。①

《西湖记》中，秦一木对段如圭的埋怨，正是女子出门，其美色容易为人所觊觎的最好注脚。正颜以对尚且不可，更何况故意向男子表达顾盼爱慕之意。故要想避免女子出门可能带来的麻烦，最好的办法就是不许女子出门游玩。这样一来，出街游市、花园闲耍，就成为中国古代女子日常生活中非常犯忌的事情，而能严格遵守闺范要求，不肯游春观景的女子也就自然成为被赞赏的对象。

（贴）孩儿，你春衫初试晓风凉，可识得繁华满院香。（旦）母亲，那游冶尽教春欲醉，孩儿呵，娉婷未惯踏春阳。（贴）这个极好，大凡做女儿的，针线为本，文墨次之，游耍最忌。就是看书，也只看些《孝经》《闺范》罢了。②

女子不出闺门虽能在很大程度上避免因美色而为男子觊觎的问题，但男子对女子的爱慕并不局限于容貌，女子之才也可以勾起男子的追求之心，所以女言不出外同样是古代女子必须遵守的原则，“内言不出，外言不入”③。所谓“内言不出，外言不入”是指外边男子之言语、著作不可入于闺门，而女性之言语、著作等也同样不可使外人知道。由是，二程之母虽好文却不肯著述的行为受到朱熹的赞扬，特地将此事收入程朱理学的入门书《近思录》中予以传扬，“既长，好文，而不为辞章，见世之妇女以文章笔札传于人者，则深以为非”④。相反，对那些将笔墨字迹流传人间以求别人欣赏评说的女子则予以严厉的批评。其实二程母亲的态度就是朱熹的态度，于是名教爱情剧中几乎所有的女性都对自己的笔墨字迹传入社会表达出不满与埋怨，同时对闺中笔迹的收藏很重视。

---

① （明）□□：《西湖记》上卷，《古本戏曲丛刊二集》，上海商务印书馆 1955 年影印本，第 25 页。

② （清）曹岩：《风前月下填词》卷上，《古本戏曲丛刊五集》，上海古籍出版社 1986 年影印本，第 12 页。

③ 《礼记正义》卷二十七，《十三经注疏》，中华书局 1980 年影印本，第 1462 页。

④ （清）张伯行：《近思录集解》卷六，华东师范大学出版社 2015 年标点本，第 240 页。

（老旦笑介）怎央起老身来。倘然走了风声，被管会的一把拿住，关防严惮，自不惯送暖偷寒。（丑）好一个老俏，管会的拿你何干。（旦）保母还不打紧，倘蝇头半纸被人轻篡，询求仓卒，语句没遮拦，那时节，羞无限。瑶天咳唾，怎许落人间。（丑）恐怕搜出来，外人知道不稳便么？（旦）正是。①

奴家袁氏，小字餐霞，扬州人也。爹爹曾官大郡，不幸早亡。虽无兄弟相依，喜得母亲怜爱。只为幼观书史，癖好文词，因此这些姻戚间都叫俺做女中秀才。（叹介）虽然浪得虚名，毕竟未逢佳偶。前日偶作小诗，题于花笺之上，放在案头，不知怎的，转身就不见了。恐被母亲瞧见，只说奴家浮薄，今后只可看书，再不可轻易动笔了。②

由于恪守闺中笔迹不外传的规矩，所以剧中女主人公对违反此条的行为，态度很是严厉，有时甚至不假辞色。柳淑娘的诗笺在花园中丢失，当她询问丫鬟时，芳春却对此不以为意，因此被她不客气地予以批评。詹淑娟的唱和诗写在风筝上，被母亲大意之下还给了戚家。因事关闺门名声，以致詹淑娟不顾封建尊卑礼节，对母亲深表不满。

（旦）事不关心，关心者乱，如何这诗到在他扇上。（小旦）那晚袖着出游，不觉遗失，想他拾得，就写在扇上。（旦）说得好太平话儿。③

（旦急上）拂衣归去疾，因有事关心。母亲，方才的风筝，可曾与他取去？（小旦）是戚年伯家的，怎好不付还他。（旦）孩儿有诗在上面，闺中的笔迹，怎好付与外人？（小旦惊介）呀！倒是我失检

---

① （明）吴炳：《绿牡丹》卷上，《古本戏曲丛刊三集》，文学古籍刊行社 1957 年影印本，第 15 页。

② （清）龙燮：《江花梦》卷上，《古本戏曲丛刊五集》，上海古籍出版社 1986 年影印本，第 10、11 页。

③ （明）周履靖：《锦笺记》上卷，《古本戏曲丛刊二集》，上海商务印书馆 1955 年影印本，第 16 页。

点了。①

对自己的闺中笔墨小心在意，所以也应对别人赠予的诗稿妥善收藏才是。因此在他人诗稿被自己不小心丢失后，当然会存愧疚之感。

（旦）桐枝，你前日的红叶，我置诸袖中，想是遗失在先觉院中了。（桐）虽有新诗，又无名字，知是谁人写的，便失去也不妨。②

中国古代，父母对女儿舞文弄墨、闺中笔迹外传的行为一般持不赞同态度，因为女儿一旦有不好的名声，则父母的名声也会被玷污。不过，当女儿喜好文墨已成事实时，则退而求其次，对女儿闺中笔墨的收藏保管非常在意，谆谆教导，不遗余力。

（外）孩儿，你终日吟诗作赋，手不停挥，虽不是内家本等，但你性之所好，我也不好阻当。只是妇人家的才情切忌卖弄，但凡做诗，只好自遣，不可示人。就是稿纸也要谨密收藏，不可只字落人之手，以滋话柄。我如今送你到舅舅宦邸暂居，虽是嫡亲瓜葛，也比家内不同，须要十分谨饬。③

（小旦）自那日游湖，冒了风雨，又将所题诗扇，一时失落。物虽细微，不知怎的，颇觉关情，以此心中不快，好生愁闷。（老旦）呀，原来将这扇遗失了。我儿，这些小事，何必挂怀，只是女孩儿家姓名、笔迹，不可流落于人。以后小心便了。④

女子不出闺门，内言不外是封建闺范对女子日常行为的基本要求之

① （清）李渔：《风筝误》，《李渔全集》第四册，浙江古籍出版社 1992 年标点本，第 135 页。

② （明）王翃：《红情言》二卷，《古本戏曲丛刊三集》，文学古籍刊行社 1957 年影印本，第 66 页。

③ （清）李渔：《怜香伴》，《李渔全集》第四册，浙江古籍出版社 1992 年标点本，第 11 页。

④ （清）丁耀亢：《西湖扇》卷上，《古本戏曲丛刊五集》，上海古籍出版社 1986 年影印本，第 19 页。

一。它对执行男女有别、授受不亲的原则是有利的，能在很大程度上杜绝男女因诗文交流而发生的违礼行为，保证礼教的正常运行，最终实现封建国家稳定的目的。

（三）听命父母、合法婚姻

古代闺范教育要求女子在婚姻上必须听从“父母之命，媒妁之言”。中国古代存在严格的等级制度，这种制度最为普通的说法就是“三纲”，即“君为臣纲、父为子纲、夫为妻纲”。就家庭来说，父母为尊，儿女为卑，因此青年男女婚姻的决定权并不在自己手中，而在父母那里。如此一来，儿女的婚姻只能通过“父母之命，媒妁之言”来完成。不然婚姻是不合法的，不被国家法律和社会认可，当然也不被法律保护。私下结合的女子不能做妻，只能为妾，“聘则为妻、奔则为妾”，也不能进家谱，祭祀祖宗。出现这种局面的原因除“父为子纲”外，还因为中国古代的婚姻并非是男女双方的事情，而是与家族、祭祀祖宗等密切联系在一起。“《昏义》说：‘婚姻者合二姓之好，上以事宗庙，下以继后世。’从这两句最古的，同时也是最典型的关于婚姻的定义里，我们看得很清楚婚姻的目的只在于宗族的延续及祖先的祭祀。完全是以家族为中心的，不是个人的，也不是社会的。”[①] 既然“婚姻目的中始终不曾涉及男女本人，所以男女的结合而须顾到夫妻本人的意志实是不可想象的事。婚姻所以合二姓之好，只要二姓的家长同意于其子女的结合，经过一定的仪式，婚事便成立了。直系尊亲属，尤其是男性的直系尊亲属，有绝对的主婚权。他的意志可以命令他的子女与任何一定的人结婚，社会和法律都承认他在这方面的威权，予以强有力的支持，不容子女违抗。于是父母的意志在法律上成为婚姻成立的条件，子女即使在成年以后，即使仕宦买卖在外，也没有婚姻自主权，除非得了父母的同意”[②]。《西厢记》《牡丹亭》的伟大之处即在于崔莺莺与杜丽娘都打破了父母之命、媒妁之言的封建婚姻的束缚。而名教爱情剧在这方面显然与《西厢》《还魂》背道而驰，它的女主人公在婚姻上最明显的地方恰是恪守“父母之命、媒妁之言”的名教规范。而这一点在所有名教爱情剧中都几乎没有例外。

---

① 瞿同祖：《中国法律与中国社会》，商务印书馆2010年版，第103页。

② 同上书，第115页。

（旦）心非木石，岂有不知。奴家自遇哥哥之后，诸事不复措意，哥哥所不知也。奴虽有心，还待父母之命。哥哥成名之后，向我父母求亲，万无不允。奴家今日一言既许，专候哥哥便了。①

（生）小姐在上，小生自为痴怀所误，今被小姐道破，真个知心的人了。

【醉罗歌】幸识，幸识瑶姬韵。从此，从此竟消魂。何必人前假姻亲，只愿得佳人允。（小旦）郎君留意，吾岂不明。古来才子佳人，理宜相配，只是必要禀过严亲，岂可私下连盟。伊情果切东床，待君冰言求缔。高堂有亲，今朝莫遣痴怀尽。（生）心相近，意共温，空园幸少探花人。②

虽然男女双方情投意合，甚至希望非此人不嫁，但未经父母允许，所以只能算心许，而非真正定下婚约，因此也就自然不能许诺给对方。一旦许诺，则意味着突破封建婚姻的约束，而对名教有所触犯了。

（旦哭介）妈妈，奴家一身漂泊，感荷贾公收养再生，他的言语，岂敢执拗。只是我至亲爹娘，不知散失何所，那有这般闲心招赘夫婿。见且六礼未成，又无媒妁，因此心上未免踌蹰。（丑）小姐，此是百年好事，不消踌蹰得的了。贾老爷也说来，他与老相公如同胞兄弟，看待小姐就是自己亲生一般，因为女婿甚佳，不可错此机会，断无误你终身大事之理。他一力主婚，也就是媒妁了。小姐，你依老身说从了罢。……（旦）孟妈妈去了，只是奴家心事，一则不忍背着爹妈自行婚配，二则那轴春容上的人儿从今也要割断了，再无相见之期。只是姻缘既注定在这厢，如何那幅画错在奴家处，奴家题的笺，怎么燕子又衔与霍郎。有此两桩奇事，如今都成

① （清）李玉：《意中人》卷上，《古本戏曲丛刊三集》，文学古籍刊行社1957年影印本，第25页。

② （清）无名氏：《十美图》卷上，《古本戏曲丛刊五集》，上海古籍出版社1986年影印本，第10出。

画饼，不免取画来再看一看。[①]

郦飞云尽管相信霍都梁与自己之间有天定的缘分，但在尊长的决定面前，还是服从了“父母之命、媒妁之言”的安排。贾云仲虽不是亲生父亲，但却是父亲的莫逆好友，还是自己的救命恩人，也算具有决定权的尊长了。而她当初拒绝成亲的理由是亲生父母下落不明，此时结婚自然不合适，更何况这婚姻还没有经过亲生父母的允许与认可。

（旦）虽然如此，

【渔家傲】不见才郎心惨凄，教我形影单，情移思，意切迷。只怕他海誓山盟都忘记，佳姻别缔。（贴）小姐，那文相公不是这样人。（旦）若还他果是多情，却缘何鳞鸿久羁。莫提起，昔日叮咛话别时。我想这姻缘原出是儿女私情，未经父母之命，媒妁之言，怎得如心遂意也。[②]

萧瑞英之所以担心文锦移情别恋、另缔婚姻，其根本原因是他们之间的婚约属私情，没有经过父母之命、媒妁之言。由于私情不具备法律效力，因此当文锦另娶他人时，她不仅难以讨还公道，还会背上不守妇道的骂名，名节俱丧，为人所不齿。

名教爱情剧中，婚姻上服从父母之命虽然没有例外，但下列情况需要注意，因为这些情况从表面看是与父母之命、媒妁之言相违背的。

（贴）小姐吓，老爷做主，无可如何，不如顺从老爷也罢。（旦）说那里话，张郎虽是花下言盟，我爹爹却已面许。辛家虽是名媒纳聘，却是更改初盟。我岂能一朝失节，学他爱富嫌贫。[③]

---

① （明）阮大铖：《燕子笺》卷下，《古本戏曲丛刊二集》，上海商务印书馆1955年影印本，第26、27页。

② （清）李玉：《五高风》卷上，《古本戏曲丛刊五集》，上海古籍出版社1986年影印本，第19页。

③ （明）王元春：《景园记》卷下，《古本戏曲丛刊三集》，文学古籍刊行社1957年影印本，第2页。

奴家江氏兰芳，幼许蔡门。自谓终身有托，不意父亲嫌蔡生贫穷，逼写休书。蔡生赚归控府，奴家惊喜得见天日。谁想官府糊涂，断给退婚银六百两，父亲忙碌碌收拾银子，思量纳官去了。我想此局一结，父亲必然迫奴重婚。咳，蔡郎、蔡郎，你一见重利，顿违前志，书生薄倖，一至于此。但我兰芳宁甘九死，岂事二夫，只守着节操，视死如归而已。①

但实际上，这与服从父母之命之间不存在根本性的矛盾冲突。因为江兰芳等的违命行为具备一个前提，这个前提是父母之前已将她许配于人，而现在要悔婚、将她另行婚配。明清两代，一旦男女双方按照合法程序许婚之后，没有特殊原因绝不允许悔婚，“若许嫁女，已报婚书及有私约，而辄悔者，笞五十。虽无婚书，但曾受聘财者，亦是。若再许他人，未成婚者，杖七十；已成婚者，杖八十。后定婚者，知情，与同罪，财礼入官；不知者，不坐，追还财礼，女归前夫”②，《大清律例》的规定基本相同。另外，中国古代男女之间相互的婚姻义务在定婚之时即已开始。女子一经许婚，就意味着她已将终身托付于人，因而要为对方守节终身，即便是没有举行婚礼，也不能改许他人，改许即意味着失节。这就是“烈女不更二夫”，“信，事人也，信，妇德也。壹与之齐，终身不改，故夫死不嫁”③，“《礼》，夫有再娶之义，妇无二适之文，故曰夫者天也”④。而守节是礼教极力提倡的。所以说这些女主人公的违命行为是合理、合法的，不仅被社会允许，而且还被社会赞赏。而父母悔婚才是真正不道德的、应被社会舆论指责与批评的行为。如下例：

（外）夫人，你知道么，我在任已把孩儿许配本郡桃绣衣之子了。（老旦）呀，妾有义甥，足称快婿，已曾面订为我东床，但未禀爷，不敢行礼。桃家之请，幸即辞之。（外）说那里话。

① （清）李玉：《永团圆》卷上，《古本戏曲丛刊三集》，文学古籍刊行社 1957 年影印本，第 30、31 页。

② 《大明律》卷六，《户律三》，法律出版社 1999 年标点本，第 59 页。

③ 《礼记正义》卷二十六，《十三经注疏》，中华书局 1980 年影印本，第 1456 页。

④ 《后汉书》卷八十四，中华书局 1965 年标点本，第 2790 页。

【玉交枝】婚姻非细，纳玄纁，怎教变移，况甲门胤子非凡裔。（老旦）虽宦家子弟，不知学识何如？（外）这那晓得，便景升豚犬何辞。（老旦）学识难知，人物也好么？（外）冯郎、左氏何可知。（老旦）这等只说我已受聘，作急辞他罢。（外）中途回辙遗清议。（又）叹姻缘天心主持，岂由我人谋择取。①

柳淑娘之父在外为官，将柳淑娘许配给好友之子。而其家不知，柳夫人又将柳淑娘许配梅玉。一女许二夫，自然需要一家退婚。柳夫人特别钟意梅玉，因此劝柳父退婚，柳父认为退婚惹清议，坚决不从。所谓惹清议其实就是遭受社会舆论的批评与指责。至于下面女主人公的婚约确实没有经过父母之命，但事出有因，且她对自己的越礼行为也持自责的态度，所以说对“父母之命、媒妁之言”的遵守确实是名教爱情剧婚姻形成的基本前提。

爹爹，你老年无子，止靠我一人，自然该凭你婚配，奉养你暮景。只是舍却黄郎，别无佳偶，所以不媒自嫁。此心虽切不安，然情之所钟，虽父命不能止也。爹爷，从此之后呵，

【大圣乐】论姻亲事体，休休。这终身我已售，无媒径路虽堪丑，须不是没来由。俺这里筝声一曲谐婚媾，他那里几句新词遂好逑。心儿谁剖，愿苍苍默祐，不教翻覆。②

无论是男女有别，女不言外、不出闺门，还是在婚姻上听从父母之命、媒妁之言，这些都是封建女性必须遵守的基本要求，同样也是《女诫》《女论语》《女孝经》《内训》《毛诗》《列女传》等闺范教育课本的核心部分所在。而这些都在名教爱情剧中得到完整的体现，因此说名教爱情剧与封建闺范之间存在紧密联系是不争的事实，封建闺范是我们理

① （明）周履靖：《锦笺记》下卷，《古本戏曲丛刊二集》，上海商务印书馆1955年影印本，第6页。

② （清）刘方：《天马媒》卷上，《古本戏曲丛刊三集》，文学古籍刊行社1957年影印本，第23页。

解此类剧作的重要工具与门径。

第二节 四德与妻子形象

中国古代婚姻施行的是一夫一妻多妾制，今天人们将其称为一夫多妻制是很不恰当的。实际上，妻妾之间确实存在着很大不同，其区分也确实非常明显。这种实际的不同并没有被剧作家忽略，不但在剧中将妻妾的不同完整地展现出来，而且在处理妻妾关系时所采取的立场也完全与名教合拍。因此在具体讨论中，我们就必须将妻妾分开进行论述，否则既不符合事实也很难将问题解释清楚。妻妾间的区别很多，包括法律地位、家庭出身、自身修养等多个方面，就名教爱情剧来说，最明显的地方是其家庭出身与自身修养。这里单就自身修养来谈论妻子的形象，而家庭出身与法律地位的不平等在研究妾的形象及妻妾关系处理时再做具体分析，此处不再赘述。

按照一般说法，中国古代妇女要遵守“三从四德”的道德规范。由于名教爱情剧写的是青年男女的爱情婚姻过程，因此“三从”中的“出嫁从夫、夫死从子”就失去了着落，而“未嫁从父”又在前边讨论过了，所以这里只从“四德”方面对妻子形象进行研究。

一 妇德

“四德”中妇德居首。对于妇德，古人的解释相当详细，儒家经典认为“妇德谓贞顺”①。而其他闺范教育书籍的要求则详细多了，“清闲贞静，守节整齐，行己有耻，动静有法，是谓妇德”②，“贞静幽闲，端庄诚一，女子之德性也。孝敬之明，慈和柔顺，德性备矣。贞固沉静，幽寂闲雅，端楷庄肃，诚实纯一。此八者，女子之德性，粹于中者也。孝亲敬养，仁爱明察，慈淑和睦，温柔恭顺。此八者，女子之德性，著于外

① 《周礼注疏》卷七，《十三经注疏》，中华书局1980年影印本，第687页。

② 《后汉书》卷八十四，中华书局1965年标点本，第2789页。

者也。女子能此，德性全矣”①。由此可见妇德实际上包含着极为广泛的内容，涉及女性道德修养的方方面面。

但后来社会对女性道德的要求高度集中在“贞节”上，“忠臣不事两国，烈女不更二夫。故一与之醮，终身不移。男可重婚，女无再适。是故艰难苦节谓之贞，慷慨捐生谓之烈”②。女子是否有德，关键看她能否做到坚贞不二。其他方面再好，只要失节，即为千夫所指，真可谓是“一行有失，百行无成”，“古来贤妇，九烈三贞。名标青史，传到而今。后生宜学，亦匪难行。第一守节，第二清贞。有女在室，莫出闺庭。有客在户，莫露声音。不谈私语，不听淫音。黄昏来往，秉烛掌灯。暗中出入，非女之经。一行有失，百行无成。夫妻结发，义重千金。若有不幸，中路先倾。三年重服，守志坚心。保家持业，整顿坟茔。殷勤训后，存殁光荣”③。而节妇烈女则会受到国家的褒奖和表彰，因此“存殁光荣”。

先秦两汉时期，贞节虽是妇德的重要方面，如《诗经·柏舟》就赞美共姜守节，但还不那么苛刻。不仅一般妇女会改嫁，贵族、皇室之女也存在改适的现象，如汉武帝姐姐平阳公主改嫁卫青、光武帝姐姐湖阳公主想改嫁给宋弘。随着封建制度的逐步完善，妇女贞节的要求也越来越严。唐代《女论语》中，失节已成大事，而程朱理学兴起后，社会对女子贞节的要求已达到苛刻的地步，“问：孀妇于理似不可取，如何？伊川曰：然。凡取，以配身也。若取失节者以配身，是己失节也。又问：或有孤孀贫穷无托者，可再嫁否？曰：只是后世怕寒饿死，故有是说。然饿死事极小，失节事极大”④。于是不失节就成为判断女子德行的首要标准。由于程朱理学是明清两代的正统思想，所以明清的闺范教育对守节特别关注，名教爱情剧中的妇德内容也首先体现的是守节的要求。

名教爱情剧中，女子守节的立场是一致的，不过根据实际情况，还

① （明）徐皇后：《内训》德性章第一，《女四书集注》卷上，团结出版社 2015 年影印本，第 16 页。

② （明）刘氏：《女范捷录》，《女四书集注》卷下，团结出版社 2015 年影印本，第 28 页。

③ （唐）宋若昭：《女论语》守节章第十二，《女四书集注》卷下，团结出版社 2015 年影印本，第 18 页。

④ （清）张伯行：《近思录集解》卷六，华东师范大学出版社 2015 年标点本，第 237 页。

可细分为三类：一是以礼止情；二是不事二夫；三是死节。下面分别论述之。

《牡丹亭》等作品中，男女双方秉承的是情大于理的立场。为追求真正的爱情，男女主人公都能突破名教的束缚，私下结成夫妻。名教爱情剧则截然相反，女主人公对不合法的婚姻持完全反对的态度，绝不肯迎合男子的挑逗，反而是坚决予以拒绝。

（生搂科，旦拂衣科）

【扑灯蛾】君心何太痴，君心何太痴。越礼奚端，始韫椟，匪沽名，期将完璧归子也。你看桑间濮上，迄今千古尚遗讥。（生）罢、罢，想驽骀难当雅意。（走科）（旦）那里去？（生）趁重湖秋水，管取葬微躯。（旦）好，好，要学那自经沟渎的。[①]

（生）适闻小姐之言，感深肺腑，自当努力秋闱，以慰悬望。但今夕之会，又似不宜虚度耳。（近旦介）（旦躲介）桑间濮上，昔人所耻。妾所重君，与君所爱妾者，俱不在此，愿君珍重。（生）小姐玉洁冰清，令人起敬。惟恐青春易掷，白首难期，将如之何。（旦）一言既出，生死以之。奴有自幼珮带玉鱼一枚，解以赠君，愿秀才勿俞此盟。[②]

以上两位女主人公还是采用较温和的态度予以婉拒，个别女主人公对男子越礼行为的反应非常激烈，甚至摆出道学家的面孔对其无礼之行予以严厉的批评或斥责。

（生顾小旦、丑下，近旦介）小生此别，未卜后会何时。相逢不饮，岂但桃花笑人，亦且玉绳虚度。小生与小姐携手入轩，权将惜别意，怜取眼前人。

① （明）周履靖：《锦笺记》上卷，《古本戏曲丛刊二集》，上海商务印书馆1955年影印本，第42、43页。

② （清）孙郁：《双鱼佩》卷上，《古本戏曲丛刊三集》，文学古籍刊行社1957年影印本，第47页。

【猫儿后】娇欢，美爱暂时间，怜念。须知五百年前结下良缘。（旦正色拒云）君以豪侠为段氏婿，妾之幸也。妾以冶淫为张郎妇，君何取焉？轻言点污，君自失礼，然视妾为何如人。百年好合，岂可造次，切宜尊重，慎勿轻狂。①

（小旦背立不理介，小生）

【东瓯令】求怜就，凤凰交，百岁姻缘证此宵。（小旦正色介）石先生勿得疏狂。文词叹美，雅慕君才耳。若如此猥薄，才何足取。闻君已聘乔氏，事在决绝，不必痴迷。桑间濮上，妾深以为耻，腕可断，容可毁，名节断不可亏，愿自珍重，勿蹈轻浮。朱陈之事伊休道，已有罗敷约，须知奴岂野夭桃，君应自裁度。②

"正色"一词展示的正是女主人公板着面孔的严肃态度，其批评理据也正是礼教的传统论调。贞节是宋代以来女子的第一道德要求，失节是人生最不能容忍之事，所以女主人公对失节改嫁的行为最为反感，反抗也最为坚决。

（旦醒介）状元且慢，待我同去。（痴望介）呀，原来是一场大梦也。方才朦胧睡去，见一少年，手执芙蓉，说道曾以明珠聘我，与我两下言语绸缪，情词款洽，抱奴前去，欲成云雨之欢。忽见丑汉，口称郑公子，来夺奴家。正在危机之际，又来一妇人，将这丑汉扯去。遂尔惊醒，乃是南柯一梦。天那，我杜弱兰生于宦族，长在名门，既许郑家，岂有另字他人之理，只好付之一梦也。③

杜弱兰出身官宦之家，才貌出众，但父亲却将她许配给一个纨绔。郑子不仅纨绔，且容貌丑陋，腹中空空。因此她虽心下不喜，但在女子

① （明）西湖居士：《灵犀锦》卷上，《古本戏曲丛刊二集》，上海商务印书馆 1955 年影印本，第 47 页。

② （明）西湖居士：《明月环》卷上，《古本戏曲丛刊二集》，上海商务印书馆 1955 年影印本，第 55 页。

③ （清）汪光被：《芙蓉楼》卷上，《古本戏曲丛刊五集》，上海古籍出版社 1986 年影印本，第 52 页。

不能失节的约束下，也只能空自怨恨，无计可施。

> 奴家自从与秦生园中相别，曾以次妻许誓。如今爹爹不知此情，要将奴家许嫁成郎。行聘之时，被奴故出不利之言间阻，只得停止在此。今番委曲浼人，在我跟前百般劝谕。奴家岂不知道男子愿为有室，女子愿为有家。但秦生一中回来，冰人来讲此事，岂可女子失盟与他，宁可死节便了。①
>
> （旦）哥哥，还有一句，
>
> 【斗黑麻】君须念宗祧，早婚阀阅。妾当励冰操，任加斧钺。休婉恋，须教烈。你紫阁荣登，我黄泉喜悦。（内擂鼓，生、旦惊哭科，丑、小旦各扯科）（合）神魂荡越，那禁更漏彻。无限恩情，无限恩情，从兹永诀。②

段如圭与柳淑娘皆与男主人公定下婚约，这也意味着她们必须为秦一木和梅玉守节。父母将她们另许他人将会使她们背弃原有盟约。背弃盟约不仅是失节的行为，还关系着诚信的基本做人原则。失节、失信，人生将难以立足，所以她们皆抱定一死的决心来面对外来的改嫁压力。

守节的最高境界是死节，这是古代社会对妇女德行的最高要求，它能为妇女带来贞节牌坊的人生至高荣誉。所以尽管死节极苦，但对恪守名教的女主人公来说，却不是什么大问题，反而是心甘情愿的积极追求。

> （旦）哇。我是千金小姐，他是我的侍女。你休想，千金女怎向强梁，早教人一帆风送。若是你无端凌逼，拼的个染刀红。（净）呀，小娘子，我那里舍得杀你，只要你从子我便了。（旦）哇。老强盗，我二人视死如归，矢不失节。③

---

① （明）□□：《西湖记》下卷，《古本戏曲丛刊二集》，上海商务印书馆1955年影印本，第25页。

② （明）周履靖：《锦笺记》下卷，《古本戏曲丛刊二集》，上海商务印书馆1955年影印本，第9、10页。

③ （清）采芝客：《鸳鸯梦》卷下，《古本戏曲丛刊三集》，文学古籍刊行社1957年影印本，第2页。

（旦哭介）如此怎么好，天那。

【长拍】寂寂孤身、寂寂孤身，寥寥庭院，并没个外人厮见。谁行指引，向朱门漏泄婵娟，忽地祸从天。我寸衷匪石，肯容轻薄，忍使乔郎怀碧玉，挥毫重赋绿珠篇。奴既不肯失身，亦不贻累母亲，若他强逼成姻眷，拼一个珠沉玉碎，蚤赴黄泉。①

面对强盗的威逼和权臣的强娶，一不小心即会带来杀身之祸，但两位女主人公依然敢给其以坚决反对和叱责，其精神支柱正源于对贞节的重视。否则虽可保得性命，但人生大节有亏，也就难以在人前立足了。

（旦吊场）我当初梦见金佛相语，得遇陈生。夜来又梦金佛相语，未知凶吉。急奔前来，望见水白连天，想是柳塘。我想女子夜行以烛，无烛则止。趁此春梅未来，不若跳下柳塘一死，不能学投崖拒贼窦家姑，且做个抱石投江浣纱女。②

（净白）梅小姐的事情怎么了？（中净）公子不要说起。（净）怎么了？（中净）梅小姐到被老身骗出来，同他下船，指望送到杭州与公子成亲，不想被他投江死了。（净）投江死了。咳，我怎么这等无缘。③

周意娘和梅琼玉都被奸人强娶为妻，在反抗无望的情况下，为维护贞节，二人皆投水而死。总的来说，名教爱情剧中，女主人公妇德的体现虽然方面很多，却以守节最普遍，也最有人格魅力。

中国古代婚姻以合两姓之好、以继后嗣为目的，因此为了实现生育子嗣的目标，国家允许男子在妻子之外纳妾。一夫多妻妾制度使中国古代富贵家庭的男子会同时拥有多个伴侣。作为弱势群体，这些女子都把

---

① （明）叶宪祖：《鸾鎞记》上，《古本戏曲丛刊二集》，上海商务印书馆1955年影印本，第11、12页。

② （明）玩花主人：《妆楼记》卷下，《古本戏曲丛刊二集》，上海商务印书馆1955年影印本，第31页。

③ （明）许自昌：《灵犀佩》卷上，《古本戏曲丛刊三集》，文学古籍刊行社1957年影印本，第31页。

幸福寄托在丈夫身上，于是争取丈夫的宠爱就成为妻妾们的重要任务，而这也导致妻妾间的明争暗斗成为古代家庭突出的问题。

家庭和睦对家庭的稳定与发展至关重要，因此齐家也成为男子的重要人生责任与要求。在中国古代家国同构的社会模型下，儒家文化认为只有齐家，才能治国平天下。而作为男子齐家最得力的助手，妻子自然也就成为一个不可取代的重要角色，“家人之道，利在女正，女正则家道正矣。夫夫妇妇而家道正，独云利女贞者，夫正者身正也，女正者家正也，女正则男正可知矣”①，这里的女即指妻子。在家庭的众多女性中，妻子具有特殊的地位。她是男子唯一合法的配偶，是家庭真正的女主人，而丈夫娶妾真正威胁到的就是她。为消除威胁，做妻子的自然会反对丈夫娶妾，而她合法的地位对丈夫娶妾也确实是很大的障碍。因此为防止妻子阻碍丈夫娶妾，同时为指导妻子能正确地处理妻妾关系，实现家庭和睦，古人在妻子的道德要求中就凸显了“不妒”这一条。“故夫妇之道，世祀为大。古之哲后贤妃，皆推德逮下，荐达贞淑，不独任己，是以茂衍来裔，长流庆泽。周之太姒，有逮下之德，故樛木形福履之咏，螽斯扬振振之美，终能昌大本枝，绵固宗社，三王之隆，莫此为盛。故妇人之行，贵于宽惠，恶于妒忌。月星并丽，岂掩于末光；松兰同亩，不嫌于并秀。自后妃以至士庶人之妻，诚能贞静宽和，明大孝之端，广至人之意，不专一己之欲，不蔽众下之美，务广君子之泽，斯上安下顺，和气蒸融，善庆源源，肇于此矣。”② 在名教提倡不妒的前提下，剧中对不嫉妒的女子总是赞赏有加。

> （生）在吾兄，怪其疏放。石兄在京，如坐针毡，无日不以功名、令妹为念。（旦）他既别有知音，以舍妹为念，亦无用了。（生）石兄弟所素知，便知错访，断不忍得凌春而舍令妹，但恐令妹见有凌春，不肯见爱石兄耳。（旦）舍妹岂世俗之女，颇知礼义。他有情

① （北宋）程颢、程颐：《周易程氏传》卷第三，《二程集》，中华书局 2004 年标点本，第 884 页。

② （明）徐皇后：《内训》逮下章第十九，《女四书集注》卷上，团结出版社 2015 年影印本，第 47、48 页。

不酿无情醋，多才自订怜才簿，胜过那我见犹怜乔家数。[①]

相反，古人对女子的嫉妒行为则予以处罚，最严重的处罚就是将嫉妒列入“七出之条”之中。在不妒的道德要求下，名教爱情剧中的女主人公都认可丈夫的婚外之情，对妾也采取接纳态度，予以玉成，从而博得贤惠的美名。

（旦）湘鸿自谓置身于此，月蠹烟消。岂意郁金重晤，天真不负有情人也。（拾诗介）呀，这笺儿想是相公遗下的。原来是桐枝诗稿。桐枝、桐枝，和你行那坐掩，情逾骨肉，既有此心，何妨微示。咳，这也难怪他。妾闻女无美恶，入宫见嫉。况才如文君，尚有白头之吟；情如小玉，不免乌丝之惨。皆由中无素养，故稍有所拂，即啼宫怨徵，痛抑沉冤。妾夙读古书，颇知微际，愿莴目文君，笼首小玉，亦情中快事也，且待桐枝到来。[②]

我如今想将起来，他是佳人欣逢才子，我非妒妇，宜合良缘，奴家愿借上林一枝，官人喜种蓝田双玉，这真是千古快事，我如今只得决意玉成了。[③]

（贴旦）当初小正这丫头有心于你，说你曾有言许他。今日见你身荣，老身送在这里伏侍夫人，不知肯容否？（旦）既是姨婆送来，相公就收他为侍妾，有何不可。（外、老旦）孩儿恁般贤慧。（贴旦）是一位海量夫人。[④]

中国古代妻子不妒的最高要求是主动寻找贤德女子，推荐给丈夫，与自己一起侍奉丈夫。

---

① （清）李应桂：《梅花诗》下卷，《古本戏曲丛刊五集》，上海古籍出版社1986年影印本，第7页。

② （明）王翃：《红情言》二卷，《古本戏曲丛刊三集》，文学古籍刊行社1957年影印本，第107页。

③ （清）曹岩：《风前月下填词》卷下，《古本戏曲丛刊五集》，上海古籍出版社1986年影印本，第19页。

④ （明）沈自晋：《望湖亭》卷下，《古本戏曲丛刊二集》，上海商务印书馆1955年影印本，第43页。

（贴）或者我命犯孤辰寡宿，这也罢了。当初既是圣上主婚，家父盟言，难道羞答答又去辱身。愿守空房，了我一生便了。（旦）岂有此理。我有一言相告，小姐万勿见怪。（贴）你有话就说。（旦）蒙小姐立志不肯改嫁，奴愿让小姐居正，奴甘为次，肯与周郎为妇否？（贴）我只愿你夫妇相逢足矣，何须又来顾我。（旦）当初是奴耽误了小姐，岂可恝然而去，为此不义。若小姐执意不从，待我辞过官，与小姐一同守贞便了。①

娄金花女扮男装，中状元后入赘陶丞相家与陶小姐拜堂成亲。虽是与女子结亲，对自己名节无甚大碍，但陶碧云却认为自己已拜过天地，故而不愿再结花烛。此时娄金花就主动请求陶碧云也嫁给周云，并甘居妾室之位，将正妻身份让与陶碧云。

【二犯桂枝香】（旦）你生来娇倩，兼多愁怨。我想英皇二妃，同事帝舜，此事自古有之。奴家若得重会何郎，愿与你不分大小，一同厮守，不知贤妹意下何如？当年并美妫滨，此事流光书传。前日那本《吹雪集》，虽非何郎全稿，已见一斑。只是罗隐貌丑，已经面试，不用垂帘窥望矣。②

（小旦）我想天下事件件都儿戏得，只有个夫妻儿戏不得。烈女不更二夫，我今日既与你拜了堂，若后来再与别人拜堂，虽于大节无伤，形迹上却去不得了。况我们交情至此，怎生拆得开？须要生一个计策，长久相依才好。（旦应介）有倒有个计策，只是说不出口。（小旦）相知到此，还有甚么芥蒂？（旦）就说了，你也未必肯依。（小旦）自古道，士为知己死。死尚死得，还有甚么依不得？（旦）我如今嫁了范郎，你若肯也嫁范郎，我和你只分姊妹，不分大

---

① （明）□□：《金花记》卷下，《古本戏曲丛刊三集》，文学古籍刊行社 1957 年影印本，第 29 页。

② （清）吕履恒：《洛神庙》卷下，《古本戏曲丛刊五集》，上海古籍出版社 1986 年影印本，第 22 页。

小，终朝唱和，半步不离，比夫妻更觉稠密。不知尊意若何?[①]

（旦）妹子，我想佳人一定该配才子。就是吾与你，今日也总是一片怜才的热肠，须不比桑间濮上。古有娥皇女英同事一舜，吾和你后来同适辛郎，也没有什么不好。（小旦）虽姐姐洪量，恐爹爹不肯。[②]

这里的女主人公皆积极地劝说妹子或朋友加入到自己的家庭中来。这在今天看来不可思议，但在古代却被大力赞扬。《诗经·关雎》主旨，汉唐学者将其解释为："是以关雎之篇说后妃心之所乐，乐得此贤善之女，以配己之君子。心之所忧，忧在进举贤女，不自淫恣其色。又哀伤处窈窕幽闲之女，未得升进，思得贤才之人，与之共事君子。劳神苦思，而无伤害善道之心，此是关雎诗篇之义也。"[③] 朱熹尽管不太赞同《诗序》的说法，但在《螽斯》篇中对女子不妒也持完全相同的观点，"后妃不妒忌而子孙众多，故众妾以螽斯之群处和集，而子孙众多比之。言其有是德而宜有是福也"[④]。既然圣贤赞扬后妃之不妒、进贤，而名教爱情剧又恪守名教，因此剧中出现女主人公劝说其他女子与自己共事丈夫的现象也就不难理解了。

二　妇言

作为"四德"之一，妇言的具体要求古人也多有解释，班昭在《女诫》中说："妇言，不必辩口利辞也"，"择辞而说，不道恶语，时然后言，不厌于人，是谓妇言"[⑤]。据《女诫》，妇言指的就是女子的言语辞令，不过在说话场合与内容上都有具体要求，如不能随便开口，要注意词语的使用，不许说脏话。若以此要求谈论妇言，那么所有的名教爱情

① （清）李渔：《怜香伴》，《李渔全集》第四册，浙江古籍出版社1992年标点本，第33页。

② （清）无名氏：《十美图》卷下，《古本戏曲丛刊五集》，上海古籍出版社1986年影印本，第16出。

③ 《毛诗正义》卷一，《十三经注疏》，中华书局1980年影印本，第273页。

④ （南宋）朱熹：《诗集传》卷一，《宋元人注四书五经》中册，中国书店1985年影印本，第3页。

⑤ 《后汉书》卷八十四，中华书局1965年标点本，第2789页。

剧中都有相关描写，如剧中大段的家常或封建道德言论，陈陈相因，迂腐不堪，不值得我们重视。因此这些不是研究的重点，其有研究价值者，莫如下面几个例子：

（旦）奴家约君到此后花园中相等，非为别事。一怜先生之功名，二怜先生之身命。（生）多感盛情，可即成就。（揖介）（旦叱介）奴家虽系田舍之门，俱行礼义之事。名不正、言不顺，与君苟合，不惟父亲兄弟难容，国人闻之皆贱之矣，奴家身命安得而存。只图目前之欢，不思后日之会。况今君作秋元，皆因先人阴德所致。（生侧闻作悔欲下介）（旦正颜欲拉介）看你所行，局量褊浅，规模卑狭，德行有亏，名节有损，幽有鬼神，明有宪法，天必鉴之，天必厌之。不啻功名不遂，所得之病因此遂亡，日后之会，料无期矣。不若悔过自新，埋头经史，来春会试，克夺春元。那时浼倩冰人，对我父亲讲其亲事，男女以正，婚姻以时，百岁之愿已遂，终身之乐无穷矣。哑谜寄来，为此故也，请君谅之，谅之。①

秦一木对段如圭朝思暮想，想尽一切办法来与段如圭偷会。段如圭尽管接受他的情义，但对其越礼之行并不赞同。此外，她也担心秦一木耽于情色，不思进取，从而科举蹉跎，有负祖宗阴德。因此在约会时，她除严厉批评其越礼之行外，还劝告他应当努力进取，待科举高中之时，托媒求婚，以成百年之好。秦一木听从了她的劝告，后来探花及第，并与段如圭结成百年之好。

奴家赵氏。我官人下第，落魄无聊。昨日邻舍人回，梢得我官人一个口信，说在明后日准可回家。奴家想我官人天资颖异，上进何难。只怕自此以后，奚落了志气，荒废了学业。不如乘其未归，做一首诗寄去与他，中寓讥笑之词，动他激发之意，胜似见了面时节，痴痴昵昵的说他也不醒。昔有乐羊子游学一年而归，其妻引刀

① （明）□□：《西湖记》下卷，《古本戏曲丛刊二集》，上海商务印书馆1955年影印本，第10页。

断机，羊子感激，遂成大儒。奴家虽是不才，有意效之。侍儿取纸笔过来。①

杜羔下第，心情过于落寞。赵文姝怕他一蹶不振，不思进取，故意写信加以奚落。请将不如激将，此举果使杜羔产生羞耻之心。知耻而后勇，在奋进之心的激励下，杜羔果在下科高中进士，得授礼部员外郎，荣耀而归。

（生）南舟北马须参究，我风尘日深空自愁。殷勤叩，倩迷途代筹，是如何立身行己可无羞。（旦）游莫广于天下，然天下总不出于家庭。学莫尊于圣贤，然圣贤亦不出于至性。昌黎有云：使世无孔子，则韩愈不当在弟子之列。此亦自恃其至性能充耳。如公子至性，侠烈无私，使世无孔子，又谁敢列公子于弟子哉。

【前腔】何须舍近求，向远劳奔走。但归家理会，至性追求。况尊大人贵为都宪，具足典型，京师又是天子之都，弘开文物，何必踽踽凉凉，以博不相知之誉哉。天涯不必还留逗，不修身、道途皆是仇。言虽谬，若飘蓬远游，又何如羽仪廊庙，绍箕裘。②

铁中玉云游访学，以求进步，得遇奇女水冰心，因而向其请教。水冰心向其陈述人生大义，认为家庭、至性乃人生大本，因此劝他回家，居住京师，以父为师，不仅可尽孝道，亦可于英杰荟萃之地广交人才，成就人生功业。铁中玉听从劝告，最终状元及第，保举大将，杀退外敌，不仅学业有成，且有功于社稷。

其实中国古代并非要求女子一味顺从丈夫，相反，古人积极支持、赞同妻子对丈夫的过失错误进行劝谏，以求其改过向善，“将夫比天，其义匪轻。夫刚妻柔，恩爱相因。居家相待，敬重如宾。夫有言语，侧耳

① （明）叶宪祖：《鸾锟记》上，《古本戏曲丛刊二集》，上海商务印书馆 1955 年影印本，第 36 页。

② （清）李应桂：《小河洲》卷上，《古本戏曲丛刊五集》，上海古籍出版社 1986 年影印本，第 48 页。

详听。夫有恶事，劝谏谆谆。莫学愚妇，惹祸临身”[①]。这里明确将不知劝谏丈夫、纵容其为非作歹的女子称作愚妇，那么古人对妻子劝谏行为的认同可想而知。

上述为妻子劝告丈夫的妇言，皆能使其丈夫得成大功。如果说上述妇言仍不过是劝人奋发功业、扬名父母，劝人向善以求维护封建伦理道德、社会秩序的陈腔滥调，缺乏新意，是妇言之小者，那么下面这些例子确实与众不同，真可谓妇言之大者。

（旦上）适闻吴生所说佘姓何人？（生）也是同学朋友，因他做人无赖，人都呼为村牛。

【前腔】他广有机谋，缩地通天，能把日月偷。与他非兰臭，自来同器别薰莸。因此我与吴兄计较，不肯絜他同行，买扁舟，轻风五两征帆骤，水陆分程各自由。（旦）此人既有心机，还该善处，不宜轻绝。他名虽丑，也要严而不恶相容受，慎防奸构，慎防奸构。[②]

何寅与佘村牛为同学，但佘村牛品行不端，因此他去参加科举时不愿与之同行。巫友娘得知后，认为小人不择手段，不应过于泾渭分明，而应与之周旋，不然易遭陷害，因此劝丈夫与之同行。何寅不听。果然佘村牛怀恨在心，在科举时散布流言，导致何寅落第。

（旦）嗳哟，爹爹嗄，这行刺杀人，是族灭的罪犯，可是做得的。（哭介）天那，设使我天眷是个男子，自然出入追随，时时规箴了，何至爹爹与匪类相交，干此不法之事。且住，我想天下男女虽然两样，父母总只一般。那男子凭着一点孝心，可以感化父母，难道女子凭着一点孝心，便感化不得父母么。我殷天眷纵少须眉，却有血性，今爹爹陷身不义，皆我行孝不力，不善格亲之罪也。若见

① （唐）宋若昭：《女论语》事夫章第七，《女四书集注》卷下，团结出版社2015年影印本，第11页。

② （清）吕履恒：《洛神庙》卷上，《古本戏曲丛刊五集》，上海古籍出版社1986年影印本，第39页。

爹爹不听忠言，便尔坐视不救，岂但被那些男子笑话，即皇天后土，亦不容此不孝之人立于人世矣。事在危急，毕竟怎地救全，才得他立时悔悟。①

殷员外为富不仁，横行乡里，欺压良善，甚至勾结奸徒，兴造妖法，以图报复杀人。其女殷天眷得知此情，认为父母有过，儿女不能劝谏，陷亲于不义，不仅有失子女之道，而且罪孽深重，为舆论鬼神所不容。既然男子可以孝心感化父母，女子亦可以孝敬之举救父母于万劫深渊之中。最终她不仅以妙计挽救了父亲，并使其改过向善，成为当地有名的善人贤士。

（占）妾有片言相告，幸望垂听。（生）小姐有何分咐，小将敢不洗耳。（占）邻邦内寇，君父被难，此何时也。肉食之徒，皆当披肝历胆，雪耻报仇，却推一久病垂危之老臣，督理边事，轻敌人之心，堕将士之气，真如儿戏。将军乃国家之大员，敢以相托。吾父年近八十，怔冲痰疾，目暗耳昏，家事尚且茫然，军务何能理略，印剑虽在吾父，权令实归将军。然吾父一死报君，礼所当然，其奈将士百姓乎。望将军以天下为己任，舒忠尽力，勿以闲疑而负天下。院子过来，你是贴身随老爷的，凡毕将军进内，不许迟误，倘有事，即将令箭交与将军，听其便宜行事。（末）小人晓得。（占）将军凡有当办者，即入内取令箭，假传吾父之命，则众军不敢有违已。将军请上，受奴一拜。②

外敌入侵，君王被擒，社稷江山，岌岌可危。此时肉食者理应精忠报国，救君王于危难，拯万民于水火，不料仍妒贤嫉能，争权夺利，为报私仇，推举年迈昏庸之人战场杀敌，不仅轻敌国之心、丧将士之气，

① （清）汪光被：《广寒香》卷上，《古本戏曲丛刊五集》，上海古籍出版社 1986 年影印本，第 50 页。

② （清）无名氏：《三凤缘》中卷，《古本戏曲丛刊五集》，上海古籍出版社 1986 年影印本，《骇任》。

亦置国家社稷、万民命运于不顾，使人读之不胜愤慨。而一闺房女子，知忠君报国之大义，以国家社稷为重，托重任于名将，劝其专断于行军之际，最终克成大功。此言、此举真可使无数日读圣贤书、满口仁义道德、自诩忠臣烈士、列名仕籍之男子羞死。

对女子劝谏在治国、平天下中所起的作用，古人也有相应的讨论。如《内训》就对贤德女子劝谏在治国方面的作用大加赞扬，认为其作用与忠臣孝子相比毫不逊色，“夫受命守分，僭黩不生。诗曰夙夜在公，寔命不同。是故姜后脱簪，载籍攸贤；班姬辞辇，古今称誉。我国家隆盛，孝慈高皇后，事我太祖高皇帝，辅成鸿业，居富贵而不骄，职内道而益谨，兢兢业业，不忘夙夜，德盖千古，垂训万世，化行天下。诗曰思齐太任，文王之母。思媚周姜，京室之妇。此之谓也。纵观往古，国家兴废，未有不由于妇之贤否，事君者不可以不慎。诗曰夙夜匪懈，以事一人”[1]。周宣中兴，汉成帝不亡社稷，皆因家有贤德劝谏之妻之故，故妇言之重要性自不待言。

尽管名教爱情剧中此类妇言并不多见，但既有之部分弥足珍贵。可以说妇德、妇言是构成名教爱情剧妻子形象的最主要部分，也是女性描写中最有价值的部分，而其中尤以妇言为最。

三 妇容

妇容就是妇女的容貌长相。按照儒家的要求，妇容并非以容貌美丽为最高追求，“妇容，不必颜色美丽也”，“盥浣尘秽，服饰鲜絜，沐浴以时，身不垢辱，是谓妇容”[2]。按《女诫》，妇容只是要求妇女衣着整齐干净，及时沐浴，以免蓬头垢面，让人觉得肮脏。当然，妇容对女性容貌也是有讲求的，“妇容谓婉娩”，“娩之言媚也，谓容貌也”[3]。媚当然指的是比较美丽的容颜，“女有美色，男子悦之。故经传之文，通谓女人为色。淫者，过也，过其度量谓之为淫。男过爱女

① （明）徐皇后：《内训》事君章第十三，《女四书集注》卷上，团结出版社 2015 年影印本，第 38、39 页。

② 《后汉书》卷八十四，中华书局 1965 年标点本，第 2789 页。

③ 《周礼注疏》卷七，《十三经注疏》，中华书局 1980 年影印本，第 687 页。

谓淫女色”[①]，可见古人也不反对追求容颜美丽之女子，只是对沉迷女色而不能自拔的情况持反对态度而已。名教爱情剧中，由于作者秉承才子佳人的婚配原则，而佳人的标准之一是美丽，所以剧中女主人公在容貌上皆以美丽非凡为特点。但什么样的容颜才算美丽，剧作者则有自己的评价标准。

据相关材料，剧作反对涂脂抹粉的人工之美，将其称为庸脂俗粉，并予以鄙视与嘲讽。

（生笑介）韫卿兄，休夸。你杭州原有口号：有脂粉而无佳人也。

【北沽美酒带太平令】尽着将何晏面粉饰奇，樊素口脂称丽。立遍苏公杨柳堤，几层关眼底。谁似他素妆梳，随便穿衣，似秋水遥沾天势，恍孤鸿净连霞尾。（举花介）可正是殢香魂，浮牵轻曳；怜瘦影，横披斜倚。我呵，乍嘻、载疑、忽啼，一凭君羡奇，笑痴叹迷。只将他小名儿，心维口提，待饱尝些忘餐滋味。[②]

剧中受到推崇的是女子的天然风韵之美，但何为天然风韵之美，剧作并没有说明。此外，五十多部剧作中直接描写容貌之美的文字不多且很零散，仅有数部作品相对比较集中，可供我们研究之用。

妾乃周刺史府中一个侍儿，唤名春梅便是，从幼伏侍俺意娘小姐。俺老爷另起楼室一所，名曰妆楼，与为卧室。且是小姐生得海棠姿脸，水月精神，光耀耀一对乌鸦飞鬓，曲湾湾两道新月画眉；唇绽一点樱桃，口露两行皓齿；梅花点额，细柳柔腰；捻花枝露纤纤玉笋，步香尘印窄窄金莲；兜翠袖以无言，荡湘裙而不语；秋波一转，娇媚百生，虽非阆苑之琼姬，料是瑶台之仙子。不惟针指女

① 《毛诗正义》卷一，《十三经注疏》，中华书局1980年影印本，第273页。

② （明）吴炳：《西园记》卷上，《古本戏曲丛刊三集》，文学古籍刊行社1957年影印本，第23页。

工，抑且雅好文墨。①

（生）窗外有人言语，不知是何人，待我在窗棂内瞧他一瞧。呀，却原来是我的玉人儿在外厢。看他金莲缓步苍苔上，迹印三分；玉笋轻攀花枝上，娇添十倍。肤若凝脂，宛然如初睡杨妃；眉似飞蛾，何须用虚心张敞。言谈隐隐，假山畔如理丝桐；谑笑幽幽，栏杆外如吹班管。这个机会，甚是难得，献失珊瑚，此其时也。②

从上述描述中，可知其沿袭的还是中国传统文学中关于女性容貌的描述文字，不但少有新意，连词语也乏善可陈，如“海棠脸”、“水月神”、“乌鸦鬓”、“新月眉”、“张敞眉”、“樱桃唇”、“皓齿”、“梅花点额”、“细柳腰”、“玉笋指”、“肤如凝脂”、“三寸金莲”、“秋波目”、“阆苑琼姬”、“瑶台仙子”等皆是些陈词滥调。《诗赋盟》《画中人》两部剧作对容貌的描写相对更为细致、全面，但也没有让人惊喜之处，不过是用更多的字眼将相同的内容扩大容量而已。

（净）哎，公子此言，唐突西子了。若说他庞儿，风弹得破，

【金蛾神曲】（唱）淡白梨花一朵。熏微酒，红润香肤，海棠沉醉，娇怯不禁扶。（丑寒噤介）我知道了。说起那妖娆，许多动火。娇香淡白，庞儿果然可爱。眼儿如何？

【前腔】（净唱）澄湛，凤稍凝露。剪秋水欲溜层波。等闲一盼，使人魂魄无。（丑）想起他鹘伶，有许多挑躲。秋波一转，果然销魂。眉儿便怎么？

【前腔】（净唱）弓样，月痕初破。山浮翠卓氏当垆，还思螺黛、张敞描妇蛾。（丑）说得他蹙春山，有无穷娇锁。远山浮翠，果是添娇。他鬓儿怎样？

① （明）玩花主人：《妆楼记》卷上，《古本戏曲丛刊二集》，上海商务印书馆1955年影印本，第4页。

② （明）□□：《西湖记》上卷，《古本戏曲丛刊二集》，上海商务印书馆1955年影印本，第20页。

【前腔】（净唱）光艳，双鬟斜亸，乌云挽蝉翼轻拖。不屑髢也，膏沐不须涂。（丑）说得那美青丝，有无穷阿傩。绿云缭绕，果是光艳。那口儿如何？

【玉肚交】【玉抱肚】（净唱）朱唇淡裹，笑嫣然樱桃破颗。喷珠玑檀麝氤氲，诉幽情兰心倾吐。（丑）牙儿呢？（净）牙儿，

【玉交枝】瓠中之子似他么，管然一现其色瑳。（丑）洁面成不用琢磨，岂人为胭脂轻可。（丑）一笑倾城。妙、妙。手儿更是何如？

【前腔】【玉抱肚】（净唱）柔荑出土，握青葱圆玉腻搓。似惊雷纤笋初抽，如削雪白藕新锄。（丑）那脚儿呢？（净）

【玉交枝】香勾三寸宿双凫，芳尘款步传心锁。（丑）金莲三寸。妙、妙。印苍苔弓弯碧波。举双肩并头莲朵。这外边的体段我都知了，不知内边的音声、情性如何？（净）一发不用说得。莺声呖呖，巧转林梢。蕙性温温，柔嘉惟则。文辞翰墨，精工不让曹大家；技艺女红，慧黠过于苏小妹。真天生尤物，绝代异姿。①

张愫甫从脸庞、眼睛、眉毛、鬓发、嘴型、牙齿、手脚、神情、态度等方面对于如玉做了描述，从女子外貌来说，几乎已无遗漏之处。但他用来形容的词语，尽管非常丰富，却都是我们再熟悉不过的，与上面两则材料所用的词语相比没有任何本质上的区别。

这等难道不画了。且闭目静想，天下绝色美人，毕竟怎生模样。（闭目介）

【琐窗寒】谎桃源，引棹非遥，只假春江片刻潮。你看美人来了，芙蓉泣艳，杨柳羞娇。云扶翠辇，烟开玉峤。照耀得小书斋，似烧残袄庙。是了，是了，美人在这里，若迟一刻，就不见了。（闭目急取笔介）快描。趁目睛未转、正相挑，怕稍迟、飞上重霄。每见画家先用淡笔，

① （明）西湖居士：《诗赋盟》卷上，《古本戏曲丛刊二集》，上海商务印书馆1955年影印本，第30、31页。

【三换头】微将影标，难凭墨扫。（屡换笔介）含毫换采，三番四遭。算丰姿，绝不似耳目间，粉行油料。月魄怜孤往，梅魂喜暗飘。（看介）画得有些意思。不要说别的，这两道青青，难道值不得与文君斗娇。头上钗朵，也要富丽。

【东瓯令】黄金串，碧玉搔，诧叹囊空笔底饶。好一双俏眼，个中最是秋波妙，顾盼疑生笑。再将朱笔点了唇儿。流莺欲啄小樱桃，好去学吹箫。这头面儿倒也像样，那风神态度，全在倚徙指顾之间，须要用心摹拟。还是画立的好，坐的好。（想介）……我则道是父亲，原来是这骚胡子。绣琴已回他去了，不免再画。这衣服颜色，怎样才好？（画介）

【刘泼帽】妖红媚紫犹嫌老，要摹成雾縠烟绡。那美人体态，有在这里了，（自摹自画介）想他睡来不足微生恼，懒条条却把栏杆靠。

【大胜乐】那手呵，袖垂垂只待风飘。这手呵，托香腮思未了。长裙之下，免不得一对凌波，苔痕一径青如扫，谁暗点小红么。看来好像回盼小生的，那里面衣褶，各色掩映一发妙。新妆照影回生俏，杂彩翻霞里衬娇。（放笔看介）这等一个人儿，真算得十分了，风流绝倒，遮莫是巫山露髻，洛浦通潮。[①]

吴炳笔下的美人，看似虚写较多，能给人以更多的想象空间，但也没能摆脱窠臼，仍然在传统的范围内打转。

虽然剧作家在外貌描写上没有多少值得喝彩的地方，但却极为符合中国传统文人对女性的审美要求。就他们所用的形容词语来看，以淡、洁、雅、清、秀为主，所以给人的印象是钟灵毓秀之韵较多，尘世烟火之气较少。因此从天然风韵这个角度来说，基本是合乎实际的。从外貌风神角度来体现美人的内容不多，关于女性举止修养之美的描写则更少，仅有的一点主要是在《玉丸记》中。

---

① （明）吴炳：《画中人》卷上，《古本戏曲丛刊三集》，文学古籍刊行社 1957 年影印本，第 4、5 页。

（丑）小姐与官人有情了。（生）怎见得？（丑）得奴方才把帘儿一掀，这也是天缘，帘索偶然断下，那小姐笑容可掬，莲步从容，不怪人觑他，这不是有情？（生）那小姐觑我否？（丑）他一泓秋水溶溶，两道春山淡淡，未尝轻觑官人，也不东西顾盼。（生）这不是与我有情，正是大家体段。步稳、视正、形端，愈见威仪官样。若是庄家女子，见人邪睃侧觇，也不检点行藏，只顾急趍乱窜，总有十分姿容，此等何须歆羡。（丑）如此说，还是与官人无情。①

步稳、视正、形端，是中国古代对贵族女子行动、举止的要求，主要体现的是大家风度，“凡为女子，先学立身。立身之法，惟务清贞。清则身洁，贞则身荣。行莫回头，语莫掀唇。坐莫动膝，立莫摇裙。喜莫大笑，怒莫高声”②。

可见在妇容上，名教爱情剧完全继承了传统文人的女性审美标准，此外还加入了封建闺范教育的相关内容，二者的融合构成了佳人的全部内容，因此剧中妇容具有明显的封建正统审美特点。

四　妇工

传统闺范教育对妇工是颇为重视的，相关解释也丰富得多。对妇工的重视首先与中国古代经济形态有关。中国古代是自给自足的小农经济，很多生活必需品如衣服都是由家庭本身来供给，另外家庭手工业如纺织是家庭收入的重要组成部分，所以妇工受到重视。其次还与男女家庭分工有关，男主外、女主内，所以家务劳动主要由妇女来承担。妇工中最重要的莫过于衣食，“专心纺绩，不好戏笑，絜齐酒食，以奉宾客，是谓妇功”③，“是故农勤于耕，士勤于学，女勤于工。农惰则五谷不获，士惰则学问不成，女惰则机杼空乏。古者后妃亲蚕，躬以率下。庶士之妻，皆衣其夫。效绩有制，愆则有辟。夫治丝执麻，以供衣服；幂酒浆，具

① （明）朱期：《玉丸记》上，《古本戏曲丛刊初集》，上海商务印书馆1954年影印本，第12、13页。

② （唐）宋若昭：《女论语》立身章第二，《女四书集注》卷下，团结出版社2015年影印本，第2页。

③ 《后汉书》卷八十四，中华书局1965年标点本，第2789页。

菹醢，以供祭祀，女之职也”[①]。如此闺范教育下，中国妇女承担饮食、纺织裁剪的工作达数千年之久。而参与此项工作的，不仅有贫家儿女，也有官宦家的小姐、夫人，有时甚至连皇后也参与操作。而就现存闺范教育书籍来看，与衣服相关的内容又是重中之重。“妇功谓丝枲”[②]，“凡为女子，须学女工。纫麻缉苎，粗细不同。车机纺织，切勿匆匆。看蚕煮茧，晓夜相从。采桑摘柘，看雨占风。滓湿即替，寒冷须烘。取叶饲食，必得其中。取丝经纬，丈匹成工。轻纱下轴，细布入筒。绸绢苎葛，织造重重。亦可货卖，亦可自缝。刺鞋作袜，引线绣绒。缝联补缀，百事皆通”[③]。由于名教爱情剧的女主人公大多出身富贵之家，因此很少去做采桑养蚕、缫丝剥茧、纺纱织布等粗重的工作，而描鸾刺凤、裁剪缝制工作成为她们女工的主体。剧中对女工，大多父母都非常关心、时常在意，谆谆教导，不遗余力，其原因主要是怕女儿将来嫁人后，因不精通女工而遭人嘲笑，从而连累父母的名声。

老身止生得这个女儿，名唤昭容，天生聪慧，性格温柔，二八年华，允称闺秀，只是姻事未谐，使我挂心。女儿，我闻得你新来爱观书史，丢却女工。我想黄卷工夫，秀才本等，绣窗针指，儿女行头，还要习些女工才是。[④]

【玉芙蓉】（旦）念孩儿呵，冰蚕手自缫，溪浣身先导，督鲛人晓夜，共织寒绡。也有时闲添注疏经翻水，又何曾步出潇湘手弄潮？（外）这才是女儿家的本等。（旦）儿年少，叹双亲渐老，几时得无嘶半子免痴娇！[⑤]

---

① （明）徐皇后：《内训》勤励章第五，《女四书集注》卷上，团结出版社 2015 年影印本，第 22 页。

② 《周礼注疏》卷七，《十三经注疏》，中华书局 1980 年影印本，第 687 页。

③ （唐）宋若昭：《女论语》学作章第二，《女四书集注》卷下，团结出版社 2015 年影印本，第 3、4 页。

④ （明）周朝俊：《红梅记》卷上，《古本戏曲丛刊初集》，上海商务印书馆 1954 年影印本，第 4 页。

⑤ （清）李渔：《蜃中楼》，《李渔全集》第四册，浙江古籍出版社 1992 年标点本，第 216 页。

虽然知道女儿喜爱文墨，才华出色，但因读书是男儿之事，不是女子根本要求，所以尽管不反对女儿读书，但却提醒女儿女工才是“女孩儿家的本等”，绝不能因读书而荒废之。个别父母对女子读书予以支持，要求女儿在女工之余，学些经史，以增加了解社会、处理问题的能力。

（老旦）老身苏氏，嫁与金吾将军宋门，诰封宜人，止生一女，小字湘仙。我儿，自你父亲亡后，侯门冷落，家业凋残，养得你一身娇怯，不觉年已及笄。虽是针指女工，妇女本等，你看古来贤女，也须博古通今。前日教你学诗，且喜你性格聪明，天生风韵。我有宫扇一柄，你可将《春兰》为题，书之扇头。我看你诗中隐语，便知你日后佳期。你可吟来。①

父母重视女工的立场，女主人公是赞同的，尽管整日枯燥的女工打扰了她们读书的工夫，消磨了她们的灵秀之气，让她们感到束缚与无奈。

奴家洛氏，小字兰藻。父亲业靠成衣。只因母亲早亡，奴家多亏母舅李霞冲教读诗书，因此颇解吟诗作赋。去岁母舅归天，他一生置下许多的书籍，只因无子承当，都是奴家收拾。方才傍午，正欲拈毫弄句，不想爹爹又被人家唤去，教我把裁下衣服趱完。咳，我想针指虽是女人的本等，那读书学古也不是分外的工夫。只是我洛兰藻生于寒俗之家，不能勾时时弄管挥毫，真好命薄也。②

虽然并不是名教爱情剧的每个剧本都能完整地展现妻子的四德要求，个别剧目甚至其中任何一条都不突出，但这并不妨碍四德在妻子形象塑造上的决定性作用与地位。本书所涉及的五十八个剧目，违背四德的现象基本上不存在，几乎都是对四德要求的遵循。

---

① （清）丁耀亢：《西湖扇》卷上，《古本戏曲丛刊五集》，上海古籍出版社 1986 年影印本，第 4、5 页。

② （清）陈二白：《称人心》上卷，《古本戏曲丛刊三集》，文学古籍刊行社 1957 年影印本，第 6、7 页。

综上所述，名教爱情剧中的妻子大都接受过较好的封建闺范教育，而其道德修养、举止打扮、日常工作等也完全地体现了“四德”的要求，因此说剧中的妻子形象都是依照名教要求塑造出来的，具有鲜明的名教特征。

第三章

妾、妻妾关系与名教爱情剧

一男二女，甚至一男三女的家庭组合是名教爱情剧在婚姻上的鲜明特点。由于妾在中国古代家庭地位的特殊性，导致妾的出身、修养与妻子有很大的不同。此外妻妾的关系很微妙。而这些都在名教爱情剧中比较充分地表现了出来。

第一节　出身低微、风流轻佻之庶妾形象

妾是中国古代家庭中的特殊成员。她是男子的合法伴侣，但在法律上却没有妻的权利。她与妻都是家庭成员之一，但却不能享有家庭成员的待遇。特殊的社会定位决定了妾的形象与妻之间存在极大的差异，有自己鲜明的特点，决不能与妻混为一谈。

一　身份低贱之家庭定位

娶妾是中国古代普遍存在的婚姻陋习，给妇女身心带来巨大的伤害。妾在家庭中的地位与妻有着根本性的不同。妻者齐也，尽管在古代社会妻子服从于丈夫，但在一定意义上却拥有与丈夫对等的地位。而妾，则绝对没有与妻相等的地位与权利。“妾，贱者”①，妻妾间的关系是：“妾之事嫡，犹臣之事君同”②，也即妻妾之间是君臣关系，妻为君，妾为臣。对于妾在家中的地位，瞿同祖先生的《中国法律与中国社会》是这样描

① 《礼记正义》卷四，《十三经注疏》，中华书局 1980 年影印本，第 1261 页。

② 《公羊传注疏》卷十一，《十三经注疏》，中华书局 1980 年影印本，第 2252 页。

述的："妾在家长家中实非家属中的一员。她与家长的亲属根本不发生亲属关系。不能像妻一样随着丈夫的身分而获得亲属的身分。她与他们之间没有亲属的称谓，也没有亲属的服制。他们以姨太太或姨娘呼之，她也只能像仆从一样称呼那些人为老太爷、老太太、老爷、太太或少爷、小姐，甚至对于老爷太太所生的子女如此称呼，除非是她自己所生的子女，她才能直呼其名而有母子的关系，同时太太所生的子女因她有子才加一母字而称之为庶母或姨娘。妾而采取奴仆式的称谓，是极有趣的事，不但指示她非家中的亲属，而且令人怀疑她的地位就有些近于家中的奴仆。此外，还有我们应注意的一点，她自己的父母、兄弟、姊妹是不能往来于家长之家的，他们之间根本不能成立亲戚的关系"，"更重要的，她也不能上事宗庙——这是婚姻的功能，她不能参加家族的祭祀，也不能被祀（有子则为例外，但只能别祭，不能入庙）。妾无论如何是不能加入家长之宗的"。①

在古代法律与礼制中，体现妻妾差别的规定很多，这里略举数条以作说明：

在结合方式上，妻是通过"父母之命、媒妁之言"订婚，并依六礼等程序与丈夫成婚，因而具有合法的夫妻关系，是法律正式承认的男子的配偶。而妾大多是通过买卖的方式进入家门。既然是买卖的方式，也就意味着妾在人心目中只是一件可以进行交易的物品，不具备人的资格。

（生）元来如此。请问老娘，宅上作何生理？（净）小儿撑个湖船，老身说头亲事，卖些生活。（生）如此，小生买妾时，定用相渎了。②

（小生）我为内衙无人，欲买一妾。昨见舟人之女，姿格颇佳，且唤来问他。叫船户。（户）老爷有何使令？③

① 瞿同祖：《中国法律与中国社会》，商务印书馆2010年版，第157、158页。

② （明）周履靖：《锦笺记》上卷，《古本戏曲丛刊二集》，上海商务印书馆1955年影印本，第14页。

③ （明）王翃：《红情言》二卷，《古本戏曲丛刊三集》，文学古籍刊行社1957年影印本，第70页。

买卖外，妾也可由家中丫鬟转变身份而来。丫鬟本是主人的私有财产，可以随意处置，因而也不具备完整的人的资格。

> （生）我问你，你伏侍那一位小姐的？（付）你还不知么，吾就是候缺的赠嫁。（生）如此，伏侍大小姐的了。（付）正是了。[①]

这里丫鬟说的“赠嫁”就是陪嫁。赠嫁过来后，丈夫经常会将妻子的陪嫁丫头纳为小妾。

历代王朝规定丈夫做官后可为配偶奏请封诰，从而使没有政治权力的妇女也能得到相应的政治地位。但封诰只是对妻子而言的，与妾无关，“嫡在不封生母，生母未封不先封其妻。妻之封，止于一嫡一继”[②]。这里明确说封诰只适用于嫡妻与继室，继室指妻子去世后再娶之妻，不适用于妾。妾的封诰只能通过自己的儿子来获得，但若嫡妻尚在人世，则妾仍不能获得封赠。清代与明代不同：“妇人因子封赠，而夫与子两有官，亦从其品大者。夫官高于子者，嫡母从父官，生母从子官。”[③] 虽说妾可与妻子同时获得封赠，但也只能通过自己的儿子来获得，且妻的品级要高于妾。

> （小生）丫环，将冠带送进去，说我回来了。（老应下）这妮子，自己妒忌刻薄，只管疑心别人。可知月娥贤德非常，反替他讨了一副诰命。世间那有偏房穿冠带的，这不是公主的好处么。（小旦）如此，反是个不记私仇的贤妇了。[④]

这里“那有偏房穿冠带的”，指的就是妾不能获得国家封赠的意思，古代妻居正位称正室，妾居偏位称为偏房。

---

① （清）无名氏：《十美图》卷上，《古本戏曲丛刊五集》，上海古籍出版社1986年影印本，第12出。

② 《明史》卷七十二，中华书局1974年标点本，第1737页。

③ 《清史稿》卷一百十，中华书局1998年标点本，第3195页。

④ （清）无名氏：《三凤缘》下卷，《古本戏曲丛刊五集》，上海古籍出版社1986年影印本，《诏圆》。

若妻妾斗殴，法律对二者的处罚完全不同。妻殴妾，处罚从轻，妾殴妻，处罚从重。“凡妻殴夫者，杖一百，夫愿离者，听。至折伤以上，各加凡斗伤三等；至笃疾者，绞；死者，斩。故杀者，凌迟处死。若妾殴夫及正妻者，又各加一等。加者，加入于死。其夫殴妻，非折伤勿论；至折伤以上，减凡人二等。先行审问夫妇，如愿离异者，断罪离异；不愿离异者，验罪收赎。至死者，绞。殴伤妾至折伤以上，减殴伤妻二等。至死者，杖一百，徒三年。妻殴伤妾，与夫殴妻罪同。过失杀者，各勿论。”① 妾殴妻，罪加普通殴打四等，妻殴妾则与夫殴妻同罪，减普通殴打二等。若妻过失杀死妾，则无罪。而妾只要将妻打成重伤，就判死罪。

妻妾去世后的待遇也存在很大差别，“曰斩衰三年者：子为父母，庶子为所生母，子为继母；子为慈母，谓母卒父命他妾养己者，子为养母，谓自幼过房与人者；……曰齐衰杖期者：嫡子众子为庶母；嫡子众子之妻为夫之庶母，为嫁母、出母、父卒继母改嫁而已从之者”②。妾之子要为妻服最高的斩衰三年之丧，而妻之子只为妾服齐衰杖期之丧，服制低一等。另外，妻之子为妾服丧是有条件的：妾如生有子女，则妻之子女与妾之子女为兄弟姊妹关系，从而称妾为庶母，并为之服丧；若妾无子女，则妻之子女不与妾构成母子关系，因此也就没有为妾服丧的义务。此外妾为妻服齐衰不杖期的三等之丧，而妻不为妾服丧。

因妾在家中地位低下，故良家女子宁为贫家之妻，不为富家之妾，这一点在名教爱情剧中表现得极为明显。

> （生）偶尔经过，闻里边啼哭，心下猜疑，特候女郎出来问安。（朝）这等是郎君好意。我实对你说，只为贾平章要娶我家姐姐为妾，一来平章人物丑恶，心肠狠毒。二来老夫人止生得这个女儿，做掌上珠一般不割舍的。三来小姐千金之躯，岂堪作他人姬妾。因此娘女们无计可施，只得在此啼哭。③

---

① 《大清律例》卷二十八，《刑律·斗殴下》，法律出版社 1999 年标点本，第 460 页。

② 《明史》卷六十，中华书局 1974 年标点本，第 1493、1494 页。

③ （明）周朝俊：《红梅记》卷上，《古本戏曲丛刊初集》，上海商务印书馆 1954 年影印本，第 21 页。

（生）下官也不敢相瞒，家中委有正室。喜他性格极贤，且亦雅爱文墨，小娘子过门，姊妹相称便了。（旦背介）好人家儿女，怎与人为偏作妾。只是爹爹属彼勘问，我一时在母亲根前已承认了，却怎么处。[①]

（老旦）虽承诸大人推亡人薄面，重念寡孤。只是老身呵，

【绛都春序】青年到老，算五行、一生孤辰相照。戏彩堂前，没一个男儿倚靠。送终追远陪昏晓，尽在这一丝儿了。况养娇生性，怕他不惯服低做小。[②]

卢昭容虽然家道败落，但毕竟出身名门，自然不肯做贾似道之妾，何况贾似道还是奸臣。王慧娘、崔倩云的情况与卢昭容相似。可见三人尽管都已家道中衰，但皆对做妾极为反感。家道败落的良家女子尚且不肯做妾，父任高官的小姐自然更不会自甘下贱地去做妾。

（付净见老旦介）老夫人叩头。（见生介）老爷叩头。（扯净背问介）此位是何人？（净）是夫人。（付净将小指做手势介）可是老爷的小？（净）不是。（付净又做手势介）难道这里的是大，都爷的小姐倒做小不成。[③]

江兰芳离家出走，为都察院巡按御史高谊收留并认作义女，因此成为官宦小姐，如此身份自然不会为人做妾，更何况男子之妻出身一般家庭。强烈的反差让差人不胜惊骇，因为这在当日是难以想象的。

（老生白）老师，这许多见教，门生一字也不解。（外）当初和他结姻，我十分应允。岂料你又到洛家去说亲，是你做媒说亲，怎

① （明）吴炳：《情邮记》卷下，《古本戏曲丛刊三集》，文学古籍刊行社 1957 年影印本，第 73 页。

② （明）沈孚中：《绾春园》卷下，《古本戏曲丛刊二集》，上海商务印书馆 1955 年影印本，第 56、57 页。

③ （清）李玉：《永团圆》卷下，《古本戏曲丛刊三集》，文学古籍刊行社 1957 年影印本，第 46 页。

么今日反到我跟前藏头露尾。幸我先已知道，不然被你处我小女于庶妾之地了，可恶。①

（外）岂有此理！你已嫁了石郎，难道又把他嫁与石郎不成？我且问你，既然两个并嫁，还是谁做大，谁做小？（小旦）他受鹊在先，又且年长，自然让他做大。（外变色介）胡说！好没志气。我当初做老儒，不肯把你与人做小。如今中了进士，入了翰林，你还说这等丧气的话。叫花铃，请大小姐出来，待我自己劝他。②

卫星波父亲卫太师身为三公，名列宰辅，曹个臣身份虽差一些，也是号称“储相”的翰林学士，地位清贵。身份、地位如此之高，得知女儿要嫁于别人为妾，心中怒火之盛可想而知，勃然大怒、严词斥责，何足为怪。普通良家与官宦之家女子不肯做人之妾，而大多数名教爱情剧又是妻妾皆备的，因此男子之妾只能由出身贫寒、身份低贱的女子来承担。

（小生）你出门之后，衙中寂寞。后因朝京，到船上见一女子，娶他为妾，如今也带得在此。（生）既然有了嫂嫂，何不请来相见。（小生）不是嫂嫂，怎么好见贤弟。（生）哥哥何出此言，一定要请来相见。③

（净）闲话少说。我且问你，到方相公那里去请个罪，或者方相公肯出几两艮子，娶你女儿做一偏房也未知。（付）出得价钱起，我就卖与他，储使勿得。④

他诗中说真娘墓、燕子楼，比衫子蒙尘更觉苦楚。又说十斛珍珠等闲看，不如荆布本来贫，分明是贫家之女，人买为妾，心上不

① （清）陈二白：《称人心》下卷，《古本戏曲丛刊三集》，文学古籍刊行社1957年影印本，第17、18页。

② （清）李渔：《怜香伴》，《李渔全集》第四册，浙江古籍出版社1992年标点本，第104页。

③ （明）□□：《吐绒记》卷下，《古本戏曲丛刊三集》，文学古籍刊行社1957年影印本，第16页。

④ （清）邱园：《幻缘箱》，《古本戏曲丛刊三集》，文学古籍刊行社1957年影印本，第5页。

乐，故有此咏。[1]

船户之女出身贫家，陈月娥之父小本经营，皆非名门之后，所以就只能为富贵之人做妾。至于贾紫箫是服侍小姐的丫鬟，身份甚至不如上二者。因为上二人是良家之女，而她虽生活在官员家庭，却是奴仆。就整个名教爱情剧来看，由于妾地位低下，富贵人家女子皆耻于为之，所以妾基本由出身贫寒或身份下贱的女子来担任。

二 基本出身：娼妓与丫鬟

名教爱情剧中，男子之妾以出身娼妓与丫鬟为最多。而剧中做妾的贫寒之女或由丫鬟转换而来，如《红情言》中船户之女原是卢府的丫鬟；或自身带有很强的娼妓痕迹，如陈月娥、宝湘灵的母亲是在开酒馆的同时兼做些娼妓的勾当，因此她们的父亲也要她们像母亲一样倚门卖笑，勾引客人，“奴家小字湘灵，只因八岁被人拐出，卖在宝家。酒店是他本行，教坊是他祖籍。父亲在外面卖酒，母亲在里面行奸，因此投寓者甚多，托宿者不少。母亲自从亡过，店内甚是萧条。如今奴家年纪渐渐长成，姿容颇颇窈窕，父亲也要奴家照依母亲，献笑倚门，行奸卖俏。哎，父亲，你那知道奴家的心事来”[2]。下面分别论述之。

（一）娼妓

娼妓在当日社会身份极为低贱，人们对其多采取鄙视与侮辱的态度。

（副净）前日院中新到两个绝好姐儿，小弟备下东道，特约刘兄与足下同去顽顽。（生）宗兄有酒，只宜我辈清叙，看那厌物作甚么。（副净）呀，这是姑苏名妓，怎说是厌物。（生）任好只是一妓。（末）莲仙芳年未娶，言从中道断弦，借此略解寂莫，这也不妨。古人云：情之所钟，正在我辈。（生）刘兄差了，此辈下流，怎下得钟

---

① （明）吴炳：《情邮记》卷上，《古本戏曲丛刊三集》，文学古籍刊行社1957年影印本，第53页。

② （明）许自昌：《灵犀佩》卷上，《古本戏曲丛刊三集》，文学古籍刊行社1957年影印本，第6、7页。

情二字。[①]

她们名在娼籍之中，通过出卖自己来生存，也不能随意嫁娶。对娼妓来说，要想过正常人的生活，只能从良。而从良最主要的途径就是由富贵者将她们赎身，娶回家做妾。

（小生）不瞒小娘子说，小生是个循规傍矩的人。婚姻是庄大事，难以草草。区区志愿，要娶个名家之女做了正室，然后娶你做第二位夫人。只要实意相均，不妨把虚名奉屈。[②]

【前腔】（外）夫人卤莽。（老旦）我有什么卤莽。（外扯老旦前场介）那探花郎如何嫁娼，倘亲翁知此情由，可不要依旧参商。（老旦）这个不说也罢。（外）岂有此理。宁使明明说与细端详。他若开言，我自有一臂当。夫人，待康亲家来时，我酒席之中，谩谩的说与他知道。[③]

陈琏明确说娼妓不可以做正室，只能做小妾。因此他必须要等正妻入门之后，才会娶名妓许仙俦回家做妾。真国香出身娼妓，因缘巧合来到荆家，被荆浩夫妇收留。后状元宋璟、探花康璧都来荆家向小姐荆燕红提亲，宋璟媒人来头大，康璧父亲是荆浩好友，荆浩皆难以拒绝。当时荆浩夫妇将宋璟认作康璧，又误将宋璟认作探花，而将康璧认作状元，因此将亲生女儿许与探花，真国香许给状元。事后知道错误，由于娼妓身份低贱，不能与探花做夫人，因此只好向老朋友认错道歉。

（丑）宝湘灵，你是尤管家的女儿么？（小旦）老爷，小妇人的父亲是宝二，在湖上开个酒肆。有个萧凤侣相公到来安寓，就把三

① （清）徐石麒：《珊瑚鞭》卷上，《古本戏曲丛刊五集》，上海古籍出版社1986年影印本，《话钟情》。

② （清）无名氏：《三凤缘》上卷，《古本戏曲丛刊五集》，上海古籍出版社1986年影印本，《订盟》。

③ （明）史磐：《鹣钗记》下卷，《古本戏曲丛刊三集》，文学古籍刊行社1957年影印本，第37页。

百两银子，娶小妇人为妾。又撞着尤公子来，强要与小妇人同睡，小妇人触犯了他，他因此告这谎状，要夺小妇人回去。[①]

前边说过宝湘灵的母亲是教坊娼妓，这种渊源导致宝湘灵成为娼妓之后，因此萧凤侣不肯娶其为妻，而是用三百两银子将她买回家做妾。

名教爱情剧中，娼妓做妾现象是多方面原因造成的。中国古代文人与娼妓的交流是司空见惯的事，不但不会为社会指责，反被人当作风流韵事来欣羡，许多妓女也因与著名文人交往而名扬后世。这样的文化传统下，名教爱情剧中有许多剧目就明确说文人宿妓是极平常的事，不值得大惊小怪。

（净）表弟一向就在寒家肄业，场前又系同寓，平昔极是老成，但他近日呵，

【皂罗袍】翠馆云生绣榻，尽花围莺炒，浪酒闲茶。南京旧院有个少妓，名唤乔衣云，与他有姻缘之约。晚生既知，不敢不闻。采药天台问胡麻，裴航玉杵曾投下。（外）少年客邸，偶尔寄情花酒，这也不足为怪。[②]

（小）爹爹，你听孩儿说一句儿。（末）你有什么说？

【前腔】（小）自来情性，不耐苦淹淹。喜鸢戾，懒鱼潜。虽然道理要磨渐，题花品柳，达士也无嫌。[③]

有的甚至认为只有经常流连风月的读书人才算真正的风流才子，否则就是道学先生。

（生）小弟初来，不好就到那个所在，倘尊翁知道不雅。（丑）

① （明）许自昌：《灵犀佩》卷上，《古本戏曲丛刊三集》，文学古籍刊行社 1957 年影印本，第 19 页。

② （清）孙郁：《双鱼佩》下卷，《古本戏曲丛刊三集》，文学古籍刊行社 1957 年影印本，第 29 页。

③ （明）史磐：《鹣钗记》上卷，《古本戏曲丛刊三集》，文学古籍刊行社 1957 年影印本，第 17 页。

宋兄，你却板了些了。大凡今读书的，都做文字的，都是好色的。若是见了那标致的妇人、小官，心若不动，除了泥塑木雕的菩萨，都是些呆邱子，还成得个人么。①

按照柳鼲鼮的话，如果读书人不去嫖娼宿妓，连做人的资格都没有。所以在才子应当风流的幌子下，青年书生们对流连青楼楚馆的生活是绝不排斥的，虽然他们中的个别人对此也不感兴趣。如此一来，明清之际书生流连风月也就成为社会的普遍现象，无须惊诧。

小生只因会试进京，路过扬州。此间司理是我座师，政欲抽丰一回，以作进京资斧之计，谁想又查盘别府去了。今日下这般大雪，客中甚觉无聊，访得此处有一名妓唤做刘谷香，声色俱美，意欲请他来盘桓数日，闻得被一蒋姓商人请去串戏去了。②

（小生）休要取笑。若依辛巳状元匾额之梦，还是兄占魁首。（生）只怕没有这样奇验。若论小弟的志气，中与不中，总是一般。只愿早早回去报冤，吾志毕矣。（小生）这个事情，只在目前，吾兄愁他怎么。今日闲暇无聊，弟陪兄平康巷一步何如？③

消遣客中无聊的办法不是其他，而是寻花问柳，流连平康巷中。平康巷就是秦楼楚馆。无聊时醉卧风月，失意时同样靠醉红倚翠来解愁。

小生姓黄名损，字益叔，本贯连州人也。双亲见背，徒深风木之悲；一室尚艰，空有瑟琴之操。襟期落落，每不可于庸流；志气昂昂，屡见诮于俗辈。敛吾圭角，混彼风尘。舞席歌筵，若不禁其伎痒；月前花下，自莫解其心迷。有知我者，以我牢骚不平，借此

---

① （明）史磐：《鹣钗记》上卷，《古本戏曲丛刊三集》，文学古籍刊行社1957年影印本，第11页。

② （明）马佶人：《荷花荡》下卷，《古本戏曲丛刊二集》，上海商务印书馆1955年影印本，第15页。

③ （明）许恒：《二奇缘》卷下，《古本戏曲丛刊三集》，文学古籍刊行社1957年影印本，第15页。

少泄胸中之愤。不知我者，且以我荒淫无度，浸假而入不肖之场。惟有妓女薛琼琼，虽是烟花，颇怜俊逸，与我曾订生死之盟，这也不在话下。①

更可注意的是，朱元璋建都南京后，曾在城中设有官营妓院十六处，唤作“十六楼”，以供青年士子风流潇洒之用，“国初，市之楼有十六，盖所以处官妓也。而《南畿志》止十四，曰南市，北市，鸣鹤，醉仙，轻烟，澹粉，翠柳，梅妍，讴歌，鼓腹，来宾，重译，集贤，乐民”②。此外还在贡院对面的秦淮河畔建设旧院，作为科举考生消遣之地，“旧院与贡院遥对，仅隔一河，原为才子佳人而设。逢秋风桂子之年，四方应试者毕集。结驷连骑，选色征歌。转车子之喉，按阳阿之舞。院本之笙歌合奏，回舟之一水皆香。或邀旬日之欢，或订百年之约。蒲桃架下，戏掷金钱；芍药栏边，闲抛玉马。此平康之盛事，乃文战之外篇”③。如此一来，明代书生们即连嫖娼宿妓也有正大光明的借口和依据，书生与娼妓结下姻缘也就是再正常不过的事情了。

（生）门户人家，只怕不便走动。（净）又来道学，本朝太祖制度，将贡院紧靠旧院，正是教我们逢场作乐。④

当然，书生与名妓的风流韵事在明清之际也是为人所津津乐道的。当日名士娶名妓做妾是普遍的社会现象，如“秦淮八艳”中，柳如是嫁于钱谦益、董小宛嫁于冒辟疆、顾横波嫁于龚鼎孳、李香君与侯方域有情、卞玉京钟情于吴伟业。而明清之际文士名妓交往与文学创作之关系，陈寅恪先生在《柳如是别传》中有过论述：“夫金陵乃明之陪都，为南方

① （清）刘方：《天马媒》卷上，《古本戏曲丛刊三集》，文学古籍刊行社 1957 年影印本，第 2 页。

② （明）顾起元：《客座赘语》卷六，《庚己编·客座赘语》，中华书局 1987 年标点本，第 202 页。

③ （清）余怀：《板桥杂记》，《余怀全集》，上海古籍出版社 2011 年标点本，第 409 页。

④ （清）孙郁：《双鱼佩》下卷，《古本戏曲丛刊三集》，文学古籍刊行社 1957 年影印本，第 2 页。

政治之中心，士大夫所集萃，秦淮曲院诸姬，文采艺术超绝一时，纪载流传，如余怀板桥杂记之类，即是例证。寅恪昔年尝论唐代科举进士词科与都会声伎之关系，列举孙棨北里志及韩偓香奁集序等，以证实之。明季党社诸人中多文学名流。其与当时声妓之关系，亦有类似于唐代者。”① 如此现实下，剧作者虽未必是此道中人，但对此必然耳熟能详，甚至是极为向往，因而在剧中将名士名妓之风流关系描写出来。

剧作中娼妓做妾的现象受明清之际现实影响绝无疑问，但娼妓只能做妾应与明清法律密切相关。《大明律》规定，官吏非但不能娶娼妓为妻，甚至做妾也不可以，“凡官吏娶乐人为妻、妾者，杖六十，并离异。若官员子孙娶者，罪亦如之”②。这里说的是乐人，而《大清律例》就明确说是娼妓了，“凡文武官并吏娶乐人妓者为妻妾者，杖六十，并离异。归宗，不还乐工，财礼入官。若官员子孙应袭荫者。娶者，罪亦如之”③。尽管法律有明确规定，但官吏们未必完全遵守。不过因官员妻子要接受国家封赠，以娼妓为妻容易惹起非议，所以人多不敢冒天下之大不韪地去违反。至于妾，就没那么严格了，现实中多有，明末名士与名妓的交往就是明证。名人率先为之，其他人也不甘落后。社会普遍如此，文学中也自然就会予以体现。

（二）丫鬟

剧中丫鬟做妾比娼妓还要多些。由于丫鬟是通过买卖得到的，属于主人的私有财产，因此丫鬟在古代社会也属于身份低贱之人，主人对丫鬟有随意处置的权力，“婢女，虽一般的习惯只收到她出嫁为止，到了适当年龄便遣嫁之，同时解除她的奴籍。但有时则不遣嫁，而为招配，通常是于男奴中择一为之夫，有时则另行招配，这样婢女的不自由便永不解除，而她的子孙也就世世成为家奴了。总之，奴婢在契卖以后，她的身体便属于主家，其奴婢身分并无异于男奴，所不同者，只是出嫁所引起的可能的改变，但究竟打发与否，全取决于主人的意思，她自己及她的父兄是无权过问的。同样的情形，也适用于男奴或女奴所生的第二代

---

① 陈寅恪：《柳如是别传》，生活·读书·新知三联书店 2009 年版，第 335 页。

② 《大明律》卷六，《户律》三，法律出版社 1999 年标点本，第 64 页。

③ 《大清律例》卷十，《户律·婚姻》，法律出版社 1999 年标点本，第 211 页。

女奴”[1]。通过这段话，我们可以看到，主人对丫鬟人生的处理方式约有三种：遣嫁、招配外人、配奴仆。除此之外，主人对丫鬟的未来还有其他的处理方式。就名教爱情剧而言，约有以下几种。

1. 主人收用

很多时候，主人将丫鬟纳为姬妾自己收用，这样丫鬟的身份也随之变为主人的妾。这种方式在古代社会极为常见，如吴炳《情邮记》中，王仁年老无子，王夫人就曾动过将贾紫箫变为王仁小妾的念头，只是王仁以贾紫箫为女儿贴身丫鬟为由拒绝了。

（老旦）妾身倒有一计在此。我家紫箫这丫头，颇有几分颜色，随着女儿，淹通词翰，便是琴棋箫管之属，像也都晓得些，相公何不将他打扮，送于枢密。

【前腔】容非俗，年及笄，平日算他八字，也道后来不应终绿衣。老身一向在意，相公尚无子嗣，好收拾此婢，奉侍衾枕。心上久徘徊，未敢遽咨启。（外）夫人说那里话。子息艰难，乃是天数。此婢伏侍女儿，岂有收用之理。（老旦）老身正亦如此想，如有意，不必疑。（外）快不要说。（老旦）既无缘，早婚配。[2]

2. 赠送他人

作为私有财产，主人当然有任意处分的权力，所以丫鬟经常会被主人当成礼物送给朋友或他人，其目的或是为受赠者的子嗣考虑，或是为满足受赠者对女色的要求。这在古代也很普遍，如南宋词人姜夔在范成大家中演唱自己的词作，范成大就把家中歌姬赠送给他。

（外）还有一言在此。夫人、孩儿，我想兰馨随了孩儿，受了千辛万苦，如今也该与他一个完聚。当今平寅翁年过四旬，尚未有子。他正有纳宠之意，不若将兰馨送于平公为妾，也得做一位现成小夫

① 瞿同祖：《中国法律与中国社会》，商务印书馆2010年版，第258、259页。

② （明）吴炳：《情邮记》卷上，《古本戏曲丛刊三集》，文学古籍刊行社1957年影印本，第10页。

人，日后倘得有一男半女，尽有好处结局。我已与之谈及，不若趁此吉日，送他去罢。（老旦）这等极好。[①]

3. 配婚奴仆

丫鬟是女仆，而家人多是男仆，二者都是主人的私有财产，因此在很多时候，男女奴仆就由主人做主相互婚配。男女奴仆婚配后，不仅本身是主人的私有之物，即连他们的儿女也随之成为主人的私有财产，也归主人完全支配。这种奴仆，我们在《红楼梦》中经常会看到，就是被称为家生奴才的那一种。

（大净）那一个是柏儿，当初不曾留心看得。（生指小生介）这个就是。（净看介）品格果然不俗。

【其四】身面端详，文质彬彬非俗庞。怪不得缠将手脚，涂以脂铅，充做西嫱。（小生作羞介）（净欠身向众介）舍下有一婢，名唤茜霞，配他何如。年华一样，姿貌也相当。（外、末、中净）这是极妙的事。（生）柏儿叩头谢了。（小生叩头）承尊贶，谨拜领，酱油盐醋几般香。[②]

（外）请问使君，这两头亲事还是入赘，还是过门？（小生）下官与敝友都有王事在身，不能就赘，还是迎娶过门罢。（外）这等，待寡人备下妆奁，择一个好日遣嫁便了。（小生）既然如此，小侄婿暂别。叫奚奴，收拾了炉灶，回寓所去罢。（丑）且慢些，我也有一件东西掉在海里，要寻一寻。（外）我也知道了，遣嫁的时节，赏你一个丫鬟就是。[③]

毕林莺父亲将自家丫鬟许配给石液的书童柏儿。同样，东海龙王答

---

① （清）采芝客：《鸳鸯梦》卷下，《古本戏曲丛刊三集》，文学古籍刊行社1957年影印本，第63页。

② （清）李应桂：《梅花诗》下卷，《古本戏曲丛刊五集》，上海古籍出版社1986年影印本，第44、45页。

③ （清）李渔：《蜃中楼》，《李渔全集》第四册，浙江古籍出版社1992年标点本，第307页。

应送公主出嫁时，再赠送一名丫鬟做张羽书童的妻子。由于丫鬟奴仆是主人的私有财产，因此二者的举动也就意味着将财产所有权转让给了自己的女婿。丫鬟尽管从原主人家嫁了出去，但因所嫁者为奴仆，身份下贱，因此她在出嫁后依然只能维持原有的身份，只不过是所从属的主人发生了变换而已。

4. 以作陪嫁

贴身服侍小姐的丫鬟与其他丫鬟的命运相比有些不同。小姐出嫁后会面临丈夫娶妾的问题，而妾是要与妻争宠的，与其让丈夫娶不熟悉之人来争宠，不如让自己的丫鬟来做丈夫的妾。一来丫鬟与自己熟悉，二来丫鬟从小服侍自己，已养成服从自己的习惯，可以避免争宠的问题，从而保障自己的地位不受威胁。此外，丈夫再娶妾时，贴身丫鬟转变而来的妾还可与自己一起对付外人。出于这样的考虑，贴身服侍小姐的丫鬟经常以陪嫁丫头身份前往男方之家，充当姑爷之妾。

> （贴）你日后把甚么谢我？（小生）炼师嫁了我，姐姐少不得也随到我家来，那时节呵，新婚燕尔恰才过，惜玉怜香到你多。笑杀韩郎休卖弄，我到头学道赛轻娥。①
>
> 【又】（小旦）留难住，问重来，复几时，我待个骥尾蝇随，我待个骥尾蝇随。玉环盟，死肯渝。（生）姐姐不要笑我。（小旦合前）②
>
> （生）有书一封，你可送到前村周府，看有侍儿，悄悄央他送进，取得回书，我当重赏。（丑）赏到不要赏。我闻得他家还有侍儿春梅，丰采可人，若得小姐成就，又落一个梅香，却不是两得其便。（生）休要多言，拿书快去。③

---

① （明）叶宪祖：《鸾锟记》下，《古本戏曲丛刊二集》，上海商务印书馆 1955 年影印本，第 8 页。

② （明）周履靖：《锦笺记》上卷，《古本戏曲丛刊二集》，上海商务印书馆 1955 年影印本，第 35 页。

③ （明）玩花主人：《妆楼记》卷上，《古本戏曲丛刊二集》，上海商务印书馆 1955 年影印本，第 21 页。

上述材料反映的都是小姐嫁人，贴身丫鬟陪嫁到夫家做妾的现象。

（三）丫鬟、妓女只能做妾

通过对剧中丫鬟、娼妓最终命运的分析，我们可以看到，无论她们如何结局，都依然是下贱的身份。由于丫鬟做妾只不过是在下贱身份之间进行的一种角色变换，基本没有麻雀变凤凰的机会，因此无论是现实中，还是在剧本里，人们压根儿就没有产生过让她们做妻的念头，从来都是自觉地将她们安排在妾的地位上。

（生）小婿不揣，一言奉渎。（外）有话尽说不妨。（生）曩者贵园避难，蒙尊婢瘦红姐解衣推食，恋恋有情，小婿许以必娶为妾；今又仗他说合，玉成大义，前盟不可背，望岳丈慨然见赐，感德无涯。（外）厮役贱婢，怎充君子下陈。既有成言，当奉巾栉。①

张善相避难时受到丫鬟瘦红的照顾，为答谢她的帮助之恩，就许愿在将来娶了小姐之后，娶她做二房。后来大团圆时，他向岳父陈述往事，兑现当年对瘦红许下的诺言。再如：

（生起向小旦）红香姐，向日红楼订盟，画舫申券，园亭待约，那一些不亏你来。原说不敢忘魏无知，待与小姐说过，娶你为二室，那时珍重酬谢。（小旦笑介）那个图你谢，试骆爷今日之心，还记得否。（生笑介）岂敢有忘，我小星先以期月下，你花枝慢逐东风嫁。②

当红香向骆俊英要酬谢时，对于自己的恩人，骆俊英开口就是他与小姐结婚之后，立即娶红香做二室。可见骆俊英心中认为丫鬟做妾是天经地义之事，做妻是不可想象的，不然不会如此不假思索地回答自己的恩人。如果说这两部剧中，由于男子与小姐有婚约，因此对丫鬟确实不

---

① （明）西湖居士：《灵犀锦》卷下，《古本戏曲丛刊二集》，上海商务印书馆1955年影印本，第46页。

② （明）西湖居士：《诗赋盟》卷下，《古本戏曲丛刊二集》，上海商务印书馆1955年影印本，第53页。

能许以妻子身份的决定还可以理解的话，那么在没有这种前提的剧作中，也自觉地让丫鬟做妾的决定显然就是中国封建社会人们的一般观念了。如下面这则材料：

（小旦）奴家一片好心，钱相公只做不理会，既到此间，不得不把真情告诉了。（生）有何情事，就说不妨。（小旦）

【前腔】羡君家，潘岳仪标。（生）小生相貌也看得过。（小旦）更不让东阿才调。（生）文字是通得的。（小旦）料他年发迹，愿结贫交。（生）阿，小正姐道是小生后来发达，为此有意结交，我多感、多感。可惜是兰房有约，草径无媒，怎遂把衾裯抱。（小旦哭介）我那钱相公阿，负得小正这段好情也。（生）不须啼哭，既承美意，待小生中举、中进士之后，那时明对老安人说了，娶你为妾何如？（小旦）多谢钱相公，一诺千金，这语誓难逃，你莫待身荣眼色高。（对天福介）苍天在上，（对生拜介）钱相公亲口许下，今日里，早得订夭桃。①

钱万选对于小正的示爱，尽管予以接受，但对她身份的安排，却是不假思索地将她安置在低贱的妾上，做妻的想法压根儿就没在他大脑里出现过，甚至是都没有闪过。

既然社会普遍认为身份下贱之人只能做妾，那么整个社会也就不会给丫鬟、娼妓做妻的机会。此外，对她们灌输的也是自觉做妾的观念。自觉的观念加上丫鬟、娼妓普遍为妾的事实，不仅其他人认为丫鬟、娼妓应该做妾，就连丫鬟、娼妓本人也认为自己应该做妾。因此当丫鬟遇上中意之人时，浮现在大脑里的是如何能跟着小姐陪嫁过去做书生的妾室，而非正妻。如下例：

【前腔】（小旦背唱）空将花种，看无心成阴柳浓。且住，小姐谐了这头姻事，我就有些侥幸了，何必过虑得太真。戏藏纱底，岂

① （明）沈自晋：《望湖亭》卷上，《古本戏曲丛刊二集》，上海商务印书馆1955年影印本，第32页。

康成忍置泥中。（合）相如甚日至临邛，怅望东床名士风。①

（占上遇生、看下）（占）

【前腔】来到名园。（生作走遇见介）咳，不知可是我表妹。（下）（占）偶见翩翩美少年，蕴藉风流鲜，顿使人钦羡。嗏，若得配英贤，我荷珠呵，便做偏房情愿。倘天意从人，遂却奴心愿，今日相逢非偶然。（白）这人想是昨日来的赵生，看他丰姿奇伟，令人可羡。我安人有眼无珠，这般轻觑那生。我荷珠若有便处，定显这双识英雄的俊眼儿在他身上。②

"小姐谐了姻事，我就有些侥幸了"，"若得配英贤，我荷珠呵，便做偏房情愿"两句说的即是自甘做妾的情况。如果说上面材料中，因荷珠、湘娥与男主人公没有什么实际关系，只是自己心中一厢情愿的想法，所以不会去想着做正妻，那么下面这则材料就更能说明问题了。

奴家自过门之后，止不过权居正位，浪得虚名，只待姐姐到来，依旧退居副室，奴愿毕矣。适闻花轿进门，不多时便嚷闹起来，这必是相公露出真形，姐姐一时惊怪了。相公情急，少不得进来求计于我，不免将门儿闭上，故意急他，以博一笑。（闭介）③

按照封建社会的婚姻原则，先入门为妻，后入门为妾。殷天眷误把元章用、米遥当作两个人，因此不肯嫁于元章用，而是将湘娥冒充自己嫁了过去。这样湘娥也算是通过明媒正娶的方式进入米家，自然应是妻子身份。即便后来误会澄清，湘娥要与殷天眷争夺妻子的名分，也是有光明正大理由的，但她却主动让出正妻的身份，甘居庶妾之位。这种决定看似不可理解，却在事实上更加深刻地说明在中国古代，无论是谁都

① （清）汪光被：《广寒香》卷上，《古本戏曲丛刊五集》，上海古籍出版社 1986 年影印本，第 68 页。

② （明）□□：《衣珠记》上集，《古本戏曲丛刊三集》，文学古籍刊行社 1957 年影印本，第 6 页。

③ （清）汪光被：《广寒香》卷下，《古本戏曲丛刊五集》，上海古籍出版社 1986 年影印本，第 63、64 页。

自觉地认为丫鬟只能做妾。

丫鬟在剧中只做书生之妾，除上述原因外，还与中国封建法律对良人与丫鬟婚姻的规定有着密切的关系。现存的完整封建法律以《唐律疏议》为最早，其卷十三《户婚》明确规定："诸以妻为妾，以婢为妻者，徒二年。以妾及客女为妻，以婢为妾者，徒一年半。各还正之。【疏】议曰：妻者，齐也，秦晋为匹。妾通买卖，等数相悬。婢乃贱流，本非俦类。若以妻为妾，以婢为妻，违别议约，便亏夫妇之正道，黩人伦之彝则，颠倒冠履，紊乱礼经，犯此之人，即合二年徒罪。"① 婢女不能做妻，那么已经赎身的婢女是否就可以做良人的妻子呢，也不行，还是做妾，"若婢有子及经放为良者，听为妾。【疏】议曰：婢为主所幸，因而有子；即虽无子，经放为良者：听为妾。问曰：婢经放为良，听为妾。若用为妻，复有何罪？答曰：妻者，传家事，承祭祀，既具六礼，取则二仪。婢虽经放为良，岂堪承嫡之重。律既止听为妾，即是不许为妻。不可处以婢为妻之科，须从以妾为妻之坐"②。可见唐代无论婢女是否经放为良，只要出身于婢女，就永远没有做妻的资格。明清时期，法律依然严禁良贱通婚，如《大明律》，"凡家长与奴娶良人女为妻者，杖八十；女家减一等，不知者，不坐。其奴自娶者，罪亦如之。家长知情者，减二等，因而入籍为婢者，杖一百。若妄以奴婢为良人，而与良人为夫妻者，杖九十。各离异改正"③。

所以说，在封建社会的中国，无论法律还是风俗都认为丫鬟是不可以做良人妻的，其最好的人生结局就是做良人之妾，这个原则在封建婚姻中是绝不可改变和触犯的。由此可见，名教爱情剧中丫鬟命运的安排是完全遵守封建法律的，也是完全遵守名教规范的。

三 妾之人格修养

与剧中妻四德俱全的形象相比，妾在人格修养上存在很大差异。按照传统解释，生育子嗣是古人纳妾最冠冕堂皇的理由，"下官荷蒙圣恩，

① （唐）长孙无忌等：《唐律疏议》卷十三，法律出版社 1999 年标点本，第 279 页。

② 同上书，第 280 页。

③ 《大明律》卷六，《户律》三，法律出版社 1999 年标点本，第 64 页。

依赖祖荫，名占探花。前日谨奉表章，冒渎天听，一为祭祖荣归，二为娶妾承嗣。已经三日，怎还未见圣旨来到”[①]，当然也是为了满足男子对美色的需求。由于娶妻与纳妾的目的不同，因此其选择标准也不同，其具体要求是“娶妻娶德，娶妾娶色”。

> （生）自古道，耳闻是虚，眼见是实。小侄闻得此女竟是奇丑难堪，一字不识的。貌堪惊，生平不晓题红字，日后还须嫁白丁。（小生）自古道，娶妻娶德，娶妾娶色。娶进门来，若果然容貌不济，你做状元的人，三妻四妾，任凭再娶，谁人敢来阻当！[②]

由此可见，娶妾的首要标准是色。妻子是不淫其色，妾则是以色事人。按照以色事人的标准来执行，就使剧中之妾的人格在整体上呈现出风流轻佻的特点，主要表现在以下两方面：

（一）主动挑逗男子

中国古代婚姻要求男先于女，“男子亲迎，男先于女，刚柔之义也，天先乎地，君先乎臣，其义一也”[③]，也即男子应先向女方提出婚姻请求，并按照六礼的程序结合为夫妻。因此在剧中，尽管男女主人公相互倾心，在一般情况下，却总是书生先对小姐产生婚姻的愿望，并积极展开追求，最后按照父母之命、媒妁之言的规矩来结成夫妻。妾则不然，在与书生交往时，经常会主动地勾引书生，向其吐露自己的情感需求，并要求书生予以满足。

> （占）你说那里话来。却不道鸟尽弓藏，兔亡狗死。你两个成了事后，我春梅却不束之高阁。不成，不成。（生）没奈何，小生下跪。（占）跪也没干，谢便即刻就谢。（生）请问春梅姐，但金银罗绮之中，所爱何物？（占）我丫鬟家，俱用不着。（生）这等说来，

---

① （明）□□：《西湖记》下卷，《古本戏曲丛刊二集》，上海商务印书馆1955年影印本，第27页。

② （清）李渔：《风筝误》，《李渔全集》第四册，浙江古籍出版社1992年标点本，第188页。

③ 《礼记正义》卷二十六，《十三经注疏》，中华书局1980年影印本，第1456页。

无有投之所好，当以身事之，何如?（占）你到来讨我便宜。（生）小生焉敢如此。（占）君言及此，使妾肺腑动然，但恐日后不问发仞之人。（生）小生若有此心，天地鬼神共殛。（占）不要在我小姐面前言及此事。（生）决无此言。（占）此处难与相叙，同到芍药台前，蔷薇屏后，人迹罕至，可以放心。[1]

春梅瞒着小姐在花园中偷偷与陈宜中相会。其实陈宜中追求的只有周意娘，并没有对春梅动心思，所以春梅的主动示爱对他来说真是一场意想不到的情感收获。再如：

（占）【前腔】夜深沉，不奈讹延。出香闺，急难回转。望尊兄怜念，扶过花前。（生）小生虽为兄妹，实难近前扶。（占）哥哥差矣。我和你兄妹之称，何有男女之分。（生）既如此，小生只得勉强相扶小姐过去便了。（占）转过荼蘼亭畔，来到迎春，愿把衾裯荐。（生）小姐差矣，将以周急，小生故斗胆而来，今小姐何出此言。（占）妾今此举，一来为兄，二来做妹的终身有托。那鹊桥偷渡，也且从权，（占）莫负嫦娥爱少年，和你欢会处，在名园。（生）

【又】感卿卿，青眼垂怜。反许我，百年姻眷。奈嫡亲中表，理法相关。（占）中表的亲，古来太多。久闻大名，今日得瞻奇表，故不以自荐献丑，兄反趄趑，倘父母知之，君必败兴矣。（生）知道何妨，清者自清，浊者自浊，以清浊尤来可辨，我是郁郁无瑕，怎受青蝇玷。（占）咳，我本将心托明月，谁知明月照沟渠。兄既全节，奴家丑态献尽与兄，何以为人。罢，罢，不如投水而死。（生）呀，小姐且休性急，待我三思吓。且住，蒙他一片热心待我，我若不从，他必自尽。非惟负他，亦且不忍。况我又无妻室，就结此姻缘也好。吓，小姐，非是小生不从，只是山鸡羞配，也敢扳鸾，恐负嫦娥爱少年。（占）妾千金之躯，一旦付与足下，必须星前月下海誓山盟，免使妾身有白头之叹。（生）老天，赵旭若忘小姐今夜之情，天诛地

---

[1] （明）玩花主人：《妆楼记》卷上，《古本戏曲丛刊二集》，上海商务印书馆1955年影印本，第29页。

殛。（占）哥哥，情儿逗，心儿见，眉留目语心缭乱，携素手把带儿宽。（同下）[1]

荷珠看似比春梅更为不守礼法一些，她积极地挑逗赵旭，并要求赵旭与自己欢好。其实，这两个丫鬟在人格上没有本质区别。只不过陈宜中在美色面前过于急躁，所以才有了春梅的假意推拒，若是真正拒绝，就不会出现后面二人成其好事的场面了。赵旭是道学气较浓的书生，对违礼的男女之事较为抗拒，所以荷珠只能不顾羞耻地对其加以暗示与要挟。

我湘娥目下虽充侍婢，若论生平志气，岂甘人下。前日有一秀才卧病不去，我偶从窗外经过，窥见他气宇不凡，便暗问园公，原来却是姓米。几番要乘间与言，以身相托，只恐他胸襟豪迈，不甚留情脂粉，不敢遽以私情相告，今日不免图个机会，订定终身之约，有何不可。呀，米秀才从那边来了。[2]

《广寒香》中的湘娥与前两位相比虽然端庄了许多，没有出现欢爱之事，但主动示爱、不守清规的罪名也少不得要落在她的头上。

（二）不守妇女名节

伴随主动挑逗男子而来的是对名节的放弃。剧中丫鬟对小姐的爱人产生情感需求后，或是主动地向书生投怀送抱，如上文的春梅与荷珠，或是在面对书生挑逗时，积极地迎合他们的无理要求，把终身轻而易举地托付给对方，私下里结合成事实上的夫妻。至于名节是顾不得的。如下例：

（小旦）小姐、小姐，你，

---

① （明）□□：《衣珠记》上集，《古本戏曲丛刊三集》，文学古籍刊行社 1957 年影印本，第 11、12 页。

② （清）汪光被：《广寒香》卷上，《古本戏曲丛刊五集》，上海古籍出版社 1986 年影印本，第 45、46 页。

【滚遍】素将玉杵祈，素将玉杵祈，番做金蝉计。（生）姐姐，你须怜我，休学那小姐。（小旦）蒲柳微姿，敢与松筠比。相公，我虽是借春花蕊，解馋滋味，也须知未曾惯，风和雨。（生携小旦欲下）（丑潜上）（小旦闪科）窗外甚么？

【又】（生）月明花影移，月明花影移，夜久重门闭，好整衾帏，早赴阳台会。（小旦）他日休忘此时。（生）海山堪誓，天神鉴取。不要说姐姐，就是小姐的贤德，我口儿言，心儿印，难忘已。（并下）[①]

（生）且停，小生尚有话说。（作近小旦身笑介）（小旦避介）是者等说了，夜深行路不便。（生）行露不便，行雨却正便底。（小旦）我不晓得，去也。

【前腔】（生牵小旦衣介）爱佳期夕张，爱佳期夕张。你年容堪赏，宛然一似千金样。（小旦）你倒不尊重些。（生）便轻佻不妨，便轻佻不妨。（小旦）可不坏了行止。（生）一任没行藏，此际难厮放。（搂介）（小旦）哎哟，我叫了。（生）尽高声叫将，尽高声叫将，者寂静虚堂，何人听讲。（抱小旦下）[②]

（小旦）官人如此情切，焉敢固辞。但恐一旦失身于官人，得之易，弃之亦易耳。（生）若有此心，天神鉴之。（搂旦下）[③]

上述行为对妻子而言是不可想象的，也是不可容忍的。按照名教的要求，“丈夫生而愿为之有室，女子生而愿为之有家，父母之心，人皆有之，不待父母之命，媒妁之言，钻穴隙相窥，逾墙相从，则父母国人皆贱之”[④]，因此丫鬟的以上举动皆是不顾羞耻而被国人贱之的，属于淫奔之举。按照“聘则为妻、奔则为妾”的婚姻原则，只要犯了淫奔的罪名，

① （明）周履靖：《锦笺记》上卷，《古本戏曲丛刊二集》，上海商务印书馆 1955 年影印本，第 43 页。

② （清）黄鉽：《四友堂里言》，《古本戏曲丛刊五集》，上海古籍出版社 1986 年影印本，第 41 页。

③ （明）西湖居士：《灵犀锦》卷上，《古本戏曲丛刊二集》，上海商务印书馆 1955 年影印本，第 42 页。

④ 《孟子注疏》卷六上，《十三经注疏》，中华书局 1980 年影印本，第 2711 页。

即便是大家闺秀的小姐也只能与人做妾，何况是出身低贱的丫鬟、娼妓。所以按照她们自身的品德修养，丫鬟也就只有做妾的资格，其他的只不过是一场虚幻的春秋大梦而已。

总的来看，名教爱情剧中，由丫鬟、娼妓而来的妾在品德上皆有不守妇德的特点。小姐身边的丫鬟如此，出身青楼的娼妓本就是倚门卖笑之人，因此更无妇德可言。这样安排并非是剧作家有意为之，而是中国古代社会的真实反映。在古代，主人对丫鬟提出性的要求是不受法律约束的，主人与奴婢通奸是社会上很普遍的现象，“良人对于贱人的奸非罪责任甚轻，奴婢及其子女是属于主人所有的，本可以由主人任意处分，若男主人对于女婢（包括女奴本身及男女奴所生之女）有性的要求，自不足为怪，甚或可以说是男主人的权利。几千年来的中国社会中，婢与主人的性的关系本是社会和法律所默认的，例如唐、宋律便规定有婢生子及经放为良者听为妾的条文。所以如此规定者，正可反证古代社会中婢生子及以婢为妾的众多”①。此外良贱通奸对男子来说也不是什么了不得的人生污点，“贱民阶级的女子为良民阶级的男子所奸污，则社会上认为无足轻重，对于这男子并不是了不得的羞耻，同时法律所予的处分，亦极轻微，有倾向于减轻的趋势。这现象告诉我们社会上只要求妇女的贞节，更重要的，女子的地位决定于她的男人，而男人则有他自己的地位，不为所接触的女人所影响。假如是婚姻关系，一男子娶一卑贱阶级的女人为妻，还可以影响及他的社会地位及后裔，若是纳之为妾，止于通奸，则不发生此种严重问题了”②。既然现实如此，那么在剧中将丫鬟写得不守妇道也就不值得奇怪了，说不定还是人们乐于听闻的事情。至于娼妓的妇德问题在古代没有论述的必要，这里不再赘述。

当然，剧中这种安排也与明清之际的社会现实密切相关。明清之际，社会由堕落转向正常。在明末堕落的社会中，人们对风流韵事自然特别地感兴趣，这必然也会对剧作家产生影响，而且他们中的很多人本身就是风流场中的一员，因此剧中出现书生风流放荡的场面也是可以理解的。但同时程朱理学再次复兴并统治思想界，社会也逐渐走上正常轨道，这

① 瞿同祖：《中国法律与中国社会》，商务印书馆 2010 年版，第 272 页。

② 同上书，第 256、257 页。

时风流放荡显然不能与之合拍。因此在这特殊的社会时段，剧作家们的具体处理办法就只能是将代表名教的女性——大家闺秀塑造成四德俱全的形象，而将他们自身经历的或者是极为羡慕的那种风流放荡行为安排在娼妓与丫鬟身上，因为丫鬟、娼妓与男子的关系本就如此，何况明清之际文人士大夫与娼妓的交往也实在过于频繁，所以剧中如此描写，自然是不会违反程朱理学以及社会的正常要求的。因此说，名教爱情剧中这种特殊的婚姻关系以及人物性格安排是明清之际社会现实的反映，具有深刻的现实内涵。

第二节　妻妾之辨及其安排原则

名教爱情剧大多数剧目都是一夫一妻一妾，甚至是一妻二妾的，且妻妾的家庭出身、社会地位又差距过大，因此妻妾名分的讨论、如何安排妻妾关系就成为剧作家必须面对和解决的问题。

一　妻妾名分之辨

由于妻妾的地位差别太大，所以剧中人们对妾的身份极为敏感，任何可能使自身沦为庶妾的情况都不允许出现。于是剧中就出现许多争论妻妾名分的文字。

> （丑）还有禀上，老爷虽已成亲，一念实在小姐。即欲告假还乡，以图旧约。因此先遣小人拜上，已请常先生为媒，不日就到，书信附彼带来也。（老旦背科）这又怎么说。（净）奶奶不要听他，难道小姐到做小。（老旦）那有此话。（净）先进门一日也是大，况是个钦给夫人，比耍笑。（老旦）不要多讲，只说小姐已出嫁便了。①

按照封建婚姻的顺序，先娶者为妻，后娶者为妾，何况先娶者还是皇帝钦点的正室夫人，因此小姐只能做妾。而小姐又不能做妾，所以老

① （明）周履靖：《锦笺记》下卷，《古本戏曲丛刊二集》，上海商务印书馆 1955 年影印本，第 32 页。

夫人就找个借口拒绝了。

> （副末）只是我的甥女，不肯与人作小。（生）房下与令甥女既为姊妹，自然不分大小。（副末）我且问你，那一顶凤冠，还是谁人先戴？（生）这也不消虑得，下官既受编修，又蒙钦差安抚，原有两副诰封。（副末）如此恰好。①
>
> （旦上前跪介）告禀爹妈。（外）我儿起来。（旦）孩儿幼生闺阁，长效于归，与霍郎合卺，军中节度为媒，原非野合。今日华行云要硬夺孩儿诰封，于理虽是不通，说来甚是好笑。（外）孩儿，今日是个喜庆日子，闲言闲语，略浑融些罢。（旦）别样事浑融得，这朝廷恩典怎浑融得的。②

这里女主人公并没有争妻子的名分，而是争封诰。但在明清时期，国家对男子的妻妾进行封赠时，只封赠妻子，不封赠妾。因此在争夺妻妾名分时，争得封赠的是妻，而没封赠的只能做妾了。同时为妻是不可能的，古代法律明确规定，"若有妻更娶妻者，亦杖九十，离异"③。

妻妾之争看似是争夺现实利益，但实际反映的却是嫡庶之辨。作为世袭制的封建国家，在选择继承人的问题上，中国古代统治者尝试过多种方式，最后确定以宗法制来完成这个任务。宗法制下，必须按照与被继承人血缘关系的远近亲疏来确定继承人的顺序，其概括的说法是"立嫡以长不以贤，立子以贵不以长"④，也即妻妾皆有子，则妻之子为先；妻若有数子，则年长者为先；妻若无子，则妾子之年长者为先。宗法制在很大程度上避免了各继承人为争夺利益而发生的争斗，确实对维护世袭制度有利，因此自西周确立以后，历代王朝在妻妾嫡庶之辨上都极为严格。如《十三经》中，就有很多关于嫡庶之辨的记载，"庶子不祭祖

---

① （清）吕履恒：《洛神庙》卷下，《古本戏曲丛刊五集》，上海古籍出版社 1986 年影印本，第 86 页。

② （明）阮大铖：《燕子笺》卷下，《古本戏曲丛刊二集》，上海商务印书馆 1955 年影印本，第 63、64 页。

③ 《大明律》卷六，《户律》三，法律出版社 1999 年标点本，第 60 页。

④ 《公羊传注疏》卷一，《十三经注疏》，中华书局 1980 年影印本，第 2197 页。

者，明其宗也”[①]，“毋易树子，毋以妾为妻，毋使妇人与国事”[②]。中国历代法律对立嫡问题也都有明确的规定，如宋律，“诸立嫡违法者，徒一年。即嫡妻年五十以上无子者，得立庶以长，不以长者亦如之。【疏议曰】立嫡者，本拟承袭。嫡妻之长子为嫡子，不依此立，是名‘违法’，合徒一年。即嫡妻年五十以上无子者，谓妇人年五十以上，不复乳育，故许立庶子为嫡，皆先立长，不立长者，亦徒一年，故云‘亦如之’”[③]。明清法律中对妻妾嫡庶关系混乱，则予以严厉的制裁，“凡以妻为妾者，杖一百；妻在，以妾为妻者，杖九十，并改正”[④]。

剧作中严辨妻妾嫡庶关系的现象不仅是为了维护名教的需要，它还与明清之际的政治现实密切相关。明代末年，皇室内部的嫡庶之争给明王朝的社会、政治、军事等带来了灭顶之灾。明神宗无嫡子，按照宗法制及《大明律》，“其嫡妻年五十以上无子者，得立庶长子”[⑤]，因此应立庶长子朱常洛。但神宗宠爱郑贵妃，欲立皇三子朱常洵。这是违背宗法制的，且明代在皇位继承上严格遵守宗法制度，绝无废长立幼的事件发生。因此围绕皇长子朱常洛与皇三子朱常洵之间的皇位之争，大臣不仅结党，且党派之间争斗得很厉害。党争中，各大臣意气用事，既无是非观念，也少包容之心，在国家大政上互相掣肘，最后严重削弱明朝的统治力量并导致明朝走向灭亡。除皇室内部的嫡庶之争外，社会上也存在众多妻妾次序混乱的现象，最著名的是明末大臣、东林党人倪元璐以妾为妻，冒领封诰的丑闻，“尚书上虞倪元璐玉汝，少娶余姚陈氏失欢。既登第，嬖妾王氏篡封命。同邑丁庶子进，以故隙嗾诚意伯刘孔昭讦其事，可坐总京营也。倪适除祭酒，奏辨陈氏失母意，遣归外氏，命娶王，宜封。而陈所生女字王司马业浩子贻栻，司马揭引海瑞前妻许氏、潘氏弗封，封继妻王氏为例。幸上不问，倪自免归。陈氏实同母夫人居，非遣归者。甲申末，陈氏诉于朝，时孔昭在事，夺王氏，改封。白璧微瑕，

① 《礼记正义》卷三十二，《十三经注疏》，中华书局 1980 年影印本，第 1495 页。
② 《谷梁传注疏》卷八，《十三经注疏》，中华书局 1980 年影印本，第 2396 页。
③ （北宋）窦仪等：《宋刑统》卷十二，法律出版社 1999 年标点本，第 218 页。
④ 《大清律例》卷十，《户律·婚姻》，法律出版社 1999 年标点本，第 206 页。
⑤ 《大明律》卷四，《户律》一，法律出版社 1999 年标点本，第 47 页。

君子惜之”①。因此在明清之际，关于妻妾嫡庶的辩论是思想学术界的一个重要话题：

> 春秋之义，甚严嫡庶。盖君臣、父子、夫妇、兄弟之伦，于是焉系。嫡庶乱则君臣、父子、夫妇、兄弟之伦亦乱，故明主重之。迨乎后王，全以私情绌公义，推己及物，俾大夫、士、庶并得为生母行三年之丧，至于今不易，不亦异哉！夫私情之不可以绌公义，久矣。故以情则生母之恩远过嫡母，岂惟同焉而已。以分则嫡母之尊远过生母，岂惟不同焉而已。故庶母谓嫡母主母，谓父主君，尊卑之分截然。今而同之，乱伦蔑礼，莫此为甚。必欲遵时王之制，为生母行三年之丧者，确亦有说以处此，曰：可行之于身，不可行之于家；虽可行之于家，不可行之于乡党。虽时王之制，君在，不闻为太子母妃丧，况大夫士庶乎！正其为母，然后可正其为母之丧。妃之子为天子，必尊其所生妃为太后，故薨则为太后之丧。当其为妃，虽太子之贵，不能使天下丧之也。士庶之母，妾则终妾，婢则终婢已耳，孰尊之而孰丧之?②

此为明清之际著名王学思想家陈确的妻妾之辩。他认为应严辨妻妾，因为妻妾之分是一切伦理关系的基础。

> 今之卿大夫不然，举凡服其余亲，莫不兢兢令甲，而莫之敢越。而独于其妾也，则必秉《周礼》，毋乃暱于所爱乎哉？有难者曰：“母以子贵，非与?”曰：“非是之谓也。诸侯娣侄、媵之子得立，则国人从而尊其生母，故存则书夫人，殁则书薨，书葬，书小君，皆得视其適，此《春秋》之例也。”“然则妾之子而既贵矣，天子且许之貤封，而家长可不为之制服乎?”曰：“天子自贵其卿大夫之母，家长自贱其妾。律令之与敕也、诰也，是皆出于天子，固并行不倍者也。”或又难曰：“《律文》得毋有阙与?”曰：“国家辨妻、妾之

① （清）谈迁：《枣林杂俎》仁集，中华书局2006年标点本，第129页。

② （清）陈确：《陈确集》文集卷七，中华书局1979年标点本，第187、188页。

分，严嫡庶之闲，其防微而杜渐也，可谓深切著明矣，而又何阙文之有？且吾考诸《仪礼》，则曰：'大夫为贵妾缌。'考诸《丧服小记》，则曰：'士妾有子，而为之缌。'《仪礼》不言士妾，《小记》不言大夫妾，而唐《开元礼》则皆不为之制服，宋《司马氏书仪》、《朱子家礼》与前明《孝慈录》亦概未之及也，盖妾之无服千余年于此矣。今使家长之为大夫者，为之服缌，则众子之为士者当如之，所生子为父后者亦当如之。其父在者，当为所生母大功，顾己之服其妾也，则从《仪礼》缌，而命众子与所生子则又从《律文》，或齐衰杖期，或斩衰三年，是于古今之制胥失之也。"①

此为清初文学家、程朱派学者汪琬的妻妾之辩。虽在具体论述上与陈确有所不同，但在基本观点上二人没有本质的区别。

在传统制度与明清之际现实因素的影响下，名教爱情剧不仅把这个问题展现了出来，而且也用文学的方式表明了自己的立场。当然，作者对此问题的解决是按照封建伦理与法律的要求来执行的，而这也与当日社会的要求基本一致。

二　妻妾身份安排原则

既然要区别妻妾，确定嫡庶，自然需要区别的原则。按照名教的要求，封建婚姻的基本原则如"聘则为妻，奔则为妾"、"先娶者为妻，后娶者为妾"等应该可以完成这个任务，可是戏曲作为文学作品，其中大量误会巧合的虚构情节却让这些原则无所适从，如《情邮记》。剧中，贾紫箫在皇帝主持下先与刘乾初结合，奉旨成婚自然为妻，但贾紫箫却是王慧娘的丫鬟，丫鬟不能做妻，更何况还是和主人争夺妻子的名分。因此为在名教范围内合理安排这些复杂的头绪，剧作者主要秉承以下三条原则来处理剧中的妻妾关系：

（一）良贱相逢，良者为妻贱者妾

在剧中，若两位女主人公出身存在着良贱之别，那么良家女子为妻，

① 李圣华笺校：《钝翁前后类稿》卷十七，《汪琬全集笺校》，人民文学出版社2010年标点本，第451、452页。

下贱女子为妾，这条原则在名教爱情剧中没有任何例外，即便是出身下贱的女子先于良家女子与男子成婚也绝对不可以。

《燕子笺》中，霍都梁上京赶考，与名妓华行云定下三生之约，因此二人婚姻关系成立。后来霍都梁在贾云仲主持下与小姐郦飞云结为夫妻。如此一来，郦、华之间必然会产生妻妾之辨的问题。但在剧中，几乎所有的人都认为华行云应该做妾。

(小旦问生介）相公，你才说花冠有几副么。(生）怎么有几副，只有一副。(小旦）画上像两个共得，不知那花冠可共戴得么？(生笑介）这却怎生共戴得，下官不好说。(指旦介）这个让飞。(小旦）甚么飞？(生指旦介）权让飞云小姐戴罢。(旦）相公，此是正经道理，怎么说权让。(小旦）咳，权也是权不得的。①

面对只有一副封诰的现实，霍都梁把花冠的享有权给了郦飞云，也即间接承认郦飞云的嫡妻身份。至于理由只有一条，即华行云是出身下贱、从良的娼妓。

(丑又看小旦介）云娘，从良的有，那有你这般一从就从着个状元。郦老爷、老夫人又把你做亲生的一般看待，你也勾了，百凡省事些罢。论从良，怎是伊行。(小旦）妈妈，管甚么从良不从良。霍郎在我家读书中的，你那日看病时，亲见那些光景，原是做夫妻的。后来为了诗笺一事，我又受了许多连累。怎么他今日做了官，奴家讨不得一个封诰。(丑）云娘，莫怪我说，果然他是大，你是小，让他些才是。(小旦）好笑、好笑，甚么大，甚么小。(推丑介)②

对于孟妈妈认为华行云应当做妾的理由，霍都梁是赞同的，不然与自己先确定夫妻关系的华行云怎么会失去花冠的享有权，只是他不好明

① （明）阮大铖：《燕子笺》卷下，《古本戏曲丛刊二集》，上海商务印书馆1955年影印本，第63页。

② 同上书，第65、66页。

讲，只能借孟妈妈之口说出来而已。

（小旦背介）他害这般大病，原是为我，难道好为“大小”二字，断送他的性命不成？就是第三也只得去了。虽然如此，还要露些圭角，再去央他一央。（转介）你方才所说的话，断然使不得的。

【玉抱肚】莫怪我坚词相拒，念奴家是名门淑女，又不是请行成事同吴越，又怎肯缩封疆贬做邾莒？（合）满盘棋局叹全输，折卒难教更折车。那姓曹的女子，或者说是明婚正娶，又且结发在先，不肯折气，这也罢了。许仙俦是何等之人，也要来争坐位？（丑）哦，你的意思想是要升转升转。宁可把这口饿气，折与同辈之人，不肯使青楼得志么？既然如此，做我不着，再去求告他。①

乔梦兰与曹婉淑、许仙俦争夺吕哉生失败。曹婉淑出身良家，在先婚为妻原则下，其正妻地位已不可动摇，因此乔梦兰极力争夺第二位侧室夫人，其理由是许仙俦出身青楼，不能排在自己的前边。在剧中，对出身下贱的女子来说，在面对妻妾之争时，剧作家认为其最明智的选择是主动让贤，将妻子名分让与良家女子，理由是这样不仅识趣，还能博得好的名声。

（旦）姐姐请上，妹子有一拜。（小旦）姐姐请上，待奴家拜见。（旦）姐姐，你先在此，我合居其次。（小旦）说那里话来，姐姐是良家闺秀，奴家怎敢抗礼，愿居其次。（生）二位夫人也不必相让，还是拈了阄罢。（小旦）相公，你是读书之人，怎么说出这样话来。（旦）既如此，只得占了。②

裴玉娥出身行船经商之家，虽不富贵，但不失为良家之女；而薛琼

① （清）李渔：《凰求凤》，《李渔全集》第四册，浙江古籍出版社 1992 年标点本，第 508 页。

② （清）刘方：《天马媒》卷下，《古本戏曲丛刊三集》，文学古籍刊行社 1957 年影印本，第 43 页。

琼出身青楼，虽先进门，但自觉避居侧室。虽经黄损中庸式的调和，但难改结局：良者为妻贱者妾。

出身娼妓只能做妾，而婢女在妻妾之争上，其结局也好不到哪儿，与娼妓可谓同病相怜，皆是天涯沦落人。

（小旦）相公早图归计，无用空悲。（生）言之有理，即当上表。但兹衾帏已具，花烛已陈，且效牵丝，以成合卺。（小旦）小姐在彼，何敢言此。（生）卿过矣。我岂顿忘小姐，实不忍负此良宵耳。（小旦）如此，请屏多仪，待妾侍寝便了。（生）不须谦避，自有权宜。分付奏乐，待我们行礼。（奏科）（小旦）相公请上。（生侧立科）就如此。（同拜科）①

（小旦）小姐在上，紫箫叩头。（旦扯介）紫箫，你这般打扮，想不是以下的人。（小旦）托靠小姐福分，权领个夫人封诰。（旦）奴家此来，原在妾媵之列。你既正位夫人，便当序刘氏尊卑，不可认王家主仆。（小旦）小姐之言谬矣。紫箫若非老爷、夫人看顾，小姐抬举，何以有今日。名分所在，严于冠履，自然是小姐为主，紫箫仍居侍婢。……（旦）谦逊不遑，固是你的好处。但封诰既称元配，私情何可擅移。（小旦）那封诰上不曾写紫箫本姓，原写王氏，系运使王某之女，小姐承受，正如天造地设一般。（强旦戴冠穿衣介）这凤冠霞帔，就请小姐穿戴。（旦）生受你了。②

（生）此论甚妙，但今夜先与姐姐成亲，不要虚了花烛。（小旦）岂有此理。

【节节高】曹家暂骗胡捉刀，奴床头自有英雄主。（生）姐姐且配了元郎，配小姐的，自有米郎在彼。（小旦）就是春深处，先锁奴，偕鸳侣，敢俨然早占枝头露，旁枝合守春风暮。（合）却为东君滞花魁，只得梅花纸帐分栖处。

① （明）周履靖：《锦笺记》下卷，《古本戏曲丛刊二集》，上海商务印书馆1955年影印本，第30页。

② （明）吴炳：《情邮记》卷下，《古本戏曲丛刊三集》，文学古籍刊行社1957年影印本，第79、80页。

【尾声】（合）天风吹皱姻缘簿，生出这一纸波澜费揣摸。（小旦闭门先下）（生）呀，怎将内房门闭了。（笑介）看这光景，敢还是富贵的元章用，敌不过贫贱的米遥，枉着我陶阮更番赋子虚。[①]

这里芳春、贾紫箫、湘娥分别为柳淑娘、王慧娘、殷天眷的贴身丫鬟，因此三剧皆是小姐、丫鬟同嫁一人，且还都是丫鬟先与书生成婚的情况。面对妻妾名分，尽管丫鬟占据先机，但却没有人像华行云那样去为自身的地位尊严而斗争，相反，都是自觉将正室身份让与小姐，而自己退居侧室、小星之列，其所作所为真可称得上是“高风亮节”。

（二）贫富共处，富者为妻贫者妾

如果是富贵家小姐与贫家之女共嫁同一男子，那么无论谁先确定婚姻，其最终的妻妾名分是富贵者为妻，贫寒者为妾。

（末）如此说天缘了。此间谢大爷，尚未聘正室，今见令妹才美，意欲纳作小星，不知可否。（付）个没有啥弗愿个介。（净）咳。你们好不知理，适才以翰墨轻人，今又以富贵骄人。你看俺堂堂七尺之躯，岂肯将妹子卖与人家做妾么。（末）此虽是你志向，然令妹若攀对头，恐止嫁一庸夫耳。今此间谢云仙大爷，乃当代时髦，人已中乡榜解元，他家太老爷是翰苑词林，与其做对头而嫁庸人，莫如作小星而配才子乎。（付）个是天差地远得来，嗯想想看。（净）吓，你们这等讲，道是阀阅门弟，俺妹子竟做不得正室么。（付）个是方底圆盖，配弗上了。[②]

东方月娥为寻找意中之人，乔装打扮，到处卖艺。当她与谢珍相见时，二人相互倾心，但谢珍出身翰林家庭，自身又是解元，显赫的家庭背景与自身的优秀使谢珍不愿找贫贱的卖艺女子为妻，因此当他托朋友

---

① （清）汪光被：《广寒香》卷下，《古本戏曲丛刊五集》，上海古籍出版社1986年影印本，第53页。

② （清）周坦纶：《玉鸳鸯》首卷，《古本戏曲丛刊三集》，文学古籍刊行社1957年影印本，第18页。

向东方月娥提亲时，就直截了当地以妾的身份来许诺。

（老生白）老师，这许多见教，门生一字也不解。（外）当初和他结姻，我十分应允。岂料你又到洛家去说亲，是你做媒说亲，怎么今日反到我跟前藏头露尾。幸我先已知道，不然被你处我小女于庶妾之地了，可恶。（老生）请问老师，翠华女子是何等样人家？（外）是个裁缝的女儿。（老生）这就差了，敝世兄是衣冠世胄，怎肯娶裁缝之女为妻。①

洛兰藻是出身贫寒的裁缝之女，而卫星波是卫太师的小姐。因此当卫太师得知徐翰林在应允自家亲事后，不仅又向洛家提亲，还将卫星波处于妾位时，非常恼怒，由此对徐翰林大加斥责。然徐翰林并未向洛家提亲，所以予以辩解。而他在辩解时，明确地说裁缝之女不能做贵人之妻，只能为妾。剧本最后的处理结果是二人姐妹相称，卫星波为大，洛兰藻做小。

（老）小娘子今年几岁了？（小旦）十六岁了。（老）如此，我女儿长你一岁，今后你二人姊妹相称便了。（小旦）既蒙不弃，姐姐在上，妹子有一拜。（旦）奴家也有一拜。②

卫星波为姐，洛兰藻为妹，姐先于妹嫁，先嫁者为妻，妻妾名分终于清楚了。

（三）身份相同，姐妹相称

名教爱情剧中，最特殊的妻妾关系并非上二者，而是下面这种类型。这种类型中，各女子家庭出身基本相同，难分高下，都具备做夫人的资格。此外，她们对做妾也非常反感。如此情况下，妻妾名分的安排比较麻烦，剧作家对其名分的安排也可谓煞费苦心。在剧中，具体的处理办

① （清）陈二白：《称人心》下卷，《古本戏曲丛刊三集》，文学古籍刊行社1957年影印本，第17、18页。

② 同上书，第3页。

法是将截然分明的嫡庶之别改成近似亲人的姐妹关系，当然剧中有的本就是亲姊妹。

(杂作揭帘旦出介) 妹子在那里? (小旦怒介) 那个呼我妹子。(旦) 我那蕙芳妹子在那里? (小旦上前细视介) 呀，元来是我姐姐。…… (小旦) 姐姐请上，待妹子拜见。(旦) 不消了。(小旦拜，旦答介)①

江兰芳为保名节，离家出走，为高御史收留并认为己女。面对官府江蔡二家立即结婚的命令，江父只好以次女蕙芳顶替姐姐与蔡文英结合。后高御史将江兰芳送与蔡文英再结前缘，而江蕙芳不知，故在江兰芳以妹呼唤自己时，大为恼火。因为在家中，妻为大为姐，妾为小为妹，称己为妹，则是将自己置于妾的地位。后来姊妹相认，女儿时的姐妹关系也随之转换为妻妾间的姐妹关系。

(小旦)【南浆水令】谢娘行作缘起头。(旦) 谢娘行将奴不丢。(小旦) 凤冠霞帔姐应兜，侍巾执帚，奴自当周。(旦) 休频扭，礼法囿，姐自婚前奴婚后。(小旦) 非是姐、非是姐，怎结鸾俦。(旦) 非是姐、非是姐，谁肯容留。(生)

【北清江引】你两人逊甚前和后，只呼姐妹同相守。月下共敲诗，花前同角酒。这夫妻是生死关头打出来的知己友。②

崔倩云与阮蒨筠互让正室身份，最后在杨珏的安排下，二人不分妻妾嫡庶，只以姊妹相称。

(旦看介) 妆成不自喜，鸾镜下帘随。影落回身照，光分逐鬟

① (清) 李玉:《永团圆》卷下，《古本戏曲丛刊三集》，文学古籍刊行社 1957 年影印本，第 47 页。

② (明) 沈孚中:《绾春园》卷下，《古本戏曲丛刊二集》，上海商务印书馆 1955 年影印本，第 60 页。

窥。梨花春对月，杨柳晚临池。已足销魂魄，何须更拂眉。呀，潇洒风流，六朝佳句也。（笑介）若使贤妹是一男子，则我愿侍巾栉终身矣。（小旦）若非男子，必当见弃。（旦）我欲图终身相聚，恐不可得，故作此言，奈何贤妹反疑我以相弃。（小旦）原来姐姐见爱如此，妹真戴天忘高矣。但终身聚首，妹亦同心。正不知计将安出？（旦）我闻英皇事舜，古有美谭。你我既有同心，何妨共枝而宿。但恐普天之下，无此有福才郎。①

白红玉与卢梦梨是姑舅姊妹，二人志趣相投，发誓永不分离，对此愿望，最好的解决办法是姐妹同嫁苏友白，且在妻妾名分上不分大小，姐妹相称。

姐妹相称看似不分大小，但实际依然存在妻妾之分。中国古代不允许一夫多妻，停妻再娶将会被处以严厉的惩罚，“若有妻更娶妻者，亦杖九十，离异”②。而按照娥皇、女英的关系处理，则又是无妻，“古者不合葬，帝喾而立四妃矣，象后妃四星，其一明者为正妃，余三小者为次妃。帝尧因焉。至舜不告而娶，不立正妃，但三妃而已，谓之三夫人”③。可见娥皇、女英皆非舜帝之妻，都只是妾。有妾无妻现象也是古代社会反对的，所以在剧中，尽管是姐妹相称，但还是在一定程度上对妻妾嫡庶予以区别的。

（副末看介）礼部一本，为广布皇恩，曲全怨旷事。奉圣旨：守陵宫女，各放宁家，及时婚配。冯仕英着严饬行。好了，甥女复归本姓，何家自然明白。只是一件，这个姊妹称呼，便成嫡庶名分，如何是好。④

---

① （清）徐石麒：《珊瑚鞭》卷下，《古本戏曲丛刊五集》，上海古籍出版社1986年影印本，《两谈心》。

② 《大明律》卷六，《户律》三，法律出版社1999年标点本，第60页。

③ 《礼记正义》卷七，《十三经注疏》，中华书局1980年影印本，第1281页。

④ （清）吕履恒：《洛神庙》卷下，《古本戏曲丛刊五集》，上海古籍出版社1986年影印本，第82页。

再如《金花记》中，娄金花女扮男装入赘相府，做了陶碧云的假丈夫。真相大白后，娄金花劝说陶碧云与自己同嫁周云，姐妹相称，而自己甘愿做妾。但皇帝的最终裁决是，“娄氏逊让故佳，但婚配在先，合宜娄氏居正，陶氏居次”[①]。

在讨论妻子形象时，我们说过不嫉妒、与妾和睦是妻必备的道德要求，而这里却又展现的是妻与妾的争斗。这二者看似矛盾，其实不然。因为二者的出发点不同，不嫉妒是从妻子道德修养角度而言的，而妻妾之辨是从宗法制度、封建法律角度来说的。角度不同，要求也不同，因此并无矛盾之处。其实姐妹相称就其本质来说，依然是在提倡、推崇女子不妒的品德，而并不是要消除妻妾嫡庶之别，因为剧中最终还是分出了大小嫡庶的。

综上所述，剧作者不但表明自己对妾的态度，对妾的承担者与修养做了要求，还提出了解决妻妾名分的办法。他一方面推崇妻子不妒的美德，让女子对丈夫的娶妾行为持赞同认可态度，另一方面又严格遵守妻妾有别的原则，绝不允许停妻再娶或有妾无妻的现象出现。而这两点的结合，正是名教婚姻最完美的表现，现在名教爱情剧做到了，故以名教来概括此类爱情剧是再合适不过的。

---

① （明）□□：《金花记》卷下，《古本戏曲丛刊三集》，文学古籍刊行社1957年影印本，第31页。

第四章

父母、科举与名教爱情剧婚姻之关系

名教爱情剧中，父母、科举等客观因素对男女主人公的婚姻具有很大影响，有时甚至起着决定性的作用，所以有讨论的必要。

第一节　父母对男女婚姻之影响

中国古代婚姻是按照“父母之命、媒妁之言”来完成的。名教爱情剧中，父母并不是剧作主要关注的对象，但其在儿女婚姻上所起的作用却并不因此而减弱，相反起着决定性的作用。就剧作而言，父母在男女婚姻上主要具有以下几方面的作用：

一　儿女婚姻之关怀者

在中国古代，就男子而言，婚姻比科举显得更为重要与迫切，因为并不是每个人都能取得科举功名，而婚姻却是男子都应该经历的。只有男女结合才能实现人口的繁衍，才能保证家族的延续，于是在“男子生而愿为之有室，女子生而愿为之有家，为人父母之心人皆有之”、“婚姻者，合两姓之好，以继后嗣”等观念的影响下，中国的父母就把儿女的婚姻当作自己人生的重大使命来完成，此观念直到今天依然根深蒂固。如此一来，剧中父母几乎都在为儿女的婚姻操心、发愁。

（老旦）老身白氏，嫁与徐门，平江路居住。先夫徐方，别号虎溪，官居朝散。止生一女一子，女曰妫英，子名痴哥。痴哥学未有成，性复呆蠢，所幸妫英羞花容貌，咏雪才华。老身家本汴京，有兄白大，生子留哥，与女同庚。老身随夫来到苏州，那时两家儿女，俱各二岁，暗约为姻。与兄别时，有紫金钿盒，各分半面为约。今经一十六载，杳无音信。老身时欲差人往汴京探问，招取侄儿成亲，未有便人。因此女儿年已及笄，蹉跎姻事，老身时时挂念，又不好与孩儿说知。孩儿那里?①

老身叶氏，嫁与凤成文为妻。官拜翰林，颇有家业。十年前夫君弃世，止有一女，小字彩鸾，刺绣精工，兼通文墨。只因寡居，又少亲戚来往，因此女儿年已十六，尚未有人家。有个姐姐，嫁与姑苏严吏部，他亦止有一甥。连年信去约甥儿到来，因他自小娇养，且年纪尚幼，不舍得他路途辛苦。我记得他与女儿同年，如今也是一十六岁了。去秋有信说今春准来。不知他人品何如，曾纳聘否。且待他来，再作区处。②

徐妫英与凤采鸾的母亲对已到结婚年龄、却待字闺中、无人提亲的女儿，心怀一份愧疚。她们都是家道衰落的寡妇，往来之人稀少，因此女儿虽已长成，却无人说亲，照此下去，女儿的婚姻自然会被耽误。这虽是命运的捉弄，但对父母而言，却总认为是自己没能尽到做父母的责任，所以这种愧疚不但会产生，而且会长时间困扰在心头，难以排遣。正因如此，《鸾鎞记》中，赵文姝的母亲才说：“只待嫁了人，才放下做娘的担子。”

（净）老身赵氏之母，孀居无子，止生这一个女儿，喜得长成，才容双美。已曾许配杜羔秀才为妻，一向好事蹉跎，老身常时萦挂。（旦）母亲，老景安康，儿心愿足。这些小事，何必挂怀。（净）咳，人家生下女儿，直待嫁了人，才放下做娘的担子。③

---

① （明）湖隐居士：《金钿盒》卷上，《古本戏曲丛刊二集》，上海商务印书馆1955年影印本，第6、7页。

② （清）曹岩：《风前月下填词》卷上，《古本戏曲丛刊五集》，上海古籍出版社1986年影印本，第12页。

③ （明）叶宪祖：《鸾鎞记》上，《古本戏曲丛刊二集》，上海商务印书馆1955年影印本，第10页。

其实何止家道中衰之家，家道殷实之人也同样为儿女婚事感叹不已。家庭条件好，要求也自然水涨船高，符合条件对象的范围自然也就缩小，而挑选的难度也就相对地大了起来。

老夫姓高名赞，表字德诵。俺这里洞庭人家，俱在外厢经纪。惟我老夫年迈，把生意付托孩儿，自家只与山妻金氏，受用些安闲茶饭。所生一女，小字白英，年方二八，才貌无众，看来不是个富室之妻，多应作士人之配。况老夫装奁既肯从厚，婿家何必愁贫。拣得个好对头儿，俺就心满意足了。只是姻缘在天，一时也急性不得。呀，说话中间，妈妈与孩儿出来了。①

下官姓乔名松，字秀夫，官拜谏议大夫，骨鲠敢言，血诚自矢。只因贞观圣上议将封禅，下官力诤忤旨，罢职放归。夫人封氏，派出天潢，势偃宜男之草；小女罗浮，色分庾领，香繁玉蕊之葩。老夫年踰五袠，膝乏舞斑，命蹇一官，床无坦腹。女孩儿年登十六，未遂牵红。我思娇香种，绝世无双；兀那铜臭儿，岂堪作配。欲倩媒妁，觅一快婿，又恐媒人之口，难以凭信。②

高赞出身富而不贵，因此想找个“贵”婿。但当日“贵者”多鄙视商人，欲从未发达的书生中选择，又怕其终生难有发达之日，从而误了女儿终身，所以“选个好对头儿”的愿望实现起来并不容易，只好自我安慰说：“姻缘在天，一时也性急不得。”乔松为高等官僚，想在门当户对之家选择女婿，但富贵子弟多纨绔，真可谓挑选不易，许亲更难。

人生以忠孝为本。不忠不孝，其罪莫大，而“不孝有三，无后为大”，所以儿女婚姻大事在父母心中，真可与国家社稷之事相提并论。

（外）下官胡章，襄阳人氏。夫人诸氏，孩儿胡连，小女弱妹，

① （明）沈自晋：《望湖亭》卷上，《古本戏曲丛刊二集》，上海商务印书馆 1955 年影印本，第 5 页。

② （明）西湖居士：《明月环》卷上，《古本戏曲丛刊二集》，上海商务印书馆 1955 年影印本，第 4、5 页。

至亲四口。下官叨举孝廉，累升都招讨使。争奈二帝蒙尘，国家多难，故此扈驾来都，又经数载。孩儿性禀顽劣，方当弱冠，弱妹天生贞静，亦已及笄，俱未婚嫁，长自萦心。[①]

（外）咳，夫人，你那里知道，我与你苦共青灯，齑盐得享千钟，缝掖变为朱紫，书生遭际，岂不过望。只是我有两件事未完，常萦方寸。（老旦）那两件事？（外）我一者为皇上深恩未酬，恐与草木同腐；二者为孩儿标梅已届，尚无吉士相逢，耿耿在心，形之梦寐。[②]

国事维艰，为臣者理当尽忠报国，岂可悯妻恋子，效儿女之态。但胡章、崔乾在操劳国家大事的同时，对儿女的婚姻却一刻也没放松过，因此才说“长自萦心”、“耿耿在心，形之梦寐”。个别剧作中，对父母来说，儿女的婚姻不仅可与国事相提并论，甚至还有凌驾于其上的趋势。

一死不难，于国何补。况下官曾荐御史宓鳌，已经钦召去了，蚤晚必到。此公乃骨鲠名臣，待来时必能一清奸党。咳，世事如此，我辈贪恋仕途，真属可笑。仔细想来，有甚撇不下。只是一件，我有女宝奴，才貌不凡，……年已十七，未赋于归，只此心事未了耳。[③]

下官萧凤韶，别号九成，南昌洪都人也。官居铨要，点重枢密。奈因国步艰难，将见钟鸣漏尽；强藩跋扈，已成荆棘铜铊。朝中信任王钦若等，将圣聪蒙蔽，黜戮忠良。又在郊外建造百尺艳云亭，栽植奇花异卉，名曰钧天谷，不时邀圣驾游玩，朝政悉置之不闻。下官几次欲叩呈情弊，争奈儿女未完，不敢以身殉国。[④]

① （明）单本：《五闹蕉帕记》卷上，《古本戏曲丛刊二集》，上海商务印书馆 1955 年影印本，第 8 页。

② （清）采芝客：《鸳鸯梦》卷上，《古本戏曲丛刊三集》，文学古籍刊行社 1957 年影印本，第 5 页。

③ （清）程瀛鹤：《蟾宫操》上卷，《古本戏曲丛刊五集》，上海古籍出版社 1986 年影印本，第 19 页。

④ （清）朱佐朝：《艳云亭》上卷，《古本戏曲丛刊三集》，文学古籍刊行社 1957 年影印本，第 5 页。

二位官员之所以不敢舍身报国，皆因儿女都还没能了结婚姻大事。可见，儿女婚姻与国家大事相比，更为迫切。父母爱子，虽为天性，却是私情，忠君爱国，自然光荣，然抛弃妻子，却又不合人之常情。忠孝难两全，自古皆然，何止于名教爱情剧。

二　儿女婚姻之决定者

名教爱情剧中，父母作为儿女婚姻决定者这一点是毫无疑问的。在探讨闺范教育时，我们说过，名教爱情剧中的女子在婚姻上以“父母之命、媒妁之言”为原则，既然儿女本人都愿以父母之命为原则，那么父母作为儿女婚姻决定者也就顺理成章了。

> （旦）绝弦与断丝，犹有却续时。惟有衷肠断，应无续得期。芳春，我愁烦日积，憔悴日增了。（小旦）小姐，事变无常，宽心耐守，多服美药，善自安排。（旦）哈，雕笼骰子藏红豆，刻骨相思那得知。事已到此，百念俱灰，一死为幸矣，
>
> 【醉扶归】叹一场好事成虚哄，任龙钟双袖渍啼红。（小旦）怎音信都杳然了。（旦）盼乡园云树几千重，纵音书鱼鸟难传送。死别生离世间也有，只是我和他那时呵，恨关河折别太匆匆，到如今、我乍闻戍鼓心犹痛。①
>
> （旦）曾闻喜事笑颜开，偏我相逢转可哀。（老旦）小姐，你莫把闲愁撩情绪，伫看佳会上阳台。小姐，员外已择定后日与你成亲，捡定今日先与小姐上冠。这金冠员领在此，为何你一些欢容也没有。
>
> 【金络索】【金梧桐】（旦）我欢容变了愁。（小旦）你且对镜儿照一照。（旦对镜作悲介）天□，看镜里多憔瘦。（老旦）这姻缘百年大事。（旦）这段姻缘，委实难消受。（老旦）你也不必埋怨了。（旦）不由人，不怨尤。（小旦）小姐你不要啼哭便好。
>
> 【东瓯令】（旦）泪难收，淑女谁言君子逑。姆姆，若要我成亲呵，拚教一死。（老旦）小姐你好见差了。（旦）我也非差谬。（老

① （明）周履靖：《锦笺记》下卷，《古本戏曲丛刊二集》，上海商务印书馆1955年影印本，第14页。

旦）我与你戴了这金冠，穿了这霞披。

【针线厢】（旦）若说是霞披金冠转可羞。（小旦）姆姆，小姐若是穿戴起来，竟像一个夫人模样。

【解三醒】（旦）你休叨口。

【懒画眉】那夫人福分，今世怎能求。（背作悲介）我那李郎呵，

【寄生草】这相思空自绸缪，辜负风流，枉教我肠拖逗。①

这里男女主人公皆两情相悦，但姻缘不偶，其父母皆为女儿定下婚约。面对如此现实，女主人公没有像崔莺莺、杜丽娘一样为爱情而抗争，而是服从父母之命。由于未婚夫不是她们中意的对象，所以她们满腔愁怨，以泪洗面，感叹人生的失意，但其能做的也仅此而已。

儿女婚姻由父母决定的另一具体表现是父母意见不同时，最终决定权为父亲，而非母亲。

（外）夫人，你知道么，我在任已把孩儿许配本郡桃绣衣之子了。（老旦）呀，妾有义甥，足称快婿，已曾面订为我东床，但未禀爷，不敢行礼。桃家之请，幸即辞之。（外）说那里话。

【玉交枝】婚姻非细，纳玄纁，怎教变移，况甲门胤子非凡裔。（老旦）虽宦家子弟，不知学识何如？（外）这那晓得，便景升豚犬何辞。（老旦）学识难知，人物也好么？（外）冯郎、左氏何可知。（老旦）这等只说我已受聘，作急辞他罢。（外）中途回辙遗清议。（又）叹姻缘天心主持，岂由我人谋择取。（老旦）相公，你未知我梅家舍甥，真是

【又】厩中骐骥，美丰仪，能歌白圭，即非壁立需钱币，青年且蹑云梯。（外）说他也没干了。（老旦）我踌躕择婿嗟已非。儿，你帏中观望徒劳敝。（合前）②

① （明）马佶人：《荷花荡》下卷，《古本戏曲丛刊二集》，上海商务印书馆1955年影印本，第11页。

② （明）周履靖：《锦笺记》下卷，《古本戏曲丛刊二集》，上海商务印书馆1955年影印本，第6页。

（末）那个骆氏？（老旦）骆朴庵之子俊英，风流倜傥，所以受了他聘。他与女儿同年月日更同时。（末）嗳，田家子，韦布裔，堂堂宫保岂相宜。夫人，你说那里话。你不知虞公子，

【前腔】少年场，能参军旅。奏肤公，内史天除。英英伟抱畴能似，司喉舌，曳琼琚。他的乃尊，与吾同步瀛洲，履图画，凌烟功绩殊。

【排歌】褒文懿，赐蟒衣，永兴甲第与云齐。元勋又是同年，怎不把女儿许他。①

上述剧目中，母亲皆为女儿许下婚姻，但父亲在不知情的情况下，又将女儿另许他人。一女不许二夫，因此父母之中必然有一人选择退让，在剧中，选择退出的无疑都是母亲。因为根据封建制度，“天无二日，土无二王，家无二主，尊无二上”②，丈夫才是一家之主；况且“出嫁从夫”，“夫者天也”，妻子服从于丈夫，故而父亲拥有儿女婚姻的最终决定权，所以说“父母之命”首先是父亲之命，无父才是母亲之命。结合二者言之，父母是儿女婚姻真正的决定者是名教爱情剧在婚姻上的一个突出特点。

三　婚姻违礼之惩罚者

父母是儿女的教育者与管理者。对儿女来说，父母所应承担的一个重要任务就是对儿女违背名教的行为，要予以严厉的批评与惩罚。只有这样，才能使家门谨饬，世风纯正。

（外）贤契通家骨肉，不忍相瞒。老夫往年转官进京，元宵夜泊舟在黄陵驿。大小女因改了男妆，到黄陵庙看灯，遂迷失了。因上元旅泊，女改男妆。（生）老师怎不差人找寻？（外）我迫忙，误认作偷香。因开帆，不许相寻访。（生）就私自看灯，是个小事，如何

---

① （明）西湖居士：《诗赋盟》卷下，《古本戏曲丛刊二集》，上海商务印书馆1955年影印本，第15、16页。

② 《礼记正义》卷五十一，《十三经注疏》，中华书局1980年影印本，第1619页。

认作偷香的情节？（外）又有一桩不凑巧的事。恰好船中拿倒一个钻舱贼，自称是个书生，搜那贼袖中，有幅诗笺，是小女笔迹。老夫一时错见，只认有别样丑情，把那贼抛下江去了，故此连小女也不去寻访。后来这老院子禀知，说小女上岸时，婢女曾带笔研笺纸去的。想是在玩灯时题的诗，被那贼拾得，老夫误疑了。如今事已往，悔也无及。①

《春灯谜》中，韦影娘上岸看花灯，与宇文彦诗词唱和。结果因为风大，两家船的位置发生了变动，导致两人误上对方之船。韦父抓了宇文彦，并在他身上搜出韦影娘的笔迹，由此认为韦影娘守身不严，所以对失踪的她也不去找寻。事后，韦父虽明白了真相，但大错已成，难以挽回。可见在剧中，做父母的尽管钟爱自己的女儿，但这钟爱建立在女儿恪守名教的前提下。一旦女儿突破名教的约束，做出国人皆贱之行为，那么父爱就会变成惩罚。惩罚的最高程度就是将亲生女儿处死，尽管剧中这种结局并没有出现，但言论中却透露出此中的消息：

（老旦）纵然这丸药值千金，如珠在掌。难道尽摧残自己儿郎。（外白）你不晓得，难道我为这丸儿，这臭名儿，教我怎生当得起。②

（陈）妾闻抚幼以慈，有过则儆戒一番。谁似你恶语凌辱他，自然留不住了。（外）父子之情，我岂不知。只是兰生当门，不得不锄。

【石榴花】承恩游宦，熊轼建朱幡。敷惠泽，肃奸顽。从教闺阁恣逾闲，我宁同伯道终单。（陈背泣）（外）何须自残，叹中郎有女难归汉。夫人，倘相留遗垢朱门，到不如裂碎斑斓。③

① （明）阮大铖：《春灯谜》卷下，《古本戏曲丛刊二集》，上海商务印书馆1955年影印本，第67、68页。

② （明）□□：《吐绒记》卷上，《古本戏曲丛刊三集》，文学古籍刊行社1957年影印本，第24页。

③ （明）王翃：《红情言》一卷，《古本戏曲丛刊三集》，文学古籍刊行社1957年影印本，第53页。

“兰生当门，不得不锄”，兰花虽名贵，但若生于门中，阻碍人行之路，自然会被铲除。人虽爱女，但对其违礼之行，绝不容忍。尽管最终会出现伯道无儿的局面，但对古人来说却为大义灭亲之举，因此无悔。就名教爱情剧来看，父母惩罚儿女违礼行为的理由是一致的：女儿的行为严重违背封建礼教的规范要求，闺门不谨，不仅使自己名节扫地，且让父母蒙羞。

(老旦）我何曾纵他出门去来。锁深闺，何得闲，家法甚分明。如今我不与你闲争了，只是女孩儿不知去向，快差人寻问。(外）老不贤，这样女儿，寻他则甚。淫奔私行，寻他则甚。有人知了，好不羞死我也。败俗伤风，供人话柄。①

(生）有这等事，气死我也。

【摊破锦花】女孩儿，全不顾闺中礼，钻穴肆窥。又怎知，七戒难违。无赖梅香，助桀为非。(贴）老爷，有乘龙佳婿，也不枉门当户对。(生）唗，还要胡说。我气如雷，你丧尽了好威仪。②

对女儿的惩罚也都相同：决不允许寻找失踪的女儿。以今人观念，剧中父母可谓残酷无情之极。但据当日社会观念，女子不守贞节乃其人生之最大罪名。奸淫之罪，名列“七出”之条，且不受“三不去”之保护，一犯奸淫，必被休弃。此外，中国古代是伦理社会，极重道德，“太上立德，其次立功，最下立言”，妇女犯有奸淫之罪，将使家庭蒙羞，在社会上难以立足，故此惩罚极重。所以这种处理，以古人的立场，理所当然，而以今人眼光视之，则难免残酷之评。不仅对亲生女儿如此，对与女儿有奸之男子也绝不宽恕：

(外）毕亲翁，当日以何事起疑？(净）因铁不锋在席上见了石

① （清）采芝客：《鸳鸯梦》卷上，《古本戏曲丛刊三集》，文学古籍刊行社1957年影印本，第54页。

② （清）李玉：《五高风》卷上，《古本戏曲丛刊五集》，上海古籍出版社1986年影印本，第20页。

先生《柳枝词》，

【其二】他道新句轻狂，意欲偷将韩寿香。我怕羞生闺阁，丑碍官箴，聊尔商量。（外）然虽如此，也觉太狠了些。（净打恭介）是。①

（外）我因你年家子侄，何等恭敬待你。又因你尊翁书中说你在家阚哄，着我留你几月，怡养性情，故送在此处读书。谁想你鼠窃狗偷，又干出这等没行止的事来，破坏我家法。可恼，可恼。②

所以毕老先生对石液下了毒手，荆浩把宋璟扫地出门。综上所述，父母在剧中是以名教维护者面貌出现的，这一点确定无疑。

四　允许儿女自行择配

不过需注意的是，个别剧目中，父母对儿女自己选择配偶的行为持放任或赞同态度。如下面几条材料：

老夫文谦，字守仁，苏州人也。由武进士出身，历官总镇。夫人早逝，并无所出。我在六十五岁那年，在扬州娶了一妾，生下一女，名唤霞仙。自然他母亲也就亡过了。且喜女儿长成一十六岁，生得如花似玉，善剑能诗，真个文武兼全的一个奇女子。哈哈，但他立志高向，联姻一事，依稀不容我作主，我因晚年所养，任自由他。③

文谦对女儿自己择配之事，虽知其不合礼法要求，但因溺爱女儿，所以也就放任不管了。

① （清）李应桂：《梅花诗》下卷，《古本戏曲丛刊五集》，上海古籍出版社 1986 年影印本，第 43 页。

② （明）史磐：《鹣钗记》上卷，《古本戏曲丛刊三集》，文学古籍刊行社 1957 年影印本，第 26 页。

③ （清）周坦纶：《玉鸳鸯》首卷，《古本戏曲丛刊三集》，文学古籍刊行社 1957 年影印本，第 27 页。

（院子）只因小姐有道蕴之才，王嫱之貌，十八般武艺皆能，十三篇兵书精练，所以把近来名士，多不在眼，那有对得上小姐亲事来吓。（付）你丢勿要怪里，一念之错，终身之悔。若论在家从父，原勿该叫里晓得。奈我老爷年过七旬，心神昏乱，眼耳皆愦，况小姐生自不凡，必待非常之士，方为佳配。今后凡有媒婆来，先领见小姐，等允子再来见我，省得配错子对头抱怨哉。①

吴月娥的父亲主动将女儿的婚姻决定权交了出来，理由是婚姻乃人生大事，一步走错，万事后悔，而自己年纪老迈，不能很好地完成为女儿选婿的责任，一旦选错，会让女儿终生埋怨不已。对此观点，李渔也持赞同的态度：

老夫乔国用，号益庵，秣陵人也。由科第出身，官拜奉议大夫之职，退居林下，已经二十馀年。妻妾俱亡，并无后嗣。老年生得一女，齿已及笄，还不曾赘有佳婿。只因他的才学，倒反强似男人，把近来这些名士，都看不上眼；又兼那姿容太好，竟没有一个男子可以配得他来。有许多名门之子，央媒妁来议亲，老夫才有个迁就之心，却早被他看破，做出许多愁容怨态，使老夫许不出口。我想婚姻是桩大事，一念之差，便有终身之悔，这也怪他不得。若论“四德三从”的道理，在家从父，原不合使他与闻。只是老夫年衰智短，两耳龙钟，做来的事，都有些不合时宜，倒不如把婚姻之事索性丢开，任凭他自家做主，省得后来埋怨。叫院子，以后有媒婆来说亲，只叫他见小姐。小姐肯许，我就许他，不要来聒絮我。②

除上述原因外，剧中父母允许女儿自主择配还有以下理由：

---

① （清）无名氏：《三凤缘》上卷，《古本戏曲丛刊五集》，上海古籍出版社 1986 年影印本，《先醋》。

② （清）李渔：《凰求凤》，《李渔全集》第四册，浙江古籍出版社 1992 年标点本，第 440 页。

（外）儿呵，（唱）

【尾】你休将礼法来拘定，且自更妆，从权应。（旦、丑、老同下）（外白）咳，不是我反教女儿越礼不正，只为我八十岁的人了，（唱）只怕我死后，谁为汝定姻。[1]

中国古代，女儿出嫁须由父母主持，所以文仙霞之父是为防止因自己年迈离去导致女儿难以完成婚姻的问题，才允许女儿自主择配的。这种处理方式透露出当“父母之命”与“无后为大”产生矛盾时，“合两姓之好，以继后嗣”这条古代婚姻的最根本原则是凌驾于“父母之命”之上的。而且儒家圣人对此行为也确实是持认可态度的，孟子对舜不告而娶行为的阐释即为明证。

第二节　科举对婚姻之影响

在才子佳人戏曲作品中，科举团圆是常见的套路。这种结局的出现，据学者们研究，门当户对观念是一个重要原因。中国古代社会，出身富贵的小姐当然很难嫁给穷书生，书生只有通过科举走上仕途，才能拥有与富贵小姐谈婚论嫁的资格，这在北宋时期就已经是一种普遍的社会现象，“本朝贵人家选婿，于科场年，择过省士人，不问阴阳吉凶及其家世，谓之‘榜下捉婿’”[2]。贵人家选婿目光主要集中在获得科举的书生身上，至于落第者，则显然不能享受这种待遇。这种现实在明清之际并没有发生任何变化，所以剧中贫穷书生若想与官宦小姐结亲，自然也得科举出身不可。如下面几个例子就明确说明了科举与婚姻间的利害关系。

昨慢亭弟设酌烟雨楼，请我母女、表弟张憆甫，又请庾骆二生亦来争坐。那虞生恃着门第，矜夸浮荡，不是成器的。骆俊英翩翩

---

① （清）周坦纶：《玉鸳鸯》首卷，《古本戏曲丛刊三集》，文学古籍刊行社1957年影印本，第35页。

② （北宋）朱彧：《萍洲可谈》卷一，《后山谈丛·萍洲可谈》，中华书局2007年标点本，第127页。

美秀，落落雄豪，决非久困蓬茅者。慢亭弟与女孩儿议姻，恰也甚觉称意，微嫌出自白屋。只要他学富五车，又何难名成一第。正是将相本无种，男儿当自强。这也何妨。①

【前腔换头】（生）须知侯门女，及笄，早才娴谢女，诚守班姬。（末）原来为求亲之事。他女儿也做得好诗。（生）秦楼双凤，他珍重，未许人题。（末）果然，此老择婿甚严。若是贤侄，正其偶也。（生）琼浆感人寻旧期，因此上为玉杵，崎岖，登帝畿。（末）他与我同年至厚，我若书去，似也可成。但他为人古执，若你成名之后，议之更妥。（生）难齐，问嫦娥，肯与提携。②

尽管两位书生都还没有中进士，女方家长却对婚事不予反对，其理由是男主人公才华不凡，取得功名的希望很大。所以无论是否取得科举功名，功名都是婚姻的先决条件。其实科举对婚姻的影响，明清之际的人们认识得非常清楚。

（小生思介）下官有一盟友，说起来足下只怕也晓得。

【丑奴儿】是新科进士，年纪二旬将二。（末）是那一位？（小生）就是敝地杨两玉，他登科记上，尚未填婚谁氏。（末）如今新授馆职了。他是浙中名士，怎生婚配恁迟。（评：《荆钗》启口便说家私迭等，此处启口便说新科进士，可见囊无白镪，头乏乌纱，要妻子就难起了。）③

这里“囊无白镪，头乏乌纱，要妻子就难起了”一语，深刻地反映了功名富贵在婚姻中的地位与影响。功名富贵对婚姻的重要影响是历代共有的，但在名教爱情剧中被提出来，其实还与一些时代因素相关。

① （明）西湖居士：《诗赋盟》卷上，《古本戏曲丛刊二集》，上海商务印书馆1955年影印本，第32页。

② （清）徐石麒：《珊瑚鞭》卷下，《古本戏曲丛刊五集》，上海古籍出版社1986年影印本，《征途遇》。

③ （明）沈孚中：《绾春园》卷下，《古本戏曲丛刊二集》，上海商务印书馆1955年影印本，第41、42页。

明清之际，为人所欣羡的风流韵事多发生在名流、名士与名妓之间。“云间许都谏誉卿娶王修微，常熟钱侍郎谦益娶柳如是，并落籍章台，礼同正嫡。先进家范，未之或闻”①，此为东林名士钱谦益、许誉卿娶秦淮名妓柳如是、王修微为妾的事。“李姬者，名香，母名贞丽。贞丽有侠气，尝一夜博输千金立尽，所交接皆当世豪杰，尤与阳羡陈贞慧善也。姬为其养女，亦侠而慧，略知书，能辨别士大夫贤否，张学士溥、夏吏部允彝急称之”②，此为复社名士张溥、陈贞慧、夏允彝、侯方域等与秦淮名妓李香君、李贞丽的交集。“楚云字庆娘。予以壬辰上巳为朱子葵、子葆、子容兄弟招饮鹤洲，同集则道开师、沈孟阳、张南垣父子。妓有畹生者，与庆娘同小字，而楚云最明慧可喜，口占赠之”③，此为明清之际诗人、戏曲家吴伟业与名妓楚云的交流。名士自然是才子，名妓也应该算佳人，才子爱佳人，佳人爱才子，因此二者的结合在当日是很让人羡慕的风流佳话。因此名教爱情剧在婚姻上尽管是按照名教的要求构建起来的，但剧中的男主人公在很大程度上受到当日才子名妓风流的影响，带有流连风月、浮薄轻佻的特点。

但名妓与名士最终能否走在一起，很关键的一个因素就是才子后来是否能获得功名，如能获得功名，则结局美满，不能则各奔东西，明清之际，许多才子就因科举失利而最终失去了佳人。“十娘有兄女曰媚姐，十三才有余，白皙，发覆额，眉目如画。余心爱之。媚亦知爱余，娇啼婉转，作掌中舞。十娘曰：‘吾当为汝媒。’岁壬午，入棘围。媚日以金钱投琼，卜余中否。及榜发，落第。余乃愤郁成疾，避栖霞山寺，经年不相闻矣。鼎革后，泰州刺史陈澹仙寓丛桂园，拥一姬，曰姓李。余披帏见之，媚也。各黯然掩袂”④，这是明清之际文学家余怀因科举失利而失去佳人的自我陈述。而冯梦龙也因科举无名，不得不与名妓侯慧卿分手，“万历是人性全面复苏的时代，在这种情况下，他便接受了时代潮流的影响，放浪形骸，出入青楼楚馆，还崇拜李贽，接受其学说，开始发

① （清）谈迁：《枣林杂俎》和集，中华书局2006年标点本，第621页。

② 王树林校笺：《侯方域全集校笺》卷五，人民文学出版社2013年标点本，第291页。

③ （清）吴伟业：《吴梅村全集》卷八，上海古籍出版社1990年标点本，第214页。

④ （清）余怀：《板桥杂记》，《余怀全集》，上海古籍出版社2011年标点本，第413页。

出与儒家正统思想的不和谐之音，一度放松了对《四书》《五经》的钻研和八股文的写作。直到他三十四岁前后，其热恋的名妓侯慧卿嫁给了一个商人，给冯梦龙心灵以巨创，他才毅然回头，重操举业”[①]。

此外，明清之际著名文学家、几社领袖陈子龙也因科举失利，导致柳如是与他绝缘，嫁给了东林党魁、探花钱谦益，所以陈寅恪先生在论述陈柳二人姻缘时说：“卧子之‘离情壮怀，百端杂出。’之离情，即为河东君而发。‘壮怀’则卧子指其胸中经世之志略。此当日东南党社诸名士所同具之抱负，匪独卧子一人如是也。假使卧子此次北行，往应崇祯七年甲戌之会试而中式者，则后来与河东君之关系，或能善终。因卧子崇祯七年会试失意而归。虽于次年春间得与河东君短时同居，然卒以家庭复杂及经济困难之关系，不得不割爱离去。”[②]

由于科举确实是当日社会男女主人公最终能否走在一起的关键因素，所以陈寅恪先生说：“故今日吾人读此诗，始知相传世俗小说中，才子佳人状元宰相之鄙恶结构，固极可厌可笑，但亦颇能反映当日社会之一部分真象也。”[③] 因此明清之际名教爱情剧中特别关注科举与婚姻关系的现象正是当日社会现实的真实反映。

综上所述，名教爱情剧尽管以男女积极主动寻求爱情婚姻为外部特征，但婚姻的最终决定权却在父母手中，是在“父母之命、媒妁之言”约束下实现的。此外，他们的婚姻建立在科举成功的基础上，体现着明显的门当户对观念。而这两个特点都是封建婚姻客观方面最主要的决定因素。既然以父母之命、科举作为婚姻成功的根本前提，那么也就意味着封建礼教与等级制度在男女婚姻中起着决定性的作用，所以名教爱情剧尽管形式上表现出个性解放的味道，但其本质却是完全封建礼教化的。因此剧作的婚姻是确信无疑的名教婚姻，而剧作本身也是确信无疑的名教剧。

① 龚笃清：《明代八股文史探》，湖南人民出版社 2005 年版，第 493、494 页。

② 陈寅恪：《柳如是别传》，生活·读书·新知三联书店 2009 年版，第 120 页。

③ 同上书，第 120 页。

第五章

明清科举制度与名教爱情剧

与唐宋金元不同，明清科举可说是知识分子进入仕途的仅有途径。名教爱情剧在这样的时代背景下出现并以婚宦并重为特色，那么剧中的科举制度描写就值得我们关注与研究，它是我们理解名教爱情剧相关问题的关键。

明代科举制度制定于明太祖洪武年间，最明显的特征是八股取士。据相关史料记载，朱元璋明确规定非科举出身者不得予以官职，“洪武三年五月，诏设科取士，诏曰：‘朕闻成周之制，取才于贡士，故贤者在职，而其民有士君子之行，是以风淳俗美，国易为治，而教化彰显也。汉唐及宋，科举取士，各有定制，然但贵词章之学，而不求德艺之全。前元依古设科，待士甚优，而权豪势要之官，每纳奔競之人，夤缘阿附，辄窃仕禄，所得资品，或居贡士之上。其怀材抱道之贤，耻与并进，甘隐山林而不起。风俗之弊，一至于此。今朕统一华夷，方与斯民共享昇平之治，所虑官非其人，有殃吾民，愿得贤人君子而用之。自今年八月为始，特设科举，以起怀材抱道之士，务在经明行修，博古通今，文质得中，名实相称。其中选者，朕将亲策于廷，观其学识，第其高下，而任之以官，果有才学出众者，待以显擢。使中外文臣皆由科举而选，非科举者，毋得与官，俾游食奔競之徒，自然易行。于戏！设科取士，期必得于全材，任官惟贤，庶可成于治道。咨尔有众，体予至怀’”①。

明代科举名目繁多，任官时不同名目的待遇差异很大，总的来说，进士远优于举人、监生。“然有明一代，终以进士为重。凡京朝官清要之

① （明）余继登：《典故纪闻》卷二，中华书局1981年标点本，第32、33页。

职，举人皆不得与。即同一外选也，繁要之缺必待甲科，而乙科仅得边远简小之缺。其升调之法亦各不同。甲科为县令者，抚按之卓荐，部院之行取，必首及焉，不数年即得御史、部曹等职。而乙科沉沦外僚，但就常调而已。积习相沿，牢不可破。”①

这种差别在明初尚不明显，到中后期则极为突出，“初，太祖尝御奉天门选官，且谕毋拘资格。选人有即授侍郎者，而监、司最多，进士、监生及荐举者，参错互用。给事、御史，亦初授升迁各半。永、宣以后，渐循资格，而台省尚多初授。至弘、正后，资格始拘，举、贡虽与进士并称正途，而轩轾低昂，不啻霄壤”②。由此，明代士大夫对非进士出身者多采取不认可态度，“解大绅与胡祭酒契好甚密，一日同观放进士榜，解以胡不由甲科，诧之曰：‘大丈夫必得黄榜书名可耳’”③。而科举外的途径被视为杂流，“选举之法，大略有四：曰学校，曰科目、曰荐举，曰铨选。学校以教育之，科目以登进之，荐举以旁招之，铨选以布列之，天下人才尽于是矣。明制，科目为盛，卿相皆由此出，学校则储才以应科目者也。其径由学校通籍者，亦科目之亚也，外此则杂流矣”④。清代科举与明代没有本质区别，同样重进士，轻其他，“有清一沿明制，二百余年，虽有以他途进者，终不得与科第出身者相比”⑤。

受此风气影响，名教爱情剧对进士也很关注，其立场态度亦与社会相同。

学生曹有容，字个臣，山阴人也。弱冠便登科，晚年犹下第。只因仕重资格，不肯俯就功名。虽然落过了九次孙山，不曾挫得我一分锐气。⑥

① （清）赵翼：《陔余丛考》卷十八，上海古籍出版社2011年标点本，第327页。

② 《明史》卷七十一，中华书局1974年标点本，第1717页。

③ （清）张怡：《玉光剑气集》卷一，中华书局2006年标点本，第43页。

④ 《明史》卷六十九，中华书局1974年标点本，第1675页。

⑤ 《清史稿》卷一百六，中华书局1998年标点本，第3099页。

⑥ （清）李渔：《怜香伴》，《李渔全集》第四册，浙江古籍出版社1992年标点本，第10页。

曹个臣九次落第、年纪老迈，却依然上京赶考，理由是官职升迁都由资格来决定，资格即入仕之途径。而胸怀大志的读书人也对不能科举入仕感到遗憾与愤慨，因为非科举出身的官员会在官场上饱受科举出身者的鄙视、排挤，甚至会终身沦落下僚，平庸一生，难以施展抱负。“开美幼即能自立志，与常儿异。方七八岁时，士奕公尝为开美纳赀名于太学，开美耻之，益揣摩举子业，卒弃太学生，繇钱塘邑庠以癸酉举于乡，然犹非其志也。”①

（小生）丈夫幼列衣冠，不能阶趋庭贡，贤书计偕，布衣出山，甚为仕途贻笑。（生）昔相如以赀郎得官，韩寿以辟椽柄政。事功在望，途可异殊。况资格出自朝廷，系关国家选法，增荣知己，何以言嗤。②

“布衣出山，甚为仕途贻笑”一语正是非科举出身官员在仕途上被同僚排挤、嘲笑的窘状的真实反映，其无奈之情溢于言表。

（净看笑介）我一向闻你本官做官极好，到任几年了？（末）三年了。（净）官评既好，历俸又深。（看脚色介）哦，可惜是个明经。如此异材，难拘常格。那官儿回去顶上本官，说不日就超擢了。外厢站立，候领回书。③

这里“明经”指明清科目中的贡生，“今人但以贡生为明经，非也。唐制有六科，一曰秀才，二曰明经，三曰进士，四曰明法，五曰书，六曰算。当时以诗赋取者谓之进士，以经义取者，谓之明经”④。因为王仁贡生出身，而非进士，所以枢密使只能徇私，以难拘常格为理由将其

① （清）陈确：《陈确集》文集卷十二，中华书局1979年标点本，第275页。

② （明）沈孚中：《绾春园》卷上，《古本戏曲丛刊二集》，上海商务印书馆1955年影印本，第3页。

③ （明）吴炳：《情邮记》卷上，《古本戏曲丛刊三集》，文学古籍刊行社1957年影印本，第16、17页。

④ （清）顾炎武：《日知录》卷十六，上海古籍出版社2012年标点本，第634页。

升职。

明清科举大致分四个阶段：院试、乡试、会试、殿试。名教爱情剧几乎将明清科举四个阶段的主要内容全部包含在内。从科举自身而言，按考试等级次序来研究是最为合理的办法，但在剧本中，关于乡试、会试的内容占了绝大多数，院试、殿试的内容很少。此外，乡试、会试的考试要求、程序等基本相同，而院试、殿试不仅与乡试、会试不同，且院试、殿试之间也无相同之处。所以为论述的方便，本书将四个阶段分成两个部分来进行讨论：乡试、会试为一部分，院试、殿试为一部分。

第一节　乡试、会试制度在剧中之反映

明清选拔举人的乡试与选拔进士的会试在基本程序、考试内容、判卷制度等方面没有太大差别，但因乡试会试的参与者、考生应具备的考试资格、考中的结果都不同，因此有讨论的必要。

一　乡试、会试资格

乡试参与者主要为府、州、县学的生员，也即秀才群体，但明清两代并非所有生员都有资格参加乡试。明清两代不同省份的录取名额不同，“乡试之额，洪武十七年诏不拘额数，从实充贡。洪熙元年始有定额。其后渐增。至正统间，南北直隶定以百名，江西六十五名，他省又自五而杀，至云南二十名为最少”①，清代名额与明相比差别不大，也很固定。此外，国家对录取比例也有规定，如明代三十取一，“生儒应试，每举人一名，以科举三十名为率”②。但生员数量却会因科举次数的增多而日渐庞大，为限制参与者的数量，同时为保证考生的质量，明清乡试前，先由各省学政对生员进行科考，“提学官在任三岁，两试诸生。……继取一二等为科举生员，俾应乡试，谓之科考。其充补廪、增给赏，悉如岁试。其等第仍分为六，而大抵多置三等。三等不得应乡试”③。由此可知，明

① 《明史》卷七十，中华书局1974年标点本，第1697页。

② 《明史》卷六十九，中华书局1974年标点本，第1687页。

③ 同上。

清时期只有科考成绩为一二等的生员才能参加乡试，三等及以下都不得参与。

(杂扮学中门子急上) 呀，苏相公，那里不寻你。学院老爷案发了，你是案首。(众拥看问介) (副净) 是那一个苏相公？(杂) 苏友白，报帖在此。(副净) 我在那里？(杂) 相公尊讳苏有德在三等七八十名上。(见末介) 呀，刘相公也在这里，你是二等十三名，报帖交与你。(丑) 一等里可有个张轨如？(杂) 没有。(丑) 想是二等了？(杂) 也不曾见。(净) 可曾见王文卿？(杂) 也在三等后边些。(丑) 难道我也是三等。(杂) 记不得了。相公自去看案。(急下)[①]

众生员之所以关心科考等级，是因为一旦在二等外，就会失去乡试资格，这样举人、进士对他们来说就只能是一场美丽的仲夏夜之梦。这里需注意“案首”一词，学政考核生员称按临，所以按临第一名称为案首，岁、科考的第一名都称案首。很多情况下，岁考案首即科考案首，按照规定，学政一任要两考生员，岁、科考各一次，但经常因时间紧迫，学政的岁、科考合并在一起进行，这样岁考案首自然也就是科考案首了。只要是案首，必然在一等，拥有参加乡试的资格。

(小丑) 学中斋夫要见。(生) 请他进来。(末揖立介) 本县大爷与师爷多拜上，说相公是案首，批文应送到这里。盘费赆礼俱在此，请收下。(生) 小奚收了，封个包儿与他。[②]

(丑上) 上命差遣，盖不由己。自家孔一，淞城县中一个阴阳生。本县大老爷看了观风卷子上司发落案来，今早许多秀才每，谢考者纷纷喜色，领赏者嗷嗷待哺，真个是百样钻求，千般奔竞。只不见那领案的钱万选到来。我每老爷倒发一个名帖去请他相见，又

① (清) 徐石麒:《珊瑚鞭》卷上,《古本戏曲丛刊五集》，上海古籍出版社 1986 年影印本,《访诗豪》。

② (清) 孙郁:《双鱼佩》上卷,《古本戏曲丛刊三集》，文学古籍刊行社 1957 年影印本，第 50 页。

分付道钱秀才是个贫儒，不许索他酒钱。晦气。①

只要参加乡试，就有成为举人的机会，举人是完全具备做官资格的，所以材料中，县令对他们不仅没有怠慢之心，还亲自派人前来报喜。除科考一二等生员有资格参与乡试外，还有一些其他身份的考生也可以参与乡试。这类考生主要有两种：一类是遗才。如果生员因故没参加科考，或者科考没进入前二等，但还想获得参与乡试的资格，可以再去参加学政组织的遗才选拔考试，被选中者也可以参与乡试，“至凡丁忧、事故、游学、告病，未与科考，及科考未取，志切观光者，原有录遗入场之例”②。

（净）我是案首了么？（生扯二丑问介）我在那里？（二丑）像是忒愣哉。尤相公，快些去打发我。（净）萧兄请了，小弟方才说的何如？（笑下）（生）咳，这是自己不才，不要怪人轻薄。

【朱奴儿】宫墙内，埋名有年。尘埃里，知己难攀。末路凭谁借羽翰，今识尽世情冷暖。文章贱，令人汗颜。徐却顾，还长叹。（白）罢、罢，且自收拾行李，到省下去考遗才便了。③

另一类是监生。作为中央学校的学生，明清监生可以参加乡试，其获取乡试资格的方式与府州县学生员不同，是由国子监主管官员推荐而来，“其在监肄业贡监生，由本监官考送”④。因此许多人在不能通过科考获得乡试资格的情况下，选择以监生的身份参加乡试。

（小生）蔡兄，我看江老光景，必生他变，还到那里去避他一避

① （明）沈自晋：《望湖亭》卷上，《古本戏曲丛刊二集》，上海商务印书馆1955年影印本，第9页。

② 霍有明、郭海文：《钦定学政全书校注》卷三十六，武汉大学出版社2009年标点本，第129页。

③ （明）许自昌：《灵犀佩》卷上，《古本戏曲丛刊三集》，文学古籍刊行社1957年影印本，第2页。

④ 霍有明、郭海文：《钦定学政全书校注》卷四十一，武汉大学出版社2009年标点本，第151页。

才是。（生）如今科考在迩，远行恐妨秋试。（小生）小弟正为兄虑及秋闱，恐江老起衅，故此要同兄北上。小弟替兄援了北监，若得唾手功名，天下事定矣。一应衣服盘费，俱是小弟支持，吾兄不必犹豫。[①]

（小生冠带上）奉召还都，约与良朋共去。（相见揖介）闻知盛管到此，特来相问。还有一事商议，日间报道，小弟行取吏部，目下便要进京，意欲与兄代援北例，就此赴京应试，不知尊意云何？（生）吴兄盛意，岂不知感，但恐毛锥久钝，不能取捷耳。[②]

自家非别，本学一个老成朋友便是。自未冠入学，今已七十八岁，恐在学册上开做附头，宗师便要借重在下三等去，只得用些闲钱，改入别学，便是文字腐些，还可借新进的名色盖护，不致断根绝命。这个秘法，是我从性灵里着实参悟出来，独自受用的，决不传人。[③]

这里所谓的“代援北例”、“用闲钱改入别学”都是纳监之意。至于为什么喜欢入北监则与明清两代的国子监设置及会试、殿试密切相关。朱元璋建都南京，朱棣迁都北京后，在南京还保留了一套完整的中央机构，因此明王朝有南、北国子监。迁都后，明朝会试在北京贡院举行。乡试在八月，会试在次年的二月，二者之间时间隔得很短，所以在北监乡试更便于参加会试。清代只有北京国子监，不存在南北之分，但人们还是按照习惯将其称之为北监。

（末）我想你到京求书，回去应试，恐试期急迫，不如入籍河南，纳了北监，到京乡、会俱便，且吴瑞庵可以早暮相会。（生）若

① （清）李玉：《永团圆》卷下，《古本戏曲丛刊三集》，文学古籍刊行社1957年影印本，第10页。

② （清）吕履恒：《洛神庙》卷下，《古本戏曲丛刊五集》，上海古籍出版社1986年影印本，第27页。

③ （清）汪光被：《广寒香》卷下，《古本戏曲丛刊五集》，上海古籍出版社1986年影印本，第1页。

得如此，万事俱便。①

这里“乡会俱便”即是对上述事实的反映。不过由于监生在明代即被人轻视，“太祖虽间行科举，而监生与荐举人才参用者居多，故其时布列中外者，太学生最盛。一再传之后，进士日益重，荐举遂废，而举贡日益轻。虽积分历事不改初法，南北祭酒陈敬宗、李时勉等加意振饬，已渐不如其始。众情所趋向，专在甲科。宦途升沉，定于谒选之日。监生不获上第，即奋自镞砺，不能有成，积重之势然也。迨开纳粟之例，则流品渐淆，且庶民亦得援生员之例以入监，谓之民生，亦谓之俊秀，而监生益轻。于是同处太学，而举、贡得为府佐贰及州县正官，官、恩生得选部、院、府、卫、司、寺小京职，尚为正途。而援例监生，仅得选州县佐贰及府首领官；其授京职者，乃光禄寺、上林苑之属；其愿就远方者，则以云、贵、广西及各边省军卫有司首领，及卫学、王府教授之缺用，而终身为异途矣”②，且轻视监生的态度在清代并没发生任何改变，所以当日多数读书人都愿以科考的形式而非纳监的办法获得乡试资格。

由于乡试资格的来源颇多，且存在众多不确定因素，而这些都会导致剧中男主人公命运发生变化，所以名教爱情剧中对此的描写很多，也相当全面。至于会试资格，明清皆规定只有举人方可参与，“次年，以举人试之京师，曰会试”③，“次年试举人于京师，曰会试”④。而举人身份一旦获得即终身拥有，且能够无限次地参加会试，因此没有多少特殊之处，所以名教爱情剧对会试资格描写不多，这里就不做讨论了。

二　考官身份及回避

明清乡、会试考官皆由正、副主考和房考组成，其区别在于考官的身份不同。明代乡试考官的身份一直在变化，明清之际其安排如下，“由

① （清）徐石麒：《珊瑚鞭》卷下，《古本戏曲丛刊五集》，上海古籍出版社 1986 年影印本，《征途遇》。

② 《明史》卷六十九，中华书局 1974 年标点本，第 1679 页。

③ 《明史》卷七十，中华书局 1974 年标点本，第 1693 页。

④ 《清史稿》卷一百八，中华书局 1998 年标点本，第 3147 页。

是浙江、江西、福建、湖广皆用编修、检讨，他省用科部官，而同考亦多用甲科，教职仅取一二而已"[①]。清代的标准与明代后期比较一致，"初制，顺天、江南正、副主考，浙江、江西、湖广、福建正主考，差翰林官八员。他省用给事中、光禄寺少卿、六部司官、行人、中书、评事"，"初，考官不限出身，康熙初，主事蔡驺、曹首望俱以拔贡典试。十年，从御史何元英请，考官专用进士出身人员"，"同考官，初，顺天试京员，推、知并用。各省用甲科属官及邻省甲科推、知，或乡科教官，房数无定"[②]。

会试大多数考官由翰林及翰林出身之官员组成。明代会试主考用内阁大学士，其同考官，明末为，"至四十四年，用给事中余懋孳奏，《诗》、《易》各增一房，共为二十房，翰林十二人，科部各四人，至明末不变"[③]。清代与明末接近，"会试初用二十人，翰林官十二，六科四，吏、礼、兵部官各一，户、刑、工部官每科轮用一"[④]。因明清会试中，翰林及翰林出身之官员多为主考，且在总体人数上占有绝对优势，故明清两代人们对翰林考官的印象远比其他身份考官要深得多。在这种现实下，文学作品中的会试考官也就基本以翰林官面貌出现了：

> （末）下官叨知贡举，翰林院大学士是也。（净、丑）下官五经房考，翰林院编修是也。（末）今乃进帘吉日，例该迎入科场。叫左右，职事齐备了么？（众）齐备了。请列位老爷起马。[⑤]

知贡举是明清会试时考场事务的总负责人，一般由礼部侍郎来担任。清初翰林院隶属内三院，内三院大学士都是内阁成员，康熙九年（1670）翰林院独立，但院事由内阁大学士兼管，所以这里的翰林院大学士就是内阁大学士。内阁大学士在明清会试中一般担任正主考。明清乡试的总

① 《明史》卷七十，中华书局1974年标点本，第1699页。
② 《清史稿》卷一百八，中华书局1998年标点本，第3154页。
③ 《明史》卷七十，中华书局1974年标点本，第1700页。
④ 《清史稿》卷一百八，中华书局1998年标点本，第3154、3155页。
⑤ （清）李渔：《凰求凤》，《李渔全集》第四册，浙江古籍出版社1992年标点本，第458页。

负责人称监临。

(丑急上）报、报、报！（末）报甚么？（丑）报曹老爷入帘。（末禀介）（外）既报入帘，就该回避。叫院子封门。（末应）①

（老生）目今试期将近，圣上特命修史诸臣分闱阅卷。自今日为始，小弟就要在私宅回避了，世兄亦当暂迁外舍，以免嫌疑。直待放榜之后，再得晨昏请教。②

曹个臣、徐景韩为翰林院编修，因此二人经常会担任会试考官。这里要注意的是材料中的考官回避制度。由于考生能否录取的决定权掌握在考官手中，为防止考官徇私舞弊，妨碍国家人才选拔，明清两代规定乡、会试考官的亲戚不得参与考试，若亲戚参与考试，本人不得担任乡、会试考官，“乡、会试考官、房考、监临、知贡举、监试、提调之子孙及宗族，例应回避”③。考官回避制度在明清两代执行得极为严格，明代甚至扩大到若祖父、父为内阁大学士，其子孙在祖父、父当国之时，也不得应科举的地步，“辅臣子弟，国初少登第者。景泰七年，陈循、王文以其子北闱下第，力攻主考刘俨，台省哗然论其失。帝勉徇二人意，命其子一体会试，而心薄之。……王衡既被论，当锡爵在位，不复试礼闱。二十九年乃以一甲第二人及第。自后辅臣当国，其子亦无登第者矣”④。清代达官世族子弟虽能应科举，但科举时名次经常位于下等，“三十九年，帝以搢绅之家多占中额，有妨寒畯进身之路。殿试时，谕读卷诸臣，是科大臣子弟置三甲，以裁抑之”⑤。

三　考场制度

科举是明清读书人的立身出处，因此他们对科举考试的过程极为熟

① （清）李渔：《怜香伴》，《李渔全集》第四册，浙江古籍出版社 1992 年标点本，第 88 页。

② （清）陈二白：《称人心》下卷，《古本戏曲丛刊三集》，文学古籍刊行社 1957 年影印本，第 6、7 页。

③ 《清史稿》卷一百八，中华书局 1998 年标点本，第 3167 页。

④ 《明史》卷七十，中华书局 1974 年标点本，第 1702、1703 页。

⑤ 《清史稿》卷一百八，中华书局 1998 年标点本，第 3166 页。

悉，其中的酸甜苦辣也只有他们才能真正地领会。批判也好，发牢骚也罢，明清文人笔记中经常会有关于乡、会试过程及感受的文字。名教爱情剧在这方面也不甘人后，许多作品对此有相当出色的描写，如《蟾宫操》中，乔材连吃带说的一段文字：

> 京师规模阔大，贡院制度辉煌。三载朝廷取士，九州俊杰观光。主考翰林学士，监临礼部侍郎。内外御史巡察，晨昏校尉堤防。举子报名纳卷，长班掇凳提筐。皂靴新兴粉底，青袍旧例蓝镶。头巾额上耸起，须绦腰后拖长。栅外挨身呐喊，牌边聚立怆惶。点名齐出卷袋，搜捡直入裤裆。忙寻东西左右，熟数天地玄黄。服侍老军高叫，殷勤收拾号房。最恨短狭木板，又嫌逼窄砖墙。紧带门帘油布，须防风起灰扬。放炮封门静悄，鼾声更鼓匆忙。东方白日渐上，御题黄昏分将。也有捻须苦索，也有叉手成章，也有评题烦絮，也有咏句铿锵。偏我坐在号底，厕坑臭秽难当。吃完烧酒大蒜，点起安息高香。亏我平时饱学，那须搜索枯肠。少刻来分烧饼，无心去抢粉汤。不待敲梆掌号，独自交卷上堂。赶着头牌放出，由我畅睡禅床。会元荷包拾得，何愁剪络街坊。①

文字不长，但乡、会试考场中的各方面，包括组织负责者监临、知贡举，主考翰林学士，巡视御史，入场点名领卷，搜检，寻找座位号，号房、号军的布置，封闭考场，厕所的位置，考生作答，中途吃饭休息，出场等无一遗漏。

明清乡、会试考试前，国家按考生籍贯先期将考生入场时的点名时间和地点予以公布。考试前一日，考生先在贡院门口等候点名，点名按籍贯顺序进行，点名者验明考生身份后，随之将卷纸及座位号发给考生。考生领卷进入考场后按号就坐。等所有考生入场后，在监临官监视下，将考场大门、龙门封闭，并用封条贴住，封门时要放炮三声，封条直到考生交卷出场时才撕开。随后开始发放试题纸，让考生在卷纸上作答。

---

① （清）程瀛鹤：《蟾宫操》上卷，《古本戏曲丛刊五集》，上海古籍出版社 1986 年影印本，第 71、72 页。

（丑）此间已是贡院门首，门还未开，人多得这样紧。（净）你好好扶着相公，看挤坏了。（内作开门介，丑）开门了，点杭州秀士哩。（净）我们是嘉兴，还未点得着。两玉兄在此暂坐一坐，省得辛苦了。（生坐，净、丑诨介，丑）阔相公，你看闹热得有趣。……（净、生作挨进场下，内作封门）（杂扮巡场军持锣，众扮接考豪仆持灯炬混上，丑、众）你看唱名已完，早封门了。

【孝顺儿】【孝顺歌】（众）门双掩，似隔郡州。（内喊介）喊声四遵明远楼。（内喊）各号房散卷。（内应介）（众）散了卷了，散卷各房收。（内喊）各号军领题。（内应介）（众）才出题目哩，分题尽奔骤。你听里面静悄悄的，想都在里面做文字了。音声顿休。[①]

这里写的是浙江乡试点名入场过程。先点杭州考生，后点其他府州县。杨珏是嘉兴人，来得有些早，所以只好在场外等候。贡院的号房有具体位置安排。贡院坐北朝南，南为大门、龙门，与之对应的北边为至公堂，二者之间为明远楼。龙门内、明远楼之东西两旁坐北朝南建有一排排号舍，每排号舍由许多间号房组成，其具体间数由于各省考生不同，其数目也不等。所有号舍用《千字文》进行排列，因此有天字号、地字号、玄字号、黄字号等区别，不过据商衍鎏先生《清代科举考试述录及有关著作》记载，清代《千字文》中个别字是不允许使用的，“贡院内建号舍，以备考试士子之住宿，用‘千字文’编列，唯天、玄、帝、皇等字，孟子名之轲字、数目字及荒、吊字等不用”[②]。下面描写展示的就是贡院号舍的情况。

（丑）今年主司不比往常，你每众举子须要用心。各认东西文场字号，静坐待题，不得紊乱。（众打恭应科）（丑）听事吏散卷。（末应，唱名散卷科）天字号龙骧。（生）有。（末）东文场。（生执卷出）（小旦将怀中卷换生卷，生做不知东下科）（末）地字号白元

---

① （明）沈孚中：《绾春园》卷下，《古本戏曲丛刊二集》，上海商务印书馆 1955 年影印本，第 14、15 页。

② 商衍鎏：《清代科举考试述录及有关著作》，百花文艺出版社 2004 年版，第 68 页。

钧。（小生）有。（末）西文场。（小生执卷西下科）（末）玄字号秦埙，东文场。（净应，执卷东下科）（末）黄字号孟珙，西文场。（外应，执卷西下科）（末禀科）禀爷，散卷完了。（丑）封门。（众应）（丑出看封门进坐科）（丑）散题纸。（众应，接末题纸下科）（小旦做写卷科）（众上禀科）禀爷，题纸散完了。[①]

考生入场后在号房中作答、休息、吃饭。号房规格虽然一致，但由于位置不同，也存在实际上的差别，如前后两排号舍间距很小，靠近门口光线还好，里边就比较暗，这自然对考试写作不利。另外每排号舍口上都有一个栅栏，考试时将其锁上，考生解手等都在号舍中完成，而厕所就在每排号舍的最后面，这样坐在最后的几个考生就只能与厕所为伴，接受厕臭的考验了。所以《蟾宫操》中，坐在号底的乔材要大发牢骚了，“偏我坐在号底，厕坑臭秽难当”，其实谁坐在号底也难免会不高兴的。至于号房，清代的情况为“号舍屋顶盖瓦，每间隔以砖墙，无门。入场后，士子用油布为帘以防风雨。号舍高六尺，举手可以及檐，深四尺宽三尺。舍内砖墙东西，离地尺余二尺余之间，砌成上下砖缝两层承板，板可抽动，日间坐下层之板，向上层写字；夜间除上层之板，安入下层，可以伸足而卧。是合则为榻，分则为桌为凳”[②]，明代号舍应与之差不多。

考试结束后，考生即交卷出场。但因各考生交卷时间不同，而考场也不可能为每个考生打开大门，所以明清乡、会试出场的具体安排是等到交卷的考生达到一定数量时集中开放一次，考生放出后大门随即关闭。此外，考生交卷时，收卷官验收完毕，还要发放照出签一支，考生拿着照出签才能出龙门，“士子出号，向至公堂受卷官列坐之东、西两栅栏前交卷，由受卷官发给一签，验签缴销方能出龙门。集有千数百人时，启龙门贡院大门一次，放出后复闭；如是循环，谓之放牌”[③]。

---

① （明）单本：《五闹蕉帕记》卷下，《古本戏曲丛刊二集》，上海商务印书馆1955年影印本，第14、15页。

② 商衍鎏：《清代科举考试述录及有关著作》，百花文艺出版社2004年版，第68页。

③ 同上书，第73页。

（生进交卷科）（生）交卷。（丑）听事吏，给照出签一枝。（末应，给科）（小生、净、外以次交卷领签）（末唱）一名，二名，三名，四名。（众开门科）大门开了。（放出科）（众禀科）举子出完了。（丑）封门。（众封科）封锁好了。（丑）你们外边伺候。（众应下科）①

明清时期，每场考试贡院只开门三次放考生出场。其中第一次人称之为放头牌，后两次为第二牌、第三牌。由于明清乡、会试要考三场，因此前两场考生全部交卷后，考场大门不封闭，因为下场还得点名入场，"午前放第一牌，午后放第二牌，至傍晚放第三牌即不复闭；因戌时清场，打扫号舍，夜半即须再点名入场之故"②。

（内喊）各号军快催缴卷。（内应介）（众）里面催纳卷了。听掌号，敲梆声斗。里面才打得三鼓，外面又鸡鸣了。三鼓才终，又早是出场时候。（内开门介）（众）放了头牌了。（众混下，丑）阿呀，阔相公，倒早出来了。（净上）从来剔顶歪文字，惯是头牌便出场。小厮们那里？（丑）阔相公出来了，我们相公哩？（净）你们早哩。幸喜他祖宗积德，刚刚与我同一号儿坐。亏我阔相公大才，替他省省力，力挥了头两篇。他如今后两篇，还在那里挣命，偏生今科的题目又异样难做，只怕要挣杀在里面了。③

按照一般情况，头牌出场的多是水平高的考生，水平较次的多在后两牌出场，因此头牌出场的考生自有骄傲的资本。对后面出场考生的热嘲冷讽虽非君子所为，却是当日社会之常态现象，所以阔阔木在杨珏的家人面前挖苦杨珏要挣杀在考场中。

---

①（明）单本：《五闹蕉帕记》卷下，《古本戏曲丛刊二集》，上海商务印书馆1955年影印本，第15页。

②　商衍鎏：《清代科举考试述录及有关著作》，百花文艺出版社2004年版，第73页。

③（明）沈孚中：《绾春园》卷下，《古本戏曲丛刊二集》，上海商务印书馆1955年影印本，第15、16页。

【前腔】（净扮老儒上）精神全欠，老科场只走今番。（生上）词源滚滚起波澜。（杂）老相公，我在此。（作驮净下介）（杂）小人是华家仟头接霍相公的。相公定是得意的了。（接笔砚介）（生笑唱）文似锦，兴方酣，朱衣肯不把头来点。（皂叫封门介）（副末）朝臣待漏五更寒，铁甲将军夜渡关。日上三竿场未出，算来名利不如闲。自家姚店主便是，鲜于相公进场去，怎么日色老高，老汉在家中吃过早饭了，还未见出来。放心不下，不免向贡院前去看一看，是怎么说。呀，此是贡院门首了，还封在那里。①

一般情况下，第三牌在交卷当天傍晚就结束了，绝没有等到下一天早上日出三竿之时的。《燕子笺》中，鲜于佶不学无术，直到下一天日出三竿还没出来，所以让店主为之担心，前来探望，这里讽刺意味真可谓深长隽永。

由于科举是名利之所在，因此明清时期人们为能考上举人、进士费尽了心思，科场作弊由此应运而生。作弊严重破坏考试的公平性，故而明清时期对科举作弊现象非常重视，并制定一系列的政策来予以杜绝。明清科举主要考八股文写作，所以为写文章而进行文字资料夹带是最常见的作弊方式。针对夹带，国家制定了入场搜检制度，对进入考场的考生进行搜身，将其身上所携带的夹带等找出来，取消其考试资格并处以严厉的惩罚。

下官监试官是也。今日天开文运，黄道吉期，巡绰官可分付掌号开门，应试举子务要搜简明白，鱼贯而入，点名各归号房，不许挨越。（巡应介）②

搜检用意甚好，只是操作不当却会适得其反。据记载，搜检时，搜检军士们常有粗鲁、污辱性的动作，“点名齐出卷袋，搜捡直入裤裆”；

① （明）阮大铖：《燕子笺》卷上，《古本戏曲丛刊二集》，上海商务印书馆 1955 年影印本，第 39 页。

② 同上书，第 37 页。

此外，搜检时要解衣散发，所以搜检结束后，考生经常是披头散发、衣冠不整，其形象与乞丐相似。因此考生认为搜检让他们受了侮辱，有失读书人的体面，从而对搜检有很深的抵触情绪，如此一来，很多时候科举搜检只是应付差事而已，很难得到有效的执行。

（末）往年会试不比乡场，搜检只行故事，以致鱼龙混入，真伪兼收。今日务要加严，不可仍前忽略。（众应介）（末）开门，点举子进来。（鼓吹，开门介）（杂执牌引生上）第一牌举子进来。（旦）仔细搜检！（众呐喊，搜介）搜检无弊。（生领卷下介）（杂执牌引小生上）第二牌举子进来。（旦）仔细搜检。（众呐喊，搜介）搜检无弊。（小生领卷下）①

下官礼部侍郎李时勉是也。奉旨主试春闱，外杜举子之夤缘，内绝帘官之线索。国家隆重之典，仕途清浊之源。非途恁怱任劳，还要其难其慎。左右，往年会试，搜检只行故事，以致渔龙混杂，真伪兼收。如今务要加严，不可仍前忽略。分付开门。②

此外场中还有派饭制度。因为每场考三天，三天里考生都得在贡院中度过，尽管可以带干粮，但很难解决吃饭问题，所以考场中会按吃饭的时点为考生派饭。

（内喊）各号房散碗箸。（内应）（众）早派分汤饭，天当昼。③

（外）日已旁午，速吩咐各号房传餐，不许遗漏了。（众下传饭介）④

① （清）李渔：《怜香伴》，《李渔全集》第四册，浙江古籍出版社1992年标点本，第90页。

② （清）无名氏：《三凤缘》上卷，《古本戏曲丛刊五集》，上海古籍出版社1986年影印本，《停试》。

③ （明）沈孚中：《绾春园》卷下，《古本戏曲丛刊二集》，上海商务印书馆1955年影印本，第15页。

④ （清）孙郁：《双鱼佩》上卷，《古本戏曲丛刊三集》，文学古籍刊行社1957年影印本，第54页。

当然晚了吃饭的时点，一向养尊处优、被人追捧惯了的书生感觉受了委屈，是要不高兴而发火的。如下面这个例子：

（净）这时候还不见粉汤来。（众）不要忙，便是馒头也该来了。这等慢事得紧，可恶。（末）何人喧嚷？（众）秀才讨供给的。（末）有旧规，忙做什么。①

真是在吃饭的本能面前，所谓的体面是顾不得的，也是不讲究的。

四 场中百态

尽管乡、会试资格的评定很严，但仍有滥竽充数之流。此外，乡、会试对考生的一举一动都有严格的要求，任何小的不注意都可能给考生带来灭顶之灾，如此一来，考生在乡、会试场中的具体表现就热闹了起来，真可谓千奇百怪，叹为观止。

乡、会试中，考生试卷的写作有许多具体的规定，一旦触犯就会被判为违式，而违式试卷不能被录取。具体规定有："试卷题字错落，真草不全，越幅、曳白、涂抹、污染太甚，及首场七艺起讫虚字相同，二场表失年号，三场策题讹写，暨行文不避庙讳、御名、至圣讳，以违式论，贴出。"② 上述现象尤其是错别字、落字、涂抹、污染等，都是考试中再平常不过的事情，也是让考生防不胜防的问题。任何违式行为都会使考生落第，故而科举失误现象是名教爱情剧科举描写的重要内容，尽管这种错误的出现存在有意和无意之别。

【前腔】（净持卷上）形疲神倦，无奈枯肠已索穿。（作槌腰介）嗳呀，嗳呀。我想世上最不好受的滋味，再莫过于场屋了。一条土坑，半领席棚，不枷锁而形躯自束，无对证而丑态毕呈。吃烟撒尿，更无方便之门；打涕欠伸，都有惊心之虑。倦来时，如闻得家中使

① （明）周朝俊：《红梅记》卷下，《古本戏曲丛刊初集》，上海商务印书馆 1954 年影印本，第 28 页。

② 《清史稿》卷一百八，中华书局 1998 年标点本，第 3148 页。

婢，唤水唤汤；人静后，但听得隔壁年兄，呼朋呼友。猛抬头，卷面上双行对走；才合眼，梦魂中二竖来寻。这些光景，就使相如执简，平子作赋，也说不尽许多苦恼。区区自早至晚，刚挣得半篇草稿，这七篇文字如何可完，就算勉强终场，也是没用。如今竟将卷子自己污了，等他头场贴出，说墨污卷面，既好对人遮掩，又省的二三场进来，受此无益之苦，这是胜算了。（涂卷介）狂来濡发学张颠，妙手涂鸦真足羡。（小生持卷慌上）文似锦，苦难言。文似锦，苦难言。（同跪介）（净）生员自不小心，墨污卷面。（外看卷介）卷已污坏，候出罢了。（净起立介）（小生）生员七草俱完，已誊真五篇，偶被雨湿卷面，这是命该如此，出去罢了。（外看卷介）我看你这文字尽佳，况系雨渍，非同墨痕，你回号房，用心誊完，本院替你一力担承便了。（小生谢介）多谢大宗师弘恩。（下）①

明清科举要求卷面必须整洁，不得有涂抹、污染的痕迹，犯此规矩者，按违式论，不能被录取。奚必文平日不好读书，寻花问柳，看戏打牌，在考场中因腹中空空，只能交白卷，但又怕别人嘲笑自己交了白卷，因此就故意涂抹试卷为自己遮羞。另一考生则是在无意中被雨水浸湿了卷面，按照规矩也应以违式论处，但监临认为其为雨水所渍，事出意外，并非有意为之，故仍认他合格。

科举考试不仅是对考生知识水平的检测，也是对考生身体状况的严峻考验。每场三天，三场九天。考生吃住全在贡院之中，加以繁重紧张的写作任务，许多人的身体就会在种种压力的综合作用下出现问题，甚至生病，故而不得不退出考场，成为科举的失败者。

（号军）这位相公，清早还好好作文，午后病起，昏沉不语，这一回稍觉苏醒，扶来禀知老爷。（外）那举子还能终场么？（不语介）（又问介）（摆头介）（外）我看他面黄气喘，想是原有弱病，快煎姜汤与他吃，稍待开门放出。（扶病举子下）（老者）生员今年平头

① （清）孙郁：《双鱼佩》上卷，《古本戏曲丛刊三集》，文学古籍刊行社1957年影印本，第54、55页。

六十岁，连赴一十四科，这次文字颇觉得意。只是筋力衰疲，还有一篇不能誊写，求大宗师赐几杯暖酒，便好鼓余勇以穿鲁缟了。（外）取卷子上来。（作看介）此翁倒还可观，左右烫一壶暖酒与他，吃完时，就在堂下誊真便了。（老者吃酒介）吃了几杯酒，便觉精神旺相，且写起来。（写介）[①]

病考生是因身体生病而成为失败者，老考生则因精神、身体的双重疲惫而成为科举的失败者。除了卷面要求外，考生的行为动作也是重要因素，如清代，“北首放移席、换卷、丢纸、说话、顾盼、搀越、抗拒、犯规、吟哦、不完小印十个”[②]，只要触犯上述规则，就要在考生卷面上盖上相应的印章，作为犯规的标志，不予录取。如下面这个例子：

（末）有旧规，忙做什么。着一人手中提锣，一面站在高台上，凡见生员有交头接耳的，讲话的，锣声一响，就拿出来。（杂应介）（各生作文介）（净作看题云）内有题目不明怎处。隔壁老哥，请教、请教。地字号朋友说说题目儿么。阿也，聋哩，哑哩，死哩。举人、进士偏你们自家做。（大叫介）（杂敲锣一下拿净出介）黄字号生员讲话。（净）生员题目不明，问声间壁朋友，不敢作弊。[③]

至于考生的作答，有的认错题目导致回答牛头不对马嘴，有的不知题目内涵为何物，难以措手，故而科举考试中经常有满纸荒唐言，让人笑杀的八股文章出现。

（末）题目有甚不明。（净）头一个是《都都平丈我》。（末）这生员原来不识字，“郁郁乎文哉”读了个“都都平丈我”。（净）老

① （清）孙郁：《双鱼佩》上卷，《古本戏曲丛刊三集》，文学古籍刊行社1957年影印本，第56页。

② 霍有明、郭海文：《钦定学政全书校注》卷十一，武汉大学出版社2009年标点本，第44页。

③ （明）周朝俊：《红梅记》卷下，《古本戏曲丛刊初集》，上海商务印书馆1954年影印本，第28、29页。

大人差了。生员上学起，先生便是这等传授。后有个经馆先生来权馆，读了郁郁乎文哉，学生皆走散了。时人为之语云：都都平丈我，学生满堂坐。郁郁乎文哉，学生都不来。（末）胡说。①

将“郁郁乎文哉”读成“都都平丈我”，题目自然也就认错了。八股文认题最为重要，按照认错的题目写出来的八股文肯定也不会正确，至于因此而成的打油诗，更是让人读后为之喷饭。

（净）还有，第二个题目是《康子馈药》，不知是丸药，是煎药。若看上文是“乡人傩”，康子是大夫，孔子是圣人，大夫馈药与圣人，想是急症，合乡之人都来替他搓傩、搓傩，想是丸药。若看下文，是“厩焚”，童子不小心延烧房屋，又想是煎药。凡此题目，实难措手。（末背云）这秀才不通的凶，我也耍他一耍。秀才此问，到也聪明。作文只是一股丸药，一股煎药罢了。（净）着了，生员正是这个主意。不想老大人也是这个主意，决中无疑。还有，第三个题目是《古之人、古之人》。却是这一章书有两个古之人古之人，前边有一个古之人古之人，后边有一个古之人古之人。生员要做了前边的古之人古之人，只怕老大人出的古之人古之人是后边的古之人古之人。生员要做了后边的古之人古之人，只怕老大人出的古之人古之人又是前边的古之人古之人。请老大人说明了古之人古之人是前边的古之人古之人，生员好做前边的古之人古之人，省得错做了后边的古之人古之人。若是后边的古之人古之人，生员好做后边的古之人古之人，省得错做了前边的古之人古之人。（末）这个腐儒，这等傴堆。（净）不是生员傴堆，还是生员谨慎这边。②

《康子馈药》的核心并不在药，所以与丸药、煎药都没关系，而将傩解释为成丸的搓傩动作更是错得离谱。如此考生、如此解释怎不让人感

① （明）周朝俊：《红梅记》卷下，《古本戏曲丛刊初集》，上海商务印书馆1954年影印本，第29页。

② 同上书，第29、30页。

慨，千载之下亦可为最好的笑料。至于后边的“古之人古之人”一段描写，几与绕口令没有区别。这些描写并非是作者的调侃之笔，在明清的科举考试中，这种看似游戏的笔墨多有存在，这里所描写的还是其中无伤大雅的部分。

五　考试题型与写作格式

明清科举的题型与内容有明确的要求。明为“初场试《四书》义三道，经义四道。《四书》主朱子《集注》，《易》主程《传》、朱子《本义》，《书》主蔡氏《传》及古注疏，《诗》主朱子《集传》，《春秋》主《左氏》、《公羊》、《谷梁》三传及胡安国、张洽传，《礼记》主古注疏。永乐间，颁《四书五经大全》，废注疏不用。其后，《春秋》亦不用张洽传，《礼记》止用陈澔《集说》。二场试论一道，判五道，诏、诰、表、内科一道。三场试经史时务策五道”①。清前期为“首场《四书》三题，《五经》各四题，士子各占一经。《四书》主朱子《集注》，《易》主程《传》、朱子《本义》，《书》主蔡《传》，《诗》主朱子《集传》，《春秋》主胡安国《传》，《礼记》主陈澔《集说》。其后《春秋》不用《胡传》，以《左传》本事为文，参用《公羊》、《谷梁》。二场论一道，判五道，诏、诰、表内科一道，三场经史时务策五道。乡、会试同”②。可见有明一代及清前期乡、会试的题型与考试内容基本相同。名教爱情剧产生于明清之际，因此剧中的考试题型与明、清前期的要求是一致的。

（外）众举子过来，听我分付，往常头巾试官，一场经书，二三场论表策判，所以有传递、束卷、分房、做号、割卷面、买字眼许多弊窦，就是公道取出来的，也只是头巾举子。③

着意栽花花不发，无心插柳柳成阴。前因柳家表兄，迂阔太甚，是我胡乱写几个题目，放在帝君香炉内，故意耍他。谁想秋场三道

① 《明史》卷七十，中华书局1974年标点本，第1694页。

② 《清史稿》卷一百八，中华书局1998年标点本，第3148页。

③ （明）路迪：《鸳鸯绦》卷上，《古本戏曲丛刊二集》，上海商务印书馆1955年影印本，第63页。

《四书》题目，俱出其中。[①]

（外）请问张兄，平日看些甚么书？

【南吕过曲宜春令】（丑）牙签满邺架，高论吟哦，吴歈楚骚。（外）时艺一定深心了。（丑）三场文字，经书策论和文表。（外）可也看些经史，（丑）《十三经》，文理粗通，《廿一史》，事情都晓。（外）如今边疆多事，高才之士，一定留心。（丑）便是龙韬虎略，也曾探讨。[②]

在明清科举考试中，后两场考试的内容容易出现千篇一律、相互抄袭的弊端，所以明清科举对后两场不很重视，其主要精力在第一场的七篇八股文上，“时诏、诰题士子例不作，文、论、表、判、策率多雷同剿袭，名为三场并试，实则首场为重。首场又《四书》艺为重”[③]。

（生）这是闲话。阔兄，后面这两篇经文是要紧的，怎么做了。（净）就把兄前面这两篇化一化儿出来了。（生）这怎么化得去？（净）兄不晓得，如今时文直抄也抄得去的。（生笑介）[④]

（末方巾便服上）

【沉醉东风】圣明君把贤才网罗。蒙天帝呵，把司文任，使鲰生担荷。且道我父子有一段重会奇缘，多因应在目下。只是此任非同小可，我费心几有半载，那前场已将就绪，后场还费推敲，不免到那书摊上，暗中取他几部，再参证一回，多少是好。（末作检文）（生、小旦各作不见打诨介）（末）我翻新艺，笑颜酡。不免再取一册。（外看又翻书介）翻新艺，笑颜酡。你看不过是抄人旧话，且连那旧话尚且都用不当。可笑近来举子的后场，竟溷帐至此。不免再

① （清）孙郁：《双鱼佩》下卷，《古本戏曲丛刊三集》，文学古籍刊行社 1957 年影印本，第 1 页。

② （清）徐石麒：《珊瑚鞭》卷上，《古本戏曲丛刊五集》，上海古籍出版社 1986 年影印本，《宾筵错》。

③ 《清史稿》卷一百八，中华书局 1998 年标点本，第 3149 页。

④ （明）沈孚中：《绾春园》卷下，《古本戏曲丛刊二集》，上海商务印书馆 1955 年影印本，第 16 页。

到那边摊上去看来。（小生上）文字好的甚少，且到那摊上看一回。（作检书见末大骇介）（末作行检书介）咳，总是拾人余唾，那里是自裁新课。（小生频作私语介）这分明是我父亲，待我再仔细看来。（末又行介）再到那摊上看一回。（又作检书介）那差讹最多，纵有几句将就看得，也是随腔掉歌。①

八股文只能在《四书五经》内出题，“科目者，沿唐宋之旧，而稍变其试士之法，专取四子书及《易》、《书》、《诗》、《春秋》、《礼记》五经命题试士。盖太祖与刘基所定。其文略仿宋经义，然代古人语气为之，体用排偶，谓之八股，通谓之制艺”②，“有清科目取士，承明制用八股文。取《四子书》及《易》、《书》、《诗》、《春秋》、《礼记》五经命题，谓之制艺”③。但《四书五经》中，能作考试题目使用的文字数量很少，“《五经》又可以出多少试题呢？据顾炎武说，明代乡试和会试，‘初场试所习本经义四道，而本经之中，场屋可出之题不过数十’。就《春秋》一经而言，除开崩、卒、葬等不可用于命题的文字外，可供出题的即有传文的部分可出之题，据明末《春秋》学者梅之熉统计，虽不是顾炎武说的数十道，但也不过七百余道”④。而明清两代明确规定乡、会试只能出大题，“明代会试规定只能出大题，各省乡试基本上出大题，但有时也出小题”⑤，所谓的大题“就是八股文文题中句、节、章的形式与文意俱完整的题目，换言之，便是明代人通常称之为明白正大的平正之题”⑥。这样一来，经过几次考试，能出的题目就会被出完，以后考试只能是重复出题。这种考试本身具有的弊端给考生作弊剿袭带来了市场，许多人就把前人的文章冒认为自己的来欺骗考官，以求录取。剿袭现象在明清时期十分普遍，它不仅让许多有真才实学者落第，也激起了人们的不满与

① （明）马佶人：《荷花荡》卷上，《古本戏曲丛刊二集》，上海商务印书馆1955年影印本，第15、16页。

② 《明史》卷七十，中华书局1974年标点本，第1693页。

③ 《清史稿》卷一百八，中华书局1998年标点本，第3147页。

④ 龚笃清：《明代八股文史探》，湖南人民出版社2005年版，第83页。

⑤ 同上书，第93页。

⑥ 同上。

批判，因此剧中写到考试内容时，通常会在体现八股文的同时也把对剿袭的批判写进去。此外，八股文又叫时文，“包含有随时代而变，与时代的需要相符的因素在内，乾隆皇帝说‘时文之风屡变不一’，清代道光时李祖陶说八股文‘日新月异，五百年无一定之规’，都是从这个意义上而言的”[①]，所以剧中除了批判八股文剿袭外，个别剧作把八股文风的演变及对其的批判也写了进来。如下面这个例子：

（丑笑介）李兄，考举人原来做戏，我记得一折《驻云飞》词，是个秋字韵，大家联而起之。（净）妙耳，以何者为题乎？（丑）本色的自然奇妙，就用我们之本色可也。（拱手介）学生僭哉，

【中吕驻云飞】上大人丘。（净）不切题，浮壳得紧。（丑）先辈作文，都一口擒住题目，迩来这些名公，却是虚虚做起。我也尊师重傅，学得来的，你看第二句就切题矣。乙已揎开竹板头，化过三千有。有人送手轻钱，该分十七个半，七十字，权生受。到吾兄了。（净）你这样顺做去，人都道平铺直叙。小弟将做长题的手段凌驾他起来。（丑）好者。（净）嗏，仁礼尔全丢，十亡八九。（丑）怎么骂我？（净）不是骂你，要押韵。（丑）韵却押得高古，比我丘字而更妙焉。（净）小生佳作，可知举子里也争先后。（丑）多了许多字了？（净）你适才不曾见说衬贴字么？（丑）只是他们有纱帽戴，我们没有。（净）岂但纱帽，小哉，小哉。我侧带头巾便冕旒，（侧介）侧带头巾便冕旒。我两人高才下第，到文昌阁上叫屈去。[②]

这里“先辈作文都一口擒住题目”，是针对明代前中期八股文写作而言的，此时期的八股文都是直接从题目的题旨出发来展开，内容充实，结构简朴而又谨严，不枝不蔓，没有虚浮不实的毛病，“明朝初年八股文处于初创时期，故其文体格式较为简单，说理较为直截”[③]，“成化、弘治

① 龚笃清：《明代八股文史探》，湖南人民出版社2005年版，第389页。

② （明）路迪：《鸳鸯绦》卷上，《古本戏曲丛刊二集》，上海商务印书馆1955年影印本，第66、67页。

③ 龚笃清：《明代八股文史探》，湖南人民出版社2005年版，第149页。

时期名家的八股文只求肖题，强调因题制格，看题炼局，若题蕴未尽，可用补题的方法将意旨阐释完全，但写作时只清题面，不让旁杂闲意泛滥”①，“正德及嘉靖初年的八股文坛，特别讲究认题、尊题、肖题，在行文时必以题为通章结穴”②。而到了万历时期，八股文写作以虚为主，“因为隆庆、万历时已普遍背离程朱传注，士人们在文中所陈述的皆为哲理抽象之言，内容空虚，每每渲染适如其分之辞，出语则面面可通，毫无实在内容”③，“但大多数文士因才情不足，读书不多，外不求名理，内不求性情，腹笥空虚，便以虚挑为灵，以吸后为韵，以轻扬佻巧为工”④。这种八股文风受到许多有志之士的反对，于是在明清之际掀起了八股文复兴运动，提倡写明前、中期的八股文，其主要人物有顾宪成、陈子龙、章世纯、艾南英、罗万藻、陈际泰、文震孟、金声等，声势浩大。流风所至，使剧作者也对万历时期的八股文风持批评的态度，这里“迩来这些名公，却是虚虚做起。我也尊师重傅，学得来的”的话显然是不尊重的讽刺语气。

六　判卷制度

伴随考试的是判卷。明及清前期的判卷制度有其特殊性，而这些在剧中也有所反映。

（一）分房制度

明及清前期科举考试第一场七篇八股文中，《四书》三题，《五经》四题。但《四书》题与《五经》题还有区别，《四书》题所有考生都必须作答，而《五经》题则是考生选择《五经》中的一经来作答，考试前，考生先向国家上报所考经书之名，“试卷之首，书三代姓名及其籍贯年甲，所习本经，所司印记”⑤。于是判卷时，考官也要分房判卷，“至正德六年，命用十七人，翰林十一人，科部各三人。分《诗经》房五，《易

① 龚笃清：《明代八股文史探》，湖南人民出版社2005年版，第231页。
② 同上书，第294页。
③ 同上书，第404页。
④ 同上书，第408页。
⑤ 《明史》卷七十，中华书局1974年标点本，第1694页。

经》、《书经》各四，《春秋》、《礼记》各二”[1]。剧中对乡、会试的分房判卷制度也有许多描写。如下面这几个例子：

(外)举子姓甚名谁，那方人士，所习何经？(生)姓秦名一木，巫山县人也。也习《易经》。……(外)举子姓甚名谁，那方人士，所习何经？(末)姓王名家梁，新兴县人也。习《诗经》。[2]

下官徐景韩，蒙圣恩钦点春闱，分房阅卷，额派《诗经》房。今乃看卷之期，不免将硃卷从头细阅一番。[3]

(丑)过来，谢了各经房。(相揖介)(丑)解元与经魁同州同姓，可是一家么？(生)是门生亲兄。(小生)是门生亲弟。(丑)妙哟。既是昆仲，又同中在一房，好奇遇也。[4]

上述第一则材料是考生向考官上报自己所习本经的情况，第二则材料是考试结束后考官分房判卷的情况。由于科举采用《五经》选一的考试及判卷制度，所以明代及清乾隆四十二年（1777）以前，考生也不是《五经》都学习，而是只选择其中自己最喜欢的一经来研习。如此一来，他们在选择家庭教师时也得问清楚教师所学的经书是否与自己一致。

(末)先生治那一经？(生)微才近已经通五。(末)这等青年，便通了《五经》了。[5]

(外)但不知先生与小婿同经么？(净)敝处过江的风俗，若要处馆，必须《五经》皆通。但不知令婿是何经？(外)小婿是《易经》。

---

① 《明史》卷七十，中华书局1974年标点本，第1699页。

② (明)□□：《西湖记》下卷，《古本戏曲丛刊二集》，上海商务印书馆1955年影印本，第24页。

③ (清)陈二白：《称人心》下卷，《古本戏曲丛刊三集》，文学古籍刊行社1957年影印本，第13页。

④ (清)汪光被：《芙蓉楼》卷上，《古本戏曲丛刊五集》，上海古籍出版社1986年影印本，第58页。

⑤ (明)史磐：《鹣钗记》上卷，《古本戏曲丛刊三集》，文学古籍刊行社1957年影印本，第10页。

（净）小子烂熟。"乾。元亨利贞。"此卦六画皆奇，上下皆乾。①

据此可见在明清时期，若想做一个合格的家庭教师，最好是《五经》皆通，否则很难应付不同学生的需求。

（二）用笔制度

明清两代科举采用弥封与誊卷制度。判卷时，判卷者所面对的不是考生亲笔书写的卷子，而是誊写人员所誊写的卷子。明清科举制度规定，乡、会试时考生必须用墨笔书写，称为墨卷，誊写人员必须使用朱笔来誊写，称为朱卷，"考试者用墨，谓之墨卷。誊录用硃，谓之硃卷"②。

为了不和墨、朱两种颜色相混，国家对考官判卷所用笔色也有特殊要求，"明代所定之笔色，举子用墨笔，受卷、誊录、对读皆红笔，考试官青笔。用墨处不许用红，用红处不许用墨，乡、会试并同"③，清代"主考墨笔，同考蓝笔。乾隆间，同考改用紫笔。未几，仍用蓝"④。

（取卷阅介）呀！这个卷子是我取在二甲的，为何反在上面？待我看来。

【黄龙衮遍】新评间旧评，新评间旧评，赤字蓝圈映。文字原做得好，只是词采过艳，意致飞飏，恐怕是个风流佻达之人。状元为宰相之先声，那文字之中，也要带些相度才好。这卷文字拟不得状元，依旧放他在二甲。文藻英华，泄尽无遗剩。有意抡魁，反输高等。留成案，不用翻，依前定。⑤

（小生）有了，小弟旧年侥幸之时，去见主司，曾将场中落卷，把与我看来。

【莺啼春色中】【莺啼序】只见零珠碎玉谁价沽，乱中不辨瑕瑜。

① （明）马佶人：《荷花荡》卷上，《古本戏曲丛刊二集》，上海商务印书馆1955年影印本，第5页。

② 《明史》卷七十，中华书局1974年标点本，第1694页。

③ 商衍鎏：《清代科举考试述录及有关著作》，百花文艺出版社2004年版，第102页。

④ 《清史稿》卷一百八，中华书局1998年标点本，第3148页。

⑤ （清）李渔：《凰求凤》，《李渔全集》第四册，浙江古籍出版社1992年标点本，第487页。

内中有一卷，批得十分好看，见蓝批引满誊珠。可可的这一卷，验姓名，便是兄长贤书。彼时主司曾说，此卷已经荐元，只因见了揭帖，畏避功令，竟自失取，曾说道奇才未遇，留待着别科高取。[①]

上二则材料所描写的正是明清两代乡、会试科举考官用笔制度的真实反映。

（三）录取制度

明清科举在录取时，先由同考官挑出认为可以录取的试卷，写上评语，推荐给主考官，最后由主考官审查选择录取。“房官取其当意者加批评定，并可加圈，……正副主考就各房荐卷批阅，头场阅毕，再合观二、三场卷，细心评较，互阅商酌，取定中额。”[②] 尽管存在优秀人才落选的现象，但整体而言，考官们的评判还是相当客观公正的，所选拔的也基本就是参考者中的佼佼者。

（四官）晚生们各房卷子俱已看完，还求老大人标明衡文大意，以便进呈。（外）凡阅卷时，须要细心体认，静会题中之神，潜思作者之意，不可因我片念爱憎，坏他一世功名。又要想及我们当初在闱中时，何等辛苦，何等谨慎，自不至于卤莽从事了。

【前腔换头】从容，须要格昉先民，理尊朱子，机圆、调古、词工。至于时调油腔，最足伤雅，不可被他哄了，使我认作有养之士。光起延津，天边须辨雌雄。（四房）磨砻，真才自有实际，也决不是衣冠优孟。肯教他珠光鱼目，一样浑同。（生持卷上）这里本房取中卷子，求老大人赏鉴。（外作看介）脉清理细，才大思沉，神采外扬，精心内映，俱合作也，高中奚疑。（作圈点介）（又作批介）

【犯黄钟·猫儿出队】【琥珀猫儿坠】珠圆玉润，笔势恁纵横。（小生持卷）这是本房卷子，呈老大人教。（外作看介）词意划然，刁斗严肃，如老吏断狱，宿将行兵，杰构也。（作圈点批介）九转丹

① （清）吕履恒：《洛神庙》卷下，《古本戏曲丛刊五集》，上海古籍出版社 1986 年影印本，第 28 页。

② 商衍鎏：《清代科举考试述录及有关著作》，百花文艺出版社 2004 年版，第 101 页。

成地肺中。(末持卷介）这是本房卷子，乞老大人电照。(外作看介）妙，相题如观火，下笔如切玉。虽极古雅，而不乏藻彩，定属时髦，何待问乎。(圈点批介）亭亭秋水醮芙蓉。[①]

这里描写的就是明清两代主考官、同考官们判卷录取时的场景。至于主考官的评语，则是八股文评判中常用的套话。

科举考试录取时还存在一些特殊情况。明清科举中被录取的考生称主考、房考为座师与房师，“乡、会试中式者，对于主考、房官例称师生，其风自唐、宋来相沿已久”[②]。由于中国古代师生也是极为重要的一种伦理关系，因此一旦成为师生，则二者之间就会因这种伦理关系而结成一个关系密切的利益体，一荣俱荣、一损俱损，而且大多数情况下，学生是不允许背叛老师的，所以当一个考生被某考官选拔出来后，该考生与考官就会因师生关系而形成一种利益联盟。由于存在利害关系，考官对考生的选拔非常在意，一般情况下不会把自己选中的学生送给他人，但在实际中，却经常存在转让考生的现象，如中国最后一次科举考试也即光绪三十年（1904）甲辰科殿试，“陆师又言：当卷未进呈以前，于公同转阅的时候，尚有一小变动，朱汝珍卷分在王文韶手，王为大学士，官阶列在最前，故以朱卷第一本，刘春霖卷分在葛宝华手，其官阶次序第三，公阅时以此卷书法特佳，尤得鹿传霖称赞，葛愿让出此卷给鹿，由于鹿传霖官阶列第二，故将刘春霖卷置第二本。张启後卷为葛宝华挑中，按葛之官阶，张启後卷应置于第三本。原先鹿传霖选中的郑言卷，在公同转阅时，为陆润庠看出郑卷内有错字，乃请鹿另选一本，即鎏卷。之后鹿复请此卷让与陆，陆也欣然同意，将鎏卷置于第四”[③]。若出现转让，则考生得同时认两房同考官为老师，“乡、会榜有甲房拨入乙房者，于两房亦认师生”[④]。

---

① （清）孙郁：《双鱼佩》下卷，《古本戏曲丛刊三集》，文学古籍刊行社 1957 年影印本，第 10、11 页。

② 商衍鎏：《清代科举考试述录及有关著作》，百花文艺出版社 2004 年版，第 114 页。

③ 同上书，第 443 页。

④ 同上书，第 116 页。

（净持卷介）这是本房卷子，求老大人鉴定。（外作看介）前列俱极精切，后面三卷太弱了。（净）本房实无佳卷。（外）既然贵房没有，三位年兄，可有遗卷么？（生、小生、末各出一本）遗卷在此，请观。（外看介）这三卷极俱佳，就填在贵房。（生、小、末向净介）卷子虽是我们看的，门生自然是年兄的。（净笑谢介）借光，借光。①

此外科举考试录取时也会因一些偶然因素而使考生的命运发生改变，如本来被考官列为状元而被皇帝改为其他的，也有本在后列而被皇帝拔为状元的，“二十二年甲辰科殿试初拟孙曰恭为状元，成祖见之，谓‘曰恭’二字，合之乃一暴字也，遂降为第三，而以邢宽易之，言宽恰与暴相反，……嘉靖二十三年甲辰科，先定吴情为状元，‘吴’字北音同‘无’，世宗见之，谓无情之人，岂宜居第一，正犹豫时，忽高悬殿幡结成一雷字，觅榜中得秦鸣雷，遂以为第一，降吴情为第三”②。清代也有这种情况，如赵翼在乾隆二十六年（1761）辛巳科殿试中被考官列为第一，但乾隆却明确要求该次科举的状元必须是陕西人，最后王杰做了状元，而赵翼只能屈居第三做了探花。这里尽管举的是殿试的例子，但这种现象在明清两代的乡、会试中也是存在的。剧作者把这种命运突变的现象写入剧本，既是对当日科举事实的真实记录，也可能是在表达自己希望被录取或由低等改入高等的愿望。

（书吏）天色已晚，请老爷拆号填榜。（外）你们就将榜文先从后填起，不可错误。（书吏）晓得。（作写榜介）（外）解元冠冕南国，尤宜慎重，各房首卷，须再详审一番。（四官傍坐俱看卷介）（内扮帝君朱衣魁星执桂走下）（外）异香满室，诸年兄可闻得么？（四官闻介）奇哉，果然。（书吏闻介）正是，奇得紧。（外）榜填到第几名了？（书吏）已填二十八名，如今该填二十七名了。（外）

① （清）孙郁：《双鱼佩》下卷，《古本戏曲丛刊三集》，文学古籍刊行社1957年影印本，第11页。

② 商衍鎏：《清代科举考试述录及有关著作》，百花文艺出版社2004年版，第322页。

就取那本卷子过来。（送卷介）（外看介）简练精醇，无懈可击，这就是元卷了。是那一房的？（小生）是本房的。（外）这样卷子，如何屈在二卷，请同看来。（同看介）（四官）风流蕴藉，气度春容，居然正始元灯。（外）就将这一卷，定了解元，快填起榜来。（书吏作写榜介）①

剧中柳应龙就是在这种突变的情况下由乡试第二十七名而成为解元的。此外在考试中，考官的主观态度对考生的命运也有着重要的、甚至是决定性的影响，如“张居正早就对这种‘崇尚新奇，厌薄先民矩矱’，竞为浮华放诞之言，破裂经传的空疏文风和怪诞的试题心存不满，曾利用主持乡、会试的机会，对好异尚新的文风加以痛抑，凡不合格式者一概摒斥”②，所以在当时就存在“只愿文章中试官，不愿文章中天下”的八股文写作标准。这两句话真实地反映出八股文章是为迎合考官喜好而写作的，而不是为“经国之大业，不朽之盛事”的目的而来的，只要文章能为考官所欣赏，可以获得举人或进士也就够了，其他的不用考虑。

莫说登科难上难，得来只做等闲看。不用文章中天下，只要文章中试官。下官万俟卨的便是，今岁开科，亏秦太师的力量，特旨命下官做个考试官。（笑科）这些举子造化，遇着我这样一个有兴头的座师哩。左右开门，放举子入试。③

如此前提下，考生在写作时就不是按照八股文自身的标准来完成，而是根据考官的喜好，对其采取投机的行为来进行作答。至于文章的好坏，对于考生而言并不很在意，即便是满纸荒唐、语句不通也无所谓。

（贴叹）之乎者也多差谬，兀自的不知羞，果面皮十层厚。（净）

① （清）孙郁：《双鱼佩》下卷，《古本戏曲丛刊三集》，文学古籍刊行社1957年影印本，第12页。

② 龚笃清：《明代八股文史探》，湖南人民出版社2005年版，第391页。

③ （明）单本：《五闹蕉帕记》卷下，《古本戏曲丛刊二集》，上海商务印书馆1955年影印本，第14页。

吓，吓，岂有此理。学生文字，可以见得玉堂贵客，难道反见不得青楼妓女。放屁，放屁，匆通，匆通。（小生）许姐差了。石兄之才，非许姐所能解者。古语说得好，只愿文章中试官，不愿文章中天下。鱼目真珠，何必较也。（净）是极、是极。但乍会之间，何故如此唐突。①

石作砚的八股文语句不通，之乎者也都不能正确使用，但却中了举人。由此可见，科举考试的录取除了客观公正的标准外，还有很大的考官主观因素在内，而这主观因素既是明清两代大量有才之士不能考中的重要原因，也是八股取士制度最为人诟病的重要原因。

第二节　院试、殿试等制度在剧中之反映

院试、殿试也是名教爱情剧科举描写上的重要内容，虽然与乡试、会试的内容相比显得单薄，但作为科举制度不可缺少的部分，也有讨论的必要。

一　院试阶段

明清时期的学校分为不同的等级，其中中央的学校名为国子监，地方上的学校有县学、州学、府学三个等级。国子监内的学生称为监生，监生在明清两代虽然难以获得很高的官职，但却具备独立出仕的资格；府州县学的学生不具备出仕的条件，只有在被选入国子监，获得监生身份后才能去为官，"府、州、县学诸生入国学者，乃可得官，不入者不能得也"②。对一般读书人来说，要进国子监首先得成为府州县学的学生，而府州县学的学生资格必须要经过一系列的考试才能获得。

明清两代，学生读书启蒙是科举的开始。由于还没获得任何功名，因此称为童生。从字面意义看，童生是年龄幼小的学生，但在明清时期，

① （清）无名氏：《三凤缘》上卷，《古本戏曲丛刊五集》，上海古籍出版社1986年影印本，《订盟》。

② 《明史》卷六十九，中华书局1974年标点本，第1675、1676页。

只要没获得秀才的身份，无论年纪多大，都是童生，“士子未入学者，通谓之童生”①。童生通过县官主持的县试、知府主持的府试后，被推荐去参加由学政主持的院试，通过院试被录取的学生可以进入府、州、县学读书，称为生员。在明清时期，人们把取得生员资格、进入学校读书的过程称之为入学。由于学校大门里边有个半圆形水池，名叫泮水，因此入学又称为入泮。

（小生）元来学院为科考生儒，限四月县试，初秋按临。我想此事下官甫脱青衿，难道顿忘其苦。

【玉芙蓉】才名应斗星，寸晷凭风影。愿人投药笼，愧有遗苓。书办过来。（末）有。（小生）你鸠工搭厂须坚整。（末）嗄。（小生指净介）你把卷子呵。（净）是。（小生）鳞次弥封早递呈。（净）嗄。（合）时方盛，总蒐罗俊英，怎教他、待年不嫁惜娉婷。②

（净扮白须老童，挂笔砚食络上）白发龙钟一老翁，寻行逐队学儿童。时人若问余年纪，四十年前旧阿蒙。我寿如山自十二岁出来赴考，至今五十八岁，准准考了四十六年童生，不知受过多少辛苦。每次府县定然高擞，及至道案发时，依旧不取。今年科试，幸遇本州卞公正气，考法比宗师分觉严明，覆试案出，我老寿公然高标第五。挂牌今日覆试，等不得天晓，就来伺候。你看这些后生家，兀自高卧，岂不可笑。③

上述内容反映的是明清考取生员的场景，第一则材料是县试，第二则为府试。此外还提到按临，所谓按临就是学政或者学道主持的考试。学政又名学道，是分管一省学校事务的官员，由中央派人担任，一任三年，三年中，他要对下属的各县童生进行考试，选拔其优秀者入学为生员。寿如山五十八岁，年纪老迈。学生之子都已开始科举，他还没有入

① 《明史》卷六十九，中华书局1974年标点本，第1687页。

② （明）沈自晋：《望湖亭》卷上，《古本戏曲丛刊二集》，上海商务印书馆1955年影印本，第11页。

③ （清）汪光被：《芙蓉楼》卷上，《古本戏曲丛刊五集》，上海古籍出版社1986年影印本，第37、38页。

学，与孙子辈同考，可见明清两代童生确实不以年龄来区分。不过科举是与现实利益密切相关的，明代规定，“师生月廪食米，人六斗，有司给以鱼肉”①，清代的待遇更高，“凡优恤诸生，例免差徭”，而且生员犯罪，地方官不得擅自定罪处分，“违犯禁令，小者府、州、县行教官责惩，大者申学政，黜革后治罪，地方官不得擅责”②。由于生员在经济、政治上皆能享受一定的特权，所以尽管寿如山年纪很大了，依然考试不辍。

（老旦扮已冠，小旦扮未冠，丑扮幼童同上）我们高邮州覆试童生，便是列位都来了么，少刻俱要请教。（见介）（小旦揖净介）太先生拜揖。（净细认介）阿呀，你是童国鼎的孙子。你家父亲还是我破蒙的，你如今又出来考了，好、好。我对你说，州尊为官清正，上司极敬重他的，这名覆试大有进学机括，小官千万用心做做，不要草速完篇。（丑）老寿星，你这般年纪，也来受苦做甚？（净）小官，你道我老么，比如彭祖活到八百岁，我的年纪还是芽儿哩。③

但明清两代的入学名额极为有限。明代，“生员之数，府学四十人，州、县以次减十”④，清代，“生员额初视人文多寡，分大、中、小学。大学四十名，中学三十名，小学二十名”⑤。后来虽有所增加，但录取名额远少于考试人数，故而能入学者少之又少，许多人年迈之时仍然没能入学。所以尽管生员不是什么了不起的功名，但正如李素才所说的那样，秀才的破蓝衫对于寿如山这样的老童生来说，其诱惑力并不比一件衮龙袍差多少。

（郭上）要图生富贵，须下死功夫。（见介）呀，子春何来？

---

① 《明史》卷六十九，中华书局1974年标点本，第1686页。

② 《清史稿》卷一百六，中华书局1998年标点本，第3118页。

③ （清）汪光被：《芙蓉楼》卷上，《古本戏曲丛刊五集》，上海古籍出版社1986年影印本，第38页。

④ 《明史》卷六十九，中华书局1974年标点本，第1686页。

⑤ 《清史稿》卷一百六，中华书局1998年标点本，第3115页。

（李）太尊考满，众朋友俱有贺礼见他见儿。（郭）咳，老哥多事的凶。就没有小厮跟随，把衣巾寄在府县前到便些，这等穿了街上走来走去，甚为不雅。（李）老兄，你道破蓝衫不雅，那些老童生见了，就是件衮龙袍哩。（郭）我有些看你不得了。[①]

明清两代生员的身份并非永远享有。生员入学后，在平日要接受府、州、县学教官的管理。教官会根据生员平日的表现予以奖罚，“除丁忧、患病、游学、有事故外，不应月课三次者戒饬，无故终年不应者黜革”[②]。除日常考核外，教官还要对生员的品行予以评定，并交与学政进行处分，“提学官岁试校文之外，令教官举诸生行优劣者一二人，赏黜之以为劝惩”[③]。一旦学生被定为劣行，则其功名难保，而被评为优行，即便考试成绩不好，也还能保住功名。

（丑、末）禀问老爷：优行、劣行，可曾定下那几个？（副净）优行比劣行不同，开了优行的，就考了六等，也还复得前程，富家子弟，自来夤缘；那劣行只有一个也罢了。我闻得有个周公梦，酗酒呼卢，宿娼包讼，件件都备。况我到任至今不来一见，就把他开去罢了。[④]

但对生员而言，与自身利益关系最密切的莫过于学政三年两次的岁、科考。岁考是学政为评定生员平日的学习成绩等级所进行的考试。明清两代，岁考等级分为六等，其中一、二等给赏，三等如常，四等以下加以处分。如果考了六等，则生员资格会被黜革，“提学官在任三岁，两试诸生。先以六等试诸生优劣，谓之岁考。一等前列者，视廪膳生有缺，依次充补，其次补增广生。一二等皆给赏，三等如常，四等挞责，五等

---

① （明）周朝俊：《红梅记》卷下，《古本戏曲丛刊初集》，上海商务印书馆1954年影印本，第10页。

② 《清史稿》卷一百六，中华书局1998年标点本，第3116页。

③ 《明史》卷六十九，中华书局1974年标点本，第1689页。

④ （清）李渔：《怜香伴》，《李渔全集》第四册，浙江古籍出版社1992年标点本，第26页。

则廪、增递降一等，附生降为青衣，六等黜革”[①]。此外，“生员必须应岁考，倘欠考者勒限补行，欠考三次黜革，后宽其例，五次以上乃黜”[②]。即便如此，岁考对生员来说也是极为头疼的事情，所以在当日有“秀才怕岁考”的说法。

(净上) 书生原是秀才名，十个经书九个生。一纸考文才到学，满城都是子曰声。我周公梦自从纳了这个秀才，亏我那孝顺的父母相继呜呼，申了两次丁艰的文书，躲了两番磨人的岁考。终日眠花醉柳，喝六呼幺，何等快乐。如今遇着个作孽的宗师，忽然要来岁考。想我老周科还科得，岁却岁不得。本待要寻条门路，保全三等，怎奈宗师利害，不许投书。如今没奈何，只得把四书白文略理一理。[③]

周公梦的秀才是用钱买来的，自然水平不济。前几次凭借父母去世丁忧的借口躲过了岁考，但当借口没有时也就慌了手脚，之所以说“岁却岁不得”，是因为没有真才实学，岁考时很容易被评在六等，从而使得生员资格被黜革。

生员资格一旦被黜革，就必须为重新获得生员资格奋斗了。在明清两代，秀才甚至比举人、进士还要难考，据相关史料，乡、会试只能出明白正大、意义完整的大题，所以认题时不容易出错，也容易作答，而生员考试经常出小题，甚至是截搭题，此类题目以偏、怪、难为特点，极其刁钻，很难作答，因此生员对岁考极为紧张。至于科考，主要是为评定乡试资格所进行的考试，虽然个别人会因此被黜革，但大多情况下都会被评为三等以上，故对生员的压力反比岁考要小许多，“继取一二等为科举生员，俾应乡试，谓之科考。其充补廪、增给赏，悉如岁试。其等第仍分为六，而大抵多置三等。三等不得应乡试，挞黜者仅百一，亦

① 《明史》卷六十九，中华书局1974年标点本，第1687页。

② 商衍鎏：《清代科举考试述录及有关著作》，百花文艺出版社2004年版，第29页。

③ （清）李渔：《怜香伴》，《李渔全集》第四册，浙江古籍出版社1992年标点本，第26、27页。

可绝无也"①。

二　殿试阶段

明清两代科举的最后阶段是殿试。殿试是由皇帝亲自主持的科举考试，因为在朝廷内举行，又名廷试，其参与者为会试的中式者。"次年，以举人试之京师，曰会试。中式者，天子亲策于廷，曰廷试，亦曰殿试。"② 由于廷试是皇帝亲自出题的考试，因此没有主考官与同考官，只有皇帝临时任命的读卷官，录取名次也是先由读卷官拟定，交由皇帝裁决，"廷试用翰林及朝臣文学之优者，为读卷官。共阅对策，拟定名次，候临轩。或如所拟，或有所更定，传制唱第"③。清代与明有些不同，"殿试临轩发策，以朝臣进士出身者为读卷官，拟名第进呈，或如所拟，或有更定"④。又，乡、会试的一些规定如搜检制度、进出场制度等在殿试中都不会出现。在考试内容上，殿试主要考时务策，由皇帝发问一些国家的具体政务，然后考生对这些政务提出自己的处理意见、作出具体的回答，"清初顺治二年定殿试用时务策一道，策题二三百字，内所询仅二三事，如顺治丁亥科其题为'求得真才'、'痛革官弊'及'筹饷'三项，顺治六年己丑科其题为'联满汉、养民力、化顽梗'三项"⑤。名教爱情剧中，男主人公几乎都是进士出身，所以必须经历殿试，故而剧中这一类的描写也不少。

（末）敢问相公，策题好做么？（生）策皆时事。问突厥既亡，其降者尚十万口，策区处之宜。（小生）官人怎么对了？（生）我大略说夷狄性类犬羊，弱则请降，强则背叛。若留中国，数年后生育蕃滋，必为腹心之害。西晋覆辙，足为明鉴。宜徙之使还故土便。

---

① 《明史》卷六十九，中华书局 1974 年标点本，第 1687 页。

② 《明史》卷七十，中华书局 1974 年标点本，第 1693 页。

③ 同上书，第 1695 页。

④ 《清史稿》卷一百八，中华书局 1998 年标点本，第 3149 页。

⑤ 商衍鎏：《清代科举考试述录及有关著作》，百花文艺出版社 2004 年版，第 133、134 页。

（末）相公处得极是，必然大魁。我去打点茶饭来。（下）①

不过明清两代策题的写作有一定的格式规范要求，如清代，“对策起收有一定格式，起用‘臣对臣闻’，收用‘臣末学新进，罔识忌讳，干冒宸严，不胜战栗陨越之至。臣谨对’”②，这些在剧中也有一定程度的展现。如下例：

（末）官里道来，兵食信三者，当时缺一不可。倘当师旅倥偬，或饥馑荐至。在当事方请兵请饷，在朝堂则议募议蠲。兹曰去兵、去食，果何说欤？岂民信果可鞭雷掣电以当兵，而金汤守护无碍于倭虏长驱；量砂唱筹以当食，而灾沴潜消无妨于旱霪原野欤。尔诸士其详对毋忽。（生）臣石鲸谨奏闻陛下。

【驻马听】臣对：臣闻兵食从来是本根，须兵屯兼济，耕耨蒐弥。忠信详明，一身力作有余盈，义方敌忾人知奋。（合）何必虑食兵，区区调兵益饷，皆是捄时末论。③

（末）圣上有旨：当今治国，何者为先。（生）臣张幼谦谨对。（末）对来。（生）

【降黄龙】臣对：臣闻明圣当阳，朋党先惩。他身为治梗，肃清朝纪，治世安民。（净）臣张有兼谨对。（末）对来。（净）堪憎，沽名钓誉，岂容他人起死回生。臣只愿纳言受谏，驱除奸佞。④

北宋仁宗以后，除偶然情况外，殿试对参与者不再加以黜落，因此考生只要能获得殿试的资格，也就意味着能得到进士的身份，而不用担心落选的问题。

---

① （明）西湖居士：《诗赋盟》卷下，《古本戏曲丛刊二集》，上海商务印书馆1955年影印本，第26页。

② 商衍鎏：《清代科举考试述录及有关著作》，百花文艺出版社2004年版，第135页。

③ （明）西湖居士：《明月环》卷下，《古本戏曲丛刊二集》，上海商务印书馆1955年影印本，第44、45页。

④ （明）王元春：《景园记》卷下，《古本戏曲丛刊三集》，文学古籍刊行社1957年影印本，第18页。

（内云）听传胪，第一甲第一名刘乾初等三名，赐进士及第。（生叩头介）（内）第二甲第一名何神等，赐进士出身。（小生叩头介）（内）第三甲第一名乌必有等，赐同进士出身。（净叩头介）（丑）方才小弟的贱讳怎不曾唱？（生、小生）总在等字内了。（丑）好糊涂，知在那一等。（净）少不得有那一等安放年兄，敢还是宗师岁考，怕考六等么？（丑）六等不怕，只怕七等。（小生）可知圣恩浩大，只发前三等哩。①

进士只有三等，这里“只发前三等”即无论如何也会获得进士的意思。殿试名单，明清两代是用表里两层的黄纸予以书写公布，叫作金榜，故考取进士称为金榜题名。伴随金榜题名的是古代科举最盛大的庆典仪式：传胪。传胪的完整过程剧中没有描写，只有个别剧作如《春灯谜》《玉鸳鸯》等对传胪的唱名过程做了一点粗略的描述：

（内官读介）奉天承运，皇帝制曰：朕以凉德，躬御丕基，承天宝播迁之余，自灵武登践而后，赖尔百僚策力，重建太平，兵革既销，文明斯启。今当大历五年，亲策群英，拔其特秀，特命传胪，用彰盛典。尔诸士其精白乃心，副朕休命，钦哉。第一甲第一名贾言，长沙湘乡人。（鸿依唱介）（内应介）（内官）第一甲第二名长孙杰，长安京兆人。（如前）（内官）第一甲第三名宇文羲，夔府巫山人。（鸿错传介）第一甲第三名李文羲，夔府巫山人。（内不应介）（鸿）颁赐状元袍笏，诸进士宝钞。（内臣捧下场介）（鸿）状元率诸进士上御路谢恩。……（杂）第一甲第一名臣贾言率诸进士，臣等愿吾王万岁万岁万万岁。（鸿）状元率诸进士至朝门外，听候遣官，送归私第。（杂）万岁。②

（太监唱）第一甲第一名谢云仙，扬州江都人。（鸿起介）领旨。

---

① （明）吴炳：《情邮记》卷下，《古本戏曲丛刊三集》，文学古籍刊行社1957年影印本，第44页。

② （明）阮大铖：《春灯谜》卷下，《古本戏曲丛刊二集》，上海商务印书馆1955年影印本，第6、7页。

（照传）（小生内应）臣有。（大太）敕赐宫花袍笏，穿戴候旨。（小太）领旨。（吹打下）（大太白）第一甲第二名高志云，苏州吴县人。（鸿照传，内应，大太照前赐袍笏，小太捧下）（大太白）第一甲第三名单修昌，山东济宁人。（鸿、大太、小太俱照前）（大太白）圣上有旨，着状元率领诸进士，上殿朝见。①

据商衍鎏先生《清代科举考试述录及有关著作》的记载，剧中情节与现实大致相同，“丹陛大乐作，鸿胪寺官引新进士就位。宣制曰‘某年月日策试天下贡士，第一甲赐进士及第，第二甲赐进士出身，第三甲赐同进士出身’。传胪官唱第一甲第一名某人，引出班就御道左跪，第二名某人，引出班就御道右稍后跪，第三名某人，引出班就御道左又稍后跪。每名皆连唱三次。嗣唱第二甲某等若干名、第三甲某等若干名，仅唱一次，不引出班。唱时以次接传至丹墀下，所以是日称为传胪。唱名毕，乐作，大学士至三品以上各官及新进士均行三跪九叩礼”②。由于传胪时只有一甲三人是独立唱名，二甲、三甲只以第一人领衔唱名，其余人包含在等字之内，所以才有剧中丑进士“好糊涂，知在那一等”的抱怨。

三　科举习俗

名教爱情剧中还有一些明清科举考试习俗的内容，尽管数量不多，但有一定的价值与意义，值得我们讨论。

乡、会试考试前，主考与同考官要先举行筵席，当时人称为入帘上马宴，“初六日入闱，设入帘上马宴，主考、同考官、监临、提调、监试各执事官皆预宴，主考独朝服乘亮轿，亮轿亦名显舆，四无围障，用大宝座蒙虎皮，左右踏足置木狮，轿竿裹彩绸，八人肩之赴抚署（唯江南于首府署）。先行谢恩礼，礼毕入席，循例茶三献、戏三阕，略坐而起。起坐时观众蜂拥而上，大堂杯、盘、椅、桌，纷乱掀翻，名曰抢宴；此

① （清）周坦纶：《玉鸳鸯》下卷，《古本戏曲丛刊三集》，文学古籍刊行社1957年影印本，第33页。

② 商衍鎏：《清代科举考试述录及有关著作》，百花文艺出版社2004年版，第148页。

事不知始于何时，诚颓风也”①。

（杂扮巡绰官上）秋闱今日选场开，多少英雄入彀来。莫道皇家贪结网，肯教骐骥让驽骀。自家乃贡院内总巡官便是。今日大总裁老爷与各帘官赴宴已完，将次入闱，一应事务，俱已完备，须索在此伺候。②

以上为清代的规矩，明代略有不同。据阮大铖《燕子笺》，入帘宴是在外帘官办公的至公堂上举行。

（巡绰官领人役上介）严封棘院诸生坐，新筑沙堤主考行。小官巡绰官是也，带领各项人役，伺候郦老爷入场。借重大叔禀声，分房、监试在至公堂候老爷吃入帘宴，等久了。③

这里需注意的是，清代的入帘宴还要演戏三阕，可见在清代，戏曲演出连科举考试这等重大严肃的场合也已经普及到了。

乡、会试后，被录取的举人、进士由于在同一地方、同一时间考中，所以被称为同年。在明清两代，同年要刻同年录，将同科人的姓名、年齿、籍贯等汇刻在一册上，以作相互熟悉、交往、联系之用。“清同年录分为二种，一为某科乡试同年录，有以同省同榜为限者，按全榜名次为序，登载姓名、年岁、籍贯，录前载主考、同考、监临、提调、监试等各姓名与官阶，及是科各场之题目。有合本科各省取中举人副榜，分省按中式先后次序，将该省全榜照刊者，录内仅登姓名与年岁、籍贯。宗室分榜，另登于顺天榜之前，武科、翻译科虽有乡试，而同年录不载。会试则称某科同年全录，按名次先后，登载姓名、年岁、籍贯，名上并注某房字样，是由第几房之房官荐卷所中者，录前载传胪礼节、殿试礼

① 商衍鎏：《清代科举考试述录及有关著作》，百花文艺出版社2004年版，第100页。

② （清）孙郁撰，《双鱼佩》上卷，《古本戏曲丛刊三集》，文学古籍刊行社1957年影印本，第52、53页。

③ （明）阮大铖：《燕子笺》卷上，《古本戏曲丛刊二集》，上海商务印书馆1955年影印本，第36页。

节，及总裁、同考、场官各姓名、官衔。此种同年录等于姓名录之类，为便于检查之用耳。一为某科同年齿录，则以乡试本科、会试本科之同榜者为限，不以名次为先后，年长者居前，齿少者顺序排下，姓名为纲，附载别号、生辰、籍贯、中式名次等，亲属载三代父母、同胞兄弟与妻子，齿为主体。皆分省成录，无合各省汇为刊刻者。”①明代与之相仿。如下例：

（杂上）剞劂生涯旧，诗书艺业长。刻字的候列位爷刊同年录。（众）起来伺候。（杂应科，净起，众接科）

【又】十年窗下无人晓，一朝声播迢遥。幸逢晨，正直圣朝，抡材不弃蓬茅。（合前）（外）诸公把尊庚叙了何如？（众）是。（丑送笔砚科）（众）赵年兄了。（净）果弟痴长，占了。（写科）如今该那一位？（末）小弟甲子生。（生）这等邹兄了。（小生）占了。（写科）如今？（末）小弟了。（写科）②

这里的同年录显然是商先生所说的同年齿录。

科举要考八股文，但八股文作为一种考试文体，其写作有多种限制，如破题只写两句，且第一句不能用虚字。科举出题也是五花八门、多种多样，有大题、小题、截搭题之分。大题又分为连章题、全章题、数节题等，小题又分为截上题、截下题、截上下题等，截搭题又分为长搭、短搭、有情搭、无情搭等。学生要想获得科举功名，在考场之外就必须熟练八股文写作。除考生外，每次科举考试前，考官们也得写作八股文作为本次考试的范例，以便考生了解本次考试的相关要求，由考官所写的八股文称为程文。

八股文是科举的敲门砖，为供考生学习模仿之用，当日社会就把各种八股文章刊刻出来，在社会上流通。八股文刻本的名目有多种，“十八房之刻，自万历壬辰《钩玄录》始。旁有批点，自王房仲选程墨始。至

---

① 商衍鎏：《清代科举考试述录及有关著作》，百花文艺出版社 2004 年版，第 114 页。

② （明）周履靖：《锦笺记》下卷，《古本戏曲丛刊二集》，上海商务印书馆 1955 年影印本，第 21 页。

乙卯以后，而坊刻有四种：曰程墨，则三场主司及士子之文；曰房稿，则十八房进士之作；曰行卷，则举人之作；曰社稿，则诸生会课之作"①。除此四种外，还有书生个人的稿本。名教爱情剧中，对这些八股刻本都有描写：

（生、小生）此位老丈尊姓？（外）老夫潘得钞，三学朋友会文，常请老夫做社师。（生）是，久仰。向年学生也曾诵过老丈的佳作。（外）我著的文集也都在外边，不知年兄读的甚么名色？（生）谓之《文林四奇》。（外）嗄。《文林四奇》，有的。是琼花观乐思梅先生，并升仙桥郭梦楼、长川巷薄敬堂。两个是儒士，一个是孝廉，第四便是老夫。还是正德戊辰年合刻的，初名《潘乐郭薄》，后辈改题《文林四奇》。家下还有藏板，另日取来送各位年兄。②

（小生）岂敢。（看生文介）是一首《牡丹赋》。妙，妙。芳芬灿烂，允称名花。宙合大社中，当以此作为冠，即付梓人便了。（作袖去介）（生）惶恐。（净）甚么宙合大社？（小生）小弟遍访天下名士，征其文章，汇选大社，以公同好。③

上两则材料说的是社稿。第一则反映的是只收录四位书生八股文的选本，第二则展示的是普选天下书生八股文的选本。

（外出小旦诗介）（净、丑看赞介）老师尊作，真是程文，门生辈万不及一。（小生作沉吟介）不像自家做的。④

（小生）门生此来，送窗课与老师看，并带拙选宙合大社一册在此，求老师删正。谁与你们争女婿来。⑤

---

① （清）顾炎武：《日知录》卷十六，上海古籍出版社2012年标点本，第643页。

② （明）许恒：《二奇缘》卷上，《古本戏曲丛刊三集》，文学古籍刊行社1957年影印本，第17页。

③ （明）吴炳：《绿牡丹》卷上，《古本戏曲丛刊三集》，文学古籍刊行社1957年影印本，第6页。

④ 同上书，第25页。

⑤ （明）吴炳：《绿牡丹》卷下，《古本戏曲丛刊三集》，文学古籍刊行社1957年影印本，第3页。

这里第一则说的是考官的程文，第二则为书生个人的八股文稿。

对名教爱情剧来说，如此丰富的科举描写反映着深刻的现实内涵。在不科举不能予官的现实下，剧作者对科举有太多的感受和认识，他们不但留恋科举本身，而且对与科举有关的一切事物都有着特殊的情感，而这种情感使他们在剧中自觉或不自觉地把大量的科举制度描写了进来。通过这些描写不仅可以洞察明清两代社会面对科举时的深层心理态度，还可以真正地解决名教爱情剧在情节设置、人物形象等方面所呈现的各种问题。可以这么说，如果不对名教爱情剧中的科举问题做深入探讨，就不可能将此类剧本真正地研究清楚，更何况他们还确实在剧中写了大量与科举文化密切相关的特殊人群及其心态、人们面对科举的态度、以及深层的功名富贵心理需求。

第六章

科举百态与名教爱情剧

科举制度作为明清两代仅有的入仕途径，对秉承“学而优则仕”信条的读书人有着莫大的吸引力，但科举并不完全公平，功名也并不容易获得，大多数人穷其一生依然是一无所得。在残酷的现实面前，中国人的人性表现出它最真实的一面，从而为当日的世俗百态添上了浓重的一笔，当然这一笔并不都是美丽、充满温情的，而是美丑并存、冷暖皆备的。

第一节　考试不公现象及原因

作为古代一种官吏选拔制度，科举与其他制度相比，应该说是最能体现公平、公正原则的，它能在最大程度上杜绝各种社会关系对官吏选拔的影响与制约，也能在最大程度上防止个别贵族门第长久把持政权的弊端。但任何制度都不是完美无缺的，何况封建制度本身就存在许多不合理因素，因此尽管科举能在最大程度上体现公正公平的原则，但在实际的官吏选拔过程中，却依然存在着许多不公的现象。

(小生) 浪仙，比如令狐滈、令狐谈这伙庸才也得中榜，难道我们偏终身不遇。(外) 飞卿、飞卿，岂不闻说：总因拾芥儿曹易，益遣登科我辈难。

【么篇】逐狡兔，人争捷。守枯株，我独愚。靠家风没个亲爷护，赂权门少的钱神铸。换儒衣羞把新声度，从教曳白自登科，饶咱制锦空延伫。①

（末）爷，文字这卷好，势力又那卷好，还把那一卷中状元？（丑）如今时世，只要有势力，怎么论得文字。只把春字这一卷做状元罢了。②

出身贫寒的有志之士落第，而有权有势的庸才不但能中，还能作状元。真才实学在与权势的较量中败下阵来，这不仅是当日有才之士的悲哀、科举制度的悲哀，更是整个封建社会的悲哀。《怜香伴》中，魏楷的话真实地道出了权势在科举中的威力：

下官姓魏名楷，家君现任冢宰。姻亲七贵五侯，家私石崇、王恺。性中不屑聪明，心上带些云叆。读书不共戴天，笔砚视同苦海。草草学得完篇，者也之乎未解。自己密密加圈，先生不敢擅改。开得科举一名，去做观场小矮。还他黑字七篇，不管是非好歹。谁知富贵逼人，锦上花添五彩。举人何待夤缘，进士不须钱买。试官要奉权津，自会斑衣献彩。查出试卷呈堂，主考连声喝彩。既然将出将门，敢不容他奏凯？及至放榜巍然，乡里一齐震骇。贺仪羊酒纷纷，世事幡然一改。纱帽软乎其翅，圆领硬乎其摆。双手把银带摩而又摩，两脚把皂靴踹而又踹。头上的三檐伞，上毛坑也要张；马前的五花头，谒家君也要摆。轩昂其实轩昂，潇洒果然潇洒。算来万事俱全，只少个娇娇滴滴、风风流流、现现成成的夫人奶奶。③

大致而言，科举不公的原因主要有以下两种，一是特权阶级或权奸大臣的横加干涉，一是卑鄙考生的无耻作弊，“其贿买钻营、怀挟倩代、

① （明）叶宪祖：《鸾镵记》上，《古本戏曲丛刊二集》，上海商务印书馆1955年影印本，第34、35页。

② （明）单本：《五闹蕉帕记》卷下，《古本戏曲丛刊二集》，上海商务印书馆1955年影印本，第16页。

③ （清）李渔：《怜香伴》，《李渔全集》第四册，浙江古籍出版社1992年标点本，第99页。

割卷传递、顶名冒籍，弊端百出，不可穷究，而关节为甚”①。

一　特权者之干涉

由于科举是明清时期进入仕途的仅有道路，而科举又与功名富贵紧密相连，所以科举功名就成为每个读书人争夺的对象。特权阶级的子弟在竞争中具有优势，这是因为他们的尊长或与考官有特殊的人际关系，从而能在考试中获得人情，或是尊长为考官的顶头上司，考官为巴结上司自动将科举功名奉上。“嘉靖二十三年廷试，翟銮子汝俭、汝孝俱在试中。世宗疑二人滥首甲，抑第一为第三，以第三置三甲。及拆卷，而所拟第三者，果汝孝也，帝大疑之。给事中王交、王尧日因劾会试考官少詹事江汝璧及诸房考朋私通贿，且追论顺天乡试考官秦鸣夏、浦应麒阿附銮罪，乃下汝璧等镇抚司狱。”② 个别考生的尊长甚至凭借地位，强行干涉科举，以徇私舞弊的方式让自己的子弟考中。

> 下官覆姓令狐名绹，幸遇今上特达相知，不次擢用，由学士迁同平章事，任用最专，恩宠无比。举子温庭筠，幼有才名。今上喜《菩萨蛮》词，实非下官所长，叫他代作进呈，甚见嘉赏。明岁大比之年，吾子令狐滈在此应试。那些考官虽则都嘱付了，只是场中文字，若使人看不得，恐怕难违公论。吾想除非假手温生方好，须先差的当家人去与他面说。③
>
> 学生石作砚，乃当朝石亨之侄，靠子渠个势头，横行楚馆，人称花月先锋；一窍弗通，叨占秋闱第二。可笑我金陵有个妓女，名唤许仙俦，才貌呢，自然有几分勾。竟不拉个些勿见识面个士大夫，潜做天上有，世间无，日日像苍蝇攒粪，挥之勿散，弄得个丫头拿班作色，要相与渠个，先送文章三篇，词赋十章，律诗百首，若然

① 《明史》卷七十，中华书局1974年标点本，第1705页。

② 同上书，第1702页。

③ （明）叶宪祖：《鸾鎞记》上，《古本戏曲丛刊二集》，上海商务印书馆1955年影印本，第6、7页。

评得好，方送五十两茶资，然后相见。[①]

令狐绹与石亨皆为真实的历史人物，令狐绹是唐代宰相令狐楚的儿子，本人也担任过宰相之职，石亨是帮助明英宗夺门复辟的核心成员。二人都是深得皇帝信任的权臣，因而有资格在科举中对考试加以干涉。明清两代，权臣干涉科举之事皆有，而以明代中后期最为明显，如“正德三年，焦芳子黄中会试中式，芳引嫌不读卷。而黄中居二甲之首，芳意犹不慊，至降调诸翰林以泄其忿”[②]，此为明武宗正德年间权臣焦芳干涉科举之事；再如“甲戌春，奉命入阅进士廷试卷。时江陵柄国，以有子在列，避不阅卷。亚相张蒲州拟定序次：首江西宋宗尧，次浙江陆可教，次宁国沈懋学，为一甲；次湖广张嗣修，为二甲首。嗣修，江陵仲子也。暨上御中极殿，九卿以次读卷，时方以陆卷上彻宸聪，而江陵潜通大珰，遽传命免读。乃取沈、张未读卷置宋、陆上，送御几前。于是首沈次张，而宋、陆抑置二甲。时缙绅咸为不平，而江陵犹向余曰：‘蒲州吾所引用，何吝于一甲，不以畀吾子耶’”[③]，此为万历初年张居正运用权力将次子张嗣修取中榜眼之事。由于权臣具有干涉科举，使其私人获得科举功名的权力，因此在明清时期，许多士子为功名弃名节于不顾，甘愿投身于权臣门下，以求能在科举中获得出身，出人头地。

（杂）报去，冷爷拜访。（外）少待。禀爷，冷爷拜访。（小生）那个冷爷？（生）是小弟同年冷朝阳。（贴）冷朝阳，阿耶，这个人也中了进士么。（生）你那里认得？（贴）不要说起，那武公要借郁金丸，就差他来的。（生）我也看他文字相貌，也不该科第的。元是武公门下人，所以场中把他中了。[④]

---

① （清）无名氏：《三凤缘》上卷，《古本戏曲丛刊五集》，上海古籍出版社 1986 年影印本，《订盟》。

② 《明史》卷七十，中华书局 1974 年标点本，第 1702 页。

③ （明）张瀚：《松窗梦语》卷之一，《治世馀闻·继世纪闻·松窗梦语》，中华书局 1985 年标点本，第 22 页。

④ （明）□□：《吐绒记》卷下，《古本戏曲丛刊三集》，文学古籍刊行社 1957 年影印本，第 19 页。

【仙吕入双调过曲】【字字双】（丑扮乔材青袍蹉上）曾中前朝乡榜低，退气；诗词歌赋敢相欺，不济；春闱钻刺买经题，妙计；先投相府望提携，得意，得意。自家乔材，字伯梁，淮阳人氏。蜻蜓在面，蛇蝎为心。传家但有铜山，扪腹毫无墨水。故宋将亡，科场弊作。其时我年未冠，亏那绷名声的爹妈，活捉我在纳粟门中。又仗那兜买卖的主司，死填我在登科录上。落得一味打家劫舍，走府穿衙，倒也威势无比。不料鼎革以来，改了词曲取士，八股尚且荒疏，九宫更难填凑，因此连年推病，不赴公车。如今闻得桑丞相当朝，翰林老先生那一个不出他门下，我如今多将些金银去拜师生，只消他眼角斜一斜，唇皮动一动，不怕进士不高掇了来。何须东边投禀启，西边送课稿，哄动招摇么。为此蚤蚤到京，寻着桑府里一个极得时的蒯长班，许他重酬，包定引进。他教我先备禀帖仪单，当面投递，次蚤替我缴清礼物，但不知几时得见。今早着春奴去问蒯长班，想必就回。①

对于投靠之人，权臣们不惜冒天下之大不韪让其登第，而对保持节操，想凭自身才华获得科举功名的人，权臣们则寻找各种借口和理由将其黜落，这就导致明清时期众多才学之士落第，长期沉沦于下层之中，饱受社会的冷眼与奚落。如汤显祖早年驰名科举场，因此被张居正欣赏，张欲让儿子张懋修、张嗣修与汤显祖交往，但汤显祖予以拒绝，结果在张居正当政期间，汤显祖多次科举落第，直到万历十一年（1583）张居正去世后，汤显祖才考取了一个三甲进士。汤显祖的遭遇在当日并非孤例，而是非常普遍，所以剧中对此的描写也就相应地出现了。

（净）这个不难，我明日就对考试官说，温庭筠轻薄无行，专在场中为人代笔。杜羔、贾岛结党夤缘，法宜并斥。记认了三人试卷，不中便了。（丑跪介）小侄万望吹嘘。（净）我也通个关节与试官就

① （清）程瀛鹤：《蟾宫操》上卷，《古本戏曲丛刊五集》，上海古籍出版社 1986 年影印本，第 25、26 页。

是了。（丑）多谢厚恩。①

下官参知政事赵如愚，派接天潢，秩参政府。上有圣天子，敢不效忠；下无贤宰臣，难以协力。前日韩侂胄要下官中那阮瀚，我想制科是朝廷盛典，若少徇私，贤路闭塞，如何使得，故此不遂他的请托，便相仇恨，竟把下官中的状元卷子涂抹坏了，不想也叫做阮翰。此人才具不凡，今年不中，自有来科，韩侂胄怎么阻得他进身之路。只是下官识荆了他一番，岂容恝然。早上差人去请他相会，左右，阮相公到来，即便通报。②

温庭筠不肯替令狐绹的儿子做枪手，还在胡谈面前讽刺令狐绹，因此令狐绹就听了胡谈的谗言，不但将温庭筠黜落，还将温庭筠的同学杜羔、贾岛一并黜落。韩侂胄想让阮瀚中进士，被主考官赵汝愚拒绝，恼羞成怒下，他把赵汝愚所取中的状元卷给涂抹坏了，按照明清科举规则，卷子被涂抹不能被录取，所以阮翰最终落第而归。此外，权臣为私人恩怨，在殿试后对新进士的官职授予予以干涉与掣肘的事情也是数见不鲜，“神宗初，张居正当国。二年甲戌，其子礼闱下第，居正不悦，遂不选庶吉士”③。对此不公现象，名教爱情剧也有反映：

（生）下官自遵继父之命，北监下场，不意乡会连魁，已选了馆职。只因王陈两相公与我房师有隙，将我改选杭州推官。虽然不得词林，倒是南去之路，可以便道金陵，求白公亲事。④

苏友白考中二甲，任职翰林院。但王文、陈循两位内阁大学士与主考官刘俨有矛盾，且苏友白是刘俨所选拔的考生，所以王陈二人迁怒于

① （明）叶宪祖：《鸾鎞记》上，《古本戏曲丛刊二集》，上海商务印书馆 1955 年影印本，第 32 页。

② （明）王异：《弄珠楼》上卷，《古本戏曲丛刊三集》，文学古籍刊行社 1957 年影印本，第 17 页。

③ 《明史》卷七十，中华书局 1974 年标点本，第 1702 页。

④ （清）徐石麒：《珊瑚鞭》卷下，《古本戏曲丛刊五集》，上海古籍出版社 1986 年影印本，《探虚宅》。

苏友白，将其由翰林官下放到杭州府去做推官。

二　考场作弊

特权者干涉科举是明清时期科举不公的重要原因，但导致科举不公的更重要原因是考场中形式众多、方法各异的作弊现象。科举是明清读书人获得官职的仅有途径，故而人们想尽一切办法去获得科举功名。对不学无术者而言，要在众多的竞争者中脱颖而出几乎是不可能的，因此在巨大的利益诱惑面前，他们铤而走险，于是手段多样的作弊现象也就出现了。

明清科举作弊的手段很多，据《鸳鸯绦》的描写，至少有六种，“往常头巾试官，一场试经书，二三场论表策判，所以有传递、束卷、分房、做号、割卷面、买字眼许多弊窦”，实际上科举场中的作弊方法远比这为多。这里对名教爱情剧中出现的科举作弊方式做一简单的了解和论述。

（一）传递答案

传递答案是最简单的作弊方式之一，也是流传至今的考试作弊方法。如下面这个例子：

> （旦）依哥哥便了，只是何人传递？（丑）我也想到了，若用书房小厮，恐人猜疑，倒反不妙。（揖老旦介）就央钱妈妈。（老旦笑介）怎央起老身来。倘然走了风声，被管会的一把拿住，关防严惮，自不惯送暖偷寒。（丑）好一个老俏，管会的拿你何干。[①]

《绿牡丹》中，沈重翰林在家开文会，邀请柳希潜、车本高参加。车本高是个不学无术的浪荡公子，不会作文，无奈下只好恳求妹子车静芳给自己写作答案，至于传递答案的任务则交给了车小姐的乳母钱妈妈来完成。

（二）怀挟夹带

与传递答案一样古老，也同样流传至今的作弊方式是携带夹带。携

---

① （明）吴炳：《绿牡丹》卷上，《古本戏曲丛刊三集》，文学古籍刊行社1957年影印本，第15页。

带夹带可以说是明清科举中使用最为广泛的作弊方式，这可通过明清科举为防止夹带而专设入场搜检制度来证明，这种专设制度的待遇是其他各种作弊方式都不能与之相提并论的。既然怀挟夹带使用得最广泛，剧中的作弊现象也就以携带夹带为最多。

【四煞】（净）悔寒窗日子多，恨风檐晷影忙，馒头汤粉也无心抢。待我细认题目，都都平丈非难读。带有蝇头录在此，（抄介）羊血苍苍有几行。（看卷摇头介）难、难，便叫我自恕看，难教像。新学得完场秘诀，再无过请客良方。①

虽然如此，会试不比乡场，须要另做一番手脚。割卷不可再试，传递难乎其人。我如今用个怀挟的法子，抄了几百篇拟题文字，又录了一卷二三场。任他出去出来，不过是这几个题目，料想没有五书六经；凭他拟长拟短，不过是这几篇后场，料想不考诗词歌赋。②

（众）才出题目哩，分题尽奔骤。你听里面静悄悄的，想都在里面做文字了。音声顿休。呀，里面为甚么一时喧嚷起来。（内喊）阙字二号、最字十八号搜出怀挟，东瞭高楼巡场官捉住传递，各号军要用心提防。（内应介）③

传递与夹带是最低等的作弊方式。传递需要时间，明清科举考试时间极为紧张，一般情况下能完成自己的任务已经不容易，哪有多余时间给他人写作传递。夹带是现成的答案，而考试题千变万化，很难凑巧。所以为确保考试成功，高等的作弊方式出现了。

（三）代做

代做就是预先约好优秀的考生，在考场中将二人的考号连在一起，考试时由好学生将答案做好，然后交给自己使用。这种作弊要求很高，

---

① （明）吴炳：《画中人》卷下，《古本戏曲丛刊三集》，文学古籍刊行社1957年影印本，第48、49页。

② （清）李渔：《怜香伴》，《李渔全集》第四册，浙江古籍出版社1992年标点本，第87页。

③ （明）沈孚中：《绾春园》卷下，《古本戏曲丛刊二集》，上海商务印书馆1955年影印本，第15页。

风险也大，首先将二人之号连在一起并不容易，此外好学生写的卷子也未必能被考官看中。

（杂）大爷所见甚高，或是主考，或是房考，买了字眼，中榜归家，不怕亲事不成。（净）只是场中卷子也要涂黑。（杂）这也不难，场前多有私卖蝇头录的，买他一本，夹带进去，抄写便是。

【前腔】蝇头录本，堪夸。（净）好便好，只怕搜简出来。（杂）商议一个妙法方好。（净欲藏衣、鞋、巾、发、笔、砚、食物内介）（杂）都不妙。（净）这等怎处？（杂）大爷休慌，从来科场禁约先告人方法了，道藏在不可言之处。（净）在那里？（杂）要潜藏入屁丫。（净笑介）这等是放屁文章了。（杂）大爷，有得屁放，就是好的。（净）倘或大便不谨，突了出来，不是耍笑的。（杂）大爷，还有一个方法，拣着好秀才，买了同号，央他代做，满纸涂鸦，也省得烦劳贵体，把枯肠搜刮。（净）这倒使得。（杂）姓名儿稳向高头挂。（合前）①

（丑扮乔材摆上）笑他窗下死工夫，曾走场中捷径无。先辈佳篇多巧处，只须依样画葫芦。我乔材拜在桑丞相门下，此番会试，那进士如探囊取物。只是今科题目，乃圣上钦定，必是个辣手的，须防曳白，欲得一人联号，捉刀、捉刀。②

科举中绝不会出现白卷被录取的现象，乔材二人尽管能凭关系被录取，然其卷面必须完整，不能曳白，但二人腹中没有墨水，难以作答，只好采用代做的方式来作弊。

（四）买字眼

买字眼是考生和考官联合进行的一种作弊方式。考官在考前将试题透漏给考生，双方约定在考生文章的特定句子中使用特定的字眼，考官

① （明）吴炳：《西园记》卷下，《古本戏曲丛刊三集》，文学古籍刊行社 1957 年影印本，第 6 页。

② （清）程瀛鹤：《蟾宫操》上卷，《古本戏曲丛刊五集》，上海古籍出版社 1986 年影印本，第 56、57 页。

在判卷时看到特定的字眼在特定的句子中出现，就知道卷子的主人是作弊者，因而加以录取。明代买字眼的现象很多，尤其文章最后边的大结部分，最容易埋伏字眼，因此到清康熙时期，就把八股文的大结部分取消了。另外，康熙五十六年（1717）明确规定，誊卷时不允许誊写虚字，因为虚字里也容易埋伏字眼。

（丑）听事吏，我老爷有句话对你说。昨日我去谢秦太师爷，太师爷就把孙儿秦埙托我，要中个状元，说文字里边有个春字就是他的卷子。我晓得春字头与秦字头一般，做得这个关节恰好。只一件，瞒官不瞒私，场中三四千卷子，我老爷那得许多工夫去寻他。你替我用心去寻一寻，秦相公中了状元，连你也重重有赏哩。①

万俟卨受秦桧的嘱托，要取秦桧的孙子做状元，双方约定在文章中使用“春”字，因为“春”与“秦”的上半部分相同，所以万俟卨说这个关节恰好。

（五）割卷面

除考官外，考生也会与其他考场官员联合起来共同作弊，割卷面就是二者联合作弊的一种方式，也就是将别人的卷子换成自己的，而将自己的卷子换到别人的卷子上去。

不须刺股更悬梁，别有求名觅利方。转劣为优人莫测，偷天换日鬼难防。割来卷面无痕迹，费去钱财有限量。我替别人当举子，别人替我做文章。不是我老周惯做亏心事，只为富贵催人日夜忙。我周公梦自从买了一名科举，走去观场，也是我命该发达，撞着一个科场老吏，写了个欠票与他，他在场中把别人绝好文字割来，凑在我的卷面上。谁料三分人工，七分天意，挂出榜来，果然中了。随往各衙门说些分上，赚些银子，还了前帐，白白落得这个举人。

① （明）单本：《五闹蕉帕记》卷下，《古本戏曲丛刊二集》，上海商务印书馆1955年影印本，第15页。

你说便宜不便宜?①

李渔《怜香伴》中，周公梦买通考场中的一个老吏，采用割卷面的办法将别人的卷子偷换过来，并因此中了举。阮大铖的《燕子笺》中，鲜于佶更是与考试人员联合，将霍都梁的卷子割换下来中了状元。

三　科举作弊处罚

科举作弊严重影响了考试的公平性，也不利于国家的人才选拔，因此明清两代都制定法律对考场作弊现象予以严厉的惩处。明代的处分还不是很严重，清代的处分则严重多了。名教爱情剧产生于明清之际，而在这个时间段内，明王朝与清王朝因科举作弊引发了几起大案，对当日的政治及科举产生了巨大的影响。“顺治十四年丁酉，顺天同考官李振邺、张我朴受科臣陆贻吉、博士蔡元禧、进士项绍芳贿，中田耜、邬作霖举人。给事中任克溥奏劾，鞫实。诏骈戮七人于市，家产籍没，戍其父母兄弟妻子于边。考官庶子曹本荣、中允宋之绳失察降官。江南主考侍讲方犹、检讨钱开宗，贿通关节，江宁书肆刊《万金传奇记》诋之。言官交章论劾，刑部审实。世祖大怒，犹、开宗及同考叶楚槐等十七人俱弃市，妻子家产籍没。一时人心大震，科场弊端为之廓清者数十年。”②明代末年，东林与昆、宣、阉党进行斗争，宣党状元韩敬与东林党探花钱谦益的考场作弊之事皆被对方揭发，二人随之遭免官达数十年。至于一般士人作弊，则立即由相应官员查处，严惩不贷。

（丑扮乔材上）象棋逢叠炮，双陆不成梁。耍棒藏身快，爬竿失脚忙。我乔材半生刻薄，一味奸回，家中虽有遗金，命里不该享福。费了许多钱财，进士不曾中得，反做了一个罪人，绑送刑部打了四十大板，发边外充军。还亏桑丞相吩咐该衙门，才得纳银折赎。如今那有面目再见故乡。咳，我也不恨那小荀，我也不恨那老霍，单

① （清）李渔:《怜香伴》,《李渔全集》第四册，浙江古籍出版社 1992 年标点本，第 87 页。

② 《清史稿》卷一百八，中华书局 1998 年标点本，第 3155 页。

是那桑太师可恨，收了厚礼，反弄得我如此狼狈。[①]

乔材考场作弊之事被揭发，受到刑部打四十大板、发边外充军的处分，虽说受了许多罪，但总算留下一命。这种处分在明清时期应该算是比较轻的，犯法者的结局也算非常幸运了，绝大多数人的命运比这差得多。

【六幺令】（杂扮四校尉上）科场榜开，特为关防，奉旨严差，挥金举子受非灾。空思想，步金阶，功名还把文章赛，功名还把文章赛。上命遣差，盖不由己。我等顺天府中校尉，为科场情弊事，密拿买字眼举人羊如皓等，闻得他下处在此，不免径入。那个是羊如皓？（丑）羊爷，报事个来哉，快活，快活。（净喜介）原来报我个，就来。列位，学生就是羊如皓。（众）不要作耍，你可是真正羊如皓么，不要假冒。（丑）这正是羊爷，如何假冒。（净摇摆介）学生便是，谁敢假冒我老爷名色。（丑）恭喜，果然是一位做官个体格。列位，快些拿单出来看，对对名字，写票子。（众）既然是真的，待我拿出来，弗是报单，再是顺天府尹老爷个请单。（出朱票介）（净丑惊介）怎么说，怎么说。（念介）顺天府大堂为科场积弊事，据出首人耿成，速拿挥金举子羊如皓等，赃证俱在，火速解究。（众扭净，净慌介）[②]

羊如皓没有乔材那般幸运，他因考场作弊被人告发遭到官府的抓捕，在审讯时，由于用刑过重死在三法司大堂上，“只是羊兄因科场情弊事露，昨发三法司拷问。闻他受刑不起，已归幽冥，甚为可怜”[③]。所谓“受刑不起，已归幽冥”显然是指在受刑时一命呜呼之意。

① （清）程瀛鹤：《蟾宫操》下卷，《古本戏曲丛刊五集》，上海古籍出版社 1986 年影印本，第 6 页。

② （清）采芝客：《鸳鸯梦》卷下，《古本戏曲丛刊三集》，文学古籍刊行社 1957 年影印本，第 32、33 页。

③ 同上书，第 34 页。

第二节　人情冷暖之世俗百态

在功名富贵诱惑下，明清时期读书人将科举作为人生最重要的两件大事之一来对待。在没取得科举功名之前，除婚姻大事外，其余事情对他们来说很不重要，即连吟诗作赋这种文人本分都被他们以妨碍科举为由弃置不顾，至于游山玩水、欢度节日等在他们的生活中更是可有可无的存在。对明清大多数读书人而言，只有枯寂的书斋、腐朽的高头讲章才能激发他们的热情，让他们感受到仅余的一点人生趣味。

（生惊介）几时到此？（净）你那着实用心时，我就来了。在此做甚子哩？（生）还有几个题目，不曾拟完。（净大笑介）又来迂阔了。我且问你，今日是甚么时候？（生）除夕。（净）可又来。我想这一日，不要说后生小子，歇学已久。就是玉皇大帝，也不去考察仙流；皇帝老子，也不去整理朝政。上自公孤卿尹，以至州守县令，也把印都封了，萧散几日。编户人家，也要吃几杯辞岁酒儿，纳故迎新。怎么这样时节，还去干那闷人的买卖。且把王唐瞿薛请过了，待我邀一个刘伯伦来奉倍。①

（小丑）钱相公，今日是年初一。你看城隍庙爆竹喧天，耍的是小儿每唱笙擂鼓；华严寺梵音震地，听得是一簇簇弹唱说书。好不热闹，和你去走走何如？（生）今日要静坐，不出去闲耍了。（小丑）那望湖亭颜家是你至亲，难道节也不去拜？（生）是小生母姨家里。也罢了，改日去望他罢。（小丑）相公这般用功，待小道自去孛相。（生）请了。（小丑）正是将军不下马，各自奔前程。（下）（生）道童去了，不免回转书房闭上门儿，且静坐一会。咳，小生如此旅寓，光景萧条，却不道，

【前腔】箪瓢，书生气尽骄，愿乘时刻励，岂在温饱。古人有云，分阴宜惜，休言今日不学而有来朝。乘此一往无前，凿邻慢夸

① （清）孙郁：《双鱼佩》上卷，《古本戏曲丛刊三集》，文学古籍刊行社1957年影印本，第4、5页。

匡氏策，佩印羞看苏季貂。不免闭目构思，试笔作一篇文字。待挥毫，且潜心，免蹈虚嚣。①

除夕、新年是中国最为盛大的传统节日，人们都在欢度佳节，连天上的神仙、地上的皇帝、文武百官都放下了手中繁忙的工作，融入到热烈的节日气氛中。可是柳应龙、钱万选这两个人世间最普通不过的贫穷书生却感受不到任何节日气氛，只是埋头写八股，其实并不是感受不到，也许对他们来说大脑中压根儿就不存在节日这个概念。因为只有这样，才能使他们面对着除夕、新年而无动于衷，才能使他们在新年时还能心安理得地坐在枯寂的书斋中面对着臭腐不堪的八股文吟哦不已。但科举并非用功苦读就可以获得，如明代八股文大师归有光、汤显祖、艾南英、陈际泰等都曾多次名落孙山。由于科举录取名额太少，只有个别幸运儿能脱颖而出，成为功名富贵之人，绝大多数读书人只能接受终身不获一第的命运，挣扎在贫困穷苦的边缘，饱受世人的冷眼。

（丑）阿呀，相公，你只管道穷措大的好处。我见东邻有间破屋，住着穷秀才，整年价没房钱。那秀才好似雨打的鸡，丧家的狗，三日一饭，五日一粥，饿得脸似柑子一般，须似豆芽一样，吃了早起没晚些，有了网巾没边子，捉襟肘见，袜破履穿。那妻子更是可怜，鬅头垢面，穿一件不白不黑百家衣的布衫，系一条无�无腰荷叶片的裙子，拖鞋扱拔，少东没西。绒线终年不见，无过是烧火劈柴；鱼肉何曾得尝，镇日里熬清受淡。由你月貌花容，翻成夜叉罗刹。正是满腹文章不疗饥，年年空上万言书。杳无达士将金赠，惟有寒门带雪吹。那富豪的有何不好?②

穷秀才的寒酸形象跃然纸上，真可谓是惶惶如丧家之犬，瑟瑟如雨

① （明）沈自晋：《望湖亭》卷上，《古本戏曲丛刊二集》，上海商务印书馆 1955 年影印本，第 3 页。

② （明）西湖居士：《明月环》卷上，《古本戏曲丛刊二集》，上海商务印书馆 1955 年影印本，第 7 页。

打之鸡。不仅物质上穷困不堪，在饱受他人讥讽的前提下，哪有精神快乐可言。

自家非别，本学一个老成朋友便是。自未冠入学，今已七十八岁，恐在学册上开作附头，宗师便要借重在下三等去，只得用些闲钱，改入别学，便是文字腐些，还可借新进的名色盖护，不致断根绝命。这个秘法，是我从性灵里着实参悟出来，独自受用的，决不传人。前日蒙县尊送个优行扁额，上写名士宿儒四字，被几个轻薄朋友味出妙趣来，说这四字暗藏讥讽，笑我名士宿儒，只有下半截，没有上半截了。且如将那士字上去了十字，不是个一字，名字上去了夕字，不是个口字，宿字上去了宝盖并人傍，不是个白字，儒字上去了立人，不是个需字，分明是一口白需四字，假意颠倒，混乱写着，待你自去参究。这虽是县尊寓意，然系混沌之天，不凿之窍，怎当得他们说破，不由我不除下来了。①

老生员年近八旬尚未考中举人，因而收到名为褒奖、实含讥讽之“名士宿儒”牌匾，这侮辱让人情何以堪，无怪孔乙己每听到别人说他连个秀才都没获得时就恳求别人不要再提。而到死连个举人也没混上的徐灿的人生遭遇更让人读后为之鼻酸。

我想人生虽说是一场大梦，却是梦也要做得好，醒将来自有许多快活。

【滚绣毬】浮生梦一场，也要成模样，到头来终觉多欢畅。（作望介）遥见那得志的整肃着冠裳，少什么困穷辈也趋跄。又有那方外士尽徜徉。咳，可叹、可叹。不要说阳世间，只这眼见的自分别个炎凉形状。（悲介）痛杀我这老迂儒，端的这行藏。虽则我才名仙

① （清）汪光被：《广寒香》卷下，《古本戏曲丛刊五集》，上海古籍出版社 1986 年影印本，第 1、2 页。

籍今同载，只是那壮志人间死不偿，又添我悲伤。[①]

（末）老仙官，我如今见了这冠服反觉伤心得紧。（外）却是为何？（末）我只为这件东西呵，

【北水仙子】把一生精力耗篇章，任你有盖世才华，可也空自忙。八十年终把青毡傍，到临终，犹恋场。老仙官，学生穿戴的这几桩儿、几桩儿，便磨折得我好心伤。（解绦介）这烂丝绦，死缚住不松放。（脱蓝衫介）旧蓝衫，把尸骸到底囊。（除头巾掷地介）还有这破头巾，他罩的我落得这头光。[②]

真正能得到科举好处的只是极个别的人，绝大多数读书人是不可能飞黄腾达的，因此《明月环》中，老夫人的话尽管很粗俗，本人也有很强的势利眼嫌疑，但她话中透露出的却是明清两代科举的真实状况。

（外）你不须远比，就是下官，今日叨膺三命，做个学士大夫。你亦为个诰命孺人，也从书中得来。若嫁了个有钱的，无过叫声院君罢了，能勾得凤冠压顶，霞佩笼身。（丑）不敢欺，像我奶奶这般有福的，能有几个。一百个读书的，无过发达了二三人罢了，还有九十七八个女人受苦哩。回首嗟吁，悔迟当日何不择个好门闾，奢华韶丽，枉将人断送沟渠。[③]

由于科举决定着读书人的命运，故而人们就把能否取得科举作为他们对待读书人冷暖态度的标准。中举、中进士，则积极予以奉承巴结，若不能混得功名，则父母不以为子，妻不以为夫。至亲之人尚且如此冷落，何况他人，于是当日社会就出现许多冷热不同、面皮急转的滑稽画面。

---

① （明）马佶人：《荷花荡》下卷，《古本戏曲丛刊二集》，上海商务印书馆1955年影印本，第20页。

② 同上书，第20、21页。

③ （明）西湖居士：《明月环》卷上，《古本戏曲丛刊二集》，上海商务印书馆1955年影印本，第8页。

一　冷落讽刺

冷落讽刺，是中国人对待失败者的惯用态度。

（小净）今科不取，只得别寻门路。闻得大金国中承麟称王，不免投奔他营，图个封侯拜将。今晚别了头巾，明日就去。（做取下头巾介）头巾、头巾，我当初进学之时，亲友尽来奉敬，仆婢听我指挥。今日不中，回家正如苏秦下第，妻嫂憎嫌，父母不子。今夜本待买付三牲祭你，只是不曾得你好处。自古道秀才人情纸半张，聊备一杯水酒，和你作别。小厮快洒酒来。[①]

上述话语从总的方面告诉我们当日人们面对科举的真实态度，但具体到现实中，不同关系的人对待科举当事者的态度并不一致。不过可以肯定的是，凡落第者，同情心很难出现，冷落算是比较客气的态度，讽刺挖苦称得上是家常便饭，冷酷无情也不用感到意外。而剧中，人们对书生落第不予理解，缺乏同情心的丑态都呈现在我们的面前。

在明清时期，若书生不能取得科举，不仅普通百姓、富贵之人不会对其予以同情，即连社会上处于最低贱阶层的人也会乘机打劫，采用痛打落水狗的卑劣态度，对这些平日受到人们追捧、自己只能仰视的精英人士予以最大程度上的讽刺与挖苦。

（旦、小旦、老旦、杂扮报子执火鸣锣跑上）报、报、报、报，姚若采相公，高中乡试第二名经魁。（小生）列位，榜上可有一个姚孟玉么？（众）没有。（拥小生下）（生）哥哥中了，可喜。只是哥哥这般才情，难道中不得一个解元？（净执壶斟酒介）孟相公，你看书是要用心读的。我家相公镇日埋头用功，毕竟中了。这些试官的眼睛，不知在文字里磨过了多少，那用心读书的，文字自然光彩不同，试官一看就认得的。不是我银鹿势利，孟相公读书，原比不得

---

① （明）玩花主人：《妆楼记》卷上，《古本戏曲丛刊二集》，上海商务印书馆1955年影印本，第37页。

我家大相公，今日作赋，明日吟诗，下棋斗牌，件件着脚，此道自然生疏了。以后孟相公还要正经些。（生）哇！狗才放肆！怎见得我没正经。（净）还说有正经哩。前日醉后闯入郑公子书房，不是知州卞老爷与我家大相公契厚，几乎弄出话靶，要当做贼论了。①

银鹿是姚若采的书童，其身份为奴仆。在古代社会，奴仆是主人的私有财产，属于贱民阶层。而孟珩不仅是姚若采的结义兄弟，还是拥有科举功名的秀才，因此其社会地位比银鹿高得多。但因姚若采中举，孟珩不中，导致二人之间的身份有了差距。银鹿虽是下贱之人，但当主人进入上等人的行列中时，他也会随着具有一定的社会地位，尽管这地位是通过狐假虎威的方式得到的，于是他开始轻视主人的兄弟，对原来的贵客予以嘲笑与讽刺。

（皂）悔气、悔气。这些相公，不知是果真有本事的，在里面着实鏖战；不知是墨水干了，一点儿榨不出。遭他家娘瘟，要我们辛辛苦苦在此伺候。平日莫去摇么嫖么，噇你娘的溺尿么。（副末）咳，你听这些人埋怨话头，就像晓得鲜于相公平日行径的。（内擂鼓叫抢卷打云板开门介）（皂）谢天谢地，好了出来了。（副净缓出上）三竿红日上，一卷黑才完。（副末）鲜于相公，小人在此、在此。（副净）好辛苦。（皂骂介）我问你，你这样怕辛苦，就在家里自在自在，莫来现世也罢了。为你一个，苦了我们守到如今。我看这付嘴脸，也不像是胎孩发迹的。（要打，副末拦介）（皂）得放手时须放手，得饶人处且饶人。（回身指骂介）（副净打躬介）下次再不敢如此。再若如此，但凭、但凭。②

在当日社会，皂隶虽是衙门中人，但在具体身份上也与奴仆一样，

① （清）汪光被：《芙蓉楼》卷上，《古本戏曲丛刊五集》，上海古籍出版社 1986 年影印本，第 55、56 页。

② （明）阮大铖：《燕子笺》上卷，《古本戏曲丛刊二集》，上海商务印书馆 1955 年影印本，第 39、40 页。

属于下贱之人。鲜于佶虽无真才实学，却也是个上京赶考的举人。举人在明清时期可以直接做官，是社会地位较高的统治阶级的一员。但在天子脚下，鲜于相公却因交卷过迟而被一群地位与自己相差不知凡几的小人辱骂，并挨以老拳。可见在明清时期，即便是下贱之人都可以讽刺落第者，至于那些身份比奴仆、衙役高贵的人对待落第书生的态度可想而知。

> （中净上）只有锦上添花，那有雪中送炭。萧相公，信安县差人在此，唤我女儿去，要送与尤公子。又要请尤公子到我家里来住，你今日就出了这间房还我罢。（生）哇，我少不得要起身回去，何须赶得。（中净）不是我赶，请出去意思嘎。（小旦）父亲，你也曾得萧相公三百两银子，怎么说这反面无情的说话。（中净）这是官判的，不干我事，那个叫他不中举。今日若中了，怎见得如此。[①]
>
> （生）哦，你见我飘零一身，便将话奚落我，好势利的贼秃。（副净）不进场的举子，一榜尽赐及第，也轮不到你，我便学势利这一遭儿。（生怒打副净介）可恶、可恶。[②]

店主本就属于势利之人，察言观色、逢迎贵客、驱逐贫贱是他们工作必须具备的本领，因此将其势利的一面展现在落第举子身上自属正常。而和尚虽讲究四大皆空，可在追求富贵之人的布施上，也比一般势利小人差不了多少，所以在丰厚布施的诱惑下，做出了让人厌恶的赶人勾当。

如果说上述人物与落第书生萍水相逢，没有什么情分，故而用势利的态度对待落第者的行为虽让人很不舒服，但还可以理解，那下面这些人对待落第者的举动、态度就不能不让人愤怒了。

> （净）咳，兄、兄，又有屈了。（生）功名原没甚么定局，这何

① （明）许自昌：《灵犀佩》卷上，《古本戏曲丛刊三集》，文学古籍刊行社 1957 年影印本，第 26 页。

② （清）程瀛鹤：《蟾宫操》上卷，《古本戏曲丛刊五集》，上海古籍出版社 1986 年影印本，第 73 页。

足介意。（净）岂有此理。文章尺寸，一些不差的。比似前科，畹生好，毕竟遴选。小弟把他的举业日夜揣摩，如今方得侥幸。那些试官的眼睛，不知在文字里磨过了多少，好卷子到手，自然不肯放过，那一派假狠的话，断断乎惊不动他。所以就是兄前日替小弟的云云，小弟是通身改过的。不过是借兄的意思生发一生发。（生）看兄前日的极状，只怕直写也无暇哩。（净）又来了。若是直写兄这两篇就中了，兄自己竟该元了。不是小弟口直说兄，前日这个卷子，着实有些病痨气在里面。小弟早晓得兄今翻又未必妥的了，大都那些杂学，原与八股头毫没相干。兄是天资好的，竟不要不快活，回去用心读书，或者下科中也未可知，小弟还在仕路上等候。只是兄今年负了畹生这个大荐耳。①

（小生）两位是同乡，可曾相识么？（生）原是敝同年。（中净）如今会试不做同年了。（小生）先生，你怎么是这等说。下官原中阮先生做状元，只因韩丞相怪下官不徇他的嘱讬，故此把阮先生朱卷涂抹了。②

剧中的两位小人皆是主人公平日交好的朋友，而当自己考中，朋友落第时，不但不能同情安慰，反而极尽嘲讽之能事。更可笑的是，阔阔木胸无点墨，在考场凭借杨珏所写的两篇文章，才算将试卷写满，结果却在杨珏落第的情况下，对杨珏大加教训，真可谓不知羞耻为何物。上述势利小人之嘴脸确实可恶，但相对于下面这一位，也算得上是道德模范了。下例中的人物在对待落第者的态度上，真的是缺乏人性，禽兽不如。

（末进介）禀员外、安人，赵官人要见。（外）侄儿到了，快请相见。（末）晓得。（付）住着。这样大雪，来此怎么。还是轿来的、

① （明）沈孚中：《绾春园》卷下，《古本戏曲丛刊二集》，上海商务印书馆 1955 年影印本，第 21 页。

② （明）王异：《弄珠楼》上卷，《古本戏曲丛刊三集》，文学古籍刊行社 1957 年影印本，第 18 页。

马来的？（末）没有。（付）可有几个人跟他么？（末）也没有。（付）回了他去。（外）妈妈，是你侄儿，请他进来，相见何妨。（付）数年不来了，今日到此，没有轿马跟随，此一来，必竟缠绕我的东西。赵旺过来，你去对他说，老安人身子不快，留他在回廊下，三日后相见。（外）安人，这样寒天大雪，远路到来，还该请他进来。（付）我要是这样，梗的不许。①

赵旭是副净的嫡亲内侄，可当赵旭落第，走投无路投奔嫡亲姑母时，副净不但不嘘寒问暖，热情接待，反怕侄子缠绕她东西，不顾赵旭大雪中长途奔波的疲劳，让亲侄儿站在回廊下等候三天才肯予以接见。其缺乏人性之丑恶面貌，真让人读后为之作呕。

二　逢迎巴结

对胜利者歌功颂德、大加赞美也同样是中国人惯有的毛病。歌功颂德也未尝不可，不过没有原则地根据对方身份的变化而轻易地转换自己的态度，就难免有些无耻了。

（净诨向内白）两玉兄，小弟不送了，失陪休罪。（丑）我们相公去远了，不消虚文。（净）这何妨，吾尽吾心而已。齐奴兄，你如今公然是大叔了。（丑阔介）这个是然，怕你夺了我的去。（净）做大叔有许多关窍，我还要慢慢的对你讲哩。（丑）这个学生颇在行，如今要去服侍相公饮宴，容日请教。请了，失陪了。（摆下）（净）你看举行的阿价，都这样风骚，我若真中，如今有许多妙光景做出来了。不想倒被这假报的札了一个火囤去。我道中了，自然有这样势利攀亲认族的拱银子来，所以连衣服盘缠尽数与了这天杀的。如今怎么回去，只好依然放出那奉承韩畹生的涎脸来奉承杨两玉，好

① （明）□□：《衣珠记》上集，《古本戏曲丛刊三集》，文学古籍刊行社 1957 年影印本，第 4 页。

附舟而归。咳。[1]

（杂扮报子照前跑上）报、报、报、报，姚孟玉相公中了解元。众位相公俱齐，专候解元赴宴。（拥生下）（净拍手笑介）凡人不可貌相，海水不可斗量。方才道了孟相公几句，谁知他中了榜首，倘或怪我，这怎么处。有了，如今世界无非喜好奉承。尽有那读书的，未遇时节，亲戚百般嘲笑他，及至中了，即来拱阔。我银鹿竟用此法，料想孟相公也不怪我。列位让开，新举人的大叔往贡院赴宴去也。（摆下）[2]

阔阔木、银鹿开始因杨珏、孟珩没能中举故而对其大加讽刺，不料转眼间，杨孟二人皆由落第者变成乡试的解元，主人公的身份转变快，小人的嘴脸转变更快，于是讽刺者立即变成了拱阔者。阔阔木的奴颜婢膝让人感到可耻，但却是无奈下的随波逐流，因而在可耻同时也可怜悯。银鹿无耻，却不以为无耻，真不知羞耻为何物，可谓真小人，因此古人读到此处亦以“小人”二字评之，“形容绝倒，小人势利口角，说来自有一番道理，往往类此”[3]。

没有功名，贫穷之时欲借贷而不得，功名到手后前来拱阔的银子欲拒而不能，伴随奉承巴结的是金钱财物。这是科举功名的真正实惠所在，也是追求科举功名的真正目的。

（外作送小生、丑下，作分付院子介）快打点五十两下程伺候。（杂应介）（净）年兄此来，可会把贵座师抽他一抽么？（生）小弟亦欲藉此为路费，不意他又查盘公出，恐不能在此久待了。（外）贵座师是谁？（生）就是贵府司理。（外背介）原来是本府推官的门生。叫院子，再加五十两，快取来。（杂作捧银上）（外对生）多承光顾，无以为敬，白金百两，权作赆仪，望乞笑纳。（生）岂有此理，盛扰

---

① （明）沈孚中：《绾春园》卷下，《古本戏曲丛刊二集》，上海商务印书馆 1955 年影印本，第 22 页。

② （清）汪光被：《芙蓉楼》卷上，《古本戏曲丛刊五集》，上海古籍出版社 1986 年影印本，第 56 页。

③ 同上。

已是不当，何敢受此厚惠。（净扯生背介）年兄，我与你做穷秀才的时节，要借贷尚且不能勾。这样财主拱阔的银子，落得收他的。①

科举的回报不但在经济上，更是在政治上。一旦中举、中进士，不仅可与官员们同辈论交，还可以让他人畏惧。

（外上）呀，萧相公，遗才案发了，你是案首，快去写票与我们。（生）且住，待我在此看那起人出来。（外）你去打发了我们，再来看。（扯下）（小生上报）禀爷，信安县的遗才案发了。（丑）取上来看。（看介）萧凤侣到取案首，把那妮了放了搽。（小军）嘎。（丑）我若把那女子断与尤公子，万一萧凤侣中了，怎么处。不如待场事完了，再作区处。②

（丑）打导。（转介）掩门。阿哟哟，凡人不可貌相，海水不可斗量。不想那张幼谦中了解元，倘他到京去，金榜题名，我就要吃他的亏了，这怎么处。嘎，有了。我如今拿那辛无文到来，打他三十，申一角文书到学道那里去，革了他的名字，那张幼谦自然不怪我了。正是堪笑脸儿如吊闼，果然收放一时间。③

两位县令大人原都因为主人公没有功名而欲徇私枉法，但形势的变化却让他们停止了作恶的步伐，态度变化的关键是主人公都具有了功名或者说具备了获得功名的机会。其实何止是停止作恶，甚至还有转变面皮去巴结的趋势，科举的魔力真让人叹服不已。

其实在明清时期，甚至在整个的中国古代，只要主人发达了，那么主人家的丫鬟、仆人也会随之骄傲起来，正所谓“一人得道，鸡犬升天”。这种连带关系在剧中也有很多描写，其突出的表现就是男主人公的

① （明）马佶人：《荷花荡》下卷，《古本戏曲丛刊二集》，上海商务印书馆 1955 年影印本，第 19 页。

② （明）许自昌：《灵犀佩》卷上，《古本戏曲丛刊三集》，文学古籍刊行社 1957 年影印本，第 20、21 页。

③ （明）王元春：《景园记》卷下，《古本戏曲丛刊三集》，文学古籍刊行社 1957 年影印本，第 15 页。

书童在称呼上实现了由小书童向阔大叔的转变。

> （外）可又作怪。（净）姨夫不信，可问绣琴。（丑摆上）自尊为大叔，谁敢唤书童。哎哟，原来是老爷，有何分付。①
>
> （丑上）书童升了大叔，鵶子变了苍鹘。虽然状貌惊人，到底不能脱俗。我春条因主人中了榜眼，比前稍觉有兴，但愿选得个上好衙门，带挈我得些钱钞，也不往跟他一场。②
>
> （丑上）家翁首落黄金榜，小仆新升大叔衔。我折桂自从随相公上京会试，好不快活。不道是我每相公卷子，竟落在徐老爷《诗经》房里，今早报了状元，相公往琼林宴上去了。我今日要出去顽顽，不道留那蒋老儿在家里，绊住了我的脚根。③

科举制度下人性丑恶面的暴露与科举所带来的实际利益密切相关。明清时期，生员才不过是获得了国家承认的学生资格，就能免除家庭两人的丁徭，至于举人、进士，因是真正的科举功名，所以可享受的特权更多。在封建社会，权力首先与经济密切相关，有权也就意味着有钱。其次，权力又是与法律特权联系在一起的，有权也就意味着可以在做了坏事之后，逃脱法律的制裁，逍遥法外。如此现实下，人们自然对科举采取顶礼膜拜的态度，对科举成功者抱以羡慕的心理，并予以奉承，而对失败者则予以嘲讽，并以冷漠的态度对待之。

第三节　科举名士与名教爱情剧

科举制度本是为选拔合格的封建官吏制定的，所以通过科举选拔出来的人才大多是只懂政务的官员。而对中国古代读书人来说，他们需要

---

① （明）吴炳：《画中人》卷下，《古本戏曲丛刊三集》，文学古籍刊行社 1957 年影印本，第 51 页。

② （清）李玉：《意中人》卷下，《古本戏曲丛刊三集》，文学古籍刊行社 1957 年影印本，第 5、6 页。

③ （清）陈二白：《称人心》下卷，《古本戏曲丛刊三集》，文学古籍刊行社 1957 年影印本，第 14、15 页。

的却是既有修齐治平能力，又能吟咏风月的风流才子，按照他们的标准，只知考八股做官的人是俗吏。所以在政事、诗酒风流兼备的要求下，名士就成为明清两代读书人理想的人生自我定位，而社会也因之出现大量的科举名士。名士凭借风流、富贵，在社会上产生了巨大的影响，也得到许多人的崇拜。名士崇拜可以说是明清两代尤其是明清之际最普遍的社会现象之一，而科举名士更是红粉佳人心仪的婚姻对象，“奴家崔娇莲是也。今早进香时节，不想遇一个书生，看他仪容俊雅，器宇温柔，决非凡种，委系名流。因此目恋心招，关情无已。闻得朋友相呼，称他是秦玉贤。玉贤乃当今名士，奴家亦尝见其文墨，久慕奇才，何幸今日天缘得遇。只是说来害羞，奴家若得此生，共谐秦晋，也不枉了奴家人品”①。如此前提下，名教爱情剧中出现了大量的名士形象，剧中的男主人公就全属于科举名士这一个类型。对科举名士的讨论，前边章节的相应部分已经有所涉及，这里不再赘述。我们需要讨论的是社会上的另一类名士：假名士。

一　名士条件

人人羡慕名士，但并非什么人都可以做名士。在明清之际，做名士需要具备许多特定的条件，其中最核心的部分不外乎这两点：科举功名，诗酒风流。

> 小子奚必文字子章的便是。性原聪颖，口漫滑稽。糟床酒友，是我知心。浪子花营，推为渠帅。扑牌打马，居然独擅其精；握算持筹，果尔并穷其妙。就是八股头，也会打刷皮毛，只不曾把朱程体贴；即如七言诗，但去搜求平仄，几时节将李杜推敲。真个没一事糊涂，又不肯十分撒漫。家弟必学，风流潇洒，不愧难兄；精细佻达，可称令弟。先人官拜都宪，遗下家赀颇厚，终朝鲜衣怒马，恒舞酣歌，何等快乐。只是近日吴下有一种恶习，若是文宗到，不得一名科举；花前月下，不做两首歪诗，就道是膏粱子弟，不许入

① （清）采芝客：《鸳鸯梦》卷上，《古本戏曲丛刊三集》，文学古籍刊行社1957年影印本，第12页。

名士场中。只此一件，未得惬意。①

由材料可知，只有具备上述两个条件，才可以称为名士。若不具备这两个条件，即便出身富贵，有很好的文化修养和物质财富，也称不得名士，只能算膏粱子弟。剧中的奚必文出身于左都御史之家，拥有很高的社会地位，但因没有科举功名，也不会作诗而被排斥在名士之外，不能与风流才子们为伍，因而心中遗憾不已、生气非常。当然，具备其中一个条件也不行，必须是两者兼备才算。如下例：

（小生）不知年兄经过敝地，有失款迎。（丑）适闻老年翁大用还朝，特来恭贺。（指生介）此位是谁？（小生）敝友江云仲，弱冠高才，文章诗赋，件件都是绝妙的。（丑）高发过了么？（小生）将来自然高发。（丑淡笑介）这等，文章一定是不济的了。（生惊愕介）（小生变色介）年兄难道不知，他是楚中第一名士。（丑）老年翁，如今名士有几个真的。（生怒介）足下与我素昧平生，怎么就晓得我江云仲文章不济，怎见得我是假名士。②

江云仲吟诗作赋、啸傲风月的条件是具备了的，但却没能在科举上获得出身，所以就被他人嘲笑，称他为假名士。其实在名士的要求上，科举才是真正的第一要素，只有科举出身的风流才是真正的名士风流，否则就是浪荡公子、风月先锋；也只有科举出身的名士才是真名士，否则就是假名士，浪得虚名、沽名钓誉。尽管科举是最核心的要素，但若不能在诗词歌赋上有所表现，做名士也是不够的，只能算俗人，所以还必须得有一些诗文在社会上流传才好。

（丑）小顾被我们抢白不过，竟逃席了。（净）名士也有这一日。

① （清）孙郁：《双鱼佩》上卷，《古本戏曲丛刊三集》，文学古籍刊行社 1957 年影印本，第 3 页。

② （清）龙燮：《江花梦》卷上，《古本戏曲丛刊五集》，上海古籍出版社 1986 年影印本，第 24、25 页。

(丑)且不要骂，我们趁这兴头时节，刻些文章出去，也做名士。(净)更妙。

【前腔】一日声名满洛城。(丑)算名流，让我称。(净)那文章批语，只拣好的抄上。假说是某老亲评，假说是某老亲评。(丑)发书坊，教他杀青。(合前)①

车、柳二位浪荡公子的刻书行为，正是名士诗酒风流要求的最好注脚。

二 名士批判

名士是科举制的产物，故科举对名士的重要性应高于诗词，但明清两代却把能否创作诗赋作为判断名士的首要条件，这样一来，名士的内涵就变了味道。由于缺乏科举功名这个根本条件的支撑，名士大多名不副实，多数都是斗方名士，而非科举名士。这样一来，社会上真名士很少，而假名士则铺天盖地、到处泛滥，从而构成一幅光怪陆离的社会画面。这种荒谬的现象自然是有志之士严厉批判的对象，而对假名士丑恶行径的描写与揭露也随之成为名教爱情剧科举描写上的一个突出特点与内容。如下例：

(净)甚么尊客?(小生)是楚国张绣林兄，当今第一名士，父亲相延与你我同看书的。(净)我怪杀人动不动就说名士，只怕他的肚里也与区区差不多儿，巴巴急急做假名士，倒不如老老实实做我这样真丑驴。②

王白丁倒也老实，自知不是做名士的料，所以不弄虚作假，只做自己的真丑驴，以浪荡公子的面目呈现在世人的面前。这类人虽是社会的

① (明)吴炳:《绿牡丹》卷上，《古本戏曲丛刊三集》，文学古籍刊行社1957年影印本，第44页。

② (明)吴炳:《西园记》卷上，《古本戏曲丛刊三集》，文学古籍刊行社1957年影印本，第28页。

祸害，但却诚实，比那些假名士人品好多了。所以吴炳尽管也批评王白丁，但其深层意图却是借王白丁来反衬与批判社会上的假名士，说他们连真丑驴也不如。至于假名士的具体表现，大致有两方面：一是学问空假，二是人品低下。下面一一论述之。

（一）学问空假

学问上，假名士大多徒有其名，名不符实。名士需要具备一定的才华，因此无论是真名士还是假名士，在读书学习方面应该具有一致性，但与真名士不同的是，假名士对待读书、做学问的态度很不认真，存在浮躁、虚夸的坏毛病。

> **【其二】** 莫道时名非累，这其间洒脱，端的难之。就如眼前这些名士，才得一分能，便卖弄出十分能来，去包诗揽赋。那里有盈楮烟云笔花飞，无非是肥家，好叨领膏粱惠。如兄这样真才，却偏为名所苦痛，文场慧业，刚好涂人面皮，笑寒窗韵事，仅可燥人胃脾。只怕普天难觅逃名地。[①]

这里说得很清楚，假名士在学问上的突出特点是：仅有一分才华，就要装作十分。不仅伪装强大，还要到处卖弄，博取实际利益。浮躁和虚夸虽是做学问的坏毛病，但与剽窃他人成果比，却也是小巫见大巫，远远不如了。

名士的一个重要条件是会吟诗作赋。既然要吟诗作赋，那么诗赋的创作水平就很关键，一个创作水平低下的人自然不会获得好的名誉。真名士的诗赋水平虽比不得李、杜、陶渊明，但至少能中规中矩、入行家之法眼，更为重要的是，他们的诗是自己创作的，而非抄袭他人的。假名士在这点上与真名士不同，他们自身学问浮躁、虚夸，很难创作出像样的诗赋作品，但因是名士，想诗酒风流，所以又不得不做，其结果就是弄得社会上坏诗、恶诗、打油诗到处都是，真可谓谬种流传，惹人讨厌。

① （清）李应桂：《梅花诗》上卷，《古本戏曲丛刊五集》，上海古籍出版社 1986 年影印本，第 3 页。

（外）老夫久失亲炙，今暇杯酒交欢，但行令则近俗，摧花又嫌狎，莫若效当年二先尊豪举，刻韵吐词，一以纪兴，一以见志，如诗不成，罚以金谷。（生）谨遵台命。（净）老伯，诗酒虽足陶情，但近日剽窃这几句口号，无过叶韵而已，恐不足渎老伯大方之听。（外大笑介）这也道得是。（评：近日诗家大率如此。）①

这里“剽窃这几句口号，无过叶韵而已”，指的是假名士在诗歌创作上的粗制滥造。对此，剧中原有之评语也说得极为明白。至于假名士们创作出来的烂诗、打油诗，剧中颇多，这里暂引一条，一来予以证明，二来博大家一笑。

（旦）此人满口胡柴，是个假冒的。（贴）小姐何不出个诗题，考他一考，便知真假。（旦写题介）（贴持笔砚纸付丑介）小姐出得题目在此，请相公吟诗。（丑慌介）作，作，作甚么诗。（贴）五七言但凭。（丑背介）晦气，晦气。饿肚走来，人长人短，也不曾见，被他盘个臭死，如今又要做诗。（顿足介）天那，你说我党连城，从来那里晓得干这桩事的。（望外介）不如溜了罢。（要下又止介）啐，世间尽有涂黑卷子的也会中式，难道我就这样怕。放着胆，诌他几句，倘或侥倖，也未可知。（咳嗽挨墨看诗题介）蕃釐观琼花为题。（问贴介）这观可就是那边高屏墙的？（贴）着。（丑）妙、妙、妙，我适才因访小姐，走到墙边，险些把准头都撞塌了，就把这个意思做入诗句，等他也晓得我吃的苦。（写介）从来三分诗，七分读，我的诗句虽好，也须放开喉咙，朗吟一遍。（做大声念介）观中既是有仙葩，谁砌高墙一座遮。为见西施难掩鼻，几乎将血染琼花。妙、妙、妙，妙得紧。（贴掩口笑介）（旦惊听介）②

① （明）西湖居士：《明月环》卷上，《古本戏曲丛刊二集》，上海商务印书馆 1955 年影印本，第 15 页。

② （清）龙燮：《江花梦》卷上，《古本戏曲丛刊五集》，上海古籍出版社 1986 年影印本，第 44、45 页。

假名士在诗歌创作上最坏的表现依然是剿袭。由于剿袭是极其恶劣的行为，这里选择部分加以分析。明代中后期，诗坛剿袭现象极其严重，前后七子打着“诗必盛唐”的复古旗号，以模仿代替创作，制造了许多赝唐诗，其末流更是公开地剽窃前人，将前人作品改头换面，掠为己有。这种颓风虽遭公安三袁等人的抵制，但在明清之际又开始抬头，所以当日社会上的诗歌剿袭问题确实很严重，“今世多诗人，裨贩数十联排偶，设坛立墠，作大词宗；又多禅人，剽掠数十则公案，铺眉苫眼，号善知识”①。

假名士原本就没有什么才华，剿袭是其看家本领，在此社会风气影响下，剿袭更是大行其道，泛滥成灾。如下例：

（贴）这卷想是不中的了。（旦）满纸应酬，定是一个假名士，再取第二卷来。（贴取介）请看。

【前腔】（旦）词赋贵清幽，腐陈言一笔勾，似大排筵席难充口。（且看且批介）这新篇广搜，类前人熟游。哦，原来是剽窃来的，都是些残香碎锦，剪的奚囊绺。（贴）他是读书之人，怎么也做起贼来。（旦笑介）你那里晓得，白狐裘，他向词中意外，巧做几股偷。（贴另取一卷介）这卷定是好的，上面有许多圈点。

【集贤宾】（贴）你看他千红万紫渲染稠，尽名贵交游，试问姮娥心许否。（旦）虽则是古文词，也要行分句读，装妍愈丑。（微笑介）果不是兰亭真手。（贴）文既不佳，想是自己圈点的，只可惜这些批评。（旦）连这批评呵，无是叟，多则配子虚乌有。②

上面的描写反映了假名士文学创作上的几个问题，首先是缺乏真情实感，满纸应酬，虚情假意；其次是剽窃前人作品；再有就是假借名人名号，为自己的文章做广告。据此，假名士的文学创作水平我们虽不能身临其境去感受，但却也了解得八九不离十了。其实在文学界，向前辈

① （清）钱谦益：《牧斋有学集》卷二十一，上海古籍出版社1996年标点本，第884页。

② （清）龙燮：《江花梦》卷上，《古本戏曲丛刊五集》，上海古籍出版社1986年影印本，第12、13页。

学习原是一条重要的原则，但生吞活剥地将别人现成的东西拿过来说成自己的，显然就是明目张胆的剿袭了。但就是剿袭剽窃，假名士做得也不好，因为要将别人的东西真正剿袭下来是要广搜博取的，可假名士们却不用功读书，学问也很不踏实，所能凭借的东西实在过于狭窄，于是在行家面前，一不小心就会露丑。

> （生）小弟抛砖引玉，请佳作代为遮丑。（丑）小弟今朝也不叫做得意。（生、末接念介）南枝才放两三花，雪里吟香弄粉些。淡淡着烟浓着月，深深笼水浅笼沙。（生笑赞介）（末）诗虽好，却如熟的一般。（丑作忙介）这诗皆从心窝里发出，所以同声相应。若有假借，便令人与古人意相悬绝，读去自然不顺口了。①
>
> （净）我们各要做诗，结个诗社。（生笑介）小弟素不能诗。（末）不要太谦，定要请教。（净）我们以《早眷》为题。（生）甚么《早眷》，定是《早春》。（末）正是《早春》。（生）请兄先赋。（净）小弟僭了。胜日寻芳泗水滨，无边光景一时新。等闲识得东风面。（生）万紫千红总是春。（净）兄，你豫先偷我一句诗。（生）好诗。正是生烹李义山，活剥杜工部。（末）小弟僭了。云淡风狂远六天，挑柴担柳到山边。邻人不识予心苦，讨酱偷盐过一年。（生）兄的诗，正是点金成铁。贤弟有诗？（丑）我到书房做了，明日拿来。（生）二兄诗果然妙。（净）不敢。（评：近日作诗者多如此类。）②

上面两位假名士都在正大光明地做贼。文不老的诗是从南宋著名内丹派道士白玉蟾的《早春》那里剽窃来的，贡三公子的《早春》又打朱熹那里下了手。两位名士不但剽窃，更为无耻的是竟然连一个字也懒得改动。至于许姓书生“云淡风狂远六天”那一首，看似创作，其实是从

---

① （清）李应桂：《梅花诗》上卷，《古本戏曲丛刊五集》，上海古籍出版社1986年影印本，第8页。

② （明）湖隐居士：《金钿盒》卷上，《古本戏曲丛刊二集》，上海商务印书馆1955年影印本，第25页。

程颢的《春日偶成》改头换面而来。明清科举中，对儒家经典的解释以程朱的理解为标准，由于他们熟悉程朱的书，因此这几人专门偷窃程朱的诗作也可以理解。不过我们若是这样理解的话，那我们就犯了严重的错误，因为这实在是太抬举他们几个了。这三首诗我们决不能认为是他们在认真读了二程、朱熹的著作后从程朱那里偷来的，理由是，如果说程朱的诗是因为科举不得不学，那么白玉蟾这个道士的诗也是必须要学的么，何况道士诗歌在社会上本就不是流行的东西，这首诗的水平也没好到可与李杜、陶谢、元白、苏黄齐肩的地步，一般情况下有几个人会去注意。他们之所以偷窃这三首诗，是因为这三首诗都收在明清之际著名的学生启蒙读物《七言千家诗》中，他们虽是假名士，但都还是读过书的，对启蒙读物也是了解的。至于为什么选七言，而不选比七言绝句还少八个字的五言绝句呢，那是因为明清之际，社会上还只有《七言千家诗》，五言《千家诗》是在康熙年间才由王相编选出来并在社会上流行的。由此可见，假名士在诗歌创作上不但以剽窃为能事，而且用来剽窃的资本也贫瘠得可怜。明清之际读书人的不学无术在让人厌恶的同时，也不能不给予深深的感叹。

（二）人品低下

除学问、创作让人失望外，假名士的人品也很不过关。志同道合、捐身赴难、接济贫困等品德他们没有，而趋炎附势、冒名顶替、扯大旗作虎皮等被传统道德厌弃的东西却在他们身上都有体现。“今之所谓名士者，平居酒食游戏相征逐，名谓交友。于其缓急生死，截然不置盼睐于其间”①，仅此一语，明清之际假名士之丑恶面貌清晰可见。

在下白随时，与文不兄最相契厚。前者徐州名士铁不锋来访石池斋，我教文兄冒他名字，到玹墓饮酒赋诗。我一向为淮安毕监生女儿临莺小姐，也在玹墓观梅，回去偶染一病，接我去看，如今他的女儿病势少可，才得归家。昨日文兄即来望我，因说起会见石池斋在古香亭上见了凌春女子那不通的诗句，便百种情痴，竟弃了扬州梅翰林家三百金馆地，到处访觅。文兄意欲冒名赴梅家之馆，恐

① （清）黄宗羲：《黄梨洲文集》，中华书局2009年标点本，第369、370页。

怕石池斋又去，因与我商量，把毕临莺改作毕凌春，使他到淮羁绊住了，不能赴馆，并要骗其诗稿，以为冒名应付的张本。文兄约今日相会，不见到来，不免向门前一看。①

（丑问小生介）如此说来，你家相公不是我们这里说的高相公么？（小生）苏州严吏部老爷的公子。（丑作笑介）好奇怪，原来不是高公子。敢问你家奶奶，可正是真小姐么？（小生）是会稽秦老爷的小姐。（丑作大笑介）一发奇怪。我们杭州人都道这首原诗是真小姐题的，和韵是高公子的。他两人因这首诗，如今结了婚姻了。游西湖的人，都到小的船上，看他两人笔迹，以为美谈，那晓得都是假冒的。（众作笑介）（生）人言不足信，一至于此。（小旦）奴家想将起来，这也不要怪他。

【南园林好】论才难，由人羡奇。诗无主，波澜自起。若个见真才底里，权将就是便宜，权将就是便宜。②

冒名顶替在假名士的恶劣行为中比较常见，原因是做名士有利可图，而自己又缺乏真才实学，于是在利益驱动下，就去冒名顶替以求占些便宜，“论才难，由人羡奇。诗无主，波澜自起。若个儿见真才底里，权将就是便宜，权将就是便宜”。不过上面这两位都还是假冒不相识之人的名声，苏友德却是假冒好友苏友白的名头，去骗取苏友白的意中人白红玉，如此行径，真可谓无耻之极。

（副净笑介）呆子，是我二十两银子哄去了。吴瑞庵虽已被诏，因病尚未起身。我正想白小姐，没个机会，不免认他作弟兄，求老吴书子，到白公那里，自己干事。我也姓苏，他也姓苏，这小姐岂不是我掌中之物了。明日就去行事。快活，快活。③

① （清）李应桂：《梅花诗》上卷，《古本戏曲丛刊五集》，上海古籍出版社1986年影印本，第13、14页。

② （清）曹岩：《风前月下填词》卷下，《古本戏曲丛刊五集》，上海古籍出版社1986年影印本，第40页。

③ （清）徐石麒：《珊瑚鞭》卷上，《古本戏曲丛刊五集》，上海古籍出版社1986年影印本，《乔赠君》。

不过最终被揭穿，落了个无颜见江东父老的下场。其实在明清之际，假冒名士、名人是非常普遍的社会现象。“先是明季辟举法行，张公与提学御史力欲慰荐两先生以应诏。两先生同声固辞，凡往返再四，知不可夺而止。本朝顺治初，或冒顾先生姓名走谒当路贵人，贵人不知其伪也，遂被款接，且委职至府通判。”[①] 冒名者竟因假冒顾先生之名而获得府通判的官职。再如，“前太常王翁烟客亦善画，尤亟称之曰：‘近代写生家多画院气，独吾勤中所作，神韵生动，当在妙品中。’于是其声誉大噪，四方士大夫走书币造请者日夕相属，寸缣尺素，流传远近，莫不郑重藏弆，甚有作赝笔以售者”[②]。正因为明清之际社会上的冒名顶替现象非常普遍，所以明末著名思想家刘宗周才在结社的《社约》中明确规定不得冒名顶替以干谒权贵，“一、易姓冒名顶替，徼幸结拜权要者，出会”[③]。

冒名顶替外，假名士的另一不堪品行是干谒结交权贵，以求获得切身利益。

【过曲秋夜月】（中净）名士行，痴骨把妍皮障，过府奔州三不像。可是堪舆觅地东西撞，善星平命讲，草医人挂榜。小子徐州铁不锋，生性懒于读书，立心喜是走名，所以任脚跟，假耽诗酒；钻头路，硬拜师生。前日在苏州与名士石池斋十分结纳，今到扬州，竟没一个名士往来，好不寂寞。[④]

要想出名，就得靠社会名流的推荐与接引，而名流又不会主动为之推荐、延誉，所以他们就借拜师生的名义，去获得名流的青睐，从而实现自己出名的目的。这种见名流就拜认老师的做法自然为正人君子所不齿，但假名士们却乐此不疲，于是乱拜师生现象在社会上也泛滥开来，

① 李圣华笺校：《尧峰文钞别录》卷二，《汪琬全集笺校》，人民文学出版社2010年标点本，第2170页。

② 同上书，第2178页。

③ （明）刘宗周：《语类》十四，《刘宗周全集》第二册，浙江古籍出版社2007年标点本，第494页。

④ （清）李应桂：《梅花诗》上卷，《古本戏曲丛刊五集》，上海古籍出版社1986年影印本，第18页。

成为人们嘲笑的对象。

(净、丑) 见了主人，如何称呼。(小生) 他既有心作养，便拜了门生，称作老师便了。(净、丑) 毕竟名士惯拜门生，我们且依你这一遭儿。①

这里“毕竟名士惯拜门生”明显是一句带有嘲讽不恭语气的话。而攀附权贵，硬拉关系，狐假虎威的现象在当日社会中也为数不少。如下例：

(外) 人才一定多了?(丑) 同社的也有三五十个乡科，其余都是有名望的好朋友，主盟的都是大老。(外) 声气可谓极广。(丑) 不但同社，凡是海内名公，无不相识。贵处如翰林吴瑞庵、大宗伯白太元，是极高雅的，老翁一定相知了?(外) 知他二人诗酒自放，但小弟乡居，不曾交接过，诸兄可曾会过?(丑) 怎么没有，去年吴公有书来，托我们代做了许多序记文字。(外) 闻得白老为人古执，极是寡交。(丑) 虽然寡交，到诗酒相交，他又极好。向日也曾在他府上扰他两日，与他论诗，极是相合。(净) 就是小弟去年徼幸，二公俱有贺礼寄来的。(副净) 老丈几时回府，我们还要借重带一封书去问候他。②

几位假名士原想扯大旗作虎皮，却有眼不识真佛，所以白太元感叹说“原来名士都是这般模样”，无怪当日读者在此处写下“当面撒谎”的批语。下面这位假名士贡三公子也同样不幸，遇上了与上面同行相同的情况。

---

① (明) 吴炳:《绿牡丹》卷上，《古本戏曲丛刊三集》，文学古籍刊行社 1957 年影印本，第 17 页。

② (清) 徐石麒:《珊瑚鞭》卷下，《古本戏曲丛刊五集》，上海古籍出版社 1986 年影印本，《暗得俊》。

(丑)这是贡公子，特来奉拜。(生)多谢先施，此位上姓?(末)小弟姓许。(净)是吴郡驰名诗伯。(末)有慕高才，特来请教。(净)文彦博丞相，是小弟通家，范仲淹枢密，是年伯，翰林有位权老先生，是小弟至交。兄在汴京，曾相识么?(生)小弟不曾认得，兄曾相认么?(净)小弟自幼同社。(生)久慕，久慕。(净)家父见任方伯，吴郡太守节推毕老公祖，俱与小弟通家往来。(生)难得，难得。①

这种事情也是明清之际的常见现象，“慈豁姚氏子元台，字子云，元吕，字仲宣，皆矫尾厉角，有声诸生间。天启中，连袂游太学。文学秀才，咸执裾请交，与之谭，多口噤而退。诸公争欲令出我门下。少年或窃其名以惊坐人曰：‘两姚生，吾辈行也。’”② 既然社会生活中有，而戏曲作品又是反映社会生活的，于是在其中予以嘲讽也就是顺理成章的事情。

至于明清之际出现大量假名士的原因，剧作者有自己的思考。他们认为，假名士之所以冒名顶替、拜师生、攀附权贵，主要是为了满足自己的虚荣心理。

(中净头巾蓝衫上)

【玉井莲后】拨转船头，料得湖宽不阻。小子铁不锋。不想石池斋改名齐也水，中了探花，做了翰林。今日从我徐州经过，不免上前认作师生，一来可以消释前谴，二来可以夸耀后辈。闻在这里驻马，小心进见。(进见跪介)(生扶介)铁兄旧交，怎行此礼?(中净)前日是旧交，今日高发，门生特来拜老师，当行师生之礼。(生谦介)(中净)老师请上坐，容门生百拜。③

① (明)湖隐居士:《金钿盒》卷上，《古本戏曲丛刊二集》，上海商务印书馆1955年影印本，第24页。

② (清)钱谦益:《牧斋初学集》卷七十八，上海古籍出版社2009年标点本，第1685页。

③ (清)李应桂:《梅花诗》下卷，《古本戏曲丛刊五集》，上海古籍出版社1986年影印本，第22页。

这里“可以夸耀后辈”其实说白了就是满足自己虚荣心的问题。而明知没有诗才，但又强作歪诗、坏诗、打油诗的行为，也与科举密切相关。既然不能在科举上出人头地，就只好通过写诗的办法混在名士群中，以满足自己虚幻的梦想。

（净）二兄，我们自杭州结社回来，人面上大觉生色。只是那分韵的诗，也该做了寄去。（丑）正是，莫惹众社友说我们把社事看儿戏了。（副净）小弟今日请二兄来游此，正要借此山景，触发胸中诗意。（净）甚妙，我辈若时常游玩，只怕诗才还要大进。（副净）像兄大发了，就是神仙，游山玩水都是快活。我们做秀才的，年年要伏侍宗师，怎得自在。（净）那里话，二兄大才，只屈得三年，下科自然都是大魁。（丑）虽然如此，毕竟到手才是功名。（副净）我们且吃着酒，把诗想一想。①

只有中了举人、进士的，才有真兴趣描写山水，抒发心中情怀，至于假名士，结社写诗只不过是为了能让面子上大觉生色。但即便是能混进名士群中，也因没有功名而感到心中很不自在，所以对作诗也是兴趣索然，只不过是为保住面子不得不写而已，因此才说“毕竟到手才是功名”。可见假名士写诗的真实目的不过是填补功名不得的心灵空虚罢了。

第四节　科举、八股批判与名教爱情剧

名教爱情剧整体上对科举功名持赞同、崇拜态度。但明清之际国事日非，国家急需真正的人才来挽救国家与社会的沦亡，而通过科举培养、选拔出来的官员们却大多缺乏实践能力，因此在每下愈况的现实面前显得束手无策，“近世号为通经者，大都皆口耳之学，无得于心，既无心

① （清）徐石麒：《珊瑚鞭》卷下，《古本戏曲丛刊五集》，上海古籍出版社 1986 年影印本，《暗得俊》。

得，尚安望其致用哉”[①]，著名思想家颜元更以“无事袖手谈心性，临危一死报君恩”来评价明代的八股官吏。由于八股文不能培养真正的人才，又八股取士导致大量有识之士长期沦落下僚，因此明清之际的社会出现批判八股取士的思潮。这股思潮对当日社会产生不小的影响，因此名教爱情剧的作者们尽管对科举八股抱着赞同的态度，但也受其影响，在剧中或多或少地写了一些批判八股取士的文字。

> （净）亲事如何？（杂）赵老爷坚执不允。小的同媒人再三恳求，赵老爷说等大爷中榜之后再议罢。（净）好难人法，你晓得我是中不来的，怎处？（杂）快请发蒙先生连夜念起子曰来。（净）不济事，我想中出来的那里都是真才。
>
> 【琐窗郎】【琐窗寒】文章不必皆佳，笑冬烘头脑花。少甚么黄金白镪，买下乌纱。一般儿乔装面孔，风云叱咤。我如今也去做些勾当，中了回来，莫说一个王小姐，
>
> 【贺新郎】羡丝鞭，遮住看花马。（合）谁敢向，问真假。[②]

一句“中出来的那里都是真才”，真实道出了科举取士的实质。通过分析，剧中的八股文批判主要表现在三个方面：

八股考试共考三场，第一场七篇八股文，主要目的是考查考生对孔孟思想的领会程度。然只领会孔孟思想对维护君主专制是远远不够的，国家还需要精通具体统治策略与手段的人来对国家进行实际高效的管理，而这通过八股文考试难以完成，所以科举考试的后两场即为实现此目的而设置。但因后两场考试存在雷同、沿袭、套用的现象，并不能真正考出学生的治国才能，所以明清两代对后两场考试不很重视。在只重第一场八股的前提下，科举考试所录取者大多是精通八股的无用书生，而不是真正的治国贤才。

---

① （清）顾炎武：《亭林文集》卷七，《亭林诗文集》，上海古籍出版社 2012 年标点本，第 233 页。

② （明）吴炳：《西园记》卷下，《古本戏曲丛刊三集》，文学古籍刊行社 1957 年影印本，第 5、6 页。

（恨介）咳！这些括帖，关系甚么经济，竟将来做个取士定例，使多少旷代奇才，埋没在这排偶文字之中，始作俑者，岂不该服上刑。（掷书介）呸，我米遥何等胸襟，也被他牢笼起来，好痴迷，好龌龊，难道为这芥子功名，甘心蹈了时蹊么。我想上天既赋我绝世的才华，定然生个具眼的识者，何必向这区区时艺强求遇合。（笑介）我如今不免绕室闲步，但把这一副别肠，涵养得十分活泼，那怕七篇文字，不挥写得十分美满。①

“括帖”是八股文的别名，“经济”是经世济民之意，可见作者也认为八股取士与治国大道之间没有什么实际关系，而这也正是明清之际有志之士对八股取士进行批判的核心所在。“道无定体，学贵适用。奈何今之人执一以为道，使学道与事功判为两途。事功而不出于道，则机智用事而流于伪。道不能达之事功，论其学则有，适于用则无。讲一身之行为则似是，救国家之急难则非也，岂真儒哉”②，“尝讲此章，因论科甲以诗词、帖括取士之法，作俑何人，其坏儒道、误人才、贼民命、降气运之罪，上通于天。莫道唐、虞、三代士习民风渺不可追，虽战国时修天爵以要人爵者亦何可得哉”③。而顾炎武更是认为明代灭亡的原因主要在于八股取士，只有废除八股取士制度，天下才能清明，百姓才能安居，政治斗争才能停止，真正的人才才能出现，所以他在《生员论》中说，“废天下之生员，而官府之政清；废天下之生员，而百姓之困苏；废天下之生员，而门户之习除；废天下之生员，而用世之材出”④。对八股取士的弊端，农民起义军首领们也有着清楚的认识。

献策曰：“明朝国政，误在重制科，循资格，是以国破君亡，鲜见忠义。满朝公卿，谁不享朝廷高爵厚禄？一旦君父有难，各思自

① （清）汪光被：《广寒香》卷下，《古本戏曲丛刊五集》，上海古籍出版社1986年影印本，第4页。

② （清）黄宗羲：《黄梨洲文集》，中华书局2009年标点本，第77页。

③ （清）颜元：《四书正误》卷六，《颜元集》，中华书局1987年标点本，第239页。

④ （清）顾炎武：《亭林文集》卷一，《亭林诗文集》，上海古籍出版社2012年标点本，第69、70页。

保。其新进者盖曰：‘我功名实非容易，二十年灯窗辛苦，才博得一纱帽上头，一事未成，乌有即死之理！’此制科之不得人也。其旧任老成又云：‘我官居极品亦非容易，二十年仕途小心，始得至此地位，大臣非止一人，我即独死无益。’此资格之不得人也。二者皆谓功名是己所致，所以全无感戴朝廷之意，无怪其弃旧事新而漫不相关也。可见如此用人，原不显朝廷待士之恩，乃欲责其报效，不亦愚哉！其间更有权势之家徇情面而进者，养成骄慢，一味贪痴，不知孝弟，焉能忠义？又有富豪之族从夤缘而进者，既费资财，思权子母，未习文章，焉知忠义？此迩来取士之大弊也。当事者若能矫其弊而反其政，则朝无幸位，而野无遗贤矣。”①

据此可知当日社会对八股败坏人才持有非常激烈的反对态度。剧作家们深爱科举，也希望通过科举实现功名富贵，因此尽管在剧中对八股败坏人才、无益于国家的弊端有所提及，但仅是浮光掠影地一笔带过，根本没能深入，可以说是无关乎痛痒。当然这也怨不得他们，因为他们既不是才能出众的政治家，也不是见识深刻的思想家，说到底不过都是些沉浸在功名富贵中的无用书生而已。

如果说名教爱情剧对八股败坏人才、无用于治道的批判过少是个缺陷的话，那么在八股取士导致读书人学问空疏方面的批判则要深刻得多了。

（外）今日讲甚么书？（丑）今日该讲《孟子》，“禹恶旨酒而好善言”。（外）你可通章讲去。（丑）昔日禹王极好饮酒，专恶那止酒之人。而好善言，必须好言劝他，才肯多饮。汤王执了酒钟，立了劝他，言说多用两杯也无妨害。文王吃得酒多，伤了，望道路而未之见。武王也不接近的人吃，也不接远的人吃，只请三王自饮。周公思量起来，为何怎么只请三王，不来请我，决然是我有不合之处了。仰而思之，朝天妄想，再想不着，幸而思量得着了。夜间请他吃酒，直吃到天明，再不敢止酒，故曰坐以待旦。如何？（外）

① （清）计六奇：《明季北略》卷二十三，中华书局1984年标点本，第674页。

哇，跪着。（打丑介）①

（净）怎么叫做负荆请罪。（丑）须要唤一个有手段的厨子，把老爹满身的筋都抽了出来，负在背上叩头求告，这便是负荆请罪了。（净）抽了筋，却不死了。（丑）死便死了，这八十屁股却不打了。（净）呸，放这样冷屁。（评：这分明公子秀才解说《四书》白文，趣。）②

望文生义，乱解经书是学问空疏的第一个表现。“禹恶旨酒而好善言”是无论如何也不能解释成“禹王极好饮酒，专恶那止酒之人。而好善言，必须好言劝他，才肯多饮”的。至于负荆请罪就是把人筋抽出来背在身上去请罪，更是荒谬至极，人都一命呜呼了，还用得着再去请罪么，无怪乎当时人就予以评点说“这分明公子秀才解说《四书》白文”。

张冠李戴，似是而非是学问空疏的第二个表现。

（贴又念介）西施当日配夷光，夷光就是西施，怎么说配夷光。月里姮娥嫁姓张，月里姮娥何曾嫁姓张的。（又念介）就是仙姑何氏女，当初也许聘裴航。裴航娶云英，与何仙姑有甚相干。炼师说故事也不曾查考明白，做甚么诗。（丑）如今做诗的，一个故事也不记得，还要谈天说地。我记得几个故事，就是饱学了，管甚么用差也用不差。（贴）列位如今请回罢。③

连最基本的西施就是夷光的典故都没能搞清楚，还张冠李戴地把何仙姑嫁给了裴航，搞得待嫁的云英守空房，出家的女道士找丈夫，真是可笑至极。而这也确实是明代学者的常态现象，明代学者学问空疏是大家公认的事实。对此，明清之际反对八股取士者的批判是极为深刻的，

---

①（明）□□：《西湖记》上卷，《古本戏曲丛刊二集》，上海商务印书馆 1955 年影印本，第 8 页。

②（明）许恒：《二奇缘》卷下，《古本戏曲丛刊三集》，文学古籍刊行社 1957 年影印本，第 52 页。

③（明）叶宪祖：《鸾鎞记》上，《古本戏曲丛刊二集》，上海商务印书馆 1955 年影印本，第 42、43 页。

“今之为禄利者，其无藉于经术也审矣。穷年所习，不过应试之文，而问以本经，犹茫然不知为何语。盖举唐以来帖括之浅而又废之，其无意于学也，传之非一世矣。矧纳赀之例行，而目不识字者可为郡邑博士，惟贫而不能徙业者，百人之中尚有一二读书，而又皆躁競之徒，欲速成以名于世。语之以《五经》则不愿学，语之以白沙、阳明之语录，则欣然矣，以其袭而取之易也”①。此外须注意的是，这里所说的“浮躁竞进，欲速成以邀名”的贫穷读书人，在很大程度上指的就是假名士，所以在后面，顾炎武又说：“其中小有才华者颇好为诗，而今日之诗，亦可以不学而作”②，可以不通过读书做学问就能写出来的诗，不就是坏诗、恶诗、打油诗吗，这正是假名士的真实写照。

八股取士在败坏人才、荒废学业的同时，也对明代的文学创作带来巨大的损害。因为“明代统治者创制八股文并用于科举取士，其目的是培育、选拔为其统治服务的官员，而不是培养学者、诗人、文学家。有人曾嘲笑中过进士、状元的人写不好诗，李白考不上进士诗却写得比进士、状元好，这其实是一种误解，因为科举根本就不是用来培养诗人的”③，所以明代诗文创作相比于其他朝代整体水平要低很多。所谓的出色诗人不是学前后七子走上了剽窃的道路，就是学公安三袁流于僻俚浅俗，至于那些一般诗人，就只能在《千家诗》一类浅薄的诗学书籍中打转、讨生活。名教爱情剧对此的揭露与批判也集中体现在这个方面。如下面几个例子：

（丑）他说是汴京秀才，大模大样。（末）若是秀才，我们考他一篇，做不出文字，便是假的，那时方打他回籍。（净）怎么去考？（末）三爷高才，与他会考便是。（净）你到来考三爷，你岂不知三爷是白丁公子。我先做不出文字，怎么考他。（末）不做文字，与他做诗。（净）三爷也不会作诗。（末）这个不难，公子把《千家诗》

① （清）顾炎武：《亭林文集》卷三，《亭林诗文集》，上海古籍出版社2012年标点本，第100页。

② 同上书，第100、101页。

③ 龚笃清：《明代八股文史探》，湖南人民出版社2005年版，第56、57页。

记一首，小子只说是诗伯，把旧诗略改几字。（丑）小弟去要家姐做一首，次日拿来。（净）也要个诗题。（末）我见诗上有甚么早春二字，想是题目。（净）同到贵园，只说慕他诗名来拜。（丑、末）此计甚妙。①

（老旦）郑英，恁能诗否？（副净背语介）这又是难题了，幸喜近日记得《千家诗》数首，不像前番曳白。（跪念云淡风轻千家诗介）（老旦）这是旧诗。（副净）诗虽旧刻，却是簇新记下肚的。（老旦）胡说。②

（生）小姐，小生后来一首拙作，可曾赐和么？（丑）你那首拙作，我已赐和过了。（生惊介）这等，小姐的佳篇，请念一念！（丑）我的佳篇，一时忘了。（生又惊介）自己做的诗，只隔得半日，怎么就忘了？还求记一记。（丑）一心想着你，把诗都忘了，待我想来，（想介）记着了！（生）请教。（丑）"云淡风轻近午天，傍花随柳过前川；时人不识予心乐，将谓偷闲学少年。"（生大惊介）这是一首千家诗，怎么说是小姐做的？（丑慌介）这，这，这果然是千家诗，我故意念来试你学问的，你毕竟记得。这等，是个真才子了！（评：妇人记得千家诗，犹非蠢物；但不该冒为己作耳！近来才子不过能记古诗，小姐之言，原讲得不错。）③

一句"近来才子不过能记古诗"，真是道破了明清之际所谓诗人的本来面目。上面几位诗人是在《千家诗》中讨生活，下面这个诗人与之相比半斤八两，是在《神童诗》中开眼界，真是难兄难弟。

（小净）学生思想做官如挟泰山以超北海之难，我想破退金兵如折枝之易，只消我一个管城子，就可破他。（生、小生）那金人有千

---

① （明）湖隐居士：《金钿盒》卷上，《古本戏曲丛刊二集》，上海商务印书馆1955年影印本，第23、24页。

② （清）汪光被：《芙蓉楼》卷下，《古本戏曲丛刊五集》，上海古籍出版社1986年影印本，第41页。

③ （清）李渔：《风筝误》，《李渔全集》第四册，浙江古籍出版社1992年标点本，第148、149页。

军万马，势如虎狼，朝中将士车载斗量，尚不能制服，兄止一管笔，怎能破他。（小净）二位果是高才，学生说了管城子，二兄就道是笔。此笔原有出的。（生、小生）出于何典？（小净）出于《神童诗》上：别人怀宝剑，我有笔如刀。（生、小生）原来耍谈，请行路罢。①

至于他们的诗歌创作办法，既不是来源于真实的社会生活，又不肯在前辈的财富中汲取营养，而是找一些“速成”、“大全”之类的书籍，采用套换的方式，借用固定的格式模板，纯粹的堆砌辞藻，确实是既无形式，也乏内容。

学生范虚，因先父号摩诃，故贱号取作思诃，这些人就顺口儿叫做凡四合。在学里做秀才，准准六十年，如今年老，村学也无人请了。新近买得一本秘书，是《诗学大成》，看了便好做诗，又在人家抄得四六启一两套，就在门上写个招牌，说代做诗文书启，果然也有人来央。凡是乡耆寿文，村民婚启，都是学生包揽，倒也好过日子。今日看有甚人来。②

如此创作的诗歌有何价值可言，一代文学如此而成，真是可悲可叹。

任何事物都具有两面性，全利全弊的东西是不存在的，科举取士也同样如此。明清八股文是与科举密不可分、连为一体，但二者又不能完全等同。八股文是明清科举专用的一种僵化的写作格式规范，而科举却是当日世界最先进的官吏选拔方式。对于二者在人才选拔上的不同作用，明清之际的许多有识之士有着清楚的认识，这样一来，他们对科举进行批判时，就把科举与八股文分别开来。如程朱派思想家、清初重臣魏裔介就持分别对待的态度，“朝廷悬功令以取士，程墨尽可观法，原期穷理

① （明）玩花主人：《妆楼记》卷上，《古本戏曲丛刊二集》，上海商务印书馆1955年影印本，第34页。

② （明）吴炳：《绿牡丹》卷下，《古本戏曲丛刊三集》，文学古籍刊行社1957年影印本，第35页。

致用，岂欲剿袭陈言？乃习俗相沿，坊刻充栋，士子不务实学，专以记诵誊录，苟取科第，国家安得真儒之用？故臣常谓明初人才所以盛者，以其务实学，而其后衰者，滥时文误之也”①，说明朝的衰落是因为八股文，这显然是对八股文的批判。“举业者，朝廷取士之法也。有《四书》艺，有经义，有论表判策，理义何一不备其中，世务何一不备其中？若《四书》、经义通于圣贤之理义，论表判策中于世务之规绳，岂得不谓之佳士？可以临民，可以事上，可以为台谏，可以侍讲读，即公卿宰辅，由此其基之矣。故自有科目以来，得人之盛，未易更仆数。在父师，宜有义方之训，养之于蒙，穷理致知，博通今古，而储之为有用之材；在子弟，宜有潜心之功，修之于闇，专心致志，研究经史，而发之无不足之虑。如是而应有司之弓旌，斐然成章，自然荐拔入格，曰孝廉，曰进士，皆古所谓至美之名，而今人所祷祀而求也。既已得志，为忠为孝，为廉为节，仰事父母，俯育妻子，加惠三党，施恩闾里，何为而不可？”②对科举的正面价值大加赞赏，这又明显是在推崇科举在选拔人才方面的积极作用了。对以科举功名为人生追求的名教爱情剧作者来说，原本就不想真正地批判科举制度，因此在称赞科举方面就表现得更加突出。

【春溪刘月莲】【宜春令】（翻书坐介）凭棐几，检锦包，破功夫钻研暮朝。石渠天禄，太乙青藜，曾相照。且收拾纸帐竹檠，莫辜负笔床茶灶。（想介）我想帖括之义，原不是寿世文章，但朝廷以此取士，而不能致身青云之上，不是才短，就是学疏，那不屑之说，总是自掩其丑耳。

【浣溪沙】将俊髦，相评较，论文心，似剥叶红蕉。平日若无实功，那风檐之下，岂容假借。怎能勾，梯虹桂殿分瑶草，博得个走马华林看碧桃。因此小生呵，

【刘泼帽】把风云月露都推吊，甘让刘曹，暂撇下柏梁调。③

---

① （清）魏裔介：《兼济堂文集》卷一，中华书局2007年标点本，第17页。

② （清）魏裔介：《兼济堂文集》卷十四，中华书局2007年标点本，第360页。

③ （清）孙郁：《双鱼佩》上卷，《古本戏曲丛刊三集》，文学古籍刊行社1957年影印本，第19、20页。

材料中，柳应龙说帖括不是寿世文章，其含义即是说八股文只是科举考试的敲门砖，没有什么真正价值，所以不能流传久远，但他又说“朝廷以此取士，而不能致身青云之上，不是才短，就是学疏”，其内在含义显然是在说科举本身，若不能通过八股文取得科举功名，说明其人在才学上确实存在不足之处，不能一味地抱怨八股文。看不见八股取士的优点，只看到其缺点，无论如何都是一种过于偏激的态度，所以黄宗羲、顾炎武等人尽管都严厉批判八股取士制度，可他们的子弟亲戚却都是通过八股科举考试进入仕途的，尤其是顾炎武的三个外甥徐乾学（探花）、徐秉义（探花）、徐元文（状元）更是以探花、状元的身份中进士，后又分别担任过尚书（徐乾学）、侍郎（徐秉义）与内阁大学士（徐元文）的高官。

对科举不公、人情冷暖、假名士、八股取士败坏人才等的揭露与批判，是名教爱情剧科举描写的真正价值所在。尽管它们在剧中所占比例并不大，但对我们了解当日的科举现实却有着不可忽视的作用。科举不公从事业上对封建知识分子予以伤害，人情冷暖则从精神上给读书人以冲击，如果说这二者已经使八股取士偏离了正常轨道的话，那么大量假名士的存在则将人们对科举的认识在歧途上引得更远。三者的结合对科举选拔人才的原始目的带来巨大的冲击，将科举制度变成纯粹的功名富贵的敲门砖。当科举只剩下敲门砖的作用时，科举就不再是人才的选拔方式，而是功名富贵的竞争场所。当八股取士只起追逐富贵的作用时，国家将无真才，离衰落灭亡也就不远了，而这时也自然会对八股取士进行批判与反思了。

第七章

明清翰林、科道与名教爱情剧

男子获得科举功名是才子佳人戏曲团圆结局不可缺少的部分。不过自《董西厢》以来，书生的科举大多是以状元及第为套路的。明清之际的名教爱情剧虽然在科举功名上延续了状元及第的套路，但也出现了新的特点，这新特点就是名教爱情剧的科举功名以做翰林官为人生最高理想，以科道官为第二选择，至于能否状元及第并不重要。新特点的出现看似简单，但导致其出现的内在原因却很复杂，因为它与明清翰林、科道在明清职官体系内的地位与作用有着密切的关系，有讨论的必要。

第一节　翰林对名教爱情剧之影响

男主人公几乎全在翰林院中任职是名教爱情剧在科举功名上的突出特点，而男主人公定要任职翰林院的原因则是我们必须解决的问题，要解决这个问题，就首先得对明清两代的翰林院及翰林有所了解。

翰林院是明清两代的中央衙门之一。明代翰林院的主要职责为“学士掌制诰、史册、文翰之事，以考议制度，详正文书，备天子顾问。凡经筵日讲，纂修实录、玉牒、史志诸书，编纂六曹章奏，皆奉敕而统承之。诰敕，以学士一人兼领。大政事、大典礼，集诸臣会议，则与诸司参决其可否。车驾幸太学听讲，凡郊祀庆成诸宴，则学士侍坐于四品京卿上。侍读、侍讲掌讲读经史。《五经》博士，初置五人，各掌专经讲义，继以优给圣贤先儒后裔世袭，不治院事。史官掌修国史。凡天文、地理、宗潢、礼乐、兵刑诸大政，及诏敕、书檄、批答王言，皆籍而记之，以备实录。国家有纂修著作之书，则分掌考辑撰述之事。经筵充展卷官，乡试充考试官，会试充同考官，殿试充收卷官。凡记注起居，编纂六曹章奏，誊黄册封等咸充之。庶吉士读书翰林院，以学士一人教习之。侍书掌以六书供侍。待诏掌应对。孔目掌文移”①。由此可见，明代翰林院的主要职责为起草诏令、掌管图书资料、考辨制度、讲读经史、编修史书等，具有很强的秘书、侍从、顾问性质。

清代翰林院的职责与明代相比并无根本性变化，仍以皇帝的侍从、秘书、顾问为主，“掌院掌国史笔翰，备左右顾问。侍读学士以下掌撰著记载。祭告郊庙神祇，撰拟祝文。恭上徽号、册立、册封，撰拟册文、宝文，及赐内外文武官祭文、碑文。南书房侍直，尚书房教习，咸与其选。修实录、史、志，充提调、总纂、纂修、协修等官。庶吉士入馆，分习清、汉书，吏部疏请简用大臣二领教习事。侍读、侍讲司训课，派编、检二人提调馆饩。三年考试，分别散留。办事翰林，满、汉各二人，掌帅应官治事。主事、典簿、孔目，掌章奏文移，董帅吏役。待诏掌缮写校勘”②。

据此可知，明清翰林院虽为中央衙门，但在实权上，远不能和负责国家具体行政事务，拥有很大行政权力的六部衙门及其他中央衙门相比。不仅如此，与六部、都察院等中央衙门相比，翰林院的行政品级也低很多。明代翰林院最高职务为翰林学士，其品级不过正五品，“翰林院。学士一人，正五品”③。而六部、都察院、通政司、大理寺等实权衙门主官的最低品级为正三品，“通政使司。通政使一人，正三品”④，六部与都察院之主官皆为正二品，“吏部。尚书一人，正二品”⑤。清代初年，六部等衙门的权力、品级与明代相比变化不大，“吏部。尚书，初制，满洲一品，汉人二品。顺治十六年改满尚书二品。康熙六年复故，九年仍改正二品。雍正八年俱定从一品，各部同”⑥，其变化主要体现在满汉民族地位的不同上。至于翰林院的品级，明清两代则变化较大，“翰林院。掌院

① 《明史》卷七十三，中华书局 1974 年标点本，第 1786 页。

② 《清史稿》卷一百十五，中华书局 1998 年标点本，第 3310 页。

③ 《明史》卷七十三，中华书局 1974 年标点本，第 1785 页。

④ 同上书，第 1780 页。

⑤ 《明史》卷七十二，中华书局 1974 年标点本，第 1734 页。

⑥ 《清史稿》卷一百十四，中华书局 1998 年标点本，第 3271 页。

学士，初制正五品。顺治元年升正三品。雍正八年升从二品。大学士、尚书内特简"[①]。品级虽提升不少，但仍比六部低，更可注意的是，其最高职务掌院学士并非独立职务，而是大学士或六部尚书之兼职，与其本职相比品级要低两到三级。

然据明清两代相关史料记载，明清每科进士之最优秀者皆入翰林院却是科举后授官的根本制度，而且翰林官在迁调上比其他官员更具有优势，"状元授修撰，榜眼、探花授编修，二、三甲考选庶吉士者，皆为翰林官。其他或授给事、御史、主事、中书、行人、评事、太常、国子博士，或授府推官、知州、知县等官"[②]，"一甲状元授修撰，榜眼、探花授编修，二、三甲进士授庶吉士、主事、中书、行人、评事、博士、推官、知州、知县等官有差"[③]，"凡用庶吉士曰馆选。……。三年考试散馆，优者留翰林为编修、检讨，次者改给事中、御史、主事、中书、推官、知县、教职。……。凡留馆者，迁调异他官"[④]。

既然权力、品级比其他中央衙门皆有所不如，在实际利益的获得上甚至还不如许多地方官职，为何名教爱情剧科举仕途的最终落脚点却选择翰林院，而非其他。这种安排确实不合常理。其实，翰林院及翰林官在名教爱情剧中受重视的根本原因并不在其自身，首先在于翰林院与明清两代内阁的密切关系。

一　翰林与内阁之关系

明清时期，中央官僚机构采用内阁制。内阁制出现于明代初年，明太祖朱元璋在洪武十三年（1380）借丞相胡惟庸谋反一案废除宰相制后，选择一些品级比较低的官员进入内阁之中，协助自己处理国家大事，并参与机要，这种官僚制度日益发展，最终形成流行于明清时期的内阁制。明代内阁大学士品级不高，仅为正五品，但其实际拥有的权力与地位却相当于宰相。"中极殿大学士，建极殿大学士，文华殿大学士，武英殿大

① 《清史稿》卷一百十五，中华书局 1998 年标点本，第 3309 页。

② 《明史》卷七十，中华书局 1974 年标点本，第 1695 页。

③ 《清史稿》卷一百八，中华书局 1998 年标点本，第 3149 页。

④ 同上书，第 3165 页。

学士，文渊阁大学士，东阁大学士，掌献替可否，奉陈规诲，点检题奏，票拟批答，以平允庶政。凡上之达下，曰诏，曰诰，曰制，曰册文，曰谕，曰书，曰符，曰令，曰檄，皆起草进画，以下之诸司。下之达上，曰题，曰奏，曰表，曰讲章，曰书状，曰文册，曰揭帖，曰制对，曰露布，曰译，皆审署申覆而修画焉，平允乃行之。凡车驾郊祀、巡幸则扈从。御经筵，则知经筵或同知经筵事。东宫出阁讲读，则领其事，叙其官，而授之职业。冠婚，则充宾赞及纳征等使。修实录、史志诸书，则充总裁官。春秋上丁释奠先师，则摄行祭事。会试充考试官，殿试充读卷官。进士题名，则大学士一人撰文，立石于太学。大典礼、大政事，九卿、科道官会议已定，则按典制，相机宜，裁量其可否，斟酌入告。颁诏则捧授礼部。会敕则稽其由状以请。宗室请名、请封，诸臣请谥，并拟上。以其授餐大内，常侍天子殿阁之中，避宰相之名，又名内阁。”①

清初内阁的主要职责并未发生实质性的变化，“大学士掌钧国政，赞诏命，釐宪典，议大礼、大政，裁酌可否入告，协办佐之。修实录、史、志，充监修总裁官。经筵领讲官。会试充考试官。殿试充读卷官。春秋释奠，摄行祭事”②，相反，却被正式确定为品级及权力皆高于六部的中央衙门，于是内阁大学士也就成为在权力和品级上皆凌驾于六部尚书之上的中央高官。由于内阁大学士主要任务是参与国家机密，票拟批答，协助皇帝共同处理国家的一切重大事务，燮理阴阳，调和鼎鼐，因此虽无宰相之名，却有宰相之实，所以内阁是当日最有权势、地位的任职所在。

内阁虽然权力极大，但不能成为人们选择翰林院的理由，因为翰林院、内阁是两个不同的机构。从表面看应是这样，但其实不然，翰林与内阁的关系在明清时期极为密切，其密切关系主要在于明清时期的内阁大学士基本是由翰林提拔而来，“成祖初年，内阁七人，非翰林者居其半。翰林纂修，亦诸色参用。自天顺二年，李贤奏定纂修专选进士。由是，非进士不入翰林，非翰林不入内阁，南、北礼部尚书、侍郎及吏部右侍郎，非翰林不任。而庶吉士始进之时，已群目为储相。通计明一代

① 《明史》卷七十二，中华书局 1974 年标点本，第 1732 页。

② 《清史稿》卷一百十四，中华书局 1998 年标点本，第 3267 页。

宰辅一百七十余人，由翰林者十九”①。清代选拔内阁大学士的原则与明代基本相同，“凡用庶吉士曰馆选。……有清一代宰辅多由此选，其余列卿尹膺疆寄者，不可胜数。士子咸以预选为荣，而鼎甲尤所企望”②。明清两代区别是：清朝旗人与蒙古族人担任大学士时可不受此限制，汉人则谨守非翰林不入内阁的原则，非翰林出身者虽有，然极少，“满、蒙、汉军大学士，不必尽由翰林出身。汉大学士，国初亦皆特简，嗣由吏部进本，惟翰林出身者，始开列。亦有以资劳入阁，不由翰林者”③。通观有清一代，“汉人官大学士者共一百十九人，其出身大都为翰林授职之员，惟魏文毅裔介则为散馆之给事中，张文端鹏翮、阎文介敬铭，则均为散馆之主事，朱文端轼、鹿文端传霖，则均为散馆之知县。而洪文襄承畴、费文恪淳，则均为刑部主事，彭文敬蕴章则为工部主事，王文勤文韶则为户部主事，杜文端立德则为中书科中书，孙文靖士毅、章文简煦，则均为内阁中书。谢清义升、宋文康权、王文通永吉、孙文定廷铨、吴文端琠、田文端从典、赵相国国麟，则均为知县。卫文清周祚、李文襄之芳、余相国国柱，则均为推官。然皆起家进士。至由举人出身者，仅左文襄宗棠一人云”④。汉人非翰林出身之内阁大学士清代共二十三人，约占全部一百一十九人的百分之十九，所以说明清两代内阁大学士基本是由翰林选拔而来并不为过。

厘清明清两代翰林与内阁的关系，我们即可大胆推测，剧中科举皆入翰林院的现象反映出的、压在作者心底的最真实想法并不在翰林，而在内阁。名教爱情剧中，许多剧目的男主人公或其他人物也确实明白地说做翰林官的目的就是要入阁拜相。

下官来京赴试，只道洞房与金榜相邻。昨日钦赐游街，曾将选艳与看花并举。谁知令人掩鼻而过的，十中倒有八九；经得下官垂青一盼的，百里还无二三。我闻得人说，扬州是出琼花的地土，女

---

① 《明史》卷七十，中华书局1974年标点本，第1701、1702页。

② 《清史稿》卷一百八，中华书局1998年标点本，第3165页。

③ （清）吴振棫：《养吉斋丛录》卷之一，中华书局2005年标点本，第9页。

④ （清）朱彭寿：《旧典备征》卷一，《旧典备征·安乐康平室随笔》，中华书局1982年标点本，第15页。

色颇佳。正要告假还乡，到扬州择配。不料蜀中告急，大座师荐我督师征剿，好立边功，以为不次登庸之地。（叹介）虽然早我十年宰相，却又迟我一岁婚姻，如何是好？①

（外）到此何干？（老生）老师在上，门生今早因奉上传，要点修撰纂辑《高皇帝大正纪》一十八卷，便有月余之隔，不能侍奉老师，为此先来告辞。（外）纂修《实录》是个大典，书成之日，便登台辅。可喜、可喜。②

这里“登庸”、“登台辅”都是入阁拜相的意思。此外，许多剧中人物最终都是由翰林学士进入内阁为官的，如吴炳《绿牡丹》中，沈重原官翰林学士，在最后一出中，伴随两位女婿谢英、顾粲大登科、小登科喜事而来的是自己钦点内阁的喜悦，真可谓三喜临门。

（杂出录条，看介）第一名谢英，第二名顾粲，中得高，赏钱一发要加厚了。……（杂又扮后报人上）报、报、报。（前报）这是夺录的来了。（混打介）（净、丑）不要打，想是报我们的。（后报）小的不报进士录，是报升迁的。（递报介）恭喜老爷钦点内阁。启黄扉，圣恩特自田间起，伫望星驰入帝畿。（外）原来如此。③

了解了明清内阁大学士必由翰林出身的史实，我们也就可以明白剧中下列文字出现的内在原因了。下面几则材料中，剧中人无一例外地说到状元的相器、相度问题。

（丑上）启爷，少保于爷请。（小生）知道了。慕卿兄，小弟茅塞心胸，不能悟彻，明日登门负荆过了，方敢拜求弟罪，暂且失陪。

① （清）李渔：《风筝误》，《李渔全集》第四册，浙江古籍出版社 1992 年标点本，第 167 页。

② （清）陈二白：《称人心》上卷，《古本戏曲丛刊三集》，文学古籍刊行社 1957 年影印本，第 19 页。

③ （明）吴炳：《绿牡丹》卷下，《古本戏曲丛刊三集》，文学古籍刊行社 1957 年影印本，第 57、58 页。

（带马）从来不信非来事，今日亲尝始见奇。（下）（占）你看陈郎被我没头没脑道了几句，怏怏而去。好，忍辱求非，信然鼎器。我月娥空自垂涎，不能勾与他追随唱和，眼睁睁看那两个妇人朝欢暮乐，真妒死人也。①

《三凤缘》中，陈琏状元及第，面对陈月娥的责备，他忍辱求非，所以陈月娥称赞他能做到沉稳、不轻动怒，是宰相之器量。这里的"鼎器"即指相器，因为宰相的职责是调和鼎鼐、燮理阴阳。

【画眉序】（生闷坐不开口，众唱）配鸾俦，新妇新郎共含羞。喜两心相照，各自低头。合欢酒未易沾唇，合卺杯常思放手。状元相度该如此，端庄不轻开口。（评：成亲之夜有相度，方是真正相才，不则皆翰林科道器也。）②

（取卷阅介）呀！这个卷子是我取在二甲的，为何反在上面？待我看来。

【黄龙衮遍】新评间旧评，新评间旧评，赤字蓝圈映。文字原做得好，只是词采过艳，意致飞飏，恐怕是个风流佻达之人。状元为宰相之先声，那文字之中，也要带些相度才好。这卷文字拟不得状元，依旧放他在二甲。文藻英华，泄尽无遗剩。有意抡魁，反输高等。留成案，不用翻，依前定。③

《风筝误》中，韩世勋面对美丽的新娘子，却能不为美色所动，沉稳端庄，所以剧作者、评点者皆夸赞他有相度。《凰求凤》中，吕哉生的八股文过于风流佻达，词采艳丽，触犯了宰相气量平正中和的具体要求，因此被主考官批评并置于二甲。状元是科举的名色，宰相是内阁的首脑，

---

① （清）无名氏：《三凤缘》下卷，《古本戏曲丛刊五集》，上海古籍出版社1986年影印本，《醋荐》。

② （清）李渔：《风筝误》，《李渔全集》第四册，浙江古籍出版社1992年标点本，第190页。

③ （清）李渔：《凰求凤》，《李渔全集》第四册，浙江古籍出版社1992年标点本，第487页。

二者本不是等同的概念，但剧中却要求状元必须要有相器、相度，之所以这样，其根本原因是宰相必然从翰林中选拔，状元必然入翰林，是确定不移的宰相后备人选，既然将来可能做宰相，现在也自然应该拥有相器、相度不可。

在明清内阁大学士必由翰林出身的影响下，翰林院这个清冷衙门也因之变成最为清贵的衙门。“内外官互用，本有成例。初行内升、外转制。在内翰、詹、科、道四衙门品望最清，升转特异他官”[①]，“国朝进士，一入史馆，即与六卿抗礼。二十年间，便可跻卿相清华之选，百职莫敢望焉”[②]，“近世翰林院侍读、讲、修撰等官，为朝廷第一清贵之臣，奈何唐、虞命官诏牧乃忘此要职乎？学术误及政事，可叹也”[③]。既然现实中翰林最为清贵，那么在剧中自然也同样要享受最为清贵的待遇。

> （净）小子到京中去候李梦白太史，故此一向失候。（外）原来如此，我到不曾通问得。（净）他一见就问员外台安，后面又谈及令婿这节变事，不胜惊骇。他还有一句说话。（外）有何话说？（净）为裙钗。（外）裙钗是谁？（净）不好说得，就是令爱。小子说道愆期未有东床客，那李翰林断弦未续，实有相求之意，允否还须请自裁。（外）说那里话，那翰林清贵的宰臣，只怕他不肯俯就，老夫岂不愿仰攀，无差碍。（背介）这乘龙天赐，人堪爱，果然无赛。（转介）秋先生，甚时纳采。[④]

明清两代宰相必由翰林出身的事实还给翰林官带来许多特殊的待遇。对进士来说，能入翰林院为官不仅是一种荣耀，更是获得特殊身份的象征。明代翰林对待其他官员的态度与一般官员对待同僚的态度不同，显得倨傲、自大，“明制最重进士，可仕至六部。进士中，翰林为最。一入

① 《清史稿》卷一百十，中华书局 1998 年标点本，第 3208 页。

② （清）顾炎武：《日知录》卷十七，上海古籍出版社 2012 年标点本，第 686 页。

③ （清）李塨、王源：《颜习斋先生年谱》卷下，《颜元集》，中华书局 1987 年标点本，第 776 页。

④ （明）马佶人：《荷花荡》下卷，《古本戏曲丛刊二集》，上海商务印书馆 1955 年影印本，第 29 页。

翰林，则不屈膝，虽拱揖，腰背不甚折，所以养相体也”[①]。在清代，更是受其他衙门官员的尊敬，“国初，沿明制，以吏科都给事中、给事中，与河南道掌计典。后命各部院堂上官，各察其属之优劣，而等第之，汇送吏部。吏部定期按册点验，谓之过堂。其荐举者，引见后，候旨录用。又京察各官，于吏部过堂时，惟翰、詹衙门不唱名，但称某官几员，则管部事大学士以下皆起立，云请回。俗谓之过半堂”[②]。清代考察官员时，只有翰林院、詹事府官员能享受不点名、宰相亲自起立相送的待遇。

明清两代，翰林对非翰林出身之人到翰林院任职是极为反对的，“先朝用人，惟贤惟材，虽内阁辅臣，不专翰林。初开内阁七人，用王府审理、副中书舍人、给事中、知县，改翰林官入直文渊阁。此后如文达起吏部主事，文清起御史，功业道德有过二公者乎？近日，但有改入翰林及宫僚者，千万指摘，十无一完。即有才行出群之士，亦深避峻却，惟恐一旦改官，徒增多口耳。且往时忌人官禄，至于死后定谥，尚有公论。今亦大异于昔矣”[③]，“国初荐辟之法既废，而科举之中尤重进士，神宗以来，遂有定例。州、县印官以上、中为进士缺，中、下为举人缺，最下乃为贡生缺；举、贡历官，虽至方面，非广西、云、贵不以处之，以此为铨曹一定之格。间有一二举、贡受知于上，拔为卿贰大僚，则必尽力攻之，使至于得罪谴逐且杀之而后已。于是不繇进士出身之人遂不得不投门户以自庇，资格与朋党二者牢不可破，而国事大坏矣。至于翰林之官又以清华自处，而鄙夷外曹。崇祯中，天子忽用推、知考授编、简，而众口交哗，有‘适从何来，遽集于此’之诮”[④]。

翰林在反对非翰林出身之人到翰林院任职的同时，对自己被分配到有司任职的命令也极为不满，“内阁之建置，定制于永乐，而崇重于洪、宣之间。其不立宰相也，遵皇祖之典训。而其用词人入直，以五品官参预票拟，则仿唐、宋之制而参用之。已而掌握机务，参列公孤，无宰相之名，而有其魁柄，词臣由此益重。先辈有迁礼侍者，谢贺客曰：‘吾今

① （明）计六奇：《明季北略》卷十六，中华书局1984年标点本，第275页。
② （清）吴振棫：《养吉斋丛录》卷之三，中华书局2005年标点本，第43页。
③ （明）郑晓：《今言》卷四，中华书局1984年标点本，第170页。
④ （清）顾炎武：《日知录》卷十七，上海古籍出版社2012年标点本，第669页。

日出为有司矣’”①。由翰林升迁为礼部侍郎，不但不高兴，反而很不满，可见翰林对出任有司是何等的厌恶。明清两代，一般进士和半途由翰林改任他官之人都把不能入翰林或者不能在翰林院中任职终身当作人生最大的遗憾。

> 既而先生以鸿博举制科，洊宫坊，其文则受知天子矣。无何，改水曹、督通仓，不终于子墨客卿之职，莫不疑其文之未足见知于上也。他日，銮回潞河，见公蒲伏道左，有汝是好翰林，如何改职之谕，天语恻然。于是益信其文受知之深，而叹其官之限于禄籍也，《江花梦》醒有何憾焉！②

龙燮早年困顿科场，所以写《江花梦》来实现入翰林的愿望。他后于康熙十八年（1679）参加博学鸿词科考试，得授翰林，但却不能任职终身，改任有司，虽得康熙“汝是好翰林，如何改职”的评价，但心中的苦痛无奈实难排解。

翰林为储相及翰林不改任不仅是翰林自身的认识，也是明清社会的共识，如在吴炳的《情邮记》中，老驿丞对刘乾初以状元担任巡河官员的行为感到震惊和不可理解。

> （末）驿丞闻得老爷名魁金榜，怎么得做外官？（生）圣上以河流冲决，特遣巡行。（末）原来如此。③

除名教爱情剧外，明清之际其他剧作对此问题也有反映。《金梨记》中，状元赵汝州得知自己被授予外官后不但不生气反而欢喜，面对这种不合情理的表现，前来报信的差人同样不理解。

---

① （清）钱谦益：《牧斋有学集》卷十四，上海古籍出版社1996年标点本，第693页。

② （清）蒋士铨：《江花梦序》，《江花梦》，《古本戏曲丛刊五集》，上海古籍出版社1986年影印本。

③ （明）吴炳：《情邮记》卷下，《古本戏曲丛刊三集》，文学古籍刊行社1957年影印本，第53页。

（见）禀爷，小人到中书省去，适见除书，老爷荣授开封府佥判。（生笑）可喜可喜。（杂）状元是玉堂贵客，选了外职，为何喜欢？①

翰林原没有什么行政权力，但因他是“储相”，享受了太多的特殊待遇，故而在无形中也具备了一种隐性的权力，对于这种隐性权力，一般官员是不敢与之抗衡的。

场期还有几日，我如今且先做一件要紧的事。当初曹个臣许我中后议亲，此时正是议亲的时节了。我若娶得曹小姐为妻，一来做官时节，省得去请幕宾；二来有个翰林阿丈在朝，不受上司的气。这关系不小。②

其实名教爱情剧中，男主人公科举后皆做翰林官现象的原因，不仅在于翰林与明清内阁的关系密切，更在于古代文人的政治理想及功名富贵观念。

对古代知识分子来说，“致君尧舜上，再使风俗淳”是他们在政治上的终极追求，而要实现此目标，就必须占据施展抱负的最佳位置。明清时期，这个最佳位置显然只能是内阁大学士。所以不能入阁就成为许多封建官员的终身之憾，如明清之际的东林党魁、文坛领袖钱谦益，“崇祯二年会推阁臣，谦益以礼部侍郎与焉，而尚书温体仁不与。体仁摘千秋事，出疏攻谦益。谦益由此罢，遂终明世不复起”③，对此，钱谦益一直耿耿于怀。此外，对功名富贵的追求也是封建社会的正常现象，“学而优则仕”是孔孟教给他们的基本人生信条和道路选择，而在明清时期正常的社会状况下，功名富贵也以内阁大学士为最高。所以说政治理想与功名富贵观念是名教爱情剧男主人公必入翰林的首要原因，也是根本原因。

---

① 黄竹三、冯俊杰主编：《六十种曲校注》第十四册，吉林人民出版社2001年版，第713页。

② （清）李渔：《怜香伴》，《李渔全集》第四册，浙江古籍出版社1992年标点本，第88页。

③ 《明史》卷七十，中华书局1974年标点本，第1705页。

二 翰林与师生之关系

对中国古代知识分子而言，政治事功外，“得天下英才而教之”也是重要的人生追求。孔子是万世师表，所以儒家信徒对培养人才也有很大兴趣。自唐代施行科举取士后，由于做考官不仅能实现培养、选拔天下英才的人生理想，还能在政治上获取很大的现实利益，所以做考官也成为官员们非常热衷的一项事业，“宦途最重是文衡，唐诗中即有是语，故有历主春秋两试者盈门桃李，众望之辄艳羡若仙焉”[①]，可见人们对桃李遍天下的官员们是极为羡慕的。在明清时期，能真正实现此人生目的的却只有翰林官（詹事府官员也具备此条件，但詹事府是翰林官的专用升迁之地，所以也算是翰林系统）。

明代中后期，会试主考官为内阁大学士，而大学士是从翰林中选拔而来。同考官，明中期十七人，翰林十一人；后期的万历四十四年（1616）增为二十人，翰林十二人，“至正德六年，命用十七人，翰林十一人，科部各三人。……至四十四年，用给事中余懋孳奏，《诗》《易》各增一房，共为二十房，翰林十二人，科部各四人，至明末不变”[②]。清代的会试考官与明后期没有大的不同，主考亦用内阁大学士，而汉人大学士同样是由翰林选拔而来，同考官，亦为二十人，其中翰林十二人，“会试初用二十人，翰林官十二，六科四，吏、礼、兵部官各一，户、刑、工部官每科轮用一”[③]。

明代乡试主考，应天、顺天用翰林，其他省份主考在身份上与两京存在差别，“初制，两京乡试，主考皆用翰林。……。由是浙江、江西、福建、湖广皆用编修、检讨，他省用科部官”[④]。清代标准与明后期一致，“初制，顺天、江南正、副主考，浙江、江西、湖广、福建正主考，差翰林官八员。他省用给事中、光禄寺少卿、六部司官、行人、中书、评

① （清）朱彭寿：《旧典备征》卷四，《旧典备征·安乐康平室随笔》，中华书局1982年标点本，第104页。

② 《明史》卷七十，中华书局1974年标点本，第1699、1700页。

③ 《清史稿》卷一百八，中华书局1998年标点本，第3154、3155页。

④ 《明史》卷七十，中华书局1974年标点本，第1698、1699页。

事”[①]。从表面看，翰林任主考的省份少于其他官员任主考的省份，但在明清两代，上述省份是中国科举最发达的地区，地位也最重要，所以才特派翰林去担任正、副主考。以清代来说，清代共举行会试、殿试一百一十二次，共有状元、榜眼、探花三百三十六人，其中江苏一百一十七人，安徽二十人，浙江七十六人，江西十八人，湖广二十五人，福建十人，上述六省共有鼎甲二百六十六人，占清代全部鼎甲总数的百分之七十九点二。会试的会元，上述六省共有八十八人，占总数一百一十二人的百分之七十八点五。所以说上述省份正、副主考用翰林，也即意味着天下最优秀的人才几乎全是翰林官的门生。

另外，明后期及清代的会元大多由翰林来推荐，而殿试之状元则基本由翰林出身的大学士来选拔，“自嘉隆以来，春榜会元，大都出词臣之门。盖馆阁本文章之府，而大主考又词林起家，亦理势使然。……若状元卷，则必出揆地所读，方得居首。间有出上意更置前后者，十不一二也”[②]。在得天下英才而教之的人生追求下，明清两代知识分子在科举后自然也会对翰林有一种特殊的情感需求，而这种需求就成为名教爱情剧男主人公必然任职翰林院的核心原因之一。不过在名教爱情剧中，对此原因没有具体的情节予以说明，而与《珊瑚鞭》存在改编关系的才子佳人小说《玉娇梨》的结尾部分，却在一定程度上透露出个中消息。

> 苏友白回家，只愿与二小姐做诗做文，不愿出门。后一科就分房。又后一科浙江主试，收了许多门生。后来直做到詹事府正詹。因他无意做官，故不曾入阁。[③]

“后一科就分房”，这里“分房”指担任会试同考官。“又后一科浙江主试，收了许多门生”，这里“浙江主试”指担任浙江乡试的正主考。詹事府是与翰林院密切相关的一个衙门，是翰林升迁的专用之地，其主官为詹事府正卿，简称正詹。最后的“无意做官，故不曾入阁”，则明显

① 《清史稿》卷一百八，中华书局1998年标点本，第3154页。

② （明）沈德符：《万历野获编》卷十五，中华书局1959年标点本，第388页。

③ （清）荑秋散人：《玉娇梨》，上海古籍出版社1994年标点本，第159页。

地又将翰林与内阁连在了一起。

三　翰林作诗与诗词传情

诗词传情是名教爱情剧在爱情婚姻上的重要特征，而这也与明清两代的翰林有着解不开的关系。

有明一代及清初百年间的科举考试不考诗赋，这个规定直到清中期乾隆年间才发生变化。乾隆二十二年（1757），清高宗下令在乡、会试中考诗赋，“二十二年，诏剔旧习、求实效，移经文于二场，罢论、表、判，增五言八韵律诗”①。根据上述材料可知乾隆二十二年之后，诗赋才成为法定考试内容进入到科举考试之中，在此之前，吟诗作赋完全是个人行为，与科举没有什么关系。

因科举与功名富贵密切相关，故对明代及清前期的绝大多数读书人来说，只有《四书五经》才能让他们产生兴趣，而以展示个人性情为主的诗歌，对乾隆二十二年以前的读书人来说是无关紧要或者说是可有可无的。在当日，个别人甚至认为吟诗作赋会妨碍举业，因此要求严禁诗赋创作，“数百年来，士夫非科目不能进身，非八股文不能科目。苟有班马之才，孙吴之略，不由八股之学，则群相诋讪，斥为粗官，转成终身之辱。是以士自束发讫于成名，只须习熟讲章，摹拟墨套，此外不须一涉。且防误入子史一词，致成疵累。虽有世家大族，芸编插架，只供作陈设，与鼎彝瓷石，同为美观，相戒毋敢寓目。一旦得志成名，以为读书之事毕矣”②。如此现实下，除少数人外，绝大多数人并不在意自己的诗词创作。对于这一点，许多文学作品包括戏曲、小说都有比较深刻的反映，如著名才子佳人小说《玉娇梨》中有这么一段描写：

> 杨御史接了酒，一面饮，一面看着杨芳说道：“诗词一道，固是风雅，文人所不可少，然最于举业有妨，必功成名就，乃可游心寄兴。似汝等小生后进，只宜专心经史，断不可看见前辈名公渊博之妙，便思驰骛。此心一放，收敛便难。往往见人家少年俊才而不成

① 《清史稿》卷一百八，中华书局1998年标点本，第3151页。

② （清）福格：《听雨丛谈》卷四，中华书局1984年标点本，第77页。

器者，多坐此病痛也。最宜戒之。"①

《儒林外史》中，鲁翰林讨论八股与诗词关系的话语更代表着当日社会的普遍态度。然而名教爱情剧作者对诗词创作却有着特别浓厚的兴趣，不仅将诗词当作男女情感交流的基本方式，更为重要的是剧中的小姐佳人竟把诗词创作当作自己选择夫婿的首要标准，书生能否通过小姐的考验关键在于他是否能创作出优秀的诗词作品。名教爱情剧之所以会大量出现这种与社会态度截然相反的内容，其原因依然是因为剧中男主人公将来都是要入翰林院任职的。

翰林院是明清两代天下英才荟萃之地，而翰林的一个重要工作就是担任皇帝的文学侍从之臣。如此一来，诗词唱和就成为明清翰林日常工作、生活的重要组成部分，"今上大婚以后，留意文史篇什，遇元旦、端阳、冬至，必命词臣进对联及诗词之属。间出内帑所藏书画，令之题咏。或游宴即宣索进呈，至讲筵尤为隆重。宴赏之外，间有横赐。先人与同年及前辈诸公，无日不从事楮墨，而禁脔法酝，亦时时及门"②。不但要经常吟咏，而且还存在当场命题、立即进呈的突发状况，在这样的要求下，不会作诗或者诗作不好显然是不能胜任翰林官工作的。

而明代选择翰林庶吉士的一个重要标准就是进士的诗赋创作水平。"自古帝王储才馆阁以教养之。本朝所以储养之者，自及第进士之外，止有庶吉士一途，而或选或否。且有才者未必皆选，所选者未必皆才，若更拘地方、年岁，则是已成之才又多弃而不用也。请自今而后，立为定制，一次开科，一次选用。令新进士录平日所作论、策、诗、赋、序、记等文字，限十五篇以上，呈之礼部，送翰林考订。少年有新作五篇，亦许投试翰林院。择其词藻文理可取者，按号行取。礼部以糊名试卷，偕阁臣出题考试于东阁，试卷与所投之文相称，即收预选。"③

其实翰林本人对诗歌创作也非常在意，如果一个翰林不能作诗或者说诗作水平低下，是要被同僚甚至其他人嘲笑的。"子黄中，亦傲很不

① （清）荑秋散人：《玉娇梨》，上海古籍出版社1994年标点本，第16页。
② （明）沈德符：《万历野获编》卷十，中华书局1959年标点本，第267页。
③ 《明史》卷七十，中华书局1974年标点本，第1701页。

学，廷试必欲得第一。李东阳、王鏊为置二甲首，芳不悦。言于瑾，径授翰林检讨，俄进编修。芳以黄中故，时时詈东阳。瑾闻之曰：‘黄中昨在我家试石榴诗甚拙，顾恨李耶？’”① 焦芳攀附刘瑾，权倾朝野，想要儿子作状元，但主考李东阳、王鏊却将其放置二甲，后经刘瑾操作方入翰林院为官。焦黄中二甲出身的事让焦芳耿耿于怀，故而经常辱骂李东阳。这种无礼行为即连刘瑾也看不下去，对焦芳提出批评，而批评的理由是焦黄中身为翰林，却连诗也写不好，因此他就不应该做状元，焦芳也没有理由去怨恨、辱骂李东阳。

再如，“翰林院学士惟一人，多或三五人。壬戌秋，阁老洛阳刘公健因修《会典》成，欲德翰林，一时升学士者十人。时礼部尚书已有六人，谢公迁以在内阁，张公昇为礼书掌部事，元公守直以礼书掌通政事，贾公斌以礼书掌鸿胪事，崔志端以礼书掌太常事，并南京为六人。崔由神乐观道士，京师为之语曰：‘礼部六尚书，一员黄老；翰林十学士，五个白丁。’一时盛传，以为的对。且有讥警。盖此五人谓山西张□、陕西杨□、大兴刘□、并某、某，皆成化戊戌阁老万公安以私意选为庶吉士者。在翰林未尝读书，其诗文一出，人皆嗤之。可见公论终不掩矣”②。五个白丁虽不配做翰林，但也是正儿八经的两榜进士出身。明清两代的进士虽未必是出色的学者、优秀的文学家，但其文化水平绝不会低到白丁的地步，就只因为诗作得不好，他们就被嘲笑为白丁，可见翰林对诗歌创作的重视已达到很高的程度。

名教爱情剧的男主人公几乎都以翰林为仕途的最终目的。在翰林必作诗、必作好诗的现实要求下，剧作重视诗词创作的现象不难理解，对他们来说，作诗不仅是进入翰林院的重要前提，更是做好翰林官的必备条件，何况明清之际许多剧作家本身就是翰林，如吴伟业、尤侗、龙燮，吴伟业更是以榜眼的身份进的翰林院。而要作好诗，就得重视诗歌创作，并把诗歌当作一项日常工作任务来完成。对这种为科举把写诗当作日常功课来完成的现象，闻一多先生在《贾岛》一文中有着精彩的论述：“贾

---

① 《明史》卷三百六，中华书局1974年标点本，第7835页。

② （明）陈洪谟：《治世余闻》，《治世余闻·继世纪闻·松窗梦语》，中华书局1985年标点本，第55页。

岛和他的徒众，为什么在别人忙着救世时，自己只顾作诗，我们已经明白了；但为什么单做五律呢？这也许得再说明一下。孟郊等为便于发议论而做五古，白居易等为讲故事而做乐府，都是为了各自特殊的目的，在当时习惯以外，匠心的采取了各自特殊的工具。贾岛一派人则没有那必要。为他们起见，当时最通行的体裁——五律就够了。一则五律与五言八韵的试帖最近，做五律即等于做功课，二则为拈拾点景物来烘托出一种情调，五律也正是一种标准形式。"① 闻先生的话虽是针对唐代进士考试而言的，但也同样符合明清进士入翰林院的实际，写五律等于为科举做功课，剧作者在剧中写诗何尝不是为翰林做功课。

四　翰林貌选与才子佳人

名教爱情剧中男女婚配的基本原则是才子配佳人，这种婚配方式固然是儒家"君子配淑女"婚姻原则以及戏曲才子配佳人模式影响下的产物，但也与明清两代翰林重貌选的现实有关。

明代及清代前期，凡能进翰林院者，不仅要有出色的才华，其相貌也须是同辈人中的佼佼者。"先是，顺治九年，选庶常四十人，择年青貌秀者二十人习清书，嗣每科派习十数人不等，散馆试之"②，"年青貌秀者"指年纪不大、容貌出众的新进翰林庶吉士。翰林官重视外貌的问题，明清时期许多著作里都有提及。如顾炎武《日知录》，"今日科场之病，莫甚乎拟题。且以经文言之，初场试所习本经义四道，而本经之中，场屋可出之题，不过数十。富家巨族延请名士馆于家塾，将此数十题，各撰一篇，计篇酬价，令其子弟及僮奴之俊慧者，记诵熟习。入场命题，十符八九，即以所记之文，抄誊上卷，较之风檐结构，难易迥殊。《四书》亦然。发榜之后，此曹便为贵人，年少貌美者，多得馆选。天下之士，靡然从风，而本经亦可以不读矣"③。"年少貌美者多得馆选"即指新进士年轻美貌者多被选为翰林庶吉士。顾炎武是明清之际学者，《日知录》反映的显然是明及清初的翰林貌选。

---

① 闻一多：《唐诗杂论》，上海古籍出版社 1998 年版，第 33 页。

② 《清史稿》卷一百八，中华书局 1998 年标点本，第 3166 页。

③ （清）顾炎武：《日知录》卷十六，上海古籍出版社 2012 年标点本，第 648 页。

相貌是明代及清前期挑选翰林庶吉士的重要标准，清中期以后，翰林貌选不再被严格执行，结果招致人们的批评，“国初，进士中第后，准各大臣指荐知名之士，以备词馆之选。其时阅卷大臣品评等第，有人入选、文入选、人文并入选之例，故所得人材，一时最盛。自嘉庆年间即无取人之例，而二甲有用知县，三甲有入翰林，是其去取，仍凭引见钦定。惟人多时，骤不能从容鉴别，而议者曰：‘以貌取人，失之子羽，子都、董贤，皆美于妇人，其德安在。固莫如以文为凭也。’此说一开，取貌之说益废。盖皆乡鄙妄议，庸夫和之，而竟忘通经如新莽、刘歆，能文如阿瞒父子，为何如也。且所谓美者，盖谓修伟清俊，非谓妍皮倩目，丽如女子也。传曰：观其人，莫良于眸子；巧言令色，鲜矣仁；望之俨然，即之也温；胁肩谄笑。诸说又何尝不以相貌言动取人哉”①。

既然明清两代翰林要求容貌出众，而以翰林为目标的名教爱情剧对容貌也自然会在意，在五十八部名教爱情剧中，所有的男主人公都是容貌清秀潇洒的书生。当男子尚且讲究容貌时，对女子容貌的要求自然会变本加厉，非倾国倾城不可了，因为在古人眼中女子本就是以色事人者。而对女子美貌的追求在剧中是随处可见的。

（生）但凡妇人家，天姿与风韵，两件都少不得。有天姿没风韵，却象个泥塑美人；有风韵没天姿，又象个花面女旦。须是天姿风韵都相配，才值得稍低徊。就是天姿风韵都有了，也只算得半个，那半个还要看他的内才。倘若是蓬心不称如花貌，也教我金屋难藏没字碑。②

（生）那里枚举得许多，大抵若不金榜题名，决不洞房花烛，这是我自己的立志了。其他大略非德色、技艺兼绝，门楣、母训熟娴，俱在所不娶。③

我想人家女子，有才的未必有貌，有貌的未必有才；就当才貌

---

① （清）福格：《听雨丛谈》卷七，中华书局1984年标点本，第163、164页。

② （清）李渔：《风筝误》，《李渔全集》第四册，浙江古籍出版社1992年标点本，第120页。

③ （明）西湖居士：《诗赋盟》卷上，《古本戏曲丛刊二集》，上海商务印书馆1955年影印本，第4页。

都有了，那举止未必端庄，德性未必贞静。我的女儿，件件俱全，真个难得！①

可见在名教爱情剧中，对容貌的积极追求尽管受到儒家婚姻文化与戏曲文学传统的影响，但翰林貌选也是不可忽视的因素之一。

通过对翰林与剧中四种现象关系的分析，可知明清时期的翰林对名教爱情剧而言具有重要的意义。它既是剧中书生仕宦的根本追求，也是作者心底的真实愿望；它既是才子佳人婚配原则形成的主要原因之一，也是男女主人公诗词传情特征的决定性因素；它不仅对理解剧作有不可替代的作用，也对理解当日读书人的仕途理想具有重要的价值。

第二节　科道与名教爱情剧之关系

除翰林外，科道也对名教爱情剧的创作有着重要的影响。明清时期的科道包括御史与给事中，然剧中担任给事中的人很少，大多以御史的身份出现。另外需注意的是，只有极个别剧作的男主人公是直接担任御史一职的，绝大多数剧作中，御史一职由与男主人公关系密切的另一男子来担任。如下面几个例子：

下官唐介是也，曾官御史，屡触奸邪，赖蒙主上宽仁，幸得放归田里，魏阙之心虽在，林泉之乐有余。近日闻得西夏蠢动，朝议乖张。下官一来忧我国无人，二来又怕替庸医受过。老天、老天，只求你把这退闲堂让我闲过半世罢了。②

下官姓崔名固，号雪峰，扬州人也。举泰定间进士，累官至中宪大夫，江西廉访使之职。雪深三尺，冰洁一条。豪珰睹影泥楼，贪吏闻风解绶。洛道埋轮，车后每随飞雁；吴郡载米，庭中尚有悬

① （清）李渔：《风筝误》，《李渔全集》第四册，浙江古籍出版社1992年标点本，第134页。

② （清）龙燮：《江花梦》卷上，《古本戏曲丛刊五集》，上海古籍出版社1986年影印本，第22页。

鱼。锄奸怀皂袋之名，好士羡缁衣之咏。但我年过半百，子嗣犹艰，夫人许氏，止生一女，小字倩云，今虽长成，愧以碌碌宦途，未为择配。意欲挂冠而隐，娱老林泉，又蒙圣恩，擢为侍御史，钦期诣阙。已择今日治装北返，怎么夫人们还未见出来。①

老夫宓鳌，字柱臣，金陵人氏。曾叨黄甲，旧任乌台。向以直言与朝臣不协，挂冠而归，筑室莫愁湖畔。夫人尹氏，不幸蚤亡。老夫半百有零，单生一女瑶华，德性温柔，姿容秀丽，时方待字，年已及笄。我想起来，必须绣虎雕龙，方称沉鱼落雁，所以择婿一事，老夫刻刻留心。②

这其中，唐介是《江花梦》一剧男主人公江云仲的好友，崔固与宓鳌分别是《绾春园》《蟾宫操》中男主人公杨珏、荀鹤的岳丈。名教爱情剧的男主人公整体上以忠臣孝子的面貌出现，故与其关系密切的亲朋大多也是正面人物。上面材料中的三位御史都是嫉恶如仇之人，唐介与宓鳌更是因秉忠直言、得罪奸臣而被迫归隐林下。

在名教爱情剧中，由男主人公担任翰林，由其亲人、朋友担任御史是个极有趣的现象。但有趣的现象背后隐藏的却是剧作者对待仕途的另一种心理，这种心理与明清官僚体系有关。明清时期，制定国家政策，管理国家具体行政事务，负责国计民生、军事、外交等方面的官僚机构为内阁、六部等。而负责对官员贪赃枉法、结党营私、道德沦丧以及其他一切违反封建法律、道德的行为进行监督、制止、纠正、弹劾、处分的，却是另外的一套官僚系统，也即科道衙门。也就是说，内阁、六部等负责国家的行政事务，而科道衙门的御史、给事中等负责检察。不仅如此，明清两代还明确规定，政府与科道之间权限分明，互不干涉，二者要各司其职，决不能出现越俎代庖的行为。

---

① （明）沈孚中：《绾春园》卷上，《古本戏曲丛刊二集》，上海商务印书馆1955年影印本，第5、6页。

② （清）程瀛鹤：《蟾宫操》上卷，《古本戏曲丛刊五集》，上海古籍出版社1986年影印本，第6页。

自家国学生陈道东是也。受业于胡淡庵先生，曾同劾奸党王伦，阻其和议。目下金兵南犯，满朝文武各官，全无一言直谏。俺陈道东以国学下士，明知不系言官，来此午门外，率诸生四百余人，力止和议，不免伏阙奏闻。①

（净）权年兄，今日上甚么疏？（生）下官与许老先生辨冤。（净）年兄，你官非谏议，与他辨甚么冤。不要管此闲事。（生）朝士蒙冤，诸人皆可申辨，岂必谏官。②

这里“言官”、“谏官”其实就是御史、给事中的另一种称呼，因为二者职权相似，所以剧作就按古人用典的习惯使用了古称。上述材料明确说上书进谏、辨别曲直是科道的职责，其他人涉及此类事务是越职的行为。

明代御史所拥有的具体权力为：“都御史职专纠劾百司，辩明冤枉，提督各道，为天子耳目风纪之司。凡大臣奸邪、小人构党、作威福乱政者，劾。凡百官猥茸贪冒坏官纪者，劾。凡学术不正、上书陈言变乱成宪、希进用者，劾。遇朝觐、考察，同吏部司贤否陟黜。大狱重囚会鞫于外朝，偕刑部、大理谳平之。其奉敕内地，拊循外地，各专其敕行事。十三道监察御史，主察纠内外百司之官邪，或露章面劾，或封章奏劾。在内两京刷卷，巡视京营，监临乡、会试及武举，巡视光禄，巡视仓场，巡视内库、皇城、五城，轮值登闻鼓。在外巡按，清军，提督学校，巡盐，茶马，巡漕，巡关，儹运，印马，屯田。师行则监军纪功，各以其事专监察。而巡按则代天子巡狩，所按藩服大臣、府州县官诸考察，举劾尤专，大事奏裁，小事立断。按临所至，必先审录罪囚，吊刷案卷。有故出入者理辩之。诸祭祀坛场，省其墙宇祭器。存恤孤老，巡视仓库，查算钱粮，勉励学校，表扬善类，剪除豪蠹，以正风俗，振纲纪。凡朝会纠仪，祭祀监礼。凡政事得失，军民利病，皆得直言无避。有大政，

① （清）丁耀亢：《西湖扇》卷上，《古本戏曲丛刊五集》，上海古籍出版社 1986 年影印本，第 11 页。

② （明）湖隐居士：《金钿盒》卷下，《古本戏曲丛刊二集》，上海商务印书馆 1955 年影印本，第 5 页。

集阙廷预议焉。盖六部至重，然有专司，而都察院总宪纲，惟所见闻得纠察。”[①] 由此材料可知，明代御史的具体职责主要包括弹劾、举奏奸臣专权、臣下结党、官员贪赃枉法，纠正冤假错案，巡视地方，纠察不法，凡政事得失，军民利病，皆得直言无避。

清代御史职责与明代相比没有大的不同，“左都御史掌察核官常，参维纲纪。率科道官矢言职，率京畿道纠失检奸，并豫参朝廷大议。凡重辟，会刑部、大理寺定谳。祭祀、朝会、经筵、临雍，执法纠不如仪者。左副都御史佐之。十五道掌弹举官邪，敷陈治道，各核本省刑名。其祭祀、监礼、侍班纠仪，科道同之。经历掌董察吏胥。都事掌缮写章奏。其分摄者：巡视五城御史，满、汉各一人，掌绥靖地方，釐剔奸弊。兵马司指挥、副指挥、吏目，五城各一人，掌巡缉盗贼，平治道路，稽检囚徒，火禁区为十坊领之”[②]。名教爱情剧中，对御史职权的展现也是淋漓尽致的。如下面几个例子：

（末）老先生还不晓得，如今朝内呵，

【归朝欢】伯颜的、伯颜的，紊乱纪纲，擅国政无非奸党。（外）那台中诸老呢？（末）犯颜的、犯颜的，身家顿亡，但言官三缄为尚。（外怒介）天下有这样事，老夫此去呵，下车首把弹章上，皂囊白简羞虚掌，岂学那任职徒知请俸粮。[③]

（外）我儿，你岂不知尤权父子秉政，弄权渔利，朝中文武无不欲食其肉，却又惧他权势，相率不言，吾若效尤，是朝中无一言臣了。今修万言书一封，舍生上渎，倘得准诛逆贼，乃万千之幸也。（小生）呀，爹爹说那里话。岂不闻尤权父子势焰滔天，圣心深信，龙图开府，尚惧于他，还请爹爹暂时含忍。（外）胡说，我谏官不言，真是狼心狗行之徒了。[④]

---

① 《明史》卷七十三，中华书局 1974 年标点本，第 1768、1769 页。

② 《清史稿》卷一百十五，中华书局 1998 年标点本，第 3302、3303 页。

③ （明）沈孚中：《绾春园》卷上，《古本戏曲丛刊二集》，上海商务印书馆 1955 年影印本，第 11、12 页。

④ （清）李玉：《五高风》卷上，《古本戏曲丛刊五集》，上海古籍出版社 1986 年影印本，第 2 页。

这二则材料中，御史履行的是弹劾奸臣专权、结党营私的职权。而御史制止、纠察、弹劾权豪势要横行不法、祸害百姓行为的描写，剧中也不少：

> 老夫铁英，官居御史。只因前日朝回，见两老夫妻拦马叫屈，道是生员韩愿有女许嫁韦生，今大央侯知女容貌，要纳为妾，两老抵死不从，竟恃势抢去。老夫一时怒起，立上一疏，奉旨刑部审问。谁晓奸侯将韩愿妻女三口藏过，无了对证，反辨一本，说我欺诳君父，毁谤功臣，竟将老夫下狱定罪。但我为谏官，尽言是我职分，听否在于朝廷，只是韩愿之冤，何时得白。①

由于科道对整个国家官僚系统的正常运行、社会的安定清明有着特殊的作用，所以明清时期的读书人对科道也很羡慕，甚至认为它们的地位与宰相相同。“古来文章之大者，必以奏疏为重。谓其有关于天下之安危，民生之治乱，而非词赋之杂于骈丽，议论之托于空言也。然非有济世之才与救世之识，则其所言者必琐屑苟且，而无关于当世之务；有其才与识矣，而意见不化，偏私未除，则其所言者，或至于愤争矫饰，而开斯世以党同伐异之端，此《易》所以称‘同人于野之亨’。而昔人谓谏官与宰相等，诚重之也。”② 不过对以修身、齐家、治国、平天下为理想的读书人来说，科道在实现修齐治平上显然不如翰林、内阁，但相对于其他官职而言，科道又优越得多，因此在翰林、内阁之外，科道是明清时期读书人心中名列第二位的官职选择。

名教爱情剧之所以将科道作为第二位的官职选择，其实也与封建社会的现实密切相关。封建社会是不可能出现真正太平盛世的，社会存在的各种不法行为会严重危害封建国家的安全与统治，动摇封建国家的根本。内阁大学士、宰相等尽管可以主持天下大政，但不可能事无巨细地对所有政务都能照顾到，“国家利病，生民疾苦，在于补偏救弊，然能行

---

① （清）李应桂：《小河洲》卷上，《古本戏曲丛刊五集》，上海古籍出版社 1986 年影印本，第 13 页。

② （清）魏裔介：《兼济堂文集》卷七，中华书局 2007 年标点本，第 160 页。

之者唯宰相，能言之者唯谏官。宰相职在密勿，难于面折廷诤，谏官职专论思，无权势之嫌，得以孤行其意。木从绳则正，后从谏则圣，谏官之关系天下也久矣。其任既重，则取才必精，其道既宏，则著议更伟。是以自古显当世垂竹帛者，往往出于谏官，如刘子正、魏郑公、司马君实、范希文，指固不胜屈也”①，因此必然需要科道来分担纠察之责。但在明清时期，由于内阁与科道分属不同官僚系统，所以一人也不能兼两职。在这种难以兼顾的前提下，作者就在剧中安排男主人公担任内阁职务，而把司职纠察的御史、给事中职务交给与之关系亲密的朋友、亲人来担任，这样男主人公看似只担任了内阁的职务，但实际上却变相地把内阁、科道的职务都承担了下来。这一点，我们可以通过剧中的一些细节来证明。

> 下官刘章，字鉴湖，山阴人也。由顶甲出身，初授谏垣，转至相位。只因下官立身耿介，素与权贵不和，荷蒙圣上洞鉴隐微，容我告假居乡，消受林泉之乐。且喜理乱不闻，早晚随吾所好。②
>
> 兹尔周子龙，才兼文武，定寇多功，特拜参知平章政事，兼充两淮安抚使，驻节扬州。③

上述两则材料都是一人担任内阁、科道的现象。如果说第一则材料中的刘章是在不同时期分别担任内阁与科道，因此不能明白地表达作者意图的话，那么后一则材料中，一人将内阁、科道同时承担下来的官职安排，则显然将作者的心态完全展露出来。当内阁与科道职权同时集中于一人身上时，其权势之重可想而知。如下面这个例子：

> 小生姓郑名英，字秋远。父亲现任西台御史，岳丈又为昭文馆修撰，有此两位至戚，怎不威势。但公事虽会包揽，此道全然不懂，

① （清）魏裔介：《兼济堂文集》卷七，中华书局2007年标点本，第161页。

② （清）李玉：《意中人》卷上，《古本戏曲丛刊三集》，文学古籍刊行社1957年影印本，第4页。

③ （明）□□：《金花记》卷下，《古本戏曲丛刊三集》，文学古籍刊行社1957年影印本，第32页。

一味肥摇阔摆而已。[①]

西台御史好理解，而昭文馆修撰不就是翰林吗？翰林是“储相”，所以御史和翰林的结合也正是科道与内阁的结合。

其实何止是剧作，现实中，明清两代的御史、给事中在很大程度上是由翰林院庶吉士改授而来。明清御史、给事中的获得途径主要有两条：一条是从其他官员的优秀者中选拔而来，另一条是通过翰林院庶吉士三年学习期满后散馆改授而获得。“给事中、御史谓之科道。科五十员，道百二十员。明初至天顺、成化间，进士、举贡、监生皆得选补。其迁擢者，推官、知县而外，或由学官。其后监生及新科进士皆不得与。或庶吉士改授，或取内外科目出身三年考满者考选，内则两京五部主事、中、行、评、博，国子监博士、助教等，外则推官、知县。自推、知入者，谓之行取。”[②] 上述材料主要反映的是一般官员考选科道的具体规则，其中地方官考选是重要的途径之一，这一点在名教爱情剧中也有描写。

（丑扮报人上）春从天上至，恩向日边来。（击鼓进介）京报人叩头，恭喜老爷高升。（递报，小生看介）吏部一本缺官事：卢龙道缺观察使，推青州府知府萧一阳升补，奉圣旨。是果然叨转了。[③]

下官高谊，自京兆入觐，圣上命我督视三边，久劳鞍马。奏覆辽左之疏朝闻，巡抚山东之命夕下。仰戴圣恩，如同覆载，矢效臣□，敢惜发肤，即今走马上任。[④]

上述两位御史皆由地方官选拔而来，萧一阳原任青州知府，高谊则是应天府尹。

---

① （清）汪光被：《芙蓉楼》卷上，《古本戏曲丛刊五集》，上海古籍出版社1986年影印本，第7、8页。

② 《明史》卷七十一，中华书局1974年标点本，第1717页。

③ （明）吴炳：《情邮记》卷上，《古本戏曲丛刊三集》，文学古籍刊行社1957年影印本，第23页。

④ （清）李玉：《永团圆》卷下，《古本戏曲丛刊三集》，文学古籍刊行社1957年影印本，第27页。

至于翰林院庶吉士散馆授科道则是明清两代之常事。“庶吉士自洪武初有六科庶吉士。十八年以进士在翰林院、承敕监等近侍者，俱称庶吉士。永乐二年始定为翰林院庶吉士，选进士文章优等及善书者为之。三年试之。其留者，二甲授编修，三甲授检讨；不得留者，则为给事中、御史，或出为州县官。”① 此外需注意的是，在授予御史职务时，翰林庶吉士与其他官员相比具有优势。其他官员担任御史的程序是先试用一年然后才授实职，而由翰林庶吉士改任者是直接授予实职，“其授职，吏部、都察院协同注拟，给事皆实补，御史必试职一年始实授，惟庶吉士否”②。由于现实中的科道经常由翰林庶吉士转换而来，所以剧中就出现很多翰林兼任科道的内容描写。

（外）兵部一本，为贼寇生发事：奉圣旨，山东寇起，部荐原任翰林承旨庾期远，才望堪以靖乱，着起升彼处巡抚之职，星夜赴任，钦此。③

（生）臣向年因思折桂，致遭小人之辱，只道株守终身，岂意一旦得逢圣主，拔出泥途。方才见了蟾宫折桂的故事，不觉新恩旧恨交感于中，故此泪下，望圣上恕罪。（小生笑介）原来为旧仇未报，睹物伤情么。这也不难。高俅，可去传谕吏部，即着元章用以翰林修撰职衔，巡按两淮，许在所属地方雪恨完姻，俟复命之日，再入讲班便了。（丑应下）④

（末）圣旨下，第一甲赐进士及第，第二甲赐进士出身，第三甲赐同进士出身。何寅对策详明，钦赐榜眼，即授编修，外加安抚使之职，招抚李际遇，兴师讨贼，仍赐金剑袍服，衣锦荣归，谢恩山呼。⑤

---

① 《明史》卷七十三，中华书局1974年标点本，第1788页。

② 《明史》卷七十一，中华书局1974年标点本，第1717页。

③ （明）吴炳：《画中人》卷下，《古本戏曲丛刊三集》，文学古籍刊行社1957年影印本，第14页。

④ （清）汪光被：《广寒香》卷下，《古本戏曲丛刊五集》，上海古籍出版社1986年影印本，第19页。

⑤ （清）吕履恒：《洛神庙》卷下，《古本戏曲丛刊五集》，上海古籍出版社1986年影印本，第36、37页。

名教爱情剧对翰林、科道的重视不仅是明清两代一般官员任职事实的反映，也与明清之际的社会现实密切相关。明清之际是国家、社会极为动荡不安的时代，明末政治、经济、军事、法律、世风等都已经糜烂到了极点，而清代的早期又是在收拾这个烂摊子的过程中度过的。乱世对大多数有志之士来说，其实也是施展心中抱负、帮助帝王建立新太平盛世的时机。而在实现理想抱负的过程中，最能将才华展露出来的只能是内阁大学士这个职务，其余官职尽管能在具体方面有所建树，但在国家大局的掌控上，显然是不能与内阁相比的。但内阁大学士不是一蹴而就的，因此对新进士来说只能先去它的储备处翰林院中为官。一般任官史实与明清之际的特殊时代要求结合起来，就形成剧作这种做官首选翰林的现象。至于选择御史、给事中等科道官职做翰林的配合者，是因为科道对收拾糜烂的社会现实具有不可或缺的作用，但在施展抱负上，因科道不如内阁，所以只能放在第二位。

第八章

明清之际政治、世风与名教爱情剧

在剧中反映社会现实或以重大事件为时代背景是中国戏曲的优秀传统，明中期更是出现以《鸣凤记》为代表的时事剧。时事剧对明清之际的戏曲创作影响很大，许多作品以明清之际的社会大事作为时代背景来展开描写，个别的更是以历史事件为剧作的基本内容，如《桃花扇》。受此影响，绝大多数名教爱情剧也以明代中后期及明清之际的重大政治事件为时代背景。除此之外，明清之际的许多社会问题也在剧中得到突出反映。由于名教爱情剧的爱情婚姻与《西厢记》《牡丹亭》等相比过于逊色，故而这深广的现实描写在一定程度上可以弥补其在爱情婚姻上的不足与缺憾，从而使其发出夺目的光彩。

第一节　时政大事与名教爱情剧

明朝的统治从建国至灭亡，一直都不很安宁。导致社会动荡的原因很复杂，除封建统治阶级内部因争权夺利而形成的残酷政治斗争、因阶级矛盾而引发的农民起义外，还与频发的民族战争交织在一起。上述问题严重威胁了正常的封建统治秩序，动摇了封建统治的基础，并使封建的正统知识分子感到焦虑。这种焦虑通过各种文学形式表达出来，戏曲也没有例外，因此在以维护名教为己任的名教爱情剧中，就出现了众多的时政大事描写，几乎将影响明王朝统治的各种重大事件全包含在内，这种现象值得我们重视与研究。

一　民族战争

明代的民族战争几乎贯穿明王朝始终。元朝的灭亡并不意味着北方少数民族政权与中原政权间的军事斗争也随之消亡，相反，军事上的进攻与摩擦不仅极其频繁，而且遍布明王朝的整个北方边境。明王朝前期，瓦剌的实力强于鞑靼，因此经常进犯中原的是瓦剌政权。二者的战争在明英宗与代宗时期达到高峰，其最突出的事件是土木之变，其结局是明军全军覆没，明英宗被瓦剌俘虏，古代史书为尊者讳，将此事件称为“正统北狩”。正统北狩是明王朝民族战争的最大失败，更是明王朝的奇耻大辱。这耻辱对明代任何正统知识分子来说，都是难以接受的，故而剧中对此多有体现。

> 自家乜先的便是。一向纳贡南朝，自无异说。只因去年打围深入，把都们骚扰了内地，可恨奸贼王振那厮，借端挑衅，惑动御驾亲征。咱家一时不忿，统领各部人马，将王振生擒。南兵奔溃，不知圣驾遗落在后，可笑南朝人物，就不顾圣驾，各人逃生去了。咱家蒙先朝厚恩，不敢失君臣之礼，迎请归帐，至今一年。几番要送回索款，叵耐于谦，只是不允。①

剧中的乜先、王振、于谦皆为历史人物，乜先即也先。另外，此次战争的原因、结果也与历史事实没有太大出入，只有王振挑衅原因是为贡马而非打围、王振最终为乱兵所杀而非被瓦剌生擒这点与历史不合。瓦剌衰落后，鞑靼开始与明王朝进行军事上的摩擦与斗争。二者军事上的斗争对明王朝的危害与土木之变相比甚至有过之而无不及。土木之变发生在明前期，明朝还基本处于安定阶段，故对其统治基础影响不大。鞑靼入侵发生在明朝走向衰落的时期，明朝的内部矛盾已经暴露出来，鞑靼的进攻以其频繁程度较高、规模较大的特点，对明朝后期的军事、政治产生了深远的影响，增加了明朝的负担，加快了明朝衰落与灭亡的进程。尽管在剧中，并非所有剧作都明确地说战争发生在明朝与蒙古之间，但就历史事实而言，明代北方的民族战争主要发生在汉蒙两大民族之间。

---

① （清）徐石麒：《珊瑚鞭》卷上，《古本戏曲丛刊五集》，上海古籍出版社 1986 年影印本，《返銮舆》。

咱乃朔漠大元帅阿朮彪是也。咱力挽犇牛，步追逸马，威震朔漠，名震中华。战必胜，攻必取，阿保机何足道哉；神亦怕，鬼亦惊，阿罗打不足算也。颉利见，实利见，闻咱不敢前；粘木儿，力利见，见咱慌忙下跪。大单于独我为尊，左贤王惟我为贵。正是将相本无种，男儿当自强。咱奉郎主之命，着俺统领番兵四十万，分道南侵，打夺州县。不免唤把都儿出来，分付起兵前去。[①]

除与瓦剌、鞑靼的民族战争外，明朝与西北、西南地区的少数民族之间也存在军事冲突与战争。这些战争规模也不小，给明朝西北、西南的统治带来巨大的危害。如下面这个例子：

孤家李元昊是也。俺本西夏人氏，曾在关西陵山卫总兵麾下作一散骑之职，自负有拔山之勇，举鼎之能，因此遁入陕中鹅子谷中起义，招兵买马，积草屯粮，养成豹卒十万，虎将千员，欲图大业，自称为鹅谷大王，已得三州之地。今欲打入汴京，中夏一统，方称为快。孤家暗遣四路将官，先打灵石、洛川、孩儿镇、北溟关，如若四处已破，把大兵合进许州，那时汴京破之必矣。[②]

剧中描写的是北宋与西夏的战争。西夏在今宁夏、甘肃、内蒙古、新疆等交接处，属于中国西北地区，而明朝与西北少数民族的战争也在西北地区，可见剧中的民族战争是通过借宋写明的办法来完成的。明朝崇祯年间，西南的少数民族发生叛乱，对四川、云南等省造成很大的破坏，此次反叛的具体史实见《明史》卷二百四十九《朱燮元传》等传记。就戏曲而言，这场战争在李渔的《风筝误》中有相应的描写。

下官詹武承，字烈侯，进士出身，官拜西川招讨使。只因朝中

① （明）□□：《金花记》卷上，《古本戏曲丛刊三集》，文学古籍刊行社1957年影印本，第38页。

② （清）朱佐朝：《艳云亭》上卷，《古本戏曲丛刊三集》，文学古籍刊行社1957年影印本，第19页。

宦寺专权，怪下官不肯依附，唆人弹劾，罢职家居。近日闻得川广之间蛮兵作乱，势甚披猖，朝议纷纷，要起下官复还原职，未知确否？①

明后期最主要的民族战争发生在明王朝与后金（清）政权之间。对这场改变中国命运的民族战争，名教爱情剧中有很多描写，但除《西湖扇》外，其余各剧基本都是借宋金战争来反映。之所以用宋金战争来写明清易代，应与清政权原称后金，满族为完颜族后裔有关。

今日统兵前来，止为宋君无礼。前年令兵犯我疆界，被俺杀得片甲不回，连陷河南等五十余郡。宋帝慌张，遣使前来称臣，割地求和，每岁朝觐进贡。自从和议之后，不来朝进，反令兵来犯我淮中。我今亲率甲兵百万，铁骑五千，杀进长关，劫出宋帝，掳其子女金帛，不留分毫，方泄我忿。②

至于《西湖扇》，其主人公宋娟娟、宋蕙湘皆为明清易代战争中的真实人物与受害者。此外，剧中还写到八旗制度，而八旗制度是清朝最鲜明的特征。

除中国内部的民族战争外，明朝还有抵抗外来民族骚扰、侵略的民族战争，即倭寇之祸。明太祖朱元璋洪武年间就有倭寇骚扰沿海地区，两国建立正常邦交后，为加强对日本通商事务的管理，明朝特设市舶司来负责此事。到明嘉靖年间，由于日本商人多奸猾不法，且沿海大族多与之勾结牟取暴利，明朝开始严令禁海。禁海政策使沿海奸民利益受损，于是他们就勾结日本侵略者在中国沿海地区烧杀抢掠，形成严重的倭寇之患，“当是时，日本王虽入贡，其各岛诸倭岁常侵掠，滨海奸民又往往勾之。……祖制，浙江设市舶提举司，以中官主之，驻宁波。海舶至则

① （清）李渔：《风筝误》，《李渔全集》第四册，浙江古籍出版社 1992 年标点本，第 121 页。

② （明）玩花主人：《妆楼记》卷上，《古本戏曲丛刊二集》，上海商务印书馆 1955 年影印本，第 6 页。

平其直，制驭之权在上。及世宗，尽撤天下镇守中官，并撤市舶，而滨海奸人遂操其利。初市犹商主之，及严通番之禁，遂移之贵官家，负其直者愈甚。索之急，则以危言嚇之，或又以好言绐之，谓我终不负若直。倭丧其赀不得返，已大恨，而大奸若汪直、徐海、陈东、麻叶辈素窟其中，以内地不得逞，悉逸海岛为主谋。倭听指挥，诱之入寇。海中巨盗，遂袭倭服饰、旂号，并分艘掠内地，无不大利，故倭患日剧"①。

倭寇之害对明王朝影响很大。中国自南宋以后，经济中心已转移到江浙地区，而倭寇之患最严重的地区也在江浙一带。所以倭寇之祸在给明朝的财政带来巨大损害的同时，也严重动摇了明朝统治的经济基础。倭寇的危害巨大，而名教爱情剧的作者多为江浙人士，家乡被祸，故其感受最为深切，二者结合使得描写倭寇之祸的剧作颇多，对倭寇之祸的反映也很全面。

【小蓬莱】（净扮汪直客人打扮，小生、外客伴，净）一别家乡千里，顿令人回首新安。广纠同伴，欲通日本，渡海登舡。新安汪直，别号五峰，家世业儒，营生货殖。先时日本使臣贡献，我们收买浙直丝绵杂货与他贸易，每得重利。近因严相不许通贡，收下杂货无处货卖。兄弟，我们只得直过倭国去脱货便了。②

【阮郎归】腾腾杀气倭夷服，闻俺心惊肃。琉球日本虽倭国，唇齿皆和睦。船为地，天为屋，日日倍咱宿。参禅打座再休提，富贵吾心足。俺家徐海，号明山，一向通番接济。谁知朱都堂严令，寸板不许下海，绝了咱们生意，难返南朝，迷留东海。见的是汪汪洋洋，茫茫渺渺，青天连水水连天，果然难分天水；听的是腾腾沸沸，咶咶咭咭，狂风生浪浪生风，其实难分风浪。海洋中惟吾独贵，江湖上谁敢当锋。小夷儿，值此年荒倭困，不若到大明地方掳掠财宝妇女归来，快乐快乐，有何不可。③

① 《明史》卷三百二十二，中华书局1974年标点本，第8351、8352页。

② （明）朱期：《玉丸记》上，《古本戏曲丛刊初集》，上海商务印书馆1954年影印本，第7页。

③ （明）□□：《西湖记》上卷，《古本戏曲丛刊二集》，上海商务印书馆1955年影印本，第30、31页。

上二者材料中，汪直、徐海都说倭寇之祸是由明朝禁海导致沿海奸民利益受损，从而与倭寇勾结形成的。倭寇之祸在明嘉靖年间达到高峰，沿海之江浙、福建、广东一带皆有倭寇出没，不过其势力并不统一，而是由几支倭寇队伍组成，其中最著名的倭寇头目是下面几人：

【出队子】（净）吾生不幸，吾生不幸。激变平民起叛心，招徕逆党乱东瀛。天上搀枪，光耀侵水底，鲛鲸，犴势纵横。弃儒浮海广经营，激变平民便入戎。三尺龙泉书万卷，旌旗鼓角振苍穹。自家汪直，号五峰，新安人也。可奈朱都禁海，把我主家柴寡妇全家杀戮，资本尽折，只得纠众叛聚双池港内，劫掠为生。（外、小丑、小旦绑丑上）生擒彪虎，活捉蛟龙。禀上寨主，这个顽牛跳过咱船上，被他杀了七八个好汉，今把套索绊倒，生擒这厮来见。快跪下。（净）这等可恶。跪下，待我爽利砍一刀。（丑）要砍□□，□□你这强贼。（净）果是好汉，待我放了他。（外□□□□杀人。（净）好汉要杀就杀了我。（净解放介）（丑）粮里破家，贳船讨鱼，众来夺我船只，果然被我杀了几个。今蒙不杀之恩，愿拜为父。儿子姓毛名鳌，贱号海峰。（净）取衣甲与他。（外）海上一只小舡，寨门外要见寨主。（净）有多少人，什么器械？（外）只一人，手执木棍。（丑）待儿去看来。舡上何人，不许登岸。（末跳上岸、丑斗介）（净）壮士莫斗，各放器械，明讲来意。（各放介）（末）吾乃广东徐明山，幼无父母，寄身空门，不守本分，寺主不容，养发投军，人人叫我徐和尚。屡在两广立功，军门见浙倭乱，书荐胡军门。众将欺我，军门不能做主，特来入伙。（净）已见手段，愿拜弟兄。毛鳌就此同拜。①

《玉丸记》中写了汪直、徐海、毛鳌三个倭寇头目。而在倭寇之祸中，也正是以汪直、徐海、毛鳌的实力最强，危害最大，“然首倭而作之乱者徽人王直也。直任侠尚气，好施与，得恶少年心。先是与恶少叶宗

① （明）朱期：《玉丸记》上，《古本戏曲丛刊初集》，上海商务印书馆1954年影印本，第34页。

满等商于海，挟中国货往来日本、暹罗、西洋诸夷间。赀益饶富，益施与，大信服夷人，夷人称为王五封，据萨摩洲，三十六岛夷属之。会直与某岛夷有郤，请于边将官而歼杀之，边将官报之不酬，遂与边将官有郤，大怨望。适边禁严通市，遂坐遣夷人寇边尝中国，则寇边无虚日，乃中国视王直者居然敌国比，竟又不可奈何"①。汪直的实力几可与明朝分庭抗礼，且明朝并不能将之奈何，其所带来的危害可想而知。

倭寇之祸中，其实真正来自日本诸岛的倭寇并不多，主要的还是中国沿海的奸猾之徒，"大抵真倭十之三，从倭者十之七"②。真倭寇所形成的危害也不如中国投靠倭寇之人的大。此反常现象之所以出现是因为中国奸民对中国内部的地理、人文、政治、军事虚实情况很熟悉，而且这些奸民本身多是无赖之徒，故其心狠手辣，烧杀抢掠、无恶不作，给国家稳定和人们生命安全都带来严重的危害，"近日东南倭寇类多中国之人，间有膂力胆气谋略可用者，往往为贼。躧路踏白，设伏张疑，陆营水寨，据我险要。声东击西，知我虚实。以故数年之内，地方被其残破，至今未得殄灭。缘此辈皆粗豪勇悍之徒，本无致身之阶，又乏资身之策，苟无恒心，岂甘喙息。欲求快意，必致鸱张，是以忍弃故乡，幡从异类。倭奴藉华人为耳目，华人藉倭奴为爪牙，彼此依附，出没海岛，倏忽千里，莫可踪迹"③。

【绛点唇】（外上）权重兵强，钦差福直兼江浙，尽归节钺，为倭猖獗。可奈吾民反与夷交接，通关节。纵横吴越，此去功期捷。④

这里胡宗宪一曲《绛点唇》，透露出的正是当日中国奸猾之徒勾结倭寇祸害中国的现实。由于倭寇的组成者主要是中国的奸猾之徒，因此在倭寇入侵时，这些奸猾之徒不仅是倭寇入侵路线、步骤的策划者和向导，同时也是烧杀抢掠、对抗国家的主要力量。

---

① （明）李诩：《戒庵老人漫笔》卷五，中华书局1982年标点本，第185页。

② 《明史》卷三百二十二，中华书局1974年标点本，第8353页。

③ （明）郑晓：《今言》卷三，中华书局1984年标点本，第136页。

④ （明）朱期：《玉丸记》下，《古本戏曲丛刊初集》，上海商务印书馆1954年影印本，第17、18页。

吾乃倭王便是。自到了中华地面，有三四个月，杀了无数人民，掳了无数妇女，金银财帛，不计其数，心满意足。（笑介）可笑中国无人，只有齐世昌敢来打仗，其余再没一人对敌，我们真好快活也。千万亏了都督徐海，勾引进来，打仗也是他，偷营也是他，其实少他不得。①

这里“千万亏了都督徐海，勾引进来，打仗也是他，偷营也是他，其实少他不得”一语，将倭寇之祸的特点与本质总结得再也明白不过了。

二　农民起义

农民起义是中国封建社会下层百姓反抗地主阶级残暴统治的重要方式，但对封建知识分子来说，农民起义属于大逆不道的反叛行为。在文学作品中，尽管有很多地方都写到农民起义，但总是以反动的污蔑态度来对待。污蔑农民起义的现象在以维护名教为己任的名教爱情剧中很多，剧中几乎所有的农民起义都被冠以盗贼的称号，而其结局不是被消灭，就是被招安，成为统治阶级的一员。而镇压农民起义与接受朝廷招安的人，则是剧作者欣赏与赞扬的对象。

自家姓刘名福通，颍州人也。向与韩山童合谋，声言弥勒佛治世，白莲结社，红巾聚兵，满图袪扫胡元，统据中夏，宰杀乌牛白马，祭告天神地祇。不意官司觉察，山童就擒，真觉唇亡齿寒，未免薛危滕恐。兵法云：制人者强，制于人者亡。此时不反，更待何时。众壮士，即日与我起兵，打了颍州路，据了朱皋坂，先破罗山、真阳诸县，次及息州、光州等州。尔须斩将搴旗，吾当论功行赏。（众）得令。②

自家王庆是也。本系庄农出身，平生任侠，惯打不平。自从政

① （清）王鑨：《秋虎丘》卷上，《古本戏曲丛刊三集》，文学古籍刊行社 1957 年影印本，第 96 页。

② （明）周履靖：《锦笺记》下卷，《古本戏曲丛刊二集》，上海商务印书馆 1955 年影印本，第 5 页。

> 家庄起兵，遂招集流民，功劫州郡，屡败官军，如今现有十万之众，与山东宋江、海北田虎、江南方腊齐名。只因当今圣上宠信宦官童贯，倚在奸相杨戬，以致忠良赤族，百姓流离，我作日已将檄文一道传入郡中，以诛阉人奸相为名，今日乃是黄道吉日，就此起兵前去。①

上述几则材料虽以宋元农民起义为描写对象，但所反映的显然是明末农民起义星火燎原的事实。不过明末农民起义主要活动在中国长江以北及四川等地区，对江南地区的影响并不大。名教爱情剧主要流行于江浙地区，其作者也以江南作家为主，尽管在剧中对明末农民起义有所描写，但因作者与农民起义的直接联系较少，故而对农民起义军的描写并不出色。但明清之际的社会处于大动荡时期，农民起义军势力又极为浩大，剧中虽然描写不多，却也对农民起义频发的现象有着独立的思考，个别作品在一定程度上揭露了农民起义的内在原因：官逼民反。

> （净）自家飞天王的便是，一向啸聚梁山，学宋公明罡煞名色，劫略客商。近又得兄弟顺义王从海岛相投，水陆合兵，声势猖獗。兄弟，你看地方饥民纷纷归附，不下十万之众了。②

这里既说要学习梁山泊宋江起义的名色，又说附近饥民纷纷归附，虽都是一笔带过，但却体现出官逼民反的特点。

总的来说，名教爱情剧对农民起义的描写虽有，但在思想深度、起义内在原因的揭露与批判等方面与民族战争描写相比逊色很多，与政治上的党争描写相比更是远远不如。

三　政治斗争

明清之际另一突出现象是统治集团内部残酷的政治斗争。明末的政

① （清）邱园：《幻缘箱》，《古本戏曲丛刊三集》，文学古籍刊行社 1957 年影印本，第 8、9 页。

② （明）吴炳：《画中人》卷上，《古本戏曲丛刊三集》，文学古籍刊行社 1957 年影印本，第 56 页。

治斗争涉及面很广，几乎将所有的中央官员都牵扯了进去，而地方官、军事将领也与之纠缠不清，概括而言，它与权奸专权、宦官秉政、党争结社等现象紧密结合在一起。明末的政治斗争严重削弱了明朝的统治力量，使明朝走向灭亡。政治斗争主要发生在统治阶层之间，与普通人关系不大，但因名教爱情剧作者崇拜科举，具有强烈的政治意识，所以不仅对政治非常敏感，还十分关注。此外，一些名教爱情剧作者本身即是明末政治斗争的参与者，如阮大铖、吴炳。数者的结合使剧作对明清之际政治斗争的描写显得非常突出。

明末的政治斗争首先围绕奸臣或权臣专权展开。奸臣或权臣专权现象在嘉靖后期严嵩专权时已经非常突出，自严嵩始，明王朝进入权臣或者说奸臣专权的时代。为维护自己把持中央的权力，权臣或奸臣排挤、打击甚至杀害与自己作对的官员，如严嵩阴谋杀害了夏言、杨继盛等大臣，张居正将反对自己的官员贬谪或流放。尽管权臣、奸臣也并非是一味地祸国殃民，如张居正是中国历史上杰出的政治家，但总的来说他们的行为严重破坏了封建官僚系统的正常运转，给封建统治带来严重的后果。由于权臣、奸臣在历史的发展中主要起的是负面作用，而且历朝历代多数的权奸也确实是真正的奸邪之辈，所以二者都让人反感，在人们心中也没有什么好的印象。

明末的权奸多数都是真正的奸邪之辈，他们所犯的罪恶很多，突出之处主要有这么几点：在做人上表里不一，口蜜腹剑，甘做奸邪小人；在政治上不能正色立朝，而是通过谄媚君主来获取政治资源，同时妒贤嫉能，视正直大臣为敌人，尽排挤陷害为能事；对外多卖国，采取投降、消极抵抗、无所作为的立场。如崇祯朝的内阁大学士温体仁就是明清之际奸臣中最突出的代表，“体仁荷帝殊宠，益忮横，而中阻深。所欲推荐，阴令人发端，己承其后。欲排陷，故为宽假，中上所忌，激使自怒。帝往往为之移”[①]。既然现实中的奸臣视正人君子为寇仇，那么戏曲中的奸臣也自然会与正人君子为敌。如下例：

自家伯颜丞相，进爵秦王，品率东方，舌司北斗。耿耿之忠未

① 《明史》卷三百八，中华书局1974年标点本，第7933页。

能浴日，炎炎之势实可蒸天。以高兴佐天下，顺我的便是良吏忠臣，那管无功于百姓；以权势压朝廷，逆我的便是贪官奸职，何知有益于国家。况我的宠贵，原从媚天子而来，怎许人不也来媚我；那人的诤谏，俱欲害老夫而去，怎令我不先去害他。这叫做出乎尔者反乎尔，以己之心而度人。①

表里不一、谄媚事主、妒贤嫉能等不好的品行虽对封建统治有着巨大的危害，但其若有真才实学，并对国事尽职尽责，也并非不可容忍，但奸臣们大多是为一己之私，而置国事于不顾。不仅如此，其才能也极其有限，对重大事件并不能做到及时恰当地处理，经常是束手无策。

我太师爷两日罢朝之后，诸事不理，只是闭门修斋。闻得有报到部中，李元昊兵势凶勇，许州告急。众官俱在朝房会议，太师竟置之不理，反吩咐老身收拾经堂，焚香点烛，出来诵经，不知何故。咳，太师爷，太师爷，圣上何等待你，今日坐视封疆失陷，岂是臣子事君之道。我且铺下经，点起香来。②

剧中奸臣王钦若面对西夏的进攻束手无策，每日只是诵经烧香，其无能之态可见一斑。其实明代末年的奸臣如温体仁、周延儒等也多是无能之辈。面对焦头烂额的政治局势，他们不仅不能力挽狂澜，解万民于水火，也不能退位让贤，只知素餐尸位，保护自己的功名富贵，最终使国事日非，趋于灭亡。如温体仁面对艰难的时局，不能谋一策，只知谄媚崇祯，谋陷正人君子，以求长保富贵，此外，他推荐的人也多是碌碌无为的庸才，“然当是时，流寇躏畿辅，扰中原，边警杂沓，民生日困，未尝建一策，惟日与善类为仇。诚意伯刘孔昭劾倪元璐，给事中陈启新劾黄景昉，皆奉体仁指。礼部侍郎陈子壮尝面责体仁，寻以议宗藩事忤

① （明）沈孚中：《绾春园》卷上，《古本戏曲丛刊二集》，上海商务印书馆 1955 年影印本，第 21 页。

② （清）朱佐朝：《艳云亭》下卷，《古本戏曲丛刊三集》，文学古籍刊行社 1957 年影印本，第 6 页。

帝旨，竟下狱削籍。其所引与同列者，皆庸材，苟以充位，且藉形己长，固上宠。帝每访兵饷事，辄逊谢曰：‘臣夙以文章待罪禁林，上不知其驽下，擢至此位。盗贼日益众，诚万死不足塞责。顾臣愚无知，但票拟勿欺耳。兵食之事，惟圣明裁决。’有诋其窥帝意旨者，体仁言：‘臣票拟多未中窾要，每经御笔批改，颂服将顺不暇，讵能窥上旨。’帝以为朴忠，愈亲信之”①。

周延儒的品行与温体仁相比有过之而无不及，不仅无能、谄媚事主，还贪生怕死、谎报军情、冒领军功，“然延儒实庸驽无材略，且性贪。当边境丧师，李自成残掠河南，张献忠破楚、蜀，天下大乱，延儒一无所谋画。用侯恂、范志完督师，皆偾事，延儒无忧色。……十六年四月，大清兵略山东，还至近畿，帝忧甚。大学士吴甡方奉命办流寇，延儒不得已自请视师。……延儒驻通州不敢战，惟与幕下客饮酒娱乐，而日腾章奏捷，帝辄赐玺书褒励。侦大清兵去，乃言敌退，请下兵部议将吏功罪。既归朝，缴敕谕，帝即令藏贮，以识勋劳。论功，加太师，荫子中书舍人，赐银币、蟒服”②。如此无才无德之人，而崇祯皆信任之，明朝之亡又何足怪。

由于奸臣皆为奸邪小人，是国家的蠹虫，他们的所作所为必然会危害封建国家的统治，因此遭到正直之士的反对与批评。为恃权固宠，保护他们的政治地位及私人利益，奸臣们在政治上积极主动地培植私人势力，结成朋党，并自觉地与正人君子们作对。

（净）起来，扶持中个进士，有何难处，不须着急，只消老夫，

【前腔】微垂眼，略启唇，任他尺量才子文。不是老夫夸口说，那些知贡举的官儿，谁敢违拗老夫，临场只要片纸开几个姓名送去，填在榜上便是了。夺命仗钱神，奎光有何准。只是功名就后，便做老夫的心腹了。凡遇造言生事之辈，必须齐心排击，若一坐视，便

① 《明史》卷三百八，中华书局 1974 年标点本，第 7935 页。

② 同上书，第 7929、7930 页。

系辜恩。私桃李，据要津，切记固藩篱，莫忘本。（丑打恭介）是。[①]

下官驸马都尉屠用坚。叨蒙圣恩，执掌朝纲，位压武班，富贵已极。我想从古权臣，皆有党羽附助，方能富贵坚牢，为此我假意谦躬下士，那些官儿附我者颇多。昨日在朝内见了新榜眼史弘，仪表非凡，将来定成大器，若得附我门下，岂不是好。[②]

权奸们也明白只有结成政治上的朋党，才能长久地保持功名富贵，因此为培植私人势力，权奸们不惜破坏国家的抡才大典，干涉科举，录取自己的心腹。不仅如此，他们还以封建师生伦理为要挟，要求学生与自己结成朋党，合力排挤与自己政见不同的大臣。此外，为掩人耳目，他们还经常伪装成正人君子，恭谦下士，从而骗取大臣们的好感，形成顽固的黑暗政治势力。而这些行为举动在明代末年的权奸身上都可以看到，“是时，周相延儒得君甚颛，继之者温相体仁也。两公各持门户，树其私人，而温尤以刻核操切，迎合上意”[③]。再如明末党争时，宣党魁首汤宾尹为扶植私人势力，在科举考试时，要挟主考录取自己的学生韩敬，“三十八年会试，庶子汤宾尹为同考官，与各房互换闱卷，共十八人。明年，御史孙居相劾宾尹私韩敬，其互换皆以敬故。时吏部方考察，尚书孙丕扬因置宾尹、敬于察典。敬颇有文名，众亦惜敬，而以其宣党，谓其宜斥也”[④]。

与培植私人党羽相联系的是对正直大臣的打击与迫害，在迫害正直之士时，他们的理由却是诬陷正人君子在政治上结党营私。

下官翰林学士许将是也。下官与司马光交厚，章惇、蔡确指下官为朋党，株连系狱，不许家人送饭，已过停午，尚未有饭吃。狱

① （清）程瀛鹤：《蟾宫操》上卷，《古本戏曲丛刊五集》，上海古籍出版社 1986 年影印本，第 34、35 页。

② （清）李玉：《意中人》卷下，《古本戏曲丛刊三集》，文学古籍刊行社 1957 年影印本，第 1 页。

③ （清）宋琬：《安雅堂全集》卷十五，上海古籍出版社 2007 年标点本，第 661 页。

④ 《明史》卷七十，中华书局 1974 年标点本，第 1704 页。

卒百般凌辱，可恨，可恨。狱卒那里。①

【生查子】（净上）执拗有狂且，恨小非君子。伏弩已离弦，教他规避浑无计。下官韩侂胄，前日要赵汝愚中那阮瀚，他坚执不肯，明明要与我做对头，我要算计这老头儿，有何难事。只是那阮翰，我今科虽涂抹他卷子，万一日后中了时节，他们那时唇齿相依，协力来排挤我，叫我就应接不暇了。我如今思量做个一网打尽的计较，无如朋党一事，诬捏他们，凡是不顺我的，尽挂弹章，有何不可。②

明清之际，以魏忠贤为首的阉党在迫害、屠杀正人君子时，所罗织的罪名就是正人君子都是东林党成员，而其走狗阮大铖、崔呈秀、许显纯等更是编制《东林点将录》等名目众多的花名册，将反对他们的政治势力一网打尽，“嗣后攻击者不绝，比宪成殁，攻者犹未止。凡救三才者，争辛亥京察者，卫国本者，发韩敬科场弊者，请行勘熊廷弼者，抗论张差梃击者，最后争移宫、红丸者，忤魏忠贤者，率指目为东林，抨击无虚日。借魏忠贤毒焰，一网尽去之。杀戮禁锢，善类为一空”③。

明清之际的政治斗争还有一个突出的特点，就是朝中的大臣党争与在野的书生结社严密结合在一起。结社是明代科举制度下所形成的一种特殊社会现象。明代科举主要考八股文，八股文又名时文，也即其风格、要求、规范等具有因时而变的意思，因此为使自己的八股文能符合时代特征，让考官满意，最终被录取，明代的读书人就会在平时的八股写作训练中揣摩这种因时而变的文风。同时为能真正符合时代风气的要求，一些读书人就自发地组成一个以训练八股写作为目的的小团体，这种小团体就称之为社。此外，一些归隐林下的官员为提携后进，指导后辈的八股写作，也会在家中召集亲朋故旧之子孙不时举行社集活动。这种结社活动，在吴炳的《绿牡丹》及徐石麒的《珊瑚鞭》中都有比较详细的描写。

① （明）湖隐居士：《金钿盒》下卷，《古本戏曲丛刊二集》，上海商务印书馆1955年影印本，第1页。

② （明）王异：《弄珠楼》上卷，《古本戏曲丛刊三集》，文学古籍刊行社1957年影印本，第21页。

③ 《明史》卷二百三十一，中华书局1974年标点本，第6033页。

(外) 女儿如此才质，岂配庸流。外面朋友家都有文会，老夫如今也创立小社，一来挈引后生，二来访求快婿。顾生原系通家，不消说了。还有柳希潜、车本高，皆旧家子弟，不免邀来同社。院子，明日候领名帖，请顾相公和那柳、车二相公，同来赴会。(杂应下)①

(外上拱手介) 列位请了。(众) 呀，老兄何来? (外) 小弟是金陵皇甫才，适闻列位登高赋诗，特来窃听。请问列位，高姓贵表? (丑) 这位是赵兄，号千里，新科登过了。这是周兄，号圣王。小弟姓蒋，贱字汉阳，与赵兄是自幼同社。(外) 久仰大名，失敬了。不知所赋何题? (丑) 前日因在杭州，聚集了海内名士，结了个大社，同游西湖，席间分韵，就是游湖为题。(外应，背介) 这一位姓蒋，倒是草木之姓，只不知才调何如? (回云) 所言大社，还是文社，还是诗社? (丑) 正日会文，余功赋诗。②

这里第一则材料描写的是官员退隐林下指导亲朋故旧子孙写作八股文的结社活动，第二则材料反映的是同辈之间相互交流八股写作的结社活动。由此可见，“结社会文，原为经生应举而设”③，所以书生结社的初衷与明代政治斗争的关系并不大。

但明代书生结社的作用并不单一。谢国桢先生认为社的作用主要有两种，“他们一方面学习时艺来揣摩风气，一方面来择选很知己的朋友”④。这里需注意的是书生通过结社选择知己朋友的功能，它不仅使社中成员间的关系变得紧密，还具有排斥外人的特点，“他们只师生通家子弟在一块结合，外人是不能参加的”⑤。这样一来，社中各成员间的利益就会具有很强的一致性。同时社也会为维护一致的利益而转化成一种政治团体，这种政治团体显然在一定程度上具备了党派的特点。早期的结

① (明) 吴炳:《绿牡丹》卷上，《古本戏曲丛刊三集》，文学古籍刊行社 1957 年影印本，第 11 页。

② (清) 徐石麒:《珊瑚鞭》卷下，《古本戏曲丛刊五集》，上海古籍出版社 1986 年影印本，《暗得俊》。

③ (清) 钱谦益:《牧斋初学集》卷八十七，上海古籍出版社 2009 年标点本，第 1821 页。

④ 谢国桢:《明清之际党社运动考》，上海书店出版社 2004 年版，第 99 页。

⑤ 同上。

社规模还不大，因此尽管具备一定的政治功能，但其作用并不明显，而到明清之际，社中成员的身份不再严格限制，其门户也完全开放，因此一些著名的文社聚会时，人员动辄上百，甚至成千上万。如明末最著名的复社在虎丘举行结社大会时，据杜登春《社事始末》等书记载，“自辛未至辛巳，娄东之局几比尼山，举天下文武将吏及朝列士夫、雍庠之子弟称门下士，从之游者几万余人，其姓名具在《金孺人会吊门籍》。余入赘得阅之，亦一大观也。四方会吊毕，退而大集于虎丘，为复社最盛事”[①]。由“从之游者几万余人”可知其参与者数量之多，聚会的规模之大。当结社活动发展到一定程度时，这种本为应付科举而出现的个人结社行为就会转化为大规模的政治运动团体，而其中最突出的代表是明末张溥、张采等人领导的复社。

复社的领袖人物多与朝廷要员互通声气，相互依仗，而当日朝廷又正是东林与阉党斗争激烈之时，这样一来，以复社为代表的结社活动就和明清之际的党争纠缠在了一起，随之又和国家命运连在一起。“崇祯元年以选贡生入都，采方成进士，两人名彻都下。已而采官临川。溥归，集郡中名士相与复古学，名其文社曰复社。四年成进士，改庶吉士。以葬亲乞假归，读书若经生，无间寒暑。四方噉名者争走其门，尽名为复社。溥亦倾身结纳，交游日广，声气通朝右。所品题甲乙，颇能为荣辱。诸奔走附丽者，辄自矜曰：‘吾以嗣东林也。’执政大僚由此恶之。”[②] 明清之际的党争以东林与阉党的斗争为核心，而复社以“嗣东林”为宗旨，则其与当日党争关系之密切可见一斑。而最后“执政大僚由此恶之”一语则为当权者打击异己找到了借口，其最著名者为明末著名奸臣温体仁欲借复社一事将东林党一网打尽，“乌程借文社钩党，剪除江南名士”[③]。乌程指温体仁，因温体仁是乌程人。因政治斗争与书生结社的关系在明清之际表现得非常突出，所以名教爱情剧就将其反映了出来，并成为剧中忠奸斗争的重要组成部分。

---

① （明）杜登春：《社事始末》，《昭代丛书》戊集续编卷第十六，上海古籍出版社 1990 年影印本，第 970 页。

② 《明史》卷二百八十八，中华书局 1974 年标点本，第 7404 页。

③ （清）钱谦益：《牧斋有学集》卷二十八，上海古籍出版社 1996 年标点本，第 1061 页。

【醉罗袍】（净）狂生可恨言无状，当车奋臂怒强梁。教他万里去投荒，风波难脱瞒天网。就是这些国学诸生，结党诋毁大臣，也是法所不容的。（笑科）笑他无知寒士，说白论黄，沽名钓誉，兴灾致殃，都教罗织成奸党。（丑）有事不敢不报，无事不敢乱传。禀上老爷，小人打探陈道东同社，在西湖结盟，与歌奴宋娟饮酒题诗，诽谤朝政，抄得同船姓名在此。①

《西湖扇》这个情节与《桃花扇》中阮大铖逮捕侯方域等人的情节的来源相同，都以东林、复社成员和阮大铖在南京的斗争为原型。需注意的是，个别反映明清之际结社与政治斗争关系的剧作是以含沙射影的方式进行表达的，如吴炳的《绿牡丹》。据《复社纪略》《冬青馆集》等的记载，《绿牡丹》与复社之关系非同一般，吴梅先生对此有过详细考证，其具体观点如下：

此《绿牡丹》传奇，为乌程温育仁作也。余按陆桴亭《复社纪略》曰："当天如之裒集国表也，湖州孙孟朴实司邮。置扁舟，千里往来传送，寒暑无间。凡天如、介生游迹所及，淳每为前导，一时有孙铺司之目。两越贵游子弟暨素封家儿，因淳拜居张、周门下者无数。诸人执贽后，亦名流自负，趾高气扬，目无前达。乌程温育仁，首辅辅仁介弟也。心丑之，著《绿牡丹》传奇诮之。杭俗好异一时，争相搬演。诸门生病之，飞书二张先生，求为洗刷。西张亲莅浙，言之学臣黎元宽。元宽，南张同籍，声气主盟也。因禁书肆、毁刊本，桁杨书贾，究作传主名，执育仁家人下于狱，育仁怒。族人在介生门下者，为温以介力求解于二张先生，不许，狱竟而后归。当是时，越中舨命社局者，争诵两夫子不畏强御，而娄江乌程显开大隙矣。"又张秋水《冬青馆集》《书〈绿牡丹〉传奇后》云："此吾乡温氏启衅于复社之源。书中以管色，为乌有亡是之辞。其实柳五柳、车尚公、范思诃，据《复社纪略》各有指斥。其于越人，疑

① （清）丁耀亢：《西湖扇》卷上，《古本戏曲丛刊五集》，上海古籍出版社1986年影印本，第18页。

亦王元趾、陈章侯一流。而吴兴沈重者，以在朝则影黎愧庵、倪三兰，在野则影张天如、杨子常、周介生辈。大致如《十错认》、《燕子笺》，亦明季文字风气所趋。”[①]

除吴梅先生外，谢国桢先生在其《明清之际党社运动考》一书中也对《绿牡丹》的影射有所考证，“所以像温体仁的兄弟温育仁作了一部《绿牡丹》传奇，描写选家选文的丑态，虽然言过其实，然而也有相当的理由”[②]。

明清之际政治斗争的最后一个特征是党争与宦官秉政纠缠在一起。明朝建国伊始，鉴于历代宦官对王朝统治的危害，朱元璋对宦官干预政治做了明确的规定与严厉的惩罚。靖难之役中，由于建文宫中的太监向朱棣通风报信，使其最终取得胜利，因此朱棣即位后开始重用宦官。明英宗时期，宦官已经掌握很大的权势。宦官对明朝统治真正产生巨大危害开始于明武宗正德年间。明武宗时期，宦官与内阁正式勾结起来掌控国家的大权，并形成阉党。此后，凡大臣想控制国家权力者，莫不结交宦官以为内援，如张居正与太监王安的内外联合，阉党无魏忠贤也很难在天启年间对东林党人进行大肆屠杀。由于宦官秉政对封建王朝的危害极大，而明代又是宦官秉政的受害者，所以在明清之际，无论是政界、思想界，还是学术界、文学界，都对宦官问题有着特别的关注，如“自古宦官用事，未有不亡人国者。然国亡而身亦不免焉，如汉、唐之季是已”[③]，“呜呼，小人之祸人国莫宦官朋党若矣，有一于此，而不至灭亡者，未之有也”[④]，如此言论在明清之际真是不胜枚举。名教爱情剧产生在这样的学术、文学氛围中，受其影响，许多作品对此都有反映与思考。

咱家刘瑾是也。官拜内相，阴结六党，真个排空作雨，喝地成流。前有李梦阳疏论咱罪，被咱假哭御前，诉上曰：“臣下敢行讪上

① 吴梅：《〈绿牡丹〉跋》，蔡毅《中国古典戏曲序跋汇编》，齐鲁书社 1989 年版，第 1407、1408 页。

② 谢国桢：《明清之际党社运动考》，上海书店出版社 2004 年版，第 114 页。

③ （清）邵念鲁：《思复堂文集》卷九，浙江古籍出版社 2010 年标点本，第 421 页。

④ （明）徐枋：《居易堂集》卷五，华东师范大学出版社 2009 年标点本，第 121 页。

者，繇司礼监无人也。有则不敢言矣。”圣上大怒，立命咱兼掌司礼监。自是言官塞口，奏章蒙蔽。大权一统，尽归咱家掌握。势倾中外，岂不快哉。这也不在话下。[①]

刘瑾正是明代最有权势的三大宦官之一。这里需要注意的是司礼监一职，明代宦官能掌握中央权力的最直接原因就在于他们掌管着司礼监。明代实行内阁制，在处理国家大事时，先由内阁草拟处理意见，然后由皇帝裁夺。明前期的皇帝大多亲政，处理意见的裁夺批答由皇帝完成，此时宦官的权力不大。明中期以后，皇帝不再勤于政务，对国家大事的处理只是表明态度，具体的执笔批答由司礼监秉笔太监来完成，于是司礼监秉笔太监就乘机掌握了相当大的权力。再到后来，皇帝有时甚至懒于处理，将批答之权完全交给司礼监秉笔太监，这样以司礼监秉笔太监为首的宦官集团就攫取了处理国家大事的核心权力。此时奸邪小人为获得富贵功名，也开始与宦官勾结，表里为奸，形成阉党，而正直大臣则站在宦官集团的对立面，这样就出现阉党与正人君子进行政治斗争的局面。“明代阉宦之祸酷矣，然非诸党人附丽之，羽翼之，张其势而助之攻，虐焰不若是其烈也。中叶以前，士大夫知重名节，虽以王振、汪直之横，党与未盛。至刘瑾窃权，焦芳以阁臣首与之比，于是列卿争先献媚，而司礼之权居内阁上。迨神宗末年，讹言朋兴，群相敌仇，门户之争固结而不可解。凶竖乘其沸溃，盗弄太阿，黠桀渠憸，窜身妇寺。淫刑痡毒，快其恶正丑直之私。衣冠填于狴犴，善类殒于刀锯。迄乎恶贯满盈，亟伸宪典，刑书所丽，迹秽简编，而遗孽余烬终以覆国。”[②] 在不死不休的政治斗争中，明王朝走向了灭亡。

下官杨戬是也。爵居相位，权夺皇家，一味妒贤嫉能，那识安邦定国。私通贿赂，道途钻隙如蚁；结内监，旨夜吃怜如狗。因得久居相位，独掌朝纲。近来圣上宠用中官童贯，表里为奸，通同作

---

① （明）许恒：《二奇缘》卷下，《古本戏曲丛刊三集》，文学古籍刊行社 1957 年影印本，第 29 页。

② 《明史》卷三百六，中华书局 1974 年标点本，第 7833 页。

弊。百官庶职，无敢谏言。[1]

上述描写虽是戏曲小说家言，但又何尝不是当日社会的真实写照。明天启年间，许多无耻小人为功名富贵，同时为迫害正直大臣及不附己者，甘愿投身在魏忠贤门下，充当魏忠贤的义子干儿，“至魏忠贤之擅则不然，上自宰辅禁近，下暨省会重臣，非阉私人莫参要选；时倾险之士思逞志于正直者，亦愿为之爪牙，供其走噬，甚至自负阿父、养子而不惜，而东林之难作矣”[2]。对此，剧作《幻缘箱》亦有描写，在杨戬迎接童贯时，自称孩子，“孩子杨戬迎接恩父”[3]。

名教爱情剧在反映忠奸斗争时，有一个现象需要我们注意，剧中奸臣们为迫害正直大臣及自己所仇恨的对手，经常采用借刀杀人的办法来实现自己的目的。他们打着效忠国家、荐举贤良的幌子，推荐要陷害的对象去完成随时都会丧失性命的任务，或者是担任具有很大危险性的职务，从而在不动声色中置对手于死地，同时为自己博得一个忠良的美名。如下面这几个例子。

（净）林先生，老夫在此专候，请坐了。（副告坐）老夫只为萧凤韶这班腐儒，妄奏圣上，殊切痛恨。不想又有羽书告警，道李元昊起兵犯顺，已破灵石、洛川、孩儿镇、北溟关四处地方，声势鸱张，官兵不能抵敌，各路请兵救援，无人可以出师，如之奈何？（副）老太师不须忧虑。李元昊猖獗，何不就差萧凤韶统兵征剿。他是个秀才官儿，那里晓得冲锋破敌，必致丧师失旅，陷入阵中，除此心腹之患，乃一举而两得乎。（净）说得有理，老夫即当依计而行。[4]

---

① （清）邱园：《幻缘箱》，《古本戏曲丛刊三集》，文学古籍刊行社1957年影印本，第9页。

② （清）吴伟业：《吴梅村全集》卷六十，上海古籍出版社1990年标点本，第1215页。

③ （清）邱园：《幻缘箱》，《古本戏曲丛刊三集》，文学古籍刊行社1957年影印本，第10页。

④ （清）朱佐朝：《艳云亭》上卷，《古本戏曲丛刊三集》，文学古籍刊行社1957年影印本，第22页。

（付）我方才议论军情，堤防倭寇，不想连到三次羽报，道倭寇大肆猖獗，彼处督臣胡宗宪催我督兵助战。我想胡公文武全才，尚且不能御敌，况我从未惯于战斗，抑且兵法茫然，此去有失无胜，如何是好。（净）既是介，爹爹当日，就弗该领个个任哉哙。（付）我那个要领此任。这多是严太师为己之事，所以保奏我出来的。（净）那也不难。嗯拿个头二百万银子，送拉严太师，叫渠换一个人代子，嗯没就是哉。（付）唔，这也说得是。阿呀，只是满朝臣宰，俱在太师门下，谁肯代此危任呢。（净）个倒难哉。（想介）吓，吓，有俚哉。我前日看见朝报上，翰林学士谢莹璧进子京哉。此人与我家素有心病，何弗就请严太师，保举子俚出来没是哉。（付）好、好，好个谢莹璧，亏你想得到。待我就写文书，打发差人进京便了。①

萧凤韶怀忠直之心，经常对王钦若祸国殃民的行为进行揭露与指责，王钦若怀恨在心，在西夏入侵时，故意举荐不通兵事的萧凤韶带兵御敌，此行为看似是祁黄羊外举不避仇的忠义之举，实际上是包藏祸心、借刀杀人。赵文华在倭寇骚扰江浙一带地方时，不但胆小怕死、坐视国家危难而不管，还借机报复正直大臣谢莹璧。二人皆可谓是真正的奸邪小人。王钦若、赵文华虽无耻，但与著名卖国贼秦桧相比，其阴险程度尚有所不如。

（净）依你的见识，怎么摆布他才是？（丑）小官今日见塘报，那兀朮会同刘豫围住白鹿冈一带了。太师爷就教龙骧领兵前去策应，定然送死。这是羊落虎口之计，乞太师爷尊裁。②

科举考试时，秦桧嘱咐主考万俟卨让自己的孙子中状元，结果状元被

① （清）周坦纶：《玉鸳鸯》首卷，《古本戏曲丛刊三集》，文学古籍刊行社1957年影印本，第61、62页。

② （明）单本：《五闹蕉帕记》卷下，《古本戏曲丛刊二集》，上海商务印书馆1955年影印本，第23页。

龙骧夺得，于是秦桧就对龙骧怀恨在心，一心想报复他。正巧金兵南侵，抵御侵略本是武将应该承担的任务，秦桧却故意派龙骧领兵前去厮杀，这显然是借金兵之手来除掉对手了。

而在明清之际的党争中，无论是东林党的正人君子，还是阉党的奸邪小人，都经常使用这借刀杀人的计谋，结果使许多无辜的大臣成为政治斗争的牺牲品，白白丢掉了性命，如著名的将领熊廷斌、孙承宗、孙传庭等都是东林党与阉党斗争的牺牲品。“明室之祸，起于流寇。不知流寇之所以披猖莫制者，皆成于庙堂诸公但知争门户胜负而不知以盗贼为忧、生灵为急，甚有以督抚为报怨修却之资，朝任夕改，致天子茫无足恃。自古败亡之烈，其速如翻掌，易如建瓴，未有若□思陵之季者也。江右王于一云：‘朝廷严勒督抚大臣讨贼，督抚多畏缩不能击，朝议又以朋党私隙谋报复，阳为推毂，实借寇兵中之。督抚出如驱羊就虎，甚则借招抚阴与贼通，诸将益骄蹇不用命。贼日益张，卒以亡国。’”[①] 这里“以督抚为报怨修却之资，朝任夕改”，“朝议又以朋党私隙谋报复，阳为推毂，实借寇兵中之”数语不仅是明清之际党人借带兵御敌除掉政治敌人行为的最好注脚，也是明清之际名教爱情剧中此类情节大量出现的现实原因所在。

此外更需注意的是，剧作还反映了当日社会对明清之际党争的立场与态度。

> （外扮解子押净上）布衣都欲做清官，一带乌纱心便搬。当日未登卿相位，伯颜曾骂旧曹瞒。我伯颜虽然一心误国，百计害人，但不是个铸定的虺心鸩口。一边是这些媚我的奸小欲图显贵，立谋造计，逐我出贤圣路来。一边是这些谤我的朝士，思市清名，捏罪生非，逼我上奸邪途去。若使当初有人善言几谏，辅我以忠，导我以义，也不到这地位了。[②]

① （清）朱鹤龄：《愚庵小稿》卷十三，华东师范大学出版社 2010 年标点本，第 285、286 页。

② （明）沈孚中：《绾春园》卷下，《古本戏曲丛刊二集》，上海商务印书馆 1955 年影印本，第 38 页。

这段话中包含两个与明清之际党争有关的内容，一是党争中，东林党与阉党都存在严重的混淆是非倾向。只要能打倒政敌，一切手段都可以利用，是非观念都可以抛弃。阉党成员多是奸邪小人，混淆是非可以理解，东林党人负天下重望，也罔顾是非，实在让人心寒。如此前提下，两党之间只有残酷的斗争与屠杀，国家正常的政见分歧根本得不到有效处理，最终导致明朝趋于灭亡，两党也成为国家、民族的罪人。

其实对党争中的无是非现象，明清之际许多有识之士看得很清楚，他们不仅多次讨论过这个问题，个别人还在自己当政之时尽可能地对此加以纠正。“初，元标立朝，以方严见惮，晚节务为和易。或议其逊初仕时。元标笑曰：‘大臣与言官异。风裁踔绝，言官事也。大臣非大利害，即当护持国体，可如少年悻动也?’时朋党方盛，元标心恶之，思矫其弊，故其所荐引不专一途”①，这是明末著名东林党人、国家重臣邹元标为消除党争而做的努力。“然足下平居时与仆言：‘佥人险夫，妨贤丑正，为国蝥贼，固无足论。独诸君子风规英迈，墙宇凝整，病在好同嫉异，真伪罔分；故道广道峻，各有其患。又不求可仗之人，讲救时之略，以济当世之急；而坐论节概，专别流品，恐后世议成败者，将与小人分谤。我与若倘一旦在人主左右，必当秉至公，涣群小，以报君父、利生民为本，始为不负所学’”②，陈子龙的几社在政治上虽与东林、复社为近，但与二者最大的不同之处在于他们能比较公正客观地看待两党之争。“大臣当国，须有一段沉深博大之气，不止容君子，并能容小人；不止容小人，并能化小人为君子，才是圣贤心肠，豪杰作用。轻分门户，先横己见，夺小人应得之物，予小人难堪之名，无惑乎彼之无复顾忌，而恣其反噬之毒也”③，这是明清之际最著名的思想家之一孙奇峰对待党争的观点。“夫东林自顾泾阳讲学以来，以此名目，祸我国家者八九十年，以其党升沉，用占世数兴败。其党盛，则为终南之捷径；其党败，则为元祐之党

① 《明史》卷二百四十三，中华书局1974年标点本，第6304页。

② （明）陈子龙：《陈仲裕全集》卷二十七，《陈子龙全集》，人民文学出版社2011年标点本，第833页。

③ （清）孙奇逢：《夏峰先生集》卷十四，中华书局2004年标点本，第580页。

碑。风波水火，龙战于野，其血玄黄，朋党之祸，与国家相为始终”[①]，这是明清之际历史学家张岱对党争的评价。由此可见，在明清之际的党争中，尽管两党主要成员的人格泾渭分明，但在无益于国家前途、民族命运上，二者并无不同。

二是以东林党为代表的正人君子缺少宽容之心。党争中，尽管阉党对东林党人进行了迫害与屠杀，但就整个社会舆论来说，却是东林党人占据上风，阉党虽能一时得势，最终会为社会所唾弃。在这样的形式下，许多阉党成员开始主动地向东林党人求和，以求捐弃前嫌，和谐相处，然东林党人却不给两党和谐相处提供任何回旋余地。偏激的态度不仅使阉党人士彻底站在东林党的对立面，还把许多中间派人士也变成对手与敌人，如马士英、阮大铖。马士英想与东林党交好，然而东林党人不但拒绝，还对其进行政治打击，最终导致马士英在南明时期对东林党人予以排挤、迫害，“马辅士英初亦有意为君子，实廷臣激之走险。当其出刘入阮时，赋诗曰：‘苏蕙才名千古绝，阳台歌舞世无多。若使同房不相妒，也应快杀窦连波。’盖以若兰喻刘，阳台喻阮也”[②]，“一日，阁中语及故庶吉士张溥，士英曰：‘我故人也，死，酹而哭之。’姜曰广笑曰：‘公哭东林者，亦东林耶？’士英曰：‘我非畔东林者，东林拒我耳’”[③]。阮大铖与东林党的恩怨更是曲折。阮大铖本为东林党人，后因在东林党中受到冷落而投靠阉党，阉党在崇祯初年失势后，他又向东林党人忏悔，然而东林党人对其排斥不遗余力，于是阮大铖与东林党人之间的仇恨难以和解。后来在南明时期，阮大铖勾结马士英对东林党人进行了报复，使许多东林复社成员死于非命，也让福王政权维持不到一年就宣告灭亡，“往者天下多故，江左尚晏然，一时高门子弟才地自许者，相遇于南中，刻坛墠，立名氏。阳羡陈定生、归德侯朝宗与辟疆为三人，皆贵公子。定生、朝宗仪观伟然，雄怀顾盼，辟疆举止蕴藉，吐纳风流，视之虽若不同，其好名节、持议论一也。以此相深结，义所不可，抗言排之。品核

---

① （明）张岱：《嫏嬛文集》卷三，《张岱诗文集》，上海古籍出版社 2014 年标点本，第 318 页。

② （清）李清：《三垣笔记》，中华书局 1982 年标点本，第 101 页。

③ 《明史》卷二百七十四，中华书局 1974 年标点本，第 7028 页。

执政，裁量公卿，虽甚强梗，不能有所屈挠。有皖人者，流寓南中，故奄党也，通宾客，畜声伎，欲以气力倾东南。知诸君子唾弃之也，乞好谒以输平，未有间。会三人者置酒鸡鸣埭下，召其家善讴者歌主人所制新词，则大喜曰：此诸君欲善我也。既而侦客云何，见诸君箕踞而嬉，听其曲时亦称善，夜将半，酒酣，辄众中大骂曰：若奄儿媪子，乃欲以词家自赎乎！引满泛白，抚掌狂笑，达旦不少休。于是大恨次骨，思有以报之矣"[①]。这里皖人阉党指阮大铖，因阮大铖是安徽怀宁人。此事被孔尚任完整地写进了《桃花扇》中。可见剧作借用反面角色之言，所批评的不仅有当日的奸邪小人，也有正人君子。

对明清之际党争的批评在许多名教爱情剧中都有体现。明代遗民杜濬在为李渔《凰求凤》所写的序言中说："向使东汉诸君子有此，则可无甘陵之祸；北宋诸君子有此，则可无元祐之祸。奈何倾辀覆辙，前后相寻，勇私斗而怯公战，以至于糜烂不可收拾者，盖其智曾不若此数妇人耳！此又余所以观乐而泣也。"[②] 东汉、北宋与明代灭亡的共同之处就是都与激烈的党争有关，惨痛的经历让推崇名教的剧作者难以释怀，而剧作对党争的描写正是现实党争的反映。

四　时政描写之作用

当日社会的重大事件在名教爱情剧中具有重要的文学作用。首先它为剧情的展开提供了真实可靠的时代背景。总的来说，这些重大事件呈现出明显的乱世特征，而乱世一般会对社会产生负面影响。乱世中，人们想得到美满的生活或者说想按照自己的想法去生存、发展几乎是不可能的，相反，在外部恶劣因素的影响下，人生出现一些不正常的经历却是合乎情理、更容易为人接受的，所以说，重大事件主要是为剧中人物的悲欢离合提供一种符合历史真实的可能。何况许多剧作的情节安排和人物设置就是按照历史真实的顺序来进行的，如清代剧作家吕履恒的《洛神庙》。

---

① （清）吴伟业：《吴梅村全集》卷三十六，上海古籍出版社 1990 年标点本，第 773 页。

② （清）杜濬：《凰求凤序》，《李渔全集》第四册，浙江古籍出版社 1992 年标点本，第 422 页。

一寸山河一寸金，瓜分瓦解是天心。他皇觉寺里出皇帝，何况俺英雄起绿林。咱家李自成，陕西米脂县人氏。只因年时荒旱，啸聚山林。向日依附高闯王，近又在八大王部下。看来靠人过活，也不是俺英雄所为，因此分了营头，悄地出来，要往河南攻打。现今蟠据商南地面，聚草屯粮，养军歇马。你看所向披靡，望风归顺，料那河南一处，也不消俺费力了。①

（众急上）禀上元帅，辕门外拿得奸细一名，是李自成那边来下书的。（末怒介）与俺绑来。（缚一卒上）（末）身边有何书迹，细细搜来。（搜书，末看介）

【一封书】堂堂大顺朝。哎呀，这贼了不得，甚么大顺朝，可恼，可恼。②

（判）启我王，姻缘簿上，巫友娘七日还魂，夫妻重会，已经结案。奸邪簿上，冯仕英有一年相位，时辰未到，不便勾拿。惟有李自成，天下首恶，人心共愤，他的阳寿应该在五年之后，死在罗公山上，其侄李过，以帝礼葬之。因他杀戮太惨，减了寿算，先受一刀之苦，今日罪案已完，请大王发放。③

上述三则材料，完整地反映了李自成起义发生、发展，建立大顺政权，最后失败牺牲的历史过程。除此之外，中间还穿插了河南登封李际遇率众起义的事情。

（丑）哥哥，为何这等惊慌。（末）你还不晓得，李自成出了商山口子，攻打嵩卢地方。府帖行下，与咱要五百乡兵，府中守城，他要沿门点卯，逐户排甲，按籍搜丁。那些有钱的，都去打点免役，只苦了这些穷人，家无升合怎经营，命如蝼蚁难逃迸。（众大哭跪介）我们都不得活了，还要将爷作主。（末）立限分明，如雷似火，

① （清）吕履恒：《洛神庙》卷上，《古本戏曲丛刊五集》，上海古籍出版社1986年影印本，第8页。

② （清）吕履恒：《洛神庙》卷下，《古本戏曲丛刊五集》，上海古籍出版社1986年影印本，第8页。

③ 同上书，第69、70页。

谁敢违军令。(众)我们倒有个计策在此，只怕将爷不从。(末)你试说来。

【扑灯蛾】(众)咱嵩山有大名，嵩山有大名，玉岧莲花顶。便有万千人，咱们自能策应。也只把关门严紧，劝君不必假惺惺，趁早儿大家逃命。待官兵剿捕，那时再把计儿生。(末)使不得，使不得。我们好好人家，岂可干这营生。①

在描写农民起义军的同时，剧作对明政府的事情也有所展现，如韩赞周担任司礼监秉笔太监，马士英凤阳战败、明皇陵被起义军焚毁等。

自家司礼太监韩赞周是也。内寺贤良，敢慕后唐承业；中官正直，还思东汉吕强。向来留守南都，今又秉笔西厂，可谓富贵已极，威权莫并。只是时事艰难，至尊宵旰，俺虽扫除之役，常怀忠爱之心。②

下官何期晏，旧为西台左都，今升南京户部，只因同僚不喜，把这尚书题目名为推升，实是远调。下官刚得离京，旋闻寇乱，惊震皇陵，杀害百姓，这都是凤阳总督冯仕英剿抚无能，控制失策。已曾差官去请他到此，商议军国大事，端的怎生整顿。正是从来治乱无常数，只在忠良翊圣朝。③

这里李际遇起兵、韩赞周留守南京、李自成焚毁凤阳皇陵等都是明清之际真实的历史事件及人物，因此可以说剧作的时代背景是完全符合历史真实的。至于主人公的经历则与此历史真实合拍，男主人公何寅是河南秀才，且帮助过落难中的李际遇。李自成起义军进攻河南，使何寅颠沛流离、妻离子散的人生经历成为可能。受李自成起义影响，李际遇组织人马在河南起兵，并在登封一带拥有了自己的势力范围，这就为报

① (清)吕履恒:《洛神庙》卷上,《古本戏曲丛刊五集》,上海古籍出版社 1986 年影印本，第 31 页。

② (清)吕履恒:《洛神庙》卷下,《古本戏曲丛刊五集》,上海古籍出版社 1986 年影印本，第 14 页。

③ 同上书，第 16 页。

答何寅的恩情、收留何寅之妻提供了机会。何寅科举中榜眼后，由于他对李际遇有恩，因此承担了朝廷招安李际遇的责任。最终，何寅不仅招降了李际遇，也与被李际遇收留的妻子重逢，实现了大团圆。这里历史的真实与剧情的结合真称得上是天衣无缝。

另外，作者在剧中对重大政治事件所持的立场与态度，对分析作者本人的政治立场、当日社会普遍的政治态度有很大的帮助。比如以民族战争为时代背景的剧作，整体呈现出反对民族侵略、反对投降卖国的倾向，据此可知明清之际人们反对清兵入侵，有强烈的夷夏观念。而在对奸臣、宦官的批判中，明显表现出偏袒东林、复社等清流人士的倾向。此外，结合作家对上面几种政治现象的态度及作者对政治糜烂、民族危机现实的焦虑与思考，我们大致可以断定作者是恪守封建正统观念的剧作家，其剧作反映现实的现象与作者积极入世、关心国计民生的政治理想密切相关，而作品也应是作者政治理想在文学中的真实反映。

最后，把重大事件作为剧作时代背景以及在剧中大量穿插政治大事的做法，也在一定程度上使传奇从才子佳人爱情婚姻的传统套路中摆脱出来，对丰富传奇作品的类型、加强戏曲反映现实生活的能力、提高传奇作品的欣赏品位都有很大的作用。

尽管重大历史事件在剧中起到的作用很多，但充当时代背景，为剧作情节安排、人物形象塑造服务是其最主要的方面，其他几种作用是次要的甚至是附带的，对此我们一定要有清醒的认识。

第二节　丰富多彩之世风画卷

除重大历史政治事件外，名教爱情剧对明清之际其他社会现象也有一定程度的描写。这些内容虽不能像重大政治事件那样让人惊心动魄，但在揭露社会黑暗、展现社会人生百态上却有着不可替代的作用，因此也是名教爱情剧极富价值的部分，值得我们注意。大致而言，这些内容主要体现在以下几个方面。

一　政治军事之腐败

孔孟要求读书人应把“三不朽”当作人生理想，程朱要求读书人应以“为天地立心，为生民立命，为往圣继绝学，为万世开太平”为目标，尽管儒家思想学说如此要求，但封建官吏们却未必忠君爱民、清正廉明。在中国古代，读书与做官发财是紧密联系在一起的，如宋徽宗就以“书中自有黄金屋，书中自有颜如玉，书中自有千钟黍，书中车马多簇簇”来鼓励天下读书人。对封建官吏来说，即便是清正廉明者也有不菲的经济收入，至于贪官污吏，更是将作官发财当作座右铭来执行。不幸的是，明代末年正处于社会最腐败堕落的阶段，各级官吏凭借权力大肆进行剥削及兼并，而下层百姓却处于极端贫困之中。民为国本，民不聊生，则国亦难长存，于是政治、军事等的腐败就成为严峻的社会问题进入戏曲家的视野之中。

（一）做官发财

明代末年，政治上的腐败已遍及整个官僚机构。这其中，中央衙门官员所掌握的权力远大于地方官吏，因此在腐败的路上比地方官滑得更远，危害也更大，他们不仅剥削下层百姓，还剥削梦想升官发财的低级官吏，所以他们在正常的经济剥削之外，还大肆收受贿赂、卖官鬻爵。

> 下官左仆射兼摄吏部尚书李义府是也。威权震主，势焰熏人。笑处藏刀，毒性犹如蜂虿；柔能害物，别名呼作猫儿。正是牛马一听人呼，富贵终还我享。下官由吏部尚书入相已经数载。我想宰相倒是个虚名，不如吏部反有些实际。我如今用个名实兼收之法，虽为仆射，仍掌铨衡，那海内的钱财，不怕不尽归于我。今岁乃大比之年，是我教朝廷破格，将二甲前十名除授御史，这分明是个半送半卖之法。怎奈这些新进小子不达世务，一些礼物也不来馈送。今日该点他们出巡，难道又不来料理不成？①

李义府官拜宰相，位极人臣，但却很不高兴，认为宰相仅是一个虚名，没有多少真正的实惠可捞。朱元璋废除宰相制后，将宰相的权利一分为多，其中官吏任免奖惩等权力归吏部，所以明代官员若想补缺任职、

① （清）李渔：《蜃中楼》，《李渔全集》第四册，浙江古籍出版社 1992 年标点本，第 258 页。

调迁升官，就必须经过吏部不可，于是吏部就成为六部之中最有权力、也最有实惠可捞的中央衙门。李义府升任宰相后仍然把持着吏部尚书的职位不肯放手，原因在于吏部尚书有实惠可捞，既以捞钱为目的，自然会对官员不送礼感到愤怒，真是贪婪至极、恬不知耻。

中央官员大肆贪污受贿，地方官自然也就老实不客气地将清正廉明的做官原则破坏无余。做官本就是为了发财，何况还要向上司孝敬，所以他们在剥削的手段上、残酷的程度上与中央官相比有过之而无不及，有的甚至对金钱已经达到守财奴的痴迷地步。

> （丑）不瞒列位说，我在襄阳做这一任官，费了许多心机，苦了多少百姓，赚得些钱儿，指望拿回养家，不想这骚达奴，不先不后闯将来，围了禁城，使我上不上，下不下。今日拙荆骂我说道：你平日苦苦要钱，如今肚里饥饿，可吃得钱儿下去么。流水打将出来，我流水拾起，一发劳苦得凶。（末）到此地位，还爱钱哩。[①]

既然敢大肆剥削、搜刮百姓的血汗钱，那么接受他人贿赂也就是心安理得、自然而然的事情了，羞耻之心在他们身上是找不到的。

> （付）看礼单过来，（小生递下）老师华诞，聊具薄礼奉贺。（丑）何劳太盛。（付）些须薄礼，休得见笑。（丑）岂敢，多蒙贤契见惠。一百对金鼠，这怎么说？（付）老师是庚子年华诞，愿老师百年长寿的意思。（丑）多谢、多谢。本欲请贤契少叙，待老荆贱诞，一同有屈罢。（付）但不知师母什么年生的？（丑）是乙丑生的。（付）既如此，待门生回去打一百对金牛与师母上寿。……（丑）请到后堂小饭。（付）多谢老师。（丑）方才贤契说的金牛，不要忘了。（付）门生回去就打。（丑）不要牛大的，狗大的有了。（付）领命。[②]

---

① （明）周朝俊：《红梅记》卷下，《古本戏曲丛刊初集》，上海商务印书馆 1954 年影印本，第 15 页。

② （明）王元春：《景园记》卷上，《古本戏曲丛刊三集》，文学古籍刊行社 1957 年影印本，第 21、22 页。

不仅正大光明地接受他人贿赂，更是觍颜无耻地直接向人索要。当开口索要的现象普遍出现时，明朝官员们何尝还有一点羞耻之心，其良心确实已完全泯灭无余。再如下面这个例子：

> （净向中净介）钱盟翁荣任，亦获大利否？（中净）钱老师也不赚甚大钱，日得不上百金而已。（净）钱盟翁时运不济，这样穷官不如不做。（生）日得百金，也就不穷了。（净、中净笑介）真书生之言，不知做官赚钱之事。且请酒。①

同僚见面寒暄时，不问民生疾苦，但问捞钱几何。日得纹银百两尚嫌少，并称之为穷官，不如不做，真是贪心不足蛇吞象。如此官员，焉能勤政爱民，而其治下百姓的生存状况可想而知。在明末，对于具有一定权势的官员来说，做官捞钱不但是他们的人生信条，而且在任职期间绝对会积极地将此信条予以执行。如下面这一个例子：

> 下官汪仲襄，正要进京会试，不想宗师岁考牌到。我想教官望岁，与农夫望岁一般，怎肯丢了这看得见的好稻，去耕那未必熟的荒田！且等收了新生的束脩，连夜赶去未迟。如今下马期促，不免教书办、门子分付一番。……（丑、末）禀问老爷，优行、劣行可曾定下那几个？（副净）优行比劣行不同，开了优行的，就考了六等，也还复得前程。富家子弟，自来夤缘；那劣行只有一个也罢了。我闻得有个周公梦，酗酒呼卢，宿娼包讼，件件都备。况我到任至今不来一见，就把他开去罢了。（末、丑）老爷只晓得开优行的旧规，还不知开劣行的新窍。须把那富家子弟，逐个敲磨过去，先要开这几个；待他修削了，又要开那几个。老爷会试的盘费，就出在这里面了。（副净大笑介）你们倒是两个理财裕国的忠臣，就依卿

① （清）李应桂：《梅花诗》上卷，《古本戏曲丛刊五集》，上海古籍出版社1986年影印本，第32页。

所奏。①

学官在当日的官僚系统中属于清水衙门，既不能搜刮民脂民膏，也缺少下属官员的孝敬，但这并不意味着他们没有捞钱的法子，这个办法就是通过考核生员向生员索要束脩与贿赂。明清两代，生员在学校学习，就要接受学官们的管理，这样生员的考核权就掌握在学官的手中。生员一旦在考核中被评为劣行，就有被黜落的危险，因此生员为保住功名，就不能不向学官送礼。虽然学官索要的金额与其他实职衙门相比差得太远，但同样属于不义之财。

文臣做官是为了发财，武将做官当然不是为了上阵杀敌，也纷纷加入到贪污腐败的队伍中来。不过武将与文官搜刮钱财的手段不同，武将管辖的是军士，军士的重要生活来源是军饷，所以武将要发财，就得在军饷上做文章，克扣军饷是明代军官攫取钱财的重要手段。对此，李渔的《风筝误》有着极为详细而生动的描写。

(生、小旦、净、丑，扮老弱兵丁，破衣旧帽上）三餐冷粥菜全无，庚癸于今倦不呼。年少金创老来发，不堪秋气入肌肤。（小生唱名介）赵龙。（生应介）（小生）钱虎。（小旦应介）（小生）孙彪。（净应介）（小生）李豹。（丑应介）（外）叫那些兵丁上来。（众上，跪介）（外）你们这些兵丁，我老爷都还认得，只是为何这等黄瘦了？（众）当初老爷在这边，号令严明，纪纲整肃，军粮按时给发，将领不敢扣除。自从老爷去后，纪律不严，钱粮缺少，卯年支不着寅年的粮，一钱受不得五分的惠，个个都饥饿坏了么，老爷！（哭介）（外）你们放心，我老爷一到，决不使你们再受饥寒，快去调养精神，听候征剿，不可有误军机！（众应下）（外叹介）

【前腔】一样貔貅，今日鸡皮昔虎头。可怜他金风刺骨，全没个玉粒充肠，只有些珠泪凝眸。（叹介）地方的事，被前人坏到这个地步，教我怎么补救得来？他人决海我防沟，将来淹没谁之咎？蒿目

① （清）李渔：《怜香伴》，《李渔全集》第四册，浙江古籍出版社1992年标点本，第25、26页。

空忧，只好烧一炷志诚香，袖手祈天佑。①

军饷被克扣，失去生活来源的战士衣不遮体，食不果腹，其战斗力自然也会随之下降，没有强大的军事力量来保障国家的安全，明王朝不亡何待。所以詹武承感叹说“他人决海我防沟”，破坏的力量远比建设的大，军队整体已经垮了，他的小范围整顿可谓是杯水车薪，难挽败局。

（二）道德败坏

对把做官发财当人生信条的官员们来说，希望他们做道德模范只能是异想天开，伴随着大规模贪污腐败而来的是官员整体的道德沦丧。官员道德的沦丧是多方面的，大致地说，主要有以下这几个方面：

1. 趋炎附势

将功名利禄、升官发财当作人生第一要务的人在大多数情况下是不能坚守节操的，按照孔孟、程朱的要求，“君子喻于义，小人喻于利”，节操大义与功名利禄是水火不相容的关系。为能获得功名利禄，贪官污吏们将节操完全放弃，趋炎附势是他们做人的重要行为准则，可以肯定地说，追求功名利禄之辈的身上都带有一定的趋炎附势倾向。如下面这几个例子：

（众）老兄高姓？（丑）小弟姓胡名谈，字诹之，世居谎州，其实与当朝令狐丞相是一族。（外）兄自姓胡，他自姓令狐，如何是一家？（丑）不瞒列兄说，丞相自嫌家族单寒，把天下同姓尽行招纳，犹自嫌少。如今我们姓古月的，都改姓令狐，希求亲近耳。（小生笑介）原来如此。小弟口占一绝奉赠。（丑）愿闻高咏。（小生吟介）族谱从来记不清，逢人只合问公卿。自从元老登庸后，天下诸胡尽带令。（丑不语介，生、外笑介）飞卿好诗，虽是谑言，有关风化。②

---

① （清）李渔：《风筝误》，《李渔全集》第四册，浙江古籍出版社1992年标点本，第140、141页。

② （明）叶宪祖：《鸾镲记》上，《古本戏曲丛刊二集》，上海商务印书馆1955年影印本，第27、28页。

令狐在中国姓氏中人口较少、宗族单薄，为扩大宗族势力，令狐绹将天下姓令狐之人都纳入本家的范围，这种胡闹做法自然为趋炎附势之辈进行政治投机提供了机会。为追求功名富贵，许多趋炎附势的胡姓之人皆改姓令狐以图巴结令狐绹，如胡谈就无耻地说自己与宰相同族。

（叹介）我思量起来，韩侂胄到也罢了。只是何友那厮，既不顾年谊，又不顾座师，公然上这等弹章。哎，何友，你道笑骂由他笑骂，好官自我为之。只怕这苏州刺史，也未必就是你久占得的。

【前腔】师恩友谊两相捐，只思量附势趋炎。甘把缙绅清议轻相撼，料遗臭万年难掩。算好官未必千年久延，早难道，竟恬然。①

师生伦理是重要的封建伦理道德关系，学生不能背叛自己的恩师。何友不但背师，更为可恶的是他为了升官发财，不但趋炎附势地改投到权臣韩侂胄门下作了权门的鹰犬，还冒天下之大不韪，陷害自己的恩师，无耻小人的嘴脸真让人感到恶心。

2. 反复无常

伴随趋炎附势而来的另一个道德败坏现象是反复无常。趋炎附势的人生准则，必然会使小人积极、自觉地向有权有势之人靠拢，于是有无权势及权势的大小就成为是否投靠的最主要标准：当权豪势要在位时，其跟前聚集着大量的趋炎附势之流，车水马龙，络绎不绝，让人应接不暇；而当其失去权势后，趋炎附势之辈会立刻做鸟兽散，自动地离去，去重新选择所要投靠的主子。

（丑）往常门上极是闹热，挨挤不开，今日为何这般静悄悄的。敢是枢密有些贵恙，就该问安，一发来得凑巧了。（末上）往时真个门如市，今日从无鬼到门。（见介）还是何爷好人，来看我家老爷一看。（丑）作怪，这门上人极做身分的，为何也觉得冷淡。（揖介）老爷入朝回来了么？（末）何爷不要说起。朝里传出有甚么新状元面

① （明）王异：《弄珠楼》上卷，《古本戏曲丛刊三集》，文学古籍刊行社1957年影印本，第29页。

对，奏甚么攘匿边功的事，圣上一时发怒，把老爷削职，迤北安置，就要起身了。（丑）原来如此，快带马回去。（末）老爷分付，正要请何爷商议，央何爷上疏保留。来得恰好，请进相会。（丑）我要拜客，不得功夫。（杂）爷方才说不拜客了。（丑）哇。（末）我家老爷最与何爷相厚的，听了这信，还该特地来看。既然到此，那有不肯相会之理。（丑）那里甚么相厚，不过奉承他的官。官坏了，图他甚的。（上马行介）①

态度转换之快让人咋舌。“那里甚么相厚，不过奉承他的官。官坏了，图他甚的”一语可谓道破小人趋炎附势之本质。唯利是从虽让人厌恶，但与有权时逢迎巴结，无权时加以陷害、落井下石的无耻行径相比，则显然是小巫见大巫了。

（丑）怎了，怎了。本当做得不像样，弄出来了。虽然都是听我这张嘴，我也不管他。只怕他下井拖人，又怕人论他的，少不得及我，正是干裙搭着湿裤。想个计策，先立在干地上便好。哦，有了。趁人未论我之时，倒先论他一本，便是好意在前，也说不得了。②

当权者与附势者之间是完全凭利益勾结在一起的，趋炎附势者之所以愿意趋炎附势，是为了获得最大程度上的利益。一旦切身利益受损，那么当权者面对的不再是逢迎巴结，而是无情地反咬与告发。

（小生）那夫人怪及老爷，定要丞相勾老爷的官。（中净）丞相爷怎么说，他是该有主意的，难道反听了夫人，勾我不成。（小生）丞相爷无可奈何，也只得改口说老爷不是。如今降老爷做潮阳典史了。（中净拍卓怒介）罢了，罢了。有这等事，气死我也。……哦，我有处。前日他叫我劾那赵汝愚的亲笔本稿，尚在这里。如今我左

① （明）吴炳：《情邮记》卷下，《古本戏曲丛刊三集》，文学古籍刊行社1957年影印本，第46、47页。

② 同上书，第47、48页。

右做官不成了，不免把他本稿拿将出来，也劾那韩侂胄。说当日要我劾赵汝愚，就升我苏州刺史；今日赵汝愚去位，就降我做潮阳典史。这等上他一本，看他做得丞相成做不成。如今就写起本来，明日就差人去上本。①

上二者的行为让人心寒，亦为人心之险恶而胆战心惊不已。在明清之际党争中，且无论小人为主的阉党，即便是负天下重望的东林党中也存在大量品行低劣、反复无常的小人，如阮大铖属阉党，但在阉党倒台时，却首先参奏阉党的祸国殃民行为；东林党的龚鼎孳、孙承泽之流也如此，既是明朝的大臣，又投降过农民起义军，还做清朝的高官，其品行之低劣实在让人难以想象。

3. 贪生怕死

明清之际属于乱世，国内农民起义如火如荼，边境上民族战争接连不断，按照封建伦理道德的要求，这正是忠君报国的大好时机。不过战争会夺走很多人的生命，面对死亡，明代官员们做不到视死如归，奋勇杀敌，马革裹尸还，相反他们胆小如鼠，贪生怕死，闻风逃窜。

（众）此间已是关口了，你看望风而逃，无一人敢来迎敌，中原的边将煞是没用也。

【闹樊楼】（净）你莫道中原边将全无用。他也会摇摇摆摆，案头高供。两颊天生勇，三寸娘胎种。一身居阃外，坐虎帐，乔妆翁仲。到当场，听风声，都活动。且一壁埋锅造饭，饱了再去。铁鼓声犹振，金刀血未干。（虚下）②

（小生唱名，外执笔点介）水营总兵钱有用。（末应，过堂介）（小生）陆营总兵武不消。（老旦过堂介）（小生）左营副将闻风怕。（丑过堂介）（小生）右营副将俞敌跑。（副净过堂介）（外）你们这

① （明）王异：《弄珠楼》下卷，《古本戏曲丛刊三集》，文学古籍刊行社 1957 年影印本，第 13、14 页。

② （明）路迪：《鸳鸯绦》卷上，《古本戏曲丛刊二集》，上海商务印书馆 1955 年影印本，第 20 页。

些将官，都不是我的旧人了。（众）将官们都是京营小校，因为助饷有功，不次升来的。（外）你们这样衰老，又且都是病躯，将来怎么样去杀贼？（众）不敢瞒老爷，将官们原是不曾杀过贼的。闻得人说，这边地方承平，武官好做，故此在兵部乞恩，补了这边的缺。原只说来坐镇雅俗的，不想一到地方，就多事起来。年纪原大了几岁，近来为忧国忧民，不觉愈加老迈了。如今求老爷题疏，请朝廷另选精壮的来代职，将官们情愿降级调用。①

这里武不消、俞敌跑分别是“武不晓”、“遇敌跑”的谐音表述，所以上述四个名字连起来就是钱有用、武不晓，闻风怕、遇敌跑，这真是对明末将领厚颜无耻、贪生怕死行径入骨三分的刻画与批判。道德败坏的官员们不但贪生怕死，更可恨的是他们不知羞耻，甘做无耻小人、民族的败类。

（净、丑吊场）老先，我见这些不降的，一个个砍下头来，好不怕人。如今与你降了他，又有官做，何等不妙。（净）虽然如此，后人笑骂哩。（丑）咳，这却也由他罢了。事虏今怀将印，忘君先树降旗。笑骂由他笑骂，好官还我为之。（评：丑净诨语直刺世情。）②

无耻小人之态跃然纸上。“后人取笑哩”一语并不是说这些败类还有羞愧之心，相反是为了反衬后面不以为耻，反安然自得的小人丑态，以加深剧作的批判力度。明代官员之品行如此，良可哀也。

4. 冒领功劳

战场上贪生怕死、不敢迎敌、闻风逃窜的明朝将领们在领功受赏时却一点也不含糊，假传捷报、冒领军功、将他人之功据为己有等丑恶行径对他们来说是司空见惯，毫不为异。

---

① （清）李渔：《风筝误》，《李渔全集》第四册，浙江古籍出版社 1992 年标点本，第 140 页。

② （明）周朝俊：《红梅记》卷下，《古本戏曲丛刊初集》，上海商务印书馆 1954 年影印本，第 17 页。

（末）老爷性命值钱，小的每性命也值钱。（副净）唗。狗才，你好不知分量。你不过一颗头，怎比得老爷那天灵盖。我对你说，老爷头戴乌纱，腰束狮蛮碧玉带。吃的是美酒肥羊，拥的是雏妻幼妾。手下现掌雄兵十万，故此性命值钱。你戴一顶藤盔，穿一套半联不络的衣甲。上阵时免不得是你们厮杀，论功时那到得你。日不食，夜不眠，万死一生，博得一名探子。这等性命，要他何用。……（二将钻出介）骇死人，骇死人。我两个还挣得动，真是当阳长板赵子龙，浑身是胆哩。（笑介）咦，有个番人首级在此，拾去报捷则个。①

上述材料中，明军将领之无耻已难以用言语来形容，含泪的笑的艺术效果被反讽的艺术手法展现得淋漓尽致。

（三）官盗互换

名教爱情剧在描写明末官场腐败时，有一点需要特别注意，就是官吏与强盗角色的相互转化现象，也即官吏在明清之际与盗贼没有太大的区别，官员表面上看是国家的统治者，负有治理天下、实现太平的责任，实际上却是强盗般掠夺下层百姓的罪魁祸首。

（末扮商人披发大声叫屈上）常言道：财与命相连。我死也，我死也。（郭）你是什么人，因何寻死？（末）二位相公，听在下一言告诉，

【前腔】恨杀大臣多敛。（郭）说来又是那奸相了。（末）俺祖宗三代贩卖官盐，本钱三万不曾掂，他用低银五百强来賺。公卿代有，谁是他们剧贪。钱财有数，他要一人尽兼，从来放利的人多憾。我这些本钱没有了，做什么人，一索子死在他家里去。（郭）痴人，钱财去了又来，人生一死不复再生了，且自宁耐。（众扮穷民啼哭上）不好了，不好了。饿死也是死，不如死在他家讨乘棺木。（郭、生止介）你们又是求死的，却是为何？（众）相公听禀，

① （明）路迪：《鸳鸯绦》卷上，《古本戏曲丛刊二集》，上海商务印书馆1955年影印本，第21、22页。

【前腔】提起奸回心险。（生、郭）莫非又是贾平章事了么？（众）便是。他驾公田一事，欲济私贪，千般计取未云兼，一网打尽方为厌。（生、郭）苦了你们哩。（众哭介）人离家破，什么黎民具瞻，天高听远。若个究情诉，詀死为饿鬼将他啗。①

贾似道为能享受奢侈糜烂的生活，强取豪夺，将大量下层百姓的财富掠夺了过来，结果使众多百姓倾家荡产，难以生存，只好自寻死路，以求解脱。贾似道的行为与强盗无甚区别，甚至连强盗也不如，强盗还敢公开承认自己的强盗身份，而贪官污吏却打着为国谋利的幌子，是十足的伪君子。

官吏可转化为强盗，强盗同样也可以转化为官吏。具体办法是：强盗在招安的旗号下，被朝廷安抚收编，这样就把原来所犯的罪行合法洗脱了，强盗本人也摇身一变，由奸险邪恶的罪犯变成衣冠楚楚的统治者。这样的情形，剧中的描写很多。如下面这几个例子：

自家乃鹿头关张朏部下一个头目皮哩孩的便是。自主帅亡故，一向散落湖湘，肆行剽掠。下通汉口，上达夔门，伙党不下万人，出没竟有千里。子女金珠，充斥水寨，大半都是些没仁义的赀财家属，就便受用他一受用，却也无妨。其余一切渔舟商舶，秋毫不扰。故此江湖上绰号俺做个海獭皮，凡是俺手下的都唤作獭皮军。所过去处，你看那些官兵，那里有半个敢来支架俺的。朝廷有事，倘若用俺时节，落得在藕花香里，春草湾中，听候招安，俺可也是个推班出色，极燥脾的强盗了。②

俺徐彪，本吴人也。吴中风俗轻薄，地多无赖，鱼肉良民。俺每路见不平，乘醉打死无徒，官司不分皂白，反要把俺问罪。因此招集亡命，掳掠船只，啸聚长江。喜得不数日间，入伙者便以万计。

① （明）周朝俊：《红梅记》卷下，《古本戏曲丛刊初集》，上海商务印书馆 1954 年影印本，第 12 页。

② （明）阮大铖：《春灯谜》卷上，《古本戏曲丛刊二集》，上海商务印书馆 1955 年影印本，第 11、12 页。

(作笑介)这不是俺目无王法,也只想朝廷日后招安,把俺当一个好汉看承便了。[①]

(末)这是回书一封,告你那贼头说知,世上只有瞎眼驴马,没有瞎眼朝廷,再不要妄想了,推下去。(众推卒跪下)

【掉角儿序】(末、丑)笑狂奴,将咱妄招。岂甘心,同伊为盗。等得着海晏河清,也思量璧完归赵。想当初梁山泊宋功曹,全忠孝,替天行道,暂时落草,难忘圣朝。几时得招安归顺,大家欢笑。[②]

尽管剧中的强盗以劫富济贫、行侠仗义为标榜,也确实做过劫富济贫的义行,但在实际行动中,受害者多是贫穷的下层百姓。

剧中盗贼转为官吏的现象与明末农民大起义有着密切的关系。农民大起义爆发后,明朝在内忧外患下,对武装镇压农民起义有些力不从心,于是采纳杨嗣昌等人的建议用安抚的办法来遏制、消灭农民起义的燎原之势。许多政治投机分子为了做官,假借农民起义的旗号,进行政治投机活动,如高杰、李际遇等就通过朝廷的招安成为镇压农民起义的刽子手,所以在当时就有"欲得官,杀人放火受招安"的说法。对此现象,王夫之曾在《读通鉴论》中借南宋的谚语给予严厉的批评:"胥吾民也,小不忍于守令之不若,称兵以抗君父,又从而抚之,胜则自帝自王而唯其意,败则卑词荐贿而且冒爵赏之加,一胜一败,皆有余地以自居,而不失其尊富,桀猾者何所忌而不盗也?南宋之谚曰:'欲得官,杀人放火受招安。'且逆计他日之官爵而冒以逞,劝之盗而孰能弗盗邪?"[③]

当然,明清之际官匪一体现象的出现有着更深层次的原因,其关键在于功名利禄,直白地说就是金钱的魔力在作祟。明清之际,官吏早已把忠君爱国、济世安民的假面纱撕了下来,公开宣扬做官为钱的庸俗观点。

---

① (清)曹岩:《风前月下填词》卷上,《古本戏曲丛刊五集》,上海古籍出版社 1986 年影印本,第 15 页。

② (清)吕履恒:《洛神庙》卷下,《古本戏曲丛刊五集》,上海古籍出版社 1986 年影印本,第 8、9 页。

③ (清)王夫之:《读通鉴论》卷八,中华书局 2013 年标点本,第 212、213 页。

(净向中净介)钱盟翁荣任，亦获大利否?(中净)钱老师也不赚甚大钱，日得不上百金而已。(净)钱盟翁时运不济，这样穷官不如不做。(生)日得百金，也就不穷了。(净、中净笑介)真书生之言，不知做官赚钱之事。且请酒。(合)相逢好，倾盖知，满饮休辞醉。(生笑介)学生果不知赚钱之事。(净)夫钱乃人之威风，无之则人不畏惧。所以古人云为贫而仕，教人急急谋利，做个财主。若仕不谋利，将何以势临乡党。(生笑介)原来如此。然富贵不加乡党，又作何解?(净想介)此乃世人戏言。(生)世人如何作此戏言?(中净)此亦非戏言，以为富贵之人，不与乡党贫贱为伍，故云不加乡党。(净喜介)此真妙解。(净、中净)

【妆台望乡】定尊卑，只是有钱为大，你莫相疑。①

既然做官的最终目的是为钱，于是金钱就成为官匪转化的关键。

(中净)多谢。(握手行介)

【对玉环】前导旗飘，昂昂气势高。不惮折腰，笑他彭泽陶。官夫出尽劳，私囊无数挑。为吏为官，无非为这着。为子为孙，无非贪这着。……(中净执事杠箱开锣上)

【对玉环】前导旗飘，昂昂气势高。(丑众出喊杀、众跪介)(丑)咦，你这赃胚，好威风。看你前导旗飘，昂昂气势高。到如今，不惮折腰，怎及他彭泽陶。(众求介)(丑)你看官夫出尽劳，私囊无数挑。把这些东西留下，饶你们去罢。(中净)这是断断使不得的。(丑)哎，你为吏为官，无非为这着。俺为盗为强，无非贪这着。(赶杀众下)(丑笑介)

【清江引】你乌纱的妙处吾皆晓，富使穷官暴。惟知在己欢，怎管于民虐。再不想，又撞咱这般样心性恶。②

---

① (清)李应桂:《梅花诗》上卷，《古本戏曲丛刊五集》，上海古籍出版社1986年影印本，第32、33页。

② 同上书，第27、28页。

"你为吏为官，无非为这着。俺为盗为强，无非贪这着"，这里的"这着"指金钱，为官为吏、为强为盗都是为"这着"，故而以金钱为中介，官匪完成了转化过程。

二　光怪陆离之特殊人群

名教爱情剧在对明清之际的国家大事、官场腐败等进行描写的同时，也将目光落在一般的社会生活上，于是当日社会的广阔生活画卷也在一定程度上得到展现，并对剧情的开展起了不小的推进作用，值得我们关注与研究。

（一）清客篾片

对明清之际的富贵人士来说，附庸风雅已成为他们生活中不可缺少的一部分。附庸风雅的具体方式很多，包括吟诗作赋、古董字画的鉴赏收藏、唱戏游玩，风花雪月等。为迎合富贵人士的口味，社会相应地出现许多带有文人雅士风格的文化现象及为适应这些文化现象而出现的特殊人群，这类特殊的人群就是清客篾片。清客篾片在特定文化现象的中介作用下与富贵人士的日常生活融在一起，富贵人士依赖清客篾片满足日常的精神需求，清客篾片通过富贵人士来获取生活资料，二者各取所需，相互依存，如著名戏曲家李渔就经常游走于富贵之门，靠自己的戏曲才华来获得富贵人士的欣赏，并以此求取生活来源。

在明清之际，清客篾片已成为一种特殊的社会职业，不过这个职业不是人人都能胜任的，得具备一定的条件，条件之一是必须精通一定的技艺，当然不同的清客篾片具备的技艺是不一样的。对于技艺的具体要求，剧中做了一些描写与解释。

【秋夜月】（净扮清客笑上）撮顶巾，鞋袜真干净。葛布直身，忒厮称。提琴箫管谁堪并，篾片中趣品，伎艺中绝品。（笑介）（白作苏话）不出家时不在家，也无恒业作生涯。十个指头一张嘴，一生穿吃不愁他。自家郁满的便是。自幼最喜音律，长成靠此营生。如今虎丘石上，看看得数那些在行的人，颇颇闻名，年来生意竟不得空。今日六月念四，该是荷花荡的胜会，那阊门傅家的呆女婿说请他令岳，就要我请几位去赛伎艺。那小封虽是滞货，但是荷花荡中老孛相，有那个不来，必竟要寻几个紧合的对手去，方没败笔。[①]

从郁满的自报家门中，我们可以看到，清客篾片应具备的一项重要技能是精通音律，这与中国士大夫文化传统有关。在中国士大夫文化传统中，丝竹陶写不仅是文人雅士的爱好，也是文采风流的必备条件之一。另外，在明代，戏曲已成为最受欢迎的舞台艺术，戏曲欣赏是富贵人家不可缺少的生活组成部分。上述因素结合起来，必然要求清客应具备一定的音律知识，否则很难与富贵人家、文人雅士们进行交流。除音律外，清客篾片应具备的条件还包括以下几个方面：

我做帮闲胜别人，豪门贵户多能进。酒量可吞十数觔，嗏，诗画两般鳅打浑。（白）区区姓卜名通，出身原是画工。近来学会子几套曲子，又浑在清客行中。更兼还会串戏，亦会看看古董。说笑话是我个余技，陪小酒酒量宽洪。如此多般技艺，只落得百会百穷。[②]

通过卜通的陈述，可知书画鉴赏、古董收藏、戏曲表演、饮酒戏谑等都是清客篾片所应具备的技能，所以说，没有一定的本领，在明清之际是不能胜任清客篾片工作的。没有一技之长还想做清客篾片的人，在当日是被其他在行清客所嘲笑和排挤的。

政是蛇蜢干跳跌折腿，蜒蚰不动自然肥。我秋汉卿为何道此二句，我流落吴门已经二十余载，每日东戳西趁，学妆清客。但是除了吃酒吃肉，那伎艺行中，一些不晓。且是这些苏州人在行，尖酸的大多，那里轮得我着。[③]

---

① （明）马佶人：《荷花荡》卷上，《古本戏曲丛刊二集》，上海商务印书馆 1955 年影印本，第 18 页。

② （清）周坦纶：《玉鸳鸯》首卷，《古本戏曲丛刊三集》，文学古籍刊行社 1957 年影印本，第 10 页。

③ （明）马佶人：《荷花荡》卷上，《古本戏曲丛刊二集》，上海商务印书馆 1955 年影印本，第 12 页。

秋汉卿因在技艺上一窍不通而被苏州的同行予以尖酸无情的嘲讽，故而流落吴门二十年，只混了个勉强能吃饱饭的结局，至于荣华富贵，对他来说不过是一场春秋大梦而已。

由于清客篾片是为求取生活来源而依附于富贵人家的，因此他们对物资金钱的追求比较急切。在逐利的人生目标下，清客篾片的人品整体比较低下，就实际情况来看，趋炎附势、狐假虎威、坑蒙拐骗等不好的品性在他们身上表现得比较突出。如下面这个例子就对清客篾片的人品做了个较为全面的交代：

【雁儿舞】（丑）浪走闲游，寻朋觅友。赌博头名，帮闲魁首。一身饱暖过春秋，省得到人家人家去伸手。小子叫名柳沃若，算计人头没一个错。任他悭吝用钱的，只用开山斧头凿。一年三百六十朝，朝有但向花街度。不是帮人去打丁，便是跟人去赌博。惟贪自己饱和暖，那顾他人没结束。无钱若是要寻咱，闭门便作乌龟缩。打听得囊中略有些，伸头探颈如仙鹤。胸中惟有毒蛇心，面皮却似毛笋壳。带着逍遥一顶巾，假作斯文一饱学。曾无墨水流出来，囊着无非臭糟粕。曾哄纯阳恋牡丹，卖□葫芦一腔药。又哄元和讨亚仙，沿街去打莲花落。解帮闲还是□□人包，空头也不叫十分恶。若论吾家手段高，三十三天起楼阁。只是如今命运，只囊得一身仍落魄。但是财去财来也不空，只是强如做掏摸。①

柳沃若的话虽然只是对自身品行的描述，但也在很大程度上对清客篾片的基本道德修养做了说明。通过他的自我陈述可知，自私自利，追求个人享受是一个特点；趋炎附势，热衷荣华富贵也是一个特点；反复无常，假装斯文是第三个特点；最后一个特点是坑蒙拐骗。这些特点在其他清客篾片身上也可以找到。

【双劝酒】（丑）儒冠小人，礼卑曲逊，目不识丁，全凭谗佞。

---

① （明）史磐：《鹣钗记》上卷，《古本戏曲丛刊三集》，文学古籍刊行社1957年影印本，第4、5页。

若论我生平所性，无非篾骗为尊。自家柏子正便是，今日羊兄邀我吃酒，一路行来不觉到了。有人么?①

柏子正的话是对清客篾片坑蒙拐骗特点的再次阐述，而钱丧楼的行为则是对反复无常、趋炎附势品行的再次说明。

（丑作门缝偷张惊介）呀，世上有这样标致女子。（思介）分明有些认得他。（作惊介）是了，一发是汪官人定下那个女子。如今汪官人左右不在这里，死生未知何如。乘此离乱之时，不免将这小姐抢去，献与齐老爷为妾，以图目前富贵，何不是好，说得有理。②

柏子正与钱丧楼的人品虽然低劣，但还不算无耻之极。个别清客篾片为求富贵，将做人的基本廉耻都不要了，出妻献子而面无愧色。

（丑）正是，没酒没浆，做甚道场。我去沽一壶来，娘子陪大相公坐着。（小旦）只是不当稳便。（丑）大相公是何人，不必避嫌。（净）管兄，我就要行了，如何扰你，不必多事。（丑）没甚孝顺，一壶淡酒而已。（背云）桑呆极是好色，我妻上官氏颇有几分。不免以沽酒为名，卖个破绽，待他两个缠上了，起他一主大钱，这到是长生香火。正是得放手时须放手，得高歌处且高歌。（下）③

管贤士为要挟桑呆，获得大笔钱财，心甘情愿地将妻子贡献出来与之通奸。在中国古代，妻子犯奸是对男子人格尊严的最大侮辱之一，但管贤士却不以为然，真是廉耻尽丧，禽兽不如。

---

① （清）采芝客：《鸳鸯梦》卷上，《古本戏曲丛刊三集》，文学古籍刊行社 1957 年影印本，第 17 页。

② （清）王鑨：《秋虎丘》卷下，《古本戏曲丛刊三集》，文学古籍刊行社 1957 年影印本，第 30 页。

③ （明）西湖居士：《灵犀锦》卷上，《古本戏曲丛刊二集》，上海商务印书馆 1955 年影印本，第 13、14 页。

（二）家奴

蓄家奴是中国封建社会富贵人家的正常现象，但明代的家奴与其他朝代比有些不同，它与科举制度密切联系在一起。在明代，一旦获得科举功名，就可以享受免除赋税的特权，于是奸猾刁民为逃避国家的赋税徭役，就将家产甚至本身都按照契约的方式投靠在拥有科举功名之人的名下，从而成为他们的奴仆。投靠关系确立后，投靠者的家产归主人所有并由主人加以支配，而奴仆则可以凭借主人的身份、打着主人的旗号去获得一定的利益。此外，主人还要用自己的社会地位保障奴仆及其家人的利益不受其他人的损害。二者相互利用，在社会上具有很大的势力，明代江南地区的许多富贵之家的奴仆可达一两千人之多，“他们一般老百姓倾家败产来投靠干什么？这不是士大夫阶级可以护庇他们，可以不交钱粮，可以为虎作伥吗？所以富人愈富，贫人愈贫，当奴仆的人越发多了”①。

明代家奴制度与戏曲的关系很密切。我们知道，明代后期，许多达官贵人家中都有家班，而供养家班所需的大量钱财中，很大一部分由前来投靠的奴仆所承担。“因之，读书的人只要得了科第，自然有人来投靠，这是怎样痛快的事情。所以一般士大夫阶级的人们，不但家奴数百，并且家畜歌僮。在明代的士大夫的家里，时常养了一班歌僮在那里征歌逐曲。焦循的《剧说》里说：‘嘉、隆间松江何元朗畜家僮习唱，一时优伶俱避舍。’这是在明代司空见惯的事情。”②

伴随着家奴势力的不断膨胀，许多达官贵人家的奴仆开始在社会上横行不法，他们凭借主人的权势，勾结地方上的流氓地痞，欺压良善，招摇撞骗，无恶不作，个别奴仆甚至武断乡曲，把持官府，真可谓嚣张至极。

> （副净上）钦承恩相命，特地叩儒门。我一路问来，此间闻说是温秀才寓所，不免径入。（见介）（副净作放肆介）（小生请副净上坐介）（小生）客官何来？（副净）学生奉丞相令狐爷之命，来见足

---

① 谢国桢：《明清之际党社运动考》，上海书店出版社2004年版，第180页。

② 同上书，第181、182页。

下。(小生)你是他家甚么人?(副净)府中第一位管家。(小生)既是管家，那有这般称谓，也没有你坐处。(副净)随他一应官长衙门，都有我坐处。(小生)偏我温官人跟前，不许小人放肆。(推副净起介)①

"随他一应官长衙门，都有我坐处"正是豪奴把持官府的具体表现，因为管家是奴仆的身份，完全没有资格在官府中与一应官长平起平坐。其实明代许多权臣家的豪奴的嚣张气焰真是让人难以容忍，"分宜相在位，权势薰灼，中外累胁。家僮永年用事，公卿与之抗礼，号为雀山先生。得与雀山先生一游者，自谓荣幸，方镇牧守以下，不得与永年游，一见苍头下走，无不折节。一日，有士人候门，久不得见，因求空地溲溺，一僮儿见之，即提其耳大诟，其人逊谢求解，识者走视之，则一寺卿也。又一监司求见胄子东楼世蕃者，彷徨移时，一苍头方坐便房令人理发，监司求为一通，苍头不应，监司以十金奉之，苍头即掷于镊工，以示不屑，其人骇惧，谋之相知，益金若干以进，苍头方首肯，令得一见"②，此为嘉靖时期，奸臣严嵩家中奴仆的无礼状况。"近有作《五七九传》者，盖皆指今上首揆江陵、吴县、太仓三相公用事奴也。七为游七，名守礼，署号曰楚滨。当江陵相国柄国时，颇能作威福，亦曾入赀为幕职，至冠进贤，与士大夫往来宴会。其后与徐爵同论斩。爵死已久，闻七尚至今在狱。当其盛时，无耻者自屈节交之耳"③，此为万历权臣张居正家奴的横蛮之状。再如下面这个例子:

(副净扮蒯长班新衣凸肚上)咱家京师生长，姓蒯大号思峰。长班积祖旧业，跟随相府新充。引轿直呼省掖，骑驴横撞衚衕。身材颇称魁伟，应答更会玲珑。幸叨太师爷聒目，便是咱半世运通。进朝退朝，都是咱承值;府内府外，都是咱巡风。送的金杯彩币，委

---

① (明)叶宪祖:《鸾鎞记》上，《古本戏曲丛刊二集》，上海商务印书馆1955年影印本，第24页。

② (明)于慎行:《谷山笔麈》卷之四，《寓圃杂记·谷山笔麈》，中华书局1984年标点本，第37页。

③ (明)沈德符:《万历野获编》卷九，中华书局1959年标点本，第239页。

咱挂号；投的书帖禀启，要咱拆封。新制狐裘貂领，妆成凸肚高胸。街南街北，白嚼茶坊酒馆；年头年尾，听差妓女歌童。开字号、开当铺客商，见咱唱诺；来选官、来补任的缙绅，求咱先容。大礼十张宝钞，小包五贯青铜。可笑名人墨客，字绫诗扇抽丰。或写思峰吟长，或称思老词宗。（笑介）说来果然威势，只要铁铸一个千年不死的恩东。①

权贵家中的豪奴势力很大，许多文人学士都与之交往，诗词唱和，如“严分宜之仆永年，号曰‘鹤坡’。张江陵之仆游守礼，号曰‘楚滨’。不但招权纳贿，而朝中多赠之诗文，俨然与缙绅为宾主”②，这则材料即为当日情形之真实反映。此外，由于明清之际属于乱世，因此有的奴仆甚至连主人都欺负，如著名文学家、复社领袖张溥是妾所生的庶子，因此其伯父张辅之的奴仆陈鹏、过崐就侮辱讽刺他。还有许多家奴借机陷害主人，如著名思想家、学者顾炎武就曾被家奴陷害过。

家奴确实是明清之际的一大社会怪象，对社会经济、治安等都具有巨大的危害，因而为剧作家所关注并在剧作中反映了出来。

（三）媒婆

中国古代的媒人大致可以分为私媒与官媒两种。私媒是男方向女方求亲时自己委托的亲戚朋友等，官媒是国家承认的专门负责男女婚姻的中介人员。官媒与男女双方没有交集，只是代表官方作媒证，因此在说媒时就不很替男女双方考虑。另外，官媒在做媒时要收一定的劳务费用：媒钱。媒钱是官媒的收入来源，所以他们在说媒时就经常为促成男女婚约而出现说谎欺骗的行为，这种不负责任的行为是造成中国古代妇女悲剧命运的重要原因之一。名教爱情剧以男女婚姻为明显特征，又秉承名教的规范要求，所以媒人的身影在剧中并不少见。由此，以做媒为营生的官媒的不负责任表现就呈现在我们的面前。

---

① （清）程瀛鹤：《蟾宫操》上卷，《古本戏曲丛刊五集》，上海古籍出版社 1986 年影印本，第 31、32 页。

② （清）顾炎武：《日知录》卷十三，上海古籍出版社 2012 年标点本，第 553 页。

(末) 不是小人怠玩。凡到扬州城内娶妾的，来来往往，万万千千，少甚么豪门贵客，公子王孙。小人靠老爷福分充个官媒，吃的也是他，着的也是他，那一日不成就几头好事，那一头不使他几贯花钱。偏有这差官说得古怪，容貌之美所不必言，又要技能，兼通文墨。老爷下车数载，深知民情。此间小户人家不过养几个瘦马，刮洗装饰，哄着四方游客。富贵子弟，带眼一瞧，意头觉有些俊俏，容貌觉有些标致，便道是云端仙子，月里嫦娥。小人们做媒的，一分就形容他十分，只有说合，那有说开。头上脚下，凡有些不伶俐的所在，遮遮掩掩，还不许他看个一二分，那有面试甚么技能文墨的。就说是会些技能，弦响便是琴，下子便是棋了。若说通着文墨，难道真是考试官考他七篇不成。不过是个名色影势，事成之后，你东我西，一手交钱，一手交货，只索罢了。如今定要实实笔试，件件完全，就打死小人，也变不出个好的。①

这则材料反映的就是官媒在为别人买妾说媒时不负责任的态度。材料中的“养瘦马”是明清时期扬州地区买妾行为中的一种特定称呼，“扬州人养处女卖人作妾，俗谓之养瘦马，其义不详”②。

对买妾时媒人随意撒谎的不负责任行为，沈德符在《万历野获编》中也有记载：“今人买妾大抵广陵居多，或有嫌其为瘦马，余深非之。妇人以色为命，此李文饶至言。世间粉黛，那有阀阅。扬州殊色本少，但彼中以为恒业。即仕宦豪门，必蓄数人，以博厚糈，多者或至数十人。自幼演习进退坐立之节，即应对步趋亦有次第。且教以自安卑贱，曲事主母，以故大家妒妇，亦有严于他方，宽于扬产者。士人益安之。予久游其地，见鼓吹花舆而出邗关者，日夜不绝。更有贵显过客，寻觅母家眷属，悲喜诸状，时时有之。又见购妾者多以技艺见收，则大谬不然。如能琴者不过颜回或梅花一段；能画者不过兰竹数枝；能奕者不过起局数着；能歌者不过玉抱肚、集贤宾一二调。面试之后，至再至三，即立

① （明）吴炳：《情邮记》卷上，《古本戏曲丛刊三集》，文学古籍刊行社 1957 年影印本，第 8、9 页。

② （清）赵翼：《陔余丛考》卷三十八，上海古籍出版社 2011 年标点本，第 770 页。

窘矣。又能书者更可哂，若仕客则写吏部尚书大学士，孝廉则书第一甲第一名，儒者则书解元会元等字，便相诧异，以为奇绝，亟纳聘不复他疑。到家使之操笔，则此数字之外，不辨波画。盖貌不甚扬，始令习他艺以速售。耳食之徒，骤见未免叹羡，具法眼者必自能辨。”①

因为男子买妾的行为是不合理的，所以媒人说谎欺骗的行为也不算什么大的罪过。然正常的男女婚姻是人生一辈子的大事，与男女双方的幸福密切相关，因此媒人说媒时应真实地向男女双方反映对方的情况，但很多时候，媒人还是不负责任地随意说谎，男女的幸福全没有放在他们的心上。

> 看我这表人物呵，虽然不及西子，却也像个婵娟。一张大口，两个空拳，不论好歹，只要挣钱。撺掇男婚女嫁，全凭巧语花言。女儿只要像个人形，我就说他赛过天仙。看来手爪不会一些，偏夸针凿各样十全。若是打爷骂娘的忿赖，倒说诸亲百眷称贤。有等好吃懒做的东西，好个勤谨俭省的姻缘。凭他耳朵硬似铁，说的骨头软如绵。就是单会走路，也要骗他上船。②

由上可见，明清之际的男女婚姻中，媒人不负责任的现象是极其严重的，如此缔结的婚姻又怎能使男女双方都达到满意的程度，而这也许就是名教爱情剧必须以才子佳人为婚配原则、男女双方缔结盟约时一定要亲自验证的重要原因之一了。

（四）男风

名教爱情剧中最为特殊的一种社会风气就是男风，又名“断袖之癖”、“龙阳之好”。对此，明清之际的剧作中多有描写，名教爱情剧中也不少，又以创作于明代最后时期的作品为多。

> （丑上）刚才医士去，又是相公呼。有甚分付？（生）你去请白

① （明）沈德符：《万历野获编》卷二十三，中华书局1959年标点本，第597、598页。

② （清）王鑨：《秋虎丘》卷上，《古本戏曲丛刊三集》，文学古籍刊行社1957年影印本，第38、39页。

相公明日早来一会。（丑）今日晚了，明日去罢。（生）你就在他家歇了，好要他早来。（丑）这些读书人，最要背后寻事。我在那里歇了，到是主上门买卖了。（生）哇。快走。（丑下）①

（小丑上）韭菜裹馍馍，齐头共十样。小客官，请吃点心。（外）你如今要称他大官人了。（小丑）什么戏文。（外）我只为无子，承继他为螟蛉，改名唤做杨继宗了。（小丑）这个阿爹，我在这里帮了几年，倒不承继我为儿子，一个面生小官走来就承继了。嘎，我晓得，我晓得。（外）这狗才，你晓得什么。（小丑）明明是你见他生得标致，要做雄阿婆哩。（外踢介）狗才这样放肆。②

（唤介）秋芹那里？（丑应科）来了。半夜三更呼唤，有何分付，想是要那话儿哩。（见科）老爷，叫秋芹有何事，想是动了高兴了。（生）哇，胡说。你明早天明了，到山塘上，寻着钱相公，问他那里有官媒婆，唤一个过来，不可迟误，我重重赏你。③

男风在中国古代很早就有，不过在明清之际却呈现出泛滥的趋势，以至于明清之际的许多史料都对此予以记载。如以下几条史料：

张魁，字修我。吴郡人。少美姿首，与徐公子有断袖之好。公子官南都府佐，魁来访之，阍者拒。口出亵语，且诟厉。公子闻而扑之，然卒留之署中，欢好无间。④

马士英筮仕南京户部主事，书佐赵体元，或云“断袖之嬖，历任不弃”。从军凤阳，冒功系衔，犹皂帽青衣，给役如故。及入相，体元累都督同知，趋走如舆台。朔望蟒服玉见，仍侍侧。阅奏章，云某某当若何，间从之。用兵部印，直任体元，不亲视也，威柄几

① （明）单本：《五闹蕉帕记》卷上，《古本戏曲丛刊二集》，上海商务印书馆 1955 年影印本，第 15 页。

② （明）许恒：《二奇缘》卷下，《古本戏曲丛刊三集》，文学古籍刊行社 1957 年影印本，第 14 页。

③ （清）王鑨：《秋虎丘》卷上，《古本戏曲丛刊三集》，文学古籍刊行社 1957 年影印本，第 37 页。

④ （清）余怀：《板桥杂记》，《余怀全集》，上海古籍出版社 2011 年标点本，第 429 页。

等贵阳。[1]

> 蜀人张岱，陶庵其号也。少为纨绔子弟，极爱繁华，好精舍，好美婢，好娈童，好鲜衣，好美食，好骏马，好华灯，好烟火，好梨园，好鼓吹，好古董，好花鸟，兼以茶淫橘虐，书蠹诗魔。劳碌半生，皆成梦幻，年至五十，国破家亡，避迹山居。[2]

明代男风现象大量出现的原因很复杂。早在万历时期，沈德符就对此现象出现的原因进行过分析："宇内男色有出于不得已者数家，按院之身辞闺阁，阇黎之律禁奸通，塾师之客羁馆舍，皆系托物比兴，见景生情，理势所不免。又罪囚久系狴犴，稍给朝夕者，必求一人作偶。亦有同类为之讲好，送入监房，与偕卧起。其有他淫者，致相殴讦告，提牢官亦有分剖曲直。尝见西署郎吏谈之甚详，但不知外方狱中亦有此风否？又西北戍卒，贫无夜合之资，每于队伍中自相配合。其老而无匹者，往往以两足凹代之，孤苦无聊，计遂出此。正与佛经中所云五处行淫者相符，虽可笑亦可悯矣。至于习尚成俗，如京中小唱、闽中契弟之外，则得志士人致娈童为厮役，钟情年少狎丽竖若友昆，盛于江南而渐染于中原。至今金陵坊曲有时名者，竞以此道博游婿爱宠，女伴中相夸相谑，以为佳事。独北妓尚有不深嗜者。"[3]

就名教爱情剧的男风现象而言，显然属于沈德符所说的"得志士人致娈童为厮役，钟情年少狎丽竖若友昆"这一种。它的出现既与封建统治阶级自身的腐化堕落有关，也与明代末年出现的资本主义萌芽有脱不开的关系。中国资本主义萌芽聚集的大量物质财富并没能用来发展资本主义，而是在明代末年的腐化堕落中被消耗掉了。在腐化堕落中，本就存在的男风因受到资本主义萌芽的刺激而大量出现，并成为当日社会的突出现象。由于儒家文化推崇男女婚姻，所以对男风完全持反对态度。名教爱情剧以恪守儒家名教为特点，所以剧中几乎所有的男风现象都是

---

① （清）谈迁：《枣林杂俎》仁集，中华书局2006年标点本，第124页。

② （明）张岱：《嫏嬛文集》卷五，《张岱诗文集》，上海古籍出版社2014年标点本，第373页。

③ （明）沈德符：《万历野获编》卷二十四，中华书局1959年标点本，第622页。

被批判的，而剧作对好男风的人也完全持嘲笑讽刺的态度。

社会世俗风气描写在剧中所起的作用与重大政治事件很不相同。它们或与重大政治事件结合起来对戏曲情节的发展、人物形象的塑造起辅助作用，如剧中男女的悲欢离合常因一些意外而形成，而清客篾片、家奴等小人的拨弄往往是导致这种意外形成的重要因素，个别小人的拨弄在推动剧情发展上甚至独立性很强；或在剧中起调节戏剧效果的作用，如媒婆、男风，它们对戏曲情节的发展及人物形象的塑造没有太大的作用，主要是为了增加戏曲的调笑成分，以增强戏曲的欣赏效果。不过要注意的是，剧中许多调笑过于低俗，而这是需要反对与批评的。

明代中后期及清代初年的政治事件、明清之际的社会世俗风情画卷描写是名教爱情剧中最具现实意义的部分，也是最有价值的部分之一，它不但向我们展示了明清之际广阔的社会面貌，也深刻揭露了当日社会的诸多弊端。尽管在反映的深度上还有许多不足之处，其立场也存在许多问题，但总的来说还是有很大价值的，值得我们研究与思考。

第 九 章

时代文学风气与名教爱情剧

文学是时代的反映，受时代风气影响，同时代各文学形式在创作原则、艺术风格、审美取向等方面必然会有许多共同之处。但对中国古代文学来说，诗文占据主导地位，尽管戏曲在元明清时期非常兴盛，在文学批评中却处于弱势地位；不仅如此，中国古代戏曲与诗文之间的联系并不紧密，与诗文相关的文学批评对戏曲的影响也不大。由于上述情况的存在，我们在利用时代文学风气分析戏曲作品时需要以谨慎的态度来进行。

第一节　诗文与戏曲关联之条件

明代诗文与戏曲间确实存在一定的联系。郭绍虞先生在《中国文学批评史》中，曾对明代诗文批评的总体特征有过精确的论述，他认为以偏取胜、常走极端是明代不同诗文流派文学批评所共有的、最突出的特征，明代文学史是文人分门立户标榜攻击的历史，“正因其易成风气，所以转目成陈，也容易使人增其厌恶。方其初起，未尝不足以矫正时弊，一新耳目；殆门户既立，依傍既多，其流弊或转甚于前。此起彼仆，徒增文坛的纠纷而已，然而文学批评中偏胜的理论，极端的主张，却因此而盛极一时”①。

不仅是诗文，戏曲领域的理论主张也如此。明代中后期，戏曲界的理论主张大致可分为两大派，以沈璟为代表的“吴江派”严守戏曲的音

① 郭绍虞：《中国文学批评史》下册，商务印书馆 2010 年版，第 8、9 页。

韵格律规范，应该算是趋古的一派，以汤显祖为代表的“临川派”打破格律规范的束缚，推崇作者个性、才情在创作中的作用，因此可以算作趋新派。两派在理论主张上存在明显的偏胜、极端倾向，沈璟对戏曲格律的要求近于苛刻，而汤显祖对文采、才情的推崇也未免意气用事，“乃光禄尝曰：‘宁律协而词不工，读之不成句，而讴之始协，是为曲中之巧。’奉常闻而非之，曰：‘彼乌知曲意哉！予意所至，不妨拗折天下人嗓子’”①。

需注意的是，诗文领域的新旧两派斗争最为激烈的时候，也正是戏曲领域“汤沈之争”出现的时候。诗文中的新派代表是以三袁为核心的“公安派”，而三袁与汤显祖、沈璟基本上处于同一时代。还有，当诗文领域的新旧斗争达到白热化状态时，折衷调和的态度就出现了，其代表人物为三袁中最年幼的袁中道及焦竑；同样，戏曲界的调和者也随之出现，吕天成的“双美说”正是这种调和的结果。由此可见，戏曲、诗文的文学批评在时代风气影响下出现许多共同特征是不争的客观事实。

最能证明戏曲与诗文存在关系的客观事实为：凡是诗文中的趋新派，大多是对戏曲感兴趣的人，如李贽、袁宏道，或者本身就是戏曲家，如徐渭、汤显祖。而且徐渭、汤显祖等人的诗文观点对公安派有着不可忽视的影响，是公安派文学主张的先驱，“‘公安派’的主张之所由形成，不外几方面：一是思想界的关系，以李贽、焦竑的影响为最巨；二是戏曲家的关系，又以徐渭、汤显祖的影响为最深；三是诗人的关系，则于慎行、公鼐诸人的言论也不能没有一些影响”②，“在明代的文学与文学批评，有学古与趋新二种潮流，而中郎便是代表着新的潮流的人物。此新的潮流之形成由二种力量：自文学上的关系言，为戏曲、小说之发达；自思想上的关系言，为左派王学之产生。前者可于中郎之倾倒于徐文长见之，后者可于中郎之倾倒于李卓吾见之”③。所以明代戏曲与诗文创作有相当的关系也是不可否认的事实。

名教爱情剧产生于文学批评发生重大变化的明清之际，它的出现应

---

① （明）吕天成著，吴书荫校注：《曲品校注》卷上，中华书局2006年标点本，第37页。

② 郭绍虞：《中国文学批评史》下册，商务印书馆2010年版，第254页。

③ 同上书，第275、276页。

与明清之际的时代文学风气密切相关，这个说法并非是空穴来风，其事实依据主要表现在以下三个方面。

一　诗曲同源观念

众所周知，在中国古代，戏曲的地位是不能与诗歌相提并论的。诗属于正统的雅文学范畴，高居庙堂之上，戏曲属于小说家言，不登大雅之堂，许多作家整理文集时，戏曲作品不在收录范围之内，至于官方对待戏曲的态度，与个人比更是严格。尽管元代的戏曲理论家对诗词曲间的关系已进行了讨论，但并没有被社会普遍接受，而到明清之际，诗曲同源的说法已为众多的戏曲家及戏曲理论家、诗人及诗歌理论家所认可。

> 词曲非小道也，溯所繇来，《赓歌》《五子》实为鼻祖。渐变而之《三百》，之《骚》《辩》，之《河西》，之《十九首》，之《郊祀》《铙歌》诸曲，又变而之唐之近体、《竹枝》《杨枝》《清平》诸词。夫凡此，犹诗也。而业已曰曲、曰词矣。于是又变而之宋之填词，元之剧曲。至于今，而掺觚之士，举汉魏以降，胜国以往诸歌诗词曲之可以被弦索者，而总谓之曰乐府。盖诚有见于上下数千年间，同一人物，同一性情，同一音声。而其变也，调变而体不变，体变而意未始变也。而世有訾词曲为《风》《雅》罪人，闻曼声而掩耳，望俳场而却步者，吁，可悲已。①
>
> 原夫《风》《雅》一变而《离骚》，再变而赋，三变而乐府、古诗，四变而近体，五变而诗余，六变而传奇。忠孝节义，乱贼谗谄，拟诸其形容。孟子曰："今之乐，犹古之乐也。"三百篇之中，不无变风、变雅，天不满西北，地不满东南，君子必有所取尔矣。②

在探讨诗曲关系时，戏曲家及戏曲理论家认为，戏曲与《诗》《骚》

① （明）敬一子：《鸳鸯绦记叙》，《鸳鸯绦》，《古本戏曲丛刊二集》，上海商务印书馆1955年影印本，第1、2页。

② （清）易道人：《洛神庙序》，《洛神庙》，《古本戏曲丛刊五集》，上海古籍出版社1986年影印本，第6页。

等存在同源异形的关系。他们认为中国诗歌起源于远古歌谣，经过夏商周三代的演变，最终形成《诗经》与《楚辞》两大系统，《诗》《骚》是中国古典诗歌真正的源头。《诗》《骚》经过发展，在两汉时期形成五七言的汉乐府与完全成熟的五言诗，到唐代演变成近体诗与词，最后在元代演变为剧曲。可见，在文学存在发展变化的观念下，戏曲理论家认为诗歌与戏曲皆从《诗》《骚》而来。二者不仅源头相同，而且本质特点也相同，所不同者只是外在的形式而已。戏曲界的上述观点，明清之际的著名诗人及理论家也予以认可。

> 唐末有长短句，宋有词，金有北曲，元有南曲，今则有北人之小曲，南人之吴歌，皆乐府之余也。①

这里的北曲、南曲等就是剧曲的代名词，可见在冯班眼中，长短句、剧曲等都是乐府的后裔，数者之间有同源的关系。冯班是明清之际著名的诗歌理论家，也是影响巨大的诗歌流派虞山诗派的重要作家和理论代表，他对戏曲的观点，基本就是虞山诗派对戏曲与诗歌关系的认识。而明清之际另一位著名诗人、诗歌理论家毛先舒在戏曲与诗歌的关系上也与冯班持相同的态度。

> 诗学流派，各有颛家，要其鼻祖，归源《风》《雅》。《风》《雅》所衍，流别已夥，举其巨族，厥有三支：一曰诗，二曰骚辞，三曰乐府。……至于唐世乐府，绝句为多，而章句徘齐，稍同文侯恐卧之响，故填词出焉。尔时但有小令，听者苦尽，故宋人之慢调出焉。慢调者，长调也。金人欲易南腔为北唱，故小变词法，而弦索调出焉。然弦索调在填词为长，在曲又嫌其短，故元人之套数出焉。元曲偏北而不娴南唱，故明兴，则引信宋词，拗旋元嗓，参伍二制，折衷九宫，而今南曲出焉。②

---

① （清）冯班：《钝吟杂录》，《清诗话》，上海古籍出版社 1999 年标点本，第 38 页。

② （清）毛先舒：《诗辩坻》卷第一，《清诗话续编》，上海古籍出版社 1983 年标点本，第 6、7 页。

毛先舒认为，诗的源头在《风》《雅》，《风》《雅》在演变过程中主要形成三大支派，其中之一就是乐府，乐府发展到唐代，为适应演唱的需要变化为词，又因为演唱的需要词变化为北曲、南曲。

不仅明清之际的诗歌理论家认可诗歌、剧曲的同源关系，著名的诗人们也认为诗歌与剧曲本质相同，是同源异流的关系，如明清之际最著名的诗人之一、娄东诗派的核心作家吴梅村就认为戏曲是《诗》《骚》的后裔。

> 汉、魏以降，四言变为五七言，其长者乃至百韵。五七言又变为诗余，其长者乃至三四阙。其言益长，其旨益畅。唐诗、宋词，可谓美备矣，而文人犹未已也，诗余又变而为曲。盖金、元之乐，嘈杂凄紧，缓急之间，词不能接，一时才子如关、郑、马、白辈，更创为新声以媚之。传奇、杂剧，体虽不同，要于纵发欲言而止。①

文坛领袖、虞山诗派的核心人物钱谦益也认为宋词、元曲是古代文章变化发展的必然结果与顶点，“古今文章之变，至于宋词元曲而极矣”②。

既然明清之际的诗坛、剧坛都认为诗歌与戏曲之间存在同源演变的关系，那么也就意味着在他们的眼中，戏曲与诗歌在基本原则上没有根本性质的不同。这样一来，他们就会在一定程度上将诗歌的要求也同样地施加在戏曲之上，最终使二者之间出现许多共性特征，于是明清之际的时代文学风气对名教爱情剧的创作产生影响就成为可能。

二　剧中论诗观点

明清之际戏曲与诗歌间的关系还可以通过名教爱情剧中大量的论诗话语来证明。在剧中，作者不但对戏曲与诗歌的关系有所讨论，而且还借剧中人之口发表自己对当日诗坛创作的看法与要求。

---

① （清）吴伟业：《吴梅村全集》卷六十，上海古籍出版社1990年标点本，第1211页。

② （清）钱谦益：《牧斋杂著》，上海古籍出版社2007年标点本，第528页。

(贴上)鉴衡应不爽,品藻定无差。(出诗念介)树色阅人古,钟声入夜圆。避喧山僻借,观以尔名仙。这是那一位的?(末)是小生的。(贴)炼师说这诗但求句之险,不顾理之安,是学长庆而僻者也。近日新尚此体,若去做山人,可称第一流,只是还为识者鄙。叫小道送还了。(又念介)混俗同鱼服,游仙学紫绡。寸心君莫问,携手一长谣。这是那一位的?(净)是小生的。(贴)炼师说这诗肤胜于理,是剿集西昆而滥觞者也。有了这等诗,求些荐书,各处有三五钱的书仪赚了。(中净)都送还了,只留我两个的,有些意思。(贴)这也难道。二位的诗到在此,只是怕得罪,不敢将出来。(中净)还要请教,何妨。(贴念介)自从盘古分天地,几人作佛几人仙。今朝仙女临凡界,往在咸宜观里边。炼师说请相公去唱门词罢,做甚么诗。(中净)门词正是女眷极喜的,你炼师怎么不留我唱唱。[1]

叶宪祖在剧中借鱼玄机之口发表了自己对当日诗坛创作的基本立场与态度,显然,他对当日诗坛各个流派的弊端都持批评态度。在对第一位作者的批评中,他明确表明反对竟陵派的观点。在明代,为反对前后七子为代表的复古派,公安派提倡“性灵说”,要求在诗歌创作中“独抒性灵,不拘格调”。这种观点对反对剽窃模拟,充分发挥作者才情、个性有很大作用,但容易犯俚俗的毛病。竟陵派为纠正公安派的弊端,要求在古人诗中寻找性灵,他们的主张尽管在一定程度上摆脱了公安派俚俗的毛病,却又将人引到险而僻的道路上去,结果招来更强烈的反对。这里的“险僻”显然是指竟陵派。在对第二位作家的批评中,可以看出他也反对复古派,所谓“剿集西昆而滥觞者也”指的就是以“前后七子”为代表的复古派在诗歌创作上的弊端,前后七子在创作上抄袭前人,犯有剽窃的嫌疑,而这一点与西昆体剽窃李商隐的毛病相同。最后可见他对公安派也不赞赏,公安派的最大缺陷在俚俗,剧中模仿门词的第三首诗无论是内容还是音调都是俗而又俗的。再如:

① (明)叶宪祖:《鸾锟记》上,《古本戏曲丛刊二集》,上海商务印书馆 1955 年影印本,第 42 页。

（笑介）你道如今举人、进士，晓得甚么诗，止不过时文中八寸三分帽子，张家戴到李家；门路上十拿九稳的机关，钱大胜如钱二。……这五言七言，四句八句，虽然字认不全，照句圈点还差不多。这后面长篇古风，也不知那里是下句。我也不管他，要圈一路圈到底，要点一路点到底，浑他娘罢。①

剧中对诗歌创作丑态的批判，当日读者即指出是在讽刺竟陵派，“近日宗法钟谭者颇有此态”，钟谭指的就是竟陵派的领袖与核心钟惺、谭元春。既然作者在剧中讽刺竟陵派，在现实中也肯定是竟陵派的反对者与批评者。再如：

（老旦念介）一叶题诗嫁一郎，一郎出去守空房。早知红叶能如此，一日题他十二张。老爷说，这是苏州山歌的声口，不入雅音，不取。（净）孔子删诗，不去郑卫，便取卷风流些的也好。②

这里的诗歌观念包含两方面内容，一是对公安派的批评，这一点可以通过剧中反对俚俗来证明。山歌自然是俚俗的，而非高雅的；二是对风雅的推崇，所谓“入雅音”就是要严格按照风雅传统来进行诗歌创作，不能油腔滑调，轻佻放达。

明清之际，诗坛上的争论主要发生在复古派、公安派、竟陵派之间。当日的诗人及理论家或是继承一派，或是将三派融合，或是将三派全部抛弃，另辟蹊径，但无论是继承、融合还是另辟蹊径，都是以这三派意见为基础与出发点的，这一点对当日的批评家来说没有多少例外，应算是当日文学批评的一个重要特征。

剧作者在剧中迫不及待地针对诗坛的创作发表自己的看法，表明自己的立场，说明作者不仅对当日的文学风气极为关注，同时还有独立的

① （清）徐石麒：《珊瑚鞭》卷上，《古本戏曲丛刊五集》，上海古籍出版社1986年影印本，《辞婚怨》。

② （清）李渔：《怜香伴》，《李渔全集》第四册，浙江古籍出版社1992年标点本，第82页。

态度与观点。由此，可以充分说明作者自身肯定受到文学风气一定程度上的影响，尽管这种文学风气主要是对诗歌而言的。作者既然受到时代文学风气的影响，那么他的戏曲创作显然也是受到时代文风影响的。

三　诗人与剧作家

早期的戏曲作者以书会才人为主。元代，国家施行民族歧视政策，大量汉族知识分子被迫进入剧作家的行列，剧作者的身份、地位开始发生变化，由下层知识分子向上层知识分子渗透。明代，皇亲国戚与高等官员开始创作戏曲，如皇子、皇孙之朱权、朱有燉，内阁大学士之邱濬、吴炳，兵部尚书之阮大铖，进士之康海、王九思、李开先、沈璟、汤显祖等。剧作家身份的变化对戏曲创作产生的影响是多方面的，其中重要的一点是实现了剧作家与诗人社会地位与身份的平等。当二者身份、地位相当时，戏曲家与诗人间的交往障碍就不再存在，二者的交流也开始普遍而深入起来。明代，很多时候，诗人与剧作者不仅是很好的朋友，如康海、王九思与前七子其他成员，个别者还同时承担诗人与剧作家的双重身份，如徐渭、汤显祖。剧作家与诗人的深层次交流，必然会对各自的文学创作带来影响并在作品中表现出来，“大抵当时论诗论文与七子异趣者，对于戏曲、时文每有独到之处，即因能把此种关键，应用到诗文上去而已。徐文长长于戏曲，袁中郎长于时文，而汤若士则兼此二者”①，这里郭绍虞先生明确说徐渭、汤显祖的诗文受到他们戏曲创作的影响。

名教爱情剧作家的情况与徐渭、汤显祖很相似，他们中的许多人都与明清之际的诗文大家有着非常不错的个人关系，这可以通过名教爱情剧剧作序言的作者的身份来证明。如下面这几个例子：

久客津门，武林程年兄以新制传奇见示，婉丽绵眇，怡人性情。余平生惟醉心西湖之胜，今秋客况殊闷闷，故借题小令，调寄《人月圆》，以博一粲。秦淮往迹荒凉尽，何处问桃根。惟应西子湖山，一抹千古消魂。湖头才子，闲将妙曲，佐我清尊。他乡明月，中秋

① 郭绍虞：《中国文学批评史》下册，商务印书馆2010年版，第268页。

过也，几度黄昏？益都赵执信秋谷题。[①]

《蟾宫操》作者程瀛鹤与清初著名诗人、诗歌理论家赵执信是同年，二人关系甚好，因此程瀛鹤在《蟾宫操》杀青之后，请赵执信题词。赵执信与洪昇也是朋友，二人皆在“演《长生殿》之祸”中受到处分。李渔《凰求凤》的序则是明清之际著名遗民诗人杜濬所写，“楚弟杜濬于皇氏题”。[②]

除给剧作写序外，明清之际许多诗文作家还与戏曲家之间保持着良好的朋友关系，在钱谦益、吴伟业、汪琬等人的诗文别集中，有许多与当日戏曲家交往的文字。

《赠荆州守袁大韫玉四首》袁为吴郡佳公子，风流才调，词曲擅名，遭乱北都，佐藩西楚，寻以失职空囊，侨寓白下。扁舟归里，惆怅无家。为作此诗赠之。[③]

《赠武林李笠翁》笠翁名渔，能为唐人小说，兼以金、元词曲知名。[④]

永平田君宗周吴故学博也袁重其识之尤展成司李其地相见询袁年百有二矣索诗纪异并简展成。[⑤]

李子玄玉，好奇学古士也，其才足以上下千载，其学足以囊括艺林，而连厄于有司。晚几得之，仍中副车。甲申以后，绝意仕进，以十郎之才调，效耆卿之填词，所著传奇数十种，即当场之歌呼笑骂，以寓显微阐幽之旨，忠孝节烈，有美斯彰，无微不著。间以其余闲，采元人各种传奇散套及明初诸名人所著中之北词，依宫按调，汇为全书，复取华亭徐于室所辑参而订之，此真骚坛鼓吹，堪与汉

① （清）赵执信：《蟾宫操题词》，《蟾宫操》《评林》，《古本戏曲丛刊五集》，上海古籍出版社1986年影印本，第1页。

② （清）杜濬：《凰求凤序》，《李渔全集》第四册，浙江古籍出版社1992年标点本，第422页。

③ （清）吴伟业：《吴梅村全集》卷十六，上海古籍出版社1990年标点本，第450页。

④ 同上书，第454页。

⑤ （清）吴伟业：《吴梅村全集》卷十七，上海古籍出版社1990年标点本，第462页。

文、唐诗、宋词并传而不朽矣。予至郡城，尝过其庐，出以相示，喜其能成前人所未有之书也，为序其始末云。娄东吴伟业书。①

上述四则材料是明清之际著名诗人吴伟业与戏曲家交往事实的反映。第一则材料中的袁大韫玉是著名戏曲家、《西楼记》的作者袁于令；第二则材料记录的是吴伟业与李渔的交情；第三则材料展现的是吴伟业与尤侗的友谊，尤展成即尤侗；第四则材料为苏州派代表作家李玉与吴伟业的交往。明清之际的文坛领袖钱谦益早年与汤显祖关系很好，在钱氏的《初学集》《有学集》中，有许多与汤显祖交往的文字。钱谦益与李渔的关系也不错，曾为李渔的戏曲做过序。

有读笠翁传奇，始而疑，既而眩，终而狂易却走。余为解之曰："子未读《山海经》乎？'东海之外，大荒之中，有山名曰大言，有大人之市，名曰大人之堂。'郭弘震曰：'山形如堂宇，大人时集会其上，作市肆也。'《经》又曰：'有一人踆其上，张其两耳。'由今观之，大言之国，不知其所言何事，要必非踦涔之游、蘙荟之集也。有大人者，张耳以为市，又有一大人，若张两耳而听之。言者与听者，斯可谓两相当矣。今子听笠翁之传奇，在此圜土中，以为大言，惊而相告。不知笠翁之两耳可以为市，而子以径寸之耳轮，倾侧而听之，虽欲不骇眩却走，乌乎可？"笠翁闻而笑曰："渔也诚无辞于大言矣。踆于大人之堂，张耳而听之者，非夫子其谁？请书之以告于世之为耳市者。"②

与戏曲家交往的明清之际著名诗文作家还有很多，如黄宗羲是《鸾锟记》作者叶宪祖的女婿。著名遗民诗人钱澄之曾与阮大铖有通家之好、师生之谊，"是年，邑人举中江大社，六皖知名士皆在，府君与三伯与焉。首事者潘次鲁、方圣羽也。次鲁为阉党汝桢子，圣羽则'皖髯'门人。'皖髯'阴为之主，以荐达名流饵诸士，由是一社皆在其门。'皖髯'

① （清）吴伟业：《吴梅村全集》卷六十，上海古籍出版社1990年标点本，第1214页。
② （清）钱谦益：《牧斋杂著》，上海古籍出版社2007年标点本，第529、530页。

与予家世戚，门内人素不以为嫌。府君乡居，不习朝事，漫从之入社”①，皖髯就是阮大铖。晚明小品文代表作家张岱与戏曲家袁于令的关系也不错，“传奇至今日，怪幻极矣！生甫登场，即思易姓；旦方出色，便要改妆。兼以非想非因，无头无绪，只求闹热，不论根由，但要出奇，不顾文理。近日作手，要如阮圆海之灵奇，李笠翁之冷隽，盖不可多得者矣。吾兄近作《合浦珠》，亦犯此病”②，《合浦珠》是袁于令的戏曲作品。

综合上述因素可知，明清之际，戏曲与诗文的关系很密切，无论是理论上，还是诗文作家与戏曲家的人际关系上都如此。因此我们通过当日的文学风气来研究名教爱情剧的创作、判断名教爱情剧在当日文坛的地位都是可以的，也是合乎事实的。

第二节　时代文学风气影响戏曲之表现

除戏曲与诗文的关联外，名教爱情剧中还有许多反映戏曲理论的内容，这些内容大多保存在剧作的序言、凡例，以及作品内部的相关文字中，多与剧作的创作原则、写作规范、审美要求等相联系。通过对剧作戏曲理论与明清之际文学风气关系的分析对比，我们就可以判断戏曲受时代文风影响的有无及程度。总的来说，二者在很大程度上呈现出同步对应的态势，其具体表现主要有以下几个方面。

一　由偏胜到融合之创作原则

明清两代的文学风气在整体倾向上存在巨大的差别。明人学问空疏，在文学观念上爱走极端，以偏取胜，缺乏包容性。清代的文学观念与明代恰好相反，多能兼容并包各家的观点，带有集大成的特色。“不仅如此，清代学术再有他特殊的成就，即是不仅各人或各派分擅以前各代之特长，更能融化各代、各派、各人之特长以归之于一己或一派。如经学

---

① （清）钱撝禄：《钱公饮光府君年谱》，《钱澄之全集之七·所知录》，黄山书社 2006 年标点本，第 179、180 页。

② （明）张岱：《娜嬛文集》卷三，《张岱诗文集》，上海古籍出版社 2014 年标点本，第 315 页。

有汉、宋兼采之论，文学有骈、散合一之风，都是这种精神的表现。明此，则知清代论文主张，所以每欲考据、义理、词章三者之合一，自有其相当的关系了。所以清代的文学批评，四平八稳，即使是偏胜的理论，也没有偏胜的流弊。若再由这一点而言，则清代的文学批评，更可称为集大成的时代。”①

但清代的学术、文学、文学批评并不是与明代完全断裂的，而是在明代基础上发展而来，是明代文学、文学批评发展的必然结果。明代的最后时期，即是清代文学批评萌芽与发展的时期；而清代初年，是清代文学、文学批评成熟，自我特点形成的时期。由于明清之际的百年是明清两代文学风气逐渐转变的时期，所以在文学批评上也表现出混乱、复杂的特点，各执一端的偏胜与兼容并包的集成皆能在这里找到自己的位置，不过从总体倾向上来说是由偏胜向融合转化，不仅诗歌、散文如此，戏曲也同样如此。名教爱情剧大多创作于明清之际的百年时间里，因此在创作原则上就明显地呈现出由明代向清代转化的特点：既有单主文采或格律的偏胜倾向，也有融合文采与格律的双美主张，更有融合戏曲创作各方面内容的集成趋势。

（一）偏胜一端

“汤沈之争”是戏曲理论界极为著名的一场论战。在论战中，无论汤显祖还是沈璟，在立场上都很偏激，缺少包容的精神。围绕他们形成的“吴江派”与“临川派”各成员，受各自领袖极端主张的影响，在创作倾向上也或多或少地犯有以偏取胜、爱走极端的毛病。这种坏毛病在名教爱情剧作中是存在的，其最突出的代表是沈自晋的《望湖亭记》。沈自晋属于吴江派，著有重要的戏曲理论著作《南词新谱》，是格律派的主力健将，所以他在创作上就明显地表现出反汤的倾向。

> 【临江仙】词隐登坛标赤帜，休将玉茗称尊。郁兰继有槲园人。方诸能作律，龙子在多闻。香令风流成绝调，幔亭彩笔生春。大荒

① 郭绍虞：《中国文学批评史》下册，商务印书馆2010年版，第12页。

巧构更超群。鲰生何所似，颦笑得其神。①

梨园至再请新声，请得新声字字精。只管当场词态好，何须留与案头争。②

在《望湖亭》的开场词及下场诗中，沈自晋都旗帜鲜明地反对汤显祖重文采、重案头的创作倾向。“词隐登坛标赤帜，休将玉茗称尊”，词隐为沈璟，玉茗是汤显祖，这里沈自晋开宗明义地提出以沈璟为旗帜的主张，而在反对汤显祖时，使用态度极不客气的“休将”一词，其反对的理由也是偏胜的、走极端的，“只管当场词态好，何须留于案头争”。吴江一派偏重场上之曲，但文学性较差，汤显祖剧作的文学价值高，案头化倾向却比较严重，解决二者争论的最好办法应是“双美说”。但沈自晋却不肯包容，只是用“只管当场词态好，何须留于案头争”的态度进行处理，“只管”已经把吴江派的场上要求极端化了，“何须”又将文采的要求几乎全部剔除了出去。这种只顾场上而全不重视文采的极端做法如何能让汤显祖及临川派成员信服，也难以满足高层次观众的欣赏需求，因此很难取得论争的胜利。

汤显祖在论争中最为人熟知的话语是“意之所至，不妨拗折天下人嗓子”。此观点也很偏激，不过因为汤显祖的文学才华很高，所以他的作品尽管存在不合音律、难以演唱的缺点，却仍能得到大家的赞赏。至于那些追随汤显祖、纠合在临川派旗帜下的人，却未必都能做到这一点，于是在打破格律束缚的借口下，他们写作了许多既不符合音律，又缺乏文采的作品，“曲至临川，临川曲至《牡丹亭》，惊奇瑰壮，幽艳淡沲，古法新制，机杼递见，谓之集成，谓之诣极。音节失谱，百之一二，而风调流逸，读之甘口，稍加转换，便已爽然。雪中芭蕉，政自不容割缀耳。‘不妨拗折天下人嗓子’，直为抑臧作过矫语。今唱临川诸剧，岂皆嗓折耶！而世之短汤者，遂谓其了不解音。又有劣手，铺词全乖谱法，

① （明）沈自晋：《望湖亭》卷上，《古本戏曲丛刊二集》，上海商务印书馆 1955 年影印本，第 1 页。

② （明）沈自晋：《望湖亭》卷下，《古本戏曲丛刊二集》，上海商务印书馆 1955 年影印本，第 44 页。

借汤自解，拟托后尘。矘里之形，政资一噱”①。

(丑内妆两样声音科) 叫傧相，来了，来了。(白须扮傧相上) 元是龙兴，改造傧相，全亏白须，做出丑样。(妆老人咳嗽科) 傧相叩头。(外) 起来赞礼。(丑妆老人声应科) 销金帐下剔银灯，节节高歌乔合笙。红绣鞋行锦缠道，梅花引出祝台英。(中净) 只有个祝英台，那里有祝台英。(丑又妆老人声科) 祝英台便不叶韵了。我正笑如今做曲子的不叶韵，偏要叶做祝台英。请、请、请，仙郎入画堂。②

戏曲作为音乐文学，押韵是其语言运用上必须遵守的基本原则，连押韵的原则都不遵守，又怎能成为优秀的作品，这里看似是批评写戏曲不谐韵的人，实际上是对汤显祖“不妨拗折天下人嗓子”观点的不认可。但为押韵将祝英台换成祝台英，却又出现句不成句的毛病，而这毛病显然与沈璟的偏激主张完全合拍，表现出偏袒沈璟的倾向，这种为押韵而破句的做法也是错误的。

其实在当日的剧坛，很多著名戏曲家对汤显祖“不妨拗折天下人嗓子”的观点都不赞同，如阮大铖认为他比汤显祖高明的地方就在于他的作品既符合戏曲格律，又能进行场上演出：

余词不敢较玉茗，而差胜之二：玉茗不能度曲，予薄能之。虽按拍不甚句合，然凡辣喉殢齿之音，蚤于填时，推敲小当，故易歌演也。昭武地僻，秦青、何戡辈所不往。余乡为吴首，相去弥近，有裕所陈君者，称优孟耆宿，无论清浊疾徐，宛转高下，能尽曲致。即歌板外一种嚬笑欢愁，载于衣褶眉稜者，亦如虎头道子，丝丝描

① (清) 毛先舒：《诗辩坻》卷第四，《清诗话续编》，上海古籍出版社 1983 年标点本，第 92 页。

② (明) 单本：《五闹蕉帕记》卷上，《古本戏曲丛刊二集》，上海商务印书馆 1955 年影印本，第 35 页。

出，胜右丞自舞郁轮远矣，又一快也。[1]

文学风格应该是百花齐放的，绝对不能整齐划一，无论哪种风格，只要是优秀的作品都值得赞赏。戏曲作品的风格很多，本色只是其中之一，与其他风格是并列的关系，而非独尊、主从的关系，但在明代，这是不可以的，许多作家把本色当作戏曲风格的唯一与正宗，对其他风格则采取鄙弃的态度，不屑一顾。

【满庭芳】（末）净洗铅华，单填本色。从来曲有他肠，作诗容易，此道久荒唐。屈指当今海内，论词手，几个周郎。笑他行，非伤绮语，便落腐儒乡。[2]

抱朴子云："真玉女鼻上有黄玉如黍，无此志者，鬼试人耳。"持是法眼相世，咸识其真。而小试之于词曲，亦必有一缕天然之韵，如风行水，云出岫。又如花献笑，雪舞空，油然，斐然，可以踵骚林而入元室，乃真词曲也。不则老酸究饾饤，呓语魅人，识者谓于真韵无当矣。故论词曲以韵为主，韵以天然为主，天然真韵，正不容人力布置，亦未许俗眼便识。彼周太宾弹独弦琴，以和八音，绛树一声两曲，分听各妙，岂非天然化竟乎。[3]

只认可天然本色一种风格，认为只有符合天然本色要求者方能称为真词曲，至于以文采取胜、以教化见长的作品都在嘲笑、讽刺之列，认为与真戏曲无当，"笑他行，非伤绮语，便落腐儒乡"，"不则老酸究饾饤，呓语魅人，识者谓于真韵无当矣"。这种只承认一种风格的专制做法当然行不通，也是非常错误的。

明代文学观点以偏胜、极端为主，所以在名教爱情剧中，凡在观点

① （明）阮大铖：《春灯谜》，《自序》，《古本戏曲丛刊二集》，上海商务印书馆 1955 年影印本，第 4、5 页。

② （明）单本：《五闹蕉帕记》卷上，《古本戏曲丛刊二集》，上海商务印书馆 1955 年影印本，第 1 页。

③ （清）张积祥：《天马媒引语》，《天马媒》，《古本戏曲丛刊三集》，文学古籍刊行社 1957 年影印本，第 4 页。

上持偏胜、极端倾向的大多是明代的作家及作品。

（二）融合双美

明代文风的偏胜、极端态度在万历后期开始发生变化。在诗文领域，袁中道首先在公安派内部开始纠正公安派的极端做法，他在坚持“性灵说”的同时，借鉴复古派正确的一面，从而形成一种温和包容的诗文写作原则。“今人好中郎之诗者忘其疵，而疵中郎之诗者掩其美，皆过矣。近侄子祈年、彭年，亦知学诗。予尝谓之曰：若辈当熟读汉魏及三唐人诗，然后下笔，切莫率自矜臆，便谓不阡不陌，可以名世也。”① 袁宏道文学理论的最大特点是要求诗人在写作时能“独抒性灵，不拘格套”，坚决反对学习古人，而“文必秦汉，诗必盛唐”是前、后七子的复古论调。袁中道的观点显然是在修正其兄长的说法，他明确提出熟读古人诗歌的要求，这就等于把复古派的核心主张容纳了进来。自他以后，兼容并包的趋势更加明显。

> 学殖以深其根，养气以充其志，发皇乎忠孝恻怛之心，陶冶乎温柔敦厚之教。其征兆在性情，在学问，而其根柢则在乎天地运世，阴阳剥复之几微。微乎！微乎！斯可与言诗也已矣！②
>
> 夫诗人之为道，不徒以其才也。有性情焉，有学识焉，其浅深正变之故，不于斯三者考之，不足以言诗之大也。③
>
> 问：“作诗，学力与性情，必兼具而后愉快。愚意以为学力深，始能见性情。若不多读书，多贯穿，而遽言性情，则开后学油腔滑调，信口成章之恶习矣。近时风气颓波，惟夫子一言以为砥柱。”阮亭答：“司空表圣云：‘不著一字，尽得风流。’此性情之说也；扬子云云：‘读千赋则能赋。’此学问之说也。二者相辅而行，不可偏废。”④

---

① （明）袁中道：《珂雪斋集》卷十，上海古籍出版社 1989 年标点本，第 458 页。

② （清）钱谦益：《牧斋有学集》卷十八，上海古籍出版社 1996 年标点本，第 801 页。

③ （清）吴伟业：《吴梅村全集》卷二十八，上海古籍出版社 1990 年标点本，第 664 页。

④ （清）王士祯等：《师友诗传录》，《清诗话》，上海古籍出版社 1999 年标点本，第 125 页。

诗歌理论兼容并包，散文理论也如此。“他们所标举的虽是古文，而惩于明代文人强学秦汉之失，不欲袭其面貌，剽其句字，所以宗主唐宋文的目的与作用，又在欲作比较接近口语的文字。桐城文之所以能通于古而又适于今者在此。桐城文素以雅洁著称，惟雅故能通于古，惟洁故能适于今。这是桐城文所以能为清代古文中坚的理由。不仅如此，他们受清代学风之影响，即于唐宋古文也不以摹拟其波澜间架为能事。他们推崇程、朱，而又不废考据，无论如何，较诸明代及清初之为古文者，总是切实一点，总是于古学有所窥到一点，故能言之有物。同时，又能不为清代学风所范围，即在才气学风正盛之际，也不染其繁征博引，臃肿累坠之习，而以空灵雅洁之古文矫之，故又能言之有序。”[①] 由此可见，方苞开创的桐城派是何等地具有包容精神，它几乎将古今、汉宋、雅洁等全包含在内，真不愧为中国古代散文的集大成者。

戏曲理论在明清之际也同样向着融合的方向前进，这一点在名教爱情剧上表现得十分明显：

> 至其曲白关目，无不远驾元人而上。昔若士谱《牡丹亭》，柬友人曰：“此案头清供，非氍毹上生活也。”余以为白香山作诗，必使老婢悉解，持此问若士，未免唐突。自此记出，而案头畜之令人思，氍毹歌之令人艳。夫子曰兴于诗、成于乐，其是之谓夫。[②]
>
> 填词自《玉茗四种》出，而词坛无继响者矣。尚有未谐格律处，皆由临川才溢于法故耳。《蟾宫操》追踪玉茗，得其神髓。才大而心小，又无落调出韵之病。如《乘槎》出用先天韵，至一百十有九字，无一复出，尤见才思精密，所以为佳。[③]

对《情邮记》与《蟾宫操》来说，无论是作者的自我认可，还是其他读者的赞赏，其最得意、最成功之处，并不在于片面地继承汤显祖的

---

① 郭绍虞：《中国文学批评史》下册，商务印书馆2010年版，第369、370页。

② （明）无疾子：《情邮小引》，《情邮记》，《古本戏曲丛刊三集》，文学古籍刊行社1957年影印本，第3页。

③ （清）范登陛：《蟾宫操题识》，《蟾宫操》《评林》，《古本戏曲丛刊五集》，上海古籍出版社1986年影印本，第1、2页。

才情或遵守沈璟的格律，而在于把文采与格律完美地结合起来，既遵守了格律适宜于场上表演，又彰显了才情具有文学价值。《蟾宫操》名声不显，《情邮记》是一部优秀的传奇作品毋庸置疑。

明清之际的戏曲理论不仅体现了融合精神，更为可贵的是对才情与格律的辩证关系进行了一定程度上的探讨。

> 有明之填辞者夥矣，然其才情大则愆谬亦多，汤若士、徐文长两君子，其不免矣。他若张伯起、梁伯龙、梅雨金辈，不可谓不善，然减一分愆谬，又未免减一分才情。必具十分才情，无一分愆谬，可与马白关郑，荆刘拜杀相颉颃，而后可以言曲，此其所以难也。求之近日，如袁令昭、吴可先之南曲，沈君庸、孟子塞之北曲，吴梅村、尤悔庵辈之南北曲，皆可谓极才情之所之，而无甚愆谬者矣。……至其选词运意，要未有含而不吐，淡而不浓者。音调法律之间，或依乎元体而为北，或依乎明体而为南，要未有不足于才而深于情者，真可谓一无愆谬矣。①

中国古代韵文学在形式上最突出的特点是有着严格的格律规范要求。格律规范对文学创作的作用具有两面性，作为无数作家创作经验的总结，格律将中国语言音乐性的特点发挥得淋漓尽致，对作品的文学价值有难以估算的升华作用；但格律又是固定的，一旦形成，就要求作者必须遵守，不可违背，否则就是不合格的作品，这样的限制自然对作家才情的发挥形成巨大的束缚甚至是损害。屈就格律，作品会失去相应的文学价值；照顾作家的才情，虽能保证作品的文学价值，但格律又被破坏，格律的破坏意味着文学形式的性质也随之发生变化，如苏轼词作成就很高，但不被当时人认可，因为他的词在宋人眼中只是“句读不葺之诗耳”。同样的道理，戏曲是用来进行场上演出的，不是专供案头阅读的，要演出就必须遵守场上的规则，不能听凭作家自由发挥，只能阅读而不能进行场上演出的戏曲很难说是真正的戏曲。所以对才华一般的作家来说，遵

① （清）笠泽渔长：《洛神庙序》，《洛神庙》，《古本戏曲丛刊五集》，上海古籍出版社1986年影印本，第2、3页。

守格律与讲求文学价值很难兼顾，能将二者完美结合者，其作者才是真正优秀的作家，其作品才是真正优秀的作品。

（三）渐趋集成

郭绍虞先生在《中国文学批评史》中认为清代是中国传统文学批评的集大成时代。明代末年出现的融合趋势到清代初年，开始向集大成、构成理论体系的方向发展。这种发展趋势在诗、文、词、曲中表现得都很明显。在诗歌领域，不仅观点众多而且都很兴盛，此外还出现一些专门论述诗歌创作步骤、方法、格式的著作，如王士祯的《律诗定体》就分别讨论了八种具体的律诗格式、每一格式中每一具体句子的平仄要求、每一句子中某字的具体平仄要求，“五律，凡双句二四应平仄者，第一字必用平，断不可杂以仄声，以平平止有二字相连，不可令单也。其二四应仄平者，第一字平仄皆可用，以仄仄仄三字相连，换以平韵无妨也。大约仄可换平，平断不可换仄，第三字同此。若单句第一字，可勿论”①。词学方面也如此，仅在清代初年，专门讨论词写作规范、用韵准则的大型词谱就有两部，万树的《词律》和康熙敕纂的《钦定词谱》。散文方面，方苞开创的桐城派的文法理论集中国古代散文创作理论之大成。这种集大成的现象在戏曲领域也存在，其最著名的著作是李渔的《闲情偶寄》，此书不仅从结构、词采、音律、宾白、科诨、格局六大方面讨论了戏曲的创作，还从选剧、变调、授曲、教白、脱套五个方面讨论了戏曲的场上表演。这种集大成的文学理论书籍在清代以前是很少见的。

理论上的集大成倾向在名教爱情剧中也有所体现。从所讨论的问题来看，他们已经突破了“汤沈之争”的范围，但与结构庞大、体系严密的《闲情偶寄》相比却又差得太多，因此只能算是这种集大成趋势在戏曲创作实践中的一点体现而已。就名教爱情剧作来说，集大成趋势主要反映在《鸳鸯绦》《双鱼佩》《风前月下填词》三部剧作中，尤以《鸳鸯绦》最为全面集中，这里以《鸳鸯绦》为主，结合《双鱼佩》《风前月下填词》及其他剧作中的相关资料来进行论述。

三部剧作在戏曲创作理论上的共性主要表现在三个方面：一是形式上严格遵守格律平仄规范；二是审美特征上推崇本色，反对堆砌雕琢；

① （清）王士祯：《律诗定体》，《清诗话》，上海古籍出版社1999年标点本，第113页。

三是在讲求本色的同时反对俚俗，要求在作品中施加一定的文采。下面一一论述之。

一、何为填词，前人制一词，其每字之阴阳平仄，不可移易。后人奉以为法，而构词填入，是为填词。一、词贵协律，种种牌名，有一词则已定一词之声调，是为律。填词者以词合调，音字悉称，是为协律。一、词家要识谱，不识谱不能明腔，不明腔无从下笔。今之填词者，奉谱为则，揣摩字面已为佳作矣。不知同一字也，音有清浊，声有高低，情有厚薄，韵有长短。其音浊者，虽去声而其声低。其情薄者，虽调繁而其韵短。勉强扭捏以凑拍板，不成字矣。时腔之尚，盖为填词者不能识谱，以致歌词者不能按腔，其咎安归。①

这里总论戏曲创作的格律规范原则，要求创作戏曲时必须遵守格律，明晓曲谱；并对个别术语如填词、协律的具体内涵做了解释，对平仄清浊等在戏曲演出中的作用进行了强调；最后批评不懂格律、不守格律对戏曲演出的妨害。《鸳鸯绦》《双鱼佩》在戏曲格律的探讨上要比《风前月下填词》细致得多，其观点则比较近似。

【第三换头】【山麻楷】（生）休抄，切莫将平仄拗，句法短长，勿错毫毛。分标衬贴字，字字都活落，才省得本宫错乱，歌人抢拗，后学神劳。（外）韵脚何如？（生）先知重浊轻清，乃识阴阳平仄。故闽海之音，不可通于天下，以其偏安一隅也。编入声于三声者，所以济才之窘也；别闭口于鼻舌者，所以正字之讹也。有音此字字非此字者，宜用阴而阳阳而阴也。有墨虽满纸，不可入红牙者，板行逢双，文理舛谬也。

【五韵美】最难调是韵脚，侵寻闭口须分晓，切莫将庚与真来相搅。廉纤最少，又须监咸混了。更有那天与山，切忌信口嘲。才握

① （清）曹岩：《风前月下填词》，《琐言》，《古本戏曲丛刊五集》，上海古籍出版社 1986 年影印本，第 1 页。

管，便先把内中外语音了了。[①]

这里要求安排音节变化时应注意分清声母的清浊，韵母的平仄，阴声韵与阳声韵的差别，在押韵时要注意庚真之分，廉纤与监咸、天山之别，另外还要注意衬贴字的使用。

> 一、德清《中原音韵》元为北曲设，非以律南词也。近读方诸生《曲律》，乃知有《南词正韵》一选。向曾于金陵坊间、都门河下遍求之，竟不可得，乃近代作者多用周韵，兹仍旧。一、古曲多借韵，又每家麻、歌戈、车遮三韵互用，顺口读来，未免拗人嗓子。兹编自引至尾，止用一韵。本韵外，不敢滥借一字。本韵内，不敢重押一字。识者鉴之。……一、近作如齐微之于支思，庚清之于真文，先天之于廉纤，沿习已久，往往借用。兹编惟寒山桓欢并用，他不敢旁溢一字，致混鱼目。[②]

这里提出要重视南曲与北曲押韵的不同，此外在押韵时，提倡同韵部相押，反对出韵、重韵、借韵的现象。

杂剧、传奇在音乐上都采用曲牌联套体的结构。每个曲牌都有与众不同的平仄要求，平仄的合理搭配能在最大程度上将汉语言的音乐性特点发挥出来，从而对戏曲的情感表达产生积极的辅助作用。一旦平仄混乱，整个曲牌的音乐效果就会受到影响，进一步会影响戏曲的情感表达。所以在依谱填词时，平仄规范是必须注意的，最好不要出现平仄不当的拗句。

戏曲与律诗的平仄相比，其规范更为严格。律诗只须分别平仄，戏曲在平仄外，还得分别阴声韵与阳声韵，开口韵与闭口韵，声母的重浊轻清等，之所以如此，是因为这些区别对音乐和情感表达所起的作用不

① （明）路迪：《鸳鸯绦》卷上，《古本戏曲丛刊二集》，上海商务印书馆 1955 年影印本，第 64、65 页。

② （清）孙郁：《双鱼佩》，《凡例记略》，《古本戏曲丛刊三集》，文学古籍刊行社 1957 年影印本。

同，如东钟韵洪亮，适宜于表达激昂慷慨的壮烈情绪；庚青韵清劲，适宜于表达悲愤的感情；支思、齐微韵萎而不振，适用于表现柔情别绪，因此不同的韵母在演唱时所适用的情感是不同的。押韵的目的也是为了增强音节的美感，一旦在押韵上出了问题，就会把连贯的音节拆解得支离破碎，从而对诗歌的音乐美感形成破坏。所以在中国传统的韵文学中，无论是近体诗、词还是剧曲都严厉禁止出韵，出韵的作品在古人眼中基本都是不合格的作品。戏曲作为一种音乐文学，其在音乐性方面最为突出的地方不仅在于它要配乐演唱，还在于它要把汉语本身具有的音乐美与外在的音乐旋律完美地结合起来，要实现这一点，不严格遵守格律平仄规范是很难完成的。由于格律规范对戏曲演出具有至关重要的作用，所以三部剧作在基本创作原则上都把格律规范放在第一位上予以特别的强调。

在审美原则上，三部剧作都提倡本色自然之美，反对雕琢。雕琢首先会让剧作家将剧作当成卖弄才华的地方，大量地用典会使剧作出现堆砌的毛病，如此一来，人们在欣赏戏曲时就会感到磕头绊脚，有时甚至不知所云。其次，雕琢太多会导致文中出现大量缺乏真实感情的词语，连篇累牍，让人生厌；过分雕琢词语也容易将作者的情感遮蔽，有时甚至将情感淹没在词语中，从而对剧作真情实感的表达带来危害，让人在欣赏作品时难以把握人物的内在情感。戏曲演出就是用来欣赏的，不能或者说难以被欣赏，其存在的价值就值得怀疑了。至于在戏曲中大量地使用烂熟语、陈腐语，哗众取宠，其水平更下雕琢一等。所以在戏曲创作中，推崇本色天然是有很大合理性的。

一、命字须要自然，上去去上，出于恰当，宜平宜上，一似生成，此为作手。其或短于才而窘于谱，吾未如之何也已矣。……一、龙子犹曰：人言香令词佳，我不耐看。填词须当行本色，何必雕镂如是。①

（外）填词何如？（生）填词有十二科、一十五体。于今填词者，

① （清）曹岩：《风前月下填词》，《琐言》，《古本戏曲丛刊五集》，上海古籍出版社 1986 年影印本，第 1、2 页。

张打油语耳。

【四般宜】词垒恁坚牢，堆砌互相高。蠹鱼生食，字满纸，类书饶。若不是兰膏麝脑，定须是锦帐鲛綃。樱桃口，杨柳腰，秦楼楚馆，抵死的不肯轻饶。

【五般宜】还有那村学究，先生口谣。更有那灶下养，呆孩乳臊。都道是乐府竞相骄，可怜黄鹂弄杀，蓝桥涨倒。倒不如掞华敷藻，胭脂自宝。煞强如紫毫端，生气一丝丝都没了。

（外）议论奇快。我问你，如何便登作者之堂？

【江头送别】（生）跌不破眼前景，个中恰好。用不落口头语，天然绝倒。平常话儿人难到，才许他坛社相交。①

不过，单纯地追求本色容易犯俚俗的毛病，不加雕饰又过于粗浅，这两种倾向同样是要不得的，何况文采本身并不能与雕饰、堆砌画等号，俚俗也并非就是本色的代名词。只要将文采、雕饰运用得当，也能创作出优秀的作品，如《西厢记》《牡丹亭》都是文采斐然的杰作。名教爱情剧作者们懂得这个道理，所以他们在追求本色自然的同时，为了增加作品的文学价值，也要求在剧作中施加一定的文采修饰，同时对完全不加雕饰的俚俗缺点也予以批判。

一、古曲如《杀狗》《白兔》《陈巡检》等，虽云本色，难免太俚。近若汤临川、卢次楩、范香令、王伯良、吴石渠诸君子，林立飙起，夭矫百变，自是后来者居上。兹编于本色之中，稍施文彩，亦犹陶匏瓦缶，不可行于輓近也。②

其实当上层文人参与戏曲创作后，由于作家文化层次的提高，文采雕饰进入戏曲就成为必然，这是戏曲发展不可避免的结果。因此，决不

① （明）路迪：《鸳鸯绦》卷上，《古本戏曲丛刊二集》，上海商务印书馆 1955 年影印本，第 65 页。

② （清）孙郁：《双鱼佩》，《凡例记略》，《古本戏曲丛刊三集》，文学古籍刊行社 1957 年影印本。

能为追求所谓的本色，特意地学习早期戏曲，以粗浅俚俗为宗，如果真的这样去创作，就是不识时务了。

除上述内容外，在《鸳鸯绦》中，作者借剧中人之口，对戏曲的尾声、结构、宾白等的基本作用、要求作了讨论。

> （外）尾声若何？（生）尾声自有定格，
>
> 【江神子】千山一发挑，尾声儿是百尺竿稍，须一言截断惊涛。倘是本枝，末句可含包，又何须赘词相扰。（外）戏曲搭架也是要紧的，怎生便称绝构？（生）
>
> 【仙吕入双调】【忆多娇】搭架巧，休穿凿，妆神捏鬼逞虚嚣。情理俱无凭空造，杂沓纷呶，杂沓纷呶，徒令识者相嘲。（外）宾白落场诗，若何便佳？
>
> 【前腔】（生）嫌深奥，须易晓，集唐四六总是隔靴搔。点缀诙谐称奇俏，莫费推敲，莫费推敲，等闲间，淡写轻描。①

尾声是剧作每折的结束部分，它要把前边所有的内容都刹得住，所以必须有横断江涛的气势才行，但尾声的内容又不能冗长，因此又有一发吊千山、秤砣压千斤的特点。至于宾白，则要求贴合剧情和人物的身份，本色自然，简单明了，恰到好处，不能刻意卖弄，堆砌典故、雕琢字句。

这里最值得赞赏的是对戏曲结构的讨论。中国古代戏曲理论家对戏曲的音律部分探讨得多，而对戏曲结构部分则讨论得少，这里不但讨论而且还有相当的见地，因此难能可贵。作者认为，戏曲的结构必须合情合理，不能为了吸引人的耳目视听故意捏造虚妄的情节。而在戏中捏造虚妄情节的行为，正是作者创造力缺乏的表现，其结果只能是让大方之家嗤笑。

对戏曲结构的重视及对荒诞不经情节的批判，应与以下现实有关：明清之际，许多爱情剧中都有鬼怪撮合男女主人公的情节，这样的情节

---

① （明）路迪：《鸳鸯绦》卷上，《古本戏曲丛刊二集》，上海商务印书馆 1955 年影印本，第 65、66 页。

在名教爱情剧中也屡见不鲜。鬼怪情节的设置固然可以在一定程度上推动情节的发展，但大多时候都是无关紧要、故意吸引人们注意力的，有时甚至是作家才力短绌的表现，他们在情节难以发展下去时，不能创造性地将其合情合理地解决，只好用鬼神出面来遮短。

对戏曲布局、结构的重视还可能与明清之际的八股文发展趋势有关。八股文不仅是中国古代最讲究结构、布局、写作技巧的一种文体，与戏曲的关系也很密切。对二者的关系，古代许多文学理论家都讨论过，如汤显祖、焦循。据明清之际的一些史料笔记记载，汤显祖认为八股文与戏曲没有太大的区别，“而尤其应当注意者即是他看戏曲与时文没有什么分别。他可以填词的方法作时文，也可以填词的标准论时文”①。至于名教爱情剧作者，也认为戏曲与八股文有关。

> 輓近士规进取，习举子业，六经四子中尚多昧之，甚有穷经皓首，竟不知平上反切为何物，遂至不能为已。间有一二优游林下者，怡情于此，率多矢口迅笔，以寄其啸傲之志，则不工；走声气者，又皆浅言肤凑，以应坊贾之求，则不雅。吾友黄子招憘，恬澹而静，博洽而文，性理程朱，经济陆贾，年未二十而骚雅之稔，溢吾里党。即其传王贞之乐而不淫也，素蟾之衰而不伤也，刘协五之侠而不流于诞，钱升之狂之肆而亦无叛于正也。拟诸形容，象其物宜，发挥尽致，旁通尽情。朱子所谓：平古心而大复古，真盛世之音也。阅是曲者，以乐府读也可，以序传读也可，即以制艺读也亦无不可，以不必专付之优孟也。余初怪其演不成秩，殊为阙然。最后乃知其寓意于此，而不留意于此，直文家之游戏三昧耳。②

这里“以制艺读也亦无不可”，就是说八股文与戏曲没有太大区别。八股文发展到万历以后，在具体写作上最突出的特点是讲究机法，即八股文的写作技巧与方法。“讲机法在嘉靖后期即已开始，但不若隆庆，特

① 郭绍虞：《中国文学批评史》下册，商务印书馆2010年版，第268页。

② （清）汪上薇：《四友堂里言序》，《四友堂里言》，《古本戏曲丛刊五集》，上海古籍出版社1986年影印本。

别是万历时那么盛行，那么普遍。……加上此时李廷机、董其昌等名人、八股文高手又对八股文的笔法、技巧加以总结，更为万历时大讲机法的热潮起到推波助澜的作用。李廷机著有《举业筌蹄》，专讲八股文作法。董其昌则有《华亭九字诀》传世，为八股文作法之总结。"① "其他如反起正倒法、虚起实承法、首尾相应法、开合取机法、移步换形法、前用正、后用反、反正相生法、相题立义法、回环映带法、反点作势等等作法，都是在隆庆、万历间总结出来并广泛使用的。并且，每种作法都有详细规定。"②

这众多谋篇布局方法的使用自然会对与八股文关系密切的戏曲产生影响，如金圣叹评点《西厢记》时所用的许多方法、术语就是从八股文这里借过去的，《古本戏曲丛刊》中的许多作品的评点也用的是八股文术语。八股文在明清之际进入总结阶段，而已经完全成熟的戏曲在明清之际也到了最后的总结阶段。八股文最讲究文章的结构布局，因此与其关系密切的戏曲在创作原则上也自然会重视结构的部分，有的甚至将其作为第一重要的部分来对待，如李渔的《闲情偶寄》就是将结构放在第一位置的。

二　重视名教之内容要求

在中国古代，每个王朝的末期总是被称为衰世或者乱世，也就是所谓"礼崩乐坏"的时期。此时整个国家的政治、经济、军事都很混乱，同时封建思想对人们的道德束缚也最为薄弱。但每个王朝的早期却经常以治世的面貌为人称颂，这是因为新王朝的统治者大都经历过旧王朝末期的混乱局面，知道这种混乱局面对封建统治的危害，所以他们大多能励精图治，实行一些有利于社会、民生发展的具体措施，最终形成一个相对安宁稳定的社会局面。同时，由于王朝早期多处于上升阶段，所以社会思想也比较统一，封建伦理道德对人思想道德的约束也能正常进行。而明清之际作为一个特殊的时间段，正处于新旧王朝交替、封建国家由动乱走向安宁的时期，因此上述两种现象都在这里得到充分的展现。当

① 龚笃清：《明代八股文史探》，湖南人民出版社 2005 年版，第 403 页。

② 同上书，第 405 页。

这种社会现实进入文学作品时，就会使这一时期的文学创作也呈现出由反映动乱到反映统一、由不守礼法到恪守名教的转换。

明代后期在资本主义萌芽、封建王朝自身混乱、王学左派盛行等的综合作用下，文学创作在很大程度上突破了封建思想的控制，呈现出明显的反封建特征。在诗文领域，受李贽“童心说”影响，以公安派和竟陵派为核心的趋新文学流派都提倡“性灵说”，性灵说以表现自我真实性情为特点，反对文以载道，具有个性解放精神。在戏曲领域，汤显祖明确提出“至情论”，要求以情反理，更是将反封建思想推向了高潮。但这种社会发展的积极动态在当时却并没能发展壮大，相反却被遏制。这是因为中国社会在当日并没能向资本主义前进，而是完成了中国历史的最后一次改朝换代过程，明末的混乱局面被清前期的安定兴盛所取代。封建王朝以儒家学说为统治思想，决不允许资本主义思想自由发展，因此在明代末年，为维护封建统治，遏制王学左派的积极影响，程朱理学复兴，到清代初年再次被确立为国家的统治思想。

在这样的时代背景下，文学界也自然由个性解放文学思潮向正统的文学风气转化。早在公安派势力流布天下时，焦竑就提出将师古与性灵相结合的文学思想，师古就是要多读古书，尤其是要多读经书。到明末的文坛领袖钱谦益那里，“通经汲古”已成为文学理论的核心内容。而到清代初年，文学理论更是将儒家之道与文学再次结合起来。儒家之道与文学合一的观点在诗文领域表现得十分明显。散文上，顾炎武与黄宗羲明确提倡“文道合一”，“由顾氏之说推之，以著述为文，则重在考据；以明道为文，则重在义理，而同时复以语录为不文，则又重在词章。……至于明白地说明此三者合一之关系者，则为黄梨洲。他先说明文与道之合一。自来论文道合一者多矣，但大都不出一些陈陈相因的话：惟在梨洲，不说文以明道，也不说文以载道，因为言明道、载道，则文与道似乎又是两件事。所以他说：‘文之美恶，视道合离，文以载道，犹为二之。’照他这样说，实在是以文兼道，以道兼文”①。古文三大家中的魏禧、汪琬在散文理论上也同样秉承文道合一的观念。至于清代散文的中坚桐城派更是将义理、词章、考据结合在一起，“大抵望溪处于康、雍‘宋学’方

① 郭绍虞：《中国文学批评史》下册，商务印书馆2010年版，第346页。

盛之际，而倡导古文，故与宋学沟通，而欲文与道之合一，后来姚鼐处于乾、嘉‘汉学’方盛之际，而倡导古文，故复与汉学沟通，而考据与词章之合一”①。

诗歌领域，则以《诗经》为宗，提倡温柔敦厚的诗教观念。“元韵之机，兆在人心，流连泆宕，一出一入，均此情之哀乐，必永于言者也。故艺苑之士，不原本于《三百篇》之律度，则为刻木之桃李；释经之儒，不证合于汉、魏、唐、宋之正变，抑为株守之兔罝”②，此为明清之际唯物主义思想家、文学家王夫之的诗学观，要求以《诗经》为法度。“诗之为道也，非徒以风流相尚而已。《记》曰：‘温柔敦厚，诗教也。’冯先生恒以规人。《小序》曰：‘发乎情，止乎礼义。’余谓斯言也，真今日之针砭矣夫”③，这是著名诗人赵执信、冯班的诗歌观点，要求以《诗经》为准则，讲究温柔敦厚，发乎情止乎礼义。“诗者，温柔敦厚之善物也。故美多显颂，刺多微文，涕泣关弓，情非获已。然亦每相迁避，语不署名”④，这是著名诗歌理论家、诗人毛先舒以《诗经》为标准的诗歌创作原则。至于其他以儒家思想为本的诗歌理论颇多，这里就不一一列举了。

与整个文坛向正统回归相适应，明清之际的戏曲创作也在很大程度上向封建思想靠拢，呈现出宣扬封建伦理道德的倾向，这一点在名教爱情剧中表现得尤为明显，许多名教爱情剧在创作宗旨上明确地说要为封建伦理道德服务。

> 若夫排场之文，宫商之调，虽工丽奇巧，不过翰墨游戏，何足为夫子传。王子曰：“否、否，文章无分巨细，必关世道人心，乃为可贵。三百篇中，清庙明堂之歌，思女劳人之什，皆载焉。凡以激发人之忠孝，感动人之道义也。先大夫为此，岂徒邂逅佳话，为悲

---

① 郭绍虞：《中国文学批评史》下册，商务印书馆 2010 年版，第 377 页。

② （清）王夫之：《姜斋诗话》，《清诗话》，上海古籍出版社 1999 年标点本，第 3 页。

③ （清）赵执信：《谈龙录》，《清诗话》，上海古籍出版社 1999 年标点本，第 311 页。

④ （清）毛先舒：《诗辩坻》卷第三，《清诗话续编》，上海古籍出版社 1983 年标点本，第 68 页。

欢离合之状，以悦耳目耶？子盍竟厥读？”余曰：“子言是也。”①

《秋虎丘》的创作目的不是为了宣扬男女间的爱情佳话，而是为了感动人的道义，激发人的忠孝节义之心。忠孝节义显然属于封建伦理道德的范畴，而所谓的道义也自然是封建道义。

有感则有言，言则有声，声有高下疾徐短长之节，于是乎有歌诗，三百篇皆可被之管弦者是也。汉人乐府始有曲。曲也者，委曲以达其所感之情。情莫切于五伦，夫妇其一也。乐府之传失矣，宋词、元曲或庶几焉。孰谓贞臣孝子之情，有异于思妇劳人者乎。昔人云：使人闻之增伉俪之重。知此者，可与读吾曲，亦不必读吾曲矣。②

《洛神庙》的创作目的是为有助于封建夫妻伦理道德的教化。

生人之大患有三：一曰淫，一曰妒，一曰诈。淫者不顾身而遑顾名；妒者不容己而遑容人；诈者不恤死而遑恤生？吾友笠道人深忧之，以为此非庄语所能入，法拂所能争也，必也以竹肉为针砭，以俳优为直谅，则机圆而用捷矣。其惟传奇乎？于是《凰求凤》之书又出焉。③

李渔创作《凰求凤》的根本目的在于用礼乐教化的方式来消除人世间的嫉妒、邪淫、奸诈三种恶劣品行。由此可见，名教爱情剧推崇名教、有助于教化的创作宗旨与明清之际的时代文学风气以及学术风气的转变密切相关，是当日社会现实的真实反映。

---

① （清）董讷：《序》，《秋虎丘》，《古本戏曲丛刊三集》，文学古籍刊行社1957年影印本，第3、4页。

② （清）吕履恒：《洛神庙》，《自序》，《古本戏曲丛刊五集》，上海古籍出版社1986年影印本，第8、9页。

③ （清）杜濬：《凰求凤序》，《李渔全集》第四册，浙江古籍出版社1992年标点本，第421页。

综上所述，尽管时代文学风气以诗文为主，对戏曲的影响不是很大，但因二者同处于明清之际这个大变动的时代，都受到时代的深刻影响，所以二者不但存在许多共性特征，而且这些共性特征出现的内在原因也相同，因此说明清之际的时代文学风气与名教爱情剧的创作是有关系的，利用时代文学风气来分析名教爱情剧的相关问题不仅是可以的，也是符合实际的。

结　论

文学是时代的反映。明清之际是中国历史极为特殊的一个时期，它不仅完成中国最后一次封建王朝的改朝换代过程，也完成中国封建社会治乱交替的最后一个循环。在明朝的最后阶段，整个社会陷入混乱的境地：经济上土地高度兼并，农民所受剥削严重；政治上不仅官吏腐败、贪赃枉法、骄奢淫逸，还出现奸臣宦官勾结把持朝政、朋党门户兴盛的局面；军事上将领懦弱无能却不听指挥，唯知克扣、冒领军饷，士兵缺乏训练、战斗力羸弱；思想上享乐主义泛滥，人们堕落放荡、沉迷于酒色之中而不能自拔。在上述因素的综合作用下，封建正常的道德礼法被破坏无余，社会整体走向堕落，封建政权趋于灭亡。物极必反，封建秩序的破坏让有志之士感到焦虑，他们积极地挽救日趋沦亡的社会，并希望将它引上正常的轨道，同时社会也开始通过王朝更替来实现内部的自我调整。二者的结合使社会由混乱走向正常。至于转化的过程，则发端于明代万历后期，结束于清代初年。

名教爱情剧正是明清之际封建秩序正常化要求在戏曲创作中的具体表现：

作为以男女爱情婚姻为主题的剧作，其女主人公的道德修养与男女完成婚姻的过程是剧中最能体现封建秩序正常化要求的部分。符合名教原则的女子应受过良好的封建闺范教育、遵守三从四德；而男女结合应按照“父母之命、媒妁之言”来完成。名教爱情剧中的妻子形象、男女婚姻完全按照封建礼教要求来设置，而违背封建婚姻的行为在剧中都是被批判的对象，由此可见其在婚姻上与重建封建正常秩序的要求相适应。

混乱的社会需要整顿，而内阁大学士是承担此项责任的最理想职位。明清两代的内阁大学士基本由翰林选拔而来，要想实现治国、平天下的理想，就必须先做翰林官，而剧中绝大多数书生科举后所授之职务正是翰林。科道是维护封建秩序、纠正违反封建法律道德行为的主要负责人，是内阁大学士治理天下的重要助手，二者的联合是封建社会正常运行的重要保障。剧中科道多由书生之亲戚朋友来担任。所以剧中翰林、科道的联合及对社会黑暗现实的深刻批判、对邪恶势力的坚决斗争也正是明清之际封建秩序正常化要求的反映。

中国古代有音与政通、以乐治国的观念，戏曲配乐演出的特点符合以乐治国的要求。在剧中宣传封建思想、推行封建教化亦是戏曲创作的传统。名教爱情剧在继承传统的同时，更认为戏曲是《诗骚》之支裔。《诗骚》是封建正统文学的代表，戏曲与之同源，自应承担教化的责任。明清之际，程朱理学复兴并再次被确定为官方统治思想，而文学也由提倡个性解放向文以载道、推崇诗教转化。名教爱情剧的创作宗旨是有助教化，其审美倾向是追求雅正、鄙弃俚俗。结合剧作积极迎合当日社会思潮与文学风气发展趋势的特点，可知名教爱情剧就是为适应封建秩序正常化的要求而出现的。

综上所述，名教爱情剧是为适应明清之际重建封建正常秩序的要求而出现的，与明清之际的现实有着密切的关系，各剧作的一切共性特征都可以用明清之际的史实来加以论证和说明，因此对它的讨论不仅对分析明清之际戏曲创作与现实间的关系具有重要意义，对研究明清之际的历史与社会现象也具有一定的价值，值得我们重视。

参考文献

一　著作

（一）古籍：

《十三经注疏》，中华书局1980年版。

《宋元人注四书五经》，中国书店1985年版。

（南朝·宋）范晔：《后汉书》，中华书局1965年版。

（唐）长孙无忌等：《唐律疏议》，法律出版社1999年版。

（北宋）窦仪等：《宋刑统》，法律出版社1999年版。

（北宋）程颐、程颢：《二程集》，中华书局2004年版。

怀效锋点校：《大明律》，法律出版社1999年版。

（明）申时行等：《明会典》，中华书局1989年版。

（明）余继登：《典故纪闻》，中华书局1981年版。

（明）沈德符：《万历野获编》，中华书局1959年版。

（明）顾起元：《客座赘语》，《庚己编·客座赘语》，中华书局1987年版。

（明）陈洪谟：《治世余闻》，《治世余闻·继世纪闻·松窗梦语》，中华书局1985年版。

（明）张瀚：《松窗梦语》，《治世余闻·继世纪闻·松窗梦语》，中华书局1985年版。

（明）叶权：《贤博编》，《贤博编·粤剑编·原李耳载》，中华书局1987年版。

（明）李诩：《戒庵老人漫笔》，中华书局1982年版。

（明）于慎行：《穀山笔麈》，《寓圃杂记·谷山笔麈》，中华书局

1984 年版。

（明）朱长祚：《玉镜新谭》，中华书局 1989 年版。

（明）李清：《三垣笔记》，中华书局 1982 年版。

（明）李贽：《焚书·续焚书》，中华书局 1975 年版。

（明）焦竑：《澹园集》，中华书局 1999 年版。

（明）吕坤：《吕坤全集》，中华书局 2008 年版。

（明）袁宏道著，钱伯城笺校：《袁宏道集笺校》，上海古籍出版社 2008 年版。

（明）汤显祖著，徐朔方笺校：《汤显祖集全编》，上海古籍出版社 2015 年版。

（明）刘宗周著，吴光主编：《刘宗周全集》，浙江古籍出版社 2007 年版。

（明）张岱：《张岱诗文集》（增订本），上海古籍出版社 2014 年版。

（明）张岱：《陶庵梦忆·西湖梦寻》，中华书局 2007 年版。

（明）王思任：《王季重十种》，浙江古籍出版社 2010 年版。

（明）祁彪佳：《祁彪佳文稿》，书目文献出版社 1991 年版。

（明）陈子龙：《陈子龙全集》，人民文学出版社 2011 年版。

（明）王余佑：《五公山人集》，华东师范大学出版社 2011 年版。

（明）徐枋：《居易堂集》，华东师范大学出版社 2009 年版。

（明）徐柯：《一老庵诗文集》，华东师范大学出版社 2010 年版。

（明）姜埰：《敬亭集》，华东师范大学出版社 2011 年版。

（明）黄宗会：《缩斋诗文集》，华东师范大学出版社 2009 年版。

《清会典》，中华书局 1991 年版。

田涛、郑秦点校：《大清律例》，法律出版社 1999 年版。

（清）王聘珍：《大戴礼记解诂》，中华书局 1983 年版。

（清）计六奇：《明季北略》，中华书局 1984 年版。

（清）计六奇：《明季南略》，中华书局 2006 年版。

（清）钱澄之：《所知录》，黄山书社 2006 年版。

（清）徐鼒：《小腆纪年附考》，中华书局 1957 年版。

（清）蒋良骐：《东华录》，齐鲁书社 2005 年版。

（清）张廷玉等：《明史》，中华书局 1974 年版。

（清）素尔讷等纂修，霍有明、郭海文校注：《钦定学政全书校注》，武汉大学出版社 2009 年版。

（清）谈迁：《国榷》，中华书局 1958 年版。

（清）谈迁：《枣林杂俎》，中华书局 2006 年版。

（清）王弘撰：《山志》，中华书局 1999 年版。

（清）刘廷玑：《在园杂志》，中华书局 2005 年版。

（清）福格：《听雨丛谈》，中华书局 1984 年版。

（清）赵翼：《陔余丛考》，上海古籍出版社 2011 年版。

（清）朱彭寿：《旧典备徵·安乐康平室随笔》，中华书局 1982 年版。

（清）吴振棫：《养吉斋丛录》，中华书局 2005 年版。

（清）李光地等：《御纂性理精义》，吉林出版集团有限责任公司 2005 年版。

（清）王相：《女四书集注》，团结出版社 2015 年版。

（清）陆陇其：《松阳讲义》，华夏出版社 2013 年版。

（清）张伯行：《近思录集解》，华东师范大学出版社 2015 年版。

（清）钱谦益：《牧斋初学集》，上海古籍出版社 2009 年版。

（清）钱谦益：《牧斋有学集》，上海古籍出版社 1996 年版。

（清）钱谦益：《牧斋杂著》，上海古籍出版社 2007 年版。

（清）孙奇峰：《夏峰先生集》，中华书局 2004 年版。

（清）陈确：《陈确集》，中华书局 1979 年版。

（清）黄宗羲：《黄梨洲文集》，中华书局 1959 年版。

（清）黄宗羲：《明儒学案》，中华书局 2008 年版。

（清）黄宗羲：《明夷待访录》，中华书局 2011 年版。

（清）王夫之：《王夫之诗文集》，中华书局 1962 年版。

（清）王夫之：《诗广传》，中华书局 1964 年版。

（清）王夫之：《读通鉴论》，中华书局 1975 年版。

（清）王夫之：《宋论》，中华书局 1964 年版。

（清）王夫之：《张子正蒙注》，中华书局 1975 年版。

（清）王夫之：《思问录·俟解·黄书·噩梦》，中华书局 2009 年版。

（清）顾炎武：《亭林诗文集》，上海古籍出版社 2012 年版。

（清）顾炎武：《日知录》，上海古籍出版社 2012 年版。

（清）唐甄：《潜书》，中华书局1963年版。

（清）潘平格：《潘子求微录辑要》，中华书局2009年版。

（清）朱鹤龄：《愚庵小集》，华东师范大学出版社2010年版。

（清）魏禧：《魏叔子文集》，中华书局2003年版。

（清）魏裔介：《兼济堂文集》，中华书局2007年版。

（清）归庄：《归庄集》，上海古籍出版社2010年版。

（清）吴伟业：《吴梅村全集》，上海古籍出版社1990年版。

（清）余怀：《余怀全集》，上海古籍出版社2011年版。

（清）陈维崧：《陈维崧集》，上海古籍出版社2010年版。

（清）宋琬：《安雅堂全集》，上海古籍出版社2007年版。

（清）侯方域著，王树林校笺：《侯方域全集校笺》，人民文学出版社2013年版。

（清）李渔：《李渔全集》，浙江古籍出版社1992年版。

（清）方孝标：《方孝标文集》，黄山书社2007年版。

（清）朱彝尊：《曝书亭全集》，吉林文史出版社2009年版。

（清）汤斌：《汤斌集》，中州古籍出版社2003年版。

（清）吕留良：《吕留良诗文集》，浙江古籍出版社2011年版。

（清）汪琬著，李圣华笺校：《汪琬全集笺校》，人民文学出版社2010年版。

（清）李颙：《二曲集》，中华书局1996年版。

（清）颜元：《颜元集》，中华书局1987年版。

（清）方苞：《方苞集》，上海古籍出版社2008年版。

（清）方苞编，王同舟、李澜校注：《钦定四书文校注》，武汉大学出版社2009年版。

（清）邵廷采：《思复堂文集》，浙江古籍出版社2010年版。

（清）全祖望著，朱铸禹集注：《全祖望集汇校集注》，上海古籍出版社2000年版。

（清）张潮、杨复吉、沈楙惪等：《昭代丛书》，上海古籍出版社1990年版。

赵尔巽等：《清史稿》，中华书局1998年版。

（清）荑秋散人：《玉娇梨》，上海古籍出版社1994年版。

（清）名教中人：《好逑传》，上海古籍出版社 1994 年版。

（清）王夫之等：《清诗话》，上海古籍出版社 1999 年版。

郭绍虞编选，富寿荪点校：《清诗话续编》，上海古籍出版社 1983 年版。

《中国古典戏曲论著集成》，中国戏剧出版社 1959 年版。

俞为民、孙蓉蓉编：《历代曲话汇编》（明代卷），黄山书社 2009 年版。

俞为民、孙蓉蓉编：《历代曲话汇编》（清代卷），黄山书社 2008 年版。

《古本戏曲丛刊初集》，上海商务印书馆 1954 年版。

《古本戏曲丛刊二集》，上海商务印书馆 1955 年版。

《古本戏曲丛刊三集》，文学古籍刊行社 1957 年版。

《古本戏曲丛刊五集》，上海古籍出版社 1986 年版。

黄竹三、冯俊杰主编：《六十种曲校注》，吉林人民出版社 2001 年版。

（二）现代著作：

梁启超：《中国近三百年学术史》，商务印书馆 2011 年版。

商衍鎏：《清代科举考试述录及有关著作》，百花文艺出版社 2004 年版。

孟森：《明史讲义》，上海古籍出版社 2002 年版。

孟森：《清史讲义》，中华书局 2006 年版。

孟森：《心史丛刊》，中华书局 2006 年版。

陈寅恪：《柳如是别传》，生活·读书·新知三联书店 2009 年版。

钱穆：《中国近三百年学术史》，九州出版社 2011 年版。

萧一山：《清史大纲》，上海古籍出版社 2005 年版。

闻一多：《唐诗杂论》，上海古籍出版社 1998 年版。

谢国桢：《明清之际党社运动考》，上海书店出版社 2004 年版。

瞿同祖：《中国法律与中国社会》，商务印书馆 2010 年版。

蔡毅编著：《中国古典戏曲序跋汇编》，齐鲁书社 1989 年版。

侯外庐、邱汉生、张岂之主编：《宋明理学史》，人民出版社 1997 年版。

赵园：《明清之际士大夫研究》，北京大学出版社1999年版。

赵园：《制度·言论·心态——〈明清之际士大夫研究〉续编》，北京大学出版社2006年版。

赵园：《明清之际的思想与言说》，复旦大学出版社2010年版。

龚笃清：《明代八股文史探》，湖南人民出版社2005年版。

程华平：《明清传奇编年史稿》，齐鲁书社2008年版。

王永恩：《明末清初戏曲作品中的女性形象研究》，文化艺术出版社2008年版。

张永刚：《东林党议与晚明文学活动》，中国社科出版社2009年版。

徐龙飞：《晚明清初才子佳人文学类型研究》，文化艺术出版社2010年版。

二　论文

（一）戏曲：

李中耀：《论明清传奇中的才子佳人婚姻观》，《新疆师范大学学报》（哲学社会科学版）1990年第4期。

姚旭峰：《试论明清传奇中的“才子佳人”模式》，《上海大学学报》（社会科学版）1996年第2期。

陆艳清：《合情 合理 才子佳人永团圆——试论中国古典爱情戏曲的大团圆结局》，《柳州师专学报》第14卷第2期，1996年6月。

刘永刚：《从〈桃花人面〉看晚明的才子佳人戏曲》，《南通师专学报》第12卷第3期，1996年9月。

王晶卉：《古典戏曲对才子佳人小说的影响》，《艺术百家》1998年第4期。

罗嘉慧：《人性之光与文化立场——析古代戏曲“才子佳人”戏》，《艺术百家》2000年第4期。

纪德君：《明末清初小说戏曲中佳人形象的文化解读》，《明清小说研究》2003年第1期。

王永恩：《明清戏曲作品中才子形象成因初探》，《戏剧》2004年第4期。

尹导：《〈西厢记〉〈牡丹亭〉〈桃花扇〉中的才子佳人模式的演变》，

《江苏教育学院学报》（社会科学版）第 21 卷第 1 期，2005 年 1 月。

傅湘龙：《从〈四艳记〉看晚明才子佳人戏曲的基本走向》，《中国文学研究》2005 年第 4 期。

王永恩：《明末清初戏曲作品中的才女形象初探》，《戏剧艺术》2006 年第 3 期。

王永恩：《试论明末清初戏曲中的女杰形象》，《中国戏曲学院学报》第 27 卷第 4 期，2006 年 11 月。

鲁茜、陈如碧：《“才子佳人”小说戏曲叙事模式的演变历程》，《湘潭师范学院学报》（社会科学版）第 29 卷第 3 期，2007 年 5 月。

庞婧文：《才子佳人戏曲中“花”意象琐议——以〈西厢记〉〈牡丹亭〉〈桃花扇〉为例》，《兰州教育学院学报》第 24 卷第 1 期，2008 年 3 月。

王永恩：《承袭与突破——明清才子佳人剧基本特征论》，《文化艺术研究》第 1 卷第 2 期，2008 年 9 月。

王永恩：《论明末清初剧作家的佳人情结》，《求是学刊》2008 年第 4 期。

张隋全：《才子佳人戏曲中“琴”意象琐议——以〈西厢记〉〈玉簪记〉〈琴心记〉为例》，《安徽广播电视大学学报》2009 年第 4 期。

马衍：《明代中后叶传奇对才子佳人小说的影响》，《南京社会科学》2009 年第 8 期。

李丽黄：《才子佳人戏曲中婚姻爱情受阻原因浅析》，《科学之友》2009 年 10 月。

高雅芳：《〈牡丹亭〉对才子佳人小说的影响》，《运城学院学报》2010 年第 1 期。

王猛：《元明言情戏与才子佳人小说》，《遵义师范学院学报》第 12 卷第 3 期，2010 年 8 月。

徐龙飞：《从戏曲到小说——晚明清初才子佳人文学模式的承袭》，《洛阳师范学演学报》第 29 卷第 4 期，2010 年 8 月。

徐龙飞：《“小人拨乱”叙事模式的形成及原因》，《语文知识》2010 年第 3 期。

白薇：《“稗官为传奇蓝本”——由〈风筝误〉的改编探析明末清初

小说戏曲的创作观念》，《吕梁学院学报》2013 年第 1 期。

王永恩：《论明清才子佳人剧的叙事视角》，《戏剧研究》2013 年 3 月。

杨敏：《“家园”的寻找：明清才子佳人传奇中的花园意象》，《戏曲研究》第 63 辑。

邱慧：《试论中国古典戏剧中的才子佳人戏》，《川剧学讨论》。

张帆：《明代才子佳人传奇研究》，硕士学位论文，四川大学，2006 年。

张晓曦：《试论元明戏曲对明末清初才子佳人小说文体的渗透》，硕士学位论文，辽宁师范大学，2007 年。

唐红芹：《晚明江南士妓交谊对戏曲影响之研究》，硕士学位论文，苏州大学，2008 年。

苏建新：《才子佳人戏曲简论》，博士学位论文，福建师范大学，2005 年。

（二）小说：

郭英德：《论晚明清初才子佳人戏曲小说的审美趣味》，《文学遗产》1987 年第 5 期。

杨明品：《才子佳人小说创作初始动因》，《社会科学辑刊》1988 年第 5 期。

盛夏：《明末清初小说反科举倾向及其讽刺艺术初探》，《丽水师专学报》1991 年第 2 期。

王恒柱：《才子佳人小说是构筑心灵理想的文学》，《山东师大学报》（社会科学版）1994 年第 1 期。

雷勇：《明末清初社会思潮的演变与才子佳人小说的“情”》，《甘肃社会科学》1994 年第 2 期。

程建忠：《也评明末清初才子佳人小说》，《成都大学学报》（社会科学版）1998 年第 2 期。

张菁强：《人性和礼教的乌托邦——才子佳人小说论述》，《明清小说研究》1998 年第 3 期。

伍联群：《浅谈才子佳人小说作者的心理成因》，《达县师范高等专科学校学报》2000 年第 3 期。

陈瑜：《才子佳人小说婚恋观的文化透视》，《首都师范大学学报》

（社会科学版）2002 年第 S2 期。

雷勇：《才子佳人小说的文化心态探析》，《汉中师范学院学报》（社会科学版）2002 年第 2 期。

李洪渊：《情礼调和、皆大欢喜——从社会思潮看清初才子佳人小说的团圆结局》，《船山学刊》2003 年第 3 期。

章笑力：《明清科举制与才子佳人小说的关系》，《浙江档案》2003 年第 7 期。

彭龙健：《论明末清初才子佳人小说兴盛的原因》，《湖南人文科技学院学报》2005 年第 3 期。

李伟权：《明末清初才子佳人小说美学特征及成因》，《沈阳大学学报》2006 年第 3 期。

苏亮：《试论明末清初才子佳人小说作家的功名观》，《太原大学教育学院学报》2009 年第 1 期。

王淑玲：《明清才子佳人小说对封建科举制度的揭露》，《成功》（教育）2010 年第 10 期。

刘雪莲：《天花藏主人创作思想矛盾新探》，《中南大学学报》（社会科学版）2011 年第 6 期。

刘雪莲：《天花藏主人小说科举与婚姻关系重探》，《哈尔滨师范大学社会科学学报》2013 年第 1 期。

刘雪莲：《天花藏主人小说"科举群像"之文化透视》，《成都大学学报》（社会科学版）2013 年第 5 期。

刘雪莲：《明清小说科场舞弊现象之文化透视——以官场与科场关系为中心》，《哈尔滨工业大学学报》（社会科学版）2013 年第 5 期。

杜彬语：《论科举文化与明末清初才子佳人小说》，《文学教育》（下）2014 年第 3 期。

董雁：《明末清初才子佳人小说研究》，硕士学位论文，陕西师范大学，2003 年。

蒲明清：《才子佳人小说的文化研究》，硕士学位论文，四川大学，2004 年。

刘久顺：《天花藏主人才子佳人小说与科举制度》，硕士学位论文，湖南师范大学，2006 年。

郝爱娟：《明末清初才子佳人小说中“佳人”的婚恋观》，硕士学位论文，北京语言大学，2008 年。

赵维：《明末清初才子佳人小说的文人价值观》，硕士学位论文，青海师范大学，2009 年。

黄海静：《明末清初小说中的妾妇形象探究》，硕士学位论文，暨南大学，2011 年。

袁晓秋：《明末清初才子佳人小说中的科举观》，硕士学位论文，华中师范大学，2011 年。

吴秀华：《明末清初小说戏曲中的女性形象研究》，博士学位论文，南京师范大学，1997 年。

邱江宁：《才子佳人小说研究》，博士学位论文，复旦大学，2004 年。

胡海义：《科举文化与明清小说研究》，博士学位论文，暨南大学，2009 年。

刘雪莲：《天花藏主人及其小说研究》，博士学位论文，黑龙江大学，2011 年。